U0113170

张可礼 著

张可礼文集

山东大学中文专刊

第六册　晚学斋文薮

中华书局

目　录

古代文学探索

古典诗文名篇赏析

古代文论初探

为师友作

《精美古典散文读本》前言

在古代,我们中华民族不仅有众多的文学家写作散文,同时还有不少政治家、史学家、哲学家和科学家,也写作散文,使中国成为散文非常繁盛的国家。这些散文,是我们中华民族的,也是属于世界的,是古代的,在某种意义上,也是现代的。

中国古代散文源远流长,有一个漫长的发展过程,经历了许多相承相接而又有发展和变革的不同时期。

先秦,是中国古代散文的奠基时期。这一时期散文的主要成就见于春秋战国时期。春秋战国是中国古代社会全面的、急剧的变革时期,也是意识形态领域空前解放、极其活跃的时期。百家蜂起,诸子争鸣,大量的以著作为主的散文应运而出。这些散文,不论是以叙事为主的历史散文,还是以明理为主的诸子散文,多是立足于社会现实,从总体上关注社会和人生,尚实用,重理性,叙事、明理、情感、文辞互相融合,奠定了中国古代散文发展的基石。

两汉承接秦朝,国家空前统一。维护国家统一,巩固中央集权,是时代的要求,也是散文的重要使命。与此相联系的是,两汉时期,虽然在汉武帝"罢黜百家,独尊儒术"以后,人们的思想在许多方面受到了禁锢,个性和自主意识淡化了,散文的发展受到了某些制约;但从总体上看,两汉的散文在继承先秦散文的基础上更加务实，或润色鸿业、歌颂统一升平，或寻求维护国家统一和巩固朝政的方略，或抒发个人的不同情思，多是建设性的治世之音。两汉的散文，在著作散文继续发展的同时，章、表、奏、启、议、对、书、记、序等单篇散文纷纭问世，出现了许多新的散文文体，题材也有很大的拓展。在语言风格上，西汉初期，纵恣张扬，中后期简直质朴；东汉则内敛整赡，渐趋俳偶。各自创造了自己的独特风貌和审美价值。

中国古代社会发展到魏晋南北朝时期，发生了明显的变革。这一时期，社会多动乱，朝代频繁易改。社会的动乱和变革导致了思想的解放，人的地位得到提升，不少士人"越名教而任自然"。文学冲破了经学的束缚，有了独立的地位。与上述社会和观念变革相联系的是，这一时期的散文，在关注社会和政治的同时，呈现出新的特点。反映在情思上，就是咏叹生命，崇尚自然、自由的人生，关注世俗生活，热恋山水之美。在艺术表现上，先是"尚通脱"、"尚清峻"，后来追求语言文字的华美，愈演愈烈，衍成风尚。这一时期散文表现的新的情思，常为后来所继承，而在艺术表现上过分的、刻意的追求，自唐代开始，不断地得到矫正。

唐、宋两代是中国古代散文发展史上的辉煌时期。唐代上承隋朝，结束了魏晋南北朝长期分裂的局面，全国重新统一。统一安定带来了经济的发展、文化的繁荣和科技的进步。唐代政治上相当宽松，少禁忌，言论比较自由。这些都直接或间接地促进了散文的发展。特别是到了中唐，中国封建社会由前期向后期转折，文坛艺苑，百花盛开。韩愈和柳宗元倡导古文，以复古为旗号，使古代散文的文体和文风，发生了巨大的变革。韩愈和柳宗元的散文，尤其是韩愈的散文"如长江大河"，是宋代散文重要的、直接的前驱。宋代，重文轻武，随着皇朝对文化的重视，散文继续发展。自北宋欧阳修、苏轼等上承韩愈的理论主张和创作实践，在新的形势下，再次倡导古文，并身体力行，使古代散文更上层楼。中国古代的散文，经由唐宋众多散文家的共同努力，蔚然极盛，取得了独立的地位，体制和美学规范大体上得以确立，开拓了古代散文继续前进的道路。此后的辽、金、元、明、清几代的散文，大体上走的是唐宋古文的路子。

同南宋并立的辽、金和后来统一全国的元朝的散文，基本上是在继承唐宋散文的基础上进行创作的，尽管没有出现著名的散文大家，但也有少数精美之作。正是这些精美之作，使中国古代散文的长河没有中断，而是在不停地向前发展。

古代的散文在唐宋走上鼎盛之后，虽然自元代开始呈衰落态势，但到了明代，在严酷的政治、文化统治下，随着明代中期工商业的发展，市民阶层的壮大和思想的解放，在不少方面却有新的创作。明初的宋濂、刘基对明朝严酷的统治有所顾忌，但还是创作了一些传世的优秀作品。到了中期，先后出现了众多的文学流派，如：前后七子主张"文必秦汉"的复古派；反对前后七子，主张文宗唐宋的唐宋派；主张"独抒性灵"的公安派。各个流派相互激荡，各以所长，在散文的园地里，留下了自己的精品佳作。其中，属于唐宋派的归有光的成就尤其突出，特别受到清人的青睐和推崇。另外，有些未入流派的自由独立者，在散文方面，也做出了卓越的贡献，其代表人物是李贽。李贽顺应了明代中期思想解放的潮流，呼吁尊重个性，肯定人的欲望，抨击虚假的道学，宣传"绝假纯真"的"童心"。李贽的思想直接影响了公安派。李贽与公安派的理论和创作，反对复古模拟，张扬性情之真，冲破了以"道统"为基点的传统散文的樊篱，骇俗惊世，是中国散文史上独特的篇章。继李贽和公安派之后，在晚明又出现了小品文。这种散文多是率尔随心而作,抒写神情,"从灵液中流出",体制不定,篇幅短小,文笔轻松,是中国古代散文史上光照未来的一个重要的亮点。

中国古代散文发展的历程,不是直线,有曲折,有反复。明代李贽、公安派以及晚明的小品文所开创的新的散文创作道路,基本上没有直接延伸到清代。清代散文总体上沿袭的是以"道统"为基石的传统散文的路径,是传统散文的发展,也是传统散文的终结。具体分析,大致可分为初期、中期和后期三个阶段。清初,散文创作的主体是明末以遗民自居的学者和文人。顾炎武、王夫之和黄宗羲,强调经世致用。被誉为清初"古文三大家"的侯方域、魏僖和汪琬,关注政事和社会。他们的思想,反映在散文创作上,就是淳厚质实,有浓重的社会性和政治性。以乾嘉为标志的清朝中期,朝廷严酷的文化政策愈来愈强化,朴学繁衍,考据盛行,而散文却在这种特殊的境遇中继续发展。这一阶段的散文,影响广泛而长远的是桐城派。桐城派生逢中国传统文化发展的集成期,他们自觉或不自觉地想对中国古代传统的散文从理论上予以总结,进而规范传统散文的美学范式,留下了许多有价值的论述。在创作上,他们躬行实践,有不少作品具有长久的生命力。不过,这一时期的散文,在许多方面取得的成就,是以消解明代以李贽和公安派为代表的以张扬个性解放为基调的散文为代价的。清朝的后期,始于道光年间。这一阶段,由于政治的腐败、列强的入侵、西学的激荡、经世致用思潮的蓬勃发展,变革和爱国成为散文的最强音,龚自珍揭露腐朽、疾呼改革;章太炎书写"战斗的文章";梁启超创造了"新文体"。凡此种种,都标志着传统散文向近代散文的转折,为新体散文的成长和发展拉开了序幕。

中国古代的散文,经由长期的发展,不断地推陈出新和积累,硕果累累,丰富多彩。社会的治乱、兴衰、变革、习俗;人的生命意识，善恶真伪美丑，束缚与自由，出处行藏，喜怒忧乐；自然界中的宇宙天地、江河溪流、崇山秀岭、花草树木、游鱼飞鸟；历史创造的文化典籍、珍贵文物、各种艺术等物质的和非物质的文化遗产，经由作者心灵的体悟和艺术表现，都化为色彩斑斓的花朵，竞相开放在散文的园地里。古代散文的丰富多彩，融通着一个精髓，就是在人与人、人与社会、人与自然、人与历史的相互纽结中，所表现出来的人文精神。这种人文精神非常现实，贴近生活实际，同时又有着高远的精神境界。人的道义，人的理性，人的性灵，人的感悟，人的困惑，人的反思，人的追求，人的建树，人的憧憬……所有这些，在古代散文里，凭借着各有侧重的叙事、明理、写景、状物、抒情及其相互溶融，经由多种多样的风格和灵活便捷的艺术手法，得到了形象的带有审美意味的表现。

中国古代散文是古代的，但由于它蕴涵着许多具有普遍意义的人文精神，必然会辐射到今天，辐射到我们生命的进程中，所以从某种意义上看，它也是属于现代的。它是我们今天重要的精神财富和精神食粮。面对如此重要的精神财富和精神食粮，我们应当十分珍重。为了给读者接触古代散文提供一些方便，我们编撰了这本《精美古典散文读本》。书摆在大家的面前，大家不妨在业余时间，避开喧嚣浮躁的场境，沉静下来，与它为友，读读它。只要你沉潜阅读，一定会如同进入美丽的殿堂，留连而忘返。它能启示我们去追求真善美以及对社会和人生的担当，可以丰富细化我们的认知，帮助我们更好地了解历史，认识自己，把握今天，更好地走向明天。它能够激发我们的意志，慰藉我们的心灵，增加我们的智慧。它真醇的情思和异彩纷呈的美的表现，能够陶冶我们的审美情趣，提高我们的艺术鉴赏水平和写作能力。

古代散文是古人创作的。每篇散文都是作者在特殊的心态和境遇中写成的。我们阅读这些作品的时候,应当本着"知人论世"的做法,了解作者当时的心态,了解作者所处的历史的和当下的相互交错的复杂的背景、独特的时空。古代散文,都是用文言写成的,还常常涉及一些典章名物。我们阅读时,要注意耐心地疏通文字,在疏通文字的基础上,再进一步去领会作品的主旨,去体悟作者叙写的心灵,体悟作者的精神追求和审美情趣。由于古代散文离我们较远,再加上语言的变革,对许多作品,如果仅读一遍,不一定能够体悟到其中的韵味。遇到这种情况,我们最好能够沉潜往复,多读几遍。越读越会体悟到其中蕴涵的无穷的韵味。当然,古代的散文,毕竟是历史的产物。作品不可能没有作家个人这样那样的局限,也总带有他所处的时代和社会打上的印记。这就提醒我们,在阅读时要注意分析。经由分析,汲取作品中的那些富有生命力的真善美的东西。

（原载张可礼主编《精美古典散文读本》,
山东友谊出版社 2010 年版。）

汉末两晋的《诗经》画

唐朝张彦远《历代名画记》卷 3《述古之秘画珍图》载有《韩诗图》十四、《诗纬图》一。《韩诗图》和《诗纬图》的时代和作者,有待考定。就笔者所见到的资料可以初步确定,我国古代最早画《诗经》画的是汉末的刘褒。刘褒之后有两晋的卫协和晋明帝司马绍。

《历代名画记》卷 4 说:刘褒,汉桓帝时人,曾画有《大雅》中的《云汉图》和《邶风》中的《北风图》。

关于卫协的《诗经》画,唐朝裴孝源《贞观公私画史》说:"《毛诗·北风图》、《毛诗·黍离图》……右五卷,卫协画,隋朝官本。"《历代名画记》卷 5 论及卫协的《北风图》时说:"此画短卷,八分题(此句一作"长装八分")。元和初,宗人张惟素将来,余大父答以名马并绢二百匹。惟素后却索将货与韩侍郎愈之子昶,借与故相国邹平段公家,以模本归于昶。彦远会昌元年见段家本,后又于襄州从事见韩家本。"可见,卫协的《毛诗·北风图》的原本和模本,在唐朝会昌元年(841)还存在,足见这幅画流传的时间是很长的。

《历代名画记》卷 5 载,司马绍画有"《豳诗·七月图》、《毛诗图》二"。张彦远在同卷还特别注明:"彦远曾见晋帝《毛诗图》。旧目云:'羊欣题字。'验其迹,乃子敬也。"张彦远约生于唐朝元和八年(813),《历代名画记》成书于唐末大中元年(847)。从上面的情况看,司马绍的《毛诗图》也至少流传到唐末大中元年。

司马绍画的两幅《毛诗图》的具体内容,未见记载。就刘褒、卫协和司马绍今存有关《诗经》的画目来分析,可以发现,汉末和两晋时期,画家对《诗经》最感兴趣的是《国风》,其次是《大雅》。而对《国风》,刘褒和卫协都分别画有《北风图》,这表明汉末和两晋的画家,对《北风》这首诗尤为重视。

汉末和两晋时期的《诗经》画,数量不多,但水平还是相当高的。这从下面的有关记载和评论可以得到证明。《历代名画记·述古之秘画珍图》说:"古之秘画珍图,固多散逸人间,不得见之。今粗举领袖,则有……《云汉图》(刘褒)。"张彦远的家世,屡代注重收藏书画真迹,他本人学识渊博,擅长书画,又是著名的书画史家和书画理论家。他记述古代的秘画珍图,共列举97种,刘褒的《云汉图》是其中的"领袖"之一。这说明《云汉图》是一幅长期为人们所喜爱的重要的绘画作品。据西晋张华《博物志》记载:刘褒的《云汉图》,"人见之觉热";《北风图》,"人见之觉凉"。《云汉》诗中有"旱既大甚,蕴隆虫虫","赫赫炎炎,云我无所","旱魃为虐,如惔如焚"等句;《北风》诗中有"北风其凉,雨雪其雱","北风其喈,雨雪其霏"等句。看来刘褒画《云汉》诗和《北风》诗时,特别注意描绘了《云汉》诗中有关干旱炎热和《北风》诗中有关风寒雪大方面的内容,而且画得非常形象生动,致使人们看后由视觉进而产生了"觉热"和"觉凉"的真切感受。卫协的《北风图》也是一幅成功的作品。顾恺之在《魏晋胜流画赞》中称赞这幅画"巧密于情(一作'精')思",是一幅"名作"。所谓"巧密于情思",意思是这幅画表现的思想情感精巧而细密。顾恺之还非常"叹服"这幅画,并"自以为不及"。顾恺之是东晋成就最为卓著的画家和绘画理论家,也是著名的文人,他对卫协的《北风图》的称颂和"叹服",说明它是一幅非常优秀的绘画作品。

《诗经》是《五经》之首。《四库全书总目》卷 1 说:两汉时期经学和经书的传播,靠的是"专门授受,递禀师承,非惟诂训相传,莫敢同异。即篇章字句,亦恪守所闻。其学笃实谨严,及其弊也拘"。师承授受,遵循的是师法,凭借的主要是文本和经学大师的解释,传播的方法和范围虽然有其特点,但都有局限性。这一点,皮锡瑞《经学历史·经学昌明时代》有所揭示:"汉人治经,各守家法;博士教授,专主一家。……汉人最重师法。师之所传,弟之所受,一字毋敢出入;背师说即不用。"另外,两汉的经学授受也极为烦琐。《汉书·儒林传赞》说:"自武帝立《五经》博士,开弟子员,设科射策,劝以利禄,迄于元始,百有余年,传业者浸盛,一经说至百余万言。"到东汉末年,汉代的经学开始式微,不少人冲破了烦琐的章句之学的羁绊,出现了"家弃章句,人重异术"的新的文化氛围。刘褒的《诗经》画正是在这样的文化氛围中出现的。它的出现,有利于进一步冲破汉代经学只靠师法传授和烦琐章句的局限,使《诗经》的传播不再受师法和文本的限制,也不再受烦琐章句的束缚,而可以借用空间艺术的绘画来传播。这不只增加了《诗经》传播的方式,同时也有利于扩大《诗经》的传播范围。

我国古代有多种文艺交融和互补的优良传统。先秦时期,主要表现在诗、乐、舞三种文艺上。到了两汉,特别是东汉,出现了不少诗、画交融和互补的作品。刘褒的《诗经》画就是一个重要的例证。刘褒和后来的卫协、司马绍创作的《诗经》画,对当时和后来诗与画的交融和互补产生了积极的影响。这主要表现在一些文人,有的在自己的绘画作品上题写诗文,有的借用别人诗歌的内容来创作绘画。前者如赵岐和蔡邕。《历代名画记》卷 4 说:赵岐，"多才艺，善画。自为寿藏于郖城，画季札、子产、晏婴、叔向四人居宾位，自居主位。各为赞颂"。同卷又说：蔡邕"工书画"，"灵帝诏邕画赤泉侯五代将相于省，兼命为赞及书。邕书、画与赞皆擅名于代，时称'三美'"。后者如史道硕、戴逵和顾恺之。《历代名画记》卷 5 载：史道硕画有《嵇中散诗图》，"并传于代"；戴逵画有《董葳辇诗图》、《嵇阮十九首诗图》。另外，据顾恺之《魏晋胜流画赞》所记，戴逵还画有《嵇轻车诗》，"并传前代"。顾恺之这方面的绘画，据《历代名画记》卷 5 记载，有"《陈思王诗》，并传于后代"。《陈思王诗》图的具体内容，张彦远没有说明。宋朝郭若虚《图画见闻志》说："《清夜游西园图》者，晋顾长康所画。"这幅《清夜游西园图》，宋朝董迫在《广川画跋》卷 5 中，称为《西园图》，并指出："顾长康初以曹子建营此图。"顾恺之同戴逵一样，也特别喜爱嵇康的诗歌，并用嵇康的诗歌为题材作画。这在《晋书》卷 92《顾恺之传》中有明确的记述："恺之每重嵇康四言诗，因为之图。"诗歌和绘画是我国古代的两种重要的艺术。这两种艺术（还有书法）的交融和互补是我国古代艺术发展史上一个重要的特点。这一特点促进了我国古代诗歌和绘画的发展，结果出现了许多"诗中有画，画中有诗"的优秀作品，也出现了不少融诗、书、画为一体的综合艺术品。这一特点的形成和发展，当是与《诗经》画的出现和影响分不开的。

（原载《文史知识》1998 年第 8 期。）

三国时期《诗经》学者著述叙录及其启示

一、学者著述叙录

两汉时期，《诗经》主要有鲁、齐、韩、毛四家，这四家的学者和著述很多。三国时期（本文所指的三国时期，大致包括建安元年至西晋建立），四家《诗》的学者和著述绵延不绝。有些治《诗经》的学者，有明确记载。有些学者综治《五经》，他们有关《诗经》的著述，具体情况不明。这里根据我所阅读的史料，分两类分别叙录如下。三国时期的《诗经》学著述，全已亡佚。凡有佚文者，均予叙录。

（一）治《诗经》者

1.《毛诗》类

（1）《毛诗义问》十卷，刘桢撰，据《隋书》卷三十二《经籍志》一（以下简称《隋志》）。《旧唐书》卷四十六《经籍志》上（以下简称《旧唐志》）同，《新唐书》卷五十七《艺文志》一（以下简称《新唐志》）作《义问》十卷。马国翰《玉函山房辑佚书·经编·诗类》据虞世南《北堂书钞》、徐坚《初学记》、欧阳询《艺文类聚》、郦道元

《水经注》、孔颖达《毛诗正义》和李昉等编撰《太平御览》等书辑为一卷,共 12 节。其中《国风》10 节,《小雅》、《商颂》各 1 节。唐晏《两汉三国学案》卷六辑 7 节,其中"国贫兵役"1 节,《玉函山房辑佚书》漏收。从今存佚文看,《毛诗义问》重在训释名物。刘桢字公干,东平人,魏丞相掾、太子文学,建安七子之一。传附《三国志》卷二十一《王粲传》。

　　(2)《毛诗》二十卷,王肃注,据《隋志》。《隋志》注:"梁有《毛诗》二十卷,郑玄、王肃合注,……亡。"关于"合注",马国翰《玉函山房辑佚书》云:"盖魏晋人取肃注次郑笺后,以便观览,非肃别有注也。"《旧唐志》未著录,《新唐志》作二十卷。《玉函山房辑佚书》据《毛诗正义》、陆德明《经典释文》、陈旸《乐书》、李樗、黄櫄《集解》、欧阳修《诗本义》、陆佃《埤雅》、王质《诗总闻》、《晋书·礼志》、《宋书·礼志》、《文选》李善注和刘恕《通鉴外纪》等书辑其佚文成四卷,总计 313 节。卷一为《毛诗·国风》,共 96 节。卷二为《毛诗·小雅》,共 77 节。卷三为《毛诗·大雅》,共 81 节。卷四为《毛诗·颂》,其中《周颂》29 节,《鲁颂》13 节,《商颂》17 节,共59 节。《三国志》卷十三《王朗传》附《王肃传》:王肃,字子雍,东海人,王朗之子。曾任散骑黄门侍郎、散骑常侍、领秘书监兼崇文观祭酒、广平太守、侍中、太常,最后迁中领军,加散骑常侍。王肃"年十八,从宋忠读《太玄》,而更为之解"。长于贾逵、马融之学,对郑玄之学多有讥驳。他"采会同异,为《尚书》、《诗》、《论语》、《三礼》、《左氏》解,及撰定父朗所作《易传》,皆列于学官。其所论驳朝廷典制、郊祀、宗庙、丧纪、轻重,凡百余篇"。死后,"门生缫经者以百数"。

　　(3)《毛诗义驳》八卷,王肃撰,据《隋志》。《旧唐志》作《毛诗杂义驳》八卷,《新唐志》作《杂义驳》八卷。所谓"义驳",指驳郑玄

《毛诗笺》。《玉函山房辑佚书》据《毛诗正义》、余萧客《古经解钩沉》辑为一卷,共 11 节。其中《毛诗·国风》5 节,《毛诗·小雅》3 节,《毛诗·大雅》3 节。

(4)《毛诗奏事》一卷,王肃撰,据《隋志》。《旧唐志》、《新唐志》均未著录。马国翰《玉函山房辑佚书》云:此书"取郑氏之违失,条奏于朝,故题奏事也"。《玉函山房辑佚书》据《毛诗正义》辑为一卷,共 4 节。其中《小雅》1 节,《大雅》3 节。

(5)《毛诗问难》二卷,王肃撰,据《隋志》。《旧唐志》、《新唐志》同。此书大抵亦申张《毛诗》而驳难郑笺。《玉函山房辑佚书》据《毛诗正义》辑为一卷,共 7 节。其中《国风》5 节,《小雅》2 节。

(6)《毛诗音》,王肃撰。《经典释文》卷一《序录》:"为诗音者九人:郑玄、徐邈……王肃……。"姚振宗《三国艺文志》:"按《隋书·经籍志》云:梁有《毛诗音》十六卷,徐邈等撰,亡。王肃诗音当在此十六卷中。"

(7)《圣证论》十二卷,王肃撰,据《隋志》。《旧唐志》作十一卷,未明著者。《新唐志》作十一卷。此书涉及《尚书》、《诗经》、《周礼》、《仪礼》、《孝经》,集圣证论讥短郑玄。《玉函山房辑佚书·五经总论》辑为一卷,共四十余节。附有马昭驳、孔晁答、张融评。其中据《北堂书钞》、《毛诗正义》和《经典释文》辑有关《毛诗》10 节。10 节中,含《国风》3 节,《小雅》3 节,《大雅》3 节,《商颂》1 节。

(8)《毛诗注》,卷数不明,孙叔然撰。《三国志·王肃传》:孙叔然(裴松之注:"按,叔然与晋武帝同名,故称其字。"此书,侯康《补三国艺文志》、姚振宗《三国艺文志》均题作"孙炎《毛诗注》"),乐安人。"受学郑玄之门,人称东州大儒。征为秘书监,不就。……作《周易》、《春秋例》、《毛诗》、《礼记》、《春秋三传》、《国

语》、《尔雅》诸注,又注书十余篇"。《三国艺文志》引《经义考》曰:
"按,《访碑录》载:淄州长山县西南三十里长白山东有孙炎碑。碑
阴有门徒姓名,系甘露五年立。惜今不可得见矣。"

(9)《毛诗驳》一卷,王基撰,残缺,据《隋志》。梁五卷。《旧唐
志》、《新唐志》作五卷。《玉函山房辑佚书》辑为一卷,共 15 节。
其中《国风》4 节,《小雅》6 节,《大雅》5 节。王肃著诸经传解及论
定朝仪,改变郑玄旧说,王基则依据郑玄之义,常与王肃抗衡。
《三国志》卷二十七《王基传》:王基字伯舆,东莱曲城人。十七岁,
入琅邪界游学。曾任荆州刺史,赐爵关内侯。在荆州,兼修学校。
官至征南将军,都督荆州诸军事,赠司空。

(10)(11)《毛诗答问驳谱》,合八卷,王基撰,据《隋志》。《旧
唐志》、《新唐志》未著录。《答问》与《驳谱》当为两书,故《隋志》云
"合八卷"。马国翰以为《驳谱》即《毛诗驳》。

(12)《毛诗义》四卷,刘璠撰,据《隋志》。《旧唐志》、《新唐志》
未著录。刘璠,字里不详。《隋志》称其为魏秘书郎。

(13)《毛诗笺传是非》,刘璠撰,据《隋志》。《旧唐志》、《新唐
志》未著录。此书梁代尚存。

(14)程遐治《毛诗》。《两汉三国学案》卷九:程遐,"诸暨人,
魏尚书郎。游学京师,治《毛诗》、《尚书》、《左氏春秋》"。

(15)周元明治《毛诗》。《三国艺文志》录"陆玑毛诗草木鸟兽
鱼虫疏二卷"一书云:"按书中引魏博士济阴周元明说,不知何人
何书?"特录以备考。

以上为魏国,学者 7 人,著述 15 种。

(16)许慈治《毛诗》。《三国志》卷四十二《许慈传》:许慈,字
仁笃,南阳人。"师事刘熙,善郑氏学,治《易》、《尚书》、《三礼》、
《毛诗》、《论语》"。建安时期,由交州入蜀。为博士,与孟光等典

掌旧文,迁至大长秋。"子勋传其业,复为博士"。

（17）文立治《毛诗》。常璩《华阳国志》卷十一《后贤志》:"文立,字广休,巴郡临江人也。少游蜀太学,治《毛诗》、《三礼》,兼通群书。"蜀国时,任大将军东曹掾、尚书等。蜀亡后,任梁州别驾从事。西晋时,官至卫尉,为时名卿。"凡立章奏,集为十篇;诗赋论颂,亦数十篇。"

（18）司马胜之通《毛诗》。《华阳国志·后贤志》:"司马胜之,字兴先,广汉绵竹人也。学通《毛诗》,治《三礼》,清尚虚素,性澹不事荣利。"先后任蜀国尚书左选郎、秘书郎、散骑侍郎等。因病去职后,闲居清静,训化乡间。

（19）常勖治《毛诗》。《华阳国志·后贤志》:常勖,字脩业,蜀郡江原人也。少年时,"安贫乐道,志笃坟典。治《毛诗》、《尚书》。涉治群籍,多所通览"。任蜀国尚书左选郎、郫令等。

（20）王化治《毛诗》。《华阳国志·后贤志》:王化,字伯远,广汉郪人。治《毛诗》、《三礼》、《春秋公羊传》。任阆中令、朱提太守等。封关内侯。

（21）任熙治《毛诗》。《华阳国志·后贤志》:任熙,字伯远,蜀郡成都人。世有德望。治《毛诗》、《京易》,博通《五经》。任南郑令,转梓潼令。太康时,征聘为官,以病辞谢。"好述作,诗诔论难皆粲艳。"

（22）常骞治《毛诗》。《华阳国志·后贤志》:常骞,字季慎,蜀郡江原人。"治《毛诗》、《三礼》,以清尚知名。"西晋时,任萍乡令、魏郡太守、新都内史等。

（23）李譔注《毛诗》。《三国志》卷四十二《李譔传》:李譔,字钦仲,梓潼涪人。父李仁曾游荆州,从司马徽等受古学。李譔承传父业,又从尹默讲论义理,该览《五经》、诸子,博好技艺。始为州书佐、尚书令史。官至中散大夫、右中郎将。"著古文《易》《尚书》《毛诗》《三礼》《左氏传》《太玄指归》，皆依准贾、马，异于郑玄。与王氏殊隔，初不见其所述，而意归多同。"侯康《补三国艺文志》、姚振宗《三国艺文志》均著录李譔《诗经》著述，题为《毛诗注》。

以上蜀国，学者8人，著述数目不详。

(24)《毛诗谱》三卷，徐整撰，据《隋志》。《旧唐志》《新唐志》未著录。黄焯《经典释文汇校》第一引吴承仕《疏证》云："《隋志》云：徐整撰。'撰'谓为郑氏撰注也。"《经典释文·序录》注：徐整"字文操，豫章人，吴太常卿"。《序录》引徐整叙《毛诗》注解传述人云："子夏授高行子，高行子授薛仓子，薛仓子授帛妙子，帛妙子授河间人大毛公。毛公为《诗》故训传于家，以授赵人小毛公。小毛公为河间献王博士，以不在汉朝，故不列于学。"

(25)《毛诗谱畅》，徐整撰，据《经典释文·序录》注。《玉函山房辑佚书》据《经典释文》辑1节。

(26)《毛诗草木虫鱼疏》二卷。《隋志》著录，注云："乌程令吴郡陆机撰。"陆机有作陆玑，非陆士衡。《经典释文·序录》："陆玑《毛诗草木鸟兽虫鱼疏》二卷。"注：陆玑"字元恪，吴郡人。吴太子中庶子、乌程(程，原缺，卢文弨据《隋志》补)令"。余嘉锡《四库提要辨证》卷一引钱大昕《潜研堂集》卷二十七《跋尔雅疏》单行本云："此书引陆氏《草木疏》，其名皆从机，与今本异。考古书'机'与'玑'通，马、郑《尚书》'璇玑'字皆作'机'。"今存此《疏》二卷是后人从《毛诗正义》等书中辑出的。据《中国丛书综录》，此《疏》有《续百川学海》《唐宋丛书》《说郛》(宛委山堂本)《四库全书》《增订汉魏丛书》《丛书集成初编》等本。《说郛》本卷四分上下卷，总计132节。卷上为草木疏，共79节；卷下为鸟兽鱼虫疏，共

53 节。

（27）《毛诗答杂问》七卷，韦昭、朱育等撰，据《隋志》。此书梁代尚存。《旧唐志》、《新唐志》作五卷，未注明作者。《玉函山房辑佚书》从《毛诗正义》、《经典释文》、丁度等撰《集韵》、《太平御览》、孔颖达《春秋左传正义》、《艺文类聚》和《初学记》等书中辑为一卷，共 12 节，其中有《国风》6 节，《小雅》1 节，《大雅》3 节，《周颂》、《鲁颂》各 1 节。11 节中有韦辉光《毛诗问》1 节、薛综答韦昭 1 节。《三国志》卷六十五《韦曜传》裴松之注："曜本名昭，史为晋讳，改之。"韦昭字弘嗣，吴郡云阳人。少好学，能属文。为中书郎、博士祭酒，封高陵亭侯，迁中书仆射，职省，为侍中，常领左国史。撰《吴书》。《三国志》卷五十七《虞翻传》裴松之注引《会稽典录》：朱育，山阴人，少好奇字，学识广博，多通文艺。仕朝，常在台阁，为东观令，遥拜清河太守，加侍中。

（28）诸葛瑾治《毛诗》。《三国志》卷五十二《诸葛瑾传》：诸葛瑾，字子瑜，琅邪阳都人。汉末避乱江东。任孙权长史、中司马、大将军、豫州牧等。裴松之注引《吴书》：诸葛瑾"少游京师，治《毛诗》、《尚书》、《左氏春秋》"。

（29）《毛诗答杂问》，薛综撰。《玉函山房辑佚书》辑《毛诗答杂问》中引薛综答韦昭 1 节。《三国志》卷五十三《薛综传》及注引《吴录》：薛综字敬文，沛郡竹邑人。少年时避地交州，从刘熙学。明经学，善属文。任孙权五官中郎将，迁合浦、交阯太守，守谒者仆射。

（30）严畯善《诗经》。《三国志》卷五十三《严畯传》：严畯，字曼才，彭城人。少好学，善《诗经》、《尚书》、《三礼》，又好《说文》。避乱江东，孙权以为骑都尉、从事中郎。为卫尉，使至蜀国，蜀相诸葛亮深善之。后任尚书令。"著《孝经传》、《潮水论》，又与裴玄、张承论管仲、季路,皆传于世。"严畯所善《诗经》是否为《毛诗》? 待考,姑置于此。

以上为吴国。学者7人,著述5种。

2. 韩诗类

(1)杜琼撰《韩诗章句》十余万言。《三国志》卷四十二《杜琼传》:杜琼,字伯瑜,蜀郡成都人。任刘备议曹从事。刘禅称帝,任谏议大夫、左中郎将、大鸿胪、太常。学业深入,"著《韩诗章句》十余万言,不教诸子,内学无传业者"。除著《韩诗章句》外,亦通《春秋传》。

(2)何随治《韩诗》。《华阳国志·后贤志》:何随字季业,蜀郡人。"世有名德,征聘入官。随治《韩诗》、《欧阳尚书》,研精文纬,通星历。"州辟从事,任安汉令等。蜀亡去官,居贫躬耕。"著《谭言》十篇,论道德仁让。""太康中,即家拜江阳太守。民思其政。年七十一卒。"

(3)濮阳闿治《韩诗》。濮阳闿,生平不详。其治《韩诗》见下条。

(4)张纮受《韩诗》。《三国志》卷五十三《张纮传》:张纮,字子纲,广陵人。游学京都,后避难江东。任孙策正议校尉,孙权用为长史,著诗赋铭诔十余篇。裴松之注引《吴书》:"纮入太学,事博士韩宗,治京氏《易》、欧阳《尚书》,又于外黄从濮阳闿受《韩诗》及《礼记》、《左氏春秋》。""好文学,又善楷篆。"

以上共4人,其中蜀国、吴国各2人。

3. 齐诗类

(1)张揖习《齐诗》。皮锡瑞《经学通论》二:"张揖,魏人,习《齐诗》。其《上林赋注》曰:'《伐檀》,刺贤者不遇明王也。'其为《齐诗》之序明矣。"《三国艺文志》"张揖《广雅》三卷"一则引颜师古《汉书叙例》曰："张揖，字稚让，清河人。一云河间人。魏太和中为博士。"

4．综合类

隗禧讲齐韩鲁毛四家义。《三国志·王肃传》裴松之注引《魏略》：隗禧，京兆人。少年好学，初平时，避难客居荆州，诵习经书。曹操平定荆州，召署军谋掾，后为谯王郎中。鱼豢问其有关《诗经》学，他讲"齐、韩、鲁、毛四家义，不复执文，有如讽诵。又撰作诸经解数十万言，未及缮写而得聋，后数岁病亡也"。

5．其他

（1）宋均注《诗纬》。《隋志》："《诗纬》十八卷，魏博士宋均注。梁十卷。"宋均其他事迹不详。张舜徽《郑学丛书·郑学传述考》云："刘知几《孝经议》引宋均《诗纬序》有云：'我先师北海郑司农。'则均确是郑氏传业弟子矣。《隨志》著录均之著述尚多，大抵皆《纬书》注。"

（二）兼治数经，其中当含《诗经》者

（1）（2）綦毋闿、宋衷撰《五经章句》。《三国志·刘表传》注引《英雄记》：刘表"使綦毋闿、宋忠等撰《五经章句》，谓之后定"。綦毋闿，生平未详。据王粲《荆州文学记官志》，綦毋闿非荆州人，而是自远至荆州。关于宋衷：《三国志》卷六《刘表传》注引王粲《英雄记》作宋忠。卷四十二《尹默传》作宋仲子。王粲《荆州文学记官志》作宋衷。王葆玹说："宋忠，字仲子。《三国志》的作者或抄写者避晋惠帝司马衷讳，改'宋衷'为'宋忠'。"（《今古文经学新论》）宋衷在荆州经学占有重要地位。《荆州文学记官志》载：宋衷在荆州任五业从事、文学。《三国志·尹默传》注：宋衷后在魏国，因其子与魏讽谋反被杀。尹默曾至荆州师从宋衷（详见下文尹默条)。又据《三国志》卷六十一《潘濬传》，潘濬弱冠在荆州曾从宋衷受学。在荆州从宋衷受学者，当有不少。《隋志》载：梁有宋衷著《周易》十卷，亡。

（3）司马徽通经学，在荆州授尹默古学（见下文尹默条）。《三国志》卷三十七《庞统传》及注引《襄阳记》：司马徽，颍川人，"清雅有知人之鉴"，有"水镜"之誉。卷三十五《诸葛亮传》注引《襄阳记》："刘备访世事于司马德操。"（德操当为司马徽字）司马徽荐诸葛孔明、庞士元。卷四十八《孙皓传》注引《江表传》载："初丹杨刁玄使蜀，得司马徽与刘廙论运命历数事。"据此，司马徽后当由荆州至蜀国。卷四十一《向朗传》：向朗，襄阳宜城人，荆州牧刘表以为临沮长，刘表卒，归刘备。向朗去蜀国长史后，潜心典籍，"手自校书，刊定谬误，积聚篇卷，于时最多。开门接宾，诱纳后进，但讲论古义，不干时政，以是见称"。注引《襄阳记》："朗少师事司马德操。"据此推知，司马徽在荆州，当有不少师从者。

（4）周生烈历注经传。据《三国志·王肃传》及裴松之注。周生烈，敦煌人，魏初征士。"何晏《论语集解》有烈《义例》，余所著述，见晋武帝《中经簿》。"所著经传，颇传于世。

（5）董遇历注经传。据《三国志·王肃传》。裴松之注引《魏略》：董遇，字季直。建安初任黄门侍郎。黄初时，出为郡守。明帝时任侍中、大司农。初，董遇善治《老子》。又善《左氏传》。所注经传，颇传于世。

（6）杜宽论驳经传。《三国志》卷十六《杜畿传》注引《杜氏新书》：杜宽，字务叔，京兆杜陵人。"清虚玄静，敏而好古。以名臣门户，少长京师，而笃志博学，其意欲探赜索隐，由此显名，当涂之士多交焉。举孝廉，除郎中。年四十二而卒。经传之义，多所论驳，皆草创未就，惟删集《礼记》及《春秋左氏传》解，今存于世。"

（7）（8）（9）高堂隆、苏林、秦静授《五经》。《三国志》卷二十五《高堂隆传》：景初中，魏明帝以苏林、秦静等并老，恐无能传经艺者，乃诏科郎吏高才解经义者，从高堂隆、苏林、秦静，分受四经《三礼》，主者具为设课试之法。数年，高堂隆等皆卒，学者遂废。高堂隆字升平，泰山平阳人。建安十八年，任丞相军议掾。黄初中，为平原王傅。明帝时，为给侍中、博士、驸马都尉、散骑常侍，赐爵关内侯。后迁侍中、光禄勋。苏林为儒宗。《三国志》卷二十一《刘劭传》及注引《魏略》：苏林字孝友，陈留人。"博学，多通古今字指，凡诸书传文间危疑，林皆释之。建安中，为五官将文学，甚见礼待。黄初中，为博士给事中。"明帝时，任散骑常侍。"以老归第，国家每遣人就问之，数加赐遗。年八十余卒。"秦静，明帝时为博士，据《高堂隆传》。生平未详。

（10）刘劭集《五经》。《三国志》卷二十一《刘劭传》：刘劭字孔才，广平邯郸人。建安时，任太子舍人、秘书郎。"黄初中，为尚书郎、散骑常侍。受诏集《五经》群书，以类相从，作《皇览》。明帝即位，出为陈留太守，敦崇教化，百姓称之。"迁散骑常侍。"正始中，执经讲学，赐爵关内侯。"长于著论属辞，作有《律略论》、《都官考课》、《说略》、《乐论》、《法论》、《人物志》、《赵都赋》等。

（11）任嘏诵究《五经》。《三国志》卷二十七《王昶传》注引《别传》：任嘏，乐安博昌人。曹操创业时，为临淄侯庶子、相国东曹属、尚书郎。文帝时为黄门侍郎，累迁东郡、赵郡、河东太守。"诵《五经》，皆究其义，兼包群言，无不综览。""著书三十八篇，凡四万余言。"《后汉书》卷三十五《郑玄传》及注：任嘏，字昭光，幼童时从郑玄学。

（12）郑玄门人撰《郑志》八篇。《后汉书》卷三十五《郑玄传》："门人相与撰玄答诸弟子问《五经》，以《论语》作《郑志》八篇。"《隋志》录作《郑记》六卷,郑玄弟子撰。《旧唐志》作《郑记》六卷,校勘记:"局本题郑玄撰,其他本均不著撰人。"《新唐志》作《郑记》六卷,未著撰者。

（13）郑小同撰《郑志》十一卷,据《隋志》。《旧唐志》作九卷,校勘记:局本题郑玄撰,他本未著撰人。《新唐志》作九卷,未注撰人。据《三国志》卷四《高贵乡公纪》及注,郑小同为郑玄之孙,文帝时为郎中,封关内侯,为五更（"更",一云应作"叟"）,高贵乡公时任侍中,因执经亲授而受高贵乡公之赏赐。后为司马昭所害。郑小同"少有令质,学综六经,行著乡邑"。关于《郑志》,《三国艺文志》录遵义郑珍《郑学录》曰:"《郑志》,本传八篇,《隋志》十一卷,《唐志》九卷,后亡。国朝秘府有一本,分上中下三卷,不知何人辑录。武英殿聚珍版印行。乾隆间王复、武亿为注明原书出处,更加订正,又辑补遗一卷。按本传云:'门人相与撰玄答诸弟子问《五经》,依《论语》作《郑志》八篇。'则此书明是郑门弟子所记。而《隋志》独云魏侍中郑小同撰者,考康成卒时,小同仅四五岁,安能记述祖时师弟问答? 必是康成殁未久,诸弟子即各出所记,分《五经》类而萃之为志八卷。后来小同更有所得,增编为十一卷,自题己名,故《隋志》归之小同撰耳。"郑珍说可从。《四库全书》卷三十三《五经总义类》"《郑志》三卷、补遗一卷"一则下云:《郑志》三卷"为旧人所辑,非近时新编也,间有搜采未尽者,《诸经正义》及《魏书·礼志》、《南齐书·礼志》、《续汉书·郡国志注》、《艺文类聚》诸书所引,尚有 36 条。又《郑记》一书,亦久已散佚。今可以考见者,尚有《初学记》、《通典》、《太平御览》所引三条"。张舜徽《郑学丛书·郑学传述考》据今存《郑志》和《郑记》佚文等书,列郑玄亲炙弟子 30 人,再传弟子 8 人。其中多为经学学者。

以上为魏国,有姓名者共 12 人。

（14）董扶兼通数经。董扶，广汉人。《三国志》卷三十一《刘二牧传》注引陈寿《益部耆旧传》："董扶字茂安。少从师学，兼通数经，善欧阳《尚书》，又事聘士杨厚，究极图谶。遂至京师，游览太学，还家讲授，弟子自远而至。"灵帝时，任侍中，称为儒宗，受器重。后辞官，卒于家。

（15）谯周撰《五经论》。《三国志》卷四十二《谯周传》：谯周字允南，巴西西充国人。其父岍治《尚书》，兼通诸经及图、纬。谯周好古述儒，研精《六经》，尤善书札。诸葛亮任益州牧，命谯周为劝学从事。刘禅时，为中散大夫，侍太子。后迁光禄大夫。谯周"以儒行见礼，时访大议，辄据经以对，而后生好事者亦咨问所疑焉"。蜀国多年无虞，有赖于谯周的谋划。西晋建立，至洛阳，任骑都尉。他"撰定《法训》、《五经论》、《古史考》（书）之属百余篇"，又《隋志》著录谯周《五经然否论》五卷，不知是否即本传所载《五经论》？《玉函山房辑佚书·五经总类》辑《五经然否论》佚文为一卷，计23节，其中未涉及《诗经》。

（16）尹默通诸经史。《三国志》卷四十二《尹默传》："尹默字思潜，梓潼涪人也。益部多贵今文而不崇章句，默知其不博，乃远游荆州，从司马德操、宋仲子等受古学。皆通诸经史，又专精于左氏《春秋》，自刘歆条例，郑众、贾逵父子、陈元（方）、服虔注说，咸略诵述，不复按本。"曾以《左氏传》授太子刘禅。

以上为蜀国，共3人。

（17）沈珩综经艺。《三国志》卷四十七《吴主权传》及注引《吴书》：沈珩字仲山，吴郡人，任孙权西曹掾。"少综经艺，尤善《春秋》内、外传。"

（18）程秉博通《五经》。《三国志》卷五十三《程秉传》：程秉字德枢，汝南南顿人。曾事郑玄，后避乱交州，与刘熙考论大义，遂博通《五经》。孙权闻其名儒，以为太子太傅、太常。"著《周易摘》、《尚书驳》、《论语弼》，凡三万余言。"

(19)刘熙博通《五经》。有关博通《五经》事，见上文程秉条。"熙字成国，北海人。"《隋志》著录刘熙撰有《释名》八卷。《三国志·许慈传》：许慈"师事刘熙，善郑氏学"。

以上为吴国，共3人。

二、七点启示

（一）东汉后期，汉代经学的弊病逐渐暴露，到东汉末年，由于政治的昏暗和社会的急剧动乱，汉代的经学受到了严重的冲击。三国时期，战乱频仍，不少统治者重法术。但在这种情况下，还出现了众多的《诗经》学者和著述，这说明《诗经》作为一种元典文化，即使在战乱频仍时期，即使受到了其他思想的冲击，它仍保持着自己的生命力。有些著述常常笼统地说，三国时期经学式微。其实三国时期真正式微的主要是汉代对经学的某些阐释，特别是对汉代章句之学的厌弃，而作为先秦时期的经学元典，仍受到重视，仍在相当大的范围内得到传播。三国时期出现了那么多的《诗经》学者和著述，就是一个证明。究其原因，至少有两点：一是经学的正统地位在汉代被确定之后，不断地被神圣化，使其成为一种有利于巩固封建制度的统治思想，形成了一种稳固的传统。三国尽管与两汉不同，但封建制度并没有改变，统治者需要它，以至出现了王肃把自己有关《毛诗》的著述"条奏于朝"这样的事情。这就决定了三国时期必然会承袭包括《诗经》在内的经学。二是《诗经》作为一种元典文化的载体，内容丰富，其中含有能为各个时代所能接受和认同的积极成分。这不仅反映在《诗经》著述方面,同时在诗文创作中也多有体现。

（二）《隋志》云:"《齐诗》,魏代已亡。"其实,从上面的叙录来看,三国时期,不只鲁、韩、毛三家《诗》都存在,都在流传,而且《齐诗》也存在,也在流传。不同的是,四家《诗》学者的数量相差很大。明确治《毛诗》者最多,共29人。其次是治《韩诗》者,有4人。治《齐诗》者1人。另有1人,涉及了四家。就著述来看,有关《毛诗》的占有绝对的优势。三国时期关于《诗经》的争论和驳难,也是围绕《毛诗》而展开的。汉代,在郑众、贾逵、马融、郑玄传注《毛诗》之前,齐、鲁、韩三家《诗》盛行,徒众很多。至平帝时,《毛诗》始立,其他三家衰退,《毛诗》居于主导地位。三国时期的《诗经》学,承袭了汉末的态势,《毛诗》进一步倡行,三家《诗》继续衰退,《毛诗》的主导地位得到了进一步的巩固。

（三）在汉代,《诗经》的传授,主要靠官学博士,其次是靠师法和家法。三国时期,博士失其官守,官学博士传授衰退。《三国志》卷十六《杜畿传》注引《魏略》:"黄初中,征拜博士。于时太学初立,有博士十余人,学多褊狭,又不熟悉,略不亲近,备员而已。"看来,三国时期,由太学博士传授《诗经》已经是微不足道了。当时《诗经》的传授,主要有三种途径:1.靠各地学校传授。如上所述,刘表在他控制的荆州地区,"起立学校,博求儒术",传授《五经》。其他如:王肃的《诗经》著述即列于学官;文立游蜀太学,治《毛诗》。2.家学传授,如:李譔治《毛诗》,深受其父李仁的沾溉,走的当是其父博学治经的路数。常骞家至少有两代以家学传授经学,其中包括《诗经》。第一代是常廓、常勖、常骞,第二代有常宽。《华阳国志·后贤志》载:常宽,常勖弟之子,父廓"以明经著称,早亡","宽阖门广学,治《毛诗》、《三礼》、《春秋》、《尚书》,尤耽意《大易》"。又如许慈治《毛诗》,其子许勋传其业。3.靠师法传播，如蜀国许慈师事刘熙，李仁到荆州从司马徽等受古学，"东州大儒"孙叔然向门徒传授郑学经学。

（四）就地区来看，三国时期《诗经》的研究和传播，大致可以曹操统一北方为界，分前后两个时期。在这两个时期，《诗经》尽管仍在各地传播，各地都有《诗经》的研究者，但很不平衡。前期的中心是荆州地区，后期的中心则移到魏国。三国初期，荆州是经学中心。重要的经学学者有綦毋闿、宋衷、司马徽等。这一中心的形成与刘表统辖荆州有直接的关系。《三国志·刘表传》："刘表字景升，山阳高平人也。少知名，号八俊。"注引谢承《后汉书》："表受学于同郡王畅。"王畅精通经学。《后汉书》卷六十六《陈蕃传》载陈蕃云："齐七政，训五典，臣不如议郎王畅。"经王畅的传授，刘表有深厚的经学根底，后又有经学著作，《隋志》著录刘表章句《周易》五卷，《汉荆州刺史刘表新定礼》一卷。东汉末年，荆州混乱。初平元年，刘表任荆州刺史后，陆续平定了荆州。此后，与北方的战乱相比，荆州相对安定，成了北方士人的避难之地。"关西、兖、豫学士归者盖有千数。"（《后汉书》卷七十四下《刘表传》）当时"士之避乱荆州者，皆海内之俊杰也"（《三国志》卷二十一《魏书·王粲传》）。宋衷、綦毋闿、司马徽就是其中著名的代表。刘表对这些学士，能够妥善安排。"乃开立学官，博求儒士"（《三国志》卷六《魏书·刘表传》裴注引《英雄记》）。《镇南碑》记载，刘表"又求遗书，写还新者，留其故本，于是古典比集，充于州间"，使荆州成为收藏经学典籍的中心。宋衷等治《诗经》情况，未见记载，但其影响是肯定的。蜀地的尹默、李仁都曾远游荆州，从司马徽、宋衷等受古学。后来宋衷北上成为曹操属下，王肃曾从宋衷学习过《太玄》。荆州经学至少影响了蜀地和魏国的《诗经》学。（参王葆玹《今古文经学新论》）

　　汉代的经学，主要集中在北方的中原地区。东汉末期，以郑玄为代表的经学的影响和他的门徒也多是在北方。三国时期，曹魏承其余绪，到后期，恢复了经学中心的地位。早在曹操统一北方的过程中，"清秀通雅，有王佐之风"的荀彧即建议曹操"宜集天下大才通儒，考论《六经》，刊定传记，存古今之学，除其烦重，以一圣真，并隆礼学渐敦教化，则王道两济"（《三国志》卷十《魏书·荀彧传》裴注引《彧别传》）。曹操接受了荀彧的建议，重"大才通儒"，致文人荟萃，其中有不少《诗经》学者。曹丕在《典论·自叙》中说自己"少诵诗、论，及长而备历《五经》、四部"。他在《与吴质书》中也谈到与其他建安文人优游闲暇、高谈娱心时，常常是"妙思《六经》"。曹丕代汉称帝以后和他的后继者曹睿，继续注重经学，经学有所发展。曹操虽然重视法术，但经学一直是魏国基础教育的主要内容。《三国志》卷十八《钟会传》注引钟会为其母作传，记载母亲对自己的教育是："年四岁授《孝经》，七岁诵《论语》，八岁诵《诗》，十岁诵《尚书》，十一诵《易》，十二诵《春秋左氏传》、《国语》，十三诵《周礼》、《礼记》，十四诵成侯《易记》，十五使入太学问四方奇文异训。"同蜀国和吴国相比，魏国《诗经》方面的学者较多，著述也较多，有不少著述流传的时间还很长，当与上述情况有联系。从《诗经》学者的数量来看，蜀国值得我们重视。蜀国治《毛诗》者9人，治《韩诗》者2人，其中杜琼的《韩诗章句》达十余万言。这一现象的出现，可能与汉代的经学在蜀地一直没有受到大的冲击有关。上面叙录的蜀地的经学学者，多见于《华阳国志》。《华阳国志》是保留较全的、较早的蜀地地方志。现在我们能看到较多的蜀国的《诗经》学者，可能是与《华阳国志》的详细记载分不开的。但蜀与魏相比，其成就终逊一筹，这当与刘备特别是诸葛亮重法有关。在吴国的《诗经》学著述当中，影响比较大的是陆玑的《毛诗草木鸟兽虫鱼疏》。此疏对《诗经》中的许多植物和动物的名称,作了考证解释,开《诗经》博物学之先。吴国尽管有陆玑的重要著述,但同魏和蜀相较,《诗经》学者和著述少一些。吴国统辖的地区,自汉代开始,经学就不如蜀地,更不像北方那样隆盛。加上孙权统治时期轻忽文教,不太重视经学,致使吴国的《诗经》学逊于魏国和蜀国。看来《诗经》学的发展状况,与原来的经学基础、社会的治乱、当权者的重视程度和整体文化氛围有密切的关系。

(五)三国时期的《诗经》学,在众多的学者和著述当中,王肃的著述相当突出,而且王肃的经学"皆立学官",当时有"王学"之称。今存王肃有关《诗经》著述的佚文也远远超过其他学者。王肃的《诗经》学,在当时尽管也受到了郑玄门徒孙叔然和王基等人的挑战,但总的来看,他的《诗经》学在三国后期占有重要地位,其影响远过他人。究其原因,主要有两点:一是有新的见解。有关《诗经》方面的著述,在王肃之前,广为流传的是郑玄的《毛诗笺》。郑笺虽通古今,能博采,成就显著,但确有谬误。王肃开始也是学郑学的。今存王肃《圣证论》佚文载王肃曰"吾幼为郑学之时",就是一个证明。但王肃并不迷信郑学。他解释《诗经》能"采会异同"、独立思考,纠正了郑笺的一些谬误,提出了新的见解。如他解说《大雅·生民》"厥初生民,实维姜嫄"句,就否定了郑玄圣人感天而生的迷信说法。有的论著认为,王肃有关《毛诗》的注疏"表现出抱残守缺的保守倾向"。从今存王肃的注疏来分析,上述见解值得商榷。二是有重要的社会政治地位。王肃之父王朗高才博雅,通经学,为魏国重臣,官至司空。王肃本人,不仅官运亨通,而且同司马氏是姻亲。《晋书》卷三十一《文明王皇后传》载:王肃的女儿元姬嫁司马昭,生武帝司马炎。"武帝受禅,尊为皇太后。"她"年八岁,诵诗、论"。她"《诗》、《书》是悦,礼籍是纪"。王肃前有其父王朗的地位和声誉,后因其女嫁司马昭而成为武帝的外公。这种特殊的社会政治地位当是促成他的经学从魏以至晋能"皆立学官"的重要原因。在我国长期的封建社会里,"位置文化"的影响很大,王肃的《诗经》学也说明了这一点。

(六)两汉、特别是东汉的《诗经》学,重章句,极为烦琐。《后汉书》卷三十五《郑玄传论》说:"汉兴,诸儒颇修艺文;及东京,学者亦各名家。而守文之徒,滞固所禀,异端纷纭,互相诡激,遂令经有数家,家有数说,章句多者或乃百余万言,学徒劳而少功,后生疑而莫正。"到东汉末年,章句渐退,义理渐兴。古文经学从马融开始,吸收今文经学之长,重视经学义理的探索。经学大家郑玄在《戒子书》中谈自己治学宗旨是"念述先圣之元意,思整百家之不齐"。三国时期的《诗经》学,烦琐的章句虽未断绝,如蜀国的杜琼撰《韩诗》章句十余万言,但总的趋势是"不崇章句",汉末重义理这一方面得到了进一步的发展。当时不少文人强调义理,对章句取批评态度。王粲《七释》云:"吾闻辞不必繁,以义为贵。"应劭《风俗通义序》云:"汉兴,儒者竞复比谊会意,为之章句,家有五六,皆析文便辞,弥以驰远。缀文之士,杂袭龙鳞,训注说难,转相陵高,积如丘山,可谓繁富者矣。"又徐干《中论·治学》说:"凡学者,大义为先,物名为后,大义举而物名从之。然鄙儒之博学也,务于物名,详于器械,矜于诂训,摘其章句,而不能统其大义之所极,以获先王之心,此无异乎女史诵《诗》、内竖传令也,故使学者劳思虑而不知道,费日月而无成功。"就三国时期的《诗经》学来看,重义理确实是一个突出的特点。前面提到,三国前期,刘表控制的荆州曾经是经学的中心。这一中心倡古文经学,重义理。这一点,《镇南碑》有所揭示:刘表"深悯末学远本离质,乃令诸儒改定《五经》章句,删铲浮辞,芟除烦重",以"探微知几"。到了三国后期,重义理的特点更为明显。一个典型的例证是王肃。王肃遍注群经,多授门徒。他注释群经,深受荆州经学的沾溉,重古文经学,对《诗经》的诂训多着眼于义理,不少地方突破了烦琐章句的藩篱。

(七)三国时期的《诗经》学同两汉时期相比,尽管有继承,有扬弃,有新的进展,有自己的特点,特别是曹操和王粲等诗人的创作中成功地化用了《诗经》中一些作品,说明《诗经》蕴藏的文学意味在三国时期并没有完全被扼杀,但就大多数学者的视界来看,他们仍是把《诗经》看成是"经"。当时的《诗经》学基本上没有超出考据训诂和诗旨探讨这两方面。他们考据训诂、探讨诗旨,用的都是解经的路数和方法,还没有把《诗经》作为文学作品的"诗"来分析和鉴赏,没有从审美的角度去体悟《诗经》。许多学者认为,三国时期是我国文学开始自觉的时期,但是这种自觉,并没有进入《诗经》学这一领域。这很值得我们思考。这是否说明,《诗经》自汉代被尊定为经之后,就被拽出了文学的范围,被赋予了神圣的地位,被当作封建政治和道德教化服务的有力工具,诗情被神圣和工具淹没了。要撩开《诗经》神圣的面纱,不再把它作为为封建政治和道德服务的工具,从而还其本来的"诗"的面貌,露出诗歌的情感和诗歌的艺术,还有待于社会和文化多方面的大的变化,还要走一段漫长的路程。

(原载《山东大学学报》[哲学社会科学版]2003年第2期。)

《诗经》在东晋的传播和影响

《诗经》从它产生时开始,就与传播相伴随。《诗经》的历史同它的传播是并行发展的。通过传播,人们才得以了解《诗经》、体悟《诗经》,《诗经》才能产生影响。随着时间的延续,《诗经》在不同的时期,传播的方式不尽相同,产生的影响也有时代的特点。本文想就《诗经》在东晋的传播及其影响,做一初步探讨。

传播的主要方式

《诗经》在东晋的传播方式多种多样,归纳起来,大致可以分为两类:一类是直接传播,另一类是间接传播。所谓直接传播,主要是通过学校讲授和平时交谈等方式,把《诗经》直接传播给接受者。而间接传播则不同,它常常要借助于媒介,要经过一个中间环节。接受者从诗文中引用《诗经》,接受《诗经》,可以归为这一类。

东晋的学校主要有两种:一种是官办的,其中包括朝廷办的和地方长官办的;另一种是私人办的。这两种学校,程度不同地都是直接传播《诗经》的重要场所。

早在东晋刚刚建立时,元帝司马睿就修学校,简省博士,置经学博士 10 人,其中《毛诗》置博士 1 人。当时的博士,主要是以

《五经》教授宫中子弟,《诗经》是其中的重要内容之一。据《晋书》卷十九《礼志上》记载,成帝司马衍,经过博士的讲授,15 岁时,就能够通晓《诗经》。东晋时,还有不少地方长官办的学校。这些学校主要传播的也是包括《诗经》在内的经学。《通典》卷五十三云:征西将军庾亮在武昌时,针对丧乱以来,"临官宰政者,务目前之理,遂令《诗》、《书》荒废,颂声寂寞"的情况,"在武昌开置学官,起立讲舍。亮家子弟及参佐大将子弟,悉令入学。四府博学识义,通涉文学经论者,建儒林祭酒,班同三署,厚其供给,皆妙选邦彦,必有其宜者,以充此举。近临川、临贺二郡并求修复学校。若非束脩之流,礼教所不及,而欲阶缘免役者,不得为生,明为条制,令法清而人贵"。地方长官办学,影响较大的还有范宁。据《宋书》卷九十三《周续之传》记载,"太元中,顺阳太守范宁为豫章太守。宁亦儒博通综,在郡立乡校教授恒数百人","远方至者甚众","由是江州人士并好经学"。

汉代官方经学衰落以后,私家讲经风气逐渐兴盛。私人办学讲经,东晋仍在施行。和过去不同的是,东晋私人办学传经的主讲者,除了誉隆望重的儒宗之外,还有名传四海的佛僧。前者的代表人物是范宣,后者有影响的是慧远。《晋书·范宣传》说:范宣"年十岁,能诵《诗》、《书》……少尚隐遁,加以好学,手不释卷,以夜继日,遂博综众书,尤善《三礼》……宣虽闲居屡空,常以讲诵为业,谯国戴逵等皆闻风宗仰,自远而至。讽诵之声,有若齐、鲁……由是江州人士并好经学"。范宣虽然特别长于《三礼》,但由于《五经》本身是互相联系的,再加上他 10 岁时即能诵《诗经》,所以他办的学校,在传播《诗经》方面,也是有贡献的。

东晋时期,儒、佛有对立的一面,也有融合的一面。《高僧传》卷五《竺道壹传》记载:帛道猷"少以篇牍著称",后来他曾经写信对竺道壹说,自己"始得优游山林之下,纵心孔、释之书"。竺道壹得到他的信以后,"于是纵情尘外,以经书自娱"。因为儒、佛的融合,所以有些名僧在讲解佛学的同时,也传授《诗经》。《经典释文》卷五《毛诗音义上》云:"周续之与雷次宗同受慧远法师《诗义》。"据此可知,名僧慧远不仅精通佛学,而且对《诗经》也十分重视,也有很深的研究。他在庐山聚众传佛的同时,也曾向周续之和雷次宗等名士直接传播过《诗经》。

东晋的许多学校通过教授,不仅直接传播了《诗经》,而且还培养了像戴逵、周续之和雷次宗等精通《诗经》的学者。他们都有《诗经》学方面的著作传世。《隋书》卷三十二《经籍志一》载戴逵撰有《五经大义》三卷。《宋书·周续之传》云:"续之年十二,诣(范)宁受业,居学数年,通《五经》并《纬》、《候》,名冠同门,号为'颜子'。"并"通《毛诗》六义"。据《经典释文》卷一《序录》提供的资料,他还著有《诗序义》。和周续之的情况近似,雷次宗也撰有《诗序义》。《隋书·经籍志一》录有雷次宗所著《毛诗序义》两卷。

东晋时期,清谈风气昌炽,不少门阀士族和为世所称道的名士在清谈时,常常涉及到《诗经》。《晋书》卷九十六《王凝之妻谢氏传》说:谢安曾问其侄女谢道韫:"《毛诗》何句最佳?"道韫称:"吉甫作颂,穆如清风。仲山甫咏怀,以慰其心。"谢道韫所称颂的四句诗,见于《诗经·大雅·丞民》。谢安与其子侄辈议论《诗经》,不仅交流了他们研读《诗经》的心得,同时,通过议论,也使《诗经》得到了直接的传播。类似的传播情况,还见于《世说新语·排调第二十五》的有关叙写:"习凿齿、孙兴公未相识,同在桓公坐。桓语孙:'可与习参军共语。'孙云:'"蠢尔蛮荆",敢与"大邦为仇?"'习云:'"薄伐猃狁,至于大原。"'"《诗经·小雅·采芑》有"蠢尔荆蛮,大邦为仇"二句,意思是愚蠢的荆地蛮人,竟敢与大国为敌。又《诗经·小雅·六月》有"薄伐猃狁，至于大原"二句，大意是征伐北方的猃狁，赶至太原一带。习凿齿是荆州襄阳人，孙兴公是太原人，他们谙熟《诗经》中的句子，见面以后，上口而出，巧妙地借用《诗经》中的句子，互相嘲戏，这自然使在坐者了解了《诗经》。借用《诗经》来对话，是当时直接传播《诗经》的一种方式。

《诗经》在东晋的间接传播，最重要的途径是书面引用。当时书面引用的做法，主要有三种：

一是引用《诗经》中的成句。东晋的不少文人在自己的作品中，或为叙事，或为抒情，或为明理，常直接引用《诗经》成句。这里举孙绰和干宝二人作为示例。孙绰《太常碑赞》云："哲人其倾，'邦国殄瘁'。""邦国殄瘁"一句，出自《诗经·大雅·瞻卬》。原诗句的意思是，周幽王因宠幸褒姒，败坏威仪，许多贤良离去奔亡，结果国家危急，元气大伤。孙绰在《太常碑赞》中，恰当地加以引用，借以抒发自己对贤德的太常的悼念之情。干宝对《诗经》成句的大量引用，集中地表现在他写的《晋纪总论》一文中。在《晋纪总论》中，干宝为了从理论上总结西晋灭亡的教训，全文夹叙夹议，直接引用《诗经》共有 8 首，29 句。另外还有 7 处引用了《毛诗》序文。如他为了说明"民有风教，国家安危之本"这一道理，在叙述周朝的先族和周朝的兴旺时，引用了《诗经·周颂》和《大雅》中的许多诗句。叙后稷引《周颂·思文》句云："思文后稷，克配彼天"，"立我丞民，莫匪尔极"；引《大雅·生民》句云："实颖实粟，即有邰家室。"写文王在先人业绩的基础上，"备修旧德，而惟新其命"，引《大雅·大明》句云："惟此文王，小心翼翼，昭事上帝，聿怀多福。"孙绰是东晋的文宗，据《文录》记载，当时著名人物的碑文，非他为文，则不刻石。干宝是受命撰写《晋纪》，他写的《晋纪总论》是一篇非常有影响的论文。孙绰和干宝在他们的文章中，多次引用《诗经》。《诗经》自然会借助于他们的文章而得到比较广泛的传播。

二是引用《诗经》的篇名。《诗经》有不少篇名是士人所熟悉的，再加上写文章力求简短，或者由于文体的限制，因而东晋有不少诗文，在引用《诗经》时，常常只标篇名，以赅诗意，而不引用原文。晋明帝司马绍《复征任旭虞喜为博士诏》云："夫兴化致政，莫尚乎崇道教，明退素也。丧乱以来，儒雅凌夷，每览《子衿》之诗，未尝不慨然。"《子衿》是《诗经·郑风》中的篇名，常为人们所吟诵。晋明帝只引篇名，慨叹两晋之际，儒雅节操之士多被埋没，希望像任旭、虞喜这样的博学贤良者，能为朝廷尽心尽力，从而励俗明道。只引用篇名，在谢灵运的《撰征赋》中，表现得更为突出。《撰征赋》引用《诗经》共11处，其中有《东山》、《皇华》、《采薇》、《黍离》、《鸿雁》、《山枢》、《采芑》、《汉广》等。像《撰征赋》这样的辞赋，语言相当整齐，引用《诗经》原文比较困难，所以多标篇名，而不引用原文。只标篇名，不引用原文，对于熟悉《诗经》的人来说，能一读即明，引起联想，对于不熟悉的读者来说，可以诱发他们去阅读《诗经》。不管哪种情况，都起到了传播《诗经》的作用。

三是化用《诗经》的诗句。这在东晋的许多作品中都有表现。范弘之《卫将军谢石谥议》说："古之贤辅，大则以道事君，侃侃终日；次则厉身奉国，夙夜无怠；下则爱人惜力，以济时务。此数者，然后可以免'惟尘'之讥，塞'素餐'之责也。""惟尘"和"素餐"分别见于《诗经·小雅·无将大车》和《诗经·魏风·伐檀》。关于"惟尘"句，郑玄笺曰："犹进举小人，蔽伤己之功德。"后多用于喻小人、佞人。"素餐"句，原意是讽刺不劳而食的"君子"。范弘之在自己的文章中，首先从正面讲古代的贤辅，应当如何辅佐朝政，然后融会《诗经》中的句子，概其大意，说明唯其如此，才能避免受到讽刺。类似的例证，也常常见于谢灵运的作品。谢灵运在《撰征赋》中，叙写晋末刘裕出征北伐时的情景云："昔西怨于东徂，今北伐而南悲……歌'零雨'于《豳风》，兴《采薇》于周诗。"《诗经·豳风·东山》云："我徂东山，慆慆不归。我来自东，零雨其濛。"谢赋中的"昔西怨于东徂"等句，显然是化用《诗经》中的诗句，借以抒发征战时的痛苦和悲伤。同直接引用诗句和篇名相比，化用诗句，有时不易发现，但读者一经查阅，或者由别人指点，就会知道是源自《诗经》。这无疑也使《诗经》的某些篇章得到了传播。

注释与传播

《诗经》在传播过程中，常常离不开注释。这是因为古代《诗经》的传播主要是借助于文字。文字打破了时间和空间的界限，起到了"前人所以垂后，后人所以识古"（许慎《说文解字叙》）的作用。但由于年代的久远、语言文字的变化和认识的不同等原因，所以对《诗经》这样的古籍，需要注释。这种注释本身就带有传播的性质。

东晋的《诗经》注释，粗略地可分为综合注释、侧重义释和侧重音训三种类型。

属于综合注释的，见于《七录》的有谢沈的《毛诗注》二十卷；江熙的《毛诗注》二十卷；见于文廷式《补晋书艺文志》的有周续之的《毛诗注》；见于《晋书》卷九十一《虞喜传》的有虞喜的《释毛诗略》；见于《晋书》卷八十三《袁乔传》的有《袁氏诗注》等。

侧重于义释的，见于《七录》的有谢沈的《毛诗释义》十卷、《毛诗义疏》十卷，徐广的《毛诗背隐义》二卷，殷仲堪的《毛诗杂义》四卷,雷次宗的《毛诗义》一卷;见于《经典释文》卷一和卷五的,分别有周续之的《诗序义》、慧远的《毛诗义》;见于《隋书·经籍志一》的有雷次宗的《毛诗序义》二卷;见于秦荣光《补晋书艺文志》的有舒援的《毛诗义疏》二十卷等。

属于音训的,见于《七录》的有干宝的《毛诗音隐》一卷,徐邈的《毛诗音》二卷;见于《经典释文》卷一的,有李轨的《毛诗音》,江惇的《毛诗音》等。

东晋的《诗经》注释,除了上述三种类型外,《隋书·经籍志一》还录有郭璞的《毛诗拾遗》一卷,《初学记》卷二十六录有蔡谟的《毛诗疑字议》。还有存于群经注当中的,如《隋书·经籍志一》载录的杨方的《五经拘(当作"钩")沈》十卷,戴逵的《五经大义》三卷,徐邈的《五经音》十卷等。

自东汉郑玄以来,汉魏两晋注释《诗经》者绵延不断,比较而言,东晋的注家是相当多的。《经典释文》卷一《序录》云:"《毛诗故训传》二十卷,郑氏笺;马融注十卷,无下帙;王肃注二十卷;谢沈注二十卷;江熙注二十卷;郑玄《诗谱》二卷,徐整畅大叔裘隐;孙毓《诗同异评》十卷;陆玑《毛诗草木鸟兽虫鱼疏》二卷。"上面列举的有关《毛诗》的故训传疏注评共 104 卷,其中可以确定写于东晋的有 40 卷,几乎占总卷数的 4/10。《序录》又云:"为诗音者九人:郑玄、徐邈、蔡氏、孔氏、阮侃、王肃、江惇、干宝、李轨。"上述 9 人当中,除蔡氏、孔氏不详外,属于东晋的有徐邈、江惇、干宝和李轨等 4 人,占的比例是相当大的。

《诗经》要在东晋得到比较广泛的传播,仅仅依靠过去存留的注本,是远远不够的。随着日月的推移,过去的注本存留的会逐渐减少,而且经过汉末和西晋末年的战乱,有不少注本遭到焚毁。刘昭在《注补后汉书八志序》中说:"初平、永嘉,图籍焚丧。"阮孝绪《七录序》叙写晋室渡江以后，文化典籍散落的情况说："江左草创，十不存一。"在文化典籍大量被毁销的情况下，东晋的文人注意注释《诗经》，功不可灭。要注释，自然就要搜集以前的本子，这就使以前的《诗经》注本得以保存，得以传播。同时，他们在前人研究的基础上，为了满足当时的需要，用新的见解来注释《诗经》，这就为《诗经》的传播提供了新的文本。

产生的影响

《诗经》在东晋传播的同时，也在意识形态领域里产生了一定的影响。

《诗经》的意蕴非常丰富，其中有不少篇章涉及到社会的治乱和伦理道德等方面的内容。因此，早在先秦两汉时期，人们就常常从政治和伦理等角度去评价它，去利用它。《诗大序》强调《诗经》具有"正得失，动天地，感鬼神"的功能，所以"先王以之经夫妇，成孝敬，厚人伦，美教化，移风俗"。《诗大序》和后来的一些继承者，对《诗经》的评价和利用，虽然有不少穿凿附会之处，但他们使《诗经》的研究不再拘于神学迷信，有值得肯定的一面，同时他们这样做，也确实产生了不可忽视的影响。到了东晋，这一影响仍在继续。这比较明显地体现在东晋的不少政论散文当中。熟悉《诗经》的人都知道，《诗经》中有关周朝几代领袖人物的叙写，带有浓重的神圣色彩。这些领袖人物，上承天命，下顺民意，忠厚仁爱，勤政为民，明辨是非，赏罚分明，所以受到历代人们的尊敬和爱戴，并对人们的道德行为具有很大的规范作用。正是因此，干宝在《晋纪总论》中，大量地引用和传播了《诗经》中有关歌颂周朝领袖人物的诗句。其目的是用周朝领袖人物的所做所为，作为政治和道德标准，揭示西晋覆亡的原因，同时希望东晋的皇室和士族，能够引以为戒，能够像周朝领袖人物那样"积基树本，经纬理俗，节理人情，恤隐民事"，能够"安民立政"。古代诗歌的影响，很难离开社会的需要。《诗经》也是这样。在特定的历史条件下，有不少关注社会兴衰的有识之士，往往把《诗经》当作为政治教化服务的工具。这样做，从一个方面加深了人们对《诗经》与政治的关系的理解，在意识形态领域里产生了一定的积极影响。干宝在《晋纪总论》中，继承了先秦两汉儒家的诗教。他对《诗经》的接受，很明显地带有劝服教化的政治功利性。

　　《诗经》是古代诗歌的总集，其中蕴含着丰富的意象和复杂的情感，蕴含着难以穷尽的审美内容，这就使历代的接受者，有可能结合自己的经历和感情，从审美的角度去接受《诗经》。魏晋时期，随着人们审美意识的自觉，在《诗经》的传播过程中，很多人不再受经学的羁縻，不再拘于章句之学，而是能够从审美的情趣，去体悟《诗经》，去玩味《诗经》。这方面，东晋有明显的表现。《世说新语·文学第四》云："谢公（安）因子弟集聚，问《毛诗》何句最佳？遏（谢玄）称曰：'昔我往矣，杨柳依依；今我来思，雨雪靡靡。'""昔我往矣"4句是《诗经·小雅·采薇》中的句子。《采薇》叙写的是征人行役的痛苦和悲伤。《诗经原始》评价《采薇》说："此诗之佳，全在末章，真情实景，感时伤事，别有深情。""昔我往矣"4句，选用了春天和冬天富有季节特征的典型景物杨柳和雨雪，不仅反映了征人行役时间的长久，同时还情景融合，表现了征人上路时难舍难离的绵绵之情和回家路途的艰辛、心情的悲凉。谢玄之所以十分称颂这4句，显然是用审美的眼光，欣赏其表现的"真情实景"。

　　在相当长的时间里，有些人着重强调的是《诗经》的政治教化功能，而对它的审美作用则有所忽视。从这一方面考虑，谢玄等人注意从审美的角度去接受《诗经》，是值得我们特别重视的。

　　文学作品如果能在不违背艺术规律的前提下，有机地融进一些博物知识，会有利于更充分地揭示题材的内涵，扩大接受者的文化视野，充实他们对生活的感受，丰富他们的审美体验。在这方面，《诗经》在我国古代文学史上有发轫之功。《诗经》在状物或抒情时，常常使用一些名物知识。这一点，在后来的接受者那里，也产生了一定的影响。早在春秋时期，孔子就提出要把诗三百篇作为博物知识课本。《论语·阳货》说，孔子认为学诗可以"多识鸟兽草木之名"。到了西晋，陆玑在前人研究的基础上，撰写了《毛诗草木鸟兽虫鱼疏》，对《诗经》中运用的大量的动植物的名称，进行了专门的注疏。这不仅有利于人们理解《诗经》，而且也丰富了接受者的博物知识。《诗经》在东晋的影响，也表现在这一方面。《搜神记》卷十二写江中鬼蜮时，引用了《诗经·小雅·何人斯》中的 2 句："为鬼为蜮，则不可测。"这 2 句原是写女子用鬼蜮指斥她爱人的反复无常，行踪莫测。《搜神记》引用这 2 句，是从名物的角度，借用经典，说明鬼蜮的存在。又卷十二引用了《诗经·小雅·小宛》中"螟蛉有子，果蠃负之"2 句。这 2 句是借用果蠃代养螟蛉之子，劝说人们应当教育好子孙，从而继承光大祖先的美德。果蠃代养螟蛉之子本是古人的误解，《搜神记》接受了古人的误解并加以引用，目的是借以说明果蠃这种昆虫的奇特。

　　上面的事实说明，《诗经》在东晋，虽然没有像在汉代那样成为一种显学，但它仍有生命力。它在传播的过程中，仍在许多方面产生了影响，特别是在审美方面产生的影响，在这之前，是比较罕见的。

几点启示

东晋时期，《诗经》虽然在传播，在发生影响，但从整个《诗经》学的历程来看，东晋继三国和西晋以后，仍处于衰退时期。在长达一百多年的东晋王朝中，《诗经》研究没有新的、大的突破，没有出现超越先儒的《诗经》学者和专著。这种现象的出现，并非某些人、某些集团和某些阶级所致，而是历史的必然。东汉末年，面对社会的动乱，包括《诗经》在内的经学，在意识形态领域里，无法适应当时的需要。当时"家弃章句，人重异术"。经学失去了独尊的地位。正始前后，玄学勃兴，两晋又继续漫衍。东晋时期，佛教和道教又有了迅速的发展。所有这些，都进一步冲击了经学。在这样的文化氛围中，《诗经》学不可能得到振兴。由此可见，在长期的封建社会里，《诗经》的命运与儒家文化、与经学的命运关系密切。《诗经》学在东晋的衰退，就说明了这一点。

我国汉代以后，儒、道、佛三家，在不同的历史时期，地位尽管不同，但许多统治者都注意从不同的角度加以利用。东晋王朝，玄学的漫衍，佛教和道教的发展，使社会不少领域发生了很大的变化。但是，从《诗经》在东晋的传播和影响来看，它们并没有取代儒家，也没有使儒家失去宗主的地位。东晋的不少皇帝、门阀士族和许多有识之士，接受西晋覆亡的教训，要重新建立封建秩序，要规正社会，在意识形态领域里，他们找不到更好的思想武器，他们只能借助于儒家及其经学。东晋的建立和能够长期偏安江南，主要靠的是儒家的"礼治"。东晋有不少上层人物尚玄、尊佛、敬道，但多是以不损害儒学的重要原则为前提的。另外，东晋有些统治者在尚玄、尊佛、敬道的同时，对玄、佛、道也有某些抑制。他们用来抑制玄、佛、道的主要思想武器也是儒学。正由于儒学是东晋统治者的主要思想武器，所以他们对包括《诗经》在内的经学，还是相当重视的。元帝时，以经选官。《晋书》卷七十八《孔坦传》云："先是，以兵乱之后，务存慰悦，远方秀孝到，不策试，普皆除署。至是，帝申明旧制，皆令试经，有不中科，刺史、太守免官。"太兴初年，朝廷又置《毛诗》博士一人。据《晋书》卷九十一《杜夷传》记载，明帝为太子时，曾"三至夷第，执经问夷"。一个皇帝的太子，竟然多次执经请教名儒，这不仅反映了皇室对经学的推重，而且在当时也有示范作用。

从儒学的推崇者和研究者来看，东晋和过去相比，有所不同。东晋也有比较单纯的儒学之士，如上面论及的徐邈、范宣和范宁等，但这类人物为数不多。更多的是儒、佛、道并重，儒、佛、道兼通。在他们身上体现了儒、佛、道的相依和互融。他们好老庄、尚清谈、敬佛、尊道，同时又重儒家经学。有的在《诗经》方面有重要的著述。有代表性的人物是殷仲堪和孙绰。《晋书》卷八十四《殷仲堪传》曰："仲堪能清言，善属文，每云三日不读《道德论》，便觉舌本间强。""仲堪少奉天师道，又精心事神，不吝财贿。"就是这样一位殷仲堪，对《诗经》却有浓厚的兴趣，曾著有《毛诗杂议》四卷。孙绰少好《老》、《庄》，以后成为清谈名士。《世说新语·品藻第九》说他"时复托怀玄胜，远咏《老》、《庄》"。他敬重佛教，与著名的佛僧交往密切，并写有多篇《名德沙门赞》和论述佛教教义的《喻道论》等论文。他钦羡神仙，曾著有《列仙传赞》三卷。同时他也重视儒家经学。在《贺司空循像赞》一文中，他对西晋末年经学遭到破坏，深有感慨："自昔丧乱，征鼓日震，礼乐藏器，《诗》、《书》蒙尘，哲人遐慨，垂幕澄神。"也是在这篇文章中，他对"当世儒宗"贺循极为崇拜，赞颂他"弱不珍玩，雅好博古，慨洙泗之邈远，悼礼乐之不举,于是覃思深讲,锐精幽赞。虽齐孝之归孟轲,汉王之宗仲舒,无以加焉"。孙绰精通经学,曾据《仪礼》写有《父卒继母还前亲子家继子为服议》、《父母乖离议》等文章。他在自己的言谈和诗文中,曾多次借用《诗经》来抒发自己的思想情感。从殷仲堪和孙绰对儒、佛、道的态度和言行来看,儒、佛、道在东晋的互相融合是前所未有的。

（原载《文史哲》1994年第2期。）

曹植在我国古代文学史上的贡献

　　曹植(192—232)字子建,曹操子,曹丕的同母弟。他是被历代人们所推崇的最负盛名的建安作家。现存曹植的诗歌有八十多首,完整的和比较完整的辞赋和散文共有四十多篇。从留下来的这么多的作品来看,他的成就在建安作家当中是十分突出的。

　　曹植的生平经历,以曹操去世为界,也就是以他二十九岁为界,大致可以分为前后两期。他少年时,曾以出众的才华为他父亲曹操所赏识,一度曾想立他为世子。后来由于他"任性而行,不自雕励,饮酒不节",狂放不羁,再加上长子继位的旧传统的影响,使曹操改变了主意,结果立曹丕为世子。曹操死后,曹植不断地受到曹丕和他的儿子曹睿的排挤和迫害。表面上他也被封为侯王,实际上没有多少自由。他有志不得伸展,最后在忧愤中死去。

　　曹植前期,社会相对地安定,他过的基本上是贵公子的比较豪华的生活。但是当时战乱没有消除,天下尚未统一,曹植满怀立功之志和报国之心。这样的思想感情成为他前期作品的重要基调。其杰出的代表是《白马篇》。《白马篇》成功地塑造了一个武艺高强、捐躯为国的游侠形象,诗中洋溢着乐观的爱国激情:"羽檄从北来,厉马登高堤。长驱蹈匈奴,左顾凌鲜卑。弃身锋刃端,性命安可怀! 父母且不顾,何言子与妻! 名在壮士籍,不得中顾私。捐躯赴国难,视死忽如归。"这些诗句表面上歌颂的是游侠,实际上抒发的是他自己要为国立功的宏伟抱负。曹植前期还有一些作品描绘了战乱对社会的严重破坏。像《送应氏》二首其一写战乱对洛阳一带的破坏:"洛阳何寂寞! 宫室尽烧焚。垣墙皆顿擗,荆棘上参天。不见旧耆老,但睹新少年。侧足无行径,荒畴不复田。游子久不归,不识陌与阡。中野何萧条,千里无人烟。"这样的诗歌和曹操描绘战乱对社会破坏的诗歌是比较接近的。

　　曹植后期虽然备受曹丕父子的压抑和迫害,但他"戮力上国,流惠下民,建永世之业,流金石之功"的志向并没有改变。"闲居非吾志,甘心赴国忧"(《杂诗》其五),"烈士多悲心,小人偷自闲。国仇亮不塞,甘心思丧元。抚剑西南望,思欲赴太山"(《杂诗》其六)等诗句,就是典型的例证。这些诗句抒发了他不甘闲居,建功立勋的理想,同时也表现了他壮志难酬的激愤情怀。

　　曹植后期屡受迫害。据《世说新语》记载,曹丕曾经命令他七步成诗,不成就要杀他。他作成了《七步诗》:"煮豆持作羹,漉菽以为汁,萁在釜下然,豆在釜中泣,本是同根生,相煎何太急。"这个传说说明了他受迫害的情景。曹植后期有不少诗歌,都涉及到这方面的内容。《赠白马王彪》、《吁嗟篇》和《野田黄雀行》等,是这方面的代表作。《赠白马王彪》全诗共分七章,表现了复杂丰富的思想感情,其中有对"谗巧"小人的痛斥,有对他弟弟任城王暴亡京都的深沉悼念,有对自己危险处境的忧愤。这首诗抒发的虽然是诗人自己的种种感受,但却揭露了曹丕对自己骨肉兄弟的迫害,表现了封建统治阶级内部的矛盾。《吁嗟篇》通篇以转蓬为比喻,形象地表现了诗人"十一年中三徙都"的不安定的处境和痛苦心情。《野田黄雀行》借一个"见鹞自投罗"的黄雀比喻自己所处的险恶的处境,希望有个"拔剑捎罗网"的少年来解救他。所有这些都从不同的侧面表现了封建统治阶级内部骨肉相残的残酷性。

　　曹植的诗歌"辞采华茂"。他"工于起调",每首诗的第一句就能给人以强烈的感受。他善于运用比兴手法,有些诗歌通篇用的都是比兴。他的诗又比较注意对偶、炼字和声色。如:"明月澄清景,列宿正参差。秋兰被长坂,朱华冒绿池。潜鱼跃清波,好鸟鸣高枝。"(《公宴》)一连三联对偶,"被"字、"冒"字的运用,也都是经过精心选择的。建安时期是我国古代诗歌由质到文的转折时期,在这方面曹植是杰出的代表。

　　曹植的主要贡献虽然在诗歌方面,但是他的散文和辞赋也有不少成功之作。他的《与杨德祖书》、《与吴季重书》、《求自试表》和《求通亲亲表》等,在我国古代散文史上都是优秀的篇章。曹植的辞赋都是抒情小赋,其中最为人们所称道的是《洛神赋》。这篇赋以神话中关于宓妃的故事为基础,通过幻想,塑造了洛神这一美女形象,描写了一个人神爱恋的悲剧。通篇富于想象,描绘细腻真切,词采流丽,是建安抒情小赋的重要代表。

(原载《老年人大学》1986 年第 3 期。)

曹植诗文蕴涵的道德内容

一

曹植在《与杨德祖书》中说：

> 吾虽薄德，位为藩侯，犹庶几戮力上国，流惠下民，建永世之业，流金石之功，岂徒以翰墨为勋绩，辞赋为君子哉！若吾志未果，吾道不行，则将采庶官之实录，辩时俗之得失，定仁义之衷，成一家之言。

这段自述，显然是继承了我国先秦时期提出的立德、立功、立言"三不朽"之说。对"三不朽"，曹植尽管也重视立功和立言，但总的来看，他是把立德放在第一位。他所说的"戮力上国，流惠下民"，虽然含有立功的成分，但其主旨还是在立德方面。所以，在讲"戮力上国"两句之前，他自谦"薄德"；谈到立言，他又特别强调"定仁义之衷"。曹植特别重视立德，在《赠丁廙》诗和《文帝诔序》中也有明显的表现。《赠丁廙》云："君子义休偫，小人德无储。积善有余庆，荣枯立可须。滔荡固大节，世俗多所拘。君子通大道，无愿为世儒。"在曹植的心目中，君子是具备美好的道义的，小人则寡德而无储。只要积善，就会多福多荣。君子应当坚守大节、通达大道，不要为世俗所拘限，也不必为世儒。曹植在这里所说的"固大节"和"通大道"，当与上面所说的"戮力上国，流惠下民"相通，都是把立德作为自己的志向。

又《文帝诔序》云："考诸先纪，寻之哲言，生若浮寄，惟德可论（一作"德贵长传"）。"曹植学识渊博，熟悉典籍。他考寻先前的典籍所记以及哲人所言后发现：人生若寄，只有道德是恒久可论的。显然，他强调的是立德不朽。

一个人有立德的志向固然可贵，更为可贵的是处在逆境中能始终坚持不渝。在这方面，曹植是值得我们敬佩的。历史记载，曹植和曹丕曾有一场争当世子的斗争，结果是以曹植的失败而告终。这场斗争，是后来曹丕屡次迫害曹植的一个重要根由。曹操死后，曹丕和他的儿子曹睿相继掌权。他们为了维护自己的皇权，利用曹植由于不慎所犯下的过错，听信谗言，采取了离京、贬爵、虚位、不准兄弟之间往来等多种手段，不断地对其加以迫害。一般人在这种情况下，完全可以不问世事，逍遥任运，乐天寡欲地来安顿自己。但是曹植没有这样做，他不想虚度一生，使自己无德可述，没世无闻。这一点，他在《求自试表》中有饱含情感的抒写："微才弗试，没世无闻，徒荣其躯而丰其体，生无益于事，死无损于数，虚荷上位而忝重禄，禽息鸟视，终于白首，此徒圈牢之养物，非臣之所志也。"他选择了积极进取的人生态度，表示"闲居非吾志，甘心赴国忧"（《杂诗》）。他一面"自念有过"，反省自己，完善自己，一面继续"修吾往业，守吾初志"（《黄初六年令》），不改自己的贞心亮节。他克己慎行，用多种形式"论及时政，幸冀试用"。面对当时三国鼎立的形势，他念念不忘"西尚有违命之蜀，东有不臣之吴，使边境未得税甲，谋士未得高枕者"。他真诚地希望灭蜀亡吴，统一宇内，天下太平。为此，他表示自己即使"身分蜀境，首悬吴阙，犹生之年也"（《求自试表》）。从上面的论述不难看到，曹植的一生,尤其是在遭受迫害的逆境中,一直不忘立德,不忘"戮力上国,流惠下民",希冀得到实践理想抱负的机会。曹植青年时期在争夺太子的斗争中失败了,后来想在政治上实现自己的抱负也化为泡影,但是他并没有沮丧,没有失去自己的人格,而是在逆境中进一步锻炼了自己的人格。他的立德情怀,他对国家命运的关心,超越了他对自己不幸遭遇的悲悯和愤慨。

二

对立德的重视和实践,是曹植思想和生活的重要支柱,这自然会渗透到他的文学创作中。从今存曹植诗文的思想内容来看,伦理道德确是其中的一个重要组成部分。把这方面的内容加以综合,有以下几点值得我们重视:

(一)立德与立功相融合,念念不忘事君兴国。封建社会中的不少志士仁人推尊立德,常常把事君兴国置于首位。在这方面,曹植是相当自觉的。他曾明确宣称:"太上立德,其次立功,盖功德者所以垂名也。"(《陈思王植传》注引《魏略》)他看重立德,但不轻忽立功,能把立德与立功融合起来。《求自试表》说:"臣闻士之生世,入则事父,出则事君。事父尚于荣亲,事君贵于兴国。"曹植的父亲曹操曾控制朝政,后来曹丕和曹睿相继为帝,因此曹植的事君兴国,尽管含有事亲的成分,但主要的还是基于传统的忠君爱国情操。曹植事君兴国的情操是强烈而深沉的,他深知人的生命如春日之微霜那样短暂,应当珍惜时间,忠君效力:"人居一世间,忽若风吹尘。愿得展功勤,输力于明君。"(《薤露行》)为了君国,他以烈士自诩,高唱:"烈士多悲心,小人偷自闲。国仇亮不塞,甘心思丧元。"(《杂诗》)当国家的领土受到侵扰时,为了驱敌

卫国,他豪迈地表示:"名在壮士籍,不得中顾私。捐躯赴国难,视死忽如归。"(《白马篇》)

上面例举的诗文,慷慨激昂,洋溢着一种真实的事君兴国、立德与立功并重的高尚情操。在我国古代文学史上,屈原是第一位念念不忘事君兴国的伟大诗人。屈原之后,在两汉和三国时期,能够始终不忘事君兴国者,当首推曹植。

(二)德性与人性的统一。曹植的朋友丁廙说曹植"天性仁孝,发于自然"(《陈思王植传》注引《文士传》)。把曹植的仁孝道德,说成是"天性",是否科学,值得探讨,但是从曹植的许多诗文来看,他的德性确实是比较自然的,常常能与人性相统一。他对人民的关怀和同情,就是典型的例证。在这方面,曹植有两个视角:一是历史的;一是现实的。视角虽然不同,但基点都是现实。当关注历史时,他由衷地颂扬古代的圣君对人民的仁爱。如《夏禹赞》云:"吁嗟天子,拯世济民……厥德不回,其诚可亲。亹亹其德,温温其人。"又如《周武王赞》云:"功冒四海,救世济民。"而对那些不仁的君王,则无情地予以痛斥。他揭露"纣为昏乱,虐残中正"。途经秦始皇的坟墓,联想到秦始皇的暴虐、残酷,他感叹道:"寻曲路之南隅,观秦政之骊坟。哀黔首之罹毒,酷始皇之为君。"(《述行赋》)如果将曹植对历史和现实的态度加以比较就可看出,他似乎更加注重现实,对现实中的人民因人祸和天灾而造成的种种悲剧,寄予了更多的同情。在《送应氏》其一中,他多方面地叙写了战乱对洛阳的严重破坏和"千里无人烟"的悲惨境况。建安二十二年(217),疫气蔓延成灾。曹植对这件事十分关心,特别写了《说疫气》一文。文中写道:尽管疫气使"家家有僵尸之痛,室室有号泣之哀。或阖门而殪,或覆族而丧",但死得最多的还是那些"被褐茹藿之子,荆室蓬户之人"。曹植虽然身为公子侯王,但他留心农事、关心农民。"太和二年大旱,三麦不收,百姓分于饥饿",忽然上天降雨,曹植喜出望外,即兴作《喜雨》诗,称颂这场雨是"时雨",进而设想雨后"嘉种盈膏壤,登秋必有成",表现了对农民的关切。在初秋霖雨成灾时,曹植想到了"黍稷委畴陇,农夫安所获!在贵多忘贱,为恩谁能博。狐白足御冬,焉念无衣客"(《赠丁仪》)。由农夫受霖雨之灾,推及在贵不应忘贱,又希望施恩能博,体现了其仁民、泛爱的德性和人性。

妇女问题是一个重要的社会问题,其中含有复杂的伦理道德和人性等方面的内容。今存曹植的不少作品反映了他对妇女问题的重视,尤其是对妇女的不幸命运表示了深切的同情。"弃妇"是当时常有的一种社会现象。对此,曹植没有受男尊女卑、夫为妇纲的封建礼法的羁绊,而是站在女性的立场,为她们鸣不平。这在《弃妇篇》和《出妇赋》两篇作品中有充分的反映。一个有德性和人性的人,一般都会关注和同情妇女的命运,曹植正是这样。

(三)浓重的宗亲伦理情思。在人与人的关系上,曹植相当重视宗亲骨肉之情。"鸳鸯自朋亲,不若比翼连。他人虽同盟,骨肉天性然"(《豫章行》其二),他是把骨肉之亲视为人的一种自然属性。基于这种认识和感受,曹植在许多诗文中涉及了赞述先辈、友于同辈和慈爱晚辈等内容。

曹操、卞太后和大司马曹休死后,曹植都分别撰写了诔文。体会这些诔文的内容,不难发现,曹植特别注重述祖德。在《武帝诔》中,他追述自己的先人"胄稷胤周,贤圣是绍",代代先人都有德有勋。颂赞曹操"敦俭尚古,不玩珠玉。以身先下,民以纯朴"。《大司马曹休诔》嘉许曹休"明德继踵,奕世纯粹。阐弘泛爱,仁以接物"。

曹植于兄弟满怀情谊。弟弟曹整出养族父,曹植心有留恋,作《释思赋》，"痛别干之伤心"。两个妹妹被汉献帝聘为贵人，多愁怨，曹植作《叙愁赋》，对两个有教养的妹妹离别亲人，"委微躯于帝室，充末列于椒房"，表现了深沉的痛惜和悲伤。曹丕称帝后，为了维护自己的皇权，剪除枝干，迫害兄弟，不允许曹植同他的兄弟任成王曹彰和白马王曹彪等来往，但这并没有割断曹植同他们的敦睦之情。在曹植的一些作品中，对此有饱含眼泪的抒写。任成王曹彰死后，他作《任成王诔并序》，颂扬曹彰"幼有令德，光辉圭璋。孝殊闵氏，义达参商。温温其恭，爰柔克刚"。黄初四年（223），曹植和曹彰、曹彪等俱朝京师，曹彰在京城暴死。日后，曹植和曹彪本想同路相偕返回封地，但遭到拒绝，曹植悲伤不已，愤而写成了长诗《赠白马王彪》。诗中有对死去的曹彰的痛悼，更多的是抒写与曹彪的离别，将眷恋、痛恨、悲伤和强做宽慰等复杂的情思熔为一炉，真切地表现了兄弟间的死生之戚、离别之情。

亲爱、养育子女是父母必须承担的道德义务。在这方面，曹植可以说是一位慈父。第一个女儿金瓠生下一百九十天便夭折，他写了《金瓠哀辞》，对女儿的夭折深表悲痛与自责。第二个女儿行女"生于季秋，而终于首夏"，他写了《行女哀辞》。辞云："伊上帝之降命，何短修之难裁：或华发以终年，或怀妊而逢灾。"由对女儿的哀悼，进而体悟到人寿之不可期。

家族是古代社会的一个基本单位，亲族伦理是古代伦理道德的重要组成部分。传统的伦理道德能够延续下去，与家族有密切的关系。家族不止是传统伦理道德的一个载体，同时也是培育传统伦理道德的重要基地。曹植诗文中叙写的亲族伦理道德有溢美、陈腐的一面，但其中所包含的一些超越封建宗法伦理的真实的亲爱之情和求善之情，仍能感动人心。

（四）重信义轻利害。曹植喜欢广交朋友,虽然前期结交朋友含有谋取权势的因素,但这是次要的,值得我们注意的是他在结交朋友的过程中所表现的重信义轻利害的真情实感。曹植身为曹操之子,地位显赫,又富有才华,但他很少居高傲下,对朋友能以真情厚义相待。他谈及他同王粲的友情说:"吾与夫子,义贯丹青。好和琴瑟,分过友生。"(《王仲宣诔》)他对丁仪袒露自己重义轻利的操守说:"思慕严陵子,宝剑非所惜。子其宁尔心,亲交义不薄。"(《赠丁仪》)曹植是这样说的,也是这样做的。徐干少无宦情,生活困乏,曹植在《赠徐干》中对徐干的贫贱深表同情,并劝他出仕,表现了一种"亲交义在敦"的"知己"之情。一个人在安顺时,能以真情厚义对待朋友并不难,难的是在面临生死存亡的危急关头能坚持不渝。曹丕被立为太子以后,千方百计迫害曹植的朋友丁仪等,曹植悲伤难抑,写了《野田黄雀行》一诗。全诗用比兴手法,慨叹自己无权,责备自己不应过多结交朋友,希望朋友能被解救,获得自由。曹植对朋友的信义,不随环境的改变而改变,不因对方的穷达而转移,非常可贵。

　　综上所述,可以发现:曹植诗文中的道德内容,注重的是现实的人与人的关系,体现的主要是儒家的伦理道德,而较少受老庄思想的影响,更不见宗教方面的内容。

三

　　曹植有关道德内容的诗文,有一部分缺乏创新,搬用封建的伦理道德,径直地扬善抑恶,道德因素远胜于审美因素。这一部分诗文并不算太成功,影响不大。影响较大的是那些能把道德内容和艺术表现融为一体的优秀诗文。这些诗文表现的是真善,但没有为表现道德内容而漠视文学的审美特点,也没有因为重视艺术而丢弃道德的内涵。曹植能做到这一点,主要根源在于他有深厚的道德修养和艺术修养。

曹植是一位很注重道德修养的文人,深知道德对于做人和治国的重要性,明确提出:"夫论德而授官者,成功之君也。"(《求自试表》)他嫉恨无德的小人,把"富而慢,贵而骄,残仁贼义,甘财悦色"之流,斥之为毒蝎(《藉田说》)。曹植还认为无德而有爵禄是一种耻辱,"夫爵禄者,非虚张者也,有功德然后应之,当矣。无功而爵厚,无德而禄重,或人以为荣,而壮夫以为耻"(《陈思王植传》注引《魏略》)。曹植重视道德,注意自己的道德修养,并能付诸实践,对自己的"过失"能不断反省,以补前阙。曹植生活的时代,人们对道德的关注,常常表现为两种形态:一是舆论上的,这方面容易做到;一是实践中的,这方面难以履行。当时不少统治者和文人在道德上重舆论而轻实践,而曹植则能在很大程度上把二者统一起来。因此,可以认为,曹植在很大程度上已经把道德内化了,内化为自己的精神,内化为自己的灵魂,内化为自己的情感。有了这样的根底,在创作有关道德内容的诗文时,即使不考虑道德旨意,也不会是教条式的说教,而是道德与真情实感的相通相融,是德中有情,情中有德。

曹植曾把辞赋视为"小道",这是他与立德和立功相比较而言的,并不意味着他轻看文学。曹植生长在一个有着浓厚艺术氛围的家庭里,容易受到家庭的沾溉。《三国志·陈思王植传》说他"年十岁余,诵读诗、论及辞赋数十万言,善属文","自少至终,篇籍不离于手"。曹植对绘画和音乐等也很有兴趣,这从不同方面加深了他的艺术修养。在创作实践上,曹植对自己有严格的要求。他曾表示:"仆常好人讥弹其文;有不善者,应时改定。"(《与杨德祖书》)他承认自己多"芜秽"之作,对这些"芜秽"之作,他能勇于删削(《前录自序》)。曹植对文艺的爱好、实践以及严于律己,加上他卓越的才华,使他有异常敏锐的艺术感受力。他常常能在司空见惯的人、事中,细微地体察人情世态和山川风物,从中抉发出独特的心理感受。我们试举其辞赋加以印证。曹植写了不少咏物赋,有些是写动物的,如《蝉赋》、《蝙蝠赋》。蝉和蝙蝠,是人们常见的普通动物,但曹植对此却有一种为一般人所不具备的艺术感受力。他触物兴怀,通过联想把道德延及外物,在对蝉和蝙蝠具体形象的描绘中,寄托了自己爱善疾恶的道德情怀。如《蝉赋》写蝉"清素","澹泊而寡欲","声嗷嗷而弥厉兮,似贞士之介心"。但它的处境危险,有黄雀、螳螂、蜘蛛、草虫的残害,有狡童的黏缠,秋霜寒风也能使它丧命,这些都使它常怀恐惧。曹植对蝉的叙写,表现了他对那些具有贞洁品德的志士仁人的崇尚和对他们所处的危惧境遇和悲惨命运的同情。在这些作品中,道德内容与艺术表现是融为一体的。

（原载《齐鲁学刊》2002 年第 5 期。）

建安诗歌和正始诗歌

建安文坛,文人荟萃,有"三曹"、"七子"和蔡琰等重要作家。这一时期,各种文体都有长足的发展。诗歌的成就尤其显著,出现了文人创作诗歌的第一个高潮。"五言腾踊",奠定了五言诗的基础。建安诗歌慷慨悲壮、刚健爽朗、重辞采而又古朴自然,被后人称赞为"建安风骨",影响深远。

正始时期,文学成就突出的是阮籍和嵇康。司马氏专权,残酷杀害异己,政治环境险恶,加上玄学兴起,使这一时期的诗歌很少直接涉及时政,而多用隐晦的手法抒写诗人个人的种种忧伤和愤慨。

一、曹操和曹丕

曹操(155—220),字孟德,小字阿瞒,沛国谯(今安徽亳州市)人。他的父亲曹嵩是大宦官曹腾的养子,出身为清流所鄙弃。曹操少年时放荡不羁,机敏有权术,爱好"刑名之学",又"明古学",熟知先秦儒家经典及经传。东汉灵帝时征拜议郎,进济南相。献帝时,为大将军,削平群雄割据,统一了北方广大的中原地区,建立了曹魏政权,任丞相,封魏王。曹丕称帝后,追尊为武帝。

曹操是一位杰出的封建政治家和军事家,也是一位重要诗人。曹操文武并施,史载他"昼则讲武策,夜则思经传"(《魏志·武帝纪》注引《魏书》)。曹操认为:"天地间,人为贵。"(《度关山》)他十分重视招揽和使用人才,极力主张"唯才是举"。在他接纳的人才中,不仅有许多智勇兼具的武将,而且还有陈琳、王粲、徐干、阮瑀、刘桢、应玚、杨修、邯郸淳、吴质等著名文人。这些文人先后聚集在邺城,形成了邺下文人集团。这是曹操在建安文学上的重要作为和贡献。曹操有深厚的文化修养,爱好文学艺术,在文学、音乐、书法和围棋方面都有很高的造诣。他能诗亦能文。在诗歌方面,他特别长于创作乐府诗。两汉时期,文人写的乐府诗不多,而曹操却对乐府诗情有独钟,着力创作。王沈《魏书》说他"登高必赋,及造新诗,被之管弦,皆成乐章"。曹操以"相王之尊"的地位和创作实践,扩大和深化了乐府诗的影响。现存曹操诗二十多首,全是乐府诗。其中有四言、五言和杂言。他继承了汉乐府"感于哀乐,缘事而发"的优良传统,借乐府旧题,写时事,抒胸怀,留下了不少名篇佳作。

曹操亲历战乱,并长期置身于消除战乱的征战之中,直面战乱对社会的惨重破坏和平民百姓的大量死亡,他情不自禁地唱出了《蒿里行》:

> 关东有义士,兴兵讨群凶。
>
> 初期会孟津,乃心在咸阳。
>
> 军合力不齐,踌躇而雁行。
>
> 势利使人争,嗣还自相戕。
>
> 淮南弟称号,刻玺于北方。
>
> 铠甲生虮虱,万姓以死亡。
>
> 白骨露于野,千里无鸡鸣。
>
> 生民百遗一,念之断人肠。

这首诗揭露了汉末军阀各怀私心而导致的混战,叙写了战乱给人民带来的深重灾难。全诗悯时伤乱,直叙事实,被后人誉为"汉末实录"(〔明〕钟惺《古诗归》)。曹操类似的诗歌,还有《薤露行》、《苦寒行》和《却东西门行》。

面对国家的分裂和频仍的战乱,曹操有忧患意识,胸怀大志,珍视生命,积极进取,向往统一。这些成为他诗歌的重要内容。如《短歌行》:

> 对酒当歌,人生几何!
> 譬如朝露,去日苦多。
> 慨当以慷,忧思难忘。
> 何以解忧?唯有杜康。
> 青青子衿,悠悠我心。
> 但为君故,沉吟至今。
> 呦呦鹿鸣,食野之苹。
> 我有嘉宾,鼓瑟吹笙。
> 明明如月,何时可掇?
> 忧从中来,不可断绝。
> 越陌度阡,枉用相存。
> 契阔谈宴,心念旧恩。
> 月明星稀,乌鹊南飞。
> 绕树三匝,何枝可依?
> 山不厌高,水不厌深。
> 周公吐哺,天下归心。

这是一首脍炙人口的歌词。篇中首先慨叹人生的短暂,中间吟唱对嘉宾的深沉思念,最后袒露渴望天下贤才的归附。诗中熔直接抒情、借用《诗经》成句和比兴于一炉,文字古朴灵活,章法似断实

连,形成了一种慷慨雄壮的情调。又如《步出夏门行》中的两章:

　　神龟虽寿,犹有竟时。

　　腾蛇乘雾,终为土灰。

　　老骥伏枥,志在千里。

　　烈士暮年,壮心不已。

　　盈缩之期,不但在天。

　　养怡之福,可得永年。

　　幸甚至哉,歌以咏志。

　　东临碣石,以观沧海。

　　水何澹澹,山岛竦峙。

　　树木丛生,百草丰茂。

　　秋风萧瑟,洪波涌起。

　　日月之行,若出其中。

　　星汉灿烂,若出其里。

　　幸甚至哉,歌以咏志。

前一章,后人题为《龟虽寿》。曹操写此诗时,已经五十多岁,当是自况。诗中把哲理和形象融合在一起,表现了曹操老当益壮、锐意进取的人生态度。老有所为是中华民族的优良传统和高贵品格。曹操的这首诗曾经激励了多少英雄豪杰和志士仁人!

　　后一章,后人题为《观沧海》,是中国古代诗歌史上第一篇完整的山水诗。诗人居高临下,视域开阔,取景宏大,景物有静有动,由景物而想象,歌颂了壮丽雄伟的山水,表现了诗人吞吐宇宙的博大胸怀。清代张玉谷《古诗赏析》卷八说此诗"写沧海,正自写也"。

　　作为建安时期的一位杰出的政治家和军事家,曹操任气豪爽，又有悯时伤乱、体恤百姓之心，有统一天下的雄心壮志。他经常关注的是当时政治上、社会上和人生的一些重大问题。他对这些重大的问题，有自己切身的体验和认知。这就使他能够把对它们的关注，同诗人的心灵自然结合起来。他的许多诗歌写的都是当时的重大题材。他长于从大的方面选取典型，善于从大处着笔，而很少选取细小的事件和景物，很少作细致具体的刻画。他汲取了汉乐府注重反映社会现实和风格质朴的特点，又爱好具有慷慨基调的清商乐曲。诸多因素铸造了他的诗歌慷慨沉雄、刚健浑朴的风格，在很大程度上体现了建安风骨的特点。

在诗歌体裁方面，曹操虽然也有成功的五言诗和杂言诗，但四言诗的成就更为突出。四言诗在《诗经》之后，汉人沿用，数量很多，但优秀篇章较少。曹操的四言诗，打破了汉代重骈偶和每隔八言要叶韵的常格，用韵自由，同时注入了所处时代的重要内容和个人的情思，使四言诗这种旧诗体再次放射出辉煌的光彩。

建安时代，曹操虽然在文学上做出了重要的贡献，但由于他忙于操持军政大权、南征北战，无暇过多地顾及当时的文坛。当时有时间经常和文人接触的是曹丕。实际上曹丕是当时文坛上的领袖人物。

曹丕（187—226），字子桓，曹操次子。任五官中郎将、副丞相，曹操立为魏太子，后来代汉称帝，国号魏。他当皇帝只有六年，死后谥曰"文"，故史称魏文帝。曹丕当政期间，虽然曹魏统治的北方比较稳定，社会各方面有所发展，但他胸怀褊狭，缺少曹操那样的雄才大略和积极有为的进取精神。总的看来，曹丕基本上是一个守成的帝王。但他在文化上倒是有重要的建树。曹丕重视文化，有深厚的文化修养。史载他"年八岁，能属文。有逸才，遂博贯古今经传诸子百家之书"(《魏志·文帝纪》注引《魏书》)。曹丕青年时期,长期生活在邺城,常与徐干、陈琳、应玚、刘桢等许多著名文人游宴、唱和。邺下文人集团的形成、文学创作的活跃,曹丕的作用是相当重要的。这种重要作用,固然与曹丕的身份地位密切相关,同时也是与他爱好文学、重视文学和创作实践分不开的。曹丕擅长诗文。在建安文人中,他流传下来的诗文是比较多的,而且有许多名篇佳构。

今存曹丕诗歌四十多首。其中乐府歌词和古诗约各占一半。曹丕诗歌的题材,大致有三类:一是游宴,如写乘辇夜游邺城西园的《芙蓉池作》,记叙与曹植等游邺城玄武池的《于玄武陂作》。这类诗歌,反映了曹丕兄弟与邺下文人游赏饮宴的生活情趣,有山水描写,文词比较华美,多对偶句式,对后来的游宴诗和山水诗有影响。二是军事征战,如写随其父曹操征战的《黎阳作》,写在广陵临江观兵的《至广陵于马上作》。这类诗歌,或写征战的艰难和"救民"、"靖乱"的志向,或写将士的威武和"不战屈敌虏"的气概,表现了曹丕自己征战的体验和对军事的重视。三是为他人代言,写得较多的是游子、思妇的离别相思之情。曹丕的这一类诗歌占的比重很大,有自己的特点,常为后代所称颂。写游子的,下面举《杂诗》二首其二为例:

> 西北有浮云,亭亭如车盖。
> 惜哉时不遇,适与飘风会。
> 吹我东南行,行行至吴会。
> 吴会非我乡,安得久留滞?
> 弃置勿复陈,客子常畏人。

以浮云作比兴,写游子遭遇不幸,被迫背井离乡,长期滞留在外,因畏惧欲言而不能言。诗以压抑的情调戛然结束,表现了思乡而又难以排解的忧伤心情。全诗用韵自由，多用重言，与忧伤的情感和谐一致。写思妇的名篇是《燕歌行》二首其一：

> 秋风萧瑟天气凉，草木摇落露为霜，群燕辞归雁南翔。
>
> 念君客游思断肠，慊慊思归恋故乡，何为淹留寄他方？
>
> 贱妾茕茕守空房，忧来思君不敢忘，不觉泪下沾衣裳。
>
> 援琴鸣弦发清商，短歌微吟不能长。
>
> 明月皎皎照我床，星汉西流夜未央。
>
> 牵牛织女遥相望，尔独何辜限河梁？

这首诗写一位女子在深夜对客游在外的丈夫的深切思念。开头三句用晚秋典型的景物起兴。"念君"三句，揣度客游在外的丈夫定在思归。接下去五句，从正面直接叙写思妇难以排解的孤独和忧伤。最后四句补写夜景，借牵牛、织女为天河所限，只能遥望，不能相聚，以赋寓比，兼及思妇和丈夫，表现了思妇在深切思念中又蕴涵着怨恨和疑惑不解。全诗句句用韵，一韵到底，语气舒缓，与委曲缠绵的情感融合为一。此诗常被后人推重，清代王夫之在《姜斋诗话》中，用"倾情、倾度、倾色、倾声，古今无两"的评语赞誉之。曹丕这类诗歌的成功，表明他比较关注平民百姓，长于在当时比较普遍的人生际遇中，开掘出具有社会意义和审美价值的题材，能把动乱的社会现实和游子思妇的不幸命运融合在一起。

　　曹丕的《燕歌行》是现存中国古代最早的完整的七言诗，也是七言诗成熟的标志。七言诗起源很早，先秦就有以七言为主的诗歌，汉代的谣谚和文人诗中也有一些七言诗，但数量很少，不被重视。建安时期，一般诗人着意的是五言、四言，而曹丕却与众不同，他青睐七言，创作了成功之作，使七言逐渐成为古代诗歌的重要体裁。

　　曹丕的诗歌，在继承汉乐府民歌的优良传统和吸纳汉代文人诗成果的基础上，在艺术上有新的创获。他的抒情，婉约细微。他的语言，能把民歌的质朴和文人的工丽融合在一起。曹丕乐府诗与非乐府诗并重。他的诗歌体现的艺术特点，从一个方面显现了建安时代由汉乐府民歌向文人诗的过渡。

二、曹植

曹植（192—232），字子建，曹操子，曹丕弟，与曹丕同母。他"生乎乱，长乎军"，一生追求自由，同时又有"戮力上国，流惠下民，建永世之业，流金石之功"（《与杨德祖书》）的壮志和理想。曹植好学爱文，《魏志》本传说他"年十岁余，诵读诗、论及辞赋数十万言，善属文"。曹植才华超众，曹操曾打算立他为太子，他也想争当太子，后因任性放纵而逐渐失宠，曹操终立曹丕为太子。曹操在世时，曹植常居邺城，生活豪华，斗鸡走马，游宴赋诗，过的是贵公子生活。同时，他喜欢结交文人，邺下文人集团的游宴和创作等活动，基本上都是围绕着他和曹丕来进行的。曹植二十九岁时，曹操去世，曹丕称帝。由于曹植以前有与曹丕争立太子之事，所以曹丕称帝以后，对曹植常怀戒心，用多种手段迫害曹植。曹植备受猜忌，多次被贬爵徙封。曹丕去世后，曹丕之子曹睿继承帝位，曹植仍受猜忌，迁徙不定。他曾几次上疏，请求任用，均遭拒绝。最终因失去自由、孤独困顿、愤怨抑郁而死。曹植最后封为陈王，死后谥"思"，故世称陈思王。

曹植一生勤于创作，看重自己的作品，生前编过自己的文集，死后朝廷也搜集和编辑过他的诗文。在建安文人中，他留传下来的诗文最多，其中有许多属于上乘之作。

曹植比较完整的诗歌现存七十五首，十八首有题目而仅存残句,另有失题残句七则。在建安诗人中,曹植是今存诗歌数量最多的一位。曹植对动乱的社会现实有自己的体验。他曾有过贵公子的生活,有抱负,后半生又不断遭受迫害,在政治上是一个悲剧人物,再加上他的聪慧灵敏和渊博学识,这些使他的诗歌内容非常丰富,有些与其他建安诗人相近,更多的是曹植个人所独具的。

曹植有一部分诗歌,从不同的角度叙写了动乱的社会现实,表现了对人民的同情和关怀。这从下面几首诗中可以看到。如《送应氏》二首其一:

> 步登北邙坂,遥望洛阳山。
>
> 洛阳何寂寞!宫室尽烧焚。
>
> 垣墙皆顿擗,荆棘上参天。
>
> 不见旧耆老,但睹新少年。
>
> 侧足无行径,荒畴不复田。
>
> 游子久不归,不识陌与阡。
>
> 中野何萧条,千里无人烟。
>
> 念我平生亲,气结不能言。

此诗写都城洛阳经汉末战乱破坏后的荒凉景况:城内一片废墟,萧条凄凉;周边田地荒芜,不见人烟。直面荒凉的景况,诗人"气结不能言",表现了时为贵公子的曹植悯乱惜民、难以排解的忧患情思。又如《泰山梁甫行》写道:

> 八方各异气,千里殊风雨。
>
> 剧哉边海民,寄身于草野。
>
> 妻子象禽兽,行止依林阻。
>
> 柴门何萧条!狐兔翔我宇。

直叙的写法和苍凉的语调,反映了边海人民处境的荒凉、生活的贫困。曹植关心农村,常常由气候的变化想到农事。得知初秋气候失常,雨多成灾,曹植感叹"朝云不归山,霖雨成川泽。黍稷委畴陇,农夫安所获"(《赠丁仪》)。"太和二年大旱,三麦不收,百姓分于饥饿",忽然天降时雨,曹植为之欣喜:"庆云从北来,郁述西南征。时雨终夜降,长雷周我廷。嘉种盈膏壤,登秋必有成。"(《喜雨》)在曹植之前和魏晋的诗人中,很少见到像曹植这样关切农事、体恤农民的。

与关心国事、顾惜人民密切相连的是,曹植常常以"烈士"和"壮士"自比,关注国家的安定和统一,并表示自己要心甘情愿地为此效命。曹植不管是在生活顺适时还是在遭受迫害的逆境中,都有许多篇章,满怀浪漫激情,吟唱自己想为国立功、尚武征战、统一天下的壮烈情怀和英豪气概。他鄙弃势利,希望安定全国:"驾言登五岳,然后小陵丘。俯观上路人,势利惟是谋。高念翼皇家,远怀柔九州。抚剑而雷音,猛气纵横浮。泛泊徒嗷嗷,谁知壮士忧!"(《虾𬶍篇》)他愿意用短暂的生命为明君效命:"人居一世间,忽若风吹尘。愿得展功勤,输力于明君。怀此王佐才,慷慨独不群。"(《薤露行》)他在《白马篇》中以游侠自况:

> 白马饰金羁,连翩西北驰。
> 借问谁家子? 幽并游侠儿。
> 少小去乡邑,扬声沙漠垂。
> 宿昔秉良弓,楛矢何参差!
> 控弦破左的,右发摧月支。
> 仰手接飞猱,俯身散马蹄。
> 狡捷过猴猿,勇剽若豹螭。
> 边城多警急,虏骑数迁移。
> 羽檄从北来,厉马登高堤。

> 长驱蹈匈奴，左顾凌鲜卑。
> 弃身锋刃端，性命安可怀！
> 父母且不顾，何言子与妻！
> 名编壮士籍，不得中顾私。
> 捐躯赴国难，视死忽如归。

诗写的是游侠，但又超越了一般游侠。诗中的游侠，骑射高超，应急战事，所向无敌，勇于为国捐躯。诗人借游侠，唱出了自己渴望平定边患、为国立功的豪情壮志。此诗受辞赋多铺陈的影响，纵笔直叙，酣畅淋漓，与所体现的英武气概相融相合。《白马篇》之外，另有一些诗篇，则表现为了削平割据，不惜牺牲自己的英雄品格。如《杂诗》其六：

> 飞观百余尺，临牖御棂轩。
> 远望周千里，朝夕见平原。
> 烈士多悲心，小人偷自闲。
> 国仇亮不塞，甘心思丧元。
> 抚剑西南望，思欲赴太山。
> 弦急悲声发，聆我慷慨言。

远望辽阔的土地，鄙视小人的偷闲，为消灭蜀国和东吴，统一天下，甘愿牺牲。胸怀壮烈，言词慷慨。

　　曹植后期，由于先后受到曹丕、曹睿父子的猜忌和迫害，诗歌的题材有明显的变化。其中抒发骨肉相残的忧伤和怨愤的诗篇尤为突出。综观今存建安诗歌，有关这方面的内容，不见于其他诗人的作品，而只有曹植写到了。曹植这方面的诗歌，拓展了建安诗歌的内容，有许多都是为历代人们所首肯的著名篇章。在曹植的这类诗歌中，有些采用象征的艺术方法，如《野田黄雀行》：

> 高树多悲风，海水扬其波。

利剑不在掌，结友何须多！

不见篱间雀，见鹞自投罗？

罗家得雀喜，少年见雀悲。

拔剑捎罗网，黄雀得飞飞。

飞飞摩苍天，来下谢少年。

曹植喜交朋友，情感真挚。曹丕称帝以后，曹植的许多朋友受到迫害。此诗的写作当与此有关。全诗通篇用比兴，抒发朋友被害而自己无权解救的忧愤。其他如《美女篇》全诗三十句，前二十四句铺叙女主人公的美丽高贵，最后六句："佳人慕高义，求贤良独难。众人徒嗷嗷，安知彼所观。盛年处房室，终夜起长叹。"当是借美女"慕高义"而盛年独居，暗喻自己不被国君所理解和怀才不遇的幽怨。再如《吁嗟篇》前一部分写蓬草长离本根，被大风吹起，"流转无恒处"，喻示自己人生后期十一年中被迫三徙其国的遭遇。最后"愿为中林草，秋随野火燔。糜灭岂不痛，愿与株荄连"四句，倾吐自己宁愿忍痛死去，也希望与亲人相聚的心声。全篇用比，叙写的是转蓬，表现的是自己。

　　曹植后期另外有些篇章，主要运用直接叙写和直抒胸臆的手法，表现遭受迫害的忧伤和愤慨。比较典型的是《赠白马王彪》。此诗作于黄初四年（223）。这年五月，曹植与兄弟白马王曹彪和任城王曹彰到京城朝会。在京城，曹彰暴死。七月，曹植与曹彪返回封国时，有司不准同行。曹植愤慨，写成此诗。诗分七章，从离开京城开始上路写起，至与白马王分别收束。全篇把叙事、写景、抒情与议论融合在一起，章章相连，一气注成，语意相承，上递下接，节奏回环迂曲，写出了途中的艰辛和沉重复杂的情感。其中有对有司毒恨的痛斥："鸱枭鸣衡轭，豺狼当路衢。苍蝇间白黑，谗巧令亲疏。"更多的是对与兄弟的死别和生离的喟叹："奈何念同生，一往形不归！孤魂翔故域，灵柩寄京师。"这是对死者的深切悼念。"丈夫志四海，万里犹比邻。恩爱苟不亏，在远分日亲。何必同衾帱，然后展殷勤！""离别永无会，执手将何时？王其爱玉体，俱享黄发期。"这是写与生者"大别"的悲伤和宽慰。值得注意的是，诗人并没有止于眼前死别和生离的沉痛，而是由眼前的沉痛进而升华到对人生哲理的思考，联想到对天命的怀疑、对求仙的否定以及对生命短暂的体悟："苦辛何虑思？天命信可疑。虚无求列仙，松子久吾欺。变故在斯须，百年谁能持？"怀疑天命，不信神仙，具备生命意识，这是建安时期人的自觉、思想的解放的一个重要表现。曹植经受了种种迫害之后，在这方面有了更深切的体悟。

　　今存曹植完整的诗歌中，有四言、五言、六言和杂言等多种体裁，其中五言五十五首，占总数的百分之七十三。这表明曹植特别着力于五言诗的创作。汉末出现的五言《古诗十九首》，虽是成熟之作，但作者佚名，社会上并不看重，而且风格相近。在建安诗坛上，曹植创作的五言诗最多，也是中国古代诗歌史上，第一个署名作五言诗最多的诗人。曹植的五言诗，有自己鲜明的个性，有不少做到了健康情思和高度艺术形式的统一。以他为代表的建安五言诗体现了五言诗这种新兴诗体的优长，确立了五言诗的地位，结束了五言诗自发的、自然的阶段，使五言诗从此成为中国古代诗歌史上富有生命、使用最多的诗歌形式。

　　曹植是一位重视继承优秀传统的诗人。今存他的完整诗篇中，乐府诗四十三首，占百分之五十七。这表明他同许多建安诗人一样，注意学习汉乐府。不过，他的乐府诗有些不是配乐演唱的。这一点，刘勰《文心雕龙·乐府》有所揭示：子建"有佳篇，并无诏伶人,故事谢丝管"。此外,曹植的诗歌中,也吸纳了以《古诗十九首》为代表的文人诗的成果。这表明以曹植为代表的建安诗歌已经在很大程度上文人化了。

曹植的诗歌,讲究艺术。南朝梁代钟嵘《诗品》称赞他的诗歌"骨气奇高,辞采华茂"。他的诗歌,善用比兴。不管是通篇用比兴,还是片段用比兴,大多做到了新颖而贴切。他的许多诗篇,结构紧凑,一气贯通,"极工起调"([清]沈德潜《说诗晬语》)。如《野田黄雀行》的开头两句,以树高多风、海大扬波作比兴,既喻示了诗人处境的险恶,又为全诗奠定了基调。曹植的诗,在对仗、炼字和声色等方面,很见功力。"秋兰被长坂,朱华冒绿池。潜鱼跃清波,好鸟鸣高枝"(《公宴》),"白日曜青天,时雨静飞尘"(《侍太子坐》),对仗工整,诗中的"被"、"冒"、"曜"、"静"等动词,体现了用词的精心锤炼。"从军度函谷,驱马过西京"(《赠丁仪王粲诗》),"游鱼潜绿水,翔鸟薄天飞","始出严霜结,今来白露晞"(《杂诗·微阴翳阳景》)等句,平仄谐调,已有暗合声律的表现。建安文坛,从文学理论到创作实践,都重视艺术形式。这在曹植的诗歌中得到了相当集中的体现。曹植诗重视艺术形式,但基本上保持了汉乐府民歌和《古诗十九首》自然质朴的特点,"辞采华茂"而不显雕琢。

曹植诗歌的突出成就,得到了后人的高度评价。钟嵘《诗品》上说:"陈思之于文章也,譬人伦之有周、孔,鳞羽之有龙凤,音乐之有琴笙,女工之有黼黻。"宋代张戒《岁寒堂诗话》把曹植诗和杜甫诗相提并论:"曹子建、杜子美之诗",后世"莫能及也"。清代张玉谷《古诗赏析》卷八至卷十选曹操、曹丕和建安七子诗共三十二首,而选曹植一人的诗达二十九首。曹植的诗从多方面影响了后来的诗歌创作。明代胡应麟《诗薮·内篇》说:子建"《虾鲖篇》,太冲《咏史》所自出也。《远游篇》,景纯《游仙》所自出也。'南国有佳人'等篇,嗣宗诸作之祖。'公子敬爱客'等篇,士衡群制之宗。诸子皆六朝巨擘,无能出其范围"。胡应麟上面举的是六朝的例子。其实六朝之后,历朝历代都有许多文人和读者表现了对曹植诗的接受和认同。

三、建安七子和蔡琰

曹丕在《典论·论文》中评论当时的文人,把孔融、陈琳、王粲、徐干、阮瑀、应场、刘桢称为"七子",后有"建安七子"之称。

七子中,年龄最大的是孔融(153—208)。孔融,字文举,鲁国(今山东曲阜)人,孔子二十世孙。孔融有异才,简傲气爽,属汉末清流名士。曾出任北海相、在许都任少府。他轻侮曹操,在政治上常与曹操有矛盾,终被曹操借故杀害。他被害时,曹操还没有封魏公,所以他生活的时代早于其他六子。在政治态度上也不同于其他六子。

孔融在文学上颇有成绩。《后汉书》本传说他著有"诗、颂、碑文、论议、六言、策文、表、檄、教令、书记凡二十五篇"。孔融以文著称,今存诗歌不多,有首创《离合作郡姓名字诗》、五言《临终诗》和《六言诗》等。《临终诗》当是绝命之作。此诗交错使用直叙、比喻等艺术手法,写出了诗人被杀前的复杂心态。诗中有省悟和悔尤:"言多令事败,器漏苦不密。河溃蚁孔端,山坏由猿穴。"有揭斥和忠告,表现了对朝政时事的牵挂:"谗邪害公正,浮云翳白日。靡辞无忠诚,华繁竟不实。"也有对自己被害的宽慰和解脱:"生存多所虑,长寝万事毕。"狂傲气盛、秉性刚直的孔融,临死前复杂深沉的心态,表明他最终仍保持着汉末清议之士的一些品格,只是在表现形式上不像以前那样显露而已。

　　王粲(177—217),字仲宣,山阳高平(今山东邹城)人。出身世家高门,聪慧敏捷,博学强记。汉末战乱,由洛阳迁徙长安,又由长安避难荆州,寄寓刘表。后归曹操,任丞相掾、军谋祭酒和侍中等。善属诗文,刘勰称赞他是"七子之冠冕"(《文心雕龙·才略》)。

　　今存王粲完整的诗歌二十三首。他的诗歌创作,以建安十三年(208)王粲三十二岁为界,可分为前后两期。他前期历经汉末战乱,且有深切的体会,叙写的主要是社会的战乱,抒发的多是忧伤之情。代表作是《七哀诗》三首中前两首,第一首尤其著名:

　　　　西京乱无象,豺虎方遘患。
　　　　复弃中国去,委身适荆蛮。
　　　　亲戚对我悲,朋友相追攀。
　　　　出门无所见,白骨蔽平原。
　　　　路有饥妇人,抱子弃草间。
　　　　顾闻号泣声,挥涕独不还。
　　　　"未知身死处,何能两相完?"
　　　　驱马弃之去,不忍听此言。
　　　　南登霸陵岸,回首望长安。
　　　　悟彼下泉人,喟然伤心肝。

此诗写离开长安、前往荆州避难途中的所见所感。"出门无所见"两句,从大处着笔,概括地描绘了战乱造成人民死亡殆尽的悲惨景况。"路有饥妇人"六句,独就妇人弃子这一典型事,备极叙写,进一步写出了幸存者刺心的痛苦。清代吴淇评饥妇弃子说："盖人当乱离之际,一切皆轻,最难割者骨肉,而慈母于幼子尤甚。写其重者,他可知矣。"(《六朝选诗定论》卷六)第二首抒写自己羁旅荆州的忧伤。诗中把自问自叹、日暮景色和夜间想借弹琴消忧的叙写贯穿在一起,最后用"羁旅无终极,忧思壮难任"两句收束全诗,寄寓漂泊之痛和思念故土之情溢于言表。

王粲后期主动依附曹操,受到重用。有时随曹操征战,更多的时间则生活在邺下,常与曹丕、曹植兄弟和其他文人一起游宴唱和。这一时期诗歌的题材,重点在从军和游宴两方面。前者的代表作是《从军诗》五首。《从军诗》基调雄壮昂扬。有对曹操武功的歌颂:"相公征关右,赫怒震天威。一举灭獯虏,再举服羌夷。西收边地贼,忽若俯拾遗。"(其一)有自己希望奋身立功的表示:"我有素餐责,诚愧《伐檀》人。虽无铅刀用,庶几奋薄身。"(其四)后者如《杂诗》。这类诗或写游园的逍遥,或咏宴会的欢乐,表现了曹氏父子和其他建安文人追求生活享受的一面。

今存王粲诗,乐府诗与非乐府诗数量大体相等。据《晋书·乐志》记载,王粲曾改创过乐府《俞儿舞歌》词。说明王粲在继承汉乐府时,有所变革。今存王粲二十三首诗歌中,五言诗十五首。看来他重视的也是五言诗。王粲有些诗,特别是前期之作,语言比较朴实,后期有些诗则有追求华美的表现。从《杂诗》中的"曲池扬素波,列树敷丹荣"、"幽兰吐芳烈,芙蓉发红晖"等句看,他写诗,已经注意了对偶和炼字。

谢灵运说:王粲"遭乱流寓,自伤情多"(《拟魏太子邺中集·王粲诗序》)。"遭乱"和"自伤",使王粲的诗歌"发愀怆之词"([南朝梁]钟嵘《诗品》上),形成了悲慨深沉的风格。王粲的诗歌成就突出,《诗品》上把他列为上品。清代方东树称誉他说:"陈思而下,一人而已。"(《昭昧詹言》卷二)他的诗对后世也产生了相当大的影响。钟嵘《诗品》认为,潘岳、张协、张华、刘琨和卢谌,其源都出于王粲。清代沈德潜评王粲的《七哀诗》其一说:此诗为"杜少陵《无家别》、《垂老别》诸篇之祖"(《古诗源》卷五)。如此之多的著名诗人受到王粲的沾溉,可见其在诗歌史上占有重要地位。

刘桢(?—217),字公干,东平宁阳(今山东宁阳县南)人。"少以才学知名,年八九岁,能诵《论语》、诗、论及篇赋数万言。警悟辩捷,所问应声而答,当其辞气锋烈,莫有折者"(《太平御览》卷三八五引《文士传》)。曾任曹操司空军谋祭酒,后为五官中郎将曹丕文学、临淄侯曹植庶子,是邺下文人集团的重要成员。他正直傲岸,追求自由,不拘礼法,曾因在宴会上平视曹丕的夫人甄氏而被曹操囚禁。

今存刘桢比较完整的诗歌十三首,另有失题诗十四首(包括佚句)。刘桢的诗歌多取赠答形式,代表作是《赠从弟》三首。这三首诗属于组诗,都是借咏物激励从弟,表现了诗人高洁刚正的人格情操。三首诗表现的思想感情相近,但又有区别。清代陈祚明《采菽堂古诗选》云:第一首"言其高洁",第二首"言其正直",第三首"言其高远"。其中第二首最有名:

> 亭亭山上松,瑟瑟谷中风。
>
> 风声一何盛,松枝一何劲!
>
> 冰霜正惨凄,终岁常端正。
>
> 岂不罹凝寒?松柏有本性。

通篇咏物寄情,一气贯通,以山上松柏不畏巨风冰霜、终岁端正的正直高洁品格,嘉勉从弟,也表现了诗人自己凛然不屈的节操。

刘桢在邺下常参与曹丕、曹植组织的游乐饮宴等活动。与此相联系的是他也写了一些游乐宴会之作,如《公宴诗》。此诗没有一般公宴诗的赞颂俗语和酒肉气味,而是写游乐的情思及园中景物,中间的一段景物描写尤为出色:"月出照园中,珍木郁苍苍。清川过石渠,流波为鱼防。芙蓉散其华,菡萏溢金塘。"清代王夫之赞许此诗说:"《公宴》诸诗,如无公干,则当日群饮,酒肉气深,文章韵短矣。"(《船山古诗评选》卷四)建安时期的游宴诗,有些具有相当高的文化品位,刘桢的《公宴诗》就是一个例证。

现存刘桢完整的诗歌全是五言诗。这说明他特别爱好五言诗。曹丕评刘桢说:"其五言诗之善者,妙绝时人。"(《又与吴质书》)钟嵘说刘桢的诗歌"仗气爱奇,动多振绝。真骨凌霜,高风跨俗。但气过其文,雕润恨少"(《诗品》上)。钟嵘的评语,基本上概括了刘桢诗歌的特点。

陈琳(? —217),字孔璋,广陵射阳(今属江苏省)人。曾经为袁绍掌管书记,后来归附曹操,为司空军谋祭酒,管记室。他长于写作章表书记,也有诗赋传世。陈琳的诗歌常为人们传诵的是乐府诗《饮马长城窟行》:

　　饮马长城窟,水寒伤马骨。

　　往谓长城吏:"慎莫稽留太原卒!"

　　"官作自有程,举筑谐汝声。"

　　"男儿宁当格斗死,何能怫郁筑长城!"

　　长城何连连! 连连三千里。

　　边城多健少,内舍多寡妇。

　　作书与内舍:"便嫁莫留住。

　　善侍新姑嫜,时时念我故夫子。"

　　报书往边地:"君今出语一何鄙!"

"身在祸难中,何为稽留他家子?

生男慎莫举,生女哺用脯。

君独不见长城下,死人骸骨相撑拄!"

"结发行事君,慊慊心意关。

明知边地苦,贱妾何能久自全?"

《饮马长城窟行》是乐府古题。陈琳沿用古题,写连年修筑长城的繁重徭役,给人民造成的妻离子散、惨死城下的痛苦。通篇叙事,多用通信对话,语言质朴。"生男慎莫举"等四句,直接借用秦代民间歌谣。这些都明显地表现了陈琳对民歌的继承和接纳。类似的情况在阮瑀的诗歌中也有体现。

阮瑀(? —212),字元瑜,陈留(今河南开封)人。曾任曹操司空军谋祭酒。他擅长书檄,也能写作诗赋。阮瑀今存完整诗歌十一首,影响最大的是《驾出北郭门行》:

驾出北郭门,马樊不肯驰。

下车步踟蹰,仰折枯杨枝。

顾闻丘林中,嗷嗷有悲啼。

借问啼者出:"何为乃如斯?"

"亲母舍我殁,后母憎孤儿。

饥寒无衣食,举动鞭捶施。

骨消肌肉尽,体若枯树皮。

藏我空室中,父还不能知。

上冢察故处,存亡永别离。

亲母何可见! 泪下声正嘶。

弃我于此间,穷厄岂有赀!"

传告后代人,以此为明规。

《驾出北郭门行》是乐府旧题。阮瑀用旧题写孤儿受后母虐待的悲惨生活,质直凄酸,与汉乐府民歌《孤儿行》一脉相承。结尾两句,诗人用第一人称直接诉说,规劝后人应以此为教训,切忌虐待孤儿。这种用结篇诗句,径直点明诗人写作目的的写法,常见于汉魏乐府。这种写法,为后来的一些乐府诗人尤其是为中唐写新乐府的诗人所认可。白居易的《新乐府》、《秦中吟》组诗,每首诗"卒章显其志",就是典型的例证。

徐干(170—217),字伟长,北海剧县(今山东潍坊西北)人。先后任司空军谋祭酒和五官中郎将文学。他轻官忽禄,恬淡寡欲,以读书写作自娱。有著作《中论》和诗赋传世。今存诗歌四首,都是抒情诗,其中尤以《室思》闻名。此诗属闺中之词,书写妻子对远方丈夫的思念。如"自君之出矣,明镜暗不治。思君如流水,何有穷已时"几句,情深意笃,语言自然,近似后来的五言绝句,为不少文人所模仿。

蔡琰,生卒年不详,字文姬,陈留圉(今河南杞县)人。东汉著名学者和作家蔡邕之女。"博学有才辩,又妙于音律。适河东卫仲道,夫亡无子,归宁于家"(《后汉书·董祀妻传》)。在董卓之乱时被胡骑掳入南匈奴,嫁左贤王,前后达十二年之久,在南匈奴生二子。后被曹操赎回,重嫁屯田都尉董祀。现在流传的题为蔡琰的诗歌共有三篇:《悲愤诗》二首,一为五言,一为骚体;另外一篇是《胡笳十八拍》。一般认为五言《悲愤诗》是蔡琰所作。这首诗叙事与抒情相融合,记述了自己遭掳入胡、在胡地生活和被赎再嫁的经历。诗人是女性,记述的全是自己的不幸遭遇,有一般诗人没有的亲身体验,饱蘸血泪,描写真实细致,情感悲凉深重。如写董卓军队残杀掳掠平民百姓的一节：

> 斩截无孑遗，尸骸相撑拒。
> 马边悬男头，马后载妇女。
> 长驱西入关，迥路险且阻。
> 还顾邈冥冥，肝脾为烂腐。
> 所略有万计，不得令屯聚。
> 或有骨肉俱，欲言不敢语。
> 失意几微间，辄言"毙降虏。
> 要当以亭刃，我曹不活汝"！
> 岂复惜性命，不堪其詈骂。
> 或便加棰杖，毒痛参并下。
> 旦则号泣行，夜则悲吟坐。
> 欲死不能得，欲生无一可。
> 彼苍者何辜，乃遭此厄祸！

有对董卓部队野蛮屠杀和凶残掠夺的概括叙写，有对胡兵的狠毒和被掳者遭遇的细微刻画。"马后载妇女"一句，又暗写了自己是被掳者之一。建安时期，有不少叙写汉末战乱给人民造成的深重灾难的诗篇，但还没有一首能像上面引的一节那样，把百姓的不幸与诗人个人的不幸糅合在一起，绘出了一幅有血有泪的悲惨的历史画卷。再如诗中记述自己被赎回国前与亲子离别的一节：

> 邂逅徼时愿，骨肉来迎己。
> 己得自解免，当复弃儿子。
> 天属缀人心，念别无会期。
> 存亡永乖隔，不忍与之辞。
> 儿前抱我颈，问"母欲何之？
> 人言母当去，岂复有还时？

　　　　阿母常仁恻，今何更不慈？

　　　　我尚未成人，奈何不顾思！”

　　　　见此崩五内，恍惚生狂痴。

　　　　号泣手抚摩，当发复回疑。

儿子“抱颈”的亲切和接连的发问，母亲的刺心之痛、神志恍惚、走而迟疑，从母子两方面细致地写出了骨肉离别时的难以割舍。自古伤离别，使人最为悲伤的莫过于慈母永别亲子。在这方面，上面摘引的一节，是文学史上罕见的典型叙写。

　　此诗以叙事为主，但事系乎情，事真、情真、情深。此诗长达一百○八句，五百四十个字，是先秦以来文人叙事诗中最长的一篇，也是中国古代诗歌史上文人创作的第一首自传体长诗。汉乐府中有自叙悲惨生活的叙事诗，如《十五从军征》和《孤儿行》等。《悲愤诗》当受其影响，格调悲凉，语言质朴。但它拓展了乐府叙事诗的内容和容量，熟练地运用了五言形式，融入了诗人具有鲜明个性的情感，使此诗与《古诗为焦仲卿妻作》成为建安诗坛上叙事诗的双璧。后来杜甫的《北征》和《自京赴奉先县咏怀五百字》等，都程度不同地受到了它的影响。

四、阮籍、嵇康和正始诗歌

　　接续建安文学的是正始文学。正始时期的文人，主要有“正始名士”和“竹林七贤”。“正始名士”的代表是何晏、夏侯玄和王弼。他们当中，有的也涉及了文学，如何晏除写有文赋著述外，还有《言志诗》流传至今，但他们的成就主要在玄学方面。“竹林七贤”指阮籍、嵇康、向秀、山涛、王戎、刘伶和阮咸。此外，重要的诗人还有创作《百一诗》的应璩。在上述文人当中，文学成就突出的是阮籍和嵇康。

阮籍（210—263），字嗣宗，陈留尉氏（今属河南）人，是"建安七子"之一阮瑀的儿子，曾任步兵校尉，所以又称阮步兵。

阮籍是当时的名士，《晋书》本传说他"本有济世志"，但由于生活在魏晋易代之际，司马氏为了夺取曹氏的政权，残酷地杀害许多异己，一时天下"名士少有全者"，致使阮籍的志向很难实现。险恶的政治环境，加上玄学的影响和比较内向的性格，使阮籍在人生的道路上常常进退维谷、左右为难，处于复杂的矛盾当中。他关注现实社会而又想退避逍遥，他狂放任性而又内敛至慎，他忧伤孤苦而又想自由解脱。阮籍的一生，就是在这种复杂的矛盾和煎熬中度过的。

阮籍有很高的文化造诣，又特别擅长诗文。他在诗歌、辞赋和散文等方面，均有重要的创获。阮籍在诗歌方面，虽然也有四言诗传世，但是他特别爱好的是五言诗，着力写作的也是五言诗。他的并非作于一时的八十二首五言《咏怀诗》，在魏晋诗坛上，独树一帜。阮籍一生中对理想的追求、对社会现实的态度和自己难以化解的种种复杂矛盾的思想情感，在他的《咏怀诗》中，都程度不同地得到了表现。

阮籍从少年时开始就有自己的理想和追求，这在《咏怀诗》中有鲜明的表现。除了其十五中有"昔年十四五，志尚好书诗。被褐怀珠玉，颜闵相与期"这样典型的诗句外，在其三十九中还有比较集中的叙写：

壮士何慷慨，志欲威八荒。

驱车远行役，受命念自忘。

良弓挟乌号，明甲有精光。

临难不顾生，身死魂飞扬。

　　　　岂为全躯士？效命争战场。

　　　　忠为百世荣，义使令名彰。

　　　　垂声谢后世，气节故有常。

全诗基调激昂慷慨，借写威武的壮士，道出了自己临难舍生，想建功名、彰忠义的非凡气节。

　　阮籍对政事的关注，在《咏怀诗》中，常常用借古喻今的方式来表现：

　　　　驾言发魏都，南向望吹台。

　　　　箫管有遗音，梁王安在哉！

　　　　战士食糟糠，贤者处蒿莱。

　　　　歌舞曲未终，秦兵已复来。

　　　　夹林非吾有，朱宫生尘埃。

　　　　军败华阳下，身竟为土灰。（其三十一）

这首诗借写战国时期魏国的败亡，暗喻魏国后期皇帝的腐败与荒淫，最终难免遭到覆灭。同这首诗近似的还有其十六和其二十九。这三首诗虽然没有编在一起，但意象大体一致，都明显地具有借古事喻时政的特点，应当属于政治抒情诗。

　　与上述内容相比，《咏怀诗》更多的是抒写诗人自己的孤苦、忧伤、畏惧和焦虑等相互交织的复杂心态：

　　　　夜中不能寐，起坐弹鸣琴。

　　　　薄帷鉴明月，清风吹我襟。

　　　　孤鸿号外野，翔鸟鸣北林。

　　　　徘徊将何见，忧思独伤心。（其一）

写夜深难眠，清冷孤独，忧伤难以消解。只写自己"忧思"、"伤心"，不言原因，暗示了诗人的难言之痛。

　　　　嘉树下成蹊，东园桃与李。

秋风吹飞藿，零落从此始。

繁华有憔悴，堂上生荆杞。

驱马舍之去，去上西山趾。

一身不自保，何况恋妻子！

凝霜被野草，岁暮亦云已。（其三）

前人认为，这首诗所写，当为魏晋政权更替之事。诗中以桃李的零落，暗喻朝政的变更。诗人处境险恶，生命难保，只好追随伯夷、叔齐，避世远遁了。"一身不自保"两句，忧惧中融合着愤慨。

一日复一夕，一夕复一朝。

颜色改平常，精神自损消。

胸中怀汤火，变化故相招。

万事无穷极，智谋苦不饶。

但恐须臾间，魂气随风飘。

终身履薄冰，谁知我心焦！（其三十三）

时间朝夕相继，人的身体和精神却在迅速地衰退消损。面对生命的短暂和世间万事的无穷变故，人的有限的智谋是无法应付的。这些使诗人终生如履薄冰、心焦不安。

阮籍是诗人，同时他又是一位哲人。阮籍在一生中，面对着两个重要问题：一个是在"天下多故，名士少有全者"的严酷的政治环境中，他所关注的首要问题，即生存；另一个是玄学。他生活在玄学创立时期，自己还撰有玄学论著。他想沉浸在玄学的思辨中，思考现实，领悟人生，但是玄理本身又是难以实践、难以落实的。这就使他的《咏怀诗》中常常蕴涵着诗化的哲理和人生多难的复杂情愫。这突出地体现在对人生问题的考问上。人生的有限与无限、人生的痛苦与超越等，都融化在他的诗歌中。"朝阳不再盛，白日忽西幽。去此若俯仰，如何似九秋"（其三十二），写出了时光的飞逝、人生的短暂。而"人言愿延年,延年欲焉之"(其五十五)、"咄嗟行至老,黾勉常苦忧。临川羡洪波,同始异支流。百年何足言?但苦怨与仇"(其七十七)等诗句,暗示了人生只有苦怨和仇敌,没有自由和愉悦,即使能延年益寿又有什么意义?现实如同一张大网:"天网弥四野,六翮掩不舒。"(其四十一)人是无法挣脱这张大网的。人生本来是有限的:"流光耀四海,忽忽至夕冥。"(其十八)"不见日夕华,翩翩飞路旁。"(其五十三)在这有限的人生当中,忧惧常常萦缠心怀而难以倾诉:"挥涕怀哀伤,辛酸谁语哉!"(其三十七)人追求富贵名利,其实富贵名利只能给人带来煎熬和忧伤:"膏火自煎熬,多财为患害。"(其六)"高名令志惑,重利使心忧。"(其七十二)在阮籍看来,人生是有限的,人间有的是苦难,是罗网,他要超越,他要追求无限。他向往隐逸,想走巢父、许由的道路:"咄嗟荣辱事,去来味道真。道真信可娱,清洁存精神。巢由抗高节,从此适河滨。"(其七十四)隐逸的境地和昏暗的社会现实不同,那里没有荣辱事情,体味道真,精神高洁。但隐逸毕竟还没有离开有限的人间。阮籍常常想追求超世的自由和无限。神仙是自由的,阮籍羡慕神仙:"昔有神仙士,乃处射山阿。乘云御飞龙,嘘噏叽琼华。"(其七十八)"太清"、"太极"是无限的,他要"归太清"、"翔太极":"竟知忧无益,岂若归太清!"(其四十五)"时路乌足争,太极可翱翔。"(其三十五)面对不可抗拒的自然规律,阮籍缺乏通达的自然观;面对险恶混浊的社会现实,阮籍始终游移在进退之间。这使他尽管常常想超越有限,获得自由和解放,但始终无法实现,伴随他的经常是苦闷、忧惧和焦虑。这反映了在阮籍生活的年代,虽然有一些士人追求自由的美好的人生,但社会现实在这方面并没有提供些许条件。阮籍式悲剧的造成,有个人的因素,更重要的是时代使然。

　　阮籍的《咏怀诗》在艺术风格上，隐约曲折，多用比兴手法，常借丰富的自然意象和人文意象，如花树、飞鸟、风云、古人、古事和神仙等，信手拈来，灌注情感，含蓄地表现自己复杂的内心世界，使人解读时感到"言在耳目之内，情寄八荒之表……厥旨渊放，归趣难求"（钟嵘《诗品》）。这种风格过于隐晦，给后人解读带来了困难，但同时也为后人留下了不断咀嚼、反复体味的审美天地。阮籍的艺术风格的形成，主要源于他的个性及其生活的环境。唐代李善《文选注》指出："嗣宗身仕乱朝，常恐罹谤遇祸，因兹发咏……而文多隐避，百代之下，难以情测。"阮籍生逢昏乱的朝政，他性格中"至慎"的一面在不断强化，以至于形成了"口不臧否人物"的处世态度。阮籍《咏怀诗》隐约曲折的艺术风格，是他的处世态度和个性在诗歌创作中的折射。

　　从中国古代诗歌演进的历程来看，阮籍的《咏怀诗》占有重要的地位，产生了相当大的影响。阮籍之前的诗歌，不管是民歌还是文人诗，着眼点多是外在的人生社会，内容比较具体，蕴涵相对单纯。阮籍的诗歌，远绍《小雅》，近承《古诗十九首》，创作新的篇章，在关注外在的人生社会的同时，更多的是对自己心灵的抒写，向心灵深处的开掘。他把自己体验的人生的追求、忧惧、焦虑、孤苦和哲理相结合，拓展了创作的领域，推进了诗歌的抒情化和文人化，使诗歌的内涵丰富了、厚重了。他的诗"可以陶性灵，发幽思"，"使人忘其鄙近，自致远大"（钟嵘《诗品》）。

　　阮籍是我国古代诗歌史上，继曹植之后，又一位用力写作五言诗的诗人。他的五言诗篇幅较短而灵活，最长的两首，每首有十八句，最短的有三首，每首只有六句。他的创作实践，从内容和艺术的结合上，把五言诗向前推进了一大步。建安时期，五言诗已经普遍，但有许多"还是出于乐府诗"，到了正始时期，"阮籍才摆脱了乐府诗的格调,用五言诗来歌咏自己"(朱自清《诗言志辨·作诗言志》)。阮籍的五言诗,从多方面拓展丰富了五言诗,进一步坚实了五言诗的基础。建安文人和正始诗人阮籍等在五言诗上的重要贡献,使五言诗从此成为我国古代诗歌中的一种主流的、富有生命力的形式。

　　嵇康(223—263),字叔夜,谯国铚(今安徽宿州)人,官中散大夫,故世称嵇中散。嵇康鄙弃礼法,崇尚老庄,服膺玄理,好养性服食之事。他身高体美,"风姿特秀",聪慧有才,见识渊博,能诗文,善音乐,擅书画。与阮籍的"至慎"、"发言玄远,口不臧否人物"的处世态度不同,嵇康"刚肠疾恶,轻肆直言,遇事便发"(《与山巨源绝交书》),无所顾忌。他娶魏沛穆王曹林之女(一说孙女)为妻,与曹氏集团有姻亲关系。后因朋友吕安事件被捕入狱,加上钟会的诬陷,被司马昭杀害。表面上看,嵇康的被害是由于上述事件,但根本原因是他在政治上拒绝依附、效忠司马氏。嵇康在当时的士林中有很大的影响。他临刑前,有三千太学生为他请命,司马氏未准。嵇康最后坦然就刑,刑前神色不变,索琴弹奏《广陵散》,痛惜《广陵散》因他的被害而失传。嵇康面对死刑无所畏惧,念念不忘《广陵散》,从一个方面表现了魏晋一些名士重义轻生、超脱人累的"雅量"。

　　嵇康是一位哲人,也是一位文人。他能诗能文,兼善多种文体。今存嵇康的诗歌五十多首,有四言、五言、六言、七言和杂言等。嵇康的诗,主要是自己内心世界的表现,抒发的多是自己对自然生活的追求、对玄理的体悟和对世俗功名的厌弃。在嵇康的各体诗歌中,四言诗更具特点,受到历代的重视。他的四言诗中的组诗《赠秀才入军》十八首和《幽愤诗》常为人们所传诵。《赠秀才入军》中的"秀才"，《文选》李善注认为指的是嵇康之兄嵇喜。
组诗内容丰富，多方面地表现了嵇康的情思和志趣。如其九：

> 良马既闲，丽服有晖。
>
> 左揽繁弱，右接忘归。
>
> 风驰电逝，蹑景追飞。
>
> 凌厉中原，顾盼生姿。

这首诗寓抒情于叙事，想象嵇喜入军之后，在军中戎马骑射、驰骋
威武、所向披靡的英姿和气概。形象鲜明，气势飞动。表现了嵇
康任侠尚气的豪壮胸怀。又如其十四：

> 息徒兰圃，秣马华山。
>
> 流磻平皋，垂纶长川。
>
> 目送归鸿，手挥五弦。
>
> 俯仰自得，游心太玄。
>
> 嘉彼钓叟，得鱼忘筌。
>
> 郢人逝矣，谁可尽言！

此诗通过外在的人物叙写和内在的心理透视，想象嵇喜在军中闲
暇时，弋钓自娱、游目弹琴、体会玄理的高超心境。五、六两句，由
远至近，动作神态相融，有实有虚，为后人所称颂。清代王士禛
《古夫于亭杂录》说："'手挥五弦，目送归鸿'，妙在象外。"

《幽愤诗》是嵇康在狱中写的。诗中直接叙述，回顾反思了自
己的一生，其中饱含复杂情感：

> 欲寡其过，谤议沸腾。
>
> 性不伤物，频致怨憎。
>
> 昔惭柳惠，今愧孙登。
>
> 内负宿心，外恧良朋。

嗷嗷鸣雁，奋翼北游。

顺时而动，得意忘忧。

嗟我愤叹，曾莫能俦。

事与愿违，遘兹淹留。

穷达有命，亦又何求？

从上面引的两节可以看出，此诗用舒缓从容的语调，表现了一种沉重的情感。在自愧和宽慰之中，蕴涵着不解和怨愤。从中也可以体悟到诗人身陷囹圄时镇定自若的非凡气度。

在正始前后，有不少诗人写作四言诗。综合而言，曹操以下，当首推嵇康。曹操的四言诗，全是乐府诗，常常引用或化用《诗经》中的诗句，风格古朴雄壮。嵇康则多有创新，不再囿于乐府诗的格调，"不为《风》、《雅》所羁，直写胸中语"（［清］何焯《文选评》），清远峻切，继曹操之后，为古代四言诗史，增添了新的优秀篇章。

（原载袁世硕、张可礼主编《中国文学史》第 2 版，
上册，中国人民大学出版社 2014 年版。）

两晋诗歌

两晋诗坛,诗人辈出,创作繁盛。西晋以潘岳、陆机为代表的太康诗人,抒写的多是世俗人情,追求辞藻华美。左思、刘琨和郭璞,先后独立诗坛,别开生面。东晋偏安江南,玄谈风行。许询、孙绰等人写作的玄言诗充斥诗坛。随着佛教的广泛传播,佛理诗开始兴起。东晋末年,陶渊明创作的田园诗,开创了诗歌史上的新局面。两晋的诗歌体裁,五言是主流。建安、正始诗人在五言诗方面做出的贡献,在两晋得到了巩固和发展。

一、陆机、潘岳和太康诗歌

西晋太康前后,社会稳定,经济发展,文学也出现了新的风貌。太康是晋武帝的年号(280—290),历史上常用太康文学概括西晋文学。西晋时期,诗歌受到了普遍的重视,先后出现了许多著名诗人。前期有傅玄(217—278)、张华(232—300)。太康前后,张华仍然在世,另外活跃在诗坛上的重要诗人有所谓"三张、二陆、两潘、一左"。"三张"指的是张载、张协、张亢兄弟;"二陆"指的是陆机和陆云兄弟;"两潘"指的是潘岳和潘尼叔侄;"一左"指的是左思。同时还有刘琨。在上述诗人当中,陆机和潘岳在当时地位最高,并称"潘陆",代表了太康诗风。左思和刘琨则由于地位和遭遇与"潘陆"等人不同,他们的诗歌表现了另外一种风貌。

就主流看,太康诗歌不像建安诗歌那样关注社会现实、"梗概多气",也很少像阮籍《咏怀诗》那样寄托深远。太康诗歌题材比较狭窄,情感内敛平弱。诗人对以前诗歌,特别是对建安诗歌的继承,主要体现在对艺术形式美的重视上。他们看重形式,追求辞采华丽,讲究对偶,叙写繁缛。许多诗人习惯于模拟,或模拟乐府,或模拟《古诗十九首》,成为一种风尚。在诗歌体裁上,太康诗歌中四言诗和五言诗几乎平分秋色,四言诗有所回潮。但具有特点的优秀之作却是五言诗。上述太康诗歌的缺憾和优长,在陆机和潘岳的诗歌中都有具体的体现。

陆机(261—303),字士衡,吴郡华亭(今上海松江)人。出身于高门望族,祖父陆逊为吴丞相,父亲陆抗为吴大司马。陆机少年时,即想光大祖业。吴亡后,家居十年,闭门勤学。太康末,携弟陆云到洛阳,深受张华等诸多名士的器重和赞誉。他热衷仕进,功名之心强烈,好游权门,攀附权贵贾谧,任平原内史等职。惠帝时宗室争斗激烈,陆机卷入"八王之乱",为成都王司马颖率兵讨伐长沙王司马乂。兵败,被诬告,后被司马颖杀害。

陆机服膺儒术,有异才,文章冠世。除专著外,写有诗文二百余篇,并行于世。陆机今存诗歌一百多首,其中乐府诗有四十八首。他的诗歌,入洛阳之前,有些抒发了国破家亡的感慨;入洛阳之后,则多叙写人生的悲欢离合、感时伤怀和仕途的艰危。其中有些情感真切、清新感人。如《赴洛道中作》二首:

　　总辔登长路,呜咽辞密亲。
　　借问子何之? 世网婴我身。

永叹遵北渚,遗思结南津。

行行遂已远,野途旷无人。

山泽纷纡余,林薄杳阡眠。

虎啸深谷底,鸡鸣高树巅。

哀风中夜流,孤兽更我前。

悲情触物感,沉思郁缠绵。

伫立望故乡,顾影凄自怜。(其一)

远游越山川,山川修且广。

振策陟崇丘,安辔遵平莽。

夕息抱影寐,朝徂衔思往。

顿辔依嵩岩,侧听悲风响。

清露坠素辉,明月一何朗!

抚枕不能寐,振衣独长想。(其二)

这两首诗写诗人应召入洛途中所见荒凉萧索的景物、跋涉的艰难与诗人深重郁闷的心态,心物相互感应,表现了诗人对故乡的留恋,也蕴涵着对前途的忧虑。

陆机有些乐府诗,或抒己胸怀,或写征夫、役人,有充实的内容。《猛虎行》借叙写志士的苦闷,抒发了自己入洛以后功名未成的忧愤。诗中"日归功未建,时往岁载阴。崇云临岸骇,鸣条随风吟。静言幽谷底,长啸高山岑。急弦无懦响,亮节难为音。人生诚未易,曷云开此衿?眷我耿介怀,俯仰愧古今"等句,基调慷慨,表述了自己的耿介之怀。《苦寒行》叙写行役人的"夕宿乔木下,惨怆恒鲜欢。渴饮坚冰浆,饥待零露餐。离思固已久,寤寐莫与言"等句,表现了北征役人长期离乡背井,在凝冰积雪的时节,饥寒交迫的凄惨景况和孤苦心情。诗中蕴涵着诗人的深切同情。

　　陆机重模拟。他模拟《诗经》，模拟不少乐府诗和《古诗十九首》。他的《拟古诗》十二首，大体上是模拟《古诗十九首》。他的模拟之作，沿袭较多，创新较少。在诗歌体裁方面，今存陆机四言九首、五言六十二首、六言两首、七言一首、杂言十五首。其中五言约占百分之七十。这表明在诗歌体裁上，陆机与当时一些诗人多沿用四言不同。他继承了建安诗歌和正始诗歌重五言的风尚，推进了五言诗的发展。陆机在《文赋》中第一次指出并强调："诗缘情而绮靡。"这一点也体现在他的创作实践上。他写作诗歌特别注重在"绮靡"上下工夫，注意工巧描绘。如"轻条象云构，密叶成翠幄"（《招隐诗》）、"和风飞清响，鲜云垂薄阴"（《悲哉行》）之类的诗句，都明显地经过了刻意的雕琢。建安诗歌，已经有一些对偶句式。陆机在这方面又有进一步的发展。他的诗篇，多见对偶，有些几乎通篇对偶。如《从军行》全诗二十句，除了开头两句和收束两句外，其他全是对偶：

　　　　南陟五岭巅，北戍长城阿。
　　　　溪谷深无底，崇山郁嵯峨。
　　　　奋臂攀乔木，振迹涉流沙。
　　　　隆暑固已惨，凉风严且苛。
　　　　夏条焦鲜藻，寒冰结冲波。
　　　　胡马如云屯，越旗亦星罗。
　　　　飞锋无绝影，鸣镝自相和。
　　　　朝餐不免胄，夕息常负戈。

　　陆机自觉追求绮丽，多用排偶，描绘细致，举体华美，发展了建安诗歌以曹植为代表的"词采华茂"的形式美，从一个方面影响了后来山水诗的兴起和发展，影响了后来诗人对艺术形式美的重视，使对仗、声律等艺术技巧的逐渐成熟。遗憾的是，陆机在追求诗歌形式美的过程中,有时逞才,过分雕琢,堆砌繁缛。历代有不少人对此提出了批评,应当说是切合实际的。

潘岳(247—300),字安仁,荣阳中牟(今河南中牟)人,祖父任安平太守,父亲任琅玡内史。潘岳自幼聪慧,乡邑号称神童。他姿仪俊美,时人称为"璧人"。任过河阳令、怀县令、给事黄门侍郎等职。他在政治上想有所作为,任河阳、怀县县令时,"勤于政绩"(《晋书》本传)。但他为人轻躁,为了改变自己低下的地位,谋取权势,不顾廉耻,趋附势利。惠帝元康年间,贾后专权,贾谧霸道,潘岳与石崇等谄事权贵贾谧,为贾谧门下"二十四友"之首,替贾氏写作诗文,失去了文人应有的品格。同在政治上的表现不同,潘岳笃厚亲情,重视自己的家庭,亲爱妻子。这一点成为他生活和精神上的重要内容。潘岳在仕途上,郁郁不得志。最终他自己及亲人均被赵王司马伦的亲信杀害。潘岳善属文,特别擅长写作哀诔诗文。

今存潘岳比较完整的诗歌二十首,另有七则佚句。二十首诗中,有四言七首、五言十二首、杂言一首。看来,潘岳重视的也是五言诗。在上述三种诗歌体裁中,五言诗成就最高。潘岳的诗歌,有应制、赠答之作,有述怀、写亲情之作。受后人推奖、有价值的是后者。代表作是《内顾诗》二首和《悼亡诗》三首。如《内顾诗》其一:

> 静居怀所欢,登城望四泽。
> 春草郁青青,桑柘何奕奕!
> 芳林振朱荣,渌水激素石。
> 初征冰未泮,忽焉衿绨绤。
> 漫漫三千里,迢迢远行客。

　　驰情恋朱颜，寸阴过盈尺。

　　夜愁极清晨，朝悲终日夕。

　　山川信悠永，愿言良弗获。

　　引领讯归期，沉思不可释。

写远离家乡任河阳令时，日夜对家中妻子难以抑制的思恋。由景及情，真挚缠绵。

　　《悼亡诗》三首写妻子亡后，对妻子的深切悼念。下录第一首：

　　荏苒冬春谢，寒暑忽流易。

　　之子归穷泉，重壤永幽隔。

　　私怀谁克从？淹留亦何益。

　　僶俛恭朝命，回心反初役。

　　望庐思其人，入室想所历。

　　帏屏无仿佛，翰墨有余迹。

　　流芳未及歇，遗挂犹在壁。

　　怅怳如或存，周遑忡惊惕。

　　如彼翰林鸟，双栖一朝只。

　　如彼游川鱼，比目中路析。

　　春风缘隙来，晨霤承檐滴。

　　寝息何时忘，沈忧日盈积。

　　庶几有时衰，庄缶犹可击。

这首诗写诗人离家返回任所时对亡妻的怀念。开始八句，写诗人为亡妻守丧一年之后，将要离家时的悲伤和不得不离家的复杂心情。中间"望庐思其人"等八句，正面写诗人将出未出，入空室回想往事，触目伤心的景象和恍惚的神情，细致真切。最后"如彼翰林鸟"等十句，前四句用比喻，后六句直接抒写，表现了诗人失去妻子的孤苦和难以排解的深沉忧伤。全诗感情深厚真切,直抒曲写,淋漓倾吐。没有对妻子真挚深厚的爱情,不可能写出这样的诗篇。由于潘岳的《悼亡诗》全是悼念亡妻的,所以从潘岳开始,"悼亡诗"成了专门悼念亡妻的一种诗歌。潘岳的《悼亡诗》三首,全被《文选》选录。后来的许多悼亡之作,也都程度不同地受到了潘岳《悼亡诗》的影响。

同许多太康诗人一样,潘岳也重视诗歌的辞采。他的诗不论是叙事、写景,还是抒发情感,都重视语言,注意描绘。"绿池泛淡淡,青柳何依依。滥泉龙鳞澜,激波连珠挥。前庭树沙棠,后园植乌椑。灵囿繁石榴,茂林列芳梨。"(《金谷集作诗》)"川气冒山岭,惊湍激岩阿。归雁映兰畤,游鱼动圆波。鸣蝉厉寒音,时菊耀秋华。"(《河阳县作》二首其二)上举诗句,多用对偶句式,具体形象,色彩鲜明,表现了他在遣词造句上的功力。

在中国古代文学批评史上,常见"潘陆"并称的评价。钟嵘特别看重潘岳的五言诗,所以他在《诗品》中,把潘岳列为上品。潘岳成功的诗歌,情深意真,以情调凄怆哀伤感人,重辞采而不显雕琢,这一点多为后人所认同。

二、左思、刘琨和郭璞

左思(250? —305?),字太冲,齐国临淄(今山东淄博)人。家世儒学,出身寒素。少年时,曾学书法和鼓琴,但没有学成。后来激励勤学,兼善阴阳之术。他貌丑口讷,不好交游。妹左棻入宫为武帝贵嫔,移家京都洛阳。因为写作《三都赋》,自己认为所见不博,求为秘书郎。《三都赋》写成后,受到张华、陆机、皇甫谧、张载、卫瓘等名流的称赞。豪贵之家,竞相传抄,洛阳为之纸贵。左思为贾谧"二十四友"之一。贾谧被杀以后，退居不出，专心研读典籍。大司马齐王冏辅政，左思任记室督，不久辞官退隐。至张方之乱，全家迁到冀州。数年，因病去世。

左思有才博学，有辞赋和诗歌传世。今存诗歌十四首。其中四言诗两首，五言诗十首。左思的《三都赋》尽管在当时轰动京城，但并不是成功的文学作品。倒是他留下的诗歌，尤其是他的《咏史诗》和《娇女诗》，历来受到人们的推奖。

今存左思《咏史诗》八首，是组诗，彼此有相互联系的丰富的内涵，主要内容是抒发自己的抱负不得实现的愤慨、对权贵的轻蔑和对门阀制度的批判。下面先录第一首：

> 弱冠弄柔翰，卓荦观群书。
>
> 著论准《过秦》，作赋拟《子虚》。
>
> 边城苦鸣镝，羽檄飞京都。
>
> 虽非甲胄士，畴昔览穰苴。
>
> 长啸激清风，志若无东吴。
>
> 铅刀贵一割，梦想骋良图。
>
> 左眄澄江湘，右盼定羌胡。
>
> 功成不受爵，长揖归田庐。

这首诗写自己文才超群，但仍想投身战事，建立武功，统一天下。建立了功勋之后，身退归田。唱出了诗人渴望建立功勋的豪迈胸怀，也表现了诗人轻蔑爵禄的人生价值观。这样的胸怀和价值观在《咏史诗》中多有表现："吾希段干木，偃息藩魏君。吾慕鲁仲连，谈笑却秦军。当世贵不羁，遭难能解纷。功成不受赏，高节卓不群。"（其三）这样的胸怀和价值观与那些高门显贵一心追求权势和豪华形成了鲜明的对比。诗人的地位是低下的，但他轻蔑豪门显贵，有时安于贱者地位："贵者虽自贵，视之若埃尘。贱者虽

自贱,重之若千钧。"(其六)他厌弃豪门显贵当权的现实,向往隐居:

> 皓天舒白日,灵景耀神州。
>
> 列宅紫官里,飞宇若云浮。
>
> 峨峨高门内,蔼蔼皆王侯。
>
> 自非攀龙客,何为欻来游?
>
> 被褐出阊阖,高步追许由。
>
> 振衣千仞岗,濯足万里流。(其五)

这首诗开始写权贵的豪华,接着笔锋陡转,说自己非攀龙趋势之辈,表现了诗人的自尊和独立的人格。结尾"被褐"四句虽写隐居,但非同寻常,高亢激昂,语壮气盛,写出了与权贵的决绝和自己超迈的信念。诗人的理想之所以不能实现,权贵之所以能当权,寒士之所以常困顿,其根源主要在于门阀制度。对于这一点,左思有清醒的认识。这在《咏史诗》其二中有集中的表现:

> 郁郁涧底松,离离山上苗。
>
> 以彼径寸茎,荫此百尺条。
>
> 世胄蹑高位,英俊沉下僚。
>
> 地势使之然,由来非一朝。
>
> 金张籍旧业,七叶珥汉貂。
>
> 冯公岂不伟,白首不见招!

此诗以"涧底松"喻官位低下的英俊,以"山上苗"喻世代占据高位的权贵。"地势"两句兜前呼后,揭示了上述现象的根源是门阀制度。后面并举出两汉的金日磾家、张汤家和冯唐为证。两汉求贤,率先经术;三国用人,重视才能。左思生逢的西晋,以门第取人,"上品无寒门,下品无势族"(《晋书·刘毅传》),这是一种倒退。左思由现实溯及历史,渴望能不计身份、以才德取人,唱出了寒门素族阶层的满腔不平,满怀激情而又清醒地揭露和批判了门阀制度。这是太康诗坛上的响亮的声音,在当时和后来都具有进步的意义。

《娇女诗》是一首新奇而别致的诗篇。诗人用轻松幽默的笔调,描摹了自己两个小女儿娇憨可爱的神态。全诗较长,共五十六句,可分三段:第一段写小女儿纨素,第二段写大女儿惠芳,第三段合写大小。诗中写小女儿"浓朱衍丹唇,黄吻澜漫赤";写大女儿"轻妆喜楼边,临镜忘纺绩","从容好赵舞,延袖像飞翮";写她们姊妹"驰骛翔园林,果下皆生摘。红葩缀紫蒂,萍实骤抵掷。贪华风雨中,倏忽数百适。务蹑霜雪戏,重綦常累积"。诸如此类诗句,饱含爱恋之情,笔法细致生动。娇女天真贪玩的自然本性,活灵活现。中国自古以来,多重男轻女。左思破陋习,重亲情,不计性别,热爱自己的女儿,不惜篇幅描写自己的女儿,这是以前的诗歌未曾涉及的。左思以后,受《娇女诗》的影响,陶渊明、李白、杜甫、白居易、韩愈、杜牧和李商隐等诗人,先后都有写幼小儿女的诗篇或诗句,内容风格虽各有所长,但大体上是沿着左思《娇女诗》的路子向前演进的。

与陆机和潘岳等诗人追求辞采华美的诗风不同,左思的诗歌,尤其是他的代表作《咏史诗》,"陶冶汉、魏,自制伟词"([清]沈德潜《古诗源》卷七),语言质朴简劲,明快自然,任气挥洒,笔力雄迈,气盛而情深。钟嵘在《诗品》中特别标出"左思风力",看出了左思的诗歌与其他太康诗人不同,具有建安诗歌"梗概多气"的特点。

中国是诗的国度,也是重史的国度。先秦时期就有诗和史相结合的篇章。到两汉时期,又出现了班固正式以"咏史"为题的《咏史诗》。班固的《咏史诗》虽然"质木无文"([南朝梁]钟嵘《诗品序》），但它是咏史诗的先导。班固以后，咏史诗赓续不绝。如曹魏时期，王粲、阮瑀分别写有《咏史诗》二首，曹植写有《三良诗》，杜挚写有《赠毋丘俭诗》，阮籍写有《咏怀诗》（驾言发魏都）等。左思是一位务实重史的诗人，特别关注咏史诗，重视咏史这种形式。在咏史诗史上，他的代表作《咏史诗》，标志着咏史诗的成熟。左思的《咏史诗》第一次创立组诗形式，其数量远远超过了他以前和他同时代的其他诗人。在内容和风格等方面，都有明显的发展和创新。明代胡应麟称赞左思《咏史诗》是"晋人杰作"，并指出："《咏史》之名，起自班固，但指一事。魏杜挚《赠毋丘俭诗》迭用八古人名，堆垛寡变。太冲题实因班，体亦本杜，而造语奇伟，创格新特，错综震荡，逸气干云，遂为古今绝唱。"（《诗薮》外编卷二）左思之前的咏史诗，多以咏古人、古事为主，略抒己意。左思的《咏史诗》，与阮籍《咏怀诗》中的咏史诗相近，名为咏史，实为借古讽今，自摅胸臆。他的《咏史诗》，把古与今、历史人物与诗人自我互相映照、彼此融合。能由己事到时政，突破了个人的圈子。能由现实到历史，以现实的心理感悟史实，选择史实，以史实反观现实，揭露时弊，扩大了时空，丰富了内涵。他的《咏史诗》写历史人物，不重人物的经历，重视的是人物与自己相通的遭际和命运，使诗人的情怀表现得更为集中和深沉。左思的《咏史诗》，丰富了咏史的方式。这一点，确如清代张玉谷《古诗赏析》卷十一所云："太冲《咏史》，初非呆衍史事，特借史事以咏己之怀抱也。或先述己意，而以史事证之。或先述史事，而以己意断之。或止述己意，而史事暗合。或止述史事，而己意默寓。各还悬解，乃能脉络贯通。"多种咏史方式的交替使用，使《咏史诗》八首，摇曳多姿，富有特点。

左思的《咏史诗》继往开来，多为后人所认同。清代陈祚明评左思《咏史诗》说:"创成一体,垂式千秋。"(《采菽堂古诗选》卷十一)萧统《文选》、王士禛《古诗笺》和沈德潜《古诗源》都全选左思《咏史诗》八首。受左思新创咏史诗的影响,以借史抒怀为主的咏史诗继续发展。左思之后,历朝历代都有许多诗人跟踪左思,写作咏史诗。如陶渊明的《咏贫士》、颜延年的《五君咏》、鲍照的《咏史》、陈子昂的《蓟中览古》和杜甫的《咏怀古迹》等,都程度不同地受到了左思的沾溉。咏史诗经左思的创新而成熟,从而成为中国古代诗歌史上的一个重要门类。

刘琨(271—318),字越石,中山魏昌(今河北无极县东北)人。汉中山靖王刘胜的后代,出身名门世族。少年时以雄豪著名,有纵横之才。颇浮夸,好老庄,尚清谈。生活奢侈,嗜声色。二十六岁任司隶从事。他善交胜己,与祖逖为友,曾共被而寝,夜间闻鸡起舞。每当论述世事,相谓曰:"若四海鼎沸,豪杰并起,吾与足下相避中原耳。"(《世说新语·赏誉》)当石崇、陆机和陆云等以文才诣事贾谧时,刘琨也以文才降节依附贾谧,为贾谧"二十四友"之一。"八王之乱"发生以后,刘琨积极参与,卷入诸王争斗的战乱。怀帝永嘉元年(307),出任并州刺史,从此离开中原,以晋阳(今山西太原)为根据地,招募流亡,同刘渊、刘聪对抗而战。兵败,父母被害。愍帝建兴三年(315),受命都督并、冀、幽三州军事,又被石勒所败。败后投靠幽州刺史鲜卑人段匹磾,相约共扶晋室。后因其子刘群得罪段匹磾,被囚禁杀害,时年四十八岁。

刘琨多才多艺,爱音乐,善行书,能诗能文。他的文学创作,大体可以永嘉元年为界,分为前后两个时期。前期由于与石崇关系密切,又是贾谧"二十四友"之一,常与石崇、潘岳和陆机等唱和赋诗。《晋书·刘琨传》说他的"文咏颇为当时所许",可见他前期的创作,在当时有相当的影响。由于前期的作品,今已不存,具体情况难以考知。现存他的部分诗文全是后期所作。刘琨的后期主要活动是在永嘉前后。这一时期,他投身抵御少数民族的侵入、保卫晋朝的战争,诗文作于国破家亡、社会动乱之际,内容不离国事和战乱灾难,反映了矛盾复杂、急剧动荡的社会现实,表现了诗人由于困于逆乱、灾祸纷繁而激发出来的忠于晋朝、维护统一、百折不挠的英雄气概。其中《扶风歌》一诗尤其感人肺腑:

> 朝发广莫门,暮宿丹水山。
> 左手弯繁弱,右手挥龙渊。
> 顾瞻望官阙,俯仰御飞轩。
> 据鞍长叹息,泪下如流泉。
> 系马长松下,发鞍高岳头。
> 烈烈悲风起,泠泠涧水流。
> 挥手长相谢,哽咽不能言。
> 浮云为我结,归鸟为我旋。
> 去家日已远,安知存与亡。
> 慷慨穷林中,抱膝独摧藏。
> 麋鹿游我前,猿猴戏我侧。
> 资粮既乏尽,薇蕨安可食?
> 揽辔命徒侣,吟啸绝岩中。
> 君子道微矣,夫子故有穷。
> 惟昔李骞期,寄在匈奴庭。
> 忠信反获罪,汉武不见明。
> 我欲竟此曲,此曲悲且长。
> 弃置勿重陈,重陈令心伤。

这是一首乐府诗,属"杂歌谣辞",是诗人永嘉元年受任并州刺史,自京城洛阳前往并州治所晋阳途中所作。全诗以直接叙事抒情为主，中间穿插景物描写，写出了途中的种种困苦和难以抑制的悲伤。其中有对京城的留恋和对亲人的担忧，有对凶荒山林的感慨，有对自己的前途的预料和隐忧。通篇一气贯注，愀怆悲壮，真切深厚，是当时的诗坛上难得的诗篇，也是古代五言诗史上的佳作。

刘琨被段匹磾因拘时，作有四言诗《答卢谌》和五言诗《重赠卢谌》。这两首诗是他的绝命诗。其中后一首感慨尤为深切。这首诗多用典故、比喻，隐约、含蓄。最后十句是："功业未及建，夕阳忽西流。时哉不我与，去乎若云浮。朱实陨劲风，繁英落素秋。狭路倾华盖，骇驷摧双辀。何意百炼刚，化为绕指柔！"功业未建，衰暮时少，遭世多艰，历受挫折，昔日百炼之金的刚强，如今却变得如此之柔软。身失自由，满怀悲伤和愤慨，因气使词，写出了英雄壮志未酬而又无可奈何的心声。

刘琨在国家危难之时，受命在北方征战，力图使国家统一，但最终未能如愿，含恨被杀。在军事和政治上，刘琨是一位失败的豪杰，但他在文学上却取得了卓越的成就。永嘉前后的诗坛，多玄言之作，刘琨的诗歌，冲破了玄言诗的藩篱，忧伤愤慨，别具一格。他的诗歌上承建安诗风，叙乱离，摅悲愤，多苍凉之气。这一点，早为许多文人所认可。钟嵘认为他的诗歌"源出于王粲"（《诗品》中）。元好问云："曹刘坐啸虎生风，四海无人角两雄。可惜并州刘越石，不教横槊建安中。"（《论诗三十首》其二）刘琨传下来的诗歌不多，但却得到了后代许多文人的赞许。刘勰说："刘琨雅壮而多风。"（《文心雕龙·才略》）明代许学夷说："其《赠卢谌》及《扶风歌》，语甚浑朴，气颇遒迈。"（《诗源辩体》卷五）北魏诗人常景曾拟刘琨《扶风歌》，作诗十二首（参见《北史·常景传》）。后来许多重要的文学选本，也特别重视刘琨的诗歌。今存刘琨诗三首，全被《文选》和沈德潜《古诗源》选录。通过这些选本，他的诗歌得到了相当广泛的流传。

郭璞（276—324），字景纯，河东闻喜（今山西闻喜）人。《晋书·郭璞传》说他"好经术，博学有高才"，而讷于言论，好古文奇字，喜阴阳卜筮之术。西晋末年北方战乱，郭璞南下避难。避难途中写有《流寓赋》，表现了对国家和百姓的关怀。过江后，受到王导等人的器重。任王敦记室参军，因谏阻王敦谋反而被杀。王敦之乱平定后，追赠弘农太守，所以后来有称他的文集为《郭弘农集》。

郭璞多著述，诗文均有成就。今存文二十三篇；完整的诗歌十四首，另有残篇十七则。郭璞诗歌的代表作是《游仙诗》。今存郭璞完整的《游仙诗》十首，另有残篇九首，都是五言诗。诗歌最早以"游仙"名题的是曹丕和曹植。但诗歌开始写游仙则可以上溯到战国。战国之后，秦、汉、三国和西晋，游仙诗持续不断。这些游仙诗，多杂言、四言和五言。从内容来看，大体有两个系列：一是过去所谓的"正格"游仙诗，始自秦博士作的《仙真人诗》，主要写期羡长生、访药求仙；二是发端于屈原的《远游》，继承者有曹植、阮籍和嵇康等，这一系列的游仙诗，主要借游仙抒写自己的忧愤。上述两种游仙诗，在郭璞的诗歌中均有体现。沿袭"正格"路子的，叙写的是"列仙之趣"，赞颂的主要是神仙生活的美好和长生不老。另一种则继承了屈原、曹植和阮籍等诗人，属于"坎壈咏怀"之作。郭璞的主要贡献也在这方面。郭璞生活在两晋之际的战乱环境里，深切地体悟到生命的短暂。他"才高位卑"，常常感到社会现实如同罗网，人生朝不保夕，有志不得伸展，多怀忧愤。

他想解脱,想超越人间,避离现实,寻求美好的、自由的人生。这些构成了他的《游仙诗》特有的基调,如其一:

> 京华游侠窟,山林隐遁栖。
>
> 朱门何足荣,未若托蓬莱。
>
> 临源挹清波,陵冈掇丹荑。
>
> 灵溪可潜盘,安事登云梯?
>
> 漆园有傲吏,莱氏有逸妻。
>
> 进则保龙见,退为触藩羝。
>
> 高蹈风尘外,长揖谢夷齐。

这首诗用对比的方法,表现了诗人对豪门富贵的鄙弃,对退隐游仙的向往。诗中把游仙和隐居融合在一起,虽然写了蓬莱仙境,但着笔较多的是山林和隐士。隐遁可以避世,但还不如游仙自由,游仙更能超越人生和社会现实,所以最后诗人表示要告别伯夷和叔齐,遨游仙境。又如其二:

> 青溪千余仞,中有一道士。
>
> 云生梁栋间,风出窗户里。
>
> 借问此何谁? 云是鬼谷子。
>
> 翘迹企颍阳,临河思洗耳。
>
> 阊阖西南来,潜波涣鳞起。
>
> 灵妃顾我笑,粲然启玉齿。
>
> 蹇修时不存,要之将谁使?

前半部写隐士鬼谷子所居的美好仙境和诗人对许由的期羡,后半部写水神宓妃对"我"有情,但无媒人接通。全诗有寄托,流露出避世之情和才高而无人赏识的失意。再如其五:

> 逸翮思拂霄,迅足羡远游。
>
> 清源无增澜,安得运吞舟?

　　　　圭璋虽特达，明月难暗投。

　　　　潜颖怨青阳，陵苕哀素秋。

　　　　悲来恻丹心，零泪缘缨流。

抒发了怀才不遇的愤慨，同时也表现了由人生的"穷"、"达"所引发的忧伤。

　　郭璞的《游仙诗》多有自己的创获。有三点特别值得关注：一是仙境淡化了，取代仙境的是隐士所处的自然的山林风云。二是隐士和仙人相伴，仙人的身份往往被一些古代著名的隐士所取代。上述两点，以前的游仙诗有所涉及，如曹植《苦思行》中有"郁郁西岳颠，石室青青与天连。中有耆年一隐士，须发皆皓然。策杖从我游，教我要忘言"等诗句；阮籍《咏怀诗》其三十二中有"愿登太华山，上与松子游。渔父知世患，乘流泛轻舟"等诗句。不过，他们的游仙诗中兼写仙人和隐士，多是一些片段，占的比重也较少。郭璞有多篇游仙诗写神仙和隐士，写仙境和山林，而且比较集中。这一特点的出现，有继承的因素，同时与当时士人自然山水审美意识的提高和隐逸之风的影响有着密切的关系。三是富于形象。下举其三为例："翡翠戏兰苕，容色更相鲜。绿萝结高林，蒙笼盖一山。中有冥寂士，静啸抚清弦。放情凌霄外，嚼蕊挹飞泉。赤松临上游，驾鸿乘紫烟。左挹浮丘袖，右拍洪崖肩。"写神仙生活环境的美好和神仙生活的乐趣，形象生动，具体可感。

　　郭璞《游仙诗》的突出成就，奠定了游仙诗在中国古代诗歌史上的重要地位，得到了后代的肯定和重视。《文选》选录游仙诗共八首，其中郭璞一人就有七首。这七首同被后来的《古诗源》和《古诗赏析》所选。另有王士禛《古诗笺》选录八首。郭璞生活的两晋之际，诗坛上多玄言之作。他的《游仙诗》，主要继承了《诗经》、《楚辞》和阮籍《咏怀诗》的比兴寄托传统，借用游仙的形式，抒发自己的愤慨和遗世避祸的情思,不同于当时流行的玄言诗。后来成功的游仙诗,大体上走的是郭璞借游仙"坎壈咏怀"的道路。

三、玄言诗和佛理诗

　　玄言诗是魏晋诗坛上的一个重要流派。它在很大程度上是魏晋玄学在诗歌创作上的反映。魏晋玄学是一种新的哲学。它冲破了汉代繁琐经学与神学迷信的藩篱,建构了一种新的世界观和人生观。玄学长于思辨,对宇宙本体,对人生和思维方法,都做出了前所未及的哲理思考。有与无、名教与自然、形与神、言与意、名与理的关系等命题,是玄学思辨的几个重点。其中对文学影响比较直接的是贵无、崇尚自然、得意忘言和言不尽意等理论观点。就魏晋诗歌来看,受上述理论观点的影响,玄言诗产生和发展起来了。

　　魏晋玄言诗流传下来的很少。现在我们探讨玄言诗,一方面要根据今存不多的玄言诗,另外只能参考有关的历史记载。综合上述两方面,可以看出,所谓玄言诗,是以体悟和宣扬老庄玄理为宗旨的一种诗歌。它有一个产生、发展和兴盛的历程。

　　玄言诗产生于正始时期。《文心雕龙·论说》说:"迄至正始,务欲守文,何晏之徒,始盛玄论。"《明诗》又说:"及正始明道,诗杂仙心。何晏之徒,率多浮浅。"刘勰认为,正始时期,清谈老庄之道开始兴起,在这种风气的影响下,出现了玄言诗。刘勰的见解符合当时的实际。从现存的诗歌来看,早在正始之前,也有玄言诗,比较典型的例证是仲长统的《述志诗》。这首诗的主旨是表现老庄自然无为、逍遥世外的思想。它产生时间较早,所以古直《钟记

室诗品笺》说："寻诗用道家言,始于汉末仲长统《述志》。"不过,
《述志诗》虽"用道家言",但只是一种偶发的个别现象,不能据此
就认为玄言诗作为一种流派已经正式产生。玄言诗的正式产生
是在正始时期。这一点,自刘勰阐明以后,基本上已成为共识。
刘勰论正始玄言诗特别标举何晏,应当是有根据的。正始玄学有
主情、主理两派,何晏是主理派的代表。何晏又长于写作,"论道
傅会文辞"(《三国志·王弼传》裴松之注),所以他写一些"明道"、
"淡乎寡味"的玄言诗就是很自然的事了。何晏是曹操的假子,
"少以才秀知名",后又依附执政的曹爽,很受信赖,这使他的玄言
诗在当时容易产生影响。

　　司马炎代魏建立西晋,玄学继续发展,出现了郭象、裴頠、王
衍等重要玄学代表人物。与此同时,玄言诗也有所发展。检阅今
存西晋诗歌,可以发现,有的诗歌写出了玄学家辨精义、发微言的
状况。如曹摅《思友诗》云:"思心何所怀?怀我欧阳子。精义测
神奥,清机发妙理。自我别旬朔,微言绝于耳。"另外有些诗歌具
有明显的体玄明道的内容。如孙楚的《征西官属送于陟阳候作
诗》:

　　　　晨风飘歧路,零雨被秋草。
　　　　倾城远追送,饯我千里道。
　　　　三命皆有极,咄嗟安可保?
　　　　莫大于殇子,彭聃犹为夭。
　　　　吉凶如纠缠,忧喜相纷绕。
　　　　天地为我炉,万物一何小!
　　　　达人垂大观,诚此苦不早。
　　　　乖离即长衢,惆怅盈怀抱。
　　　　孰能察其心,鉴之以苍昊。

　　　　齐契在今朝,守之与偕老。

此诗除开头四句和最后六句写离别外,其他部分主要是陈述老庄玄理。"莫大"二句本于《庄子·齐物论》中的"莫寿于殇子,而彭祖为夭"之意。"吉凶"二句讲的是老子福祸相依相伏的思想。《庄子·大宗师》云:"今一以天地为大炉,以造化为大冶,恶乎往而不可哉!"此为"天地为我炉"一句所据。除了孙楚,其他诗人的诗歌中,也常有涉及玄理者。张载《赠司隶傅咸诗》第三章:"太上立本,至虚是崇。"枣腆《答石崇诗》:"上德无欲,贵道不为。"曹摅《赠王弘远诗》:"道贵无名,德尚寡欲。俗牧其华,我执其朴。人取其荣,我守其辱。"很明显,上引诗歌述说的是崇尚虚无、贵道寡欲、执朴守辱的老庄思想。其他如潘尼的《送大将军掾卢晏诗》云:"赠物虽陋薄,识意在忘言。"这是宣扬玄学得意忘言的思想。

　　玄言诗在西晋虽有发展,但由于西晋司马氏统治集团力主以儒学为本,许多著名文人都推崇儒学,文学创作追求绮丽,再加上西晋的许多玄学名士不太关注文学等原因,致使玄言诗在西晋没有得到很快的发展。玄言诗迅速发展,并出现兴盛局面是在东晋。

　　建武元年(317),司马睿在建康即位,建立了东晋。东晋王朝无力统一被少数民族统治者控制的北方,长期偏安江南。随着北方许多士族的迁徙江南,源于中原的玄谈之风也被带入了江南,使江南"玄风独振"(《宋书·谢灵运传论》)。从司马氏皇室到以王导、谢安、庾亮等为代表的门阀士族,为政务在清静,崇尚清谈,使玄谈艺术化、生活化。他们安于风流潇洒的生活,爱好自然,经常游赏江南秀丽的山水,"以玄对山水"([晋]孙绰《太尉庾亮碑》),把玄谈和山水结合在一起。同时,东晋时期,随着佛教的广泛传播，许多名士重玄亦尊佛，出现了前所未有的玄释合流的现象。玄言诗在上述社会背景和文化氛围中发展得很快，进入了兴盛阶段，而且"历载将百"。这主要体现在兰亭集会的诗歌创作上，还体现在孙绰和许询等诗人的作品中。

永和九年（353）暮春三月三日，王羲之等在兰亭举行集会修禊，参加者多达四十人，除王羲之外，还有谢安、谢万、孙绰、孙统、王玄之等。当时规定，能诗者写四言、五言诗各一首，诗不成者罚酒三巨觥。这次集会上所写的诗歌被编为《兰亭集》，王羲之为之作序，流传至今的共有三十七首，其中多属玄言诗。这些诗歌主要写借这次集会和观赏山水来消忧和悟道，来印证老庄的玄理。如："三春启群品，寄畅在所因。仰望碧天际，俯磐绿水滨。寥朗无厓观，寓目理自陈。大矣造化功，万殊莫不均。群籁虽参差，适我无非新。"（王羲之）写万物寓理、造化均等、适我皆新的体悟。"万殊混一理，安复觉彭殇。"（谢安）述万物理同、寿夭齐一的玄理。"松竹挺岩崖，幽涧激清流。萧散肆情志，酣畅豁滞忧。"（王玄之）"散豁情志畅，尘缨忽已捐。仰咏挹余芳，怡情味重渊。"（王蕴之）写在自然山水中消散滞忧、豁畅情志，表现了诗人超越世俗、体味玄道的心态。

孙绰和许询是东晋玄言诗的代表。

孙绰（314—371），字兴公，太原中都（今山西平遥附近）人。祖父孙楚是西晋著名的才士和诗人。孙绰幼年渡江，家于会稽，"少慕老庄之道"（《遂初赋叙》），游放山水十余年，常有止足之意。曾任章安令、永嘉太守，后至廷尉卿，领著作等。他兼通玄学佛理，主张儒佛道通融。孙绰以文才著称，兼善诗、文等多种文体，史载"于时文士，绰为其冠"（《晋书·孙绰传》）。今存文十七篇，诗十三首。其文尤以碑文为时人推重。东晋前期的名相重臣,如王导、庾亮、郗鉴、褚衷、庾冰等死后,其碑文均先由孙绰写作,然后刊石。

孙绰的诗歌多已失传,总体面貌难以考知。檀道鸾的《续晋阳秋》和钟嵘的《诗品》,都把孙绰视为东晋玄言诗的重要代表之一。据此推知,孙绰的诗歌当以玄言为主。综观他今存的诗歌的主旨,大体也是这样。如《赠温峤诗》中的"大朴无像,钻之者鲜。玄风虽存,微言靡演。邈矣哲人,测深钩缅。谁谓道辽?得之未远",《答许询诗》中的"仰观大造,俯览时物。机过患生,吉凶相拂。智以利昏,识由情屈"等诗句,或讲玄风微言、哲人得道,或讲吉凶相接、弃利去情,基本上不离谈玄论道。不过,孙绰也有少数诗篇悟玄体道的成分不多,如《秋日诗》:

> 萧瑟仲秋月,飔戾风云高。
> 山居感时变,远客兴长谣。
> 疏林积凉风,虚岫结凝霄。
> 湛露洒庭林,密叶辞荣条。
> 抚菌悲先落,攀松羡后凋。
> 垂纶在林野,交情远市朝。
> 淡然古怀心,濠上岂伊遥!

此诗前八句主要描写山中秋天的萧索景象。"抚菌"两句写由寿命短暂的菌和不畏寒冷的松引发的悲伤和羡慕之情。最后四句抒发了自己留恋自然林野、想远离市朝的恬淡心态。这四句虽含老庄玄理,但由于是前面的萧索景物和情感的自然发展,而不是抽象地讲述老庄玄理,所以此诗还不同于那些典型的"淡乎寡味"的玄言诗。

　　许询同孙绰一样，也是东晋的名流和玄言诗的代表人物。许询，生卒年不详，字玄度，高阳新城（今河北蠡县）人。他一生未仕，司徒府召为掾属，不就，曾为道士，隐居永兴（今浙江萧山县）。他高情远致，常与王羲之、孙绰、支遁、谢安等清谈，优游山水。许询的文才虽不及孙绰，但也能诗善文。其文集早已散失，今存文两篇。孙绰《答许询诗》云："贻我新诗，韵灵旨清。"东晋简文帝司马昱称赞说："玄度五言诗，可谓妙绝时人。"（《世说新语·文学》）据上述资料推测，许询当有不少诗歌，而且他的五言诗在当时是相当杰出的。遗憾的是，今存其诗除《竹扇诗》四句外，另外只有残句四则。从其中的片段看，确有表述玄理的。如《农里诗》残句："亹亹玄思得，濯濯情累除。"申张得玄思、去情累，是比较典型的玄言诗句。

　　东晋玄言诗"历载将百"，走过了兴盛阶段之后，从东晋末期义熙年间开始逐渐衰退。改变玄言诗风的代表诗人是殷仲文（？—407）和谢混（381？—412，字叔源）。《宋书·谢灵运传论》说："仲文始革孙、许之风，叔源大变太元之气。"一种诗风的衰退，有一个过程。东晋末年，殷仲文和谢混虽然开始改变玄言诗风，但他们并没有与玄言诗绝缘，影响不大。这一点，萧子显在《南齐书·文学传论》中即有认识："仲文玄气，犹不尽除；谢混情新，得名未盛。"到了晋宋之际，诗坛发生了两大变化。一是陶渊明田园诗的出现。陶渊明田园诗的出现，并不是一个孤立的现象，早于陶渊明的东晋诗人湛方生就写有关于隐逸田园内容的诗文。陶渊明的田园诗是在前人创作的基础上，经过自己多方面的创新而写成的。他的田园诗，在当时的诗坛上独特屹立，别开生面。二是山水诗的兴起。《文心雕龙·明诗》说："宋初文咏，体有因革；

庄、老告退，而山水方滋。"宋初，山水诗兴起，特别是谢灵运创作了大量的山水诗。谢灵运有很高的社会地位和文学实绩，他的山水诗在当时产生的影响也远远超过了殷仲文和谢混。诗文创作，"若无新变，不能代雄"（［南朝梁］萧子显《南齐书·文学传论》）。一种诗风的衰退，往往伴随着新的、有生命力的诗歌的产生。晋宋之际，陶渊明的田园诗和谢灵运的山水诗的出现及对玄言诗的取代，表明玄言诗不再有生机，已经进入了衰退阶段。

对于玄言诗，从南朝檀道鸾开始，历代有许多人都程度不同地予以否定。《世说新语·文学》注引檀道鸾《续晋阳秋》认为，东晋许询、孙绰祖尚正始玄谈，"又加以三世之辞，而《诗》、《骚》之体尽矣"。沈约《宋书·谢灵运传论》指出，东晋自建武年间到义熙年间，历将百年的文坛，"莫不寄言上德，托意玄珠，遒丽之辞，无闻焉尔"。刘勰在《文心雕龙·时序》中批评东晋的文坛："诗必柱下之旨归，赋乃漆园之义疏。"钟嵘在《诗品序》中否定西晋永嘉时和东晋的玄言诗说：永嘉时"理过其辞，淡乎寡味"；东晋孙绰、许询等人的诗歌，"皆平典似《道德论》，建安风力尽矣"。自檀道鸾、沈约等否定玄言诗之后，他们的观点为历来不少人所承袭。其实，檀道鸾等人，或完全以《风》、《骚》为准则，或完全以"建安风力"为圭臬来权衡玄言诗，见解不免偏颇。玄言诗确有讲述老庄玄理，"理过其辞"的严重缺欠。但就总体来看，就古代诗歌演进的历程来看，对玄言诗不应完全否定。关于玄言诗，至少有以下几点值得我们注意。

第一，谈玄明道并非完全是抽象的辨名析理，而是当时不少文人的一种审美心态的外露，是他们恬淡高远襟怀的表现。这在玄言诗盛行的东晋尤为明显。《世说新语·赏誉》载：

> 许掾尝诣简文，尔夜风恬月朗，乃共作曲室中语。襟怀之咏，偏是许之所长。辞寄清婉，有逾平日。简文虽契素，此遇犹相咨嗟。不觉造膝，共叉手语，达于将旦。

许掾指的是许询，他和简文帝司马昱都长于玄谈。许询又是当时玄言诗坛上的一个重要代表。上面引文中的"襟怀之咏"，意思当是借玄谈来抒发胸怀，彼此得到愉悦。东晋的玄谈大多是非功利的。这在孙绰为玄谈名士王濛所作的诔文中说得很清楚："余与夫子，交非势利。心犹澄水，同此玄味。"(《世说新语·轻诋》)孙绰把"玄"与"味"相联及，表明玄谈不完全是抽象地辨名析理，而是含有审美的意味。这一点，颜之推在《颜氏家训·勉学》中有所揭示："清谈雅论，剖玄析微，宾主往复"，是为了"娱心悦耳"。玄言诗在很大程度上是玄言诗人审美心态的一种表现，他们把写作玄言诗作为一种"任乐"方式。

第二，从今存玄言诗看，有些作品能把写景、抒情和悟理结合在一起，能给人多方面的审美感受。这从上面所列举的几首玄言诗中可以得到印证。

第三，魏晋的玄谈，讲究语言辞采，这也反映在玄言诗上。《文心雕龙·明诗》说孙绰等人的玄言诗"各有雕采"。又《文心雕龙·时序》论简文帝的玄言诗说："澹思浓采，时洒文囿。"从今存玄言诗看，再参照刘勰的论析，可以断定，不少玄言诗比较重视辞采，在追求诗歌的形式美方面，是有贡献的。

第四，玄言诗从正始开始产生，历时一百七十多年，是我国古代诗歌史上的一个重要环节。玄言诗把老庄玄理引入诗歌，突破了长期居于主导地位的以政治、伦理教化为主的诗歌创作，突破了先前人们所推崇的悲慨之音和哀怨感伤的基调，拓展了诗歌的内容。此外，玄言诗人体悟玄理时，"以玄对山水"，玄言诗对自然山水的描写,对后来田园诗和山水诗的兴起,都有不可忽视的、潜在的影响。

　　在东晋玄言诗兴盛的同时,相继出现了一些佛理诗。佛理诗的出现与佛教的传播密切相关。源于印度的佛教在汉代开始传入我国,中经三国西晋到东晋时期,发展迅速,传播广泛。从皇室到名士文人,再到下层平民百姓,尊佛、信佛,已成风气。名士文人,如谢安、王羲之、孙绰、许询等推崇佛教,习研佛理,与名僧过往密切。在东晋,佛教不再是玄学的附庸,而成为能够与玄学并立的一种重要的思潮。这种思潮由上层很快下移,下层平民百姓为了逃避现实生活的苦难,寄望来世冥福,也多有信佛或离家寄身佛寺者。

　　与佛教传播相伴的是佛经的翻译。佛经的翻译始于东汉。最早的译者是天竺人摄摩腾和竺法兰。他们翻译的《四十二章经》是我国现存佛经中最早的译本。相继者是到我国的安息人安世高,译《安般守意经》等三十多部。汉灵帝光和年间,月支人支娄迦谶来中国,译《道行般若经》等十余部。他的再传弟子,三国时的支谦是江南最早的译经者,译经四十余部,其中以《维摩诘经》最为重要。西晋时有影响的译经者是竺法护,先后译经一百七十余部。北方被符秦控制以后,释道安主持译经,译《四阿含》、《阿毗昙》等,并整理了以前的译本。这时著名的译经者还有鸠摩罗什,译经三百多部。此外还有许多著名的译经者,兼有中外。为了保证佛经的翻译,北方和江南都设立了译场。上述这些,都说明了译经的兴盛。

　　佛教在我国古代,经由汉代以来的接纳、传播和逐渐理解融合,到东晋,已不再被看成一种外来的宗教,而是把它当作自己的宗教,成了中华民族传统文化的组成部分。佛教在魏晋的传播和佛经的翻译,是我国古代第一次大规模地吸纳外来文化的壮举,对当时的思想、理论和文学等领域,都产生了深刻的影响。佛教传入我国后,逐渐与老庄思想哲理互相渗透、互相融合,这在东晋尤为明显。当时的不少玄谈名士常用老庄的玄理去解释佛理,而一些著名的高僧则多用佛教思想来阐释老庄玄理。这使当时的玄谈风气更为盛行,也使当时的玄谈增加了新的内容,诱发了新的形式。

　　佛教从多方面影响了当时的文学。佛经以及佛经在翻译过程中出现的一些概念和范畴,丰富了我国古代的文学理论。佛经"广取譬喻"([唐]牟融《理惑论》),多用一些故事、寓言来宣传教义。这些故事、寓言经过翻译,受到了读者的喜爱,广为传布。佛经中的许多故事同当时流行的鬼怪、奇异杂说相结合,促进了志怪小说的发展。佛教和佛经的传播,大量天竺佛偈的翻译,从内容和体式上直接影响了诗歌。东晋的一些玄言诗常常杂有佛理。郗超《答傅郎》第一章云:"森森群像,妙归玄同。原始无滞,孰云质通?悟之斯朗,执焉则封。器乖吹万,理贯一空。"苻朗的《临终诗》以"四大起何因,聚散无穷已"两句开头。以上所举,都是玄言诗兼有佛理的例证。另外,东晋还先后出现了支遁、释慧远和帛道猷等著名高僧诗人。

　　支遁(314—376),字道林,本姓关氏,陈留(今河南开封)人,一说河东林虑(今河南林县)人。家世事佛,隐居余杭山,二十五岁出家,以清谈著称,受到谢安、王羲之、孙绰、许询等名士的崇奉。他长于写作,影响很大。《高僧传·支遁传》载:"凡遁所著文翰集,有十卷盛行于世。"原集已佚,今存文二十六篇,诗十八首。他的诗歌,大体不离佛理、玄言。《四月八日赞佛诗》、《五月长斋诗》、《八关斋诗》、《咏禅思道人诗》,基本上属佛理诗,主要是陈述佛理。另有《咏怀诗》五首、《述怀诗》二首等,主要是自述生平襟怀,大体不离栖心玄远、不营物务、追求逍遥、达观随化等老庄玄理,属于玄言诗。他的佛理诗和玄言诗大多相兼互证,理玄情寡,艰涩枯槁。

　　释慧远(334—416),雁门楼烦(今山西神池、五寨一带)人。"本姓贾氏,世为冠族。"(《高僧传·释慧远传》)二十五岁从师释道安,初在恒山,后定居庐山东林寺,传播佛学,文人名士刘程之、王齐之、张野等多与交游,形成了以他为首的庐山文人集团。宗炳、雷次宗和谢灵运等也曾入庐山见慧远。慧远学识渊博,兼通佛道儒,善属文章。今存文三十三篇,其中《庐山记》一文,写景纪游,有相当高的文学成就。诗仅存一首,即《庐山东林杂诗》(一题作《游庐山》):

> 崇岩吐清气,幽岫栖神迹。
> 希声奏群籁,响出山溜滴。
> 有客独冥游,径然忘所适。
> 挥手抚云门,灵关安足辟。
> 流心叩玄扃,感至理弗隔。
> 孰是腾九霄,不奋冲天翮?
> 妙同趣自均,一悟超三益。

全诗写游庐山时所见的山景和体悟。开始四句直接描绘高山的奇特和由群籁、流水衬托的静寂。但诗人不是一般的游赏山水,而是借游山水体悟至理妙道,所以接下去的十句,或直述,或问答,全是即景借机悟道谈玄。"妙同"两句作为全篇的结语,说明只要能悟到佛道所说的妙境,就会超过儒家修身的"三益"之法。这首诗写游山看到的景物和由此抒发的玄理,虽有一些特点,但总体上仍属于玄言诗。

帛道猷,生卒年不详,本姓冯,山阴(今浙江绍兴)人。习性率真,爱好丘壑。少以诗文著称。今存文一篇。另有《陵风采药触兴诗》一首:

> 连峰数千里,修林带平津。
>
> 云过远山翳,风至梗荒榛。
>
> 茅茨隐不见,鸡鸣知有人。
>
> 闲步践其径,处处见遗薪。
>
> 始知百代下,故有上皇民。

此诗在东晋僧人所写的诗歌中,别开生面。前四句写山林云风,取景远阔。中间四句写近景:人居山野,自然闲静。最后两句,由前面的人居景况发表议论,联想百代之下,仍有上古时代自然淳朴、耕织自足之人,使人向往,增加了内涵,耐人寻味。此诗创造的意境,对后来的诗人有所启示。如唐代顾况《过山农家》诗中的"板桥人渡泉声,茅檐日午鸡鸣",当是受到此诗的影响。

东晋的佛理诗,虽然出现了像上引帛道猷诗这样的佳作,但毕竟是凤毛麟角,占主导地位的是一些谈玄说佛之作。这些谈玄说佛之作,有的也抒发个人的襟怀,也杂有景物描写,不过从总体上看,说理呆板,寡情少景。但这些作品毕竟开辟了我国文学史上佛教与诗歌相结合的新天地,扩展了题材,引发出新的审美情趣,是后来佛教与诗歌逐渐完美结合的先导。

(原载袁世硕、张可礼主编《中国文学史》第2版,上册,中国人民大学出版社2014年版。)

东晋:一个文艺繁荣的时代

东晋从元帝司马睿建武元年(317)建立,到恭帝司马德文元熙元年(419)为刘宋所取代,前后共 104 年。东晋的文艺在这一百多年里,人才辈出,佳作如林。王羲之、王献之父子的书法,顾恺之的绘画,戴逵、戴颙父子的雕塑,许询、孙绰等人的玄言诗,陶渊明的田园诗等,超越以前,彪炳后世,不论在中国古代文艺史上,还是在世界文艺史上,都是光彩夺目的一页。可以毫不夸张地说,东晋是一个文艺十分繁荣、极其辉煌的朝代。东晋时期,文艺占据了全部文化的中心。

从人类文艺发展的历史看,所有文艺繁荣的时期,都有一个大致相似的现象,这就是文艺作品的数量多、质量高。文艺的繁荣是由量变和质变的相互依存和相互作用来体现的。我们说,东晋是一个文艺繁荣的朝代,也是基于上述的认识。

稽查现存有关东晋文艺的各种资料,可以发现,东晋著名文人的作品的数量是相当可观的。这里仅举在东晋文艺领域中占有重要地位的书法和文学作为例证。

东晋书法作品的数量,可以《淳化阁帖》提供的资料作为重要的参照。在我国古代书法艺术史上,《淳化阁帖》是较早的著名丛帖。它是北宋淳化三年(992),宋太宗赵炅命侍书学士王著选择内府所藏的历代书法摹刻而成的,所收多是历代书法的精品。其中收东晋书法家 39 人，书法作品 289 件。把这一数量同该书所收南朝宋、齐、梁、陈书法的数量加以比较，可以发现，东晋书法的数量非常多。宋、齐、梁、陈四朝前后共 169 年，《淳化阁帖》收四朝书法家 18 人，书法作品 20 件。四朝的时间长于东晋，又在东晋之后，但东晋的书法家为四朝的 2.17 倍，书法作品为四朝的14.45 倍。《淳化阁帖》收存了这么多的东晋书法家和书法作品，而且远远地超过了南朝四朝，这从一个方面证明了东晋书法艺术的繁荣。

东晋文人集部作品的数量，可以根据《隋书》卷 35《经籍志四》的著录了解其大概。《经籍志四》著录东晋文人集部作品共 106种，平均每年 1.03 种；著录宋、齐、梁、陈四朝共 178 种，平均每年1.05 种。集部作品同其他历史文献资料一样，其存留的数量往往与时代有关。一般的情况是，时间愈久远，流传下来的文献资料愈稀少。东晋的集部作品到唐朝显庆元年（656）长孙无忌写成《隋书·经籍志》时，散失的肯定会多于南朝。即使这样，东晋集部作品的数量到唐代还同南朝大体相当。由此可以推想，东晋文人的集部作品的数量是相当多的。饶宗颐先生在《从对立角度谈魏晋南北朝文学发展的路向》一文中指出："魏晋南北朝文学的最大发展，是'集部'的形成和推进。"东晋有这么多文集出现，从一个方面显示了东晋文学的繁荣。

上面列举的有关书法和集部作品的数字，从数量方面体现了东晋文艺的繁荣。但一个文艺繁荣的时期，主要不是体现在作品的数量上，更重要的是质量。因为文艺的繁荣，主要不是作品数量的添加，而是在数量较多的作品中，有一批是高质量的。东晋的文艺正是这样。东晋的文艺，应当说是有质量的多数量。在东晋文艺的各个门类中，特别是书法、文学、绘画和雕塑等艺术，都有许多第一流的精品。正是这些第一流的精品，体现了东晋文艺的繁荣。

近人马宗霍《书林藻鉴》卷6说：

> 书以晋人为最工，亦以晋人为最盛。晋之书，亦犹唐之诗、宋之词、元之曲，皆所谓一代之尚也。

马氏所说的"晋人"，主要指的是东晋的文人。晋代的书法之所以能够同唐诗、宋词和元曲相提并论，成为一代风尚的艺术，主要是由于东晋以王羲之和王献之父子为代表的书法家，创作了许多为历代所珍重的优秀作品。王羲之的书法，"总百家之工，极众体之妙"，特别是他的楷书、行书和草书，优秀作品更多。唐朝张彦远《法书要录》卷10收王羲之帖目达465种，其中有楷书、行书和草书。王羲之楷书的代表作是《乐毅论》、《黄庭经》和《东方朔画赞》。梁朝陶弘景在《论书启》中把《黄庭经》和《乐毅论》视为王羲之书法的"名迹"，而《黄庭经》又是第一。王羲之行书的代表作是《兰亭序》。《兰亭序》被历代许多人誉为"天下第一行书"。明朝董其昌《画禅室随笔》云：

> 右军《兰亭序》章法为古今第一，其字皆映带而生，或大或小，随手所如，皆入法则，所以为神品也。

其他如《快雪时晴帖》、《平安帖》、《丧乱帖》、《孔侍中帖》、《贫有哀祸帖》等，都是流传千古的行书佳作。王羲之在草书方面，也创作了诸如《初月帖》、《行穰帖》、《远宦帖》和《十七帖》等优秀作品。正是上述优秀作品的创作，确立了王羲之在我国古代书法史上"书圣"的地位。

王献之的书法，也是兼善众体。他的行楷《廿九日帖》、《鸭头帖》，一笔书《中秋帖》、《十二月帖》，其他如《辞中令帖》、《鹅群帖》、《地黄汤帖》、《兰草帖》和《授衣帖》等，在书法史上都是为人所称颂的上乘之作。

东晋的文学，也有不少高质量的作品。在这方面，首先值得我们重视的是郭璞和陶渊明。郭璞的诗和赋都很有名，特别是他的《游仙诗》，不论是思想内容，还是艺术表现形式，都超越了以前的游仙之作，取得了很高的艺术成就。清人陈沆在《诗比兴笺》卷2中说："景纯《游仙》，振响两晋。"《昭明文选》共选游仙诗8首，其中有7首是郭璞所作。这些足以证明郭璞《游仙诗》质量之高。陶渊明今存诗歌124首，辞赋3篇，记传述赞疏祭9篇。这些诗文的质量虽然不同，但其中绝大多数是优秀之作。陶渊明的作品，用质朴的语言和白描的手法，通过叙写自己的出仕和归田生活以及在归田生活中的种种体验，表现了在晋宋之际一个心地高洁的知识分子，对虚伪、欺诈的世俗社会和官场的鄙弃，表现了对自然、自由、和谐的人生的体验和追求。陶渊明天才地把醇厚的诗意和深邃的哲理融为一体，使我国古代文学史上又出现了一个高峰。

评论东晋的文学，不少人常常诟病的是"历将百载"的玄言诗。对东晋的玄言诗，从南朝的檀道鸾开始，历代的文人都程度不同地予以否定。其实，对东晋的玄言诗，我们不必囿于檀道鸾等人的观点，而应当用历史的眼光，实事求是地具体分析。东晋的玄言诗至少有以下四点值得我们注意：

其一，玄言诗反映了当时许多文人崇尚谈玄明道的审美心态，这同一些文人以言志抒情为美，具有同样的性质。

其二，玄言诗中虽然有一些"淡乎寡味"之作，但也有不少优秀之作。如王羲之、谢万和孙绰各自创作的《兰亭诗》，孙绰的《秋日诗》等。这些作品或侧重于景物描写，或把写景、抒情和悟理融为一体，从不同方面表现了当时许多文人在自然和玄理中追求

"逍遥"、"散怀"的恬淡心态。即使一些重在阐发玄理的作品和诗句，如王羲之的《答许询诗》中的"争先非吾事，静照在忘求"，李充《送许从诗》中的"离合理之常，聚散安足惊"等，也颇得老庄之旨意，蕴含着哲理，很耐人寻味。

其三，在语言方面，有些玄言诗比较重视辞采。刘勰在《文心雕龙·明诗篇》说：袁宏和孙绰等人的玄言诗"各有雕采"；《时序篇》论简文帝的玄言诗又说："澹思浓采，时洒文囿。"刘勰所说的"雕采"和"浓采"意思相近，指的都是袁宏、孙绰等人的玄言诗，具有文采。

其四，诗歌的发展是一个连续的、辩证的过程。从我国古代诗歌发展的历程看，玄言诗是一个不可缺少的环节。东晋的玄言诗大量地把玄理纳入诗歌，这种纳入尽管产生了不少寡情之作，但它却是后来在更高层次上的哲理和诗情相融合的先导。玄言诗对自然山水的描绘和对辞采的重视，对后来田园诗的创作、山水诗的兴盛以及"俪采百字之偶，争价一句之奇；情必极貌以写物，辞必穷力而追新"（《明诗篇》）的诗风的形成，有不可忽视的作用。没有玄言诗的盛行，很难设想会有后来的陶渊明和谢灵运。基于上述理由，可以认为，为历代人们不同程度地否定的东晋玄言诗，实际上也是东晋文学繁荣在一个方面的表现。

东晋在绘画艺术方面，也有许多优秀的画家和作品。这里，我们可以把唐代张彦远在其《历代名画记》中提供的资料和评价作为重要的参照。《历代名画记》是我国古代绘画论著中的重要著作，其史传部分搜集了自传说的远古时代至唐会昌元年（841）众多画家的事迹和绘画篇目，排列是以朝代为序。和唐以后的绘画著作相比，张彦远离东晋较近，他本人又是著名的收藏家和评论家，因而他搜集的资料可靠性很大，他评论古代的画家和作品也较公允。该书卷5集中述评了晋朝的画家,共收录东晋画家13人,他们是王廙、温峤、司马绍、王羲之、王献之、江思远、康昕、王濛、戴逵、顾恺之、史道硕、戴勃和戴颙(不包括谢稚,谢稚应为宋人)。13人中,被定为上品的3人,即王廙、顾恺之和史道硕,占东晋画家总数的23%。卷6至卷8共收录宋、齐、梁、陈四朝画家78人,其中被定为上品的2人,占四朝画家总数的3%。从百分比来看,南朝四朝画家被定为上品的人数为东晋画家被定为上品的人数的1/8。此外,该书中从远古到隋朝的画家,被张彦远定为上品的共6人,其中东晋占50%。而在上品的6人当中,被定为上品上的共3人,其中东晋占2人,他们是王廙和顾恺之,占上品上总数的67%。从上面的数字看,东晋绘画的水平和质量是相当高的。

在东晋众多的著名画家中,成就最突出的是顾恺之。《历代名画记》卷5录有顾恺之画目多达40种,其数量在隋代以前的画家中,仅次于宋代的陆探微。顾恺之绘画的题材非常丰富,并没有新的突破,特别是有关魏晋名士和山水的内容,占的比重相当大。他年轻时,在建康(今江苏南京市)瓦官寺绘《维摩诘像》壁画,光彩耀目,轰动一时。他著有《论画》、《魏晋胜流画赞》和《画云台山记》等画论,其中"以形写神"和"妙想迁得"等观点尤为重要。顾恺之的绘画以及画论,在我国古代绘画史上占有划时代的地位,对后来产生的影响极为深远。

与绘画相近的雕塑,在东晋也有为人所赞誉的成功之作。著名艺术家戴逵不仅"善图贤圣,百工所范"(谢赫《古画品录》),而且还特别擅长雕塑,同他的儿子戴颙创作了许多精品。《梁书》卷54《海南诸国传》记载:戴逵在建康瓦官寺雕制的佛像五躯,同顾恺之画的《维摩诘像》壁画以及师子国所献的4尺2寸玉佛,时人

"谓为三绝"。

　　音乐在东晋也取得了重要成就。在东晋,爱好音乐成了当时的一种风尚。据历史记载,王廙、王敦、王羲之、纪瞻、贺循、谢鲲、谢尚、谢安、桓伊、戴逵、戴勃、戴颙、羊昙、袁山松、张湛和陶渊明等,对音乐都特别有兴趣。他们当中的不少人在不同方面、不同层次上做出了贡献。如谢鲲、桓伊、羊昙、袁山松和张湛以声乐著称,其中"羊昙善唱乐,桓伊能挽歌,及山松《行路难》继之,时人谓之'三绝'"(《晋书·袁山松传》)。弹琴在东晋的文人中相当普泛,王徽之、王献之、谢鲲、谢安、戴逵、戴勃、戴颙和陶渊明等,在琴艺方面都有很高的造诣。此外,王敦能击鼓,谢尚善抚筝,桓伊能吹笛。

　　以上概略地论述了东晋在书法、文学、绘画、雕塑和音乐等艺术中所取得的成就,虽然不太全面,但综合起来可以说明,东晋的确是一个文艺非常繁荣的朝代。

　　　　　　　　　　　　　　(原载《文史知识》1997年第4期。)

东晋文学的衍变

在中国古代文学史上,东晋是一个重要的发展时期。东晋从晋元帝司马睿建武元年(317)开始建立,到晋恭帝司马德文元熙元年(419)为刘宋所取代,前后共 104 年。东晋的文学在这一百多年里,取得了很大的成就。从时间的角度来看,东晋的文学是一个流程。在这个流程中,有衍变,有发展,在不同的时期形成了不同的特点。这些特点主要是通过一些著名的、有影响的文人及其作品来体现的。正是这些不同的特点,使东晋文学的衍变呈现出阶段性。因此,我们有可能从纵向上把东晋文学划分成几个阶段来进行探讨。根据上面的认识,本文把东晋文学的衍变,分成了三个阶段。

一

第一阶段是东晋前期,具体的时间大致是从东晋建立前后到咸和中期,前后有十几年。东晋的文学在这十几年里取得了引人瞩目的成就。

东晋的第一个皇帝司马睿和他的继位者司马绍以及以琅邪王氏为代表的门阀士族中的头面人物,都有很高的文化素养。他们爱好文学,也懂得文学在卫护刚刚建立起来的东晋政权中的重

要性。因此,他们都相当重视文学。这一点,刘勰在《文心雕龙·时序》中有概括的论述:

> 元皇中兴,披文建学,刘、刁礼吏而宠荣,景纯文敏而优擢。逮明帝秉哲,雅好文会,升储御极,孳孳讲艺,练情于诰策,振采于辞赋。庾以笔才逾亲,温以文思益厚,揄扬风流,亦彼时之汉武也。

由于司马睿和司马绍等统治者对文学的爱好和重视,所以东晋王朝一开始就采取各种措施招揽文人,结果使当时许多著名的文人都先后集聚在东晋王朝的周围。这些著名的文人,除了刘勰上面提到的刘隗、刁协、郭璞、庾亮和温峤之外,还有王廙、干宝和梅陶等。其中成就特别突出的是郭璞、干宝、王廙和温峤。

郭璞博学多才,工诗善赋,《晋书·郭璞传》称赞他的"辞赋为中兴之冠"。

干宝长于文史写作,他编撰的《搜神记》是魏晋志怪小说的代表作。

王廙是琅邪王氏家族的重要成员。他多才多艺,有辞赋传世。王廙还是东晋前期的一位文艺教育家,相当重视对后代的培养。

温峤能文能诗,特别长于写作表疏奏启之类的应用散文。

东晋第一阶段的文学有一个特点,就是与当时的社会现实关系比较密切。这一阶段的不少文人,生活在两晋之际,亲身经历了西晋的覆灭。中原沦丧,异族入主,亡国离乡的痛楚,收复失地的希望,常常萦绕在他们的心上。《世说新语·言语》载:

> 温峤初为刘琨使来过江,于时江左营建始尔,纲纪未举。温新至,深有诸虑。既诣王丞相,陈主上幽越,社稷焚灭,山陵夷毁之酷,有《黍离》之痛。温忠慨深烈,言与泗俱,丞相亦

与之对泣。叙情既毕,便深自陈结,丞相亦厚相酬纳。既出,欢然言曰:"江左自有管夷吾,此复何忧?"

温峤对西晋灭亡的慷慨陈述,王导与温峤的相对而泣,说明对西晋灭亡的难以抑制的悲痛,对刚刚建立起来的东晋政权的担心和忧虑,相当沉重地压在当时一些文人的心上。又《晋书·王导传》载:

> 过江人士,每至暇日,相要出新亭饮宴。周颛中坐而叹曰:"风景不殊,举目有江河之异。"皆相视流涕。惟导愀然变色曰:"当共戮力王室,克复神州,何至作楚囚相对泣耶!"众收泪而谢之。

由中原到江左的周颛等人闲暇时到新亭,本来是想在一起饮宴消遣,但当他们触景生情,由眼前的处境联想到中原还在异族的控制之下时,禁不住"相视流涕"。为此,受到了王导的严厉批评。周颛等人的悲泣和王导对他们的批评,感情虽然不同,但都表现了他们身在江左而心系中原的忧国情思。上述文人的这种心态常常表现在他们的作品当中。在这方面,郭璞的诗赋具有代表性。

郭璞是河东闻喜(今山西闻喜县)人,长期生活在江北。《世说新语·术解》注引《璞别传》云:永嘉时,"海内将乱",郭璞"结亲昵十余家南渡江,居于暨阳"。他在由河东避难江左的途中,作有《流寓赋》。赋中"戒鸡晨而星发,至猗氏而方晓。观屋落之隳残,顾但见乎丘枣。嗟城池之不固,何人物之希少"等句,写出了逃难的艰辛,也描绘了战乱对城乡的严重破坏。类似上面的内容,郭璞在后来写的《答贾九州愁诗》和《与王使君诗》中,也有明显的表现,而且有所拓展。《答贾九州愁诗》说:

> 顾瞻中宇,一朝分崩。天网既紊,浮鲵横腾……惟其峛

哀,难辛备曾。庶晞河清,混焉未澄。自我徂迁,周之阳月。
乱离方娺,忧虞匪歇。四极虽遥,息驾靡脱。

《与王使君诗》说:

方恢神邑,天衢再廓。

上面的诗句,有对天下分崩离析、纲纪紊乱的痛惜,有在乱离
中接连不断的忧伤,也有收复失地、和平统一和尽快恢复正常的
封建秩序的殷切期望。东晋第一阶段,像郭璞上面这样内容的辞
赋和诗歌流传下来的不多,但却具有典型意义。它们从一个方面
反映了东晋建立前后的社会现实。

东晋政权的建立和巩固是东晋前期社会现实中至大至重的
问题。东晋是司马氏建立的。从宗族关系来看,它是西晋的继
续,不属于沧桑易朝。因此东晋的文人不存在改朝后的选择和何
去何从的问题,也没有失节与否的精神负担。加上东晋前期的许
多文人经历过亡国之痛,这就使他们对东晋的建立感到由衷的兴
奋。他们希望东晋的政权能够得到巩固。他们大多积极入世,参
与了东晋政权的建立。当王敦和苏峻先后发动军事叛乱时,他们
用不同的方法参加了平定叛乱的斗争,为卫护和巩固刚刚建立起
来的东晋政权做出了贡献。与此同时,他们写作诗文,为卫护东
晋政权制造舆论,献计献策。王廙、郭璞、梅陶和温峤等,在这方
面都写了一些作品。

建武元年,司马睿为晋王时,王廙写了《白兔赋》。第二年,司
马睿正式登基,他又写了《中兴赋》。《白兔赋》中"因坤厚以为基
兮,廓乾维以为纲","建中兴之遐祚兮,与二仪乎比长"等句,直接
歌颂了司马睿在江左建立的政权。《中兴赋》已佚,从今存的《奏
中兴赋上疏》一文来看,王廙写这篇赋旨在颂扬晋元帝中兴的"盛
美",以尽自己"嗟叹咏歌之义"。

　　郭璞在这方面的作品主要有《南郊赋》和《江赋》。《南郊赋》作于太兴元年(318)。全赋极力铺陈晋元帝称帝后举行郊祀的盛况，"穆穆以大观"①，热情地赞颂了刚刚建立起来的东晋政权。《江赋》的具体写作时间不详，当作于东晋建立前后。这是一篇大赋，全文近 1700 字。赋中视野开阔，从多角度描绘了长江的雄伟气势和博大胸怀。《晋书·郭璞传》嘉许此赋"其辞甚伟，为世所称"。关于这篇赋的写作动因，《文选》卷 12《江赋》李善注引《晋中兴书》云：

　　　　璞以中兴，王宅江外，乃著《江赋》，述川渎之美。

　　在郭璞之前，西晋的成公绥曾写有歌颂黄河的《大河赋》，但还没有专以长江为题材的辞赋。郭璞关心朝政，他南渡以后，目睹长江，热爱长江，写了《江赋》。他对长江的描绘，当蕴涵着对晋朝中兴的歌颂，蕴涵着东晋政权能够巩固的信心。

　　梅陶对东晋中兴的赞美，见于他写的《赠温峤诗》。诗中"巍巍有晋，道隆虞唐。元宗中兴，明祖重光"等句，颂扬了晋元帝的中兴之功和晋明帝对前业的光大。

　　上面我们列举的王廙、郭璞和梅陶等人的作品，总的来看，基本上是属于庙堂文学，有些明显的带有应制文学的色彩，是流行的风气，是暂时的东西，质量并不高。但值得注意的是，文人写这些作品，并非完全是出于讨好东晋政权，也并非完全是为了得到皇帝和大臣的重用和奖赏，而是在很大程度上表现了他们对社会、对政治的关注和感受。因此，这类作品的产生有其历史的必然性和现实性。

　　东晋王朝的建立，同其他封建王朝的建立有些相似，也是依

———————

① 《文心雕龙·才略》。

托谶言。借用神学迷信来制造舆论的。司马氏及其拥戴者极力把东晋政权的建立幻化为神的旨意而昭示天下。《六朝事迹编类》卷12载：

> 《旧经》云：建武中，丞相王导于冈阜间，隐约见数十骑驻立于垄上，导怪之，使人致问，俄失其所。夜见梦于导曰："我乃阴山神也。昨随帝渡江，寓泊于晨见之所，卿为我置祠，当福晋祚。"导乃以其事闻上。乃置庙于此，仍名其冈为阴山。

由于东晋当权者的宣传，再加上以往神学迷信和宗教的影响，致使东晋前期，在社会上弥漫着一种神学迷信的氛围，有些文人也常常沉溺于神学迷信之中，结果使东晋前期出现了一些带有浓重的神学迷信色彩的文学作品。上面我们提到的王廙和郭璞的辞赋中就含有不少神学迷信方面的内容，更为典型的是干宝撰写的《搜神记》。

干宝是一个有神论者，他在《驳魂葬仪》一文中，"以为人死神浮归天，形沉归地"。此外，《晋书·干宝传》说：干宝"性好阴阳术数，留心京房、夏侯胜等传。"后来有感于他父亲所宠爱的侍妾死而复生和其兄患病气绝看见天地间鬼神等事，在建武元年开始撰写《搜神记》，把"古今神祇灵异人物变化"之事集于书中。干宝在东晋刚刚建立时就开始撰写《搜神记》，恐怕不是偶然的。他撰写《搜神记》并非完全是为了猎奇，而主要是想借《搜神记》"发明神道之不诬"[1]。而这一点正好适应了东晋建立前后在舆论上的需要。可能是由于这一原因，干宝写完《搜神记》以后，又写了《进搜神记表》，把《搜神记》献给了元帝。《搜神记》所写的虚妄荒诞的神怪故事，都是非现实的，但是干宝撰写《搜神记》的目的和在当

---

[1]干宝《搜神记序》。

时的作用却是现实的。这说明《搜神记》同当时的社会和政治有不可分割的联系。

同干宝有些相似，郭璞也是一个有神论者。《晋书·郭璞传》说：郭璞"妙于阴阳算历"，"洞五行、天文、卜筮之术，攘灾转祸，通致无方。"郭璞还在《谏留任谷宫中疏》一文中，明确表示："夫神聪明正直，接以人事。"郭璞的神学迷信思想在他部分《游仙诗》中也有表现，如第六首：

> 杂县寓鲁门，风暖将为灾。
>
> 吞舟涌海底，高浪驾蓬莱。
>
> 神仙排云出，但见金银台。
>
> 陵阳挹丹溜，容成挥玉杯。
>
> 姮娥扬妙音，洪崖颔其颐。
>
> 升降随长烟，飘飘戏九垓。
>
> 奇龄迈五龙，千岁方婴孩。
>
> 燕昭无灵气，汉武非仙才。

这首诗描绘了长生不死的群仙的游乐生活，表现了郭璞相信神仙和对神仙生活的向往。郭璞之所以这样，一个重要的原因是他感到人生短暂而易逝，他羡慕神仙的长命不死。这一方面表现了郭璞求生长存的本能，同时也与当时的社会现实有关。郭璞生活在两晋之际，亲身经历了永嘉之乱和西晋的灭亡。东晋建立以后，政权又不稳定，各方面的矛盾还相当尖锐，文人常常面临着朝不保夕的危险，随时都有惨遭杀害的可能。如王敦叛乱前后，多害忠良，郭璞、周颉等人就死在王敦的刀下。郭璞在被杀之前就已经敏锐地意识到他所处的危险境地。由此可以想见，郭璞《游仙诗》对神仙生活的描绘，虽然是那样虚无飘渺，但究其主要根柢，仍在当时动荡不安的社会现实当中。

东晋政权的建立,顺应了当时的历史趋势,受到了人们的拥戴。但是由于这一政权同西晋一样,在本质上仍是封建的,再加上东晋政权一开始就被以琅邪王氏为代表的门阀士族所左右,致使当时一些地位比较低下的文人在维护东晋政权的同时,也感到受压抑,因此产生了对现实的不满和厌弃。郭璞就是一个典型。《晋书·郭璞传》记载:郭璞曾积极参与了建立和巩固东晋的政权,在这方面,应当说他是有功的。但是因为他不是世家大族出身,地位比较低下。又因他"好卜筮,缙绅多笑之"。他感到"才高位卑",胸中多有不平之气,加上老庄思想和神学迷信的影响,促使他不愿随俗浮沉,时有退隐和求仙的思想。这明显地反映在他的不少《游仙诗》中:

> 京华游侠窟,山林隐遁栖。
>
> 朱门何足荣,未若托蓬莱。
>
> 临渊挹清波,陵冈掇丹荑,
>
> 灵溪可潜盘,安事登云梯!
>
> 漆园有傲吏,莱氏有逸妻。
>
> 进则保龙见,退为触藩羝。
>
> 高蹈风尘外,长揖谢夷齐。(其一)
>
> 笑傲遗世罗,纵情任独往。(其八)
>
> 四渎流如泪,五岳罗若垤。寻我青云衣,永与时人绝。
>
> (佚句)

在郭璞的心目中,人间是那样狭小,社会如同网罗,高官厚禄不值得钦羡。相比之下,山林和仙境是美好的。在那里,有清波可饮,有灵芝供食,没有任何束缚,可以纵情独往。人与其生活在狭小的人间和世俗网罗中，不如隐逸山林和去追求神仙世界。郭璞的不少游仙诗把隐逸和游仙结合在一起，表现了当时地位比较低下的一部分文人受压抑。有志不得伸展、厌弃现实的悲愤情怀。

东晋第一阶段的文学在表现形式方面，值得我们特别重视的也是郭璞的作品。《晋书·郭璞传》说：郭璞"博学有高才"，好古文奇字，"洞五行、天文、卜筮之术"，注有"《三苍》、《方言》、《穆天子传》、《山海经》及《楚辞》、《子虚》、《上林赋》数十万言，皆传于世。"深厚的文化修养和对古代神话传说的特别爱好，使郭璞的辞赋和诗歌，尤其是他的《游仙诗》在艺术表现方面颇具特色。郭璞的《游仙诗》运用浪漫的艺术手法，把隐逸和游仙融合在一起，语言艳逸，词采丰蔚，意象奇妙，创造了一个使读者可以驰骋想象的艺术世界。这种世界对人没有任何的干预和威慑，是在现实中无法找到的。不论是从抒发的思想感情来看，还是从表现形式来看，郭璞的《游仙诗》在中国古代游仙诗的演进历程中，都是一个高峰。

郭璞的作品虽然在艺术表现形式方面有创新，但从东晋第一阶段文学作品的整体来看，新的创获并不多。这种现象的产生与当时的社会政治条件有关系。如上所述，东晋第一阶段的许多文人，经历了西晋覆灭的重大变故，面对的又是刚刚建立而极不稳定的东晋政权，社会还处于动荡之中。生活在这样的环境里，文人关注的主要是东晋政权，他们当中有不少人被卷进了政治斗争。社会不稳定，心理不平静，使许多文人难以有更多的时间去从事艺术活动，也来不及去理解和追求艺术表现形式。这不是东晋第一阶段文人的疏忽和过失，而是社会政治环境制约了他们。

总括上面的论述，可以看到，东晋第一阶段的文学有三点值得我们关注：其一，有不少作品带有浓重的社会政治意识，有些有明显的政治上的实用性。其二，从汉末、三国、西晋到东晋的文学的演进历程来看，东晋第一阶段的文学带有过渡的性质，它一方面上接以前的文学，继承了以前文学的不少成就；另一方面又有自己的创造，为下一阶段文学的发展准备了一些条件。其三，这一阶段文学的主要成就和特点，大体上是由这一阶段的王廙、郭璞和温峤等重要文人的作品来体现的。到咸和中期，随着社会的变化，随着王廙、郭璞和温峤等人的相继去世，东晋文学衍变的第一阶段也就结束了，相继而来的是东晋文学衍变的第二阶段。

二

第二阶段是东晋的中期。这一阶段时间比较长，大致是从咸和中期到太元末年（396），前后约有 70 年。这一阶段的文学创作十分活跃。和第一阶段相比，也发生了明显的衍变，出现了孙绰、庾阐、许询、袁宏、王羲之、支遁、谢安、顾恺之、王献之等一大批文人。其中影响比较大的是孙绰、许询、支遁、袁宏和王羲之。

孙绰在第一阶段就写有作品，但他的重要文学创作活动是在这一阶段。孙绰不仅以碑诔之类的应用文著称于世，而且长于辞赋和诗歌，是东晋著名的玄言诗人。

许询是名士，也是东晋重要的玄言诗人。晋简文帝司马昱称赞他的"五言诗，可谓妙绝时人"①。

支遁是名僧，也是名士。他崇尚玄谈，长于诗文。他的诗歌或演说释义，或会合佛理、玄学和山水，才藻新奇，颇有影响。在

---

① 《世说新语·文学》。

中国古代,文学与佛教的联姻盛行于东晋的这一阶段,主要代表就是支遁。支遁的名篇佳构并不多,但他却为后来文学与佛教、与山水在更高层次的交融开了先河,促进了后来山水诗的兴盛。

《晋书·袁宏传》载:袁宏"有逸才,文章绝美"。他青年时作的《咏史诗》,受到了谢尚的赞赏,"自此名誉日茂"。后来他写的《东征赋》和《北征赋》也为时人所推重。

王羲之是东晋著名的书法家,也是著名的文学家。王羲之在第一阶段生活了一段时间,但他的主要文艺活动是在这一段阶。他能写诗歌,尤工散文。他的《兰亭集序》是一篇脍炙人口的名篇。

这一阶段的文学创作活动,有一个现象特别引人注目,就是文人各种形式的集会比较多。其中最有代表性的是兰亭集会。从建安时期到东晋中期,文人集会多有发生,如建安文人在邺城的集会和西晋二十四友的金谷集会等。同上述集会相比,兰亭集会不仅参加的人数多,而且活动的内容也有所不同。兰亭集会是由王羲之主持的。这次集会"群贤毕至,少长咸集"。其中有士族文人,也有一般文人,共 42 人。一次文人集会,有这么多的人参加,这是前所没有的。这次集会有修禊的内容,同时又是一次重要的诗歌创作活动。在参加集会的 42 人当中,有 26 人即时赋诗。他们创作的诗歌,今存 37 首。一次集会有这么多的诗歌流传下来,这也是前所没有的。参加这次集会的文人志趣相同,都是为了"散怀"和"逍遥"①。他们在集会上唱和诗赋,此起彼应,不仅展示了自己的才华,抒写了个人的胸怀,而且直接交流了情感。兰亭集会上空前的群体诗歌创作,表明文学活动是当时文人

① 参阅拙著《东晋文艺系年》第 319—322 页,山东教育出版社 1992 年版。

追求的一种重要的生活方式,也表明当时的一些文学创作不再受政治和道德的束缚,而具有相对独立的意义。

和第一阶段相比,第二阶段的文学在衍变的过程中,表现出一些新的特点。这些特点主要有:

第一,崇尚玄虚,对社会现实表现出程度不同的疏远。这一阶段的文学也有少数与社会关系比较密切的作品,但不是这一阶段文学的主流。主流是崇尚玄虚,其突出表现就是玄言诗的空前盛行。刘勰《文心雕龙·明诗》说:

> 江左篇制,溺乎玄风;嗤笑徇务之志,崇盛亡机之谈。袁、孙已下,虽各有雕采,而辞趣一揆,莫与争雄。

刘勰在这里所讲的“江左篇制,溺乎玄风”的玄言诗,主要是在东晋的这一阶段。第一阶段,在郭璞、温峤等人的作品中,也有玄言,但占的比重不大。到了这一阶段,玄言文学有了迅速的发展。钟嵘《诗品序》论东晋玄言诗说:

> 孙绰、许询、桓、庾诸公诗,皆平典似道德论。

又《诗品下》说:

> 爰洎江表,玄风尚备,真长、仲祖、桓、庾诸公犹相袭,世称孙、许,弥善恬淡之词。

钟嵘上面论列的重要的玄言诗人,几乎都是主要生活在这一阶段。他们有时独自写作,有时集会联吟,有时彼此赠答,用多种方式,把玄言诗推向了空前绝后的地步。

对东晋的玄言诗,从南朝的檀道鸾开始,历代有许多文人都是程度不同地予以否定。其实,檀道鸾等人的观点是相当偏颇的。今天我们评价东晋的玄言诗,不必囿于他们的观点,而应当努力做一些全面的辩证的分析。论及这一阶段的玄言诗,至少有以下几点,值得我们注意:

1. 崇尚玄虚是当时许多文人的一种审美心态,是他们襟怀的重要组成部分。玄言诗实际上是玄言诗人的"襟怀之咏"。玄言诗人常常把写作玄言诗作为一种"任乐"的方式。表面来看,这一阶段的玄言诗很少有感情,其实并非完全如此。从这一阶段著名的玄言诗人来看,他们当中的许多人在理与情这两方面,往往表现出重理轻情、甚至有时主张以理去情的偏向,但这只是一方面;另一方面,他们不是、也不可能完全否定情,他们也是性情中人,也是有感情的。这一点同其他文人并没有什么不同。不同的是他们的感情有时显得比较"高""远"。他们写作的玄言诗,表现的也多是这种"高""远"的感情。这种"高""远"的感情,在后人看来不合乎人们的普通感情,但对当时的许多文人来说却是真实的,而且具有普泛性。

2. 从今存的玄言诗来看,其中虽然有一些"淡乎寡味"之作,但也有不少作品,如王羲之、谢万和孙绰各自创作的《兰亭诗》、孙绰创作的《秋日诗》等,蕴涵丰富,意味无穷。这些诗歌或侧重于景物描写,或把写景、抒情和悟理融为一体,从不同方面表现了当时许多文人,在自然和玄理中追求"逍遥"、"散怀"的恬淡心态。即使一些重在阐发玄理的篇章和诗句,如王羲之《答许询诗》中的"争先非吾事,静照在忘求",李充《送许从诗》中的"离合理之常,聚散安足惊"等,化老庄思想之旨意,蕴涵理趣,耐人寻味。

3. 诗歌的发展是一个连续的、辩证的过程。从中国古代诗歌衍变的历程来看,玄言诗是一个不可缺少的环节。这一阶段的玄言诗把玄理纳入诗歌,对自然山水的描写,其积极的成果和存在的缺欠,都是后来更高层次上的哲理和情感相融合的诗歌的先导,对后来田园诗的创作、山水诗的兴盛,有不可忽视的作用。

第二,自然山水所占的比重有明显的增长。这一阶段有不少作品,程度不同地描绘了山水。其中特别突出的是庾阐、孙绰、支遁的诗文和王羲之等人写作的《兰亭诗》。庾阐今存比较完整的诗歌,如《三月三日临曲水诗》、《三月三日诗》、《观石鼓诗》和《衡山诗》等,许多内容是描绘山水的。孙绰除了在一些诗歌中描写了山水之外,还在《游天台山赋》中,从登山的艰险和山水的奇妙等角度,生动地描绘了天台山美丽的风貌。这是一篇名作,《文选》特别选录了这篇辞赋。赋中"赤城霞起而建标,瀑布飞流以界道"两句,形象鲜明,成了古今传诵的名句。从今存支遁的诗歌和王羲之等人的《兰亭诗》来看,里面也有不少模山范水的篇章和诗句。自然山水的增加,还表现在一些托名神仙口授的道教诗中。这一阶段随着道教的发展,出现了杨羲、许穆和许翙等许多道教诗人。他们的诗歌,多写神仙境界,其中有些诗句,如"北登玄真阙,携手结高罗。香烟散八景,玄风鼓绛波。仰超琅园津,俯眄宵陵阿。"(杨羲《十月二十日授二首》其一)"晨风鼓丹霞,朱烟洒金庭。绿蕊粲玄峰,紫华岩下生。"(杨羲《紫微夫人作》)等,和后来的山水诗句相当接近。

　　值得注意的是,这一阶段的文人在描绘山水时,常常把山水同玄虚和"理"联系在一起。顾恺之《虎丘山序》说:

　　　　吴城西北有虎丘山者,含真藏古,体虚穷玄。

王羲之《兰亭诗》其二说:

　　　　仰望碧天际,俯磐绿水滨。寥朗无厓观,寓目理自陈。

　　由于当时许多文人认为山水能够"体虚穷玄"、藏道寓理,因而他们描绘山水时,重视的往往不是具体的、细微的山水,而多是从大处着笔。庾阐《衡山诗》写道:

　　　　北眺衡山首,南睨五岭末。

　　　　寂坐挹虚恬,运目情四豁。

翔虬凌九霄，陆鳞困濡沫。

未体江湖悠，安识南溟阔。

袁宏《从征行方头山诗》写道：

峨峨太行，凌虚抗势。天岭交气，窈然无际。

看来，写山水而不离玄虚和"理"，且多着眼于广阔、高远的山水，是这一阶段描写山水的一个值得注意的现象。

第三，重视文学的表现形式。《晋书·袁宏传》载：袁宏从桓温北征，作《北征赋》。当时著名的文人桓温、王珣和伏滔等读了这篇赋以后，饶有兴趣地对它的"移韵徙事"、"写送之致"等问题进行了认真的切磋，提出了具体的修改意见。而性格"强正亮直"、"每不阿屈"的袁宏竟虚心地采纳了桓温等人的意见。这件事发生在太和四年（369）袁宏等随从桓温北征的途中。当时的文人在征战途中尚且这样注意文学的表现形式，而在闲暇时对表现形式自然会更加重视。这在这一阶段的玄言诗中有明显的体现。孙绰《兰亭诗》其二写道：

携笔落云藻，微言剖纤毫。

这两句诗说明玄言诗在阐述玄理时，很注意在藻饰上下功夫。玄言诗对辞藻的重视，刘勰也有揭示。《文心雕龙·明诗》说袁宏和孙绰等玄言诗人的诗歌"各有雕采"。《时序》说司马昱的诗歌"澹思浓采，时洒文囿"。从现存的作品来看，王羲之和孙绰《兰亭诗》中的"仰望碧天际，俯磐绿水滨"，"莺语吟修竹，游鳞戏澜涛"等诗句，讲究遣词造句，用骈俪的句式写仰观碧蓝的天际、俯视清澈的水滨，咏春天莺语吟唱、游鱼戏水。语言优美，富有文采。

这一阶段文学的衍变及其特点的形成有多方面的原因。和上一阶段相比，这一阶段的社会状况发生了较大的变化。这一阶段,东晋的政权得到了巩固,内部的矛盾较为缓和。北方的少数民族政权无力征服东晋,东晋也不图北伐统一。社会相对稳定,经济持续发展,政治上、思想上比较宽松。上述社会状况对文学产生了相当大的影响。

这一阶段的文人,大体上是由三部分名士组成的:一是终生不仕的,如许询、支遁和戴逵;二是时隐时仕的,如王羲之和谢安;三是一直居官未退的,如孙绰、顾恺之和王献之。这三部分名士虽然有出处的不同,对社会和政治的态度也有区别,但由于他们大多没有经历过永嘉和两晋之际的动乱,有的虽然经历过,但因当时年纪幼小,还没有深切的体验。到了这一阶段,随着社会的相对稳定,他们的生活比较优裕。他们不再像他们的前辈那样念念不忘西晋的覆亡和收复沦丧的国土,也不再常怀激越悲壮之情。他们的思想松弛了,不如第一阶段的文人那样关注社会、关注政治。他们常常向往的是栖迟衡门、隐遁世外的安逸生活,赞美的是"居官无官官之事,处事无事事之心"①的处世态度。他们思索宇宙,考虑如何摆脱人间苦恼,注意探讨审美化的生活哲学。他们大多崇尚玄谈、喜游山水、爱好文艺。

这一阶段的玄谈和以前的玄谈有所不同。玄谈在这一阶段的文人中不仅是一种经常性的活动,而且参加的人员相当广泛。玄谈是他们生活的重要内容之一。他们的玄谈不越老庄,同时又关涉佛理。他们借玄谈析理,也借玄谈示才斗胜,表现自己的艺术水平,追求内心的愉悦。《世说新语·文学》载:

　　支道林、许掾诸人共在会稽王斋头,支为法师,许为都讲。支通一义,四坐莫不厌心;许送一难,众人莫不抃舞。但

――――――――――
① 孙绰《刘真长诔》。

共嗟咏二家之美,不辩其理之所在。

从上面这段记载可以看到,这一阶段的玄谈对"美"的叹赏,在很大程度上取代了对"理"的关注。他们把玄谈艺术化了。也正是因此,这一阶段的玄谈尽管相当普泛,但并没有出现著名的玄学家和玄学著作,而却出现了不少兼玄谈与艺术于一身的文人和带有浓重玄学色彩的文学作品。

与上述情况相联系的是,这一阶段的玄谈特别重视语言美。《世说新语·文学》说:

> 支道林、许、谢盛德,共集王家。谢顾谓诸人:"今日可谓彦会,时既不可留,此集固亦难常。当共言咏,以写其怀。"许便问主人有《庄子》不?正得《渔父》一篇。谢看题,便各使四坐通。支道林先通,作七百许语,叙致精丽,才藻奇拔,众咸称善……

许询、谢安和王濛等听了支遁玄谈《渔父》以后,之所以一致"称善",其中一个重要原因是支遁在语言方面"叙致精丽,才藻奇拔"。玄谈如此重视语言艺术,自然会推动当时文人对丽辞巧言的爱好和青睐,使这一阶段的不少作品呈现出"藻以玄思"的特点。

这一阶段的许多文人在热衷于玄谈的同时,对自然山水表现出浓厚的兴趣。第一阶段的重要文人大多是在永嘉之乱以后,因避难由中原流离到江南的。他们到了江南,有时也注意江南秀丽的山水,在诗文中也时有表现。但由于西晋覆亡之痛犹在胸中,加上东晋前期的社会还很不稳定,因此他们没有更多的时间和宁静玄虚的心态去观赏和描写江南秀丽的山水。上述情况到了这一阶段有了明显的变化。游赏山水是这一阶段许多文人重要的生活内容。王羲之在《蜀都帖》中对他在蜀地的朋友说:

要欲及卿在彼,登汶岭峨眉而旋,实不朽之盛事。

在王羲之之前,不少文人推尊的是立德、立功和立言三不朽,而王羲之却把登山游览视为"不朽之盛事"。由此可以想见,游赏山水在他心目中占有多么重要的位置。王羲之不仅在认识上重视游赏山水,而且还经常和许多文人一起游赏山水。《晋书·王羲之传》载:

> 会稽有佳山水,名士多居之。谢安未仕时亦居焉。孙绰、李充、许询、支遁等皆以文义冠世,并筑室东土,与羲之同好……羲之既去官,与东土人士尽山水之游,弋钓为娱。又与道士许迈共修服食,采药石不远千里,遍游东中诸郡,穷诸名山,泛沧海,叹曰:"我卒当以乐死!"

他们游赏山水时,往往不像以前的一些文人那样由于失意,借山水来消忧解愁,而是"以玄对山水"①。"以玄对山水",主要不是用感官去观看山水,而是用一种审美的情趣去"逍遥",是用玄学化了的心灵去体悟山水,使玄学化了的心灵在山水中找到对应物,从美丽的、未经文明熏陶的自然山水中去进一步领悟或发现某种玄理,去体认宇宙,感悟人生,体味生命的意义价值,使自己的胸襟更加开阔,精神得到进一步的澡雪和净化。

这一阶段的不少文人在游赏山水时,还特别注意把山水同文学联系在一起。《世说新语·赏誉》载:

> 孙兴公为庾公参军,共游白石山。卫君长在坐。孙曰:"此子神情都不关山水,而能作文?"

在孙绰看来,神情关注山水是写作文章不可或缺的条件。这一阶段的文人对山水的爱好和游赏,从一个方面提高了文人的审

---

① 孙绰《庾亮碑文》。

美情趣,拓展了文学的领域。

文学的衍变及其特点,常常与审美理想的影响有直接的关系。这一阶段的文学也是这样。这一阶段的文人,大多不同程度地冲破了封建礼法的羁绊,较少受功名利禄的缠绕。他们企羡自然的人生,追求的主要是自然的艺术。他们从做人到游赏山水,到品味艺术,看重的是自然的境界。他们追求的自然,其内容不尽一致,但有一点却是共同的,就是强调和肯定人和事物的天然的、自在的和自由的属性。这种审美理想扩大了人们的审美视野,提高了人们的审美素质,从多方面促进了这一阶段文学的衍变及其特点的形成。当然,同任何事物都有两面性一样,这一阶段的文人尽管重视自然美,但并没有忽视艺术形式美,只不过是他们不像后来的一些文人那样钻砺过分。另外,这一阶段的文人特别强调以自然为美的审美理想,也有负面的作用。这主要是使文人和文学疏远了社会现实生活。这一阶段的文学对社会现实反映得较少,就证明了这一点。

从上面的论述可以发现,这一阶段文学的衍变及其主要特点,大体上是由这一阶段一些有影响的文人来体现的。这些文人有些几乎完全生活在这一阶段,有些则主要生活在这一阶段。他们的为人和作品,既有个人的特色,又有一些相近之处。是他们,以及受他们沾溉的其他文人,使这一阶段的文学发生了较大的衍变。他们当中的大多数人活的时间比较长。这一阶段的文学时间跨度相当长,同这一点有关系。随着社会条件的变化,随着许询、王羲之、支遁、孙绰、司马昱、袁宏、谢安和王献之等重要文人的相继去世,东晋文学衍变的第二阶段也就结束了,接踵而来的是第三个阶段。

三

第三阶段是东晋的后期，时间大致是从太元末年到东晋结束，前后 20 多年。随着时代背景的变化和一些新的文人的出现，东晋后期文学的衍变是相当明显的，取得的成就也是非常卓著的。其主要表现有三点：一是殷仲文和谢混的诗歌创作以及玄言诗的开始衰退；二是以慧远为中心的庐山文人集团的出现；三是陶渊明田园诗的产生。

玄言诗经过上一阶段的兴盛以后，到这一阶段开始呈现出衰退的态势。这一点，南朝的檀道鸾和沈约都有所论述。《世说新语·文学》注引檀道鸾《续晋阳秋》，在谈到东晋中期许多文人效法孙绰和许询写玄言诗之后说："至义熙中，谢混始改。"沈约在《宋书·谢灵运传论》中也有近似的见解："仲文始革孙、许之风，叔源大变太元之气。"檀氏和沈氏的论述比较简单，也不全面，我们有必要做一些具体的分析。

一种诗风的衰退，往往离不开时代背景和文人的变化。玄言诗也是这样。如上所述，在东晋后期之前，许多著名的玄言诗人都先后去世。到了后期，社会动荡，战乱较多。先后发生了司马道子和王国宝专权、桓玄叛乱、孙恩和卢循起义、刘裕同刘毅的争斗、刘裕篡位建宋等重大事变。在这些重大的事变中，人多凋残。王恭、殷仲堪、袁山松和桓玄等文人都死于战乱。这些文人，特别是殷仲堪和桓玄，他们不仅在当时的政局上是举足轻重的人物，同时在文坛上也占有重要的地位。《晋书·殷仲堪传》说："仲堪能清言，善属文。"《晋书·桓玄传》说：桓玄"博综艺术，善属文"，长于写作玄言诗。如果说孙绰和许询等玄言诗人的去世，使东晋的玄言诗坛失去了重要的支柱的话,那么殷仲堪和桓玄等文人的死于非命,则更加促使了玄言诗的开始衰退。

东晋这一阶段的动乱,不只使一些重要的文人死于非命,而且还直接影响了不少文人的心态。淝水之战以后,东晋门阀政治逐渐衰落。此后,接连发生的动乱,又严重地削弱了门阀士族的政治地位。与此同时,以刘裕为代表的寒门素族逐渐控制了朝政。刘裕不再像东晋的许多帝王那样较多地依靠门阀士族,而是选用了不少出身于寒门素族的文官武将。刘裕这样做,对门阀士族是一种抑制。东晋中期的玄谈和玄言诗的盛行,本来是与社会的相对稳定和门阀士族优越的社会、经济和政治地位密切相连的,而到了后期,上述条件有了很大的改变。长期养尊处优的门阀士族及其周围的文人一旦失去了安稳的乐园,就难以继续维持玄学化、艺术化的生活方式了,也难以像以前那样用超然的玄学心态去对待外在的和内在的世界了。他们的感情丰富了,复杂了,不再、也不可能像上一阶段的一些文人那样常常沉浸在"高""远"的情感之中。他们不同程度地渐渐疏远了玄言诗,而自觉或不自觉地去开拓诗歌的新天地。这一阶段以殷仲文、谢混为代表的具有新特点的诗歌,正是在上述情况下产生的。

殷仲文的家世属名门贵族。据《晋书·殷仲文传》记载:当桓玄起兵攻占京师以后,他因亲戚关系受到了桓玄的重用。桓玄兵败以后,他虽在朝中任职,但由于他"素有名望",对自己的职位并不满意,"常怏怏不得志"。后来又受到刘裕的贬抑。殷仲文一生热心于政事,在文学上也很有才华。他在仕途上的亨达与跌落,在心态上的得意与失意,同他的文才相结合,使他的诗歌创作出现了新的风貌,开始改变了玄言诗风。这在他的《南州桓公九井作》和《送东阳太守》两首诗中表现得相当明显。

　　谢混是陈郡谢氏家族的后代。谢氏家族在谢安和谢玄相继去世以后，谢混成了谢氏家族的代表。谢混非常重视文学。南朝的檀道鸾、沈约、刘勰和钟嵘论述东晋诗歌时，都特别提到了谢混。由此可以推断，谢混创作的诗歌是相当可观的。谢混的诗歌多已散佚，流传至今的只有五首。这五首诗中，最有影响的是《游西池》。这首诗写的主要是游西池观赏到的景物和对时光易逝的感伤。诗中虽然还有借老庄哲理来排遣忧伤情感的诗句，但就主体来说，它已不再是沿袭玄言诗的路子，而是以新的风貌出现在义熙诗坛上。

　　从今存殷仲文和谢混的诗歌来看，其内容虽然涉及了自然山水，可是占的比例不多。他们的诗歌抒发的情感与玄言诗不同。这一点，南朝的萧子显有所揭示。萧子显在《南齐书·文学传论》中用"情新"来概括谢混诗歌的特点。

　　《文心雕龙·才略》论殷仲文和谢混时，特别标举殷的"孤兴"、谢的"闲情"。看来殷仲文和谢混主要不是凭借山水诗来改变玄言诗，而靠的是具有"孤兴"、"情新"特点的诗歌。

　　东晋后期，殷仲文和谢混的诗歌虽然开始改变了玄言诗风，但他们并没有同玄言诗绝缘。萧子显《南齐书·文学传论》说："仲文玄气，犹不尽除。"萧子显的见解是有根据的。殷仲文的《南州桓公九井作》一诗，就明显地含有玄气。谢混在这一点上，同殷仲文有些相似。谢混玄谈《庄子》，并在他的诗歌《游西池》中有所表现。由于殷仲文和谢混没有同玄言诗绝缘，由于他们的诗歌在当时"得名未盛"，再加上他们都过早地死于非命，因此，他们的诗歌并没有，也不可能从根本上取代玄言诗。玄言诗的被取代是由稍后的陶渊明和谢灵运来完成的。关于陶渊明，我们后面专作论述，这里先说谢灵运。

　　晋末宋初的文坛，随着谢灵运山水诗的大量出现，发生了重大的变化。谢灵运的山水诗也有玄气，但成分较少。另外，由于谢灵运特殊的社会地位和"文章之美，江左莫逮"的文才①，使他的山水诗在当时产生的影响也远远超过了殷仲文和谢混。一种诗风的衰退，往往伴随着新的、有影响的诗歌的产生。玄言诗的衰退，也是这样。

　　这一阶段以慧远为中心的庐山文人集团，在文学方面是相当活跃的。

　　慧远是东晋的高僧，又是著名的文人。《高僧传·释慧远传》说他早年"博综六经，尤善《庄》《老》"。永和十年（354），慧远从道安出家，博览、钻研佛教典籍。太元六年（381），他移居庐山，遂又定居庐山，传播佛教。慧远长于写作，能诗善文，"辞气清雅"，是这一阶段有相当影响的文人。

　　慧远定居庐山以后，由于他学识渊博，"内通佛理，外善群书"，再加上在政治上受到了皇室和权贵的保护，使他的佛教活动在东晋后期的动乱中，一直能够正常进行。他广收徒众，吸引了四方人士，也结交了许多名士。在慧远的徒众中，有不少是当时的著名文人，如雷次宗、宗炳、刘遗民、周续之和张野等。此外，还有一些文人，虽然没有随慧远隐居庐山，学佛修道，但却与慧远保持着相当亲近的关系。殷仲堪任荆州刺使时，曾上庐山展敬慧远，同他"论《易》体要，移影不倦"②。谢灵运"负才傲俗，少所推崇"，而与慧远相见，却"肃然心服"。慧远卒后，"谢灵运为造碑

---

①《宋书·谢灵运传》。
②《高僧传·释慧远传》。

文,铭其遗德"①。慧远对文学的关注和当时一些文人对慧远的依从和敬重,使东晋后期的庐山,不仅是当时最大的佛教圣地,而且也是当时文学活动的中心之一。

慧远和依从他的著名文人,或自己写作,或互相唱和,不少人有文集传世。从今存庐山文人的诗文的内容来看,大致有两类:一类基本上是宣扬佛教和佛理的,有些近似于偈语。慧远为之作序的《念佛三昧诗集》,当属这类作品。这类作品,实际上没有多少文学意味。另一类是描绘山水与阐述玄理和佛理相融合的作品。从文学发展史的角度来看,这类作品值得我们重视。佛僧本来喜欢居住在山林中,爱好游赏山水。庐山是天下的名山之一。游赏庐山是慧远和他的徒众的生活的一个重要内容。他们游赏山水,常常伴随着诗文写作。庐山诸道人的《游石门诗》并序、慧远的《庐山东林杂诗》、张野的《庐山记》和宗炳的《登半石山》等,都是这方面的重要作品。其中特别值得我们重视的是《游石门诗序》和张野的《庐山记》。《游石门诗序》是一篇记叙庐山诸道人游石门山的散文。文中有些段落写得非常精彩,如:

> 于是拥胜倚岩,详观其下,始知七岭之美,蕴奇于此。双阙对峙其前,重岩映带其后。峦阜周回以为障,崇岩四营而开宇。其中则有石台、石池、宫馆之象,触类之形,致可乐也。清泉分流而合注,渌渊镜净于天池。文石发彩,焕若披面。杈松芳草,蔚然光目。其为神丽,亦已备矣。

上面这段文字,用的笔墨不多,但却多角度、多层次写出了庐山诸道人登上了石门山峰巅以后,居高临下,看到的石门山及其周围的"神丽"的景观。

―――――――――

① 《高僧传·释慧远传》。

张野的《庐山记》,全书已经散佚。从流传下来的一些片段来看,有的写得相当成功,如:

> 庐山天将雨,则有白云,或冠峰岩,或亘中岭,俗谓之山带。

上面引的片段,寥寥几笔,就画出了庐山下雨前夕,白云冠亘峰岭的独特景象。

东晋后期以慧远为中心的庐山文人集团的出现,不只扩大了佛教的影响,促进了隐逸风气的发展,同时加深了佛学向文学的渗透,从一个方面推动了山水文学的兴起。

陶渊明的一生,大部分时间是生活在东晋后期。他是东晋后期最重要的诗人。陶渊明历来被称为隐逸诗人,但他的隐逸同一般的隐士不同。陶渊明曾经三次出仕,对政事和官场有亲身的体验。他摆脱了官场以后,一方面轻忽世事,过着比较潇洒超脱的生活;另一方面又不忘朝政,关注生命和存在,思索宇宙和自然,内心有许多矛盾和痛苦。他追求超越,而又难以超越。他要消解痛苦,但又不易消解。另外,陶渊明归田以后,虽然有酒喝,能弹琴,能读书和欣赏"奇文",但由于他没有比较富足的物质生活条件,不可能像某些隐士那样,过悠哉优哉的清闲生活。他要经计衣食。他参加了田园劳动,体验到劳动的愉悦,也感受了劳动的艰辛和贫困生活的煎熬。这就使他对平民的生活有许多深切的体验。陶渊明是诗人,也是哲人。他的矛盾复杂的思想感情和丰富的人生体验,一直蕴藏在心里,同时他能经常地对它们作玄妙的深思,进而化为真情实感与哲理融合的诗篇。

在这一阶段的文人当中,陶渊明流传下来的诗歌最多,内容也非常丰富。其中有一个重点,就是对自由、自然和和谐的人生的追求和赞颂。陶诗的许多内容都与此有关。

　　陶渊明"少无适俗韵,性本爱丘山。"(《归园田居》其一)后来他的出仕,固然与追求有为之域有关,与他对官场还缺乏认识有关,但也是为生活所迫。当他进入官场以后,他看到了官场的险恶,同时也深深地感到做官使自己失去了自由。他把官场看成是"尘网",把自己做官比作失去"旧林"的"羁鸟"和离开"故渊"的"池鱼"。而这些都是他在官场中生活了一段时间以后才会有的体验。为了得到自由,陶渊明最终退出了官场,走上了一条归田躬耕的生活道路。他的归田躬耕生活,尽管有时比较艰辛,有时有饥寒的煎熬,但因为他解除了官场的羁绊,心不再为形所役,所以得到了很大的自由,也找回了曾经被扭曲的自我。为了自由,陶渊明在有与无、我与物、心与形之间,执着追求的是虚无、贵我和心闲。"人生似幻化,终当归空无。"(《归园田居》其四)"不觉知有我,安知物为贵。"(《饮酒》其十四)"行迹凭化迁,灵府长独闲。"(《戊申岁六月中遇火》)他懊悔自己曾经"心为形役"。所有这些都表明陶渊明在追求自由时,又特别重视追求心灵的自由。在魏晋的文人中,只有陶渊明在很大程度上在田园生活和玄思中找到了人生的自由和心灵的安慰。

　　陶渊明的诗歌在表现热爱和追求自由时,还常常影随着对自然的生活的向往。这在他有关生死内容的诗篇中有突出的表现。在陶渊明的作品中,我们常常能够看到他同生死问题的对话:

> 天地长不没,山川无改时。草木得长理,霜露荣悴之。谓人最灵智,独复不如此。适见在世中,奄去无归期。(《形影神·形赠影》)

> 宇宙一何悠,人生少至百。(《饮酒》其十五)

> 一生复能几，倏如流电惊。（《饮酒》其三）

> 老少同一死，贤愚无复数。（《形影神·神释》）

陶渊明经常把宇宙与人生加以对照。宇宙和人生，不时地拨动着他的心灵。他知道宇宙悠久、无穷无尽，而人生是有限的，只有暂时性。他知道由生至死是自然规律，不管是谁，都无法违背。陶渊明的这种人生必死、寿命有限的感慨，随着年渐衰老变得尤为深重：

> 气力渐衰损，转觉日不如。壑舟无须臾，引我不得住。
> 前途当几许，未知止泊处。古人惜寸阴，念此使人惧。（《杂诗》其五）

面对有限的人生，陶渊明还常常感到"人生实难"（《自祭文》），感到人生是那样的漂泊不定和盛衰无常。他焦虑，他忧伤。他有时想用有限的生命有所作为，有时又感到人生如梦幻，不应为世事所束缚。有时他想及时行乐，想借游赏、清歌和饮酒来排遣生活的痛苦和死亡的忧伤。上述复杂矛盾的思想情感，在陶渊明的许多作品中都有表现。

用人生如梦、及时行乐去消解由于人生短暂和盛衰无常给人们带来的痛苦，这些也能使陶渊明心理平衡，但往往是短暂的，并不能使他从内心深处消除痛苦。看来要泰然地接受生命的有限性和死亡的必然性并非容易做到。但陶渊明在很大程度上做到了。陶渊明是富于哲理的诗人，对于容易使人感伤的人生问题，他不去追求神秘的或宗教的信仰，他能机智地从各种感伤中把自己解放出来：

> 甚念伤吾生，正宜委运去。纵浪大化中，不喜亦不惧。
> 应尽便须尽，无复独多虑。（《形影神·神释》）

穷通靡攸虑,憔悴由化迁。(《岁暮和张常侍》)

寓形宇内复几时,曷不委心任去留……聊乘化以归尽,乐夫天命复奚疑!(《归去来兮辞》)

上面这些诗句表明,陶渊明对生死问题,最终是落实到自然上,落实到委运任化上。这样他就把自己送给了自然,把自己同自然圆融为一。正是这种生命意识,涵养着陶渊明的精神,缓解了他的人生悲剧感,使他能过着一种比较自然而平静的生活。

陶渊明顺从自然、委运任化的生命意识,一方面表现了汉末以来伴随着人的觉醒、人的自我意识的不断深化,人们愈来愈认识到人的生命是最重要的实在,表现了对神学迷信和功名利禄的否定。另一方面,这种顺从自然、委运任化的生命意识,又有消极的作用。因为它蕴涵着一种个体的无所为思想和人生价值的虚无,它把个人的存在同历史和时代割裂开来。人的社会责任,人的主观能动作用,人的创造和进取精神都被消解了。

在人际关系上,陶渊明向往的是和谐。陶渊明认为,周衰以后,人与人之间的和谐生活被破坏了。为了寻找这种和谐的生活,陶渊明一方面向后看,一方面倾心于现实中的田园生活。当他向后看时,他由衷地怀念古代人与人之间的和谐生活。《桃花源记并诗》非常典型地表现了这种思想感情。这篇作品有否定文明进步的内容,但牵动诗人情怀的是在古老的生活方式中蕴藏的那种和谐的生活,而这种生活正是陶渊明所处的社会所缺少的。古老的生活方式尽管是那样和谐,但它毕竟早已不复存在了。陶渊明生活在现实生活中,他不得不回到现实中来。当他回到现实中时,特别是当他参加了田园劳动以后,他没有高居人上,而是以与众人平等的身份和大家一起生活。在田园生活中,他发现了人

与人之间还有不少和谐的内容。为此,他感到欣慰。这在他的
《归园田居》其二、《移居》其二和《癸卯岁始春怀古田舍》其二等诗
中都有表现。上面列举的诗篇,非常真切地表现了人与人之间的
那种淳朴的、和谐的亲密关系。而这些同当时的官场和世俗社会
上的争权夺利和尔虞我诈形成了鲜明的对照。陶渊明生活的农
村,有灾难,也有痛苦,但陶渊明的作品很少表现这方面的内容,
他着笔较多的是他同农民的亲密关系和淳朴生活。这从一个方
面表明陶渊明所关注和向往的主要是人与人之间的和谐。

　　陶渊明生活在政治昏暗、动乱较多的年代。陶渊明特殊的思
想和经历,特别是他辞官归田以后的生活实践,使他能够把哲理
同他自己特殊的生活体验融和在一起,使他对自由的、自然的、和
谐的人生有深切的体验,结果写出了富有鲜明个性的诗歌。这些
诗歌用自然的、质朴的语言把情趣、哲理、形象熔化在一起,完全
超越了上一阶段的玄言诗,改变了玄言诗缺乏个性的弱点。是陶
渊明的诗歌把东晋的文学创作推上了峰巅。

四

　　上面我们论述了东晋文学衍变的三个阶段。通过上面的论
述,我们可以得到下面几点启示:

　　1. 文学衍变的根基是社会现实。社会现实的变化会通过各
种途径影响文学的衍变。东晋文学的衍变之所以形成了三个阶
段,有某些非社会现实方面的、偶然的原因,但主要原因还是社会
现实的变化。这里所说的社会现实,指的主要是社会的治乱、经
济条件、统治阶层的状况和文化氛围等。是上述几个方面从根基
上影响了东晋文学的衍变。东晋百多年文人的思想情感、审美趣

味和文学创作大多是随着社会现实的变化而衍变，大多是社会现实的产物，同时也影响了社会现实。

2. 东晋文学衍变的历程是错综复杂的，既有阶段性，又有连续性。从阶段性来看，它显示了不同时期文学发展的大体趋势。就文学与社会现实的关系来说，第一阶段以郭璞为代表的文人的作品，与社会现实的关系比较密切。到第二阶段，许询、孙绰和王羲之等文人写作的玄言诗则在很大程度上疏远了社会现实。到第三阶段，谢混、殷仲文和陶渊明等人的作品，先后从不同方面改变了玄言诗风，反映了社会现实的某些方面。当然，上面的论述只是就主要倾向而言，实际情况要复杂得多。比如，同一阶段的文人的创作往往是多种多样的，绝非大体趋势所能概括。从连续性来看，文学衍变的阶段与阶段之间，不是像刀切的那样彼此断裂、界限分明，而是前后关联、相接相因。从这一角度考虑，文学衍变的阶段性只有相对的意义。这不仅表现在有些重要文人的文学活动跨越了某一阶段，而更重要的是体现在文学创作中。如东晋的玄言诗，虽然盛行在第二个阶段，但向前看，第一阶段郭璞等文人的诗歌中就含有玄言诗的成分。往后看，第三阶段谢混、殷仲文等文人的诗歌中的玄气，"犹不尽除"。

3. 东晋文学衍变的三个阶段，虽然都取得了显著的成就，但三个阶段的成就是有区别的。大体说来，东晋文学在第一阶段和第三阶段取得的成就尤为突出，而第二阶段则不如第一阶段和第三阶段。这表明文学发展的历程不是直线式的，而是波浪式的。

（原载韩国顺天乡大学校《人文科学论丛》第 6 辑，1998 年 8 月版。本文曾以《东晋文学衍变的三个阶段》为题，载《古典文学知识》1997 年第 6 期，文字有删订。）

东晋辞赋概说

本文将东晋 100 多年的辞赋分为前、中、后三个阶段做一概说。

一

东晋前期,指的是从元帝建武元年(317)开始到成帝咸康初,前后约 20 年。在这段时间里,不论是帝王,还是一般文人,对辞赋都比较重视。元帝"中兴,披文建学"①,曾让王廙等人写作辞赋。元帝死后,他的儿子明帝继位。明帝"雅好文会,升储御极,孳孳讲艺,练情于诰策,振采于辞赋"②。明帝写的辞赋,至今还存有片断。帝王对辞赋如此关注,自然会影响到不少文人,其中比较突出的是郭璞、王廙和庾阐。郭璞极为重视辞赋,他注有《楚辞》3 卷、《子虚》、《上林赋》1 卷③。在创作上,他的"词赋为中兴之冠"④,《全晋文》卷一二〇辑赋 10 篇。王廙对辞赋也十分爱好。

①《文心雕龙·时序篇》。
②《文心雕龙·时序篇》。
③见《隋书》卷三十五《经籍志》四。
④见《晋书》卷七十二《郭璞传》。

《全晋文》卷二十辑王廙文 10 篇，其中辞赋和与辞赋直接相关的有 7 篇。庾阐对辞赋也有浓厚的兴趣，《全晋文》卷三十八辑有他的辞赋 8 篇。

综观现存东晋前期的辞赋，叙事咏物占的比重较大，其次是言志抒情之作。前者比较重要的作品有王廙的《中兴赋》，庾阐的《扬都赋》、郭璞的《南郊赋》和《江赋》；后者值得称道的是郭璞的《解嘲》。

王廙的《中兴赋》和郭璞的《南郊赋》，都同元帝中兴即位有密切关系。《中兴赋》赋文已佚。据今存王廙的《奏中兴赋上疏》的陈述，《中兴赋》的主要内容是称颂元帝即位江左多有祥瑞，是"天之历数"。因此要"宣扬盛美"，要"嗟叹咏歌"。

关于郭璞的《南郊赋》，《太平御览》卷二三四引《晋中兴书》说"郭璞太兴元年奏《南郊赋》"。这篇赋极力铺陈，叙写元帝受命于灵坛的壮观景象。

庾阐的《扬都赋》是一篇大赋，其主要内容是写当时京城建康的雄伟壮观。《世说新语·文学篇》说：庾阐"作《扬都赋》成，以呈庾亮。亮以亲族之怀，大为其名价云：'可三《二京》，四《三都》。'于此人人竞写，都下纸为之贵。"

郭璞的《江赋》最早见于《文选》卷十二，是东晋前期流传至今的一篇完整的辞赋。《文选》李善注引《晋中兴书》说："璞以中兴，王宅江外，乃著《江赋》。"《江赋》在我国辞赋史上，较早地从多角度描绘了长江，其中有写实，也有虚夸。全赋规模阔大，气势雄浑，有不少相当精美的段落。《江赋》在语言上，比较注重藻饰。有不少骈俪的句子，用韵谐和，对仗精美。这是以前的大赋中所罕见的。《文选》选录东晋辞赋 8 篇，其中最长的一篇就是《江赋》。这说明《江赋》在文学史上还是相当重要的。

　　郭璞在言志抒情赋方面，也有杰作，这就是他写的《客傲》。《客傲》以主客问答为结构骨架，多铺陈排比，在形式上虽然模拟东方朔的《答客难》和扬雄的《解嘲》，但在内容方面却有自己的特点。《晋书·郭璞传》说："璞既好卜筮，缙绅多笑之。又自以才高位卑，乃著《客傲》。"可见郭璞是为抒发自己的愤慨而写《客傲》的。《客傲》表现了郭璞比较复杂的思想感情：一方面发泄了"才高位卑"的牢骚；另一方面，又表明了自己的超然清高。《客傲》虽有明显的玄学内容，但在东晋前期，还是一篇很难得的辞赋。

　　通过以上的论述，可以看到，东晋前期保留下来的辞赋虽然不多，但却有一个突出的特点，这就是与政事关系密切。王廙奏《中兴赋》，郭璞作《南郊赋》，神化元帝中兴，直接歌颂了东晋王朝的建立。庾阐的《扬都赋》极力赞美扬都，这对建立不久的东晋王朝，是一种肯定和赞扬。郭璞的《客傲》，虽然抒发的是个人的情志，但作品中表现的那种复杂矛盾的思想感情，显然是当时的政治斗争在文人思想上的折射。

　　东晋前期的辞赋之所以与政治关系密切，主要是由当时的历史条件决定的。东晋新政权的建立，是一件大事。新政权建立以后，还不巩固。北方异族对东晋有威胁。东晋内部上层统治者斗争激烈，先后爆发了王敦和苏峻叛乱。当时的文人都身居官位，都程度不同地关心政事，有的被卷进了政治斗争的漩涡。社会政治的变化必然会在文人的头脑中有所反映。因此他们或用辞赋揄扬东晋政权，或用辞赋抒写政治上失意的不满。这就使东晋前期的辞赋有比较明显的政治色彩。这些有政治色彩的辞赋，有些明显地属于进御之作，在今天看来，没有多大价值，但在当时对巩固东晋政权，还是有益的。

二

东晋中期,指的是从成帝咸康初到孝武帝太元末,前后约 60年。咸康以后,东晋的政权逐渐巩固,江东的经济得到发展,国力有所增强。庾亮、桓温曾先后打算经略中原,桓温还取得了伐燕征蜀的胜利。当时王、谢世族势力很大,桓温企图篡位未能得逞。后来淝水之战又取得了胜利。在思想文化上,玄学清谈仍在发展,佛教传播很快。儒、释、道三种思想体系虽然有对立的一面,但基本倾向是互相融合。总的来看,东晋中期的社会较为稳定,文人朝不保夕的危难减少了,行动上或隐或仕,朝廷也常常听之任之。不少文人用玄学和佛理来观照社会和人生,追求生活方式和生活情趣的玄学化。在这种背景下,辞赋创作比前一时期活跃。生活在这一时期的不少文人,多少不同地都写有辞赋,其中贡献较大的是孙绰、袁宏、曹毗、江逌和顾恺之。

孙绰对辞赋的重视,《世说新语·文学篇》有记载:"孙兴公云:'《三都》、《二京》,五经鼓吹。'"足见孙绰对张衡和左思的大赋是相当推崇的。《晋书·孙绰传》说,孙绰曾作《遂初赋》。这篇赋,今仅存其序。此外,《全晋文》卷六十一辑孙绰赋 2 篇。袁宏流传下来的辞赋不多,《全晋文》卷五十七辑赋 4 篇。《文心雕龙·诠赋篇》列"魏晋之赋首"共 8 人,其中就有袁宏。据此可以推知,袁宏是东晋赋坛上的一位重要作家。《晋书·曹毗传》说:"毗少好文籍,善属词赋。"今存曹毗赋较多,《全晋文》卷一〇七辑12 篇。江逌也长于辞赋,《晋书·江逌传》说他有辞赋"行于世"。《全晋文》卷一〇七辑江逌文 10 篇,其中辞赋有 5 篇。顾恺之以绘画著称,但他对辞赋也有浓厚兴趣。《晋书·顾恺之传》记载:

恺之"尝为《筝赋》成,谓人曰:'吾赋之比嵇康琴,不赏者必以后出相遗,深识者亦当以高奇见贵。'"看来顾恺之对自己的辞赋是相当自负的。《全晋文》卷一三五辑顾恺之文 15 篇,其中辞赋 7 篇。

　　东晋中期的辞赋,不论是以叙事咏物为主的,还是以言志抒情为主的,内容都比东晋前期丰富得多。就叙事咏物赋来看,涉及的范围相当广。值得特别重视的是有关山水和纪征的辞赋。

　　东晋中期写山水,特别是写水的辞赋特别多。写水的辞赋,有不少形象优美,生动传神。如顾恺之的《观涛赋》,曹毗《涉江赋》等。写山的最重要的是孙绰的《游天台山赋》。孙绰仰慕老庄和佛理,这一点在《游天台山赋》中有不少表现。

　　这时期的纪征赋,流传下来的、比较重要的是袁宏的《东征赋》和《北征赋》。用赋纪征,早在东晋之前就有不少作品。袁宏的纪征赋和以前这类作品相比,写景的成分有明显的增加。如《东征赋》写长江:"洲渚迢遰,屼岫虚悬。即云似岭,望水若天。日月出乎波中,云霓生于浪间。"几句话写出了江水的浩瀚渺茫和波浪的汹涌澎湃。

　　这时期的言志抒情赋,数量比较多,内容也比较丰富。春游的快乐,秋季的感兴,离归的情思,隐逸的志趣等等,在辞赋中都有表现。遗憾的是这方面的辞赋多有残缺,难以看到全貌。就流传至今比较完整的作品来看,特别值得重视的是谢万的《春游赋》和苏彦的《秋夜长》。《春游赋》写在草木繁茂的春天,与"良俦"、"嘉宾"一起畅游,适性尽兴。苏彦的《秋夜长》,从多方面表现了秋夜的特点,借景抒情。

　　东晋中期的辞赋和前期的辞赋相比,具有一些新的特点:

　　首先,以老庄思想和佛理为主要内容的玄理在辞赋中的表现比较突出。本来,玄理在东晋前期的辞赋就有表现,郭璞的辞赋就是"缛理有余"①。但这种情况，在前期并不突出。到了中期，则有明显的发展。更为突出的是，这时期还出现了直接歌颂玄风的辞赋，比较典型的例子是李充写的《玄宗赋》。钟嵘论东晋文坛时说："比响联词，波属云委，莫不寄言上德，托意玄珠。"②从辞赋来看，钟氏所言，主要表现在东晋中期。这一点刘勰讲得也很明确："简文勃兴，渊乎清峻；微言精理，函满玄席；澹思浓采，时洒文囿。"③简文帝主要生活在这一时期。

其次，描绘自然山水的成分有明显的增加。到了中期，由于社会相对稳定，由于玄学清谈和佛教的发展，不少文人游山玩水，"以玄对山水"④，因而这时期的辞赋，描写自然山水的较多。这种现象的产生，除了上面谈到的原因之外，还有地理环境的影响。据《晋书》记载，东晋大多数文人，经常活动在荆楚和浙闽地区。这些地区，岭峰秀丽，江河浩洋。这样的自然地理环境自然会影响到当时的文人。

最后，在艺术形式上，这一时期的辞赋重藻饰，尚骈俪。这在东晋前期的辞赋中即有表现。到了中期，有进一步发展。例如孙绰的《游天台山赋》，通篇基本上是两句相对，字数匀称，句型整齐。全赋共 106 句，其中骈句几乎占 70%。这一现象表明，古赋发展到东晋中期，已经明显地向骈赋演进。由古赋到骈赋，东晋是一个重要过渡时期。

①《文心雕龙·诠赋篇》。
②《诗品序》。
③《文心雕龙·时序篇》。
④孙绰《太尉庾亮碑》。

三

东晋后期,指的主要是安帝隆安、元兴和义熙时期,前后约 20 多年。这一时期,社会矛盾非常尖锐,战乱也接连不断。但当时的实际统治者,如桓玄和刘裕等人,对文学还是比较重视的。《晋书·桓玄传》说:桓玄"风神疏朗,博综艺术,善属文"。《全晋文》卷一一九辑其赋 3 篇,可见桓玄对辞赋还是很感兴趣的。刘裕重视军政,但也爱好文学,在他代晋称帝之前,著名的文人陶渊明和傅亮等,都曾做过他的幕僚。当权者对文学的重视,对辞赋产生了一定的影响。生活在这一时期的文人,如湛方生、陶渊明和谢灵运等都有重要辞赋传世。

湛方生今存《风赋》和《怀春赋》,另外《秋夜》、《游园咏》、《怀归谣》虽未题赋,其实也是赋体。湛氏的辞赋全是短篇,内容主要是写景抒情。

陶渊明今存辞赋 3 篇,能够断定作于这时期的是《归去来兮辞》。陶渊明写这篇赋的缘起,赋前的序做了交待。从序来看,陶渊明这次出任彭泽令,主要是由于生活所迫。在彭泽任职,离家百里,不算太远,并且"公田之利,足以为酒",按说应当做下去的。可是他任职不久,便产生了"归欤之情"。原因有两点:一是他"质性自然",二是程氏妹的去世。做官本是"心为形役",如今辞官归田,自然非常高兴,"因事顺心",写下了这篇《归去来兮辞》。陶渊明这次辞官,除了上面的原因之外,恐怕还与当时的政治风云有关,这一点序中有所透露。

《归去来兮辞》,千百年来一直受到人们的赞赏,分析其原因,固然与成功的艺术形式有关,但更重要的是因为陶渊明在这篇赋中,成功地表现了自己。陶渊明虽然"质性自然",但同许多封建士大夫一样,也有"大济苍生"的雄心壮志。他所生活的时代,尽管政治昏暗,但他还是多次出仕。他的出仕,虽有"耕植不足以自给"这方面的原因,但更重要的是想通过仕途来实现自己的抱负。可是时代并没有给他提供实现自己理想的条件。他的理想,几经尝试,最后终于完全破灭了。他不得不决心辞官归田,并且不再出仕。因此,这篇赋不止是表现了陶渊明对仕途的否定和对田园生活的沉醉,更重要的反映了陶渊明在当时政治风云中的退避。这种退避虽然使他摆脱了羁绊,得到了自由,但也常常伴随着感伤和悲痛。看到了这一点,就会理解,为什么在这篇辞赋中所创造的平淡冲和的艺术氛围中,常常蕴含着惆怅和忧伤。陶渊明退避以后,没有条件过那种优裕的隐士生活。他不狂放,也不沉沦。他对人生、对自然都很执着。他追求的不再是外在的功名利禄和荣华富贵,而是内在的超脱和自由。他把自己精神的慰藉主要寄托在田园生活上。从以上的分析,可以看到,陶渊明在这篇赋中,用自己的艺术才华,成功地写出了自己的形象。人们通过这一形象,可以看到东晋后期某些知识分子在自己的理想破灭以后的苦闷、对生活的执着和自我解脱。一个成功的艺术形象,其生命力是很强的,历代有那么多的人赞誉《归去来兮辞》,可能这是主要原因。

　　谢灵运也长于写作辞赋。《全宋文》卷三十、三十一辑赋14篇,其中能断定作于东晋后期的是《撰征赋》。这篇赋的内容是写谢灵运自己奉朝命赴彭城慰劳刘裕途中的见闻和感慨。赋中一方面写征迈中,对古人古事的怀念,同时又用了较大的篇幅写了东晋的一些重大政治事件,特别歌颂了刘裕的"宏功"和谢玄的"盛绩"。此外,还表现了对天下太平和人民能够安居务农的向往。这篇赋的语言,多骈俪,用字艰涩,比较板滞,影响了思想内容的表现。东晋后期的文坛,直接反映政事的作品不多。另外,从这篇赋还可以看到,历来以山水诗见称的谢灵运,对政事还是很关心的。因此,这篇赋还是值得注意的。

东晋后期,统治阶级内部的各种矛盾非常尖锐。先后出现了司马道子、元显的专权,王国宝乱政,桓玄的夺位以及庶族代表刘裕的崛起。当时有不少文人都程度不同地卷入了政治风云当中,因而他们的辞赋常常明显地或曲折地表现了当时的政治斗争,这是这时期的辞赋的一个特点。与此相联系的是,由于这时期社会的急剧动荡和庶族地主力量的发展,以老庄为主要内容的玄学开始受到冲击。因此,这一时期的辞赋,虽然还没有摆脱玄学的影响,但总的来看,程度有所减弱。同时表现的形式也和以前不同,出现了把老庄的玄理同以前门阀士族不屑一顾的平凡的日常生活融合在一起的新的艺术天地。这也是东晋前期和中期的辞赋所没有的一个新的特点。

(原载《文史哲》1990 年第 5 期。)

陶渊明诗文内容三要义

在晋宋之际的文人当中，陶渊明诗文的内容是非常丰富的。他的作品通过叙写自我、人事和景物，表现了他对人生的、宇宙的整体感悟和思索，其中最重要的是对自由、自然和和谐的人生的追求和赞颂。他的作品的许多内容都与此有关。

一

陶渊明"少无适俗韵"（《归园田居》5 首其一）①，"弱龄寄事外，委怀在琴书"（《始作镇军参军经曲阿》）。有一种不受世俗所羁、爱好自由的本性。后来他三次出仕，固然与他追求有为之域有关，与他对官场还缺乏认识有关，但也是为生活所迫。自由是有条件的，通常必须以生存为前提。陶渊明"家贫，耕植不足以自给"（《归去来兮辞》），为了生活，他不得不出仕，其内在的驱动力当蕴涵着对自由的追求。陶渊明在《饮酒》20 首其十九中回忆自己出仕时的心情说："畴昔苦长饥，投耒去学仕。将养不得节，冻馁固缠己。是时向立年，志意多所耻。遂尽介然分，终死归田

---

① 本文所引陶渊明诗文均据逯钦立先生校注《陶渊明集》，中华书局 1979 年版。

里。"当他离家进入官场以后,他深切地感到作官使自己失去了自由。他在《始作镇军参军经曲阿》中写自己赴京任职时的情景是:"目倦川途异,心念山泽居。"在《归园田居》5首其一中,他把自己进入官场看成是"误落尘网中",把自己作官比作失去"旧林"的"羁鸟"和离开"故渊"的"池鱼"。而这些都是他在官场中生活了一段时间以后才会有的深切的体验。一个人只有当他失去了自由以后,才会真正地体会到自由是多么重要!"抛却微官百自由,应无一事挂心头。"①为了得到自由,陶渊明最终退出了官场,走上了一条归田躬耕的生活道路。过去有一些论著认为,陶渊明的辞官归田是一种有意的政治行为。其实从他的经历和作品中很难找到这方面确凿的证据。陶渊明的辞官归田,与其说是出自政治上的考虑,倒不如说是为了追求自由更为准确些。陶渊明归田躬耕的生活,尽管有时相当艰辛,有饥寒的煎熬,有灾难的袭击,但因为他解除了官场的羁轭,心不再为形所役,所以获得了很大的自由。陶渊明之前的大多数文人对统治者有很大的依附性。他们或是为了生活,或是为了仕进,不得不仰赖统治者的保护和支持。这种依附性,常常迫使文人与统治者要保持一致,很少有个人的自由。陶渊明辞官以后,依靠自己的田产和劳动,尽管有时相当贫困,但还可以生活下去。他不再依附官场和统治者。他得到了过去许多文人想得到但没有得到的自由。他有不少田园诗,从不同的角度描绘了自己自由的天地,表现了诗人热爱自由、追求自由的情思:

　　户庭无杂尘,虚室有余闲。(《归园田居》5首其一)

――――――――――

① 王若虚《题陶渊明归去来图》,《闲闲老人滏水文集》卷45,《四部丛刊》影印汲古阁钞本。

> 野外罕人事，穷巷寡轮鞅。白日掩荆扉，虚室绝尘想。

（《归园田居》5 首其二）

> 息交游闲业，卧起弄书琴……春秫作美酒，酒熟吾自斟。

（《和郭主簿》2 首其一）

上面这些诗句，都表现了诗人在平凡的田园生活中所得到的自由，表现了诗人在挣脱了官场的束缚之后，找回了曾经被扭曲的自我。

陶渊明"一生都是为精神生活的自由而奋斗"①。为了自由，陶渊明在有与无、人与物、心与形之间，执着追求的是空无，是不为物累和心闲。《归园田居》5 首其四写道："一世异朝市，此语真不虚。人生似幻化，终当归空无。"在陶渊明看来，一切都在变化。人生如同梦幻，也在不断地变化，由生至死是不可避免的，变化的最终结果是空无。人生是这样，其他如名利之类，何尝不是如此。"去去百年外，身名同翳如。"（《和刘柴桑》）"匪贵前誉，孰重后歌。"（《自祭文》）陶渊明对待名利，诚如方宗诚在《陶诗真诠》中所云：真乃"利念名念扫除净尽"。

陶渊明对于外物，对于自己的物质生活，往往可以忍受一些委屈，但对自己的精神生活却十分注意维护。陶渊明"陶然自得，未尝数数留意于外物"②。他不为物欲所羁鞅，对物质生活的要求很低。他食粗而不贪多求余：

> 园蔬有余滋，旧谷犹储今。营己良有极，过足非所钦。

（《和郭主簿》2 首其一）

> 代耕本非望，所业在桑田。躬亲未曾替，寒馁常糟糠。

---

① 梁启超《陶渊明》，商务印书馆 1923 年排印本。
② 陈模《怀古录》卷上，清钞本。

　　岂期过满腹,但愿饱粳粮。(《杂诗》12 首其八)
有时即使"短褐穿结"(《五柳先生传》)、"缔绤冬陈"(《自祭文》),
也能安然处之。

　　为了自由,陶渊明可以牺牲自己的物质利益。他辞官归田以
后有时相当贫困,但他并不懊悔。"宁固穷以济意,不委曲而累
己。既轩冕之非荣,岂缊袍之为耻?"(《感士不遇赋》)弃官不易,
固穷尤难,但陶渊明真的做到了。温汝能在《陶诗汇评》卷三中论
陶渊明时指出:"世人惟知有我,故不能忘物,物我之见存,则动多
拘忌矣。"陶渊明厌弃的、忘怀的是物欲,不考虑自己在物质生活
上的得失,这就使他容易得到更多的自由。陶渊明对自己辞官躬
耕的生活处境相当满足。对自己生活处境满足的人,贫困也能使
他感到自由。陶渊明就是这样。

　　值得我们重视的是,陶渊明尽管一生都在追求自由,把自由
作为自己的终极关怀,但他崇尚道德,不放纵。他的自由伴随着
道德理想,受到了传统的以儒家为代表的伦理规范的制约。这在
他的诗文中多有抒发。《祭从弟敬远文》云:"念彼昔日,同房之
欢。冬无缊褐,夏渴瓢箪。相将以道,相开以颜。岂不多乏,忽忘
饥寒。"由此可以看出,遭遇饥寒,面对着贫富和穷通,陶渊明之所
以能保持一种自由的心态,主要是由于他恪守着一种道义,而且
把恪守道义视为人生最贵重、最快乐的事情。正是这种把自由与
道德结合在一起的可贵的情操,使陶渊明既张扬了自由的建设
性,又避免了由于片面的去追求自由而带来的破坏性,做到了"从
心所欲,不逾矩"①。

————————————

① 刘宝楠《论语正义》卷一《为政第二》,诸子集成本,上海书店出版社 1986
　　年版。

　　从个体来说,自由是一种个人行为。但自由又不是孤立的,它应当以尊重他人、承认他人的自由为前提。在这方面,陶渊明也有值得我们称道之处。比较明显的一个例证,是他能够正确地对待一些出仕为官的人。如前所述,陶渊明自己厌恶官场,但他对那些与自己有来往但志趣不同、身为官宦的士人,能够理解,能够尊重他们的选择,尊重他们出仕的自由。《酬丁柴桑》写出了他对姓丁的柴桑县令的赞美和深情厚意;《答庞参军》表现了他与庞参军笃挚的交情。在陶渊明之前之后,有些文人在追求自由的时候,往往拘于一己的考虑,很少想到世事和自己的责任。陶渊明则不同。他重视自由,但并没有忘怀世事和放弃责任。他关心政事。鲁迅先生说:"《陶集》里有《述酒》一篇,是说当时政治的。这样看来,可见他于世事也并没有遗忘和冷淡。"①

　　自由作为一种历史现象,它是具体的、发展的,不同时期有不同的内涵,是永远不会完全的。陶渊明所追求的自由,只能是古代的朴素的自由,带有自在的性质。这种自由使人不再成为统治者、社会集团和他人的工具;这种自由使人能保持自己的尊严、志向和爱好,有助于弘扬人的主体性,有助于唤醒人们去寻求不受压抑的生存方式;这种自由不是像庄子所宣扬的那样去追求"乘云气,御飞龙,而游乎四海之外"②,而是置身于现实生活之中。当然,由于陶渊明生活时代的局限,真正的个体还没有形成,陶渊明对自由的认识是不全面的。他追求的自由带有明哲保身的特点,他不想为自由毁灭自己,进而走向崇高。自由原本是和斗争

---

① 《魏晋风度及文章与药及酒之关系》,《鲁迅全集》第三卷《而已集》,人民文学出版社 1956 年版。
② 王先谦《庄子集解》卷一《逍遥游第一》,诸子集成本。

相伴的,追求自由的热忱与斗争精神密切相关。但陶渊明主要是以退避求自由。这种退避虽然避免了偏激,但在客观上容易导致社会的萎缩,会不自觉地帮助那些侵犯他人自由的罪人。

二

卢梭在名著《社会契约论》中说:"人生下来是自由的,可是处处受到束缚。"①我国古代的不少文人倾心追求自由,但是在社会现实中,由于多方面条件的限制,许多人为生活所迫,礼法繁苛,功名缠缚,实际上拥有的自由是十分有限的。因此他们当中,有些人在追求自由的同时,往往把向往自然的生活作为自由的补充和对自由的肯定。在这方面,陶渊明既有继承,又有发展。陶渊明的不少作品,从不同的角度表现了他对自然生活的追求和赞颂。他有时在作品中直接使用"自然"一词,但更多的是蕴涵在作品的内容里。

陶渊明说自己"质性自然,非矫厉所得"(《归去来兮辞序》),又说自己"少无适俗韵,性本爱丘山"。看来陶渊明从少年时就有一种随顺自然和热爱自然山水的质性。后来由于生活的逼迫和入世思想的驱动,陶渊明离开了自然山水、告别了自然的生活,进入了官场。陶渊明出仕以后,形体尽管在官场,但内心却在不断地思念自然的生活,为自己的自然之性受到扭曲而感到惭愧。《乙巳岁三月为建威参军使都经钱溪》说:"伊余何为者,勉励从兹役。一形似有制,素襟不可易。园田日梦想,安得久离析。"诗中所说的"素襟"含义与自然相近。

---

① 转引自《西方哲学原著选读》下卷第 66 页,商务印书馆 1982 年版。

　　陶渊明辞官归田以后,好心的田父怪他不合时宜,劝他出仕。但是他斩钉截铁地谢绝了。他认为自己"禀气寡所谐",出仕是"违己"的。他所谓的"禀气寡所谐"指的就是上面所说的"质性自然"和"少无适俗韵"。所谓"违己"是说出仕是违背自己的"质性自然"。"违己"之痛,甚于一切。为了保持自己的自然之性,陶渊明主张"抱朴守静",认为这是"君子之笃素"(《感士不遇赋》)。"朴"和"静"都是《老子》中常用的概念。《老子》19章:"见素抱朴。""朴"指人未受到圣智、仁义和巧利影响的质朴的本性。《老子》16章:"守静笃。""夫物芸芸,各复归其根。归根曰静。""静"是万物未经扰动的本然状态。陶渊明认为,只要"抱朴守静",人就不会受到世俗的浸染,就不会失去自然的本性。

　　与保持自己的自然之性相联系的是,陶渊明一直热爱自然之景,而且饱含感情地去描写自然之景。这是他的自然之性的一种表现,一种折光。陶渊明"超然物表,遇境成趣,不必泉石是娱、烟霞是托耳"[1]。陶渊明田园周围的"南山"、"平泽"、"斜川"、"山涧"等自然山水,"秋菊"、"青松"、"幽兰"、"林竹"等花草树木,"余霭"、"微霄"、"泠风"、"微雨"、"冬雪"等常见的天文景象,都是他所热爱的,都被诗化了,被他随时写进了诗文里,都变美了。他对诸如"方宅十余亩,草屋八九间。榆柳荫后檐,桃李罗堂前。暧暧远人村,依依墟里烟。狗吠深巷中,鸡鸣桑树颠"(《归园田居》5首其一),"桑麻日已长,我土日已广"(同上其二)等带有人迹化的田园风物,是那样的亲切,是那样地充满着喜爱之情。山水等自然景象,田园中的许多风物,使他陶醉,给他带来了在官场中不可能有的审美愉悦。

----

[1] 许学夷《诗源辨体》卷六,杜维沫校点,人民文学出版社1987年版。

　　陶渊明是一位富于哲理的诗人。他对自然生活的追求还有一个突出的表现，就是遇事注重遵从自然之理。在陶渊明那里，有生存的压力，也有文化的压力。这些压力使他内心常常有许多矛盾。诸如现实与理想、出与处、生与死等矛盾，常常使他感到痛苦。为了解除自己的痛苦，他最终往往是借助于自然之理。这在他有关生死内容的诗文中有许多明显的叙写。陶渊明对生死问题非常敏感。生死问题是陶渊明经常思索和咏唱的一个重要内容。在陶渊明的诗文中，涉及生死内容的作品占的比例相当大①。

　　陶渊明基于对宇宙运行自然现象的认识，知道宇宙无穷、人生有限，懂得由生至死是自然而然的变化②，不管是谁，都无法违背。陶渊明的这种人生必死、寿命有限的认识和感慨，随着年渐衰老变得尤为深重。但是，归根结底，陶渊明对生死问题，最终还是落实到随顺自然上。这样他就把自己送给了自然，同自然圆融为一。正是这种生命意识，涵养着陶渊明的精神，使他看透生死，摆脱了死亡带来的恐惧和烦恼，缓解了他的人生悲剧感。使他不为生死而求仙、而佞佛，能抓住人生有限的时间，过一种比较自然的生活。使他"于死生祸福之际，平日看得雪亮，临时方能处之泰然，与强自排解、貌为旷达者，不啻有霄壤之隔"③。"俗网易脱，死关难避"④，人生在世，许多人难以正确面对生死问题，诚如王

①今存陶渊明的作品中，涉及生命的作品的数量如下：诗歌 46 首，占诗歌总数的 37%；辞赋 3 篇，占 100%；文 6 篇，占 67%。
②陶渊明常常把死亡看成是一种自然变化。如《饮酒》20 首其十一："客养千金躯，临化消其宝。"《还旧居》："常恐大化尽，气力不及衰。"《自祭文》："余今斯化，可以无恨。"
③钟秀《陶靖节记事诗品》卷二《宁静》，清刻本。
④黄文焕《陶诗析义》卷二，明刻本。

守仁所说：人"于一切声利嗜好俱能脱落殆尽，尚有一种生死念头毫发挂带"，因为"人于生死念头，本从生身命根上带来，故不易去"①。但是陶渊明用自然之理，在相当大的程度上做到了。

　　陶渊明顺从自然之理、委运任化的生命意识，有其容易为人们所接受的因素。本来人们生活在自然界和社会上，经常会遇到一些不可逆性、偶然性的问题，有序与无序、确定性与随机性常常交织在一起，千变万化。面对这些，人们常常有另外的思考，就是不再把世界看成完全是必然的、有序的，是完全可以预测和控制的。拿一个人的生命来说，死亡是必然的、具体的，但任何死亡，以何种形式死亡，又是难以预知的。从这一角度来分析，陶渊明的遵从自然之理，蕴涵着合理的成分。它表现了汉末以来伴随着人的觉醒、人的自我意识的不断深化，人们越来越认识到人的生命是一个自然的过程，是最重要的存在，表现了有识之士对神学迷信和功名利禄的否定，说明人们不再把死亡臆想为外在的某些力量能够主宰和肆意干预的结果。这些都有助于人们拓展胸襟，能够达观地去对待生死问题。另一方面，如果拘于这种顺从自然、委运任化的生命意识，又有消极的作用。因为它不再注重人的主观能动作用，它蕴涵着一种个体的无所为思想和人生价值的虚无，在一定程度上它把个人的存在同历史和现实割裂开来。人的社会责任，人的创造和进取精神都被取消了。如果仅从这方面来看，陶渊明的委运任化的生命意识，确有负面的影响。但综观陶渊明的诗文，不难发现，陶渊明又没有完全拘于这种委运任化的思想。如上所述，陶渊明重道义，有责任感，有时也强调人为："贞脆由人，祸福无门。匪道何依，匪善奚敦！"(《荣木》)因此，应

---

①《传习录》下，《王阳明全集》上册第108页，上海古籍出版社1992年版。

当说陶渊明追求的自然是蕴涵道义的自然,是有别于庄子所宣扬的自然,也是有别于曹魏和西晋时期一些名士所追求的自然。他们所宣扬和追求的自然,导致的是弛荡不实和道义的消解。

　　和一般的文人不同,陶渊明在追求自然生活时,能把勤勉劳动作为自然生活的基础。陶渊明之前,鄙视劳动,不事稼穑,几乎成了统治者和士大夫的普遍观念。而陶渊明一反旧的观念,认为人生在世,首先要有衣食。亲近土地,躬耕田园,陶渊明感到辛苦,也感到"即事多所欣",有许多乐趣。他希望"长吟掩柴门,聊为陇亩民。"(《癸卯岁始春怀古田舍》2首其二)梁启超先生说:陶渊明的"快乐不是从安逸得来,完全从勤劳得来"①。他的见解是非常精辟的。陶渊明一方面追求自然,一方面又没有忘怀道义和劳动,"有及时自勉之心"②。这是他的出类拔萃之处。

<h1 style="text-align:center">三</h1>

　　陶渊明诗文中有关和谐的内容,大体表现在两方面:一是人与自然的和谐;二是人与人之间的和谐。在我国古代文学史上,自先秦以来就有不少作品不同程度地涉及了人与自然的关系。如果概略地对这些作品加以分析,大体有三种类型:一是人对自然的借用;二是人与自然的对立;三是人与自然的和谐。综观陶渊明的诗文,可以发现,陶渊明对待自然,主要是着眼于自然景物的和谐与人和自然的和谐。

　　本来自然景物之间的相互关系,有平衡、和谐的一面,也有不

---

①梁启超《陶渊明》。
②钟秀《陶靖节记事诗品》卷四。

平衡、不和谐的一面。全面地阅读陶渊明的作品,可以看到,他所关注和热爱的自然景物多带有平衡、和谐的特点:

　　　　微雨从东来,好风与之俱。(《读山海经》13首其一)

　　　　采菊东篱下,悠然见南山。山气日夕佳,飞鸟相与还。
(《饮酒》20首其五)

　　　　风雪送余运,无妨时已和。梅柳夹门植,一条有佳花。
(《蜡日》)

　　微雨与好风相伴而来;夕阳下南山的佳气,相与还巢的飞鸟;风雪与时和,夹门植有梅柳,梅花在开放。这些写的都是平衡的、和谐的自然景象。与此相对照的是,陶渊明的作品中也写有对立的自然景象。如:"寒气冒山泽,游云倏无依。洲渚四缅邈,风水互乖违。"(《于王抚军座送客》)写秋日凄厉萧瑟之景,借以表现送客时的离愁之情。

　　桃花源是陶渊明创造的自然与勤劳的人们和谐共处的理想世界。在桃花源里,土地平坦宽广,房屋排列整齐。有肥沃的田地、美好的池塘、繁茂的桑树和竹林。田间小路纵横交错,鸡鸣狗吠,村舍间都能听到。人们在里面往来种作,老人小孩都十分快乐。在桃花源里,人与自然景物和带有人迹化的自然景物相亲相和。自然景物是质朴的,人是质朴的。自然景物、生产生活和民俗人情,是那样的淳真,是那样的和谐。

　　在陶渊明之前,曾有不少文人想达到人与自然的和谐这种境界,但他们没有实现。到了陶渊明,才在很大程度上实现了。这是一个大的进步。这一进步有时代的、历史的原因,也与陶渊明归田躬耕的生活实践和淳真的襟怀密不可分。陶渊明从小生长在农村,辞官归田以后,又长期耕种自资,他的耕种不是受奴役的强迫劳动,而大多是自由和自觉的。他对自然景物和田园风物有深切的感悟，有淳厚的情感。苏轼在《东坡题跋》中评陶渊明"平畴交远风，良苗亦怀新"两句诗时说："非古之耦耕植杖者，不能道此语；非余之世农，亦不能识此语之妙者。"苏轼所说，抓住了陶渊明躬耕这一重要实践根基。正是由于躬耕，才使陶渊明能把平时自己所见和所感的有关自然与人的和谐，真切地写进自己的诗文里。作为客观的自然景物，尽管无私地展现在人们的面前，但对襟怀存有渣滓的人是有间隔的，甚至是对立的。自然景物只对那些人格高洁、崇尚真实、心地纯粹闲静的人，才会泄露自己的秘密，才会表现出亲和的态度。而陶渊明胸无渣滓，心地真淳，甘于寂寞，正好具备了上述条件。

在人与人的关系上，陶渊明向往的也是和谐。这一点，清人钟秀早就有所揭橥："陶公所以异于晋人者，全在有人我一体之量。"①陶渊明认为，在上古时期，人与人之间是和谐的。后来，这种和谐生活被破坏了，随之而来的是猜疑和诋毁。《读史述九章·屈贾》云："如彼稷契，孰不愿之？嗟乎二贤，逢世多疑。"稷和契是尧时的重臣，舜继尧位以后仍信用他们。舜信任臣，臣忠于君。君臣不疑，彼此是一种和谐相处的人际关系。舜时也没有贫士。但是后来的屈原和贾谊，逢世多难，受到了谗毁和猜忌。为了寻找失去的和谐的生活，陶渊明一方面经常向后看，一方面倾心现实中的田园生活。当他向后看时，常常由衷地怀念古代人们之间的那种和谐的生活。《感士不遇赋》云：

　　咨大块之受气，何斯人之独灵！禀神智以藏照，秉三五而垂名。或击壤以自欢，或大济于苍生；靡潜跃之非分，常傲然以称情。世流浪而遂徂，物群分以相形。密网裁而鱼骇，

①钟秀《陶靖节记事诗品》卷四。

宏罗制而鸟惊。……士之不遇，已不在炎帝帝魁之世。

陶渊明认为，人为万物之灵。远古的人们，禀有神明智慧，靠正道和仁义等而成名。那时，不论是作官，还是为民，都能够保持自己的本分，过着一种自足称心的生活。后来时世动荡，社会退化，人区分为等级，有了严密而宏大的法网。人们惊恐不安，不再有和谐的生活了。士人也不再受到知遇。马璞《陶诗本义》卷四说："渊明一生心事，总在'黄唐莫逮'。"陶渊明自己也说："愚生三季后，慨然念黄虞。"(《赠羊长史》)陶渊明对上古人与人和谐生活的向往，在《桃花源记并诗》中也有明显的表现。在这篇作品中，陶渊明用虚幻的形式表现了秦末大乱以后，在社会上失去的人与人之间的和谐生活，却仍然保留在桃花源里。在桃花源里，有异于社会现实之境："春蚕收长丝，秋熟靡王税"，人们没有格外的负担，也不存在人剥削人的现象。在桃花源里，人们"相命肆农耕，日入从所憩"，没有等级，不见干戈，宁静太平，人人参加劳动，个个按时休息。在桃花源里，"童孺纵行歌，斑白欢游诣"，小孩和老人都能过着"怡然自乐"的美满生活。这篇作品中有否定文明进步的内容，但牵动诗人情怀的是在古老的生活方式中蕴涵的那种和谐的生活，而这种生活正是陶渊明生活的社会所缺少的。这是人类对超越现实状况的理想的一种追求。古老的生活方式尽管是那样和谐，但它毕竟早已不复存在了。陶渊明生活在现实当中，他不得不回到现实中来。当他回到现实中时，特别是当他参加了田园劳动以后，尽管有时也感到孤独，但总的来看，他没有因为有时的孤独而高居人上，而是走向农民、尊重农民和亲近农民。陶渊明在田园生活中特别重视人与人之间的和谐关系。面对这种和谐的关系，他感到欣慰。陶渊明生活的农村，有灾难，有矛盾，也有痛苦，但陶渊明的作品却很少表现这方面的内容。过去有些论著,批评陶渊明的作品掩盖了当时农村的矛盾,粉饰了当时农村的生活。这种批评,不止有些苛求,同时也缺乏对陶渊明的深入理解。现实生活的内容是丰富的,也是复杂的。文人面对社会现实,应当允许他们有所侧重,有所选择。陶渊明生活在农村,留心的和特别注重表现的是当时农村中的一些美好的东西,是"农家乐"。而农村中融洽和谐的农家友情就是这方面的一个重要内容。陶渊明重视农村美好的东西,特别崇尚人与人之间的和谐,做到了脚踏实地,面向现实,注意在实践中追求人与人之间的和谐。但他又没有拘于现实,而是有理想,要超越。陶渊明的可贵之处,就在于他能把理想同现实结合在一起。

陶渊明崇尚人与人之间的和谐生活,是有其生活根基的。陶渊明经历过官场生活。官场中森严的等级,彼此的虚伪和欺诈,使陶渊明深感失去人与人之间应有的和谐生活的痛苦。陶渊明辞官归田以后,长期生活在农村,与农民一起参加了劳动。他直接受到了农民的淳朴的美德和亲和的人际关系的影响。可以断定,如果没有生活实践的根基,陶渊明不可能那样重视人与人之间的和谐生活,不可能把人与人之间的和谐生活写得那样真切。从思想渊源上看,陶渊明崇尚人与人之间的和谐当是受到了来自多方面的人道思想的浸润,特别是受到了孔孟儒家仁爱和墨家兼爱思想的泽被。陶渊明《答庞参军》云:"人之所宝,尚或未珍。不有同爱,云胡以亲?""同爱"是"人之所宝"。有了"同爱",人与人之间才会亲和。正是基于这种"同爱"思想,陶渊明一再强调人们之间的兄弟关系。仁爱是儒家最高的道德准则。从仁爱出发,儒家主张人与人之间应当和谐而相济,主张"四海之内,皆兄弟也",强调"君子和而不同,小人同而不和"。"礼之用,和为贵"。陶渊明在《咏贫士》其四中说:"朝与仁义生,夕死复何求!"颜延之《陶征士诔》赞美陶渊明"仁焉而终"。是的,仁义在陶渊明的思想中占有极其重要的地位。陶渊明是把追求仁义作为自己的终极关怀。正是由于他能把古代的仁爱思想同他的生活实践加以融合,所以他才会那样崇尚人际之间的和谐,并且能够付诸实践。

表现人生是文学的永恒主题。人生是丰富的、多样的。自由、自然、和谐是人生的重要内容。陶渊明以独特的、富有创造性的诗文表现了晋宋之际一个知识分子对自由、自然、和谐人生的感悟和思索。陶渊明表现这些时,立足于生活实践,而不是超越现实;是以一个普通人的身份自抒胸臆和同他人进行平等的对话,而不是居高临下盛气凌人;是用质朴的语言,把形象、情趣和哲理融合在一起,而不是单单地着意于某一方面。正是由于上述多方面的原因,陶渊明的诗文,有助于我们体味人生珍贵的东西。人们朦胧而模糊地感到人生应当具有的自由、自然、和谐,经陶渊明的表现变得具体而明亮了,变得富有审美意味了。

（原载《文学遗产》2001 年第 3 期。）

许询生年和曹毗卒年新说

一

许询是东晋的玄言诗人。他在当时的文坛上颇负盛名,影响很大。但是,有关他的生平,《晋书》未予立传,《世说新语》和《建康实录》等著述虽然有些记载,但均比较简略。这就使他生平中的许多问题都难以确定,其中生年就是一个难题。生年问题,学术界有些专家做了些推断,大致有两种说法:

(一)生于成帝咸和至咸康年间。此说见曹道衡《中古文学史论文集》第 295 页:

> 《世说新语·文学》又载,许询年少时,人以比王苟子(王修),许大不平。因此在会稽西寺与王修论难,使王大受挫折……我们知道王修乃王濛之子,而王濛的女儿又是晋哀帝的皇后。哀帝卒于兴宁三年(365),年二十五。皇后和他同年死去,年龄大约相仿。哀帝生于咸康七年(341),他皇后的兄弟,生年不应相去太多。《世说新语》既然说到"许询年少时",那么他和王修论难时,年纪未必大于王修。据此推测,则许询生年,亦不应早于成帝咸和至咸康年间(约 326—340)。所以孙绰才会以"后生可畏"称之。

（二）生于咸和九年（334）。此说见余嘉锡《世说新语笺疏》第226页。《笺疏》注解许询与王修论难一事说：

> 程炎震云："《法书要录》载张怀瓘《书断》云，'王修以升平元年卒，年二十四。'则生于咸和九年甲午，许询或年相若耶？"

上述二说虽然结论不同，但其主要根据都是《世说新语·文学》所载许询与王修论难一事。第一说推断许询生于326年到340年，前后有十六年，跨的时间很长。同时此说又认为许询"和王修论难时，年纪未必大于王修"。王修的生卒年，如上所述，《书断》已有记载。所以此说较难成立。第二说虽然较为明确，但如果考察一下许询同刘惔等人的交往，可以发现此说也很值得商榷。

许询同刘惔的交往，《世说新语》多有记载。其中最值得重视的是《言语》中的一段：

> 刘真长（刘惔字真长）为丹阳尹，许玄度（许询字玄度）出都就刘宿。床帷新丽，饮食丰甘。

又《建康实录》卷八说：

> 惔与许询至友，及询出郡，惔九日七日诣之，谓询曰："卿为不去，使我成薄德二千石。"时惔为尹，询宿至室，室甚丽。

上面引的两段文字，显然记的是同一件事，当时刘惔为丹阳尹。刘惔为丹阳尹的时间，《建康实录》卷八明确系于永和三年（347）十二月。据曹道衡的考证，这年刘惔三十五岁（见《中古文学史论文集》第289页）。而许询呢？如果依据上面两种说法，本年最大不超过十三岁。把本年刘惔的年龄同许询的年龄加以比较，很自然地使人产生了一个疑问：当时名气很大、年已三十五岁的刘惔，怎么会同年仅十三岁的许询成为"至友"、而且会那样推重他呢？这样分析，认为许询与王修"年相若"和"年纪未必大于王修"两种说法，恐怕都不大合乎实际。按照一般情理推测，永和三年，刘惔那样看重许询，并且把他视为"至友"，当时许询应为成年人，年龄至少应在十八岁左右。据此上推，许询当生于咸和五年（330）前后。咸和五年，孙绰十六岁（《建康实录》卷八载孙绰卒于咸安元年，年五十八，因此知其生于建兴元年，314）。孙绰《答许询诗》第五章云："孔父有言，后生可畏，灼灼许子，挺奇拔萃。"孙绰比许询约长十六岁，这与孙绰诗中把许询视为"后生"也大致相符。

　　关于许询与王修论难一事，如上所述，是发生在许询"年少时"。"年少时"一般不会超过十六岁。据《书断》所载王修的卒年来推断，许询十六岁时，王修十一岁。也许有人会怀疑，王修十一岁怎么有可能同许询辩论呢？其实这并不奇怪。《世说新语·赏誉》记载："林公云：'王敬仁（王修字敬仁）是超悟人。'"刘孝标注引《文字志》说："修之少有秀令之称。"《晋书》卷九十三《王修传》说，王修"明秀有美称"，"年十二，作《贤全论》。濛以示刘惔曰：'敬仁此论，便足以参微言。'"既然王修"少有秀令之称"，十二岁就能做出被其父王濛称道的《贤全论》，而且送示当时的名士刘惔，那么他十一岁同许询辩论也是完全可能的。从这方面来考虑，把许询的生年定在咸和五年前后，估计不会相差太大。

二

　　曹毗也是东晋著名的作家。《世说新语·文学》刘孝标注引《中兴书》说他"好文籍，能属词"。不过，关于他的生平事迹，虽然《晋书》卷九十二《文苑》有他的传记，但过于粗略，如他的卒年问题,传记中就只字未提。为了填补这一空缺,有的专家根据曹毗的传记和他留下来的作品,作了一些考证。这方面,值得重视的是曹道衡在《晋代作家六考》一文(以下简称曹文)中的见解:

> 曹毗的卒年无法考知。但据《晋书》本传,他任下邳内史后还"累迁至光禄勋",那么他很可能活到穆帝升平(357—360)年间或稍后一些时间。

至于曹毗任下邳内史的时间,曹文又考证说:

> 《晋书》曾说到他任下邳内史,而《艺文类聚》卷一〇〇载有他的《请雨文》,自称其官职为"下邳内史"。此文有"盛夏应暑而或凉"之句。考《晋书·五行志中》载,穆帝永和六年和八年都是"夏旱"。可见此文作于永和六年或八年,此时他已官至下邳内史。

从上面的引文来看,曹文首先确定曹毗在永和六年或八年官至下邳内史,然后据任下邳内史后"累迁至光禄勋",最后确定他卒于"升平年间或稍后一些时间"。在曹毗卒年史无记载的困难情况下,曹文做了上述探讨,对我们很有启发。但是细读有关曹毗的全部资料,可以发现,曹文的推断差距太大,值得进一步讨论。

曹毗任下邳内史,确如曹文所说,见于《请雨文》。但《请雨文》是否作于永和六年或八年,却有待商榷。为了解决这一问题,我们不妨把《请雨文》全文抄录如下:

> 下邳内史曹毗,敬告山川诸灵。顷节运错戾,旱亢阴消。川竭谷虚,石流山燋。天无纤云,野有横飙。盛夏应暑而或凉,草木无霜而自凋。遑遑农夫,辍耕田畔。悠悠舟人,顿棹川岸。云根山积而中披,雨足垂零而复散。圣主当膳而减味,牧伯忘餐而过晏。民庶拊心而顿感,搢绅不期而同叹。

斯亦忧勤之极情，而明灵之达观矣。

《请雨文》的主要篇幅是叙写夏旱。从"川竭谷虚，石流山燋"，"草木无霜而自凋。遑遑农夫，辍耕田畔。悠悠舟人，顿棹川岸"，"圣主当膳而减味，牧伯忘餐而过晏"等句来看，这年的夏旱非同一般，应属大旱。考《晋书》卷二十八《五行志》中，从元帝建武元年至东晋末年，夏季大旱有两次：一次是永昌元年（322），一次是太元四年（379）。两相比较，曹毗所遇到的大旱，只能是太元四年那一次。因为永昌元年曹毗是否出生，尚成问题，更不可能任职下邳内史。既然太元四年曹毗任职下邳内史，那么他的卒年肯定不会在"升平年间或稍后一些时间"。这除了上面的证据以外，《晋书》卷二十三《乐志》下还有一条佐证：

> 太元中，破苻坚，又获其乐工杨蜀等，闲习旧乐，于是四厢金石始备焉。乃使曹毗、王珣等增造宗庙歌诗。

考《晋书》卷九《孝武帝纪》，太元年间，东晋与苻坚多次交战，其中规模最大的一次是太元八年（383）。这一年，"诸将及苻坚战于肥水，大破之，俘斩数万计，获坚舆辇及云母车"。俘获杨蜀也当在本年。曹毗造宗庙歌诗当在本年或本年以后。由此可知，太元八年曹毗尚在世，其卒年肯定在太元八年以后。如从曹文所说，定曹毗卒年于"升平年间或稍后一些时间"，则与实际卒年至少相差二十多年。

（原载《山东大学学报》［哲学社会科学版］1988 年第 2 期。）

如何评价庾信及其
作品中的"故国之思"

庾信本来是一个失节事敌的封建文人,我们应当揭露他、批判他。但是,最近几年学术界却有一些同志把他视为"南北朝最后的一个优秀诗人"①,甚至有人称他是"不朽的伟大诗人"②,是"六朝时期最杰出的一位爱国诗人"③。他们一方面袒护庾信的变节行为,一方面又美化他后期作品中的"故国之思"。说什么"庾信怀念故国的思想感情是值得肯定的"④。庾信的"故国之思""包含着深厚的祖国爱",他的作品中表现的"虽死也要回到祖国的顽强精神是很动人的","是有教育意义的"⑤。我们认为,这些评论不仅关系到如何正确评价庾信及其作品,而且还涉及发扬民族气节还是宣传变节投降的问题。这是一个原则性的问题,我们应当把它分析清楚。

---

① 游国恩等主编:《中国文学史》(一),人民文学出版社1963年版,第286页。
② 谭正璧、纪馥华选注:《庾信诗赋选·序言》。
③ 王毓:《爱国诗人庾信》,《河南日报》1962年2月11日。
④ 北京大学中国文学史教研室选注:《魏晋南北朝文学史参考资料》下册,中华书局1962年版,第704页。
⑤ 萧涤非:《解放集》,山东人民出版社1959年版,第92、94页。

（一）庾信是一个投降变节的可耻文人

因为很多评论者都肯定了庾信的政治思想和政治品质，即肯定了他是"爱国诗人"和他的"故国之思"，并且肯定了它的"教育意义"。那么我们就不能不首先看看他的政治立场和思想品质。

庾信生当南北朝末期（513—581）。那时梁朝统治者骄奢淫佚，腐败无能。太清二年（548），北魏降将侯景举兵叛乱。侯景军奸淫掳掠，无恶不作，所到之处，"白骨成聚，如丘陇焉"（《南史》卷八十《侯景传》）。梁武帝诸子为了争夺帝位，互相残杀，"王师之酷，甚于侯景"（同上）。内政的腐败，引起北魏连年入侵，结果"州郡大半入魏"（《南史》卷八《元帝纪》）。许多地区"千里绝烟，人迹罕见"（《南史》卷八十《侯景传》）。广大人民处于水深火热之中。人民痛恨梁朝统治者，他们要求南朝统一祖国的爱国精神也日益强烈。庾信就是生活在这样一个阶级矛盾、民族矛盾都十分尖锐的时代。

庾信的前半生完全是一个宫廷的文学侍臣，过的是诗酒酬酢的可耻生活。他当过昭明太子萧统的东宫讲读，作过抄撰学士，写了许多淫声媚态的宫体诗，甚得简文帝萧纲等人的赏识。

公元554年，庾信聘于西魏，出使长安。同年，西魏攻陷梁朝临时都城江陵，杀了梁元帝萧绎。在这民族危难的关头，庾信投降了敌人，历仕西魏和北周，过着一种腼颜事敌，苟且偷安的可耻生活。

庾信在北朝很得皇帝贵族的宠爱。西魏攻陷江陵以后，庾信就作西魏的使持节抚军将军、右金紫光禄大夫、大都督、车骑大将军、仪同三司。后来西魏变为北周，他在周孝闵帝时被封为临清县子，作司水下大夫、弘农郡守、骠骑大将军、开府仪同三司和司宪中大夫等职。最后进爵义城县侯，作洛州剌史、司宗中大夫。

　　庾信所以能够如此，并非是北朝的统治者宽厚仁慈，对梁朝的士大夫有什么恻隐之心，而是与他的无耻行径分不开的。

　　一切投降变节分子，总是千方百计地美化敌人，庾信也同样如此。敌人为了收买庾信，不仅给他高官厚禄，同时还经常给他丰厚的赏赐。大至奴仆侍从、金银宝物，小至丝帛鱼雉，几乎是无所不赐（见《庾子山全集》卷八许多谢启）。有时还为他吹嘘，称赞他"孝性自然，仁心独秀，忠为令德"（《庾子山集·序》），把他的投降变节看成是"光华重出"（同上）。敌人的收买和赞扬，对于一个有民族气节的人来说，是一种莫大的侮辱。但是，庾信不感到可耻，反而每受一物，"口腹知恩"，必写启致谢。为了报主谢恩，庾信竭力美化敌人。在他们面前，作尽了谄媚取宠之态，说尽了阿谀奉承的话。例如，北周赵王昭曾经出镇旧属梁朝的益州巴蜀，这明明是一种非正义的行为，但是庾信却给他贴金，说他和周代的召伯一样，能布施德政（《上益州上柱国赵王》），称许他有"壮士之心"和"横行之志"（《答赵王启》）。赵王昭写了一些庸俗浅陋的诗歌，庾信啧啧称美，说它们如"四始六义，实动性灵"（同上）。对滕王逌亦然。滕王逌本是北周的皇族，曾经亲自驱使北周军队攻打过陈朝。庾信对他毫无仇恨之心，相反地在他伐陈后不久，就以浓笔醋墨为他唱赞歌，颂扬他"雄才盖代，逸气横云"（《谢滕王逌集序启》）。滕王对他也能"周旋款至，有若布衣之交"（《北史》卷八十三《庾信传》）。北周曾经用收买的手段，笼络了梁朝许多毫无民族气节的士大夫。庾信对此不以为耻，反而称许北周的统治者："周朝以楚材晋用，不停于平章；赵璧秦求，无论于羁远。"（《周大将军义兴公萧公墓志铭》）

　　庾信在北周，为了迎合统治者的口味，满足他们淫荡空虚的心理要求,写了不少绮靡浮华的诗歌,如《和赵王看妓》、《奉和赵王美人春日》、《奉和赐曹美人》等等。这些诗歌,或写歌妓舞女,或写池苑花草,充满着淫荡颓废的情调,和他在南朝写风晨月夕、醇酒妇人之类的宫体诗,骨子里没有什么区别。庾信正是借此得到了北周统治者的赞赏,周明帝、周武帝对他能以"恩礼相待",许多王公显宦也争着向他学习,写了许多艳丽轻浮的诗歌。

庾信还用他的艺术才能,竭力为北朝统治者歌功颂德。最突出的例子是对周武帝的颂扬:

> 我大周之创业也,南正司天,北正司地,平九黎之乱,定三危之罪。……克己备于礼容,威风总于戎政,加以卑躬菲食,皂帐绨衣,百姓为心,四海为念。西郊不雨即动皇情,东作未登弥回天眷。兵革无会,非有待于丹乌;宫观不移,故无劳于白燕。(《三月三日华林园马射赋·序》)

此外,庾信还写了许多歌颂北朝统治者的诗文。诗如《冬狩行四韵连句应诏》、《送卫王南征》等,文如《周上柱国齐王宪神道碑》、《周大将军崔说神道碑》等。这些诗文有的美化文官的假仁假义,有的嘉许武将的征伐掠夺之功;用尽了阿庾奉承的词藻,献尽了文学侍臣的殷勤,其可耻的媚态,实在令人作呕。然而,庾信正是借此在北朝获得了"声誉",以至"群公碑志,多相托焉"(《北史》卷八十三《庾信传》)。这样,庾信就完全由梁朝的文学侍臣变成了西魏和北周的帮闲文人。在民族危难深重的当时,这显然都是叛卖民族利益的卑鄙行为。

庾信失节投降,成为叛徒,并不是偶然的。以前,他在出使东魏和在侯景叛乱中的一些行为,已经表明了他是一个毫无民族气节的软骨头。本来东魏的政权含有十足的野蛮性,他们像凶狠的虎狼一样,经常残害人民,当时不仅广大汉族人民反对他们,而且有不少士大夫也对他们表示不满。可是,公元 545 年,庾信出使东魏时,对于东魏统治集团的罪恶丝毫不加揭露;反而在他们面前,奴颜婢膝,百般奉承,说他们敦厚有礼:"大国修聘礼,亲邻自此敦";敌我不分,与东魏的公子王孙密切交往,"交欢值公子,展礼觐王孙";对于东魏的"招待",感谢不尽:"何以誉嘉树,徒欣赋采蘩。"(以上均见《将命至邺》)表现了一副十足的奴才相。

显然,庾信不论是在北朝,还是在梁朝,都谈不到有什么爱国思想。他在北朝的屈节事敌,只不过是他前期卑劣行径的进一步发展罢了。

然而,近年来学术界对于庾信的投降变节行为,很少有人批判他;相反地倒曲宥他,从而为他遮丑。有的说:"北周因为爱惜他的文才,不肯放还"①,有的说:"梁亡,北朝慕他的文名,留他在长安不肯放回"②,有的说,庾信出使西魏,"未返,魏将于谨举兵攻陷梁都江陵,从此诗人(指庾信——引者)便远居异国,过着羁旅生活"③,有的认为,庾信"本是被强留于北方"④,他的处境是"困难"的,他内心是"痛苦"的⑤。如此云云,不胜枚举。

北朝留用庾信,这是事实。但是,这丝毫不能减轻庾信的罪过。因为北朝统治集团的留用和庾信对它所采取的态度是两回事。面对着敌人的留用,不同的人可以采取不同的态度:有的肝脑涂地,以身殉国,在史册上写下了光辉的一页;有的坚贞不屈,

---

① 游国恩等主编:《中国文学史》(一),第 284 页。
② 林庚、冯沅君主编:《中国历代诗歌选》上编(一),人民文学出版社 1964 年版,第 249 页。
③ 王毓:《爱国诗人庾信》。
④ 文学研究所编:《中国文学史》第 1 册,第 288 页。
⑤ 文学研究所编:《中国文学史》第 1 册,第 291 页。

百折不挠,最后终于回到了祖国的怀抱;有的变节投降,成了敌人的走卒,过着一种令人唾弃的可耻生活。当时庾信完全有条件选择前两条道路,但是,由于他贪图安逸、苟且偷生,结果走上了失节投降的罪恶道路。这怎么能用处境"困难"来洗刷庾信的投降变节的耻辱呢!

事实最有说服力。庾信是一个投降变节分子,这是历史事实所肯定了的。

(二)关于庾信作品中的"故国之思"

庾信失节事敌是历史事实。历史事实是不允许任何人随意涂抹的。因此,在美化庾信的同志中,有的也感到在这方面替他辩护是站不住脚的,于是,又把他后期的作品抬了出来,以肯定的笔触吹捧赞颂他作品中的"故国之思"。有的同志认为:"爱国思想和民族意识是庾信后期诗作的中心内容"[1],他的"乡关之思,其中即包含着深厚的祖国爱"[2]。还有人说,庾信后期的辞赋抒发了"爱国的思想感情"[3],《哀江南赋》是庾信"怀念故国和人民的爱国主义名篇;其忧愤之深广,是继《离骚》之后的又一杰作"[4]。这些意见都是十分错误的。

历史现象中常常存在着矛盾。庾信一面失节事敌,美化敌人,竭力为他们歌功颂德;一面却在哭哭啼啼地抒发"故国之思",口口声声"思归"、"望返"。变节投降的卑鄙行为和对"故国"的思

①萧涤非:《解放集》,第 92 页。
②萧涤非:《解放集》,第 92 页。
③《唐诗论文集》,中华书局 1961 年版,第 164 页。
④王毓:《爱国诗人庾信》。

念,集结在一个叛徒身上,多么不调和,多么不一致!历史上曾有不少人被这种矛盾现象所迷惑。其实,这些表面的矛盾和对"故国"的思念,是庾信思想中的矛盾的反映。而这种矛盾是有其阶级根源的。为了说明庾信"故国之思"的实质,我们有必要先来分析一下产生它的阶级根源。

梁朝士大夫在北周的力量较弱,宇文周并不十分重视他们。尽管也留用一些士族文人,但只是利用他们的才学来粉饰太平、歌功颂德,同南朝、北齐对抗。他们有时也会受宠,但不可能时时都能得到重用。庾信在北朝,虽然"特蒙恩礼,位望通显",但是,他并没有真正的权势,仕途也不是毫无波澜的。因此,他常有牢骚:"气足凌云,不应止为武骑;才堪王佐,不宜直放长沙。"(《拟连珠》之三十五)这显然是借司马相如、贾谊的不被重用,发泄自己的牢骚。所以倪璠说:"此章喻已在魏周,不得其所也。"(《庾子山集注》卷九)正因为他有牢骚,因此他常常追念在南朝时的仕宦生活。这是庾信产生"故国之思"的阶级根源。

从庾信产生"故国之思"的阶级根源来看,他的"故国之思"决不会是"祖国爱"。这和基于爱国主义而产生的故国之思性质完全不同。刘少奇同志教导我们:"爱国主义乃是对数千年来世代相传的自己祖国、自己人民、自己语言文字以及自己民族的优秀传统之热爱……"①而庾信一面热衷仕途、苟且偷生,一面又贪得无厌,牢骚不满。由此而来的"故国之思"同爱国思想是不可同日而语的。如果硬要把二者联系起来,那么,如何解释庾信卑劣无耻的行径呢?那岂不是承认世界上真的具有热爱祖国的投降叛国分子吗?

———————————

①《论国际主义与民族主义》,人民出版社1949年版,第39页。

为了进一步说明庾信"故国之思"的实质,我们再来分析一下它的具体内容,看看庾信究竟在思念什么。

庾信的祖先在南朝负有声名,有的为封建王朝效劳,建立了"功勋";有的文词有名,"节操"闻世。庾信对他的高门甲族是颇感到自豪的。在《哀江南赋》中,他不止一次地炫耀了自己的"世德"、"家风":"我之掌庾承周,以世功而为族;经帮佐汉,用论道而当官";"分南阳而赐田,裂东岳而胙土";"家有直道,人多全节"。同时,对他一家人在南朝的富贵显达也有无限的留恋:"门有通德,家承赐书。或陪玄武之观,时参凤凰之虚,观受厘于宣室,赋长杨于直庐。"(《小园赋》)这是他"故国之思"内容的一个方面。

很清楚,这种"故国之思"根本不是对祖国人民的怀念,而是在追念自己的"世德"、"家风",是士族观点在文学中的表现,这种士族观点使庾信重视门第,重视虚伪的封建伦理,而对于祖国却完全置于度外。

另外,在庾信的心目中,天下的一切是由君主决定的:"树彼司牧,既悬百姓之命;及乎厌世,复倾天下之心。"(《拟连珠》之十九)庾信和他的父亲在梁朝所以能够显赫有名,是与梁帝优待士族地主阶级的宗旨分不开的。因此庾信在北朝常常表示追念梁帝。在《哀江南赋》中,他曾用不少篇幅回忆了他在梁朝时多么被亲信,出入宫禁多么显赫,在军事上、外交上多么受重用:"居笠毂而掌兵,出兰池而典午;论兵于江汉之君,试玉于西河之主。"梁亡以后,他不能再作宠臣了:"楚埏既填,游鱼无托,吴宫已火,归燕何巢?"(《拟连珠》之二十)因此,"每念王室,自然流涕。"(《哀江南赋》)他常常为梁帝的死亡奏挽歌:"出门车轴折,吾王不复回"(《拟咏怀》之二十七);"谷林长送,苍梧不从;惟桐惟葛,无树无封"(《拟连珠》之十二)。如此对梁朝的追念和对梁帝的悼惜,是庾信"故国之思"内容的另一方面。

也许有人会说，在我国封建社会里，爱国和忠君常常是结合在一起的，庾信"故国之思"中表现的忠君思想，不含有爱国的成分吗？

诚然，在我国封建社会中，忠君和爱国常有联系。但这毕竟是性质不同的两回事。列宁指出："爱国主义就是千百年来巩固起来的对自己的祖国的一种最深厚的感情。"①真正的爱国主义常常是来自人民。在民族矛盾非常尖锐的时候，广大人民在阶级压迫之外，又加上了民族压迫，所以他们的爱国主义最强烈，他们的抗战是最广泛、最持久的。当君主出卖祖国利益的时候，他们敢于拒绝"君命"，违抗"圣旨"，尽最大的牺牲保卫祖国的利益。真正的爱国主义从来就是进步的、革命的东西。而忠君则是绝对地服从君主的意志，是俯首帖耳任其摆布的奴才思想。由于封建统治阶级的利益在于剥削劳动人民，君主是维护他们的利益的，因此，在国家遭难、民族濒危的时候，封建士大夫常常从忠君出发，首先考虑的是天子的安危。"神人乏主，苍生无归"，在他们看来，没有君主，他们也就没有归宿和依靠了，所以应当忠于君主。基于同样的阶级根源，在许多封建士大夫那里，忠君常常带有很大的虚伪性。特别是当旧朝代大势已去，不能保护他们的自己的利益的时候，许多过去自诩忠君竭节的封建士大夫，便纷纷投降外族统治者，反过来诅咒旧朝代，与外族侵略者狼狈为奸，镇压人民的爱国斗争，以求得外族统治者的信任和保护。因此，忠君从来就是封建统治阶级的意识形态，是腐朽的东西。我们应当遵循毛主席的教导："必须将古代封建统治阶级的一切腐朽的东西和

①《列宁全集》第28卷，人民出版社1956年版，第168—169页。

古代优秀的人民文化即多少带有民主性和革命性的东西区别开来。"①

庾信的失节是对祖国的背叛。他的"故国之思"中流露出来的忠君思想和爱国思想没有丝毫联系。

有的同志认为,庾信抒发"故国之思"时,"总是念念不忘人民——他意识到人民的痛苦是远甚于自己——······老诗人(指庾信——引者)的感情和人民的感情是一致的。"②有的同志说:庾信"和着血泪传达出上下臣民的'乡关之思',使这种感情具有深广的社会意义。"③还有的同志说:庾信"终不忘江南的祖国和人民。"④这些说法都是给庾信涂脂抹粉,是不能苟同的。

首先,这些看法是与阶级分析的观点相违背的。毛主席教导我们:"在阶级社会中,每一个人都在一定的阶级地位中生活,各种思想无不打上阶级的烙印。"⑤作家不是社会生活的局外人,不是阶级斗争、民族斗争的旁观者,也自然不能例外。过去的作家总是感受自己阶级的痛苦和不安,用文艺的形式把它表现出来。他抒发感情时,总是受他的阶级地位和生活经历的限制。当然在我国古典文学史上,有一些出身于封建阶级的作家,由于生活经历的变化,使他们在不同程度上接近了人民,写出了在不同程度上同情人民的作品。但是,庾信的生活经历并没有提供这样的基础。他前半生出入宫禁,过着一种腐朽堕落的可耻生活;后半生

---

① 《毛泽东选集》第 2 卷,人民出版社 1952 年第 2 版,第 701 页。
② 谭正璧、纪馥华选注:《庾信诗赋选·序言》。
③ 杨白桦:《论〈哀江南赋〉及其序》,《江海学刊》1963 年第 8 期。
④ 王毓:《爱国诗人庾信》。
⑤ 《毛泽东选集》第 1 卷,人民出版社 1952 年第 2 版,第 272 页。

屈节事敌，背叛人民，和达官贵人密切往来。像这样一个叛徒，不可能"念念不忘人民"，他的感情不可能和"人民的感情一致"。

其次，这种看法也不符合庾信作品中的实际情况。我们并不否认，庾信作品也偶尔写到人民国破家亡、妻离子散的苦难。但是，第一，在庾信的心目中，人民只不过是一些"浑浑"无知的糊涂虫（《小园赋》中有"嗟生民兮浑浑"的话）。他认为在国难当头的时候，首先遭难的不是人民，而是封建统治者："风云上惨，舟壑潜移，骎骎霜露，君子先危。"（《思旧铭》）他写人民苦难的作品寥寥无几，而且多是一种点缀和陪衬；但他写统治阶级痛苦的诗文，倒是俯拾即是。他的同情始终倾注在封建统治阶级的身上。他哀悼的是梁帝诸子的相继死去："悲伤刘孺子，凄怆史皇孙。"（《拟咏怀》之六）他难过的是大夫、君子之流的丧乱离国之悲："彼黍离离，大夫有丧乱之感；麦秀渐渐，君子有去国之悲"（《拟连珠》之九）；"乱离瘼矣，王室骚然，大夫有行役之悲，君子有无期之怨。"（《周大将军义兴公萧公墓志铭》）他叹息的是宫室的毁灭、池苑的荒芜："狐兔所处，由来建始之宫；荆棘参天，昔日长洲之苑。"（《拟连珠》之十）他感伤的是贵人姬妾、女官公主的生离死别："楼中对酒，而绿珠前去；帐里悲歌，而虞姬永别"（《拟连珠》之十八）；"才人之忆代郡，公主之去清河。"（《哀江南赋》）如此等等，不一而足。

诚然，封建统治阶级在国家沦亡时，有的可能也有"苦难"，但却无法和劳动人民的苦难相比。例如，西魏攻陷江陵以后，庾信的母亲、妻子和几万劳动人民同时被俘。但是，西魏的统治者却释放了她们，庾信能与她们团圆（参看倪璠《庾子山年谱》）。而几万劳动人民妻离子散，一直受着极其残酷的压迫与剥削。他们被宇文泰分赐给王公贵族，作为奴隶。如于谨得奴婢一千口，长孙俭得奴婢三百口，杨绍得奴婢一百口。可见，决不能用统治阶级的"苦难"来代表人民的苦难。我们分析庾信对劳动人民的苦难的态度,应当分析他所有的作品,从而抓住主要倾向,决不能仅仅根据少数作品中的片言只语,就肯定庾信的"故国之思"传达了上下臣民的思想感情,"具有深广的社会意义"。

第二,当时人民对于北方各族统治者的攻打南朝,保持了高度的反抗精神。在庾信投降敌人前后,北方爆发了十几次农民起义。如永安元年(528)六月,齐州爆发了以邢杲为首的流民起义,前后坚持了十个多月,严重地打击了北魏的统治(参看《魏书》卷十四《高凉王孤传》附《子华传》)。南朝人民也始终在积极抗战。如陈霸先军队同北齐军队作战时,陈军缺粮,人民协助陈军,在晚间用荷叶裹饭,夹以鸭肉,支援陈军(参看《资治通鉴》梁太平元年)。陈军在人民的支援下,奋勇杀敌,很快把北齐军打得落花流水,逃回江北的,只剩下十之二三。当然在抗敌卫国中,人民也有不幸被俘的,也会有故国之思。但是,他们决不会追念什么"世德""家风",更不会追念那压迫剥削他们的梁王朝,而是殷切地希望祖国能够迅速统一。庾信在哪一篇作品中表现了劳动人民这种思想感情呢?所谓"深广的社会意义"究竟体现在什么地方呢?如果认为庾信所思念的东西,就是劳动人民所思念的东西,那是对劳动人民的莫大侮辱。

有的同志说,庾信在他抒发"故国之思"时,对他丧失民族气节的行为,"他还是作了无情的自我批判"①,有的说他"深有愧恨之意"②。这显然是错误地给庾信开脱罪责。

我们承认,庾信在抒发"故国之思"时,对自己作了一点"批

---

① 萧涤非:《解放集》,第 90 页。
② 《唐诗论文集》,第 143 页。

判"。这并不奇怪,因为在叛徒中间,口口声声宣扬自己朝秦暮楚的耻辱的人,毕竟是罕见的。我们常常看到的倒是,大多数叛徒在失节以后,总要把自己打扮一番,作一些姿态,说一些假话,甚至哭哭啼啼地把自己诅咒一通。"故鬼视今真恨晚,余生较死不争多。"(《有学集》卷一《再次茂之他字韵》)这是清代有名的"二臣"钱谦益的诗句。"荣进败名,艰危苟免……濒死不死,偷生得生。"(《有学集》卷三十九《与族弟君鸿论求免庆寿诗文书》)这是他的文章。钱谦益原是东林巨子,在清军攻打南方时投降了清军,后来还拉拢别人投降。晚年大概对自己的变节行为感到羞耻,写了许多诗文"批判"自己,其中也不乏"愧悔"之情。但是,尽管如此,在人民的心目中,他始终是一个遗臭万年的叛徒!庾信在诗中也曾嘲骂自己,说自己的脸皮如"林寒木皮厚"(《对宴齐使》),但同样也不能洗刷掉他的耻辱!况且他的自我"批判"还是虚伪的。

　　庾信的思想中是有矛盾的。这必然会反映到他的作品中。因此,他描绘的现象繁乱芜杂,其中有真有假。有的现象道出了庾信的叛卖心理,这是真象;有的现象没有反映他的真实思想,这是假象。庾信的罪恶行径,本来已经完全撕破了封建阶级假道德的遮羞布,可是,他偏偏还要在表面上维护它,借以保持他的"名誉",使人们不致唾骂他。于是,在不影响他在北朝地位的前提下,不得不表示一点内疚。这种内疚,实际上是一种骗人的假象。

　　他一面对自己的卑劣行为表示愧悔:"在死犹可忍,为辱岂不宽?古人持此性,遂有不能安;其面虽可热,其心常自寒。"(《拟咏怀》之二十)一面却又回避对自己的批判,有时想借乐天知命的思想作自我安慰:"乐天乃知命,何时能不忧?"(《拟咏怀》之十八)有时想用一切皆空的说法为自己辩解:"一朝人事尽,身名不足亲。"

（《拟咏怀》之五）有时用庄子和老子的消极思想为自己开脱："从庄周则万物俱细，归老氏则众有皆无。"（《拟连珠》之四十三）

他本来是奇耻大辱，累累在身；但是，他常常掩盖自己的丑恶，以耻为荣。如当侯景军围攻金陵的时候，庾信任东宫学士和建康令，帅宫中文武三千人驻守朱雀门；侯景军到时，"信方食甘蔗，有飞箭中门柱，信手甘蔗，应弦而落，遂弃军走。"（《通鉴》卷一百六十一梁太清二年）对于这样的可耻行为，庾信不曾作过批判，反而倒炫耀自己："居笠毂而掌兵，出兰池而典午。"（《哀江南赋》）又如：庾信在北朝明明是在为敌人效劳，但是，他常常说什么自己本想为国报仇，只是因为屈体魏周，身无凭借，不能复振，好比"吴艎蜀艇，不能无水而浮"（《拟连珠》之二十二）。这真是弥天大谎，自欺欺人。如果庾信真的想为国报仇，即使在国家沦亡时，也会珍贵自己的民族气节，而决不会对敌人效犬马之力。

庾信的自我批判之所以是虚伪的，是由南朝士族地主阶级的阶级本性决定的。这是一个腐朽透顶的没落阶级。这样的阶级总是要维护自己破烂不堪的"尊严"，叛徒庾信曾经是南朝的文学侍臣，他也不得不想法掩盖自己的丑恶。这是士大夫阶级文人的陋习。颜之推曾经说过：南朝优待士族，"文义之士，多迂诞浮华，不涉世务，纤微过失，又惜行捶楚，所以处于清高，盖护其短也"（《颜氏家训》卷四《涉务篇》）。

"一不作，二不休"常常是许多叛徒的逻辑。庾信知道自己往日与国无功，近日又变节投降、贪图利禄，如果真的回到南朝的话，是会惹人耻笑的。因此，他尽管哭哭啼啼表示内疚，尽管三番五次地表白自己"思归""望返"，但却始终没有任何行动，相反地倒是一值在为敌人效劳。庾信尽管有许多矛盾，但最后总是统一在叛卖祖国的可耻行动上。

由此可见,要叛徒揭露批判自己,是极其困难的;要他们回心转意,终止叛变行为,也几乎是不可能的。对他们自己的所谓"批判",我们不能轻易信以为真,不要上当;而应该揭开它的画皮,无情地鞭挞他们。因为这样的叛徒,比起那些明目张胆、毫不讳饰自己的叛徒来说,更狡猾,更容易迷惑人。庾信不正是借此曾经欺骗了一些读者吗?

(三)袒护庾信说明了什么?

正确评价古代作家作品,关系到用什么立场观点,去研究文学的发展规律、总结文学史上的经验教训;关系到应当歌颂什么,反对什么,用什么精神教育人民的问题。

无产阶级的文学史研究,必须具有鲜明的阶级性和高度的科学性。它对不同的作家有强烈的爱憎。它不会去抹煞事实而否定作家在文学史上的作用。但是,也决不能袒护丧失民族气节的叛徒,宣扬他们的"功绩"。庾信是叛徒,是历史的罪人。这是由他自己的无耻行径所决定了的。对于这样一个叛徒,我们应当从当前阶级斗争的实践出发,揭露批判他,而绝对不能曲意回护他。

有些同志所以袒护庾信,是有其原因的。

有的同志在评价古典作家作品时,还没有摆脱传统的看法。本来,历代有很多人为庾信歌捧。伟大诗人杜甫就曾经不止一次地称颂说:"庾信文章老更成,凌云健笔意纵横,今人嗤点流传赋,未觉前贤畏后生"(《戏为六绝句》之一);"庾信平生最萧瑟,暮年诗赋动江关"(《咏怀古迹》)。杜甫对前人的评论,不乏正确的见解。但对庾信的推崇是完全错误的,对后代起了不良影响。而有些同志没有勇气打破杜甫肯定庾信这种旧的传统观点的束缚,反而把它视为定论。这种在古人的框子里转来转去,沿袭古人的作法，势必使自己陷入错误的境地。

　　有的同志则不仅仅是因为受传统看法束缚所致。历代都有人为庾信吹嘘，这是事实。但过去也有人对庾信提出了不同看法，说"其立身本不足重"（《四库全书总目》卷一百四十八）。特别是一些具有民族气节的人更是极为不满。清人全祖望曾对庾信严加斥责："甚矣，庾信之无耻也，失身宇文，而犹指鹑首赐秦为天醉，信则已先天而醉矣，何以怨天？后世有裂冠毁冕之余，蒙面而谈，不难于斥新朝颂故国以自文者，皆本之天醉之说者也"（《鲒埼亭文集》外编卷三十三《题哀江南赋后》），并且他还指出，庾信对后人产生了有害的影响："尝谓近人如东涧（钱谦益别号——引者），信之徒也。"（同上）还有人对于历来颂扬庾信作品的观点提出了异议。如王若虚曾说："尝读庾氏诸赋，类不足观，……然子美雅称如此，且讥诮嗤点者，予恐少陵之语未公，而嗤点者未为过也。"（《滹南遗老集》卷三十四《文辨》）全、王等人的意见，尽管有局限性，也有偏颇之处，但他们的批判精神是应当肯定的。值得我们深思的是，袒护庾信的同志有的肯定看到了前人对庾信的批判观点，但对它们漠然视之，不予采纳，甚至予以批驳；而对推崇庾信的观点，则如获至宝，全盘接受，并且用它们来作为肯定庾信的论据之一。两相对照，可以看出，有些同志所以袒护庾信并非因袭前人、盲从前人论点所致，而是反映了他们自己错误的立场和观点。

　　有的同志从艺术性第一的错误观点出发，袒护庾信。我们并不否认，庾信的作品有一定的艺术性，在技巧上也起过一定的作用。但是，我们应当遵循毛主席的教导，把政治标准放在第一位。我们评价作家及其作品，应当站在无产阶级立场上，首先抓大是大非。对于历史上起过进步作用的作家，可以讨论他的功过问题,可以分析他的成就及其局限性,恰当地给以历史地位。但是,对叛徒则不然。一个叛徒一生也许会做出一两件好事,也许起过一点作用。但和他的罪过相比,终究是微不足道的。对于叛徒,不应当抓住他起过的一点作用不放,不应当分析他有几分功,几分过,而应当彻底地揭露他,无情地批制他。如果我们既把庾信当成变节投降的封建文人,又肯定他的"成绩"。表面来看,这样似乎是做到了"全面性"。其实,这种"全面性"是把历史上存在的多种现象、因素,等量齐观,兼收并蓄,而忽视了从这些现象、因素中找出最本质的东西。如果在本质的现象、因素之外,抓住一些次要的东西,掩盖了本质,这根本谈不上什么"全面性",反而成了最大的"片面性"。因此,对于庾信,我们应当全力来批判他。否则就会混淆大是大非的界限,就会引导人民去同情、怜悯他的变节行为,并为他开脱罪过。

然而,我们有些同志却与此大相径庭。他们抓住了叛徒庾信作品中的一点艺术技巧和写作上的一点微小作用,袒护他,为他在文学史上争地位。按照这些同志的逻辑,只能得出这样的结论:一个作家只要写出有艺术性的作品,就应当肯定他,给他地位。至于他是进步的,还是落后的,是爱国,还是叛国,倒是可以忽略不计的。这曲折地暴露了这些同志轻视民族气节、重视艺术才华,轻政治、重艺术的错误观点。

上述种种错误原因,表现形式不尽相同,但是,总起来说都是与国内外的阶级斗争相联系的。不管这些同志自觉还是不自觉。

最近几年,国内外存在着严重的、尖锐的阶级斗争。革命形势发展得很快。但是,腐朽反动的剥削阶级并不甘心退出历史舞台。帝国主义正在用屠杀、恐吓、欺骗等手段对付革命的人民。帝国主义的支柱现代修正主义者已经完全投降了帝国主义,并且还企图拉着革命的人民投降。国内一些资产阶级分子主张"对帝国主义、反动派、现代修正主义要和"①。这实际上是在兜售活命哲学，让革命人民屈从敌人。学术研究领域和文学艺术领域，从来就不是"世外桃源"，社会上的反动思想必然会在它们里面得到反映。历史界有的同志美化变节投降的李秀成。在文学艺术领域内，出现了宣传妥协投降、背叛革命利益的《父子》②、《白鹤》③、《第一枪》④之类的坏作品；有的剧院上演所谓"具有强烈的现实意义"的话剧《李秀成》⑤，把李秀成当作革命英雄来歌颂。在文学史研究中，有的同志美化屈节投降的钱谦益和大节有亏的吴伟业、侯方域等。由此可见，祖护庾信决不是一个孤立的学术现象，而是资产阶级思想在学术界的反映。因此，这些错误的思想受到一些同志的批判，是完全应该的。

　　各个阶级的文学史研究都是"古为今用"，研究死人都是为了活人。无产阶级研究文学史是为了阐明文学发展的规律，为了"剔除其封建性的糟粕，吸收其民主性的精华"⑥，从而为当前革命运动服务。今天国内外阶级斗争非常尖锐，"树欲静而风不息"，帝国主义、反动派时时都在向人民进攻。人民正高举革命的

①《周恩来总理在第三届全国人民代表大会第一次会议上作政府工作报告》，见《中华人民共和国第三届全国人民代表大会第一次会议主要文件》，第 18 页。

②见《安徽文学》1962 年 2 月号。

③见《鸭绿江》1963 年 1 月号。

④见《青海湖》1962 年第 6 期。

⑤转引自戚本禹：《怎样对待李秀成的投降变节行为？》，《历史研究》1964 年第 4 期。

⑥《毛泽东选集》第 2 卷，人民出版社 1952 年版，第 701 页。

大旗，前赴后继，英勇反击，最后的胜利即将到来。在这样的形势下，对于像庾信这样一个投降变节分子，如果能站在无产阶级立场上，无情地批判他，对当前的革命运动也不是无益的。但是，有些同志却同情他，谅解他，袒护他，美化他。这种作法，不管其主观意图如何，在客观上都是宣传了投降主义和活命哲学，只能起到帮助帝国主义、反动派和现代修正主义的作用。这是值得我们深思的。

（原载《文史哲》1966 年第 2 期。）

古代文学史料与古代文学研究

一、文学史料是文学研究的基础

中国古代文学研究是一个整体,是一个复杂的系统工程。就它的结构来看,大体可分为四个层次:

一是史料确认。史料确认限于史料本身,主要是查询史料的有无,确认史料的真伪和时代、作者等。史料确认属于实证研究。从研究方法上看,古代文学研究在这个层次上,与自然科学研究相同,唯客观,忌主观,使用的基本上是形式逻辑的方法。

二是体悟分析。文学史料,特别是作品史料蕴涵着丰富深厚的思想感情。人生活在思想感情的世界里,每个人都有自己的思想感情。这就在很大程度上决定了人们对文学的研究,就总体而言,一般不会满足于、也不应当满足于史料确认这一层次,不会单纯地把文学现象看成是一种史实,而往往是要超越这一层次,会自觉或不自觉地进入体悟分析层次,或审美体悟,或思考史料出现的原因,或探讨史料蕴涵的思想感情,或总结某些规律。由于人们观点和方法等方面的不同,对同一文学史料,常常会有不同的体悟分析。体悟分析是文学研究中的重要层次。史料本身是没有生命的遗迹,自己不会言说。史料本身又常常是孤立的、分散的,彼此之间的联系往往是隐藏不露的。史料只有经过人们相继不断的体悟分析,才能使人们理解。在这一层次上,史料同体悟分析者之间是一种平等的关系。

三是价值评判。文学史料价值评判是在体悟分析的基础上,对史料做价值评判。价值评判的生发,是研究者不满足于对史料的体悟分析,而是把自己摆在高于史料的位置上,根据个人、集团、社会的认识和需要,制定价值评判标准,对自己所接触的文学史料的意义、作用、地位等作价值评判。就文学研究的整体而言,人们对于各种文学现象,总是会有这样、那样的评价。文学现象很难回避在历史中被评价的命运,它们的意义正是在历史的评价过程中得到体现的。体悟分析层次和价值评判层次同史料确认层次不同,在这两个层次上,研究者的历史观、文学观和审美情趣等都介入了,都会起很大的作用。通常所说的文学研究具有主观性,主要体现在体悟分析和价值评判这两个层次上。史料之所以重要,是因为人们要体悟分析它,要评判它。从这一角度来看,没有人们的体悟分析和价值评判,史料也就失去了存在的意义。

四是表述。文学研究经由史料确认、体悟分析和价值评判三个层次之后,最终要靠表述来体现和传播。没有表述,对文学史料的确认、体悟分析和价值评判,都是无形的,不可能传达给读者。表述主要凭借的是语言文字。这是文学研究不可缺少的。语言文字表述,可以因时因人而异,应当允许和倡导各种表述风格。但有一点是共同的,也是最基本的,就是要清楚、顺畅,无文字障,要简练。成功的表述,往往是研究者好的品质和思想成熟的体现,不仅能把研究的成果表述清楚,而且还能引发人们的思考。

需要说明的是,上面所说的四个层次的划分是相对的。实际上在实践过程中，虽然各有侧重，但很难截然分开，也不可能完全是依次进行的。人们在确认史料时，选择哪些史料，确定史料的真伪，往往离不开体悟分析和价值评判。在做价值评判时也不可能离开史料确认和体悟分析。在表述时，也总是伴随着对史料的确认、体悟分析和价值评判。

从学理和方法上来看，上述的四个层次尽管各有侧重和要求，不过有一点是一致的，也是十分重要的，就是各个层次都必须以史料为基础。在史料确认的层次上，要考察某些史料的存佚，辨别史料的真伪，一个关键是要依靠其他史料。在后三个层次上，尽管研究者主观介入了，但对于一个严肃的研究者来说，他的体悟分析、价值评判和表述，都不能是随意的，而是必须植根于史料，生发于史料，必须以真实的史料为基础，总是要受到史料自身的限制。不以真实史料为根基、不受史料限制的体悟分析、价值评判和表述，是无本之木，是无源之水，是虚假的。体悟分析、价值评判和表述要摒弃以各种形式臆造的文学史料。因此，文学史料对体悟分析、价值评判和表述有内在的箝制力。史料不等于历史本体，但史料源于历史本体。史料对体悟分析、价值评判和表述的制约，说到底，是历史本体对它们的制约。但历史本体是已经发生过的，是独立于人的意识之外的客观存在，研究者不可能直接接近它，把握它。研究者能够直面的是史料。所以，从文学研究的整体和系统来看，文学史料是文学研究的基础。

史料是文学研究的基础，还在于史学这一学科有其自己的特殊性。王国维在《国学丛刊序》中论及科学与史学的区别时指出：

> 凡记述事物而求其原因，定其理法者，谓之科学；求事物变迁之迹，而明其因果者谓之史学，……而欲求知识之真与道理之是者，不可不知事物之所以存在之由，与其变迁之故，

此史学之所有事也。①

王国维论史学的特点，特别强调史学重在探求"求事物变迁之迹"和"其变迁之故"，这是由于史学研究的对象是已经发生的事物及其原因。"事物变迁之迹"和"其变迁之故"，都是一定的时间的产物。而时间转瞬即逝，不可逆转，事物的产生和变迁都是一次性的，不可能重复，所以罗志田认为：

> 史学区别于其他学科的主要特色是时间性，而其研究的对象为已逝的往昔这一点决定了史料永远是基础。②

整个史学是这样，作为史学的一个分支的古代文学史研究，也是这样。

科学研究的过程实际上是一个实事求是的过程。对于中国古代文学研究来说，"实事"指的就是史料。"文不虚生，论不虚作"，研究问题不能凭主观、想象，不能靠一时的热情，而要依据客观的事实。这一点，中外古今的许多伟人和著名学者，都有极为精辟的论述和卓有成效的实践。马克思说过："研究必须收集丰富的资料，分析它的不同的发展形式，探寻这些形式的内在联系，只有这项工作完成以后，现实的运动才能适当地叙述出来。"③同马克思一样，恩格斯也特别强调掌握史料的重要性。他指出："即使只是在一个单独的历史实例上发展唯物主义的观点，也是一项要求多年冷静钻研的科学工作，因为很明显，在这里只说空话是

---

① 王国维：《国学丛刊序》，见姚淦铭、王燕编：《王国维文集》第 4 卷，中国文史出版社 1997 年版，第 365－366 页。

② 罗志田：《近代中国史学十论》，复旦大学出版社 2003 年版，第 244 页。

③ 马克思：《资本论》第 2 版跋，见《资本论》第一卷，人民出版社 1976 年版，第 23 页。

无济于事的，只有靠大量的、批判地审查过的、充分地掌握了的历史资料，才能解决这样的任务。"①马克思和恩格斯都十分重视在科学研究中掌握史料的重要性。他们的论述虽然不是针对研究古代文学而讲的，但是完全适用于研究古代文学。

　　重视史料，把史料作为研究的基础，在我国有优良的传统。这种传统在"五四"以后得到了进一步发扬。正如陆侃如师在1942年所说："五四运动时代提倡以科学方法整理国故，并且认为清代朴学方法含有科学精神，故二十年来文史研究于史料的考订，渐渐成为风气。"②在这方面，许多前辈学者为我们作出了榜样。他们留下的大量的名著，为我们提供了楷模。梁启超在《中国史叙论》中指出："研究历史要从事实出发。没有这一步工作，就谈不到科学的历史研究。"③他又说："史料为史之组织细胞，史料不具或不确，则无复史之可言。"④

　　为了论证史料的重要，梁启超在《中国历史研究法》的六章中，特设第四、五两章论述史料问题。鲁迅从1920年起在北京大学讲授中国小说史，这门课程具有开创性。他说：

　　　　中国之小说自来无史；有之，则先见于外国人所作之中
　　　　国文学史中，而后中国人所作者中亦有之，然其量皆不及全

①恩格斯:《卡尔·马克思〈政治经济学批判〉》，《马克思恩格斯选集》第二卷，人民出版社1972年版，第118页。
②陆侃如:《傅庚中国文学欣赏举隅序》，见《陆侃如古典文学论文集》，上海古籍出版社1987年版，第112页。
③梁启超:《饮冰室合集·文集之六》，中华书局1942年版，第472页。
④梁启超:《历史研究法》，东方出版社1996年版，第44页。

书之什一，故于小说仍不详。①

要开这门课，没有现成的史料，于是鲁迅就从搜集第一手史料开始。这一点，鲁迅在《小说旧闻钞·再版序言》一文中有具体的叙述：

> 《小说旧闻钞》者，实十余年前在北京大学讲中国小说史时，所集史料之一部。时方困瘁，无力买书，则假之中央图书馆，通俗图书馆，教育部图书室等，废寝辍食，锐意穷搜，时或得之，瞿然则喜。故凡所采掇，虽无异书，然以得之之难也，颇亦珍惜。②

鲁迅从 1910 年前后开始搜集古小说史料到 1930 年《中国小说史略》再次修订出版，前后 20 年。在这 20 年当中，他一直关注搜集史料，使这部著作史料丰富、分析精辟，成为我国古代小说史的开山之作。

从上面摘引的有关论述和实践方面的史料，不难发现，文学史料确实是文学研究的基础，同时也可以看到，研究文学，首先掌握史料是最根本的治学原则和方法。一个严谨的学者，都把首先掌握史料贯穿于自己的整个学术生涯当中。

对于研究者来说，文学史料是基础。而对读者来说，文学史料是认识文学史的基础。综观古往今来，可以发现，有许多普通的人，往往通过多种途径和方式，知道一些文学的历史。他们知道的文学历史，不是空洞的教条，而是具有多少不等的史料。文

---

① 鲁迅：《中国小说史略·序言》，《鲁迅全集》第 9 卷，人民文学出版社 2005 年版，第 4 页。

② 鲁迅：《小说旧闻钞·再版序言》，《鲁迅辑录古籍丛编》第 2 卷，人民文学出版社 1999 年版，第 349 页。

学史研究论著,是供读者阅读的。从读者的阅读和接受的角度看,一般都重视那些史料丰富而确切的论著,特别是文学史方面的著作。郑振铎在 1932 年写的《插图本中国文学史·例言》中指出,当时"盛极一时"的文学史中,"即有一二独具新意者,亦每苦于材料的不充实"。有鉴于此,他写《插图本中国文学史》,特别留心收集新史料。《插图本中国文学史》"所包罗的材料,大约总有三分之一以上是他书所未述及的"①。1932 年底,《插图本中国文学史》出版后,引起了学术界的首肯。浦江清赞许郑振铎先前出版的该书"中世卷"史料丰富,尤其能使用敦煌史料,"不失为赶上时代之学者",并预言"郑君于近代文学之戏曲小说两部分,得多见天壤间秘籍,材料所归,必成佳著无疑也"②。与浦江清看法一致的还有赵景深。赵景深在《我要做一个勤恳的园丁》一文中,肯定《插图本中国文学史》"长处在于材料的新颖与广博","尤其是,他有小说和戏曲两方面最丰富的藏书。他如难得的插图,史传的卷次,都是别本所无的"③。看来,《插图本中国文学史》问世以后,之所以得到首肯,一个重要原因是使用了许多新的、丰富的史料。

　　随着社会的发展,人们对文学的历史当会愈来愈感兴趣,希望用个人经历之外的文学历史,来丰富自己的精神生活,来提高

---

① 郑振铎:《插图本中国文学史》,北京出版社 1999 年,"卷首例言"。
② 见浦江清为《插图本中国文学史》所写的书讯,原载《大公报·文学副刊》1932 年 8 月 1 日。转引自董乃斌等主编:《中国文学史学史》第 2 卷,河北人民出版社 2003 年版,第 63 页。
③ 赵景深:《我要做一个勤恳的园丁》,载郑振铎等编:《我与文学》,上海书店1934 年版,第 99 页。转引自董乃斌等主编:《中国文学史学史》第 2 卷,第66 页。

自己的认识和审美情趣。广大的读者希望阅读古代文学的研究著述是多种多样的,但有一点当是共同的,那就是这些论著应当以丰富的史料为基础。20 世纪 60 年代以来,中华书局和上海古籍出版社等前后出版的《中国古典文学基本知识丛书》之所以受到欢迎和重视,发行量也比较大,一个重要原因是由于这套丛书史料相当充实。这方面的经验值得我们总结和借鉴。

二、新发现大都基于新史料

从中国学术史来看,每次重要史料的被发现,往往会引发学术上大的振动,对后来产生深远的影响。王国维在《最近二三十年中国新发见之学问》一文中指出:

> 古来新学问起,大都由于新发见。有孔子壁中书出,而后有汉以来古文家之学;有赵宋古器出,而后有宋以来古器物、古文字之学。惟晋时汲冢竹简出土后,即继以永嘉之乱,故其结果不甚著。……然则中国纸上之学问赖于地下之学问者,固不自今日始矣。自汉以来,中国学问上之最大发现有三:一为孔子壁中书;二为汲冢书;三则今之殷虚甲骨文字,敦煌塞上及西域各处之汉晋木简,敦煌千佛洞之六朝及唐人写本书卷,内阁大库之元明以来书籍档册。此四者之一已足当孔壁、汲冢所出,而各地零星发见之金石书籍,与学术有大关系者,尚不与焉。故今日之时代可谓之"发见时代",自来未有能比者也。①

---

① 王国维:《最近二三十年中国新发见之学问》,姚淦铭、王燕编:《王国维文集》第 4 卷,中国文史出版社 1997 年版,第 33 页。

王国维上面所说的"新发见"指的是新发现的史料。孔子壁中书和汲冢书属于古代的发现,近代以来的"新发见"主要有殷虚甲骨文字、汉晋木简、敦煌千佛洞书卷和内阁大库保存的元明以来书籍档案。王国维之所以特别重视上述新发现的史料,是因为不同的史料有不同的蕴涵。研究这些新史料,可以得出许多新的观点。王国维自己正是整理研究了上述的部分史料,在史学领域里作出了卓越的建树。

陈寅恪在《陈垣敦煌劫余录序》中也有和王国维近似的见解:

> 一时代之学术,必有其新材料与新问题。取用此材料,以研求问题,则为此时代学术之新潮流。治学之士,得预于此潮流者,谓之预流(借用佛教初果之名)。其未得预者,谓之未入流。此古今学术史之通义,非彼闭门造车之徒,所能同喻者也。①

陈寅恪从时代学术潮流的视角,揭示了取用新史料、研究新问题是学术新潮流形成的标志。

王国维和陈寅恪上面的论述,虽是就学术发展的整体而言,但完全合于古代文学研究的实际。从古代文学研究的历史来看,史料的新发现,特别是地下文物史料的新发现,对古代文学研究产生了深远的影响,主要表现有以下五方面:

一、丰富拓展了文学史料。就已经出土的文物史料而言,有不少可以使我们清楚地看到一些古代文学现象及其产生的背景。在出土文献中,有许多属于战国秦汉时期的。在信阳长台关、长沙马王堆、临沂银雀山、定县八角廊、荆门郭店等发现的简帛书里,相当明确地显示了许多经书和子书比较原始的面貌,有不少

①陈寅恪:《陈寅恪史学论文选集》,上海古籍出版社 1992 年版,第 503 页。

同以往人们看到的传本不同。从中我们可以得到一些新的认识。以郭店竹简为例：1993 年冬在湖北荆门郭店发掘的一号楚墓，存 800 多枚竹简①。其中涉及了很多重要的学术问题。如：先秦儒、道思想的流行区域、相互关系、前后嬗变；简本《老子》无"绝仁弃义"等语；儒家分派问题，特别是子思一派；儒家的一些思想精华：如"恒称其君之恶者可谓忠臣"，"友，君臣之道也"②。这些都是新的重要的史料，有助于我们进一步认识先秦时期的文学及其产生的文化思想土壤。

以前人们研究古代文学家的生平经历，主要是根据流传下来的一些文献中的传记史料。这些史料有相当大的局限性，有不少存有疑窦，有待解决。近现代以来，随着许多新史料的发现，特别是不少碑刻和墓志的发现，为我们提供了一些前所未见的传记史料。西晋女诗人左棻的卒年，《晋书》卷 31 本传没有记载，后来的研究者，作了一些推测，误差很大。1930 年河南偃城发现的《左棻墓志》明确记载，她于"永康元年三月十八日薨"。有了墓志，左棻的卒年完全可以定下来了③。其他如唐代的大量的墓志的出土，提供了许多未见文集记载的唐代文人的传记史料，极大地推进了唐代文学的研究。周绍良主编的《唐代墓志汇编》，上海古籍出版社 1992 年出版后，很快即成为唐代文学研究者的案头必备书④。

① 参见《荆门郭店一号汉墓》，载《文物》1997 年第 7 期。
② 参阅：荆州市博物馆编：《郭店楚墓竹简》，文物出版社 1998 年版；郭齐勇：《郭店竹简的研究现状》，载《中国文史哲研究通讯》第 9 卷第 4 期。
③ 参阅徐传武：《左棻墓志及其价值》，载徐传武：《左思左棻研究》，中国文联出版社 1999 年版。
④ 关于唐代墓志中新的文学史料，参阅戴伟华：《唐代文学综论》第 1 部分"出土文献与文学"，商务印书馆 2006 年版。

新史料的发现,丰富了文学作品史料。这方面的事实很多。举一个关于《诗经》的例子:2000 年以来,上海博物馆陆续公布了馆藏的 1200 多枚战国竹简,其中有 31 枚是记载孔子向弟子讲《诗经》的。从 31 枚竹简中,可以发现:1. 今本《诗经》分《国风》、《小雅》、《大雅》和《颂》,竹简中记孔子论诗,次序有颠倒。许多诗句用字和今本《诗经》不同。竹简记孔子论诗没有今本《诗经》小序中"刺"、"美"的内容。2. 有六篇佚诗。在七枚记载诗曲的音调中,发现了 40 篇诗曲的篇名,其中有的是今本《诗经》所没有的佚诗。由此推断,《诗经》的篇数一定远远超过三百篇。还可以证明,孔子当年删诗之说,不一定可靠。3. 有七枚竹简记载了古代唱诗时乐器伴奏的四声和九个音调①。

二、修正、补充甚至改变了以前研究的结论,提出了新的重要的观点。这突出地表现在《诗经》、先秦诸子、辞赋、俗文学等方面。安徽阜阳曾出土了一批有关《诗经》的汉代竹简。胡平生和韩自强在《阜阳汉简诗经研究》中指出:从总体上看,阜阳汉简《诗经》,不属于鲁、齐、韩、毛四家中的任何一家,可能是未被《汉书·艺文志》著录的而实际在民间流传的另一家。这说明《诗经》在汉代的流传的情况,不限于像文献记载的那样。

以前关于辞赋的研究,依据的史料主要是文献记载,有些结论缺乏确凿的证据,有些并不正确。而新的出土史料则弥补了文献的不足。汤炳正利用安徽阜阳汉简《离骚》、《涉江》残句,否定了淮南王刘安作《离骚》的说法②。对于俗赋,过去有不少研究者承认我国有俗赋,但追溯源头时多认为始于建安时,代表作是曹

①参阅《文汇报》2000 年 8 月 16 日第 1 版报道。
②参阅汤炳正:《屈赋新探》,齐鲁书社 1984 年版,第 426—428 页。

植的《鹞雀赋》。同时认为,从屈原和荀卿开始,赋就文人化、雅化
了。1993 年在江苏连云港市东海县尹湾村发掘的六号汉墓的竹
简中,有一篇《神乌赋》。此赋的发现,证明上述观点应当修正。
《神乌赋》基本完整,是以四言为主的叙事体,语言通俗,用的是拟
人手法,具有寓言的特点。经学者研究,推断这篇赋当作于西汉
中后期,作者是一个身份较低的知识分子。《神乌赋》的发现,把
我国古代俗赋的历史,上推了二百多年。同时证明,汉代有俗赋,
汉代的辞赋应当是雅俗并行。《神乌赋》是文人受俗赋的影响而
写成的①。

　　关于其他俗文学的研究中新见解的提出,也常常是基于新史
料的发现。敦煌俗文学史料的发现,就使我们对通俗小说和弹词
等俗文学的产生有了新的认识。郑振铎早在《敦煌的俗文学》一
文中就指出:敦煌俗文学史料"将中古文学的一个绝大的秘密对
我们公开了。他告诉我们,小说、弹词、宝卷以及好些民间小曲的
来源。他使我们知道直到中近代的许多未为人所注意的杰作其
产生的情形与来历究竟是怎样的。""这个发现可使中国小说的研
究,其观念为之一变。"②

　　在戏曲研究方面,一些重要戏曲史料的相继发现,也推进了

---

① 参阅:扬之水:《〈神乌赋〉谫论》,《中国文化》第 14 期,1996 年;虞万里:《尹
　湾汉简〈神乌赋〉笺释》,载王元化主编:《学术集林》卷十二,上海远东出版
　社 1997 年;裘锡圭:《〈神乌赋〉初探》,《文物》1997 年第 1 期,又有修订稿,
　见连云港市博物馆等编:《尹湾汉墓简牍》,中华书局,1997 年;刘乐贤、王
　志平:《尹湾汉简〈神乌赋〉与禽鸟夺巢故事》,同上;蓝虚:《尹湾汉简〈神乌
　赋〉研究综述》,《文史知识》1999 年第 8 期;王志平:《〈神乌赋〉零笺》,饶宗
　颐主编:《华学》第四辑,紫禁城出版社 2000 年版。
② 沈雁冰主编:《小说月报》第 20 卷第 3 号,商务印书馆 1929 年版。

研究者对戏曲史的认识。1958年在河南省偃师县酒流沟水库西岸发掘的一座宋墓中,有三块画像雕砖上雕有宋杂剧的演出图,刻画了五个人物①。山西省蒲县河西村娲皇庙至今保存有宋杂剧角色的石刻,其中有乐伎、副末色、副净色、化生童子、引戏色、末泥色、装狐色等②。以前,人们对宋杂剧的演出缺乏形象的了解。上面列举的戏曲文物的发现,使我们看到了宋杂剧的演出和角色行当的一些情况。关于南戏形成的时代,王国维说:"南戏之渊源于宋,殆无可疑。至何时进步至此,则无可考。"③由于没有证据,所以他在章节的安排上,把南戏一章安排在元杂剧之后。1920年,《永乐大典戏文三种》的发现,为南戏产生于宋代提供了有力的证据④。

　　三、影响了学术理念和研究方法。一个突出的表现就是李学勤"走出疑古的时代"这一理念的提出。从我国古代的文献来看,的确存在着伪书。自明代以来,以胡应麟、姚际恒、崔述为代表的一些学者,开始大量怀疑古书,到清末,康有为也多疑古。"五四"之后,形成了以顾颉刚为代表的疑古学派。20世纪的上半期,不少学者对先秦两汉文学的研究,程度不同地受到了疑古学派的影响。疑古学派有重要的贡献,但有时缺乏客观的依据,缺乏多元

①引自董乃斌等主编:《中国文学史学史》第3卷,河北人民出版社2003年版,第312页。

②参阅延保全:《山西蒲县宋杂剧石刻的新发现与河东地区宋杂剧的流行》,载姚小鸥主编:《出土文献与中国文学研究》,北京广播学院出版社2000年版。

③王国维著,杨扬校订:《宋元戏曲史》,华东师范大学出版社1995年版,第134页。

④参阅钱南扬:《永乐大典戏文三种校注》,中华书局1979年版,"前言"。

的思考,走入极端,有碍于我们对古代文献的全面和正确的认识。实际上,古代史料存佚的情况,十分复杂。有些后人所谓的亡书、阙书和伪书,并不完全可靠。宋代郑樵《通志·校雠略》就有"亡书出于后世论"、"阙书备于后世论"、"亡书出于民间论"的见地。郑樵的说法是有根据的。随着 20 世纪 70 年代以来,大量考古史料的发现,不少以前被认定是亡佚的、伪作的或晚出的,经考古史料的证明,并非是亡佚、伪作或晚出。正是在这种氛围中,李学勤从学术理念上提出了应"走出疑古的时代"。他说:

　　　　今天的学术界,有些地方还没有从"疑古"的阶段脱离出来,不能摆脱一些旧的观点的束缚。在现在的条件下,我看走出"疑古"的时代,不但是必要的,而且也是可能的了。①

　　"走出疑古的时代"这一学术理念提出以后,引起了学术界的重视和争论,有的赞同,有的反驳,至今还在讨论。对同一问题,有不同的看法,这是正常的。但有一点当是不争的事实,就是"走出疑古的时代"这一理念,是基于大量的考古史料的新发现而提出的。大量新史料的新发现,对研究方法也产生了一定的影响。郑良树和李零提出了用"古书年代学代替辨伪学"。这一主张的提出,也是鉴于出土了许多"真古书"②。

　　关于新史料的发现的重大影响,饶宗颐在 1998 年 12 月香港举行的"传统文化与 21 世纪"学术研讨会上,特别予以强调。他指出:近二十年的考古新发现,特别是大批竹简的出土和研究,有可能给 21 世纪的中国带来一场"自家的文艺复兴运动以代替上

①李学勤:《走出疑古时代》,辽宁大学出版社 1994 年版,第 19 页。
②参见李零:《简帛古书与学术源流》,生活·读书·新知三联书店 2004 年版,第 198、199 页。

一世纪由西方冲击而起的新文化运动"①。考古新发现的作用会不会像饶宗颐所预想的那样,可以讨论,但他十分强调新史料的发现的重大影响,这一点是值得我们重视的。

四、重要新史料的发现,往往导致了新的学科的形成。这里,仅举两方面的事例。一个是,我国19世纪末和20世纪初,随着甲骨文、简牍、敦煌石室史料的发现,逐渐形成了甲骨学、简牍学和敦煌学。另一个是从金石学到古器物学。学术界一般认为,金石学形成于宋代,在明清时期不断发展,但基本上没有超出金石的范围。到了清末民初,随着大量新史料的发现和各种出土文物的增多,对古代遗物的研究,已不是以前的金石学所能包容的了。于是,过去所说金石学增加了新的内涵,成为"广义的金石学",即古器物学。

五、有助于文学史料的训诂。以前对文学史料的训诂,由于主要依据流传的典籍,结果有不少文字难以解释,或者解释不确,或者语源不清楚,而新的史料的发现,往往使一些文字得到了正确的解释。汤炳正利用新的出土文献,对《楚辞》的文字训诂,多有创获②。《汉书》卷30《艺文志》说:"小说家者流,盖出于稗官。"何时设有稗官,除《汉书·艺文志》有记载外,不见于其他文献。饶宗颐在《秦简中"稗官"及如淳称魏时谓"偶语为稗"说——论小说与稗官》一文中,根据新出土云梦秦简中"令与其稗官分如其事"一语,认为《汉志》远有所本,稗官,秦时已有之③。这就把

①转引自萧萐父:《主见重光历史改写——郭店竹简的价值与意义》,《文汇报》2000年9月9日第12版。
②参阅汤炳正:《楚辞类稿》,巴蜀书社1988年版。
③此文原载《王力先生纪念文集》,香港:三联书店(香港)有限公司,1987年版。又见《饶宗颐二十世纪学术文集》第3卷,台湾:新文丰出版公司2004年版,第59—67页。

稗官一词的语源由东汉上溯到了秦代。

上面列举的五个方面，进一步印证了王国维和陈寅恪的精辟见解，说明文学史料的新发现，对文学研究能够产生巨大的推进作用。

三、文学史料与文学史研究

文学史料虽然是文学史研究的基础，但我们又不能把文学史料同文学史研究等同起来。在这方面，过去国内外一些学者受实证科学的影响，曾提出并且强调史学就是史料学的观点。在国外，19世纪德国的史学名家兰克"认为重视史料，把史料分别摆出来就是历史。历史是超然物外的，不偏不倚的"①。"历史要像过去发生的事一样"②。在中国，傅斯年1928年在《历史语言研究所工作之旨趣》中说：

> 近代的历史学只是史料学。……我们反对疏通，我们只是把材料整理好，则事实自然显明了。一分材料出一分货，十分材料出十分货，没有材料便不出货。两件事实之间，隔着一大段，把它们联络起来的一切涉想，自然有些也是多多少少可以容许的，但推论是危险的事……材料之内使他发见无遗，材料之外我们一点也不越过去说。③

此外，蔡元培在《明清史料·序言》中也提出了"史学本是史料学"的观点。兰克、傅斯年和蔡元培等提出的史学就是史料学

---

① 转引自何兹全：《傅斯年的史学思想和史学著作》，《历史研究》2000年第4期。
② 转引自汪荣祖：《学林漫步》，江苏教育出版社2005年版，第11页。
③ 傅斯年：《史料论略及其他》，辽宁教育出版社1997年版，第40、47页。

的观点,呼吁把史学建立在史料的严密的考辨的基础上,有其针对性,强调研究历史要客观,有纠正轻视史料、拘于空疏游谈的作用,但从完整的史学科学体系来看,他们的观点至少失之于全面。

在历史研究中,尽管史料是基础,十分重要,但史料不等于史学,史料学不能取代史学。历史本体是人类的活动。人类的活动是丰富多彩的,是活生生的,是一去不复返的,"所有稍微复杂一点的人类活动,都不可能加以重现或故意地使其重演"①。这不仅表现在他人的活动上,即使个人的经历也是这样。歌德晚年为自己写传记,题目定为《诗与真》。他之所以用这样的题目,是因为"他知道对自己的过去已不可能再重复其真实,他所能做到的只是诗情的回忆"。另外,"历史学家绝对不可能直接观察到他所研究的事实"②。从存传的史料来考虑,有其有限性和局限性。历史实际是丰富的。流传到今天的各个时代的各种史料,即使是很多的,也只是原生态史料的一部分,有很多原生态史料由于多种原因所致,没有留下实物或记载。记载的史料远远少于没有记载和留下的大量空白。有些当时可能有记载,后来散失了。现存的史料即使是非常翔实的,但和历史实际相比,也是局部的,片面的,零碎的。从传下来的史料来分析,有些具有客观性、可靠性,这主要体现在个别史实上。除此之外,大量的史料不同程度地存在着固有的偏向。因为它们是记叙者把许多个别的史实加以组合,使其成为一种可以叙述、能够使人理解的史实。记叙者即使

①(法)马克·布洛赫著,张和声等译:《历史学家的技艺》,上海社会科学院出版社1992年版,第45页。

②参阅(英)R.G.柯林武德著,何兆武等译《历史的观念》,中国社会科学出版社1986年版,"译序"第39、40页。

在现场,由于视角的限制,他所留心的和见到的也只能是事实的某些方面。对同一事件,耳闻目睹者有不同的记叙,就是证明。如果记叙者记叙得比较全面,那他记叙的内容肯定有许多是得之于他人。既然得之于他人,自然就有他人的眼光,不可能全是原貌。记叙者即使"直笔",也会程度不同地渗透着自己的主观意识。既是记叙,记叙者就会有取舍,许多史料是记叙者用观点串联、整理出来的,其中夹杂有主观理念和某种权力的运作。还有,即使记叙者不存爱憎,全面观照,客观记叙,那他所记叙的只能是古人外在的言行,未必能得古人内在的精神世界①。现存的史料的非原始性、简约性以及主观的参与,决定了它们不可能完全是客观的、真实的。我们很难知道过去发生的真实的一切事实。史料的整体是这样,作为整体史料一部分的文学史料也是这样。因此把史料等同于史学,不仅否定了史学,而且在一定意义上,有碍于人们对历史真实的探讨。

由于史料的有限性、局限性、隐匿性,也由于人有感情、能思维、会想象,所以人们在研究历史时,不会停止在史料上,主观介入是自然的,是不可避免的。这一点,陈寅恪在《冯友兰中国哲学史上册审查报告》一文中有所揭示:

> 吾人今日可依据之材料,仅为当时所遗存最小之一部,欲藉此残余断片,以窥测其全部结构,必须备艺术家欣赏古代绘画雕刻之眼光及精神,然后古人立说之用意与对象,始可以真了解。②

---

① 参阅汪荣祖:《史学九章》,生活·读书·新知三联书店2006年版,第177页。
② 陈寅恪:《冯友兰中国哲学史上册审查报告》,《陈寅恪史学论文选集》,上海古籍出版社1992年版,第507页。

　　陈寅恪上面这段话指出,鉴于我们研究历史依据的史料"仅为当时所遗存最小之一部",所以我们"必须备艺术家欣赏古代绘画雕刻之眼光及精神"。这就明确地肯定了研究历史,不可能仅仅依靠实证科学的思维做纯客观的研究,还要依靠体悟和想象。有时还要从没有记载的空白处运思,去探索历史隐藏的深层意义。否定了主观的介入,实际上就否定了史学。另外,从未来之维的角度来思考,主观对史料的介入,不仅是必然的,而且是有益的。我们知道,史料是固定的、有限的,但史料永远摆在人们的面前,人们对史料的认识是变化的、无限的,永远处在过程中,没有终点。这从一个方面体现了人们想借助对史料的不断体认来谋求继续发展的希望。看来正是由于主观的不断介入,才使史学呈现出丰富性和具有永久的生命力。整个历史研究是这样,文学史研究更是如此。

　　古往今来有不少学者呼吁研究历史,应当客观,让史料说话。但只要我们对史学实践加以分析,不难发现,这种呼吁带有浓重的理想色彩,顶多具有某种纠偏的作用。唯史料是从,纯客观地对待史料,实际上是不存在的,也是不可取的。这一点,前面述及的曾经宣称"历史学就是史料学"的傅斯年,到后来在认识上也有很大的转变。"1947年傅斯年赴美医病,在纽黑文的耶鲁大学逗留近一年时间,他了解到科学实证主义在欧美已不再流行,而客观史学也是不可能达到的。……傅斯年似乎已迷途知返,计划回国后注重学术研究与社会现实的关联,撰写中国通史,编辑《社会学评论》,开办'傅斯年论坛'等。"①还有,著名的中国古典文学史

————————

① 转引自陈峰:《趋新反入旧:傅斯年、史语所与西方史学潮流》,《文史哲》2008年第3期。

研究学者刘大杰,在20世纪30年代末撰写《中国文学发展史》上卷时,十分崇奉郎宋的意见。郎宋认为:"写文学史的人,切勿以自我为中心,切勿给与自我的情感以绝对的价值,切勿使我的嗜好超过我的信仰。"应当尽力追求做"客观的真确的分析"。当他上卷完成后,他叙写在写作中,时刻把郎宋的三个"切勿"记在心中,但无奈"人类究竟是容易流于主观与情感的动物","所以在这一点上,我恐怕仍是失败了"①。刘大杰切记郎宋提出的写文学史要力戒主观的介入,应做"客观的真确的分析",但他最终却自认"失败"了。其实,他的"失败"是正常的,是不可避免的。说明在文学史研究中,纯客观的研究是不存在的。

史料不同于史学。史料是客观的、有限的,而"天下之理无穷"②,人的认识是主观的、无限的,史学理论是无限的,是与时俱进的,对史料的解读、体悟和阐释是长久的。很早以来,许多学者都看到了二者的区别。李大钊在《史观》一文中指出:

> 实在的事实是一成不变的,而历史事实的知识是随时变动的;记录里的历史是印板的,解喻中的历史是生动的。历史观是史实的知识,是史实的解喻。所以历史观是随时变化的,是生动无已的,是含有进步性的。③

李大钊所言,虽然指的是整个历史研究,但也完全符合文学

---

① 刘大杰:《中国文学发展史》上卷,中华书局1941年版,"自序"。转引自陈尚君:《刘大杰先生和他的〈中国文学发展史〉》,收入刘大杰:《中国文学发展史》,百花文艺出版社1999年版;又见陈尚君:《汉唐文学与文献论考》,上海古籍出版社2008年版。

② 顾炎武著、栾保群、吕宗力集释:《日知录集释》,花山文艺出版社1990年版,《初刻日知录自序》,第9页。

③ 李大钊:《史观》,《李大钊选集》,人民出版社1959年版,第289页。

史研究。文学史料本身是静止的。许多文学史料的意义不是确定无疑的,而是模糊的。意义的模糊是常态。史料自己不能表达自己的任何意义。而只有当人们介入时,其丰富的意义才能不断地被揭示出来。在文学史研究中,我们常常看到的现象是,对待同一史料,往往有各种各样的体悟和阐释。这表现在不同的时代上,也表现在同一时代的不同的读者身上,甚至也表现在同一个人前后的不同的体认上。纵观古代文学研究史,不难发现,每个时代对同一文学现象的研究,尽管有继承的内容,但这只是一方面。另一方面是每个时代的研究者,一般都是依据自己所遭际的时代,所生活的境遇,所接受的学术思想和审美情趣,作出了不同于前一代的体悟分析、评价和表述,都在发现新的历史。陶渊明及其作品,在当时并没有受到重视,到齐梁时期,开始受到钟嵘等人的关注,但评价不高。至隋唐,特别是到了宋代,才得到了充分的肯定和高度评价。至于同一时期,一个文学史家的阐释被另一个文学史家所否定的事例,或者同一个人对某一史实前后不同的阐释,举不胜举。从上面列举的事实,可以看到,在文学史研究中,研究者从来都不是被动的、消极的。研究者主观的作用在研究中占有重要的地位。所谓主观,指的主要是研究者的立场、知识结构、理念、审美情趣和研究方法等。具体主要体现在以下几点:(1)价值观念。每一个研究者都有自己的价值观念,这常常体现在对许多文学现象的选择和评价上。(2)理论范式不同。不管你自觉还是不自觉,研究文学史总是有自己事前设定的理论范式,"你的范式让你看见多少,你就只能看见多少"①。文学研究

①参见盛宁:《二十世纪美国文论》,北京大学出版社 1994 年版,第 168 页。
　　转引自戴燕:《文学史的权力》,北京大学出版社 2002 年版,第 67 页。

的史料是客观的、不变的，但人们研究的范式是主观的，是变化的。由于研究范式的不同，对同一对象研究的结果，往往会有很大的差别。(3)情感的差异。许多文学史研究者常常是带着自己复杂的情感去体悟文学史料的。

文学史研究，我们一方面应当看到史料是基础，文学研究要依靠史料，同时也应当注意史观的重要和史观对史料的影响。综观古代文学研究，我们可以发现，有时有一些新发现的提出，并不是由于发现了新的史料，而是由于现实中提出了某些新问题，由于新的理论和方法的出现和运用。这些不止影响了对已经搜集到的史料的阐释和评价，有时还直接影响了对某些史料的重视、搜集和整理。关于后者，举两个例子：一个是小说史料。我国古代的小说，源远流长，史料丰富，但由于封建正统思想的统治，在长期的封建社会里不被重视，"不能登大雅之堂"，所以许多小说作品被掩埋、甚至被销毁。到了近代，由于政治改革的需要、西学的激荡，引发了文学史观的变化，不少有识之士看到了小说的重要，甚至把小说视为"文学之最上乘"①。社会的变革，史观的变化，极大地提高了小说的地位，促进了人们对小说史料的搜集、整理和传播。另一个例子是近代文学。由于认识上的局限，在上一世纪 60 年代之前，对近代文学不够重视。受这种观点的左右，在相当长的时间里，在中国文学史研究中对近代文学的研究相当单薄，与此相联系的是对近代文学史料有所轻忽。后来有不少学者看到了近代文学独特的重要价值，认识到它是由古代文学向现代文学转变的一个关键，具有承上启下、继往开来的重要意义。认识上的变化，使人们提高了对近代文学史料的重视，许多近代文

---

① 楚卿(狄葆贤)：《论文学上小说之位置》，载《新小说》第 1 卷第 7 期。

学史料相继得到了发掘、整理和出版。上面所举的两个例子说明，文学史观的变化，往往能够对文学史料的认识和实践产生很大的影响。

在文学史研究中，我们应当肯定和容许主观作用的存在。单就文学史料的整理来说，史料的选择和整理，都离不开一定观点的指导。何况文学史料不等于文学研究。文学研究不是文学史料的堆砌，而是表现研究者的观点，浸透着研究者的情趣。试想，如果一种文学史研究论著，只是堆砌罗列史料，没有自己的体悟发现，没有自己的观点，它有多大的意义？文学史研究之所以需要，之所以有生命，之所以能够古今相通，主要是由于时代的需求，由于研究者主观的介入。实际上，文学史研究不存在是否容纳主观的问题，需要思考的是怎样不断地提高研究者的认识，思考主观的理论范式和思想感情等正确还是不正确，健康还是不健康，是陈词滥调还是有所创新？如果一种文学史研究论著，即使没有新的史料，而是用自己的观点对史料做出了新的、有益的阐释，就应当予以肯定。另外，文学史论著，不应当是单纯地复述史料和阐释史料，而应当提倡"有我"，提倡带感情的论述，提倡艺术化、文学化的表述。言之少情，行之不远。"言之无文，行之不远。"在这方面，国内外不少学者有鲜明的倡导。英国哲学家罗素说：

> 历史学家对他所叙述的事件和他所描述的人物应该怀有感情……要他不偏袒他著作中所叙述的冲突和斗争的某一方，则并无必要。①

---

① （英）罗素：《历史作为一种艺术》，载何兆武主编：《历史理论与史学理论》，商务印书馆 1999 年版，第 552 页。

罗素是就整个历史叙述而言的。中国的杨周翰则特别就文学研究强调说：

> 研究文学仅仅采取一种所谓"科学"、"客观"的态度，也许能找出一些"规律"，但那是冷冰冰的。文学批评也应如文学创作一样，应当是有感染力的，能打动读者的感情的。①

缺乏感性和文采的表述，会弱化研究论著的传播和保存。中国古代有学综文史、史以文传的优良传统。我们应当继承这一优良传统。文学研究论著，应当把学术性和文学性融为一体。

在各种文学史研究论著中，我们一方面应当看到来自主观方面的不同的见解和表现的感情上的差异，同时我们还应当注意它们之间相互补充的作用。我们这样说，并不是丢弃了文学史研究的客观性，更不是不尊重文学史料。在文学史研究中，我们应当承认和重视研究者主观的作用，但这必须限制在一定的范围内，有一个底线。这个范围和底线就是史料。正确的史料体悟、阐释和评价，都是基于史料本身，应是史料本身所含有的意义。体悟、阐释和评价同史料本身有同构性和同一性。不以史料为基础，就会轻易地陷入意图哲学、相对主义，怀疑主义和虚无主义也会乘虚而入。因此，研究必须以史料为基础，历史学家必须诚实。英国历史学家阿克顿在他的《历史研究讲演录》中强调说：

> 一个历史学家必须被当作是一个证人；除非他的诚实能得到验证，否则是不能信任的。②

意大利的哲学家和历史学家克罗齐在他的著作《历史学的理

①杨周翰：《吴宓——中国比较文学的拓荒者》，载黄世坦编：《回忆吴宓先生》，陕西人民教育出版社1990年版，第19页。
②何兆武主编：《历史理论与史学理论》，第354页。

论与实际》中认为：对一切历史的研究，都是我们当代精神的活动。同时，他又强调"谈什么没有凭据的历史就如确认一件事物缺乏得以存在的一个主要条件而又谈论其存在一样，都是瞎说。一切与凭据没有关系的历史是一种不能证实的历史"①。

历史是有客观性的。历史上发生过的事情和进程是实在的，是绝对的，是不变的。史料作为一些遗迹，不可能重新恢复。不过人们通过长期的对各种历史遗迹的发掘、考证、鉴别和分析，能够大体上确定许多遗迹的轮廓。人们无法复原历史，却可以借助于史料去逐渐接近实际的历史。而要达到这一目的，我们在重视主观作用的时候，必须坚持以史料为根基。"历史研究者从来不能无拘无束，历史是史学家的暴君，它自觉或不自觉地严禁史学家了解任何它没有透露的东西。"②我们研究文学史，应当接受史料的制约，只能以历史上已经"透露的东西"为依据。否则，就很容易出现偏失。我国的史学界，在20世纪，受西方各种理论和方法的影响，史料工作在相当长的时期内不被重视。特别是从50年代开始，曾经风行过一种"以论带史"的观点。这种观点在当时的提出，旨在倡导用马克思主义原理指导历史研究，但由于理解的偏颇，有些人往往把史料工作简单地看成是"烦琐的考证"而予以否定。受这种风气和观点的影响，有些研究者研究历史，不是从史实出发，不是以史料为依据，而是简单的基于某些政治上的需要，理论、逻辑先入为主，然后再去拼凑史料加以论证。这样得出的结论，往往是靠不住的。因为我们的需要和历史事实往往有很大的距离，我们所依据的理论和逻辑是前人总结出来的，是相

---

① 何兆武主编：《历史理论与史学理论》，第523页。
② （法）马克·布洛赫：《历史学家的技艺》，第47页。

对的,不一定具有普遍的意义。而历史是复杂的、生动的、具体的。我们要重视理论和逻辑,应当把它们作为重要的参照,但不能把它们当作教条,简单地拿来套用。

回顾古代文学研究的历史可以发现,对有些问题的阐释和结论,从古迄今,存在着很大的分歧和争论。这些分歧和争论,有的涉及了理论观点,但更多地是与史料有关、与实证研究不足有关。可以预计,这些分歧和争论的最终解决,要依靠史料的发现和实证研究的深入。在没有发现新史料和实证研究难以深入的情况下,对于一些有争议的问题,与其继续争论,不如暂时搁置起来,有待新史料的发现。踏踏实实地做好史料工作,真正把史料看成是研究的基础,把史料工作看成是一种科学工作。研究者全面地占有史料,考定史料,诚实地运用史料,同时注重提高理论水平,把客观性和主观性统一起来,从史料中引出经得起考验的观点,仍是我们必须坚持的。重视文学史料和提高理论,使二者通融互补、相辅相成,这既是历史经验和教训的启示,也是当前需要引起关注的问题。新时期以来的古代文学研究,不论在文学史料方面,还是在文学研究方面,成就都很卓著。但仔细考察研究者的心态和学术导向以及评价标准,仍有诸多的不和谐现象。在长于文学研究者当中,有些人过分地强调史料的有限性和不可还原性,强调研究的当代意义,因此鄙薄史料工作。而在从事史料工作者当中,有的把史料抬到至高无上的地步,好像只有搜集史料、整理史料,作考证、注释、辑佚等史料工作才是真学问,而把文学研究视为"无根的游谈"。持这种观点的,最好能重温一下梁启超的告诫。梁启超在 20 世纪 20 年代初在《中国历史研究法》中强调了史料的重要,后来他在《中国历史研究法补编》中作了修正:

作小的考证和钩沉、辑佚、考古，就是避难趋易，想徼幸
成名，我认为病的形态。真想治中国史，应该大刀阔斧，跟着
从前大史家的作法，用心做出大部的整个的历史来，才可使
中国史学有光明、发展的希望。我从前著《中国历史研究
法》，不免看重了史料的搜集和别择，以致有许多人跟着往捷
径去，我很忏悔。①

梁启超上面这段话，在当时当有一定的针对性，今天看来有
些偏激，有些武断，但从不能过分地看重史料这一角度来思考，不
仅对整个史学，同时对文学史研究也是有儆示的作用。

另外有些人虽然在做史料工作，但由于受商品经济和消费主
义的侵蚀，急就篇多，质量底下，为鄙薄史料者提供了口实。就当
前的学术导向和评价标准来看，存在的主要问题是轻视史料工
作，这表现在多年以来国家、地方基金项目的设定、评奖以及许多
单位职称的评定、工作量的计算等多方面。上述现象的产生，有
许多复杂的原因。其中有一点比较明显，就是在社会分工和知识
爆炸带来的学科的过度细化，往往把人们弄得狭隘而容易偏激，
缺少足够宽广的胸怀和视野，囿于专业和个体经验的限制，从事
古代文学史料的研究者和从理论上研究古代文学的研究者，彼此
缺乏沟通。实际上，重视史料和提高理论水平是古代文学研究的
两条腿，离了哪一条腿也难以前进。文学史料工作和文学研究同
样重要，同样有价值。在实际工作中，理想的应当是史料和理论
相互融合。当然，也应当容许研究者根据自己的情况，有所偏爱，
有所侧重，偏居一隅，盯住自己眼前的一片风景。但不应彼此相
轻。我们需要的是打通无形中构筑起来的壁垒，互相尊重，互相

---

① 梁启超：《中国历史研究法补编》，朝华出版社 2019 年版，第 241 页。

支持,互相学习。

（原载《山东大学学报》2011 年第 3 期。）

试论古代文学史料学的
对象与任务

一、史料与文学史料

随着科学的发展,中国古代文学研究这一学科出现了一些分支学科,如文学史、文学史哲学、文学史方法论、作家作品研究史(如诗经学、楚辞学、杜诗学、红学)、文学理论批评史等。文学史料学是其中之一。文学史料学与整个史料以及文学史料密切联系,所以这里先对史料和文学史料的含义试做简略的论述。

史料又称"史实"("历史事实")、历史"资料"或历史"材料"。称"历史事实"的,如台湾学者杜维运说:

> 历史系史学家根据历史事实以写成,所谓历史事实一般称之谓史料。①

称"资料"者,如台湾学者王尔敏云:

> 至于何谓史料？即所有研究史学撰著史籍所必须依据之种种资料。②

---

① 杜维运:《史学方法论》,北京大学出版社 2006 年版,第 100 页。
② 王尔敏:《史学方法》,广西师范大学出版社 2005 年版,第 122 页。

称"材料"者，如蒋祖怡云：

> 史料实是研究史学者所必须取资的材料。①

关于史料的定义，据我所见，至今至少主要有下面四种不同的观点：

一是"遗迹"（陈迹）说。白寿彝在其主编的《史学概论》中说：

> 史料是历史过程留下的一些残骸或遗迹。②

持类似观点的还有何炳松和法国史学家朗格诺瓦等学者。何炳松云：

> 如史料而能供给过去之消息，则史料本身必系过去事实所留之一种遗迹。③

朗格诺瓦的见解见于他的著作《史学原论》：

> 史料乃往时人类思想与行为所遗留之陈迹。④

二是"片段的记录"说。持此说的是周谷城：

> 史料是历史的片段的记录。凡考古发掘出来的实物，过去保存下来的文书，都属史料范围，都可看成历史的片段的记录。⑤

此说用"片段的记录"来概括史料，尚欠严密。"记录"通常指的是事件、言论的记载和载录，用来指文献史料可以，而难以涵盖其他史料。周谷城可能觉察到这一点，所以又特别对"记录"加以补充说明。

---

① 蒋祖怡：《史学纂要》，转引自王尔敏《史学方法》，第 119 页。
② 白寿彝：《史学概论》，宁夏人民出版社 1983 年版，第 7 页。
③ 何炳松：《通史新义》，广西师范大学出版社 2005 年版，第 11 页。
④ 王尔敏：《史学方法》，第 123 页。
⑤ 周谷城：《中国通史》（上册），开明书店 1957 年版，第 1 页。

三是从史料的作用来定义史料。如《苏联百科词典》第 3 版
(1980 年)认为：

> （史料是）直接反映历史进程并提供研究人类社会历史
> 的各种文字材料和实物（古文物、语言文字、风俗礼仪等）。①

此说从两个角度界定史料的定义。后一角度，应当说符合实际。
而前者认为史料可以"直接反映历史进程"，则显然是把史料视为
"历史进程"，夸大了史料的作用。史料与历史，难以分开，但二者
又有区别。人们研究历史，可以也必须依据遗迹（史料）去探讨历
史的过程。但不能把遗迹本身和历史过程等同起来。对于各个
时期的遗迹，必须在正确的理论和方法的指导下，作多方面的综
合研究，才能认识历史的过程。有些史料，特别是一些文献史料，
常常对某些历史过程有比较系统的叙述和分析，但这类史料，往
往都是经过了人的加工，对历史过程的反映，难免失真，甚至有所
扭曲。因此，决不能把遗迹（史料）看成是历史过程。

四是附加条件的"遗迹"说。这里举梁启超和台湾学者杨鸿
烈的观点为例。梁启超在《中国历史研究法·说史料》中用自问
自答的形式说：

> 史料者何？过去人类思想行事所留之痕迹，有证据传流
> 至今日者也。②

杨鸿烈的有关言论见于他的著作《历史研究法》：

> 凡宇宙间可以考察出其"时间性"的事物或现象都是历
> 史的资料，简言之，即为"史料"。③

---

① 潘树广：《中国文学史料学》（上册），黄山书社 1992 年版，第 4 页。
② 梁启超：《中国历史研究法》，东方出版社 1996 年版，第 44 页。
③ 王尔敏：《史学方法》，第 123 页。

细读梁启超和杨鸿烈的论说,两位学者的观点并不完全相同,但有一点是共同的,就是都认为所谓史料必须是要有证据的。这样来界定史料,实际上是把人们对史料的考察也纳入了史料的定义中。其实,史料是一种客观存在,即使短时间找不到证据,或者考察不出其"时间性",仍不失之为史料。

综合分析上面四种说法,看来"遗迹"说,比较恰切。此说把历史作为过程,以简明的语言,概括地指出了史料在内容和形式上的主要特点。本文采用了此说,并贯穿在具体的论述中。

史料作为遗迹,有它自己的特点,具体分析,主要体现在客观性、片段性、丰富性和不平衡性四方面。史料既是人类在历史过程中的思想和行事的遗迹,它的存在就是客观的,不管它用何种形态存在,或是否真伪,总是能在一定程度上表明某种历史事实,尽管这种表明有时是扭曲的、虚幻的,或不真实的。史料的客观性,这是史料的根本特点。史料的客观性,决定了它对任何时代、任何人,都是公开的、无私的,是不偏不倚,也不存有任何的功利目的。有的学者把史料和人们对史料的认识、评价合二为一。这样做,实际上否定了史料的客观性。如果把人的主观意识加入史料,并作为史料的特点,其结果很容易导致舍弃某些史料。应当承认,由于时代和研究者的不同,对同一史料会有不同的认识和评价。从这一角度来看,不同的史料其意义和价值是有差别的。但这是相对的。诚如清人章学诚在《文史通义》中所说:

> 所谓好古者,非谓古之必胜乎今也,正以今不殊古,而于因革异同求其折中也。
>
> 古之糟魄,可以为今之精华,非贵糟魄而直以为精华也,因糟魄之存而可以想见精华之所出也。……古之疵病,可以为后世之典型,非取疵病而直以之为典型也,因疵病之存而

可以想见典型之所在也。

因此，我们不能因为史料价值的区别而否定史料的客观性。如果我们能从长时间的视角来思考，不难发现，实际上，不存在毫无价值的史料。这一点，朗格诺瓦和瑟诺博司在其合著的《史学原论》中下面的一段论述，对我们是有启示的：

> 在历史中，决未有毫无价值之史料。……在历史之一切事物中，人固可认为其重要之程度本有差等，但先天的无论何人，不能有此权利，敢宣言史料为"无用"。试问在此等材料中，以何者为有用无用之标准乎？有许多之史文，早经多时被人轻忽，及目光转变，或新有发现，则又急需取为自助之具。故凡轻弃一切材料，乃急躁之举也。……凡本身无价值之史料，当彼足应需要时，则价值自生。①

因此，我们肯定史料的客观性，不仅符合史料的实际，同时在客观上，能促使我们十分重视保存各种史料。

史料虽然是人类思想和行事的遗迹，但古代人类在思想和行事的时候，除了极少数有条件者，或基于立言之不朽的想法，或出自对后代的训诫等原因，有意识地保存了一些史料，其他绝大多数人并无传存意识和保存史料的条件，所以史料在当时就多有遗失或损毁，保存下来的是很少的。而保存下来的这一小部分，由于后来长期的自然的侵蚀和灾害以及人祸等原因，也多遭损毁。所以后人在研究历史时，能看到的史料同实际史实相比，实在是微乎其微的，的确是"残骸"，是"片段"。有时个别史料可能是完整的，但就史料的整体而言，完整者实属凤毛麟角，残缺者则是屡见不鲜。如果认可史料的这一特点，对于研究者来说，在理论上

---

① 杜维运：《史学方法论》，第 116 页。

就会承认史料是有限的，就不会把史料同历史等同起来，在实践上，就会把搜集史料看成是研究历史的应有之义。

本来人类的思想和行事是丰富的，随着历史的演进，愈来愈丰富。尽管人类相关的遗迹只是实际思想和行事的很少的一部分，但由于人类历史的悠久，由于世世代代的积累，单就遗存的这一部分而言，也是极其丰富的。特别是像我们中国这样的在世界上屈指可数的古老的文明国家，其史料的丰富在世界上也是罕见的。这种丰富性，体现在数量方面，也体现在丰富多样的载体和传播媒介等方面。

史料作为人类思想和行事的遗迹，其数量的多少与时间的长短密不可分。时间能淘汰和筛选史料。自有人类活动开始，随着时间的推移，时间越早留下来的史料越少，越往后来留存的史料越多。这就造成了史料的不均衡性。这种不均衡性，对我们来说，有两重意义。史料少，比较容易搜集，容易处理。但由于史料少，使我们对许多问题的认识带来了困难。有许多问题，因为缺乏史料，只好暂时搁置起来。后来的史料越来越多，搜集起来要费很大的力量，又因为还没有来得及整理，所以困扰研究者的往往不是史料的短缺，而是史料太多。不过，史料的繁复，毕竟为我们的研究提供了丰富的矿藏。从大量的史料中，容易找到许多真实而有价值的史料。

文学史料是整个史料的一部分。它是人类在历史过程中有关文学思想和行事的遗迹。由于它是史料的一部分，自然也具有上面所论及的史料的共同特点。此外，由于文学史料具有相对的独立性，所以它还具有自己的特点。文学是一种语言艺术，这就决定了文学史料的载体和媒介虽然也是多种多样的，但最基本的、主要的是语言和文字。在文学史料中，文学作品居于核心地位。而大量的文学作品，特别是许多诗词、小说和戏曲，都经过了作者的艺术加工，有不同程度的想象和虚构。这就决定了许多文学史料不同于真实的史实，不同于历史学家通常所说的史料。

二、古代文学史料学的对象和任务

古代文学史料学作为古代文学研究的一个分支学科，同文学史料既有联系，又有区别。所谓联系，指的是文学史料是文学史料学的基础，反过来，文学史料学研究的成果对文学史料的实践又有指导的作用。所谓区别，指的是文学史料学作为一个相对独立的学科有自己的学科体系，有自己的一些概念和范畴。它是从整体上、理论上来研究文学史料，而不是研究具体的、个别的文学史料的存在、搜集、整理和鉴别等。具体的、个别的文学史料研究，有时也有分析，但限于史实范围，呈分散状态，具有形而下的性质，而文学史料学则是系统地从整体上、理论上综合地研究文学史料，具有形而上的性质。

任何一种学科，都有自己的研究对象和任务。古代文学史料学也是这样。就研究的对象来看，为了便于叙述，可以考虑分为下面三个层次：

一是研究史料的本体。这一层次至少应当包括史料的源流、演变，史料的构成与类别，史料的各种载体和媒介，文学史料与其他相关学科史料的关系，文学史料的属性，文学史料在整个文学研究中的地位和作用等。

二是研究古今文学史料的实践，或者称之为史料工作。这一层次具体研究的是人类在长期的历史过程中，在文学史料方面的实践活动，包括历代人们对史料的搜集、整理、鉴别和使用以及取得的重要成果等。

三是研究有关文学史料和文学史料学的方法和理论。人类在长期的文学史料的实践过程中，积累了丰富的经验和教训，历代有不少文人和学者注意对这些经验和教训加以总结和提升，逐渐总结出诸多方法和理论。如：文学史料学的学科特点、对象和任务，搜集、鉴别、整理和使用文学史料的理论和方法等。

中国古代文学史料学作为一种独立的学科，它有自己的研究任务。总括地说，就是通过考察从古到今史料的源流和演进过程，考察人们对史料的搜集、鉴别、整理和使用等方面的重要成果，以及在方法和理论等方面的主要建树，把中国古代文学史料的演变史叙写出来，有选择地探析各种史料的产生、价值和影响，历史地揭示中国古代文学史料的特点，探讨史料和史料学演进的带有规律性的东西，从而为研究者提供掌握和使用史料的一些基本理论、原则和方法，以便使研究者的研究能够建立在可靠的史料的基础上。文学史料学既是一门带有鲜明的理论色彩的学科，又是一门实践性很强的学科，最终的目的和任务，是为古代文学的爱好者和研究者服务。

中国古代文学史料学的对象和任务，为这一学科的研究划定了界域。文学史料学的对象和任务既有相对的稳定性，又有历史性。由于时代的不同和人们认识上的差异，对史料学的对象和任务，自然会有所不同。随着历史的发展，人们的认识会有发展和深化。因此上面我们对文学史料学的对象和任务，只能是大致的确定。我们确定对象和任务的主要目的，是想对文学史料学和通常所谓的文学史料加以区别。至于在文学史料学的具体研究中，我们不必、也不应当要求每一种著述都取同样的对象，都去完成同样的任务。我们只能期待关于文学史料学的研究，能够有基本的对象,能够有所侧重地去完成这些任务。

三、继续研究古代文学史料学的必要性

我国有重视历史的优良传统,这一点也突出地表现在对文学史料的重视上。远在先秦时期,随着人类文学活动的产生,人们对文学史料的关注和体悟也渐次开始了。此后历朝历代在文学史料方面都做出了不同的贡献,这反映在实践上,也体现在认识上。但古代文学史料学作为一门独立的学科却相当滞后,不像历史史料学和哲学史料学那样起步得比较早。历史史料学,至晚在20世纪20年代,就开始出现有关著作。如:1921年,梁启超在南开大学讲授《中国历史研究法》,其中第四章为"说史料",第五章为"史料之搜集与鉴别"①。1927年,傅斯年在北京大学讲授《史学论略》②;1946年上海国际文化服务出版社出版了翦伯赞的《史料与史学》③。新时期以来,更是出现了通论性质和断代性质的著作多种。通论性质的如:1983年北京出版社出版了陈高华、陈智超等撰写的《中国古代史史料学》④,1985年福建人民出版社出版了谢国桢的《史料学概要》;1987年人民出版社出版了荣孟源的《史料与历史科学》;1994年福建人民出版社出版了安作璋主编的

---

① 嗣后梁启超又著有《中国历史研究法补编》,两种著作见梁启超《中国历史研究法》,东方出版社 1996 年版。
② 傅斯年的讲稿共七讲,今存四讲,收入傅斯年《史料论略及其他》,辽宁教育出版社 1997 年版。
③ 翦伯赞:《史料与史学》(增订本),北京大学出版社 1985 年版。
④ 陈高华、陈智超:《中国古代史史料学》(修订本),天津古籍出版社 2006 年版。

《中国古代史史料学》①；2004年上海古籍出版社出版了何忠礼的《中国古代史史料学》。断代性质的如：1985年山东人民出版社出版了张宪文的《中国现代史史料学》；1986年南开大学出版社出版了冯尔康的《清史史料学初稿》；1989年陕西师范大学出版社出版了黄永年、贾宪保的《唐史史料学》②。在哲学史料学方面，1962年上海人民出版社出版了冯友兰的《中国哲学史史料学初稿》，1982年三联书店出版了张岱年的《中国哲学史史料学》，1983年吉林人民出版社出版了刘建国的《中国哲学史史料学概要》，1998年武汉大学出版社出版了萧萐父的《中国哲学史史料源流举要》，2002年高等教育出版社出版了刘文英主编的《中国哲学史史料学》。而在中国古代文学史料学方面，比较专门的系统的著作是在20世纪90年代以后才陆续出现的。通论性质的如：1992年黄山书社出版了潘树广主编的《中国文学史料学》，南京大学出版社出版了徐有富主编的《中国古典文学史料学》。断代性质的如：中华书局2005年出版了曹道衡、刘跃进的《先秦两汉文学史料学》，1997年出版了穆克宏的《魏晋南北朝文学史料述略》，2001年出版了陶敏、李一飞的《隋唐五代文学史料学》，2007年出版了刘达科的《辽金元诗文史料述要》。专题性质的如：中华书局2001年出版了马积高的《历代辞赋研究史料概述》，2004年出版了王兆鹏的《词学史料学》。上面列举的几种古代文学史料著述，不少属于文学史料的整理，而不是文学史料学，但都具有开创的意义，分别在不同的方面做出了自己的贡献，但也留下了一些有待拓展的领域和需要继续探讨的问题。另外，上述列举的有关文学史料和文

---

①安作璋：《中国古代史史料学》，福建人民出版社1998年版。
②黄永年：《唐史史料学》，上海书店出版社2002年版。

学史料学著作,除个别的在部分篇章中有些理论探析之外,其他基本上都是史料的概述,还没来得及研究古代文学史料学的历史和方法、理论问题,没来得及探讨建立中国古代文学史料学的体系。这说明,古代文学史料学还处在初创时期。另外,近十多年来,我国的古代文学史料工作,取得了巨大的成绩,发生了很大的变化。据粗略统计,十多年来,出版古籍的数量接近 20 世纪前八十年的 80%,其中有许多是新的丛书、总集、别集、辑佚、补佚;发现了大量的考古文物和典籍;台湾、香港、澳门地区和国外许多史料相继传入;不少史料得到了重新鉴别和整理;现代信息技术迅速地进入了文学史料领域,电子版图书成批量的出版,网络和数据库的快速发展,技术手段的革新带来史料的开放性与史料积累的提速,精品与大量的粗制滥造者并存等。这些都使史料学面临新的机遇,为史料学提供了十分丰富的新材料,也提出了许多新课题。我们过去存有的史料和新发现的史料,浩繁凌乱,如果我们不进一步从理论上加以研究,探讨如何去粗取精,弃伪存真,使之信息化、条理化、系统化,就难以有效地发挥作用,会在很大程度上消磨研究者的时间和精力。看来,为了推进我国古代文学的研究,加速继续研究古代文学史料学,在当前仍是十分必要的。

(原载《文学遗产》2010 年第 1 期。)

语言与口传：古代文学史料的
一种载体和传播媒介

文学是一种语言艺术。在人类没有创造文字之前，文学史料的载体主要是语言，也主要是靠语言来传播的。据英国一个研究室关于人类语言基因变化的研究，人类开口说话、使用语言约有十二万年，而有文字约五千年，中国使用甲骨文才三千多年。这说明，语言作为一种文学的载体和传播的媒介的历史远远超过了文字的历史。有了文字记载之后，语言仍旧是一种重要的载体和传播媒介。语言是一种最古老的、生生不息的载体和传播媒介。

通过语言传承下来的史料，一般被称为口传史料，有时也称为口述史料和口碑史料，具体指的是口耳相传的史料。

我国自古以来就十分重视口传史料。有文字记载之前的口传史料大多已经失传。有了文字记载以后，人们就开始追忆往昔的史料，特别是那些歌谣和神话传说。《周易》的卦爻辞中就记载了不少远古的歌谣，如《明夷》初九载：

　　明夷于飞，垂其翼；君子于行，三日不食。

《诗经》中的许多诗歌原先也是靠口头自然传播的，约在公元前 6 世纪中叶才经过整理并用文字记载下来。据说《左传》记载的某些史实最初也是经过了鲁瞽史长期的口诵流传阶段，后来才用文字记载下来的。先秦的史料也是大多先经由口传，后来才逐渐用文字记载下来。先秦之后，仍有许多史料靠口传。《史记》中使用的一些史料，本来也是靠口头传播的。如《淮阴侯列传》载：

> 吾如淮阴，淮阴人为余言，韩信虽为布衣时，其志与众异。其母死，贫无以葬，然乃行营高敞地，令其旁可置万家。余视其母冢，良然。

这说明司马迁写《史记》时，有许多史料是采自口传的。今存的汉乐府民歌最早流传于民间，后经乐府机关和地方官员的采集、整理而得以保存和传播。汉代以后，随着纸张的广泛使用及书写的方便，特别是印刷技术的发明和发展，许多史料得以靠文字来传播。但口传仍是重要的媒介，特别是民间的歌谣、讲唱文学和许多戏曲，主要还是靠口头来传播。

历代许多文人学者对口传史料十分重视。他们有时自觉或不自觉地用语言来传播文学史料。建安时期，曹植在《与杨德祖书》中说："夫街谈巷说，必有可采，击辕之歌，有应风雅，匹夫之思未易轻弃也。"曹植在会见邯郸淳时，曾"诵俳优小说数千言"（《三国志·魏志·王粲传》）。唐代元稹《酬翰林白学士代书一百韵》说："翰墨题名尽，光阴听话移。"自注："乐天每与余游从，无不书名屋壁，又尝于新昌宅，说《一枝花》话，自寅至巳，犹未毕词也。"元稹诗和注文中的"话"，指的当是故事；诗中所说的"听话"，就是听白居易说《一枝花》故事；自寅时说到巳时，说明讲的时间很长。明代有各种各样的民歌，冯梦龙对此十分留心。他采集了吴地的民歌，编印成《挂枝儿》和《山歌》。综观各个朝代，文人对故事、民歌的收集和整理可以说已经形成了一种传统，各朝各代赓续不断。

由于我们长期对文学史料的载体和传播的演进历程缺少系统、完整的研究，结果造成的基本认识是倚重文字而轻视语言。

从世界范围看,这种偏差自 20 世纪后期开始有了明显的转变。语言传播、"口头传统"的重要性越来越受到人们的关注。口头传承的史料属于非物质文化遗产,现在世界各国对此都极为重视。为了在世界范围内更好地保护人类口头和非物质文化遗产,1997年联合国科教文组织第 29 届大会通过了人类口头和非物质遗产代表作的决议,并在 1998 年宣布了《人类口头和非物质遗产代表作条例》,设立了《世界口头与无形文化遗产名录》,并规定不能擅自改变其内涵。2001 年 5 月 18 日该组织公布了世界首批"人类口头和非物质遗产代表作"名单,十九项中有中国的昆曲。世界范围对口头和非物质文化遗产的高度重视,提醒我们应当更加重视和注意搜集口头传承文学史料。值得庆幸的是,我国最近几年在这方面已经非常重视,做了大量的工作,在不同层次上取得了许多重要成果。

由于长期的积累,我国以语言为载体的文学史料尽管不如以文字为载体的史料那样丰富,但不论在数量上还是在质量上,都是相当可观的。这类史料大体可以分为两种:一是记述史料;二是传述史料。

记述史料指的是参与文学活动的当时人或目击者(如:歌谣、神话、传说以及其他讲唱文学作品的创作者)自己记述的史料,或由其他直接接触文学家和其他文学活动者记述的史料。许多口语创作的作品能够得到保存和传播,靠的是当时人的记述。这种史料不限于作品,有时也涉及有关文学家的传记史料。例如,顾颉刚曾受胡适的委托,寻觅近代作家李伯元的事迹。在寻觅的过程中,顾氏正好碰到了他的朋友、李伯元的内侄婿赵君,因而向他询问。赵君就把他所知道的李伯元的种种事情告诉了顾氏。顾氏把赵君的述说加以整理,刊登在《小说月报》第十五卷第六号上，为研究李伯元提供了难得的第一手史料①。记述史料因为是亲历、亲知和亲闻的史料，具有现场性，多为第一手原生态史料。这种史料开始借语言而形成、传播，后来有些才用文字记载下来。

传述史料主要指的是用语言作为载体的文学史料产生以后，经过多人或多代人口耳相传、流传的史料（有些文人用文字创作的文学作品，后来被口头传播，从传播的角度看，也属于传述史料）。在古代，有不少口头文学史料，如神话、传说、民歌、民谣、谚语和戏曲等，往往是靠口头才得以传承。神话、传说具有传奇故事的一些特点；民歌、民谣等属于口语化的韵语，便于记忆，这些都适宜于长期口头传播。我国三大民族英雄史诗——藏族的《格萨尔王传》、蒙古族的《江格尔》、柯尔克孜族的《玛纳斯》，就在民间流传了数百年乃至上千年。传述史料经过传述者的重复讲述、演唱，在传述中有继承性和变易性。所谓继承性，主要体现在对基本内容的保持上。而变易性的发生，主要是由于传述史料一般没有固定的文本、传播者、受传者和语境。不同时代的传播者、同一时代不同身份的传播者，都是根据自己的审美情趣和价值取向来选择史料，根据受传者的需求和当时的语境，做随机性的、个性化的传播。在传播时，传播者和受传者之间常常处于互动的状态中。每一次传播，都有传播者的改造，如果加以记录整理，就是一个独立的文本。变易的结果体现在内容上，也体现在形式上。在内容上，或增或删，主要删其不合时代和受传者口味的部分，增其适合时代和受传者审美情趣的部分。在形式上，如体裁、语言等，也常常有很大的变易。

①参阅顾颉刚著，顾潮整理《蘄弛斋小品》，北京出版社 1998 年版，第 87—89 页。

《梁山伯与祝英台》是汉族四大传说之一,它在传播的过程中,曾出现了多种新的形式。壮族、白族就分别"把梁祝故事改变成长达数百行的叙事歌《唱英台》和'打歌'《读书歌》传唱"①。又如,以包公为题材的"清官文学",开始主要是以故事的形式在民间口耳相传,后来相继出现了宋元话本、元杂剧、公案词话和各种戏曲等流传体裁。有些口传史料在形成文本之后,在传述的过程中往往超越了文本。

传述史料,特别是其中的说唱和演唱形式都伴随着一定的表演。表演是传述史料的基本构成要素。既然是表演,传述就具有综合艺术的一些特点,常常伴随着传述者不同的语言音调、动作表情等,这就在一定程度上弱化了文字本身的力量,甚至导致了传述作品的语言虽然通俗上口,但往往不如靠文字传播的作品的语言那样精细优美。表演要求有适合表演的内容和艺术形式,要求有一个由时空构成的现场和接受对象。它具有现场性和即时性。在现场内,传述者与接受者能面对面,情调氛围容易产生共鸣,能够取得阅读难以取得的效果。传述史料的传述者不仅仅限于讲唱的艺人,还有许多平民百姓。平民百姓在村落街巷常常不厌其烦地讲述神话传说、人物逸事。这种带有大众化的传述,对传述的内容总会有淘汰和增加。所有这些,都使传述史料常常处于开放的、变化的"活态"。它们既属于产生它们的那个时代,同时也属于传述者所处的各个时代。它们常常经历着内容和形式的变化。这就使传述史料往往处于不稳定、不统一的状态。传述史料的这些特点,使我们在研究和使用传述史料时,不能因为囿

---

① 杨树喆《各民族民间文学的交流整合与中华民间文学的总体风格》,《中南民族大学学报》2003 年第 2 期。

于传述史料的原生态，而简单地判断传述史料变易的真伪和优劣，而应当以历史的尺度、变化的观点来分析。传述史料不仅丰富了文学史料，有助于我们全面了解文学，还有可能导致对某些文学现象的重新阐释和新的研究范式的产生。

当然，传述史料在传播时，也受到一定的制约。它离不开传述者；有时为了追求现场效果，也受制于接受者的趣味与水平；它受时空的限制，不能穿越时空；它本身很难固定，需要靠文字来固定。而靠文字固定下来的，主要是内容，至于传述者传述的情态以及同受传者之间的交流等构成的传述情境，则很难保留下来，所以靠文字保留下来的，不可能是原汁原味的。

从古代文学史料的演进历程来看，口传史料不仅远远早于以文字为载体的史料，而且即使在有文字记载以后，语言仍旧是文学史料的一种重要载体，口传也仍旧是一种重要的传播媒介。历代下层民众创作的各种歌谣、传说和故事等，主要是靠语言这一载体而得到传播的。另外，有些文学史料原来有文字记载，但由于各种原因，后来文字记载散失了，但却通过语言这一载体而得到了保存和传播。《孟子·万章下》说：

> 北宫锜问曰："周室班爵禄也，如之何？"孟子曰："其详不可得闻也，诸侯恶其害己也，而皆去其籍，然而轲也尝闻其略也……"

由此可以知道，战国之前有些被禁毁的文字史料，当是靠一些人的记忆而口传下来的。秦始皇焚毁了大量的文字史料，但其中有些并没有失传，靠的也是口传。《汉书·艺文志》说《诗三百篇》"遭秦而全者，以其讽诵，不独在竹帛故也"。又，李学勤指出：

> 汉初的学者还能诵经，通过口耳相传，保存了不少先秦的东西。如《公羊传》就是口传，公羊高为孔子七十弟子，对

《春秋》的解说世世口耳相传，到汉文帝时"书之竹帛"。汉朝
人根据口传，整理了大量先秦典籍。①

一些散失的文字史料，像汉初这样靠口传而得到存传，这在后来
也屡见不鲜。这说明，口传史料不仅是文字史料的重要补充，而
且它本身有自己独立存在的价值。

中国古代的文学史料，以文字记载为大宗，但有许多文字史
料是源于口传史料。如上所述，上古时期的神话和诗歌，都是先
有口传，而后才用文字记载下来的。《诗经》中的许多诗歌早先就
是靠口传，到春秋中叶经过整理，才用文字记录下来。诸如此类，
在后来的歌谣、传说、小说以及戏曲等作品中，都有明显的表现。
晋朝干宝编撰《搜神记》，除了依据"载籍"外，其他都是"博访知之
者"，有些就是"访行事于故老"而得到的②。这说明，口传文学史
料是文字文学史料的一个重要渊薮。当然，也有不少文字史料在
传播的过程中被转化为口传史料，借助于口传这一媒介得到了更
广泛的传播。《水浒传》成书之前，有关水浒的故事曾经长期在民
间流传；而成书之后，又相继出现了许多关于水浒的演唱文学，用
综合的艺术形式，活跃在戏曲舞台上、显现在说书的场所中。看
来，语言和文字这两种载体的史料在传播的过程中虽然各有特
点，但二者常常相互转化，相互促进。其结果是增加了传播的途
径，扩大了传播的范围。

民间口头创作，是中国古代文学史料的重要组成部分。它生
成在民间，主要也在民间传播。由于中国古代广大的下层民众识

---

① 李学勤：《清代学术的几个问题》，《中国学术》2001 年第 2 期。
② 见干宝《进搜神记表》，载徐坚等《初学记》卷二一，中华书局 1962 年版。
　题目为后人所拟。

文认字的很少，不只民间文学史料借助于口传在民间传播，即使文人的作品，也有许多是靠口传而在民间传播的。文人文学靠口传由中上层到下层，尽管在唐前每个朝代都出现过，但更多的是出现在唐代以后，这主要体现在比较通俗的文人诗词、唐传奇、宋话本、元戏曲和明清通俗小说等通俗文学的口传上。元稹在《白氏长庆集序》中说白居易的诗"王公妾妇，牛童马走之口无不道"。宋代叶梦得述及柳永词时说，当时"凡有井水饮处，即能歌柳词"①。明清的通俗小说，尤其是通俗的历史演义小说，如《三国演义》，在明代"虽农工商贾妇人女子，无不争相传诵"。又如，明代甄伟的《西汉演义》、谢诏的《东汉通俗演义》，据袁宏道《东西汉通俗演义序》记载，主要依靠口传，使当时"天下自衣冠以至村哥里妇，自七十老翁以至三尺童子，谈及刘季起丰沛、项羽不渡乌江、王莽篡位、光武中兴等事，无不能悉数颠末，详其姓氏里居。自朝至暮，自昏彻旦，几忘食忘寝，讼言之不倦。及举《汉书》《汉史》示人，毋论不能解，即解亦多不能竟，几使听者垂头，见者却步"②。文学史料靠口传，多呈现为自然的、无序的状态，在社会的下层广为传播，官方难以控制。由此可以推知，在古代，文学史料借助语言这一媒介，其传播的范围是相当广泛的，当远远超过文字史料和实物史料传播的范围。

（原载《文史知识》2012 年第 4 期。）

---

①叶梦得：《避暑录话》卷下，明津逮秘书本。

②袁宏道著、钱伯城笺校：《袁宏道集笺校》第 4 册，上海古籍出版社 2018 年第 3 版，第 1780 页。

别集述论

古代文学作品的结集有多种形式。在诸多形式当中,别集是最重要的一种,其他形式的结集,都是以别集为基础的。别集数量的多少、质量的高低,是文学史料发展的最重要的标志,也是文学发展的重要标志。因此,别集不止是文学作品史料的支柱,同时也是整个文学史料的基石。

一、别集的名称

别集是按照一定的体式把一个作者的诗文编辑起来的书籍。因为别集编辑的主要是个人的诗文,传统的经、史、子三部及其著述例不入集。《四库全书总目》第一百四十八卷《集部总叙》说:"四部之书,别集最杂。"别集虽然以诗文为主,有时也收录朝政公文、论说、传记、书信等。别集有许多异称,早期的常简称为"集"。正式使用"别集"这一名称,是在南朝齐梁时期。梁代阮孝绪《七录》中有"别集部"。之后,别集之外,又出现了很多名称。《四库全书总目》别集类一叙云:

> 其自制名者,则始张融《玉海集》。其区分部帙,则江总有前集,有后集;梁武帝有诗赋集,有文集,有别集;梁元帝有集,有小集;谢朓有集,有逸集。与王筠之一官一集,沈约之

正集百卷，又别选《集略》三十卷者，其体例均始于齐梁。

齐梁之后，别集名目不断增多，至清代，命名更加自由，名称更加多种多样。张舜徽云：

> 清人自裒所为文，或身后由门生故吏辑录之，以成一编。大抵沿前世旧称，名之曰集，或曰文集，或曰类集，或曰合集，或曰全集，或曰遗集；亦名之曰稿，或曰文稿，或曰类稿，或曰丛稿，或曰存稿，或曰遗稿。而稿之中有初稿、续稿之分；集之中有有正集、别集之辨。其不以集之或稿为名者，则命曰文钞，或曰文录，或曰文编，或曰文略，或曰遗文。此正例也。亦有不标斯目，而别制新题者。①

上面列举的是别集的异称，至于具体到个人别集的取名，也是各种各样，多达十几种。从他人所编辑的别集来看，有直接用作者之名的，也有用作者之名而冠以时代官职、字号、籍贯、谥号、自封号等命名的。直接用作者之名的，如《旧唐书》卷四十七《经籍志下》、《新唐书》卷六十《艺文志四》所著录的别集，除少数帝王外，其他都是取用作者之名，如《司马相如集》二卷、《嵇康集》十五卷等。后来有些书目，如《郡斋读书志》主要也是取用作者之名的。用作者之名而冠以时代官职的，主要见于《隋书》卷三十五《经籍志四》，如"楚大夫《宋玉集》"三卷、"汉太中大夫《扬雄集》"五卷。用官职命名的别集也比较多，如《直斋书录解题》卷十六著录阮籍的《阮步兵集》十卷、陈子昂的《陈拾遗集》十卷。以字号取名的，如《直斋书录解题》卷十六著录的枚乘的《枚叔集》一卷、陆机的《陆士衡集》十卷。以籍贯取名的，如《四库全书》卷一百三十五著录王安石的《临川集》十百卷。以谥号取名的，如《直斋书录

---

① 张舜徽：《张舜徽学术论著选》，华中师范大学出版社1997年版，第530页。

解题》卷十六著录曹植的《陈思王集》二十卷。以自封号命名的，如《直斋书录解题》卷十六著录欧阳修的《六一居士集》一百五十二卷。现当代所整理的别集，大多是取用原作者之名的，和过去不同的是在别集名称之后，常常缀以"注"、"校注"、"校释"、"笺注"、"汇注"、"集解"等。用作者姓名名古代的别集，有助于读者检索，已为现当代所通用。

二、别集的起源

关于别集的起源，前彦和时贤有不同的看法，综括起来主要有以下四种：

一是起源于先秦子书说。主此说的是钱穆。钱穆说：

> 小说家在先秦为九流十家之一，此后演变，亦渐成为文学之一部分。然后起小说，仍不失古代小说家言之传统。中国之集部，本源先秦之子部，此亦其一例。①

二是起源于西汉说。持此说的是梁代萧绎和清人姚振宗。萧绎在《金楼子·立言》中说：

> 诸子兴于战国，文集盛于二汉，至家家有制，人人有集。

萧绎虽然没有明确说明别集起源于何时，但从他认为"文集盛于两汉"的论断来推测，那至少在西汉就应当有别集了。

姚振宗的论述见于其著《隋书经籍志考证》卷三十九：

> 别集始于何人？以余考之，亦始于刘中垒也。《诗赋略》五篇，皆诸家赋集、诗歌集，固别集之权舆。

---

① 钱穆：《现代中国学术论衡》，生活·读书·新知三联书店 2001 年版，第 249 页。

徐有富赞同此说，云："我国别集起源甚早。如《汉书·艺文志·诗赋略》著录的《屈原赋二十五篇》、《陆贾赋三篇》、《孙卿赋十篇》，何尝不是别集。……应当说这些别集虽经刘向等人加工而成为定本，但是它们早就编辑成书则是不成问题的。"①

三是起源于东汉说。持此说的有唐人魏征和宋人晁公武。魏征在《隋书·经籍志四》中说：

> 别集之名，盖汉东京之所创也。自灵均已降，属文之士众矣，然其志尚不同，风流殊别。后之君子，欲观其体势，而见其心灵，故别聚焉，名之为集。辞人景慕，并自记载，以成书部。

晁公武《郡斋读书志》卷十七云：

> 昔屈原作《离骚》，虽诡谲不可为训，而英辨藻思，闳丽演迤，发于忠正，蔚然为百代词章之祖。众士慕向，波属云委。自时厥后，缀文者接踵于斯矣。然轨辙不同，机杼亦异，各名一家之言。学者欲矜式焉，故别而序之，命之为集。盖其原起于东京，而极于有唐。

《四库全书总目》别集类一叙也认为，别集起于东汉。

四是起源于晋代说，其代表人物是清人章学诚。章学诚《文史通义》卷三《内篇》三《文集》云：

> 两汉文章渐富，为著作之始衰。然贾生奏议，编入《新书》；相如辞赋，但记篇目；皆成一家之言，与诸子未甚相远，初未尝有汇次诸体衰焉而为文集者也。自东京以降，迄乎建安、黄初之间，文集繁矣。然范、陈二史所次文士诸传，识其文笔，皆云所著诗、赋、碑、箴、颂、诔若干篇，而不云文集若干

① 徐有富、徐昕：《文献学研究》，江苏古籍出版社 2002 年版，第 36—37 页。

卷,则文集之实已具,而文集之名犹未立也。（原注:《隋志》云:"别集之名,东京所创。"盖未深考。）自挚虞创为《文章流别》,学者便之,于是别聚古人之作,标为别集,则文集之名,实仿于晋代。

以上四种不同观点的产生,主要是由于对别集的内涵的理解和着眼点不一样。起源于先秦子书说者主要以"九流十家"之小说家为例。其实,《汉书·艺文志》著录小说 15 家,诚如鲁迅《中国小说史略》第一篇所说:"则诸书大抵或托古人,或记古事,托人者似子而浅薄,记事者近史而悠谬者也。"这 15 家小说,与我们所说的别集相距甚远。先秦的子书,单就集某一子的著作言论来看,已具备了后来别集的性质,可能因其内容多为政论、哲理,同后来的集部大都以诗文为主有区别,所以一般把子、集分为两部。我们不能从单收一人之作这一角度,认为别集源于先秦的子书。起源于西汉刘向说,是基于"文集之实"。起源于东汉之说,主要是认为"别集"之名是东汉所创。其实,从现存文献来看,还不能证实此说。起源于晋代之说,则是着眼于"文集之名"。我们究竟应当着眼于实呢,还是着眼于名呢？我认为,两相比较,我们应当着眼于实,从实际出发。如果着眼于名,如上所述,有关别集的名称很多。单就别集这一名称来说,前面说过,这一名称最早见于南朝梁阮孝绪的《七录》。《七录》文集录内篇有别集部 6497 卷。假如我们囿于别集这一名称,就应当把别集的起源定在南朝的梁代。如果着眼于实际,我们的认识可能容易统一。别集作为作品结集的一种形式,它的产生需要个人有相当多的有质量的诗文的积累作为基础的,也需要人们对以诗赋为代表的文学作品有一定的认识。从我国古代文学演进的历程来看,屈原作为我国古代第一位有姓名的文学家,创作了许多优秀的文学作品。屈原之后,唐勒和宋玉继承屈原,也创作了一些辞赋。屈原等人创作的有质量的多数量的作品,为后人编文集创造了条件。西汉伊始,朝廷重视收集书籍,对诗赋之类的作品也相当关注。后来刘向编辑了总集《楚辞》。可以设想,在刘向之前,如果没有个人文集的存在,刘向是难以编成《楚辞》的。刘向撰有《别录》,他的儿子刘歆继父前业,撰《七略》,其中有诗赋略。东汉班固在《别录》和《七略》的基础上著《汉书·艺文志》。《汉书》卷三十《艺文志》中著录诗赋106家,1318篇。其中收有屈原赋25篇,唐勒赋4篇,宋玉赋16篇,贾谊赋7篇,枚乘赋9篇,司马相如赋29篇,《高祖歌诗》2篇……这些有明确作者的赋集或诗集,实际上就是别集。这样看来,在上引别集起源的各种观点中,萧绎和姚振宗的见解是可以接受的。别集的起源至晚应定在刘歆时,按先有别集、后有总集的情理推测,也可能在刘向、甚至在西汉初期就出现了。

三、别集的发展

别集虽然起源于西汉,但从《汉书·艺文志》来看,所收的别集比较杂乱。这种情况到了东汉有了变化。从《后汉书》提供的史料来看,东汉期间,已出现了自觉编纂文集的事实,如卷四十二《光武十王列传·东平宪王苍传》载:宪王苍卒后,"诏告中傅,封上苍自建武以来章奏及所作书、记、赋、颂、七言、别字、歌诗,并集览焉"。这是由朝廷诏告而编成的别集。又如卷八十四《列女传·曹世叔妻传》载:世叔妻班昭"所著赋、颂、铭、诔、问、注、哀辞、书、论、上疏、遗令,凡十六篇"。她死后,"子妇丁氏为撰集之,又作《大家赞》焉"。这是由作者的亲属所编成的别集。东汉时期,虽然出现了自觉编纂别集的事例,但就总的态势来看,当时编的别集数量不多，因此，《后汉书》卷八十《文苑传》以及卷五十九《张衡传》、卷六十下《蔡邕传》等著名文人的传记中，均言其作有诗、赋、碑、诔等若干篇，而未云有别集，也未见使用"集"和"别集"之类的名称。上述情况到了魏晋南北朝时期，有了很大的变化。

　　魏晋南北朝时期承续了汉代由朝廷编别集和由他人编纂别集的做法。《三国志》卷十九《陈思王植传》载，曹植死后，魏明帝曾诏告："撰录植前后所著赋颂诗铭杂论凡百余篇，副藏内外。"这表明，魏国朝廷曾为曹植编过别集。《三国志》卷三十五《诸葛亮传》载："亮言教书奏多可观，别为一集。"又载《诸葛氏集目录》，在陈寿等上言的最后标明时间是"泰始十年二月一日癸巳"。"别为一集"的时间待考，但"诸葛氏集"编于西晋是非常明确的。晋代之后，为别人编别集的更多。梁阮孝绪撰有《七录》，其中设有"文集录"。"文集录"中著录了多少别人编撰的别集，难以考知，但从《隋书·经籍志四》"别集"类中的注中，可以推知其数量是相当多的。

　　魏晋南北朝时期，除了朝廷和他人编别集之外，在三国时，开始出现了一些自编的别集。魏国的曹丕、曹植和吴国的薛综等就自编过自己的别集。《三国志》卷二《魏文帝纪》说：魏文帝曹丕"好文学，以著述为务，自所勒成垂百篇"。注引《魏书》载曹丕《与王朗书》云：

　　　　疫疠数起，士人凋落，余独何人，能全其寿？故论撰所著《典论》、诗赋，盖百余篇，集诸儒于肃城门内，讲论大义，侃侃无倦。

　　这是曹丕自编别集的自道。关于曹植自编别集的事实，见于他写的《前录自序》：

　　　　余少而好赋，其所尚也，雅好慷慨，所著繁多。虽触类而作,然污秽者众,故删定别撰,为《前录》七十八篇。

曹植的自序说明,在他生前,自己即编过自己的别集。吴国薛综自编别集,见《三国志》卷五十三《薛综传》：

> 凡所著诗赋难论数万言,名曰《私载》。

徐有富说:"既名《私载》,可见也是自己编辑而成的。"[①]三国之后,自编别集的越来越多。《南齐书》卷四十一《张融传》云：

> 融自名集为《玉海》。司徒褚渊问《玉海》名,融答:"玉以比德,海崇上善。"文集数十卷行于世。

《梁书》卷十四《江淹传》云：

> （江淹）凡所著述百余篇,自撰为前后集。

《梁书》卷三十三《王筠传》云：

> 筠自撰其文章,以一官为一集,自洗马、中书、中庶子、吏部、左佐、临海、太府各十卷,《尚书》三十卷,凡一百卷,行于世。

王筠不仅自编别集,而且"以一官为一集",说明南朝期间,编别集是相当随意的,形式也是多种多样的。南朝自编的别集,还出现了一种具有明显的家族性质的,《梁书》卷三十三《王筠传》载王筠与诸儿书论家世集云：

> 史传称安平崔氏及汝南应氏,并累世有文才,所以范蔚宗云:"崔氏世擅雕龙。"然不过父子两三世耳。非有七叶之中,名德重光,爵位相继,人人有集,如吾门世者也。

从别集的数量来看,在两晋南北朝期间,由于门阀士族制度的盛行,像琅邪王氏这样代代相继自编文集的当不在少数。

魏晋南北朝时期编纂的别集的数量,难以统计。这里,我们

---

① 徐有富、徐昕:《文献学研究》,江苏古籍出版社 2002 年版,第 43 页。

可以《晋书》卷九十二《文苑传》和南朝正史中的《文学传》所载前文人的别集的数量，作为推测的参照。《晋书·文苑传》收标目文人 16 人，注明有别集的 5 人，占 36%。《宋书》无《文苑传》。《南齐书》卷五十三《文学传》收标目文人 10 人，有别集的 2 人，占 20%。《梁书》卷四十九、五十《文学传上下》收标目文人 25 人，有别集的 18 人，占 72%。《陈书》卷三十四《文学传》收标目文人 14 人，有别集的 9 人，占 64%。从上面例举的数字，可以看出，两晋南北朝时期别集的发展，虽未呈直线形态，但总的趋势是发展很快，其中梁朝是一个高峰。《隋书》卷三十二至三十五为《经籍志》，分经、史、子、集四部。在《经籍志四》集部中，第一次明确设有"别集"类。"别集"类共收 437 部，4381 卷，注云："通计亡书，合八百八十六部，八千一百二十六卷。"《隋书·经籍志》著录的别集，自"楚兰陵令《荀况集》一卷"开始至隋"著作郎《王胄集》十卷"，其中有不少的别集，特别是楚、汉时期的别集，主要当是南朝和隋代编纂的。

　　到了隋唐五代，随着创作的发展，人们编辑别集的自觉性进一步提高，别集的数量增加得很快，完全超越了以前任何一个朝代。陶敏、李一飞统计说："《新唐书·艺文志四》'别集'著录 736 家，其中隋 34 家，34 部；唐、五代 513 家，573 部。但这远非隋唐五代别集的全部。胡震亨《唐音癸签》卷三十'集录'仅据两《唐书》及《宋史》之经籍艺文志、《通志·艺文略》、《遂初堂书目》、《郡斋读书志》、《直斋书录解题》、《文献通考》数书，集当时'唐人集见载籍可采据者'，'校除重复，参合有无'，整理出一个 691 家、8292 卷的唐五代别集书目，比《新志》所载多出 178 家。《唐研究》第 1 卷陈尚君《〈新唐书·艺文志〉补》，补录唐作者 406 家，别集 446 部，使今知有别集的唐代作家达到 900 余人，集 983 部，加上五代十国别集,约有 1100 部。出土唐人墓志,尚每有失传文集之记载。"①现存的唐代别集,吴枫说约有 194 家,864 卷②。

　　宋代别集的实际数量,未见有人统计。就现存别集的数量来看,远远超过了唐代。祝尚书在《宋人别集叙录·前言》中说:"据统计,现存宋人别集(包括词集、各类小集及后人辑本)凡八百家左右,失传的尚远不止此数。"

　　辽金元时期的别集的数量也是相当可观的。钱大昕《补元史艺文志》著录辽代别集 10 种。《二十四史订补》第 14 本所辑稿本《金史艺文略》著录金代别集 131 种。元代别集的数量,钱大昕《补元史艺文志》著录 930 种,除去辽代的 10 种外,还有 920 种。现存元代别集的数量,查洪德、李军统计说:"据我们对雒竹筠《元史艺文志辑本》著录的统计,现存诗文别集起码在 450 种以上(两种以上内容相同者只计一种,选本与别行本不计),散佚(含未见)者 425 种。而在现存 450 种中,有 102 种仅有《元诗选》本,有独立的别集流传的实际有 348 种。"③《四库全书》收元代人别集 171种,另存目 36 种。陆峻岭编《元人文集编目分类索引》(中华书局1979 年版)收元人别集 151 种。

　　到了明清时期,文人、学者,差不多人人有集。明代别集的数量,有待详细统计。据《明史·艺文志》所载,约有 1188 种。日本山根幸夫编《增订日本现存明人文集目录》(东京女子大学东洋史研究室 1978 年版)著录明代近 2 千人的文集,版本达数千④。清

---

① 陶敏、李一飞:《隋唐五代文学史料学》,中华书局 2001 年版,第 9 页。
② 吴枫:《吴枫学术文存》,中华书局 2002 年版,第 254 页。
③ 查洪德、李军:《元代文学文献学》,中国社会科学出版社 2002 年版,第 13 页。
④ 潘树广:《中国文学史料学》,黄山书社 1992 年版,第 688 页。

代有别集的文人达 2 万左右。李灵年、杨忠主编的《清人别集总目》著录近 2 万名作家所撰约 4 万部诗文集。柯愈春著《清人诗文集总目提要》收清代有别集者 19700 多家，4 万余种，其中不含生平有集而未见传世者。清人别集不仅数量超越以前任何一个朝代，更重要的是作者人数众多，体裁更加多样，内容更加丰富。诸多别集，除了有浓重文学意味的诗文外，在史料的搜求、鉴别和整理等方面，还为我们提供了难得的路径和索骥的便利。清人张之洞在《𬨎轩语·语学篇》中劝学者"读国朝人文集，有实用，胜于古集"，并解释说："朱彝尊、卢文弨、戴震、钱大昕、孙星衍、顾广圻、阮元、钱泰吉集，中多刻书序跋，可考学术流别，群籍义例。朱彝尊、钱大昕、翁方纲、孙星衍、武亿、严可均、张澍、洪颐煊集，中多金石跋文，可考古刻源流，史传差误。此类甚多，可以隅反"。

由于我们现在对别集的家底还没有完全弄清楚，加上史料的限制以及收录的范围和取舍的标准不同等原因，上面所列举的魏晋以来各个朝代的别集的数量，是相当粗略的。我们只能把它作为一种参照。从上面所列举的数量可以发现，别集一直呈现出发展的态势，清代是古代别集发展的顶峰。

四、别集的种类和编辑体例

从今存的别集来看，内容复杂，种类繁多，可以从不同的角度进行分类。从收录的范围和数量来考虑，可分为全集和选集两种。

所谓全集，指的是编者把所能见到的某一作者的所有作品编辑在一起的书籍。如宋人周必大编的《欧阳文忠公全集》一百五十三卷，清人王琦注本《李太白全集》三十卷。需要说明的是，别集中所谓的全集,实际上不一定全。古代文学家创作的作品,往往不太注意保存,或者由于其他原因,散失的很多。后来即使注意搜集,也难免遗漏。如今存的《鲍氏集》(鲍照集)只是鲍照集的一部分。虞炎《鲍照集序》云:鲍照"身既遇难,篇章无遗,流迁人间,往往见在……爰命陪趋,备加研访,年代稍远,零落者多。今所存者,傥能半焉"。另外,作者自编别集时,有时也有删节,从上面引曹植《前录自序》中,就可以看出,曹植编《前录》时,对众多"污秽者",就去掉了。

所谓选集,指的是编者从某一作者的所有作品中依据一定的标准,选择了其中的一部分而编成的书籍。如:唐代刘禹锡在自编集四十卷外,另有自选集《刘氏集略》十卷(据刘禹锡《刘氏集略说》);晚唐皮日休认为自己的文稿繁多,于是加以选择,编成《皮子文薮》;宋代罗椅选《涧谷精选陆放翁诗集》十卷。明末清初的文人周亮工有全集《赖古堂集》二十四卷,另有他自己删定的《删定赖古堂诗》。

从收录的体裁来看,别集有综合性的诗文集,也有单一体裁的诗集、赋集、文集、词集等。全集一般都是包含各种诗文的,有些选集也选择了多种文体。单一体裁的别集,多是收录某一体裁的较全的作品,如唐代《孟浩然诗集》三卷,《谢观赋集》八卷,《李甘文》一卷;有些则是选择其中的部分作品。

别集的编排,依体裁为序的较多,其次是以作品写作时间的先后为序。依体裁为序的,如:《四部丛刊》本《鲍氏集》共十卷,第一、二卷为赋,第三卷为乐府诗,第四至八卷为诗,第九卷为表、启、疏和书等,第十卷为颂、铭等。今存《四部丛刊》本唐代独狐及《毗陵集》二十卷,卷一为赋、诗,卷二、三为诗,卷四、五为表,卷六为议,卷七为铭、颂(庙)碑、论,卷八、九为(碑)颂、(碑)铭,卷十至十二为灵表、墓志,卷十三为集序、赞,卷十四至十六为序,卷十七为记、述,卷十八为策、书,卷十九、二十为祭文。上举二例,基本上体现了古代别集的编排方式。唐代有了词以后,一般把它置于别集的最后或附于诗歌之后。唐代《刘宾客文集》卷二十七是"乐府",在卷末收录了《杨柳枝词》、《竹枝词》、《浪淘沙词》、《潇湘神词》、《抛球乐词》、《纥那曲词》等词作。明刻本明人李堂《董山文集》十五卷,卷一至六为诗、赋,卷六末附"诗余"24 首,卷七以下为文。

依时间为序的,如赵幼文校注的《曹植集校注》。此书把校注者认为可以系年的,分建安、黄初和太和三个时期,分别系于各年。把时期未定者放在最后。又如邓广铭笺注的《稼轩词编年笺注》,全书共七卷,前六卷大致以时间为序编辑。卷一为"江、淮、两湖之什";卷二为"带湖之什",起宋孝宗淳熙九年(1182)迄宋光宗绍熙二年(1192);卷三为"七闽之什",起宋光宗绍熙三年(1192),迄宋光宗绍熙五年(1194);卷四为"瓢泉之什",起宋光宗绍熙五年(1194),迄宋宁宗嘉泰二年(1202);卷五为"作年莫考诸什","然其中什九当皆作于隐居带湖(1182—1192)及隐居瓢泉(1194—1203)之二十年内";卷六为两浙、铅山诸什,起宋宁宗嘉泰三年(1203),迄宋宁宗开禧三年(1207);卷七为补遗。

同一集中同一体裁的作品的编排,常见的有按文体和时间编排的两种。按文体编排的,如清代纳兰性德《通志室集》中的诗歌的编次是:五言古诗、七言古诗、五言律诗、七言律诗、五言排律、五言绝句、七言绝句。按时间编排的,如清代朱彝尊《曝书亭集》和阮元《揅经室集》中的诗歌。除上述两种之外,也有运用其他方法的。据《元稹集》卷三十《叙诗寄乐天书》所云,元稹自编集中的诗歌部分,分为古风、乐风、古体、新题乐府、五言律诗、七言律诗、律风、悼亡、古体艳诗、今体艳诗。元稹集中诗歌的编排显然是采用体裁和内容相混合的方法。

有些别集，在主体诗文之外，前有序，后有跋。序和跋，有当代人作的，有后人编辑或重刻时作的。现存别集较早的自序当是曹植的《前录自序》。后人为别集作序，至晚自西晋开始，后来逐渐增多。早期比较著名的有萧统的《陶渊明集序》和任昉的《王文献集序》。序和跋，长短不一，内容主要是介绍别集的作者、内容、特点、价值、编纂情况等。有些别集后面还有附录，附有作者的传记、行状、行述、墓碑、墓志铭、年谱、版本、辑评、唱和之作等。

别集编成以后，有些得以保存和流传。同一别集在长期的流传过程中，其内容和编排方式常有变化。在内容方面，由于新的发现，或增或减；在编排方面，有的是代代相沿，没有变化，有的由于编者的思考不同，改变了以前的方式。

（原载《山东大学学报》［哲学社会科学版］2004 年第 6 期。）

古代文学史料的使用

古代文学史料学是一门实践性很强的学科。怎样正确地使用史料是这一学科应当探讨的重要内容。就古代文学研究而言，对于任何一种文学现象的确定、体悟分析、评价和表述，都必须以史料为基础。但从古代文学研究的整体来说，史料工作本身并不是最终的目的。只有通过使用来研究史料、提出观点、得出理论、探讨某些规律，史料才能活起来，史料的价值才能体现出来。

一、史料应当公用

我们搜集、鉴别、著录和整理史料，最终的目的不是自己保存，更不是为了玩赏，而是为自己或其他研究者所使用，为后人所使用。有了史料，不应当垄断，不应当私藏，而应当公之于众，让大家来使用，或者赠予需要者。这在中国古代有优良的传统。中国古代常有赠予史料的记载。南朝梁代阮孝绪《七录序》说：

> 通人平原刘杳从余游，因说其事。杳有志积久，未获操笔。闻余已先著鞭，欣然会意。凡所抄集，尽以相与。广其闻见，实有力焉。斯亦康成之于传释，尽归子慎之书也。

《梁书》卷 50《刘杳传》说刘杳“少好学，博综群书，沈约、任昉以下，每有遗忘，皆访问焉”。“自少至长，多所著述”。博学、多著述的刘杳，没有把自己长期抄集的史料，据为己有，而是为了帮助阮孝绪早日完成《七录》的编纂，完全赠给了阮孝绪。像刘杳这样能把自己搜集的史料主动赠予他人的高贵品行，为现代的一些著名的文人学者所继承和发扬。

1940年，詹锳在昆明西南联合大学任教，写作关于李白的论文和诗文系年。当时昆明的书籍不多，史料难得。闻一多得知后，很慷慨地把自己手抄的许多史料和底稿借给詹锳使用。詹锳后来说：如果没有闻先生的协助，我有关李白的一些论文和诗文系年"是写不出来的。"①

20世纪50年代末、60年代初，中华书局在组织整理《大唐西域记》时，北京大学教授向达表示：愿意把自己所藏的史料奉借给有关的同志。1963年，他在北京大学历史系与中文系的讲座中，主讲《玄奘和大唐西域记》，又把他收集的有关玄奘和《西域记》的史料，在教室内举办了一个小型展览会，共展出文物图片40多件②。

研究中国古代小说、戏曲、通俗文学的著名学者胡士莹，曾把自己收藏的大量弹词史料供他人使用。谭正璧在撰写《弹词叙录》时，就利用了胡士莹收藏的大量弹词。谭正璧每次谈及此事，总是感慨万端地说："我的《弹词叙录》，没有胡先生的大力支持是写不出来的啊！"③

---

① 詹锳：《李白诗论丛·序言》，人民文学出版社1984年版，第1页。
② 参阅谢方《二十六年间——记〈大唐西域记校注〉的出版兼怀向达先生》，载中华书局编辑部编《守正出新：中华书局》，中华书局2008年版。
③ 参阅陈翔华、陆坚等《胡士莹先生传略》，载北京图书馆《文献》丛刊编辑部、吉林省图书馆学会会刊编辑部编《中国当代社会科学家》（传记丛书）第五辑，书目文献出版社1983年版，第280页。

1993年,原上海市图书馆馆长顾廷龙得知山东大学古籍所教授杜泽逊正在编纂《四库存目标注》,不久就把自己早年批注的一部《四库全书附存目录》寄给了杜泽逊,并写信说:

> 欣悉先生从事《存目》版本甚勤,无任钦佩! 鄙人昔尝从事于此,所见《存目》书即注于目下。当时燕京购书费拮据,有收有未收。收者均在今北大,未注版本者,因已收入丛书,容易找。后来卢沟之变,百事俱费。兹将批注本寄奉参考,想河海不捐细流,或愿一顾。①

上举刘杳、闻一多、向达、胡士莹和顾廷龙诸位,都是博综群书、多有著述的著名学者,但他们都能自愿地、无偿地把自己所掌握的史料赠予需要者,或公之于众。这体现了他们没有把自己掌握的史料据为己有的博大胸襟,体现了他们传承中华文明的高尚品格。这同那些把史料据为己有,甚至秘而不宣、待价而沽者,形成了鲜明的对比。

二、使用真实的、原始的 和新发现的史料

史料有真伪。使用真实的史料是史学的生命。我们使用的史料必须是经过鉴别、考证,是真实可靠的。顾颉刚指出:

> 治史学的人对于史料的真伪应该是最先着手审查的,要是不经过这番工作,对于史料毫不加以审查而即应用,则其所著虽下笔万言,而一究内容,全属凭虚御空,那就失掉了存

---

① 引自杜泽逊《四库存目标注》,上海古籍出版社2007年版,一,《序论》第53页。

在的资格。①

胡适在《中国哲学史大纲·导言》中说：

> 史料若不可靠，所作的历史便无信史的价值。

司马迁撰写《史记》，对于史料，注重考辨，力求使用真实可靠的史料，屏弃那些"过其实"、"损其真"的史料。他写《刺客列传·豫让传》，基本上采用了《战国策·赵策》的成文，但删去了"衣尽出血；襄子回车，车轮未周而亡"三句荒诞夸饰的描写。

胡适写《白话文学史》，在史料的使用上，十分谨慎。从《白话文学史》的《自序》可以看到，他对文学史的叙述，总是以史料的准确为基础。他的文学史之所以从汉代开始，是因为他对上古文学史料存有疑问，连《诗经》也留待以后叙写。

有些史料，经过前人的考证，确实属于伪作，一定不能使用。如伪古文《尚书》，已被清代阎若璩等考定是伪书，我们就不能把它作为研究商周史的史料来使用。

有些史料本身存有疑问，而又难以断定其真伪。我们使用这类史料时，可以参考司马迁的做法，用"或然性"的词语或语气予以表示。如《史记》卷二《夏本纪》："或言禹会诸侯江南，计功而崩，因葬焉，命曰会稽。会稽者，会计也。"卷七《项羽本纪》："吾闻之周生曰：舜目盖重瞳子，又闻项羽亦重瞳子。羽岂其苗裔耶？"司马迁的这种做法，既没有违背使用真史料的原则，又没有轻易地遗弃相关的有疑问的史料，保存了史料，以备后人参考。

有许多史料是层层积累的。这些史料具有历史性。历史性主要体现在源流上。同一史料往往见于不同时期的不同著述中。我们应当客观地梳理其源流，分析其差异，努力还原其真貌，尽可

---

① 顾颉刚：《当代中国史学》，上海古籍出版社 2002 年版，第 36 页。

能举先以明后,以示后者必有祖述,使用最早的、原始的史料,或接近原始的史料,一般称之为第一手史料,如最早的记载、原作、档案等,这些都属于史料的源头。少用后期的史料,把后期的史料作为参考。一般来说,最早的、原始的史料,离历史事件发生的时空近一些,错误少些,较为可靠。后来的史料往往经过改编。由于改编者受到某些条件的制约,原来的内容会有所变化,而且还会出现差错。如关于阮籍醉眠邻家酒店一事,南朝宋代刘义庆《世说新语·任诞》载:

> 阮公邻家妇有美色,当垆酤酒。阮与王安丰常从妇饮酒。阮醉,便眠其妇侧。夫始殊疑之,伺察,终无他意。

后来唐代房玄龄等撰《晋书》,于卷49《阮籍传》亦载此事:

> 邻家少妇有美色,当垆酤酒。籍尝诣饮,醉,便卧其侧。籍既不自嫌。其夫察之,亦不疑也。

仔细比较上引《世说新语》和《晋书》的记载,能够发现有所不同。如果我们要使用上述史料,应当使用《世说新语》的记载。一是因其早;二是因其记载的更全面。再如新、旧《唐书》。《旧唐书》是五代后晋时刘昫等撰写的,多依据唐代实录,所记史实比较可信。《新唐书》是北宋欧阳修撰写的,时代较晚,撰写者很少见到唐代实录,又力求文笔简洁,所记史实的翔实程度不如《旧唐书》。

使用原始的、早期的史料,既是一个认识问题,更是一个实践问题。许多研究者都懂得使用原始的早期的史料,但常常难以做到。究其原因,或是原始的、早期的史料不容易找到,或是图省事,不想耐心去查找。需要说明的是,我们强调使用原始的、早期的史料,但不能绝对化和简单化。原始的、早期的史料,有时也并不真实可靠,有时记载过于简略。史料有不足于前时而足于后来,后来的史料有时反倒比早期的史料正确、全面。如王国维的

《优语录》。《优语录》是王国维辑录的研究宋元戏曲史的资料汇编，编于 1909 年，刊于上海《国粹学报》第 63—66 期。后来收入罗振玉主编的《海宁王忠悫公遗书》、赵万里主编的《海宁王静安先生遗书》及今人所编的《王国维戏曲论文集》。《优语录》在《国粹学报》上刊载以后，又在日本人在奉天（沈阳）编辑发行的《盛京时报》1914 年 6、7 月间连载。和在《国粹学报》上刊载的相比，《盛京时报》上连载的多出 43 则①。我们如果使用《优语录》，应当使用后出的。由此可见，我们不能完全排除使用后来的史料。

　　我国古代丰富的史料，由于种种原因，有许多被掩埋和隐藏。这些史料，不断地被发现和整理。我们在使用史料时，要注意使用新发现的史料。使用新史料，不仅能使著述给人以耳目一新之感、纠正或补充旧史料，更重要的是能从中得出新的认识。胡适在撰写《白话文学史》的过程中，特别重视使用新史料。胡适的《白话文学史》，开始是 1921 年编写的 15 篇讲义。六年以后，当他看到国内外不断发现了"绝大一批极重要的"俗文学和敦煌文献等史料时，就重新彻底改写《白话文学史》。他说："有了这些新史料作根据，我的文学史自然不能不彻底修改一遍了。新出的证据不但使我格外明白唐代及唐以后的文学变迁大势，并且逼我重新研究唐以前的文学逐渐演变的线索。六年前的许多假设，有些现在已得着新证据了，有些现在须大大地改动了。"②他重视新史料，有时往往一章书刚排印好，又发见新证据，或新材料了。有些地方，他在每章之后，加个后记，"有时候，发现太迟了，书已印好，

①上引史料据陈艳军《新发现的王国维〈优语录〉增订本》，《文献》2003 年第4 期。
②胡适：《白话文学史·自序》，东方出版社 1996 年版，第 6 页。

只有在正误表里加上改正。"①看来，胡适在研究文学时，一直关注新史料，依据新史料修改原著，守正出新，明白了"文学变迁大势"和重新研究"文学逐渐演变的线索"。胡适的认识和实践，为我们提供了重视和使用新史料的范例。

新史料尽管重要，但新史料毕竟很少。我们使用新史料时，一定不能轻忽过去常见的史料，应注意同过去已有的史料结合起来。早在20世纪二三十年代，傅斯年就强调，要把"新发见的直接史料与自古相传的间接史料相互勘补"，他说：

> 必于旧史史料有工夫，然后可以运用新史料；必于新史料能了解，然后可以纠正旧史料。新史料之发见与应用，实是史学进步的最要条件；然而但持新材料，而与遗传者接不上气，亦每每是枉然。从此可知抱残守缺，深固闭拒，不知扩充史料者，固是不可救药之妄人；而一味平地造起，不知积薪之势相因，然后可以居上者，亦难免于狂猖者之徒劳也。②

新史料与旧史料常常是相因相依，可以相互勘补。

我们在使用新史料时，还应当注意考辨。从古到今，常常有人伪造"新史料"，也有一些新史料在记载或流传的过程中，不同程度地失去了真面目。这就提醒我们，对于新史料，应当辨析之，慎用之。

三、避免断章取义、"抽样作证"，注意取舍选择、分析比较

我们研究一个问题时，面对的史料，即使真实的史料，有时常

---

① 胡适：《白话文学史·自序》，东方出版社1996年版，第9页。
② 傅斯年：《史料略论及其它》，辽宁教育出版社1997年版，第25页。

常相当繁多。在这种情况下,有两点特别值得注意:

一是要客观、全面地分析使用史料,避免断章取义和使用"抽样作证"的做法。有时面对丰富多样的史料,如果只注意使用有利于自己观点的史料,而摒弃不利于自己观点的史料,其结果是许多问题可以按照自己预设的观点方向去证明,这是应当否定的断章取义和"抽样作证"的做法。过去有人,利用史料作为政治工具,或者用来维护自己的错误观点,他们使用的方法,往往就是断章取义和"抽样作证"[①]。有些史料,同说一事,但词语乖杂,或者所说事实出入较大。对待这类史料,首先应当把相关的史料,都抄列出来,以备异闻,同时加以分析选择,使用证据比较充分、情理近于事实的史料。

二是要注意精选史料,不要堆砌。我们研究文学史,有时不患史料不多,而患如何处理众多的史料。面对大量的史料,使用时,要避免不分轻重、兼引并用、以多为功,更不能玩赏孤本密笈、猎奇采异。我们搜集史料要全,但使用史料则要重视取舍,严格选择。陈垣治史,注意"竭泽而渔"地全面搜集史料,但使用时却十分严格。他的"《元典章校补释例》,只用了原来搜集的材料中的一千多条,而不用者竟有一万多条"[②]。如何做到从大量的史料中精选史料?许多前辈为我们提供了正确的做法,其中特别重要的一点是注意分析比较。任何史料都不是孤立的,其价值也有差别。想揭示其价值的大小,只有把它们置于整体中加以比较,

---

[①]严耕望:《治史三书》,辽宁教育出版社1998年版,第31页。

[②]引自白寿彝《要继承这份遗产——纪念陈援庵先生诞辰一百周年》。引文载陈智超编《励耘书屋同学记》(增订本),生活·读书·新编三联书店2006年版,第109页。

才能被认知。所谓比较,就是把相关的史料放在纵横两个坐标上进行比较,从纵横两个视角,看其价值和意义。经过比较之后,舍得割爱,选用那些能集中反映人物或事件本质的典型史料,把它们放在具体的时间、地点和情景下,作具体分析。所谓典型史料,不一定是重大史料,而是分析史料与其他有无关系和产生影响的大小。研究文学史上任何一个重要问题,若不能严格选用和抓住那些典型的史料,就难以抓住研究对象的本质特征。研究古代文学的某一问题,不是"史料搬家"。论证需要充分的证据,但不等于把所有的证据都罗列出来。不加区别地大量罗列史料,增加了篇幅,使论著显得臃肿拖沓,读者读起来容易感到繁琐芜杂,感到沉闷寡味。

四、正确阐释史料

表现一种文学现象的史料是复杂的。史料往往有丰富的内涵。能够正确地解读一种文学现象是相当困难的。我们使用史料时,应当注意史料的复杂性,应当深入地挖掘分析史料的内涵。但要避免混淆古今的界限。每一时期的文学现象,都有自己时代的特点。我们使用史料时,要有历史的观点,了解史料的时代特点。不能把今天所特有的思想观点主观地贯注到史料中去,要力争准确地把握史料所能证明的限度,不能夸大和过分阐释,也不能附会。说到过分阐释,傅斯年早在《中国考古学报告集》之一《城子崖》序一中就指出:

> "过犹不及"的教训,在就实物作推论时,尤当记着。把设定当作证明,把涉想当作假定,把远若无关的事辩成近若有关,把事实未允许决定的事付之聚讼,都不足以增进新知

识,即不促成所关学科的发展。①

傅斯年论述的虽然是不能过分阐释考古史料,但其精神却具有普遍的意义,完全适用于对文学史料的阐释。关于附会方面的问题,这里借用美国历史家黄仁宇所举的一个例子:

> 明代张瀚所著的《松窗梦语》中,记载了他的家庭以机杼起家的经过。中外治明史的学者,对这段文字多加引用,以说明当时工商业的进步及资本主义的萌芽。其实细读全文,即知张瀚所叙其祖先夜梦神人授银一锭、因以购机织布云云,乃在于宣扬因果报应及富贵由命的思想。姑不论神人授银的荒诞不经,即以一锭银而论,也不足以购买织机,所以此说显然不能作为信史。②

在古代文学研究中,有一些问题之所以分歧很大,其中与不能恰如其分地、正确地分析史料的内涵有直接关系。许多文学史料的内涵既有开放性,又有给定性。开放性使人们对史料能从不同的角度、用不同的价值标准来体悟分析和评价,使人们对史料的解读一直是"在路上",呈过程状态,没有终极,也没有绝对的权威。开放性体现了历史性。对史料的理解,离不开理解者所处的时代。每个时代,都是按照自己的需求和思维方式来理解史料的。理解是产生在一定的历史背景中,体现了一定时代的认识。而给定性使人们解读史料,只能是史料提供的或明显、或隐藏的东西,不能无中生有、任意生发。注意史料的给定性,有利于避免

---

① 引自李济《傅孟真先生领导的历史语言研究所——几个基本观念及几个重要工作的回顾》,引文见王为松编《傅斯年印象》,学林出版社1997年版,第106页。

② 黄仁宇:《万历十五年·自序》,中华书局2006年版,第3页。

解读史料的随意性和过度阐释。就当前来看,尤其应当注意避免过度阐释、夸大史料内涵的倾向。

五、引用史料的两个重要规范: 认真核对、注明出处

经过历代许多文人学者长期的辛勤耕耘,有不少文学史料得到了编辑、出版,有许多史料上了网络,还有许多史料经常被一些论著引用。这些史料为我们的研究提供了方便,可以借用。但不能完全照搬。原因是不论是史料的汇编、网络上的史料,还是一些著述引用的史料,同原始的史料相比,常常不同程度地存在一些问题,归纳起来,主要有以下三点:

一是由于抄印粗心,或单凭记忆等原因造成的错误。有作者被弄错误的。明代于谦《石灰吟》中有"粉身碎骨全不怕,要留清白在人间"两句,这是写进了教科书的名篇名句。许多引用这首诗的著述,都说此诗出自《于谦集》。阎崇年在引用此诗时,用了很长时间遍寻各种《于谦集》,都没有找到这首诗。最后得出结论:此诗不是于谦写的①。有把书名弄错的。曹植《代当日大难》一诗中有"游马后来,辕车解轮"两句。"辕车解轮"一事本来出自《汉书》卷62《陈遵传》,而赵幼文《曹植集校注》卷三引作《后汉书·陈遵传》。此后有关的著述,如俞绍初、王晓东的《曹植选集》,陈庆元的《三曹诗选》,孙明君的《三曹诗选》,均未检核原书,沿用了赵幼文之引,都误作《后汉书》。有内容被弄错的。曹植

---

① 引自邢宇皓《阎崇年:通俗讲史,是"炼狱",更是责任》,《光明日报》,2008年2月19日第12版。

《桂之树行》一诗中有两句："淡薄无为自然，乘蹻万里之外。"清代人宋长白在《柳亭诗话》卷一引用这两句诗则误为："淡薄无为，自然乘蹻。"类似上面所列举的引文之误，可以说屡见不鲜。

二是古今有些著述引用史料时，往往是节引，而又不注明。如：

《艺文类聚》卷89"桂"类引《山海经》曰："招摇之山，其上多桂。"赵福坛选注《曹氏父子诗选》①，注曹植《弃妇诗》中的"招摇"，照引《艺文类聚》。查阅《山海经》，《艺文类聚》所引见《山海经·南山经》，原文是："南山之首曰鹊山。其首曰招摇之山，临于西海之上，多桂，多金玉。"同原文比较，可以确知，《艺文类聚》所引是节文。

李善注《文选》卷37注曹子建《求自试表》中的"诚与国分形同气，忧患共之者也"两句，引《吕氏春秋》："父母之于子也，子之于父母也，一体而分形，同血气而异息，痛疾相救，忧思相感，生则相欢，死则相哀。此之谓骨肉之亲也。"李善的引文见《吕氏春秋》卷九《精通篇》。李善的引文，除个别字与《吕氏春秋》原文不同外，原文在"同气而异息"一句下，还有"若草莽之有华实也，若树木之有根心也。虽异处而相通，隐志相及"四句，李善未引。显然，李善的引文属于节引，但又没有注明。后来唐五臣注《文选》，今人俞绍初、王晓东《曹植选集》均照引李善注，却没有标明是节引。

张岱年在《中国古典哲学的几个特点》一文中，引徐干所著《中论》记述荀爽的言论：

> 古人有言，死而不朽。其身殁矣，其道犹存，故谓之不朽。夫形体固自朽弊消亡之物，寿与不寿，不过数十岁。德

---

① 赵福坛：《曹氏父子诗选》，广东人民出版社1984年版。

义立与不立,差数千岁,岂可同日言也哉!

而《中论》所引的原文是:

> 古人有言,死而不朽。谓太上有立德,其次有立功,其次有立言。其身殁矣,其道犹存,故谓之不朽。夫形体者,人之精魄也;德义令闻者,精魄之荣华也。君子爱其形体,故以成其德义也。夫形体固自朽弊消亡之物,寿与不寿,不过数十岁。德义立与不立,差数千岁,岂可同日言也哉!

两相对照,张岱年所引为节文,但所节文,又没有用"……"号表示,也没有其他说明。

三是把原文融化,用自己的语言转述出来。如赵幼文注曹植《当来日大难》诗中"辕车解轮"一句引《后汉书》(礼按:当作《汉书》)《陈遵传》:"遵好客,每宴会,辄取客车辖投井中。"①查阅《汉书》卷92《陈遵传》,原文是:"遵耆酒,每大饮,宾客满堂,辄关门,取客辖投井中,虽有急,终不得去。"两相对照,赵幼文所引不仅把《汉书》误作《后汉书》,同时引文属于自己的转述,而又未加说明。

上面列举的例证启示我们,不少著述中所引用的史料(第二手史料)同原始史料相比,有时有误,有时不是原史料的面貌。我们使用时,不能径直引用,应当尽力查找史料最早的出处,严格核对。不然的话,会以误传误,或者造成误会。

撰写学术论著引用史料,尽量引用原始史料,这是一个重要的学术规范。至于引用的方法可以灵活。现在常见的主要有直接引用和融化引用两种。也有会通这两种方法、结合使用的。

所谓直接引用,也可以称作"明引",就是照引原文。这种方法,常被许多研究性的论著所采用。引用原文这种方法的优点

---

① 赵幼文:《曹植集校注》,人民文学出版社1984年版,第467页。

是,比较省事,容易操作,读者能够看到原本史料。其难处是,有时不易剪裁。过简,说明不了问题。过繁,容易增加篇幅,使读者感到枝蔓芜累。同时,直录的史料原文,夹在论述中间,很难作到论著全文文理贯通、行文流畅。

所谓融化引用史料,也可以称做"暗引",就是把史料加以融化,在表述上有所变通,用自己的话转述出来。这种方法,可以使史料和自己的论述融合在一起,避免了引用的用不同语言风格撰写的原史料和自己论述之间的阻隔,使论著的行文通篇顺畅,读者容易阅读。因此,写普及的通论性的论著,应当尽量多使用这种方法。这种方法的欠缺是,读者看不到原始史料,自然无法鉴别转述的是否正确。使用这种方法,必须对史料有正确的、透彻的理解,还要有相当高的驾驭语言的能力①。

我们在引用史料时,一定要注明史料的出处。注明史料的出处是中国古代史料学的一个优良传统和规范。司马迁撰写《史记》就注意了这一点。如卷28《封禅书》载:

> 余从巡祭天地诸神名山川而封禅焉。入寿宫侍祠神语,究官方士祠官之言,于是退而论次。

这里注明了《封禅书》中所用的上述的史料,是出自自己从巡和究观。又如卷67《仲尼弟子列传》载:

> 余以弟子名姓,文字悉取《论语》弟子问。

这里注明了《仲尼弟子列传》中孔子弟子的姓名,完全出自《论语》。我们应当遵循这一传统,守住这一规范。如论述文学家的生平经历,引用他们的作品,都应当注明传记史料的出处和作

①以上关于引用史料部分,主要内容参考了严耕望《治史三书》,辽宁教育出版社1998年版,第75—78页。

品的版本。对于有关史料的差异和不同的阐释,都要说清楚,并注明出处。有时由于难以寻觅到原始史料,不得已要转引他人已经引用的史料,在根据引者所引注明原始史料的出处的同时,还应注明转引自何处。这样做,为读者提供了查阅的线索,有利于保持言必有据的严谨学风。

注明出处的具体内容,如果是自己观察和访问的,应当具体注明,如果是引自相关的论著,应当注明论著名、作者、出版单位、出版时间、版次。分卷的论著,应当注明卷数和篇名;不分卷的应注明页数。这样做,为读者核实史料提供了方便。

注明出处的形式,通常的有脚注、尾注和夹注。脚注是把注文按顺序统一编号,置于引文所在页的正文之下。这种方式不会间隔正文,便于核查,避免了阅读时前后翻检的麻烦。尾注是把注文按顺序统一编号,置于引文所在正文的一节、一章、一篇文章、一本书之后①。尾注有传统的和标准化的两种。标准化这种方式,不易操作,前几年有些著述使用过,最近用得较少。使用尾注,对撰写来说,比较简便,也不会妨碍正文的连贯。但有时注文条数较多,注号容易出错,同时给读者带来了翻检之劳。夹注是紧跟引文本句之后,古代多用双行小字,所以通称为"双行夹注"。"双行夹注"不便于排版,后来用得比较少。后来也有用夹注的,多改用单行,注文用"( )"号括起来。夹注的优点是便于读者紧跟原文阅读注文,也不会出现正文与注文配合不当的错误。但夹注注文不能太长,如果太长,就影响了正文的连贯性。

我国自古以来就有重视正确使用史料的优良传统,逐步形成

---

①置于一本书之后的,一般是把注释按章节依次编排。

了诸如上述的一些规范。我们应当遵循这些规范。同时随着史料不断地被发现和积累,随着学术研究的变革和新科技对史料的影响,出现了许多新的问题、新的特点,如电子文献史料的大量出现,网上史料的使用等。我们使用史料时,在继承优良的传统和规范的同时,面对出现的新情况、新问题,要与时俱进,不断地探索正确使用史料的新规范和新方法。

（原载《临沂大学学报》2011 年第 2 期。）

古代文学研究的多元格局
和价值观念

新时期以来,随着破除迷信、解放思想、改革开放的推进,随着西方多种思想和理论的涌入,人们的主体精神和自由思想逐渐受到尊重,我国古代文学的研究呈现出多元格局。诸如马克思主义文艺理论、我国传统的文艺理论和西方的各种文艺理论,并存兼容,不少研究者能够根据自己的理论认识来从事研究。从研究的内容来看,研究者大多能根据自己的理解和兴趣来选择。文献资料和考古文物的发掘、辨析和整理;对作者作品和其他重要的文学视角的阐释;对过去编写文学史的反思,新编文学史多种范式的出现和种类的增加;长期被视为的一些"禁区"逐渐被冲破了;以前存在的不少盲点,陆续受到了关注;国内外学术交流的开展和深化;所有这些,在不同程度上都进入了研究的视野。与上述密切相关的是,研究方法的多样化。传统的朴学、文学社会学、比较文学、文化人类学、原型批评、结构主义、接受美学和心理学等方法,都受到了重视,都占有了一定的位置。还有一点值得我们特别肯定,就是有些研究者相当重视普及工作。他们撰写了不少普及性、鉴赏性的读物。有些被改编成影视作品。这些读物和影视作品扩大了古代文学的影响,为人们提供了一份精神食粮。这是大众文化、通俗文化的勃兴在古代文学研究领域的反映,有重要意义。从上面列举的事实，不难看出，多元格局是新时期古代文学研究的特点之一。

新时期古代文学研究的多元格局，推进了我国的古代文学研究。我国的古代文学，从其产生的时候开始，其存在的形式大体上是按民族、地域呈现出多元的态势，即使是同一民族、同一地域的文学，尽管有其共同的特点，但也是多元的，丰繁复杂，含有难以穷尽的内容。多元研究，消除了一元的思维模式和话语模式，使人们能基于不同的理论，从不同的视角，用不同的方法去探讨和认识古代文学，扩大了研究的领域，深化了对不少问题的认识，为接受者提供了许多可以选择的成果。多元格局使研究者能理解和尊重不同的研究内容、方法和成果，有助于认识自己的研究及其成果的有限性，能够提高对异于自己的研究的感受力，承认他人有可能看到自己不曾看到的东西，促进了研究者的互学互补。20世纪50至70年代，古代文学研究难以出现个性化的研究和不同的学派。新时期多元格局的形成，为个性化的研究和不同学派的产生创造了条件。

同任何事物没有绝对性一样，多元格局也不是完美无缺的。我们在充分肯定多元格局的同时，也要考虑它的弊端：在某种程度上引发了古代文学研究的相对主义，造成一种无差别的认识，淡化了古代文学研究应当信奉的标准和原则。轻忽了古代文学研究的价值取向，过分地强调认知，回避价值判断，或者对价值取中立态度。有的轻视文学史学的理论建设，把史料的收集和考辨导向极端，不加分析地一味求全求大。有的对重要的作家作品不太感兴趣，而热心于寻找冷角和怪僻的问题，追求新奇。有的完全囿于个人的急功近利，求数量，制造了一些"伪价值"，忘记了"学术乃天下之公器"的至理名言。学术争辩和批评是推动学术健康发展的重要环节,但新时期真正的学术争辩太少了,实事求是的批评也显得十分单薄。上面例举的这些不利于学术发展的现象的产生,有复杂的原因,但其中也与多元格局带来的弊端有关。

为了避免和尽量减少多元格局带来的弊端,我们有必要强调古代文学研究的价值观念。关于古代文学研究的价值问题,在上一个世纪的相当长的时间里,把"古为今用"简单化,阶级斗争化,致使后来人们很少谈古代文学研究的价值问题。其实,"古为今用"作为一种原则,并没有错。今天我们应当在总结以前经验教训的基础上,立足于现实,重构古代文学研究的价值观念。

古代文学研究作为古代文化研究的一部分,价值观念应占有核心地位。我们要在分析古代文学蕴涵的价值的基础上,逐渐建构一个既符合现实状况又能顺应社会发展的价值体系。今天我们正在建设先进文化。先进文化的建设,离不开对优秀传统文化的继承。而我国的古代文学是优秀的传统文化的组成部分,蕴涵着丰富的古代文明。我们理应从建设先进文化、丰富人们的精神生活、提高人们的精神境界的高度来思考古代文学的研究。这应当是我们必须考虑的基本的价值观。同时,古代文学本身的丰富多彩,研究者各自所处的文化背景、学术修养、审美情趣等方面的差异,古代文学和古代文学研究成果的接受者的不同,从不同的方面决定了古代文学研究价值的取向只能是多元的。原则比较容易确立,但具体地对研究价值的取向定位是很困难的。我们是否可以把古代文学研究的价值,粗略地、相对地分为直接和间接两方面。这里所谓的直接,意为不是简单地、机械地与社会现实对号,不是"立竿见影",而是表现在审美上和认识上,即用它来涵养人们的情操,调节、滋润和丰富人们的精神,总结出某些理论和规律。所谓间接，指的是有不少研究的价值和现实的需要有很大的间隔。拿资料和文献的整理来说，它是古代文学研究的基础。对于一般的接受者来说，并不需要它。但我们不能因此而轻忽它的价值。它的价值就在于为人们提供提出新思想新理论的依据。"古来新学问起，大都由于新发现"。这已为学术史上许多事实所证明。

在我们承认和容纳古代文学研究价值的多元的同时，还应考虑到价值的不同层次，承认价值的差别。以作家作品为例。我国古代作家作品数以千万计。尽管他们都有出现和存在的理由，但他们的价值是有差别的。其中，最有价值的当是那些重要的作家作品。是他们代表了我国古代文学的最高成就，构成了我国古代文学的柱石和要脉。是他们影响了我国一代一代的人们。他们不止是"民族的"，而且也是"人类的"，其重要价值是研究一般的作家作品所难以相比的。现在不少研究者都在考虑拓展研究的领域，这是可以理解的，也是必要的。但我们在考虑现在这方面的问题时，应当考虑到价值和价值的差别。一些没有多大价值的，是否不必进入我们的研究视野？

新时期古代文学研究多元格局的形成，为我们的古代文学研究创造了十分难得的比较自由的学术氛围。我们应当维护它，张扬它，同时注意建构新的价值观念，尽量减少多元格局产生的弊端。如果我们能在这方面达成共识，注意借鉴历史的经验，立足现实，关注人生，保持一种平实渐进的心态，不为急功近利所诱惑，不被潮流所裹挟，多一些责任感，少一些"私人化"，我们的古代文学研究会有益于社会、有益于人类的。

（原载《光明日报》2001 年 12 月 26 日第 B02 版。）

关于编写中国古代
文学史的四个问题

20 世纪初，林传甲的《中国文学史》(1910)可谓是中国人编写古代文学史的发轫之作。一百年来，中国古代文学史的编著虽然取得许多成绩，但也还存在着一些不足。笔者认为，编写古代文学史要注意解决好四个方面的问题，才有可能真正展示中国文学发展演变的真实面貌，揭示中国文学发展的内在规律。

一、保持多元的格局

我国自 20 世纪初开始编写文学史以来，除个别的短暂时期外，就总的趋势来看，基本上是呈多元的格局。

1. 综合的与专体的并重：综合的文学史指的是含盖诗歌、散文、骈文、辞赋、小说、词、戏曲等多种体裁，包括各方面作家和各种风格流派的文学史。综合类文学史又有通代的、断代的和地区的等多种。专体文学史是综合文学史的渊源，又是综合文学史的支流。专体文学史种类繁多。我国古代文学几乎所有的体裁都有专史，而每种体裁专史又有各式各样的。此外，以性别来区分的，有多种女性文学史。以雅俗为着眼点的，有不少俗文学史。从民族的视角来观察，有民族文学史。立足于宗教的，有宗教文学史等。

2. 以作家作品为主与突出史的特点并存：从以前编写的文学史的内容看，粗略地可以分为两类：一类是以作家作品为主，重点是从思想和艺术两方面来分析作家和作品，以及这些作家和作品在文学史上的地位和影响。在构架上，多是以"块块"为主，大体是按朝代来划分，"作家作品排队"。另一类是吸收历史学界关于中国古代社会形态的研究成果，把古代文学划分成几个大的时期，在每一大的时期内，再以朝代为序。对各时期文学的述评，关注更多的是史的演进。需要说明的是，上面的两类分法，只是着眼于大体和特点。实际上这两类文学史常常是你中有我、我中有你。

3. 提高的与普及的并行：文学史领域内关于提高的与普及的这两类之间，并没有严格的界限。综观过去的文学史，有不少是学术性比较强的，或者有新的内容，或者有新的构架，引用的史料多，篇幅相当宏大，这类文学史流传的范围主要在学术界和高等院校。同时，还有一些文学史着眼点在普及，有些题目就标有"小史"、"简编"、"简史"、"基本知识"等，大多是用浅显通俗的语言，介绍重要的文学现象，篇幅一般不长。从数量上来看普及的文学史显得少一些。

4. 个人编写的与集体编写的同存：从文学史的编写者来考查，20 世纪前半期和后半期有很大的不同。前半期，除个别文学史为两人合著外，其他均为个人编写。后半期则有明显的变化，合著有所增加，特别是出版了一些集体编写的文学史。新时期以来，集体编写文学史的情况又有了进一步的发展。

从上面列举的部分事实看，多元共存是近百年文学史编写领域里的重要特点之一。这些文学史尽管质量高下不一，生命有长有短,但就总体来分析,文学史是在不断地发展、不断地进步。当然,其中也出现了这样那样的问题。我们不能因为曾经出现了一些问题而否认长期形成的多元格局。相反的,我们应当保持和发展这种多元的格局。保持和发展这种多元的格局是历史经验的启示,同时也是文学史学科发展应当遵循的一个重要规律。

我国古代文学历史悠久,文学现象交错复杂,各种作品丰富多彩。随着时代的前进,还会不断地发现许多新的史料。悠久的历史和浩瀚丰富的文学史料这一客观存在,为我们编写文学史保持多元格局提供了客观条件。

随着我国经济和社会的全面发展,人们的精神需求会愈来愈丰富。这一点也会反映在人们对文学史的要求上。文学史的读者由于文化水平和其他方面的差异,有许多不同的层次。不同层次的读者会对文学史提出不同的要求。随着经济全球化和我国国际地位的提高,我国的古代文学会愈来愈受到世界上更多人们的喜爱。国外的读者和国内的读者对文学史的要求也不会一致。读者对文学史的多种需要,也要求我们保持多元的格局。

从文学史的编写者方面来考虑,其学识和爱好往往有很大差别。有的博通,有的专攻。有的长于此,有的长于彼。个人编写难能可贵,集体编写也应视为正常。前辈学者博通者多。20世纪50年代以后成长起来的研究者,博通者则少得多。这当是50年代之后集体编写文学史较多的一个重要原因。这种状况可能还会延续一个相当长的时间。对于个人编写、合作编写和集体编写等多种方式,我们都应当容纳。这里的主要问题不是参加编写的人数的多少,关键是保证水平和质量。拿过去集体编写的文学史来说,有些是很有生命力的。

我们的文学史编写要发展,涉及许多方面,保持文学史编写的多元格局应当是其中的一个重要方面。保持多元格局能够使各种文学史互相补充,也有利于各种文学史的竞争,从而促进文学史学科的繁荣。从事编写文学史的专家学者如果在这一点上能达成共识,就不会厚此薄彼,更不会惟我独尊,而会形成一种取长补短的良好的学术氛围。至于哪些文学史更好些,应当让实践来检验。

编撰文学史应当保持多元的格局有一个前提,就是要坚持用马克思主义的历史唯物主义为指导。20世纪50年代以后编撰的文学史,具体方法呈多元格局,但有一点是相同的,就是许多编写者都在努力用历史唯物主义作指导来编写文学史,使我们的文学史学科有了巨大的进步。当然,把一种理论正确地运用于实践有一个过程。我们在运用历史唯物主义的过程中,也出现了这样和那样的问题。出现问题的原因主要是我们没有学好,没有用好。我们要总结经验和教训,决不能因为出现了某些问题而怀疑历史唯物主义。如果离开了历史唯物主义,我们的文学史学科就不可能健康发展,也不可能有真正的创新。

二、开阔视野、拓展范围

文学史要拓展是一个有待研究的大题目,涉及的方面很多。这里仅就古代文学的传播和接受谈一点想法。文学演进的历史是一个综合的整体,是一个系统。作为一个整体和系统,它至少应当包括作家作品的产生、作品的传播和作品的接受这三个相互联系的部分。回顾我们以前编写的文学史,尽管有这样那样的不同,但有一点是近似的,就是基本上是以述评作家、作品为主。至于作品产生后是否得到了传播,如果得到了传播,通过了哪些途径？产生了怎样的效应？这一环节，文学史基本上没有涉及。关于读者的接受，以前的文学史有所涉及，这主要反映在述评少数大作家时，常常有一部分谈对后代的影响。新时期以来，伴随着中外文化的交流，受国外接受美学和传播学的影响，有些学者开始注意探讨我国古代文学的传播和接受问题，并出版了少数论著。但从近几年出版的文学史来看，对文学的传播和接受两方面的内容涉及得很少，有的基本上没有涉及。这对于全面地展示我国古代文学应该是一个缺欠。在论述编写文学史时，许多学者主张应探讨和表述文学演进的规律。这应当作为编写文学史的重要任务之一。要在这方面有所进展，如果我们的眼光只局限于作家和作品的范围之内，而不把传播和接受纳入我们的视野，恐怕也会影响我们对文学史演进规律的研究。举例来说，想探讨我国古代戏曲和小说产生、发展的规律，假如我们的视野只停留在文本范围内，而忽视其传播和接受两个重要环节，即使总结出某些"规律"，恐怕也难以做到科学与严谨。

要把文学的传播和接受纳入我们的文学史编写中是一个新的课题。为了把这一新的课题做好，基于目前的情况，可能有两点值得我们留心：一是要学习有关传播理论和接受理论。我国古代以至现代也有关于传播和接受方面的理论，但多是感悟式的，比较零星，没有形成理论体系。而在西方，关于传播理论和接受理论很早就受到重视，至晚在20世纪上半期就已经形成了体系。西方这方面的理论是新时期之后才较多地传入了我国。现在我们应当学习我国的和西方的理论，把两者结合起来，加以消化、融会和贯通。用西方的理论简单地套在我国的古代文学上，恐怕会出现圆凿方枘的问题。二是搜集史料。我国古代有关文学的传播和接受的史料很少有系统的，多是散存于各种典籍中。文学史要把有关传播和接受内容扩充进去,应当广泛地搜集、积累史料,进而选取重要的加以分析和使用。这是基础性的工作,我们应当尽力做好。

三、当代精神与吸收新的研究成果

谈文学史编写的当代精神问题,自然会关联到文学史编写中的主客观问题。在这方面,概括以前许多学者的论点,大体有三种不同的认识:一是客观论,认为"我们的研究,除了客观地说明中国古典文学本身之外,不应有任何其他的先决条件"①。二是坚持主观,认为文学史是"神话",强调用"想象、虚构来讲述中国文学史"②。三是坚持客观与主观的统一。就我个人的想法来说,第一种和第二种观点都陷入了极端。文学史要客观,但绝对的客观只是一种理想。强调客观者主要意思是让史料说话。单就这一点来说就难以做到客观。就史料来说,它本身就存在着有限性和局限性。流传到今天的各种文学史料即使非常丰富,也只是史料的一部分,我们不可能掌握全部的史料。从传下来的史料来分析,"任何史料都有固有的偏向"③,因为它们毕竟是人们的记载,其中夹杂有主观的理念和某种权力的运作。既然是编写文学史,如何编写? 总要体现出编写者的想法。现存的史料浩瀚繁

---

① 王钟陵:《二十世纪中国文学史论文精粹:文学史方法论卷》,河北教育出版社 2001 年版,第 259 页。
② 戴燕:《文学史的权力》,北京大学出版社 2002 年版,第 7 页。
③ 杰弗里·巴勒克拉夫:《当代史学主要趋势》,上海译文出版社 1987 年版,第 88 页。

富,不可能没有取舍。选择哪些,遗弃哪些,不是由主观决定的吗? 文学史作为一门科学,不能排除分析、概括、总结、归纳等逻辑论证,不能不使用概念、范畴和规律来表述研究的结果。纯客观地编写文学史,实际上是不存在的。存在的只是客观和主观程度的差别。在文学史编写中确实存在着想象和虚构的成分,但过分夸大想象和虚构的作用,进而把文学史视为"神话",对文学史的编写也是不利的。文学史既然是"史",就必须以客观的史实为基础,想像、虚构不能天马行空。恩格斯说过:"不论在自然科学或历史科学的领域中,都必须从既有的事实出发。"①否定了史实这一基础,文学史就不存在了。为了保持文学史的多元格局,对基于客观说和"神话"说而编写的文学史,我们应当有一种宽容的态度。但相比而言,在文学史的编写中,要不断地推进主客观辩证的统一。这种统一有一个基础,就是客观的史实。没有史实为依据的历史是不可相信的。在我们强调这一前提的同时,不能否定主观的作用。综观古代文学的研究史不难发现,每个时代对以前文学的研究都有继承,但这是次要的。重要的是都对文学史料有不同于以前的理解,都在重新组合史料,都在发现新的历史。

在文学史研究中,主观因素是一种存在,占有重要的地位。文学史的编写情况也是近似的。回顾过去的文学史编写,需要思考的主要问题不是是否承认和容纳主观的问题,而是主观的价值观念、理论范式等正确与否? 审美情感健康与否? 能不能体现当代精神? 我们这样提出问题并不是丢弃编写文学史的客观性,并不是不尊重文学史料。当我们对文学史的阐释和评价与史实不一致的时候,我们应当修正自己的看法,而不能修正史实。全面

---

① 《马克思恩格斯全集》第 20 卷,人民出版社 1971 年版,第 387 页。

地占有史料，考订史料，诚实地使用史料，从史料中引出经得起检验的真知灼见，把客观性和主观性辩证地统一起来，体现当代精神，才是我们应该追求的。

首先是理论问题。我们编写文学史应当坚持马克思主义历史唯物论，而马克思主义历史唯物论本身是发展的，是开放的。历史唯物论在当代不断地发展，同时也遇到了挑战。历史相对主义、存在主义、后现代主义思潮等对历史唯物论都提出了挑战。特别是后现代主义思潮把史料真实、历史规律、历史本质以及传统的历史概念等都作为他们消解的对象。对于现在流行的多种学术流派，我们文学史编写者应当扬弃其非科学的内容，汲取其科学的成分，进一步提高我们的理论水平。文学史实是客观的、不变的，如果我们的理论水平提高了，会对文学史实做出新的阐释，会在探讨文学演进的规律等方面迈出新的步伐。

第二是我们应当回应时代的需要。历史和现实是不可分割的。人们之所以需要学习古代文学史是由于它具有现代的意义。同过去相比，我们现在所处的时代有许多新的特点，人们的需求也发生了变化。我们编写文学史应当面对这些问题，思考这些问题。要与时代、与社会共同进步，要关注进步过程中所产生的问题。今天我们编写文学史，就内容来说，在兼顾全面的基础上，要特别注意从丰富的文学史当中，把符合时代需要的东西提炼出来。文学史自创始到今天，有大量的是作为高校教材的。以新时期以来我们编写的教材而论，关注较多的是文学史本身，而不太重视思考接受对象的变化。实际上，市场经济的发展，社会需求的变化，培养目标的不同，素质教育的张扬，学生的实际状况，网络教育的实施等，都影响了古代文学的教学。现在中文系本科古代文学的课时比以前少，而且随着文史哲大文科的出现，课时还有进一步减少的趋势。同时由于注重文理渗透，理工科的本科生也要学习古代文学。这些都是前所少有或没有的。高校的这种变化要求我们编写出新的不同于以往的文学史教材。另外，从现在古代文学的普及来看也有许多工作要做。在这一点上，科技的普及倒是走到了我们前面。为了普及科技知识，有许多两院院士致力于撰写科普读物。在古代文学史方面，在 20 世纪五六十年代曾经出版了一些普及读物。但新时期以来，研究者关注较多的是学术性的文学史，而对普及性的文学史则有所忽视。这种状况也应当有所改变。

第三是注意吸收新的研究成果。文学史要创新，应当吸收国内外关于古代文学研究的新成果，关注国内外古代文学研究的进展。这一点，现在主要不是理论认识问题，而是实践问题。阅读前几年出版的部分文学史往往会发现，有些史料，有些阐释，学术界已经有了新的、经得起检验的成果，但是没有被吸收。以别集、总集的整理为例，出版了许多新的成果。这些成果一般都做到了后出转精。可是有的文学史后面所列举的参考书目并没有注意吸收。这说明在吸收新的研究成果方面，我们还有许多工作要做。

四、积累与渐进

新时期以来，许多学者不满意过去编写的文学史，提出要"重新编写文学史"。就主导思想来说，其出发点是积极的，在实践上也取得了不少成果。但仔细体会"重新编写文学史"的提法，其中也蕴涵着一种激进的想法，对以前编写的文学史，特别是对一些标志性的成果缺乏细致的分析，否定得较多，想在较短时间内另起炉灶,编写出与以前迥然不同的文学史。对这种至今仍旧存在的激进的想法有必要加以讨论。

回顾近百年编写文学史的进程,大体可分为激进式和与之相对的渐进式两种。激进式编写的文学史,或是受政治气候的影响,带有运动的性质,或是由于急功近利,主要表现是酝酿的时间短,缺少必要的积累,编写出版快。这类文学史的命运是大起大落。当其问世时,有的有轰动效应,但生命很短暂,有的甚至还没有来得及出版就夭折了。典型的事实是 20 世纪 50 年代后半期出现的几部以学生为主编写的文学史。对这几部文学史不能全部否定,但其昙花一现的结果则已为历史所证实。像这样的事实并不多见,但类似这种激进的做法,新时期以来也还是程度不同地存在着。据辽宁大学出版社 1992 年出版的《中国文学史版本概览》提供的材料,自 1978 年至 1991 年,仅中国古代文学史通史类,就出版了约 50 部,其中有许多是属于高校的教材。编写者编写这些教材的初衷是想取代游国恩等几位先生主编的《中国文学史》,但结果并不像预想的那样。这些新编的文学史的生命都比较短暂,而游国恩等几位先生主编编写的尽管有其历史的局限,但至今还为许多高校所使用。出现上述现象的原因是多方面的,但有一点恐怕毋庸置疑,就是后来这些文学史的编写差不多都是上马快,缺乏必要的学术积累,大多是急就章,其编写的方式属于激进式。

与激进式有别的是渐进式。渐进式编写的文学史,编写者一般都不随风、戒趋时、淡泊名利,以沉潜从容的心态孜孜不倦地探求真理。在史料上,他们都做到了持续的积累;在理论上,他们都注意不断地提高。从提纲到成文,反复酝酿,多次修改。有的将部分章节先在报刊上发表,广泛地听取意见,不断地进行修改。所以他们编写出来的文学史不仅在当时饮誉学林,而且有长远的生命。我们不妨回顾一下王国维先生的《宋元戏曲史》和鲁迅先生的《中国小说史略》的撰写历程。

王国维在撰写《宋元戏曲史》之前，基于"一代有一代之文学"的认识，认为宋元戏曲"能道人情，状物态，词采俊拔，而出乎自然，盖古所未有，而后人所不能仿佛也"。但以前的儒硕轻蔑戏曲，致使戏曲史料"郁堙沈晦"。为了探究宋元戏曲的"渊源，明其变化之迹"，王国维决心先搜集戏曲史料。经过长时期的搜集，"乃成《曲录》六卷，《戏曲考原》一卷，《宋大曲考》一卷，《优语录》二卷，《古剧角色考》一卷，《曲调源流表》一卷"。有了上述史料的积累之后，王国维才写成了《宋元戏曲考》（后改名为《宋元戏曲史》）①。王国维自 1908 年草成《曲录》，1912 年 12 月《宋元戏曲史》成书，1913 年 4 月开始连续在《东方杂志》上发表，1915 年商务印书馆初版全书。从开始搜集史料到正式出版，前后经过了八年左右的时间②。

鲁迅写《中国小说史略》开始于 1920 年在北京大学讲授中国小说史。鲁迅在《序言》中说："中国之小说自来无史；有之，则先见于外国人，而后中国人所作者中亦有之，然其量皆不及全书之什一，故于小说仍不详。"为了弥补以前的缺憾，鲁迅开始从搜集史料入手。据鲁迅《小说旧闻钞·再版序言》记载，当时鲁迅"困瘁，无力买书，则假之中央图书馆、通俗图书馆、教育部图书室等，废寝辍食，锐意穷搜，时或得之，瞿然则喜。故凡所采掇，虽无异书，然以得之之难也，颇也珍惜"。鲁迅对史料的珍惜，搜集史料的艰辛，得到史料的喜悦，溢于言表。鲁迅把新搜集的小说史料

①姚淦铭、王燕编：《王国维文集》第 1 卷，中国文史出版社 1997 年版，第 307 页。
②姚淦铭、王燕编：《王国维文集》第 1 卷，中国文史出版社 1997 年版，第 111 页。

编辑成《小说旧闻钞》。此书从宋至清末 70 多种著作中辑出 41 种关于古代和近代小说的考订和见闻。由于鲁迅有长时期小说史料的积累，所以不断地修改讲义，1923 年 12 月和次年的 6 月分两次刊出了《中国小说史略》。后来至少又修订了两次。

《宋元戏曲史》和《中国小说史略》是两部奠基著作，郭沫若在《鲁迅与王国维》一文中称其为中国近代文艺史研究上的"双璧"。《宋元戏曲史》从出版到现在接近 90 年。《中国小说史略》自刊出至今 80 年了。在长达八九十年里，这两部著作不断地印行，不断地被引用，显示出长远的生命力。原因是多方面的，但有一点是明显的，就是两部书的作者并没有依恃自己的天才，而是以渐进的方式长期地做学术积累，对研究的对象反复含味、不断思考，初稿写出以后，又不断修订。两位前辈学者的才华，我们是难以具备的。但他们那种沉潜、持之以恒的学术品格，我们则应当铭记不忘。

古代文学史的编写一般不可能是跳跃式的，更多的应当是渐进式的、积累性的。所谓渐进和积累，也包括对以前编写的文学史成果的继承。我们编写文学史注重继承以前的成果，尤其是一些标志性的成果是必然的，是合乎人文科学发展规律的。我们这样说并不意味着不要创新。吸收新的研究成果，努力创新，仍旧是我们编写文学史的灵魂。但创新要注意处理好继承和创新的辩证关系。如果丢弃了过去编写的文学史中的正确的东西，不重视研究具体问题，而是急于去追求建构新的体系，往往不能经得起实践的检验。多年以来，鉴于学术界存在的浮躁之风，许多学者在呼吁：戒浮躁，多积累，多沉淀，重质量，出精品。这同样适用于我们编写古代文学史。

（原载《临沂师范学院学报》2004 年第 1 期。）

走进民众:抗战时期
中国古典文学的普及

重视和践行普及,是抗战时期中国古典文学研究领域里的一个突出特点。在长达 14 年的抗战时期,包括中国古典文学在内的优秀的传统文化,一方面由于日本的野蛮侵略(特别是 1937 年卢沟桥事变之后),遭到严重的摧毁;另一方面由于抗战的特殊时势,人们迫切需要从包括古典文学在内的优秀传统文化中吸取滋养和力量,促进了优秀的传统文化与民众的融合,为中国古典文学的普及提供了机遇。中国古典文学通过普及,与民众相见,进入社会现实,激发了广大民众的民族精神和爱国情怀。

一、自觉的普及意识

理论的自觉是正确实践的先导。抗战时期古典文学的普及是基于一种自觉意识。这在许多著名人士的著述中有明确的宣示。

郑振铎 1937 年 6 月初,在上海做了题为《中国的出路在哪里》的演讲。演讲中,他全面回顾了自鸦片战争以来中国人民的反帝斗争历史,"从历史的演变和现代的发展",得出了下面明确的结论:"我们应该无条件的信奉:'大众的力量是最伟大的'。华北义军此起彼仆,不知有数千百次,然而我们知道他们究竟有多少军火? 由于这一点,我们得以深信,中华民族的力量是在被压在大众的底下而未发掘出来。所以现在我们中国的急务,即在'唤起民众'与'共同奋斗'!"①郑振铎上面的论述具有代表性。他从历史和抗战现实的结合上,说明抗战不是少数人的事情,不能靠少数人。抗战是中华民族全民的抗战,抗战的力量源泉在广大民众。因此,要取得抗战的胜利,急务是"唤起民众"。与郑振铎看法相同的郭沫若在《抗战与文化》中,也特别强调抗战"必须是大众的动员"②。

"唤起民众""大众的动员"是抗战文化的重要组成部分,是抗战时期需要结合实际的文化启蒙工作的一重要方面。1942 年 5月,毛泽东在《延安文艺座谈会上的讲话》讲到文艺普及时,特别强调现在工农兵面前的问题,是"迫切要求一个普遍的启蒙运动,迫切要求得到他们所急需的和容易接受的文化知识和文艺作品"。抗战时期,在抗战营垒中,许多文人学者的文化观不尽相同,但有一点却是共识:都主张为了抗战的需要,倡导用通俗浅显的形式,普及文化。1938 年胡秋原在《中国文化复兴论》中,系统阐述了他复兴中国文化的主张,其中特别提到要普及文化,"使全国人民都有民族意识和现代知识"。

历史是文化的重要组成部分。包括古典文学的历史中蕴涵着丰厚的民族精神和爱国情怀。抗战时期,民众的历史知识是相当贫乏的。因此许多文人学者在倡导普及文化时,特别强调要改变民众缺乏历史知识的状况,让历史冲出书斋,用真实的内容、活

---

① 引自陈福康《郑振铎论》(修订版),商务印书馆 2010 年版,第 75 页。
②《抗战与文化》,刊于 1938 年《自由中国》第 1 卷第 3 期。

泼有趣的民众容易接受的形式走进民间。1944 年 3 月，费孝通在《民主周刊》第 9 期，发表《历史到民间去——读吴晗：由僧钵到皇权》一文中认为：造成民众历史知识贫乏的主要原因，在于"我们的历史不但深锁在象牙塔里，而且又是死板板得引不起普通人的兴趣"。历史家必须"为了普通人民着想"，写下一些"可以看得懂，相当有趣，而又和史实相结合的读物"，这样才能满足普通民众的需要。历史的出路是必须打破封锁，早日开放，尽快到民间去。费孝通的观点，是当时史学界许多人的共识。

随着自觉普及意识的确立，许多文人学者把普及历史知识看成是自己为了抗日救国义不容辞的责任，视为自己应当做出的贡献。1932 年上海"一·二八"战争后，姚名达致胡适信说："名达私愿作普及历史知识于一般民众之运动，冀有所贡献于国家。"又致胡适信说："近际国难，谅多警省。名达惨遭倭寇，失业搬家，动心忍性，谋所以报仇兴国之道，乃归结于唤起民众之自觉；而自觉之端，自明了国家破亡之原因始，则历史知识之普及，实为当今之急务……近遭国难，默察民众之隐情，深觉缺乏历史知识之结果，将致国家于灭亡，而欲发挥吾人之所长，以贡献于国家，莫若授历史知识于一般民众。"姚名达早在清华大学研究院读研究生时，曾经联合同志组织史学会，谋求普及历史知识。但当时的普及意识并不强烈。个人亲身的经历和体验，常常会激发人们对历史有新的、深入的认识和评价。"一·二八"战争后，姚名达自己亲身经受了"国难"之痛和对民情的体察，把自己的遭遇和普及历史知识融合在一起，更加深切认识到普及历史知识的紧迫性，决心志愿在历史知识的普及方面，做出自己的贡献。

在抗日战争期间，顾颉刚目击国难日深，为了夺取抗战的胜利，作为一个著名的历史家，他一直重视和践行普及历史知识。

他是组织者，也是写作者。1931年"九一八"事变后，顾颉刚为了推动抗日，举办"三户书社"。1933年9月，又决定将三户书社改名作"民众读物编刊社"，确定工作目标有四项：唤起民族意识，鼓励抵抗精神，激发向上意志，灌输现代知识。1941年，顾颉刚在重庆主办《文史杂志》，他提出办此杂志有三个"使命"，第一个就是要普及："我们要深入，可是我们没有忘记要浅出。"他相信《文史杂志》的一些普及性的文章，在激励人们的爱国精神上，比单纯从事提高的工作更有意义。为了普及，他还发起并主编了一套普及性的《中国名人传》。在长达14年的抗战期间，顾颉刚不仅撰写了许多著名的历史论著，同时还撰写了大量的普及历史知识的通俗读物。这些读物"随写随印"，"广泛流行于当年的大后方"①。

　　朱自清在抗战时期，先后在清华大学和西南联合大学教授中国文学，开过多门有关中国古典文学的课程，同时也撰写出版了多种有关中国古典文学的论著。他虽然身居高等学府，但他关注抗日，关注社会现实，看到了战时文化教育的重要和艰难，认识到普及历史知识的重要。他在非常艰难的境遇中，在致力于教学和研究工作的同时，不惜时间和精力，撰写了一些普及性的著述，如《国文教学》《经典常谈》《语文拾零》《论雅俗共赏》等。朱自清身为一位著名大学的教授，一位散文大家，战胜了种种艰难，写了许多普及性的著述，从一个方面体现了他抗战救国的深厚情怀。

　　由于个人的地位、经历、专业等的不同和认识上差异，上面引述的几位文人学者在抗战时期，对普及历史知识的认识和实践不

①引自并请参阅：方诗铭《记顾颉刚先生主编的〈文史杂志〉》、章元善《怀念顾兄》。以上两文，收入王煦华编《顾颉刚先生学行录》，中华书局2006年版。

尽一致。但有三点是共同的：一是出发点都是基于现实，为了抗战的需要，为了救亡。二是明晰普及的重要作用。相信通过普及历史知识，能增强民众的民族自信心，能激发民众的抗战精神和爱国情怀。上述两点是自觉普及的逻辑起点。三是在理论上倡导的同时，结合自己的实际情况，积极投入普及历史知识的撰写、编辑和出版等实践。

在日本侵略者要摧毁中国的一切的严峻时刻，许多文人学者都自觉自信地坚持普及包括古典文学的历史知识，使历史知识走进民众，激励民众，保存文化，这是富有建设性的，是十分可贵的。

二、凸显民族精神

浩如烟海的古典文学，丰富而复杂，是前人的创作，是历代的积累。前人不能知后人之事，故其所作，未必一一为后人所知所需。因此，自古以来，历代古典文学的普及，总是有选择的。这种选择常常是与现实的需求相联系，主要是选择与社会现实关系密切的。同以往相比，抗战时期，由于特殊时代的需求，古典文学普及选择的内容，有新的特点，新的拓展。这首先体现在特别重视挖掘和普及古典文学中所蕴涵的民族精神和爱国情怀方面的内容。

抗战开始，政府和史学界有一个共识，就是强调结合抗战的实际，弘扬历史上的民族精神。1932年10月，国民政府教育部颁发《小学课程标准》。此标准要求历史课本要以"研究中国民族之演进，特别说明其历史上之光荣……以激发学生民族复兴之思想，且培养其自信自觉发扬光大之精神"。此后，"历史科目几乎完全为'民族复兴'四字所笼罩"。1936年3月5日，南京《中央日报·史学》周刊创刊,《发刊词》说:"一年来国事愈加迫切,使我们感到史学研究更应积极的与种种实际问题紧接……我们此后的研究,要尽量的与种种民族社会问题打成一片。"

在中华民族悠久的历史长河中,积淀了丰厚的民族精神,这在历代的民族英雄和爱国志士身上有集中的、鲜明的体现。就历史记载而言,在漫长的中华古代史上,长期占据主要地位的是帝系的帝王将相和道统的伦理圣贤。他们被当成主要的偶像,让人们效习。这种现象,在抗战期间有了很大的改变。历代涌现出的民族英雄志士,受到了空前的重视。英雄志士是民族的脊梁,有跨时代的精神力量。在抗战英雄志士辈出的境遇中,人们在崇敬当下英雄志士的同时,又急切地邀请古代的英雄志士面世,通过多种途径,让他们复活。在古典文学领域中,许多具有崇高的民族精神和爱国情怀的作家的事迹得到了空前的普及。大量的有关他们的传记和故事的著述不断涌现。一个突出的表现,就是在抗战 14 年中,相继有多种这方面合传出版。这些合传,在书名上,大多标以"民族"二字,也有少数标以"伟人""名人"的,但其内涵,大致相同。下面,就笔者所知见的重要的 29 种,以出版时间先后为序予以列示:

1. 徐用仪著《五千年来中华民族爱国魂》(第 1 卷),1932 年11 月天津大公报社出版,介绍了中华民族古今著名的爱国者。

2. "新生命文库",其中有《民族英雄史略》,1933 年 11 月出版。收有易君左编著的《文天祥》等。

3. 韩棐、范作乘编《中国民族英雄列传》(第 1、2 册),上海中华书局 1935 年 6 月、1936 年 6 月分别出版。两册收民族英雄 60多人的小传,其中有文天祥。

4. 徐楚樵编《非常时期之历史人物》,上海中华书局 1937 年

3月出版。收模范历史人物的传略29篇。其中有岳飞、文天祥。

5. 陈翊林编《中国名人百传》，上海中华书局1937年6月出版。收百名著名人物传略，其中有文天祥。

6. 彭文富编《中国民族英雄传》，湖南新安日报社1937年11月出版。收民族英雄36人的传记，其中有岳飞、文天祥。

7. 1939年3月，教育部陕西服务团教材编辑组编辑出版《民族英雄故事》，收《代父从军的花木兰》《舍生取义的文天祥》等14篇。

8. 裴小楚编著《中国历代民族英雄传》，上海大方书局1939年8月出版。选自上古至民初68位抵抗外侮的英雄传记故事。

9. 周鼎珩编著《历代民族英雄小传》，甘肃《民国日报》社1939年10月出版。

10. 曾金编著《中华民族英雄故事》，上海经纬书局1939年10月出版。介绍18位古代民族英雄的小故事。其中有岳飞、文天祥。

11. 裴小楚编著《中国历代民族英雄传》，1939年8月上海大方书局出版，选上古轩辕到民初68位为国民、民族利益，抵抗外侮的英雄传记故事。

12. 唐卢锋、朱翊新编著《中国名人传》，上海世界书局1939年11月出版。1943年再版，有图像。

13.《中国历史上之民族英雄》（上、下卷），重庆商务印书馆1940年2月出版上卷，1943年7月出版下卷。收黄帝至民国62位民族英雄列传，其中包括岳飞、文天祥。

14. 沈溥涛、蒋祖怡编《中华民族英雄故事》（第1、2集）（文言白话对照），1940年12月上海世界书局出版。

15. 国民政府教育部编《不成功便成仁》（十大忠烈事略），

1940 年 4 月，中国国民党江西省党部出版，收岳飞、文天祥等十人的生平事略。

16. 张悠悠等著《民族英雄》，1940 年 10 月湖南省教育厅出版，介绍 11 位古代民族英雄的事迹。

17. 严济宽编著《中华民族女英雄传记》，1940 年 11 月长沙商务印书馆出版，分内、外编，收花木兰等 93 人的事迹。

18.《奔流》主编《历代民族英雄故事》，1940 年上海青城书店出版，收岳飞、文天祥等民族英雄的故事。

19. 王治心、李次九编著《中国历代名人传略》（第 5 集），1941 年 3 月上海青年协会出版。简介宋元时期范仲淹、王安石、岳飞、朱熹、文天祥等 20 位名人的传略。

20. 章文新编著《中华民族英雄传记》，1941 年 6 月重庆军事委员会政治部出版，收自黄帝至清代 13 位民族英雄的传记，其中有岳飞、文天祥。

21. 陈鹤琴、王子才编著《我国的伟人》，1941 年浙江省国民教育师资辅导委员会出版，收 29 位伟人的传记，其中有诸葛亮、王安石、岳飞、文天祥。

22.1942 年 7 月，三民主义青年团中央团部编印《民族英雄史话》（卷下），收文 52 篇，介绍民族英雄传略，附《民族英雄百人碑传总表》。

23. 梁乙真著《民族英雄百人传》，1942 年 10 月重庆青年出版社出版，分上、下两编。上编论述中华民族发展的过程、近世衰弱的原因及其复兴之路、历史上外族入侵的统治政策、历史上汉族反抗异族的策略、历史上民族战争的历史教训。下编收岳飞等百名民族英雄的传略。附《民族英雄百人传里碑传总表》。

24. 黄蓁编著《中国伟人的生活》，1943 年 5 月桂林文友书店

出版,收屈原、司马迁、陶渊明、李白、杜甫、岳飞、文天祥等 27 位
著名人物的传略。

25. 沈溥涛、蒋祖怡编《中华民族故事》(第 3 集)(文言白话对
照),1943 年 12 月上海世界书局赣 1 版,收文 9 篇,每篇末附问题
多则。

26. 缪钺著《中国史上的民族词人》,1943 年 12 月重庆青年
出版社出版,论述南宋词人,着重介绍辛弃疾和辛派词人。

27. 周彬编著《十个民族英雄》,1944 年 9 月浙江中国史学社
再版,介绍岳飞、文天祥等十个民族英雄。

28. 姚海舫编著《四大民族英雄传》,1944 年 9 月重庆人文书
店出版,收岳飞、文天祥等 4 人的传记、大事年表、遗著等。

29. 王春著《历史故事》,1945 年 5 月新华书店出版。收《杨
家将》《宗泽》《爱国诗人陆游》《文天祥》等 6 篇。

上列 29 种民族英雄、爱国志士的合传中,从时间上来看,抗
战 14 年中,除了 1931 年、1934 年、1938 年这 3 年外,其他 11 年,
每年都有这方面的著述出版。自 1937 年开始,随着全面抗战的
展开,这方面的著述迅速增加,1937 年有 3 种,1939 年有 5 种,
1940 年有 6 种,1941 年有 3 种,1942 年有 2 种,1943 年有 3 种,
1944 年有 2 种,1945 年有 1 种。这说明,1937 年卢沟桥事变爆发
后,日本侵略者大规模进逼,国难日亟,全面抗战的激发和需要,
进一步促进了古代有关民族英雄人物传记的编著出版和普及。

在中国古代的英雄志士当中,既有在和平时期为国家富强和
人民利益在各方面做出了卓越贡献者,也有在国家遭到异族侵略
的民族战争中,在危难时刻视死如归、杀身成仁者。在上面列示
的合传中,有些是比较全面,从多角度传颂历史上的爱国志士和
民族英雄,如:周鼎珩编著的《历代民族英雄小传》,收自周代至清

代,具有开拓、保障、广大民族之功的 128 位名人的小传,其中有
周公、孔子、韩愈、王安石、岳飞、文天祥等 128 人;唐卢锋、朱翊新
编著的《中国名人传》,收哲学家孔子、老子,文学家屈原、司马迁,
政治家诸葛亮、王安石,军事家岳飞、文天祥,艺术家王羲之、王维
等 42 人的传略。在这方面的合传中,包含一些古代著名的作家。
从人数上来看,在上述合传中,所选人数有多有少,多者达 128
人,少者只有 4 人。值得注意的是,在多少不同的人物选取上,有
一点是相同的,就是几乎所有的著述都选取了在历代民族战争中
的民族英雄,其中特别突出的是军事家兼作家的岳飞和文天祥,
所有合传都有他们的传记,这是前所未有的。

　　与上述合传近似的是,有关岳飞与文天祥的单独传记著述也
不断地大量地问世,就笔者所知见的,有关岳飞的重要的有下列
6 种:

　　1. 王无咎编选《岳飞报恩》,1935 年 11 月上海大众书局出版。

　　2. 褚应瑞编辑《岳飞抗金》,1939 年 3 月上海民众书店出版。

　　3. 陶元珍《岳飞死因之分析》,收入其著《中国人物新论》,
1945 年 1 月重庆北斗书店出版。

　　4. 贺宁生编《岳飞》,1945 年 3 月重庆国民图书出版社出版。

　　5. 邓广铭编著《岳飞》,1945 年 5 月重庆胜利出版社出版。

　　6. 彭国栋著《岳飞评传》,1945 年 9 月重庆商务印书馆出版。

　　有关文天祥的重要的有下列 15 种:

　　1. 易君左著《文天祥》,1933 年 9 月上海新生命书局出版。

　　2. 郊逊著《文天祥传略》,1935 年 4 月 21 日刊于《华北日
报·中国文化》第 33 期。

　　3. 蔡仲和著《乡贤文文山先生传略》,1935 年 7 月刊于《江西
省立图书馆馆刊》第 2 期。

4. 田奇著《民族诗人文天祥》,1935 年刊于《建国月刊》第 12 卷第 1 期。

5. 章衣萍编著《文天祥》,1936 年 3 月上海儿童出版社出版。

6. 李仲融著《成仁成义的文天祥》,1936 年 4 月南京正中书局出版。

7. 鉴如著《文信国公生平事迹的分析》,1936 年 6 月刊于《江汉思潮》。

8. 钟生荣编、陶宛青绘图《文天祥》,1936 年 10 月,江西省立民众教育馆出版。

9. 李絜非著《中国男儿文文山先生》,1936 年 12 月,浙江省立图书馆出版。

10. 堵述初编著《文天祥》,1938 年 6 月长沙中华平民教育促进会出版。

11. 教育部民众读物编审委员会编著《不怕死的文天祥》(《非常时期民众丛书》第 1 集第 10 册),1938 年 8 月重庆正中书局出版。

12. 杨德恩著《文天祥年谱》,1939 年 9 月长沙商务印书馆出版。

13. 傅抱石著《文天祥年述》,1940 年 7 月重庆青年书店出版。

14. 刘国瑞编《文信国公史略 正气歌 解诗词》,1941 年 3 月西安拔提书局出版。

15. 金余亮著《文天祥》,1943 年 11 月重庆国民图书社出版。

从上列的合传和个人传来看,抗战时期,以岳飞和文天祥为代表的民族英雄特别受到重视,这反映了抗战时期时代的需要和民众抗战心理的渴望。中华民族英雄是中华魂。中华民族历来崇敬民族英雄，传扬民族英雄，学习民族英雄。抗战时期，抗战是社会的基底。解释抗战时期的许多文化现象，离不开这一特定的基底。面对日本的全面侵略，中华民族面临着亡国亡种的严重危机。这是激发英雄辈出的时代。要战胜日本侵略者，特别需要的是让全国各民族认知历史上的民族精神，激发民众的爱国情怀。从民众接受的角度来看，最能使民众感兴趣的、能给人以榜样的是像岳飞、文天祥那样的忠心报国以身殉国，具有悲壮意义民族英雄。他们的脊梁直而硬，有血有肉，个性鲜明。与此相联系的是，岳飞留下的气壮山河的《满江红》和文天祥传世久远的《过零丁洋》《正气歌》等诗词，同他们的崇高的人格相融合，最具有公众感召力，最能激发广大民众的民族精神和爱国情怀。

中华民族经过长期的历史积淀，给后人留下了优秀的丰富多彩的文学作品。这些作品不是没有生命的摆设，不是只供学者研究的对象，而是能滋养人们灵魂的营养剂。如果把优秀的作品只存在博物馆或图书馆里，或只存在文人学者的书斋里和限于纯学术研讨上，这样的文学作品只能说是半死半活的。幸运的是，中国自古以来就注意普及古典文学作品，并逐渐形成了传统，经由多种途径，不同程度地向民众普及。这种普及的传统，在抗战这一伟大的时期，基于时代的需求，得到了迅速的发展，变得更加自觉，更加受到重视。1938年10月，郑振铎在《民族文话自序》中提出：要"在这个伟大的时代，把往古文人志士英雄先烈们的抗战故事，特别是表现在诗、文、小说、戏曲里的，以浅显之辞复述出来"。郑振铎的言论，立足于抗战这一伟大时代的要求，特别强调了用通俗的形式普及古典优秀文学作品的重要性。

中国历代许多著名的作家，如屈原、杜甫、岳飞、辛弃疾、陆游、张孝祥、文天祥、史可法等。他们大量的作品程度不同地蕴涵着丰厚的民族精神。抗战时期的特殊境遇，日本全面的侵略，中华民族空前的国难，民众抗战心理的诉求，迫切需要这些作品。这些作品最易激发民众的民族精神和爱国激情。在这方面，许多文人学者有明确的认知和责任担当。下面征引的历史学家吴贯因和楚辞研究大家游国恩的编著和论述具有代表性。

吴贯因编《国难文学》①，选历代有民族气节、爱国精神的诗、词、戏曲、诏赞、书百余篇。所选作品曾先在《北平晨报》发表。他之所以编辑此书，是"痛国人之不竞，因辑《国难文学》若干篇，……期作国人之兴奋剂"，并希望"海内同胞，倘读之而有同感焉，则闻鸡舞剑，勿忘复楚之心；尝胆卧薪，必有沼吴之日"，王卓然为此书作《序》说："是书足以培植国民爱国心理。"

1933年7月，游国恩着手编著《楚辞讲疏长编》时，正是日本对我国加紧侵略、华北局势危急、国难深重之时。游国恩忧心国事，极欲借讲注《楚辞》唤起民众之心，奋起抗日救国。1933年7月，他在《楚辞讲疏长编序》中说："抑余有感焉：凡亡人之国者，必亡其民之性。文字者，民性之所寄，其潜力终不可侮……屈子之文，最易激发人情……嗟夫！国难深矣！世之人倘亦有读屈子之文而兴起者乎？则庶乎三闾之孤愤为不虚，而区区之志，亦可与忠义之士相见于天下矣。"游国恩从激发国民之精神、保卫国家的高度，深切的认识到爱国诗人屈原的作品中蕴涵着厚重的爱国情思，读他的作品，能够激发民众的爱国精神。

明确的认知重在落实于践行。在14年的抗战中，许多文人学者为了普及古典文学作品中具有民族精神和爱国情怀的作品，尽心尽力，从多角度，编辑出版了大量的作品选。这些作品选，为

①（北平）东北问题研究会1932年9月初版。

了醒目，在题目上大多明示"民族""爱国"，如"民族文选""中国民族诗选""爱国诗选""爱国文选"，也有题目中用"国魂""正气""革命""军国民"等词语的。题目虽然多种多样，但内容大致是近似的，都是选择有关体现民族精神和爱国情怀的作品。

抗战时期，对民族精神内涵的理解有所不同，有广义的，有狭义的。这也反映在这一时期许多古代文学作品选对作品的选取上。基于广义的理解，有不少作品选取的范围比较宽泛。如：邵元冲选辑的《军国民诗选》①，选历代爱国诗篇96首，作者有屈原、荆轲、崔骃、陶潜、李白、岳飞、高启、秋瑾等；李宗邺编的《中华民族诗选》（1—6集）②，即分爱国诗、史地诗、劳动诗、杂诗四类，收400多人的诗歌1300多首；张长弓编著的《先民浩气诗歌选》③，选诗320首。编者"自序"说：本书选注了"自'毛诗'至最近古之诗人，凡有国家民族意识的，有服务君主精神的，有博大胸怀的，有向上志愿的诗歌，向青年灌输积极向上的思想与焕发的精神，借以补养一般患贫血症的青年"。基于狭义的理解，主要是选择在民族矛盾和抵抗外患的民族战争中涌现出的民族英雄和爱国志士的作品。赵景深选注的《民族词选注》④，大体上属于这一类。此书选五代、宋、金、元、明、清及现代具有民族气节的词作100多首，作者有岳飞、辛弃疾、陆游、文天祥等73人。还有的选集集中于抗日方面的内容。如戚缘荷编的《英雄磨剑录》（历代抗日轶闻）⑤，分明代、

①1933年10月，南京建国月刊社出版。
②自1935年6月开始，上海中华书局陆续出版。
③1937年7月，南京正中书局出版。
④1940年7月，长沙商务印书馆出版。
⑤1933年7月，上海新民书局出版。

清代、现代 3 章,辑选有关抗日事迹的笔记 40 篇。

丰厚的民族精神是中华民族立国和发展的精神支柱。中国古典文学中的优秀作品从多方面反映了这种精神。历史需要走进现实,和现实融通。抗战时期,不论是广义的还是狭义的民族精神,都是广大的民众需要继承和发扬的,另外广大民众接受古典文学作品的兴趣也有不同。上面例举的古典文学作品选,选取的作品各有侧重,各有特点,能够互补,也有利于满足不同读者的需求。

古典文学作品,大多使用的是文言。对于没有也不可能系统地接触古典文学的普通民众来说,要阅读和理解古典文学作品,是相当困难的。在这种情况下,要使他们了解古代文学作品,就必须用普通民众能够接受的方式和通俗简明的语言,从多方面把古典文学通俗化。其中重要的一点是做好注释,扫清障碍。这一点是许多选集的编写者所认知的。为了便于普及,抗战时期出版的普及性作品选,都注意在注释上下功夫,努力做到通俗简明,有的有解题之类的"题意"。为了使读者"知人",所选作品大多附有作者"小传"。对于特别难以理解的作品,有些译成了白话文。上述例举的这些举措,都是普及古典文学作品所必要的。

三、活化经典,与民众相见

在我国古典文学的宝藏中,有许多经典作品。它们是古典文学的核心和精粹。这些经典作品都是内容和艺术相当完美的融合,虽然内容和艺术形式各有自己的特点,但都程度不同地从不同的侧面反映了过去的社会、人生经验和智慧,蕴涵着人类共同的思想感情和审美情趣,具有永久的魅力。文学属于语言艺术。

经典文学作品,都是用当时最好的语言写成的。它们不仅在思想上能给读者以启示,而且还能给读者以审美的愉悦。历史如洪大的海潮,浪里淘沙见真金。经典文学作品的命运,尽管从历史短时段来看,有些受到政治意识形态和权力的控制,浮沉不定,有起有落,但从历史长时段来看,一般都经受了时间的淬炼和读者的检验,能超越时空,有长久的生命力和亲和力。中国有重视经典文学作品的优良传统,尊重经典、阅读经典、感悟经典、普及经典一直延续不断。抗战时期,虽然由于日本的侵略造成了长期的战乱,民不聊生,这一传统受到了很大的破坏,但传统是难以割断的,民众对经典作品的热爱是战乱无法摧毁的,经典作品的普及在艰难的抗战时期仍在延续。许多文人学者相信经典文学作品的普及,能够从不同的方面影响世道人心。努力把经典作品这种小文化,编成普及的大文化。注意引导人们守住经典,走近经典,认同经典,用多种形式普及文学经典作品,把普通民众不易接受的经典作品活化、通俗化,成为许多文人学者的一种自觉,一种担当。

就体裁来看,中国古代的经典文学作品,主要分布在诗歌、散文、词、小说、戏曲等方面。抗战时期,上述各种体裁的经典作品,虽然都受到重视,得到了不同程度的普及,但普及的重点是诗歌和小说。

中国是诗的国家,是诗的海洋。诗歌是中国古代文学中最重要的体裁。在浩如烟海的古代诗歌中,有大量的经典之作。这些经典之作,特别是《诗经》《楚辞》和唐诗中的名篇佳作,在抗战时期一直是普及的重要内容。

《诗经》是我国古代第一部诗歌总集,也是"五经"之一、"十三经"之一,历来一直具有一般诗歌所难以企及的特殊地位。随着历史的演进,《诗经》逐渐从经书中解放出来。它的文学价值不断地被开掘,成为古代诗歌重要的经典。抗战时期,《诗经》中的优秀作品,仍是人们所喜爱的,是普及的重要内容,相继出版了不少通俗化的选本,比较重要的有(以初版的时间先后为序):

陈漱琴编译《诗经情诗今译》(第 1 集)①。本书选译《诗经》32首情诗。译者有陈漱琴、储皖峰、顾颉刚、魏建功、刘大白、钟敬文等 10 人。书前有顾颉刚、王静之、储皖峰、陆侃如和编者"序"各一篇。附魏建功的《伐檀》译文,不属于情诗。陆侃如"序"说:"要使这些古诗公之大众,便非译成今语不为功。近来作这种工作者颇不少。"

吕曼云选注《三十六鸳鸯》(《国风》恋诗)②,选注《诗经·国风》36 首。

江荫香注解《诗经》(国语注解)③,分 8 卷,各篇后有注解和白话译文。

纵白踪著《关雎集》(言文对照,《诗经》白话注解)④,选译《诗经》中《关雎》《卷耳》《桃夭》等 37 首。

张小青译《野有死麕》⑤,选译《诗经·国风》中约 40 篇,并附原诗对照。

唐笑我编辑、沈永基校正《诗经白话解说》(言文对照　白话

①上海女子书店 1932 年 7 月出版,12 月再版。1935 年 2 月作为"女子文库　文艺指导丛书"初版,署名陈漱琴女士编。
②上海黎明书局 1933 年 3 月出版。
③上海广益书局 1934 年 1 月出版。
④上海经纬书局 1936 年 6 月出版。
⑤上海杂志公司 1937 年 6 月出版。

注释)①。

　　总览上面例举的《诗经》选本，有 3 点值得关注：1. 选编者有一般的学者，也有顾颉刚、刘大白、魏建功、储皖峰、钟敬文等著名学者。这从一个侧面，说明当时学术界对普及经典文学作品的重视。2. 所选作品多是《诗经·国风》中的优秀作品。这反映了《国风》中的优秀作品，特别为民众所需要，是普及《诗经》的重点。3. 注重通俗化。为了便于民众接受，所选作品篇目不多，主要是短篇，用白话作简明的注释、解说，大多用白话翻译。

　　《楚辞》是继《诗经》之后的又一部重要诗歌总集。《楚辞》中的许多作品，特别是爱国诗人屈原的《离骚》《九歌》《九章》中的大部分诗歌，堪称经典之作，为历代人们所喜爱、所传诵。抗战这一艰难的、特别需要爱国精神的特殊时期，人们对屈原这样的爱国诗人，更加崇敬，进一步深化了对屈原作品的认识。诚如闻一多在 1942 年 2 月所说："屈原的诗篇为我们树立了多么崇高的爱国文学传统，鼓舞了几千年来民族的自豪感情和献身精神，使我们今天还能生活在祖国的大地上，作自己文化的主人，成为世界文明古国的奇迹，我们今天的浴血抗战，也正是屈原精神继续存在的活见证。"②为了使更多的民众阅读《楚辞》中的作品，许多文人学者编选了一些《楚辞》选集。如：

　　沈雁冰(茅盾)选注《楚辞》③，收《离骚经》《九歌》《九章》《远

①上海沈鹤记书局 1942 年 3 月出版。
②引自闻黎明、侯菊坤编《闻一多年谱长编》，湖北人民出版社 1994 年版，第
　631 页。
③上海商务印书馆 1928 年 9 月初版(1930 年后再版，署名改为沈德鸿)，
　1930 年 8 月再版，1932 年 9 月国难后 1 版，1934 年 6 月国难后 2 版，1937
　年 5 月改题为《楚辞选读》初版。

游》《卜居》《招魂》《大招》8篇,有注释,书前有选注者的"绪言"。

　　郭楼冰编《屈原集》①,收《惜诵》《抽思》《天问》《哀郢》《离骚》《涉江》《怀沙》7篇,有注释,书前有编者的"绪论"。

　　沈颜闵著《屈原赋讲疏》(上册)②,讲疏屈原的《离骚》,共93解。书前有陈立夫、沈嗣庄、顾实的"序"、沈颜闵的"自序",司马迁《史记·屈原本传》。

　　周仁济著译《离骚今唱》③,收《离骚》原文及白话译文,后有注释。书前有柱存"序"及著译者"代序"《江上——吊屈原》。

　　《楚辞》中的重要作品,除了上面例举的作品选注外,还有一些关于屈原的普及性著述中,附有作品选。郭沫若著《屈原》,上海开明书店1935年4月初版,主要论述屈原的生平、作品及其艺术思想,有"序",最后特附《离骚今言译》。

　　唐诗是中国古代诗歌黄金时期。清代彭定求等编辑的《全唐诗》收唐五代2200多人的48900多首。中华书局1982年出版的王重民、孙望、童养年辑录《全唐诗外编》,收2000多首。中华书局年1992年10月出版的《全唐诗补编》中,收陈尚君《全唐诗续拾》作者逾千人,诗4300多首。海量的唐诗和李白、杜甫、王维、高适、韩愈、白居易等众多的伟大的、著名的诗人,再加上多种多样的题材、体式和流派,使唐诗成为中国古典诗歌的高峰,使唐诗中大量的优秀作品具有经典性和永久的魅力,一直为读者所眷顾,在历代民众中不断流传。抗战时期,这一传统仍在延续。许多文人学者,为了普及唐诗中的精华,做了许多工作。其中特别

---

① 上海北新书局1934年4月初版。
② 重庆中华国学研究所1943年7月初版。
③ 中西文化印书馆1943年5月初版。

重要、影响最大的是编选了许多唐诗选注本。这些选本有些属于总集,有些属于别集。

所谓总集,指的是选注两人以上的诗人的作品。这类总集,大体上可分为新编选的和整理再版前人的两种。新编选的比较重要的有:杨家骆编《唐诗初笺简编》①,12卷,收333首。其中前7卷是诗选,每首后有详细的笺注,第8至11卷是诗人传略,第12卷是唐诗书目。卷首有编者关于本书的概述。上海中华书局辑注《唐诗评注读本》(上、下册)②,选242首,有注释及作者简介。整理再版前人的,如:宋·赵蕃、韩淲精选,谢枋得注,卢前补注《唐诗绝句补注》③,五卷,收54人的诗101首,书前有谢枋得的《唐诗绝句序》、卢前的《唐诗绝句补注序》,书末有吴重辉的跋。清·王渔洋选,中华书局辑注(音注)《王摩诘·高渤海·孟浩然·岑嘉州诗》④,收王维、高适、孟浩然、岑参4人的诗200多首,有作者小传及揭要,诗后均有注释。清蘅塘退士编、袁韬壶译注《唐诗三百首》(言文对照　白话评注)(上、下册)⑤,每首诗均有题解、白话文意译及评注。抗战时期,在众多的唐诗选集总集中,蘅塘退士编的《唐诗三百首》版本最多。《民国时期总书目》著录的就有10种,其中有些不断再版。陈伯陶标点、朱太忙校阅的《唐诗三百首》初版后,上海大达图书供应社1934年3月再版,上海广益书局1940年9月再版。这说明,《唐诗三百首》在抗战时

---

①南京中国大辞典编辑馆1935年11月初版。

②上海中华书局1936年8月初版,1941年1月第5版。

③上海会文堂新记书局1935年2月初版,1935年4月再版。

④上海中华书局1936年8月初版,1941年1月第3版。

⑤上海群学社1931年10月初版,1937年6月第3版。

期在唐诗普及方面占有重要地位。为了有助于《唐诗三百首》的普及,有的著名学者还撰写了指导阅读的文章。1943 年 1 月,商务印书馆出版朱自清、叶圣陶合著《略读指导举隅》,其中收有朱自清的《〈唐诗三百首〉指导大概》。

在别集方面,唐代著名的诗人李白、杜甫、王维、孟浩然、韩愈、白居易、贾岛、李商隐、孟郊、温庭筠等,都有普及性的选集出版。在上述诗人中,出版最多的是杜甫诗选。其中有整理前人的,如清金圣叹批选、沈亚公校订《圣叹批选杜诗》①,选 100 首,逐句详批。此外,大多是抗战时期新编选的,如:高剑华注《杜工部诗选》(白话注解　新式标点)②,卷首有《杜甫述略》《杜甫评传》(余俊贤作)。傅东华选注《杜甫诗》③,选 300 多首,按编年体编排,简要注释大致依杨西河著《杜诗镜诠》,卷首有选注者的导言,概述杜甫的一生。余研因选注《杜甫诗选》(白话注解)④,选 30 多首,有序,末附《杜甫生活史》短文一篇。沈归愚选、中华书局辑注《杜少陵诗》⑤,选 160 多首,有注释。

唐诗的各种选集,数量很多,上面列举的只是其中的一部分。在这一部分中,有些是前人选编的,有些是抗战时期新选编的。选编的内容和篇数多少不同,注释和解析也不尽一致,但其共同之处是:立足于普及,让唐诗中的精华与更多的民众相见。在整理上,注重通俗化,用白话作简明注释,有的言文对照,有译文,有作者简介。

---

①上海中央书店 1936 年 3 月初版。

②上海群学社 1930 年 3 月初版,1933 年 5 月再版。

③上海商务印书馆 1934 年 3 月初版,6 月再版;重庆商务印书馆 1945 年 4 月 1 版。

④上海民智书局 1934 年 6 月出版。

⑤上海中华书局 1936 年 8 月初版,1941 年 1 月第 4 版。

选用前人的选本，不照搬，加新式标点，详细注解，有的还增加了绘图，如 1942 年 4 月，重庆鸿文书局出版的《唐诗三百首》。

　　中国的古代小说有长期的积累，体式多样，内容丰厚。从语言上，大致可分为文言小说和白话小说两类。志怪、志人、传奇小说基本上属于文言小说；话本、章回小说大体上属于白话小说。各种古代小说，特别是经典性白话小说，比较容易普及，历来一直为一些读者所喜欢。早在抗战之前，许多文人学者和出版机构相联系，相当重视普及经典性的、特别是经典性的白话小说。抗战时期，这一普及传统虽然受到损伤，有所萎缩，但并未断绝。许多文人学者、出版部门重视经典性小说的普及，相互支持合作，选编出版了不少普及性的作品。其中有些属于总集，选编历代多种小说。这类总集，大致可分为通代的和一代的两种。通代的如：姜亮夫编的《中国历代小说选》(上、下册)①，上册选短篇小说，下册是长篇节录。每篇后有笺注或序录。书前有《谈谈中国小说》一文。王秋萤编辑的《中国旧小说选》②，收历代旧小说 10 篇，书前有《中国小说发展概观》一文。江畲经编辑的《历代笔记小说选》③，分别选编汉魏六朝、唐、宋、金元明、清代的笔记小说。吴瑞书评注、张一山标点的《短篇小说读本》④，辑选唐至清代的短篇笔记小说 50 余篇。卢冀野选注的《唐宋传奇选》⑤，收唐传奇 17 篇，宋传奇 9 篇。书前有导言，书末附《读稗偶记》，均选注者所

①上海北新书局 1934 年 8 月初版。
②大连实业印书馆 1943 年 3 月出版。
③上海商务印书馆 1934 年 10 月初版。
④上海大光明书局 1934 年 4 月再版，上海中央书店 1935 年 7 月再版。
⑤长沙商务印书馆 1937 年 11 月初版。

写。曹鸿雏编(注释)《元明小说选》①,节选 28 篇元明小说,每篇后有传略。一代的如:龚学明编的《唐人小说选》《宋人小说选》②。前者选 60 多篇,后者选 39 篇。中央书店编、储菊人校订的《明人创作小说选》③,收明代 30 篇话本小说。

　　在别集小说方面,主要普及的是明清时期的几部著名的小说:罗贯中著《三国演义》、施耐庵著《水浒传》、吴承恩著《西游记》、蒲松龄著《聊斋志异》、曹雪芹著《红楼梦》。这几部小说,都有多种全本出版。与过去不同的是,为了普及,全本采用新式标点,有的加有绣像、新序、人名辞典等。同时,为了便于普及,出版了多种节写本和节录本。关于《三国演义》的,主要有周振甫叙订(洁本)《三国演义》④,删节本,有导言。沈圻编纂的《长坂坡》《过五关》《三顾茅庐》⑤。关于《水浒传》的,有:胡怀琛改编的《水浒传》节写本⑥,以 70 回本作底本,节成 68 回,有插图。宋云彬叙订(洁本)《水浒》⑦,删改 70 回本,共 48 回。程章垂编纂的《拔杨杀虎》《避雪失子》《快活林》《桃花村》《燕青救主》⑧。关于《西游记》的,有何德明编的《高老庄》《流沙河》;庄适编的《安天会》《花果山》⑨。关于《红楼梦》的,有茅盾叙订的(洁本)《红

①上海中华书局 1935 年 6 月初版。
②以上两书,上海开华书店 1933 年 9 月初版。
③上海中央书店 1935 年 1 月初版。
④上海开明书店 1935 年 7 月初版。
⑤上海商务印书馆 1935 年 9 月初版,11 月第 3 版(民众基本丛书第 1 集)。
⑥上海商务印书馆 1933 年 12 月初版。
⑦上海开明书店 1935 年 7 月初版。
⑧上海商务印书馆 1935 年 9 月初版,11 月第 3 版(民众基本丛书第 1 集)。
⑨上海商务印书馆 1935 年 9 月初版,11 月第 3 版(民众基本丛书第 1 集)。

楼梦》①,删节本,共 54 回,书前有茅盾的"导言"。关于《聊斋志异》的,有刘东候选注的《聊斋志异仁人传》②,选注《聊斋》中的《仇大娘》《商三官》等 12 篇,篇后有注释,个别的还有批语,书前有《聊斋小传》、选注者的序。

从上面列示的部分小说来看,抗战时期,对于古代小说的普及,基本上涵盖了古代小说重要的经典作品。体式多种多样,不拘一格。有全本,还有大量的节编本。节编本,尊重原著,不随意乱改。新式标点。有些有注释,有评论。这些举措,都有助于经典小说的普及。

四、路径和媒介

古典文学的普及必须经由一些路径、凭借一些媒体。这些路径和媒体,不仅是工具,而且常常是普及读物的编写者思考的一个重要问题。适当的路径和媒介使古典文学的普及得到扩大和延伸,使民众看得见,听得到。文学普及经由的路径和凭借的媒介,都是历史的产物,具有历史性。随着历史的演进,路径和媒介在不断地变化和发展。抗战时期,古典文学普及经由的路径和凭借的媒介,大体上继承了历代积累的优良传统,多种多样,归纳起来,主要有下面 4 种:

1. 纸质文本。造纸和活字版印刷先后发明以后,古典文学的保存、传播和普及在很大程度上是凭借着纸质文本的抄写印行而实现的。阅读纸质文本,早已形成一种传统,深深积淀于人们的

---

① 上海开明书店 1935 年 11 月初版。
② 选注者刊,1932 年 12 月初版,1933 年 5 月再版。

意识和习惯中,成为阅读的主要载体。纸质文本不受时间和空间的限制,具有复制性,可以经由抄写、印刷等方法得到复制,可以借读,利于广泛传播。有了纸质文本,粗通文字者,能通过阅读来接受古典文学,能够从容地阅读含味。抗战时期古典文学的普及主要凭借的也是纸质文本。抗战时期古典文学普及读物的编辑和出版比较灵活,有正式的出版机构,如:1933 年顾颉刚为了宣传抗日,成立"三户书社",后改名"民众读物编刊社",致力于组织编纂出版通俗故事丛书和人物传记,仅 1937 年全面抗战后的一年,即写成 110 多种通俗读物。重庆国民图书出版社出版"国民常识通俗小丛书"。同时,许多教育机关和民众团体也编辑出版了大量的通俗读物。中华平民教育促进会编辑出版"农民抗战丛书",其中有 1938 年 6 月出版的堵述初编著的《文天祥》。教育部陕西服务团教材编写组编写出版《民族英雄故事》(甲编　第 1 集),收《卧薪尝胆的越王勾践》《弦高》《击筑壮士高渐离》《代父从军的花木兰》《舍生取义的文天祥》等 14 篇。1939 年 7 月,浙江省抗日自卫委员会战时教育文化事业委员会出版的吴召宣选注的《两浙正气歌》,选南朝至清末浙江籍爱国诗人的诗歌 200 多首。1944 年12 月,四川忠县县立民教馆选编《从军诗选》,由忠县编者刊,选辑古代至当代从军诗约 80 首。也有个人自编自刊的。1941 年 10月,李才采选注《民族诗文选》,自刊。

　　抗战时期,古典文学的普及读物,主要是书本,也有通俗的报刊,西安曾办有通俗报纸《老百姓报》。这方面的读物,大多采用的是文字表述,也有文字与图画相结合的。文字与图画是人们表达情思的两种方式,它们彼此既有独立性,又可以相生相补。文图融会,特别适用于普及。因此,抗战时期的古典文学普及读物,常常用文图结合。张善子曾绘辑《正气歌像传》①。此书是根据文天祥《正气歌》，绘画文天祥所敬仰的古人齐太史简、晋董狐、秦张良、汉苏武、三国诸葛亮等人画像 12 幅，每幅图下都有论证。书前有文天祥画像及其在狱中作《正气歌》图。

2. 戏剧演出。戏剧是一种综合艺术，具有"在场性"，它呈现的主要是直观形象。观众不受文化水平的限制，受众面广泛，容易普及。观众能通过与戏剧中的人物故事场景等对面直接交流，表演者与观众容易融通，不存在时空造成的疏离感，观众容易领悟戏剧中的人物故事。抗战时期，为了弘扬古代著名作家的爱国情怀、普及优秀的古典文学作品，一些文人学者注意运用戏剧，在民众与古典文学之间架起了一座桥梁。这突出的表现在自觉地编写了许多历史剧。这些历史剧有不少上演了，得到了相当广泛的普及。其中关于屈原和文天祥的历史剧特别为观众所喜爱。

1942 年 1 月，郭沫若写成历史剧《屈原》。此剧共五幕，取材于爱国诗人屈原的事迹，通过他一天的生活，概括了他悲壮的一生，塑造了战国后期楚国的爱国者和卖国者的形象。此剧先在《中央日报》副刊发表。3 月，由重庆文林出版社出版。4 月 2 日，《新华日报》《新蜀报》等报刊刊载大幅广告，以"中华剧艺社空前贡献，郭沫若先生空前杰作，重庆话剧界空前演出，全国第一的空前阵容，音乐与戏剧的空前试验"预告郭沫若的《屈原》上演。3 日，《屈原》在重庆国泰大剧院首次公演，票价不低，但群众热情不减，"许多群众半夜里就带着铺盖来等待买票；许多群众走了很远的路程，冒着大雨来看演出。剧场里，台上台下群情激昂，交溶成

---

① 武汉战争图画丛书社 1937 年 12 月初版。

一片"①。4日,《中央日报》报导了演出的盛况:"上座之佳,空前未有",效果"堪称绝唱"。《屈原》当时公演22场,观众达32000人,场场爆满②。在风烟滚滚的抗战时期,有那么多的观众挤到剧场,观看《屈原》,可见民众是多么崇敬屈原,多么需要屈原!

1942年10月,苦干剧团在上海兰心大剧院演出《文天祥》,当时被誉为"话剧皇帝"的石挥主演。在演出时,当石挥在舞台上高声念出文天祥《过零丁洋》诗中"人生自古谁无死,留取丹心照汗青"两句时,刹那间,全场响起了热烈的掌声。在场的袁雪芬激动得热泪盈眶,说:"这才是真正的艺术啊!"

抗战时期,文盲率很高。人数很少的"能阅读群体"也只能是"粗通文墨"。在这种情况下,利用戏曲演出来普及古典文学,容易扩大普及的范围。

3. 利用节日纪念。节日纪念是一种文化传统,寄托着特定文化信仰,蕴含着民族精神的传承。节日纪念还意味着使节日的内涵活起来,产生现实的积极作用。抗战时期,为了普及古典文学,常常利用节日纪念这一媒介。1941年5月30日,为屈原忌日,陪都重庆的诗歌工作者商定以今日为诗歌节,并举行首次诗人节庆祝会。到会的有于右任、郭沫若、阳翰笙、老舍、姚蓬子等200余人。"文协"主席于右任致辞:屈子不阿,洁人忧国,堪为今人之效。"文协"还发布了《诗人节缘起》,颂扬屈原的爱国精神和诗歌创作成就。此后,有不少地方常以诗人节举行纪念,使屈原及其

---

①白杨:《敬爱的郭老,深切悼念您》,新华月报资料室编:《悼念郭老》,生活·读书·新知三联书店1979年版,第251页。

②引自靳明全主编《中国留日作家观照日本的抗战文学》,巴蜀书社2013年版,第27页。

作品中的爱国精神得到普及。

1942 年,约在 5 月,姚雪垠等在安徽省政府所在地大别山腹心地小镇立煌,与当地爱国人士联合,举办第二届诗人节,宣传爱国主义精神。爱国青年在山城要道两侧布置了诗廊。其中有诗人为纪念屈原,出版的街头墙报。在诗人节纪念晚会上,朗诵了钟鼎文的新作《屈原》,姚雪垠做了题为《论屈原的文化遗产》的讲演,号召青年学习屈原关心现实的战斗精神。他热烈歌颂屈原不妥协、不隐逸、不逐流的高尚人格,宁死也不向敌人低头①。

1945 年 6 月 14 日,诗人节。闻一多在昆明《诗与散文》"诗人节特刊",发表《人民的诗人——屈原》,从屈原是"宫廷弄臣的卑贱的伶官"身份、《离骚》的"人民的艺术形式"、《离骚》内容"无情的暴露了统治阶级的罪行"、屈原的"行义"四方面,论述了屈原是人民的诗人。晚上,文协昆明分会、西南联合大学等 16 个团体举行了诗人节纪念晚会,参加者千余人。闻一多到会,发言说:"当认识了人民时才能认识到屈原,因为屈原是人民的诗人。现在我们是认识了。"会上,张光年朗诵《离骚新译》,何孝达朗诵《给屈原》。

从上面列举的事例来看,利用节日纪念,把集会纪念、办专刊、发表论文、演说、朗诵、办诗廊墙报等多种形式结合起来,在当时是一种有效的普及古典文学的途径。

4. 利用演讲。演讲是演讲者面对听众,就某一问题发表自己的见解或阐述某一事理。演讲的一个重要特点是直面性,演讲者可临场发挥,演讲者和听众可以相互交流。演讲是文化普及的一

①引自并请参阅吴永平《姚雪垠在大别山区的文化抗战活动》,《新文学史料》2016 年第 1 期。

种途径。抗战时期,许多文人学者常常借用这一途径来普及古典文学。抗战时期有关古典文学的演讲,多是在学校举办,如西南联大文学会经常举办中国文学讲演,朱自清讲"诗的语言",罗常培讲"元曲中的故事原型",吴宓、刘文典讲《红楼梦》,金岳霖讲"红楼梦与哲学"等。许多著名文人学者除了在学校举办演讲外,也重视面对社会。云南地方就经常请西南联大的学者去演讲。1944 年 9 月,吴宓到贵阳,一天晚上"至花溪公园,在草地,演讲《红楼梦》"。后来又抵遵义,在浙江大学"讲《红楼梦》","在酒精厂亦讲《红楼梦》一次"①。抗战时期演讲的古典文学的内容,在重视普及经典作品的同时,还特别注意讲演具有鲜明的民族气节、爱国精神方面的内容。举两个例子:1939 年 11 月,安徽舒城"妇女抗敌协会"张惠等在舒城特别组织演讲,激励妇女同胞"负起抗敌救国的责任"。讲演的内容中有"木兰从军"的故事。为了演讲取得最好效果,张惠的丈夫新四军五支队司令部秘书胡孟晋精心为张惠草拟了一份《妇女抗敌协会演讲词》和《讲演注意事项》②。1940 年 10 月,柏辉章作文天祥《正气歌》的演讲。

　　抗战时期,随着科学技术的发展,有关古典文学的演讲,有时也借用电台广播这一新的传播媒介。吴宓在西南联大任教时,曾在昆明广播电台作题为《红楼梦之文学价值》的演讲。讲演,主要是使用语言来传播,其局限是难以保留。但也有补救的办法,可

---

① 以上二事引自吴学昭《吴宓与陈寅恪》(增补本),生活·读书·新知三联书店 2014 年版,第 273、274 页。

② 引自并请参阅《望妻进步共抗战》,载中国人民抗日战争纪念馆、中国人民大学博物馆编《抗战家书:我们先辈的抗战记忆》,中国人民大学出版社2015 年版。

以录音,有的根据记录整理成书面文字,得到传存。

抗战时期,普及古典文学的途径和媒介多种多样,上面列示的只是几种重要的。多种多样的路径和媒介,各有特点,大体上是同时并行,为受众提供了选择的余地。它们彼此之间,既是独立的,也是互补、融通的。所谓独立的,主要体现在形态上。所谓互补、融通,主要体现在彼此能够互相转化和补充上。多种路径和媒介的并行、互补、融通,成为一种文化行为,使古典文学在抗战时期得到了相当的普及。

五、历史的启示

古典文学作为古代文化遗产的重要组成部分,我们应当千方百计地加以保护、挖掘、整理、传承,同时,我们还应当使这份珍贵的遗产活起来。要活起来,一个重要的途径,就是普及。从某种意义上来看,古典文学能不能普及,决定古典文学的生命,普及的程度,决定古典文学生命的强度。通过普及使古典文学走出殿堂,走进民众,能在文化的公共领域里占有一定的地位,发生独特的作用。只有这样,古典文学才能焕发出无限的生机和活力,才能融入社会现实,才能不断绽放光彩。抗战时期古典文学普及的历史,已经明显地证明了这一点。

抗战时期,优秀的古典文学,特别是充溢民族精神和爱国情怀的,备受推崇,在普及中独占鳌头,是因为抗战时期的需要,是因为同中国人民的抗战实践密切地联系在一起。历来古典文学的普及,总是伴随着不同程度的筛选。古典文学普及的筛选、普及的广度和深度,主要取决于古典文学满足现实需要的程度。所有的人都处在现实之中,现实又连接着传统。古典文学遗产,如果不与现实相联系,不考虑现实的需要,不食人间烟火,不被民众所接受,即使最优秀的,也很难发挥作用,也会逐渐失去生命力而萎缩消亡。要普及古典文学,普及什么,应当特别关注现实的需求,民众的需求,联系现实,以现实为尺度,接现实之地气,抓住古典文学与人们精神的共鸣点。古典文学研究,应当时刻想着我们所处的社会现实,关心社会现实,理解社会现实,到社会现实中去感受,努力寻找具有现实意义的课题,尽力避免坐在书斋里凭空设想。近年来,在古典文学研究领域里,多是"为了学术而研究学术",探讨经世致用精神的不多,研究古典文学如何走进民众的更少。经世致用,是我国历代研究古代文史积淀的一个优良传统,我们应当继承。研究古典文学,虽然不能局限于经世致用,不能把经世致用视为唯一,但切不可否定和轻忽经世致用。当然,我们继承和坚持经世致用,是以尊重历史事实、尊重客观规律为前提的,不能简单化、绝对化。

中国古典文学中的经典作品,是中国古典文学的灵魂,是中华优秀民族文化的重要组成部分。抗战时期,战火连天,风烟滚滚。许多文人学者,基于民众的渴求,不顾危难,锲而不舍,立足于现实,想方设法普及经典作品,使经典作品的原汁原味,在浴火中存传。经典作品具有久远的艺术魅力,对每个时代来说,都是鲜活的。今天我们应当继承抗战时期坚持普及经典作品的坚毅精神和正确做法,体察社会现实,研究广大民众的文化水平、审美需求,尊重原著,"不恶搞",下大力做好经典作品的普及工作。

对于文化水平低下、没有也不可能系统的接触古典文学的普通民众来说,要知道和理解优秀的古典文学是相当困难的。基于这一现实,抗战时期的古典文学普及,特别注意通俗化,知道只有通俗化,才能进入民众。知道只有运用大众易于接受的路径、媒介和喜闻乐见的形式,使多种路径和媒介合力共为,让民众容易有古典文学的获得感。抗战时期优秀的普及读物,做到了浅而不陋。所谓浅就是通俗易懂,读起来省力。能做到浅,并不容易,要有炼就的真功夫。对于所述的内容,要烂熟于心,语言表达,雅洁明净。没有真功夫,去追求浅,很容易滑向陋。所谓陋,就是低俗、粗疏、繁冗。今天距抗战胜利70多年了,我们应汲取抗战时期普及古典文学在通俗化方面的经验,立足于社会现实,做好古典文学的普及工作。古典文学普及的路径和媒介,有继承,有创新,是在不断变化、不断演进的,从来就不是固定的、单一的。今天,伴随着科学技术的迅速发展,新的路径、媒介不断出现。新的路径媒介与传统的路径媒介各有所长,可以互补互融。我们应当努力探索适应时代变化的普及路径和媒介。

抗战时期,古典文学普及的主体,主要是古代文史的研究者,其中有许多是著名的学者。他们的地位不同,学养有别,但他们却有一种共同的精神境界,在日寇妄图消灭中华民族、摧毁中国的一切,中国传统文化面临着严酷考验的严峻时期,认识到,挽救中华民族的灭亡、复兴中华民族,必须借助于广大民众共享的优秀文化才能得以实现。他们勇于担当,克服重重困难,自觉自信地普及中国优秀的古典文学,在我国古典文学的普及史上,写下了彪炳千古的篇章。古典文学的享用者,不应是某些人,而是广大的民众。今天,从事古典文学的研究者,应当继承发扬抗战时期古典文学普及者的可贵精神,不断地总结经验,在从事古典文学基础研究的同时,改变轻视普及的倾向。要重视普及,"放低手眼",面对现实,把普及作为自己的责任和担当,努力探讨如何做好普及工作。要尊重普及工作者,扩大普及的队伍。要体察民众的接受心态。要制定激励普及的各种机制。要探讨如何把市场经济和普及融合在一起。要把普及古典文学作为一个系统的文化工程来研究。应千方百计，努力拉近古典文学与普通民众的距离，弘扬古典文学中蕴涵的丰厚的民族精神和高尚的审美情操，激发优秀古典文学的内在活力，使优秀的古典文学走出书斋，走向现实社会，走进民众，为建设社会主义精神文明做出应有的贡献。

（未刊稿。2019 年 2 月前定稿。）

班固《苏武传》赏析

苏武传

武，字子卿。少以父任，兄弟并为郎。稍迁至栘中厩监。时汉连伐胡，数通使相窥观。匈奴留汉使郭吉、路充国等，前后十余辈。匈奴使来，汉亦留之，以相当。

天汉元年，且鞮侯单于初立，恐汉袭之，乃曰："汉天子，我丈人行也。"尽归汉使路充国等。武帝嘉其义，乃遣武以中郎将使持节送匈奴使留在汉者，因厚赂单于，答其善意。

武与副中郎将张胜及假吏常惠等，募士斥候百余人俱。既至匈奴，置币遗单于，单于益骄。非汉所望也。方欲发使送武等，会缑王与长水虞常等谋反匈奴中。

缑王者，昆邪王姊子也。与昆邪王俱降汉，后随浞野侯没胡中。及卫律所将降者，阴相与谋劫单于母阏氏归汉。会武等至匈奴。虞常在汉时，素与副张胜相知，私候胜曰："闻汉天子甚怨卫律，常能为汉伏弩射杀之。吾母与弟在汉，幸蒙其赏赐。"张胜许之，以货物与常。后月余，单于出猎，独阏氏子弟在。虞常等七十余人欲发，其一人夜亡，告之。单于子弟发兵与战，缑王等皆死，虞常生得。

单于使卫律治其事。张胜闻之，恐前语发，以状语武。武曰："事如此，此必及我。见犯乃死，重负国。"欲自杀，胜、惠共止之。虞常果引张胜。单于怒，召诸贵人议，欲杀汉使者。左伊秩訾曰："即谋单于，何以复加？宜皆降之。"

单于使卫律召武受辞。武谓惠等："屈节辱命，虽生，何面目以归汉？"引佩刀自刺。卫律惊，自抱持武，驰召醫。凿地为坎，置煴火，覆武其上，蹈其背以出血。武气绝，半日复息。惠等哭，舆归营。单于壮其节，朝夕遣人候问武，而收系张胜。

武益愈。单于使使晓武，会论虞常，欲因此时降武。剑斩虞常已，律曰："汉使张胜谋杀单于近臣，当死，单于募降者赦罪。"举剑欲击之，胜请降。律谓武曰："副有罪，当相坐。"武曰："本无谋，又非亲属，何谓相坐？"复举剑拟之，武不动。律曰："苏君，律前负汉归匈奴，幸蒙大恩，赐号称王，拥众数万，马畜弥山，富贵如此。苏君今日降，明日复然。空以身膏草野，谁复知之？"武不应。律曰："君因我降，与君为兄弟。今不听吾计，后虽欲复见我，尚可得乎？"武骂律曰："女为人臣子，不顾恩义，畔主背亲，为降虏于蛮夷，何以女为见？且单于信女，使决人死生，不平心持正，反欲斗两主，观祸败。南越杀汉使者，屠为九郡；宛王杀汉使者，头悬北阙；朝鲜杀汉使者，即时诛灭。独匈奴未耳。若知我不降明，欲令两国相攻，匈奴之祸，从我始矣。"律知武终不可胁，白单于。单于愈益欲降之。乃幽武置大窖中，绝不饮食。天雨雪，武卧啮雪与旃毛并咽之，数日不死，匈奴以为神。乃徙武北海上无人处，使牧羝，羝乳乃得归。别其官属常惠等，各置他所。

　　武既至海上，禀食不至，掘野鼠去草实而食之。杖汉节牧羊，卧起操持，节旄尽落。积五、六年，单于弟於靬王弋射海上。武能网纺缴，檠弓弩，於靬王爱之，给其衣食。三岁余，王病，赐武马畜、服匿、穹庐。王死后，人众徙去。其冬，丁令盗武牛羊，武复穷厄。

　　初，武与李陵俱为侍中。武使匈奴明年，陵降，不敢求武。久之，单于使陵至海上，为武置酒设乐。因谓武曰："单于闻陵与子卿素厚，故使陵来说足下，虚心欲相待。终不得归汉，空自苦亡人之地，信义安所见乎？前长君为奉车，从至雍棫阳宫，扶辇下除，触柱折辕，劾大不敬，伏剑自刎，赐钱二百万以葬。孺卿从祠河东后土，宦骑与黄门驸马争船，推堕驸马河中溺死。宦骑亡，诏使孺卿逐捕，不得，惶恐饮药而死。来时大夫人已不幸，陵送葬至阳陵。子卿妇年少，闻已更嫁矣。独有女弟二人，两女一男，今复十余年，存亡不可知。人生如朝露，何久自苦如此？陵始降时，忽忽如狂，自痛负汉，加以老母系保宫。子卿不欲降，何以过陵？且陛下春秋高，法令亡常，大臣亡罪夷灭者数十家，安危不可知，子卿尚复谁为乎？愿听陵计，勿复有云。"武曰："武父子亡功德，皆为陛下所成就，位列将，爵通侯，兄弟亲近，常愿肝脑涂地。今得杀身自效，虽蒙斧钺汤镬，诚甘乐之。臣事君，犹子事父也。子为父死，无所恨。愿勿复再言。"

　　陵与武饮数日，复曰："子卿壹听陵言。"武曰："自分已死久矣。王必欲降武，请毕今日之欢，效死于前。"陵见其至诚，喟然叹曰："嗟呼，义士！陵与卫律之罪，上通于天。"因泣下沾衿，与武决去。陵恶自赐武，使其妻赐武牛羊数十头。

　　后陵复至北海上，语武："区脱捕得云中生口，言太守以下吏民皆白服,曰上崩。"武闻之,南乡号哭,欧血。旦夕临,数月。

昭帝即位,数年,匈奴与汉和亲。汉求武等,匈奴诡言武死。后汉使复至匈奴,常惠请其守者与俱,得夜见汉使,具自陈道。教使者谓单于,言天子射上林中,得雁,足有系帛书,言武等在某泽中。使者大喜,如惠语以让单于。单于视左右而惊,谢汉使曰:"武等实在。"

于是李陵置酒贺武曰:"今足下还归,扬名于匈奴,功显于汉室。虽古竹帛所载,丹青所画,何以过子卿!陵虽驽怯,令汉且贳陵罪,全其老母,使得奋大辱之积志,庶几乎曹柯之盟,此陵宿昔之所不忘也。收族陵家,为世大戮,陵尚复何顾乎?已矣,令子卿知吾心耳。异域之人,壹别长绝!"陵起舞,歌曰:"径万里兮度沙幕,为君将兮奋匈奴。路穷绝兮矢刃摧,士众灭兮名已陨。老母已死,虽欲报恩将安归?"陵泣下数行,因与武决。单于召会武官属,前以降及物故,凡随武还者九人。

武以始元六年春至京师。诏武奉一大牢谒武帝园庙。拜为典属国,秩中二千石。赐钱二百万,公田二顷,宅一区。常惠、徐圣、赵终根皆拜为中郎,赐帛各二百四。其余六人老,归家,赐钱人十万,复终身。常惠后至右将军,封列侯,自有传。武留匈奴凡十九岁,始以强壮出,及还,须发尽白。

武来归明年,上官桀、子安与桑弘羊及燕王、盖主谋反。武子男元与安有谋,坐死。初,桀、安与大将军霍光争权,数疏光过失予燕王,令上书告之。又言苏武使匈奴二十年不降,还乃为典属国,大将军长史无功劳,为搜粟都尉,光颛权自恣。及燕王等反诛,穷治党与,武素与桀、弘羊有旧,数为燕王所讼,子又在谋中,廷尉奏请逮捕武。霍光寝奏,免武官。

数年,昭帝崩,武以故二千石与计谋立宣帝,赐爵关内侯,食邑三百户。久之,卫将军张安世荐武明习故事,奉使不辱命,先帝以为遗言。宣帝即时召武待诏宦者署,数进见,复为右曹典属国。以武著节老臣,令朝朔望,号称祭酒,甚优宠之。武所得赏赐,尽以施予昆弟故人,家不余财。皇后父平恩侯、帝舅平昌侯、乐昌侯、车骑将军韩增、丞相魏相、御史大夫丙吉,皆敬重武。

武年老,子前坐事死。上闵之,问左右:"武在匈奴久,岂有子乎?"武因平恩侯自白:"前发匈奴时,胡妇适产一子通国,有声问来。愿因使者致金帛赎之。"上许焉。后通国随使者至,上以为郎,又以武弟子为右曹。武年八十余,神爵二年病卒。

甘露三年,单于始入朝。上思股肱之美,乃图画其人于麒麟阁,法其形貌,署其官爵姓名。唯霍光不名,曰大司马大将军博陆侯姓霍氏。次曰卫将军富平侯张安世,次曰车骑将军龙额侯韩增,次曰后将军营平侯赵充国,次曰丞相高平侯魏相,次曰丞相博阳侯丙吉,次曰御史大夫建平侯杜延年,次曰宗正阳城侯刘德,次曰少府梁丘贺,次曰太子太傅萧望之,次曰典属国苏武。皆有功德,知名当世,是以表而扬之,明著中兴辅佐,列于方叔、召虎、仲山甫焉。凡十一人,皆有传。自丞相黄霸、廷尉于定国、大司农朱邑、京兆尹张敞、右扶风尹翁归及儒者夏侯胜等,皆以善终,著名宣帝之世,然不得列于名臣之图。以此知其选矣。

赞曰:⋯⋯孔子称:志士仁人,有杀身以成仁,无求生以害仁。使于四方,不辱君命。苏武有之矣。

（据影印宋景祐刻《汉书》本,下同）

在史传文学中,人们往往班、马并提。其实,就总体水准而言,《汉书》在思想和艺术等方面所取得的成就较《史记》逊色。但是,《汉书》中的某些部分,却完全可以和《史记》中的优秀之作媲美。《苏武传》正是《汉书》中的出类拔萃之作。

汉武帝即位之后,对于在北部边陲一再骚扰、侵袭的匈奴族,修改汉初的一味纳贡、和亲的忍让政策,多次进行武力征讨,给骄横的匈奴以沉重的打击,迫使他们收敛,转而采取两国通好的和平政策。这样,两国关系开始解冻。天汉元年,初立的单于且鞮侯释放了以前被拘执在匈奴的汉使。汉朝也将匈奴的使者送回匈奴,并且还"厚赂单于,答其善意",以作为回报,苏武正是执行护送使者去答谢单于的使命到了匈奴。可是,由于匈奴内部产生变故,缑王与虞常企图射杀叛将卫律再次归汉,苏武的副手张胜又行为不慎,暗中给虞常货物,使对整个事件毫无所知的苏武和他的使节代表团陷入极为困难的境地。匈奴单于则不惜毁弃刚刚得来的两国通好的局面,不分青红皂白,企图杀尽汉朝使者,过后又以各种方式逼降苏武,完全置两国友好的大计于不顾。苏武正是在这种情形下,面对匈奴的威胁利诱坚贞不屈,维护了尊严,表现出高度的气节。

班固在描绘苏武这个忠君爱国的光辉形象时,在信守"史家"笔法不虚构、不溢美的前提下,笔端饱含赞佩推崇之激情,调动了许多艺术手段,使苏武的形象璀璨夺目,跃然纸上。这篇传记,可供我们借鉴的至少有以下几个方面:

首先,这篇传记的结构体现出作者精于剪裁,善于布局的特点。它始终围绕着苏武的爱国精神和民族节操落笔。苏武的一生经历共有八十余年,但班固只截取他出使羁留匈奴的十九年生活。在这十九年中,又只选取了几个典型场面作浓墨重彩的描绘,如两次自戮、幽禁断食、北海牧羊、李陵劝降等等。这几个场景中,随着人物的一次次得到考验,其精神境界不断地得到升华。

文中第一个惊心动魄的场面是苏武的两次自戮。苏武得知虞常事发,而张胜又卷入其事,首先想到的不是个人的安危,而是国家的荣誉,"见犯乃死,重负国"。因此,想以自杀来维护国家的尊严。虽被张胜、常惠劝止,但当卫律召武受辞时,再次引佩刀自刺,以至"气绝、半日复息"。在卫律等的抢救下才挽救了生命,充分体现了苏武以民族尊严为重的气节,表现出他以死殉国的决心。

班固用重墨描绘的第二个场面是在卫律劝降,两人相对如短兵相接,唇枪舌剑,惊心动魄。卫律首先剑斩虞常作为威胁,并以"谋杀单于近臣"的罪名举剑欲击张胜。在这种情势下,意志软弱的张胜请降。卫律马上利用这有利局面,以"相坐"的罪名胁迫苏武。这时,如果承认自己与虞常之变有牵连,就为匈奴攻击汉朝制造了口实,使匈奴在舆论上处于极为有利的地位。因此,苏武很沉稳地对"相坐"的罪名进行了针锋相对的回击:"本无谋,又非亲属,何谓相坐?"声明作为汉朝的正式使节,与虞常的行动没有任何牵连,再一次维护了国家的荣誉,并且在卫律"举剑拟之"作出要杀他的样子的情况下,苏武巍然不动。卫律见威胁无效,只得改换手段采用软的一套,以自己为例,企图以荣华富贵打动苏武。苏武却乘此机会反守为攻,力斥叛国降敌的可耻,宣扬国家力量的强大。这一大段话苏武说得酣畅淋漓,既使卫律折服,也使匈奴不敢轻易加害于他。这一段,描绘苏武行动的文字极为简洁,仅有六个字:当卫律举剑拟之时,"武不动";当卫律以自己为例企图以荣华富贵劝诱苏武投降时,"武不应"。"不动",显示出苏武视死如归、临危不惧的高傲神态；"不应"，我们似乎看到苏武脸带微笑、冷眼旁观的轻蔑表情。六个字极为传神地勾勒出苏武的形象。

　　班固用重墨渲染的第三个场面是李陵的劝降。李陵作为苏武相知甚深的同事和交情甚笃的朋友，深知以死相威胁以富贵为诱惑以幽禁断食来逼迫，不能让苏武屈服。对像苏武这样有着极为坚定的信念和极高的精神追求的人，只能从精神上摧垮。因此，李陵所采用的是攻心战。李陵的劝降极有说服力。从李陵口中我们得知，苏武的哥哥苏嘉因为被弹劾为大不敬伏剑自杀；弟弟苏贤，因为逐捕犯罪的宦骑不得服毒药自杀；苏武的母亲已经逝世；妻子已经改嫁；虽有两女一男，也是存亡不可得知。这一系列的变故，对苏武的打击之重可想而知。如果苏武是为了求得信义的名节，那么，处在北海牧羊最终不得归汉的情况下，只能是："空自苦亡人之地，信义安所见乎？"如果苏武是留恋着汉朝的家庭而拒不肯降，现在的苏武可说是家破人亡，没有什么可留恋了。如果苏武是为了效忠君主而拒降，李陵以为汉主完全不值得效忠："陛下春秋已高，法令亡常，大臣亡罪夷灭者数十家，安危不可知，子卿尚复谁为乎？"而且，苏武兄弟之死，全与君主的残暴有关。你效忠君主，可君主又对你怎样呢？这里，李陵处处为苏武着想，把声名流传、家庭幸福、效忠君王等一般人视为信念的东西一一推翻。辅之李陵自己的遭遇，更使他的劝降具有很大的说服力，再加李陵与苏武的关系，苏武又受到友情的逼迫。这时候，只要苏武的爱国思想中稍有一点杂念，精神马上就会全线崩溃。苏武的断然拒绝却使他的形象更加光耀夺目。李陵的劝降使苏武的精神境界上升到一个极高的层次。

　　苏李诀别也是班固用重笔描绘的场面。这个场面，虽然并没有正面描写苏武，但从李陵的言语中透露出苏武高风亮节的感人力量。从李陵的悲慨中，我们得知，背叛祖国的人，他们永远失去了支持自己的精神力量，一辈子只能生活在永无希望的追悔之中，与苏武得到的精神上的充实和功名上的成就形成了鲜明的对比，由此显示了苏武精神追求的高尚和不凡之处。

在用浓墨重彩写好一些典型场面的同时，班固对苏武长达十九年的生活都是简略地叙述，不少地方只是一笔带过。值得注意的就是，在这些极为简略的叙述中，由于抓住了最具感染力的细节，往往给我们留下了深刻的印象，充分表现出苏武过人的意志、韧劲和忠诚。如在匈奴把苏武幽禁大窖，并且绝食时，苏武"卧啮雪与旃毛并咽之，数日不死"。流放北海，禀食不至时，苏武"掘野鼠去草实而食之"。"杖汉节牧羊，卧起操持，节旄尽落"。又如在苏武回国时，仅有一句描写"始以强壮出，及还，须发尽白"。这些鲜明感人的细节，使苏武的形象进一步得到升华。班固正是依靠这样出色的剪裁与精妙的布局完成了苏武长达八十年的一生的传记。

其二，作者巧妙地运用了对比、反衬的写作手法。在苏武这个具有坚定的民族节操的人物形象周围，环绕着一批屈节仕敌的投降者，如卫律、张胜、李陵等等。他们当中，有的还数次易节，这种出尔反尔、反复无常的态度更鲜明地衬托出苏武持志如一、坚贞不移的高贵品质。卫律劝降张胜与苏武时，采用了同样的威胁手段，举剑欲击。面对生死存亡的考验，张胜请降，而"武不动"；面对荣华富贵的诱惑，卫律投降了，而"武不应"。同样是家庭惨遭不幸，皇上不明，臣下深受委屈，李陵绝望，苏武却仍然一片赤诚。正是在这层层衬托下，苏武的形象才格外显得高大。

其三，本文对人物语言的叙写逼真。出场人物的语言基本上做到能毕肖其人，而且随着环景、情势的不同，人物的口气也发生变化。这特别表现在两次劝降的描写上。面对自己所憎恨的卫律的无耻劝降,苏武的回答义正辞严,语气极为激昂,骂得可说是酣畅淋漓!"女(汝)为人臣子,不顾恩义,畔主背亲,为降虏于蛮夷,何以女为见?……南越杀汉使者,屠为九郡;宛王杀汉使者,头悬北阙;朝鲜杀汉使者,即时诛灭。独匈奴未耳。"正是这段铿锵有力的警告,使得匈奴不敢轻举妄动。苏武面对老友李陵的劝降,其回答却变得诚恳委婉,柔中有刚,简短的言辞包含着不容置疑的决心,致使李陵因自愧而泣下沾襟。这两段完全不同的回答,完全符合苏武和卫、李二人的关系。

　　同是劝降,卫律的语言粗俗而直露,李陵的劝降却是推心置腹,设身处地,娓娓动听。他层层进逼,从声名流播、家庭幸福、人生快乐到皇帝恩宠,一一加以否定,极具说服力。恰与卫律形成鲜明对比。这些对话,都做到了毕肖其人。

　　班固的史笔,虽被范晔称之为"不激诡,不抑抗,赡而不秽,详而有体,使读之者亹而不厌"(《后汉书·班固传》)。但其大部分篇章,与司马迁充满激情的叙写比较起来,总显得有点"质木无文",《苏武传》则较好地克服了文学性不强的弱点,成功地塑造了苏武这位忠君爱国的高大形象,一千多年来,成为无数志士仁人的榜样。而且在其他文艺形式,如戏剧、诗歌中一再出现。《苏武传》的苏李诀别、鸿雁传书等情节,早已成为典故,被后来的文学作品反复引用,其影响之大之广,在《汉书》中首屈一指。

(张可礼　王青)

(原载黄岳洲主编《中国古代文学名篇鉴赏辞典》,
华语教学出版社 2013 年版,第 263—268 页。)

班固《杨胡朱梅云传》(节录)鉴赏

杨胡朱梅云传_{节录}

　　杨王孙者,孝武时人也。学黄老之术。家业千金,厚自奉,养生亡所不致。及病且终,先令其子曰:"吾欲裸葬,以反吾真,必亡易吾意。死则为布囊盛尸,入地七尺。既下,从足引脱其囊,以身亲土。"其子欲默而不从,重废父命;欲从之,心又不忍。乃往见王孙友人祁侯。

　　祁侯与王孙书曰:"王孙苦疾,仆迫从上祠雍,未得诣前。愿存精神,省思虑,进医药,厚自持。窃闻王孙先令裸葬,令死者亡知则已,若其有知,是戮尸地下,将裸见先人,窃为王孙不取也。且《孝经》曰:'为之棺椁衣衾'。是亦圣人之遗制,何必区区独守所闻!愿王孙察焉。"

　　王孙报曰:"盖闻古之圣王,缘人情不忍其亲,故为制礼。今则越之,吾是以裸葬,将以矫世也。夫厚葬诚亡益于死者,而俗人竞以相高,靡财单币,腐之地下;或乃今日入而明日发,此真与暴骸于中野何异?且夫死者,终生之化,而物之归者也。归者得至,化者得变,是物各反其真也。反真冥冥,亡形亡声,乃合道情。夫饰外以华众,厚葬以鬲真,使归者不得至，化者不得变，是使物各失其所也。且吾闻之：精神者，天之有也；形骸者，地之有也；精神离形，各归其真，故谓之鬼。鬼之为言归也，其尸块然独处，岂有知哉！裹以币帛，鬲以棺椁，支体络束，口含玉石，欲化不得，郁为枯腊。千载之后，棺椁朽腐，乃得归土，就其真宅。繇是言之，焉用久客！昔帝尧之葬也，窾木为椟，葛藟为缄，其穿下不乱泉，上不泄殠。故圣王生易尚，死易葬也，不加功于亡用，不损财于亡谓。今费财厚葬，留归鬲至，死者不知，生者不得，是谓重惑。於戏！吾不为也。"

祁侯曰："善！"遂裸葬。

胡建，字子孟，河东人也。孝武天汉中，守军正丞。贫亡车马，常步与走卒起居，所以尉荐走卒，甚得其心。

时监军御史为奸，穿北军垒垣，以为贾区。建欲诛之，乃约其走卒，曰："我欲与公有所诛，吾言取之则取，斩之则斩。"于是当选士马日，监御史与护军诸校列坐堂皇上。建从走卒，趋至堂皇下拜谒。因上堂皇，走卒皆上。建指监御史曰："取彼！"走卒前曳下堂皇。建曰："斩之！"遂斩监御史。

护军诸校皆愕惊不知所以，建亦已有成奏在其怀中，遂上奏曰："臣闻军法，立武以威众，诛恶以禁邪。今监御史公穿军垣以求贾利，私买卖以与士市，不立刚毅之心、勇猛之节，亡以帅先士大夫，尤失理不公。用文吏议，不至重法。黄帝《李法》曰：'壁垒已定，穿窬不繇路，是谓奸人。奸人者杀！'臣谨按军法曰：正亡属将军，将军有罪以闻，二千石以下行法焉。丞于用法疑，执事不诿上。臣谨以斩，昧死以闻。"

制曰："《司马法》曰：'国容不入军，军容不入国。'何文吏也？三王或誓于军中，欲民先成其虑也；或誓于军门之外，欲民先意以待事也，或将交刃而誓，致民志也。建又何疑焉。"
建繇是显名。

后为渭城令，治甚有声。值昭帝幼，皇后父上官将军安
与帝姊盖主私夫丁外人相善。外人骄恣，怨故京兆尹樊福，
使客射杀之。客臧公主庐，吏不敢捕。渭城令建将吏卒围
捕。盖主闻之，与外人、上官将军多从奴客往，奔射追吏。吏
散走。主使仆射劾渭城令游徼伤主家奴。建报亡它坐。盖
主怒，使人上书告建侵辱长公主，射甲舍门，知吏贼伤奴，辟
报，故不穷审。大将军霍光寝其奏。后光病，上官氏代听事，
下吏捕建。建自杀。吏民称冤，至今渭城立其祠。

朱云，字游，鲁人也，徙平陵。少时通轻侠，借客报仇，长
八尺余，容貌甚壮，以勇力闻。年四十，乃变节，从博士白子
友受《易》，又事前将军萧望之受《论语》，皆能传其业。好倜
傥大节，当世以是高之。

元帝时，琅邪贡禹为御史大夫，而华阴守丞嘉上封事，言
"治道在于得贤，御史之官，宰相之副，九卿之右，不可不选。
平陵朱云，兼资文武，忠正有智略，可使以六百石秩试守御史
大夫，以尽其能。"上乃下其事，问公卿。太子少傅匡衡对，以
为"大臣者，国家之股肱，万姓所瞻仰，明王所慎择也。传曰：
'下轻其上爵，贱人图柄臣，则国家摇动，而民不静矣！'今嘉
从守丞而图大臣之位，欲以匹夫徒步之人而超九卿之右，非
所以重国家而尊社稷也。自尧之用舜，文王于太公，犹试然
后爵之，又况朱云者乎？云素好勇，数犯法亡命，受《易》颇有
师道，其行义未有以异。今御史大夫禹，絜白廉正，经术通
明，有伯夷、史鱼之风，海内莫不闻知。而嘉猥称云，欲令为
御史大夫，妄相称举，疑有奸心。渐不可长，宜下有司案验，

以明好恶。"嘉竟坐之。

是时，少府五鹿充宗贵幸，为梁丘《易》，自宣帝时，善梁丘氏说。元帝好之，欲考其异同，令充宗与诸《易》家论。充宗乘贵辩口，诸儒莫能与抗，皆称疾不敢会。有荐云者，召入。摄齐登堂，抗首而请，音动左右。既论难，连拄五鹿君。故诸儒为之语曰："五鹿岳岳，朱云折其角。"繇是为博士。迁杜陵令。坐故纵亡命，会赦，举方正，为槐里令。

时中书令石显用事，与充宗为党，百僚畏之。唯御史中丞陈咸，年少抗节，不附显等，而与云相结。云数上疏，言丞相韦玄成，容身保位，亡能往来，而咸数毁石显。久之，有司考云疑风吏杀人。群臣朝见，上问丞相以云治行。丞相玄成言："云暴虐亡状。时陈咸在前，闻之，以语云。云上书自讼，咸为定奏草，求下御史中丞。事下丞相，丞相部吏考立其杀人罪。云亡入长安，复与咸计议。丞相具发其事，奏咸宿卫执法之臣，幸得进见，漏泄所闻，以私语云，为定奏草，欲令自下治；后知云亡命罪人，而与交通，云以故不得。"上于是下咸、云狱，减死为城旦。咸、云遂废锢，终元帝世。

至成帝时，丞相故安昌侯张禹以帝师位特进，甚尊重。云上书求见。公卿在前，云曰："今朝廷大臣，上不能匡主，下亡以益民，皆尸位素餐，孔子所谓'鄙夫不可与事君，苟患失之，亡所不至'者也。臣愿赐尚方斩马剑，断佞臣一人，以厉其余。"上问："谁也？"对曰："安昌侯张禹。"上大怒，曰："小臣居下讪上，廷辱师傅，罪死不赦。"御史将云下。云攀殿槛，槛折。云呼曰："臣得下从龙逢、比干游于地下，足矣！未知圣朝何如耳。"御史遂将云去。于是左将军辛庆忌免冠解印绶，叩头殿下，曰："此臣素著狂直于世，使其言是，不可诛；其言非,固当容之。臣敢以死争。"庆忌叩头流血,上意解,然后得已。及后当治槛,上曰:"勿易,因而辑之,以旌直臣。"

云自是之后,不复仕,常居鄠田。时出乘牛车,从诸生,所过皆敬事焉。薛宣为丞相,云往见之。宣备宾主礼,因留云宿,从容谓云曰:"在田野亡事,且留我东阁,可以观四方奇士。"云曰:"小生乃欲相吏邪?"宣不敢复言。其教授,择诸生,然后为弟子。九江严望,及望兄子元,字仲,能传云学,皆为博士。望至泰山太守。

云年七十余,终于家。病不呼医饮药,遗言以身服敛,棺周于身,土周于椁。为丈五坟,葬平陵东郭外。

……

赞曰:昔仲尼称不得中行,则思狂狷。观杨王孙之志,贤于秦始皇远矣。世称朱云,多过其实,故曰:盖有不知而作之者,我亡是也。胡建临敌敢断,武昭于外;斩伐奸隙,军旅不队。……

这是一篇合传,班固为之立传的是五个人,除本书选录的杨王孙、胡建、朱云以外,另二人是梅福和云敞。这二人,一位是抗言直谏矛头直指擅权的宠臣王凤;一位则不避风险,为师收尸,以此举动表示对王莽暴政的抗议。和杨王孙、胡建、朱云三人一样,班固为之立传,既非他们有盖世的武功,亦非有奇突的谋略,他们之间的一个共同之处,就是不同程度地和权贵、外戚、佞幸及其不良风俗作过抗争。

班固因是奉诏修史,往往不能像司马迁那样对社会黑暗封建统治的残酷等进行尽情的揭露。但是,出于一个史家的正义感和良知,《汉书》中也常常能从侧面暴露出统治者的骄奢淫逸、凶狠残暴和社会风俗中的种种腐败现象。这篇合传,就鲜明地表露出班固进步的思想倾向。

班固对杨王孙，并没有从多方面展示他的生平事迹，而是集中笔墨写他临终有自身力行、遗令裸葬这一典型事件，从而表现了班固对厚葬之风的否定和批判。

厚葬之风，不仅汉朝，也是整个封建社会的一个顽症。此习俗从吴王阖闾开始到秦始皇达到了高峰。汉朝，总的趋势是越来越严重。据索琳声称："汉天子即位一年而为陵，天下贡赋，三分之一贡宗庙，一供宾客，一充山陵。"（《晋书·索琳传》）帝王治陵所需的开支竟占天下贡赋的三分之一，令人咋舌。武帝时，国力强盛，厚葬之风达到高峰。武帝修建茂陵历时五十三年，及葬时，"其树皆已可拱"。墓内殉葬品极为豪华，据《汉书·贡禹传》的记载，有"金钱财物、鸟兽、鱼鳖、牛、马、虎、豹等生禽，凡百九十物，尽瘗藏之"。这种习俗发展到东汉，已成为一个极为严重的社会问题。《潜夫论·浮侈篇》云："今京师贵戚，郡县豪家，生不极养，死乃崇丧"，"或至金缕玉匣，檽梓梗棺，多埋珍宝偶人车马，造起大冢，广种松柏，庐舍祠堂，务崇华侈。"厚葬之风所造成的恶果，直接危及统治者的长治久安，不仅与封建礼制背道而驰，而且也影响百姓家给人足。汉世文帝、成帝、光武帝、明帝、章帝和安帝都曾下诏，明令不许殚财厚葬。处在厚葬之风盛行时代的班固，为杨王孙立传，有其明显的积极意图。

从杨王孙报祁侯书来看，杨王孙用来对付厚葬的思想武器基本上是老庄哲学的生死观念。把死亡视为大归，视为物化，视为返真，而费财厚葬，将"使归者不得至，化者不得变"。这种"不加功于亡用，不损财于亡谓"的精神实在是矫正时弊的一帖良药。杨王孙裸葬不能不使人联想到庄子"以天地为棺椁，以日月为连璧，星辰为珠玑，万物为赍送"的超脱。这种超脱显然有某种进步意义。班固基本上是一个儒家信徒,在此文中却对黄老思想表现了意外的推崇。这种变通说明班固决不仅仅是一个为历史而历史的史学家,他同样具有强烈的现实参与意识。

比厚葬之弊更难消除的是宠幸,权贵擅权以后的飞扬跋扈,恣意胡为。许多正直官吏往往因此而遭殃,胡建与朱云悲剧便充分说明了这一点。

胡建堪称一位干练、果敢的官员,他得以扬名的一桩政绩——私斩监御史,充分体现了勇猛、沉着与敢作敢为。后来作为渭城令,也是"治甚有声"。可就是因为他办事正直,得罪了外戚公主、上官安、丁外人一伙,竟被逼自杀。长公主、上官安、丁外人在昭帝时代,是一伙权势炙手可热的外戚、权贵。长公主是昭帝的姐姐,丁外人是长公主的情夫,他们互通声气,交相勾结,形成了一个可与当时的重臣霍光抗衡的集团。丁外人为了报自己的私怨,射杀了故京兆尹樊福。胡建履行自己的职责,带领捕吏围捕凶手。由于凶手的靠山权势甚大,不仅没能捕到,还被盖主、丁外人等率领家奴将政府部门的游徼们奔射追散。他们这样做已经充分暴露了这帮外戚幸臣们的横行霸道。他们杀了人,不但不让抓凶手,反而射散了抓凶手的官吏。可是事情到此,长公主仍不肯罢休,还要使人上书弹劾胡建的游徼伤了自己的家奴。颠倒黑白到了何种程度。胡建不过为自己的部下辩护几句,就被定罪下狱。胡建面对官位、势力远高于监御史的长公主一伙,昔日的勇猛与机智都无从施展,只能以一死抗争。当权者的横蛮于此可见一斑。

与胡建相比,朱云的性格、经历可能会导致一些非议。他好勇斗狠,数次犯法亡命。然而他在与五鹿充宗、石显、张禹等佞幸和宠臣作斗争时表现出来的勇气、胆略与正直,无疑是值得敬佩的。石显是一个宦者,在元帝时红得发紫,权倾一时。《汉书·佞幸传》称:"事无小大,因显白决。贵幸倾朝,百僚皆敬事显。"少府五鹿充宗,因擅长梁丘《易》而得宠。石显与五鹿充宗,还有当时的中书仆射牢梁等结为党羽。他们都得宠位,兼官据势。当时有一首民谣:"牢邪石邪,五鹿客邪,印河累累,绶若若邪。"可见权势冲天炙手可热。当时凡言石显之短的如前将军萧望之;光禄大夫周堪,宗正刘更生,太中大夫张猛;魏郡太守京房等一大批人,或弃市、或自杀,或废锢。因此,当时的宰相韦玄成也只能阿谀奉迎,只图容身保位而已。成帝时的张禹,几乎和元帝时的石显有着同样的权势。张禹作为皇帝的师傅,深得成帝宠幸。他位极人臣,成帝对他是有求必应。面对这些权势显赫的大人物,站出来公然抗争,实在需要极大的勇气。而且朱云并不因为第一次上疏指责韦玄成、石显而被下狱和减死为城旦的结局所吓退。在对张禹的斗争中,廷争不屈,直至攀折殿槛,确是不负狂直之美名,连成帝也要用这攀折了的廷槛来表彰直臣。尽管如此,朱云自此以后也是郁郁不得志,终身不再仕,最终结果可以说也是一场悲剧。胡建、朱云这样的悲剧,实在是封建社会中稍有正义感的官员所难以避免的。

在一篇分别记叙数人事迹的合传中如何避免行文单调,是一个值得注意的课题。班固很好地解决了这个问题。他根据三个人物的不同特点选择了不同叙述角度,采用了各自的叙述方式。记杨王孙时,重点引录他的临终遗书,以议论见长;记胡建则以叙述事件为主;写朱云则以刻画人物为重。这样,杨王孙的豁达洒脱,胡建的果决干练,朱云的狂傲迂直,分别展现在读者面前,各自都给读者留下了深刻的印象。特别是对朱云的刻画,重点截取舌战五鹿、谏责韦玄成、殿前抗争等典型场面,把一位不畏强暴的直臣义士形象刻画得栩栩如生。三位人物的传记合在一起，错落有致，避免了行文结构上的平直单调之弊，充分展示了班固在布局上的匠心。

外戚、宦官专权是东汉统治腐败的一个重要原因。班固在世的最后几年，由于和帝年幼，窦太后临朝称朕，外戚窦宪就总揽大权。以后，历整个东汉，宦官、外戚轮流擅权，互相攻伐，搞得人心惶惶，民不聊生。班固在这篇传记中，对西汉权贵、宠臣专权横行霸道、胡作非为的劣行的揭露，当时不但有极大的现实意义，而且表现出一定的先见之明。如果当时的统治者真正能从历史中得到一定的教训，东汉的政局大约会有所改善。总之，无论是班固对厚葬之风的反对，还是对权贵佞幸的揭露和对直臣义士的褒奖，都充分体现了班固作为一个优秀史家所具有的进步思想，而体现在行文布局上的匠心和叙述上的详略得体，更表现了他的高超艺术。

（张可礼　王青）

（原载黄岳洲主编《中国古代文学名篇鉴赏辞典》，
华语教学出版社 2013 年版，第 268—272 页。）

暮年壮心在

——读曹操的《龟虽寿》

龟虽寿

神龟虽寿,犹有竟时。腾蛇乘雾,终为土灰。

老骥伏枥,志在千里;烈士暮年,壮心不已。

盈缩之期,不但在天;养怡之福,可得永年。

幸甚至哉,歌以咏志。

《龟虽寿》是曹操的乐府诗《步出夏门行》的最后一章,题目是后人加的。作于东汉建安十二年(207)。东汉末年,居住在我国东北部的乌桓奴隶主贵族,乘中原一带天下大乱之机,经常入塞掳掠汉民。建安十年,曹操平定冀州以后,袁绍的儿子袁熙和袁尚等,投奔了乌桓。建安十二年,曹操为了安定东北边境,消灭袁绍的残余势力,率军征伐乌桓,结果取得了胜利。这首诗是他凯旋归来的时候写的。全诗以昂扬慷慨为基调,抒发了曹操老当益壮、积极进取的豪壮之情。

全诗共十四句,除最后两句是入乐时加的,和全诗的内容没有关系以外,其他十二句,每四句是一层,可以分成三层来理解。

第一层是开头四句。这四句的主要意思是说"人寿不长"。

诗人为了表现这一意思,没有采取直述的写法,而是连用了神龟和腾蛇两个比喻。神龟,是龟的一种,古人常常用它来象征长寿,《庄子·秋水篇》就说"楚有神龟死已三千岁矣"。神龟尽管能长寿,但最后还是要死亡,所以诗中说"犹有竟时"。腾蛇,又作"螣蛇",相传是一种像龙一样的神物,本领很大,《韩非子·难势篇》说:"飞龙乘云,腾蛇游雾。"腾蛇虽然能腾云驾雾,但也免不了死亡,因此诗中说"终为土灰"。大千世界,物种繁多。诗人在这里特别标举神龟和腾蛇,这是因为在迷信思想相当盛行的古代,神龟和腾蛇都被染上了浓厚的神学色彩,即使这样,诗人也断定它们逃脱不了死亡的命运。神龟和腾蛇尚且如此,至于其他物种,那就不言而喻了。因此,诗人用神龟和腾蛇作比喻,不仅具有举一反三、以重代轻的典型意义,同时也非常鲜明地否定了万物不变、人可以成仙不死等神学迷信思想。从修辞的角度来看,开头这四句用的是借喻,只写出了用作比喻的神龟和腾蛇,至于被比喻的内容,则完全略去了。这样处理,不仅语言精炼,而且也给读者留下了想象的余地,使读者会自然地联想到,衰老和死亡也是人们无法抗拒的自然规律。但是如何对待衰老和死亡,不同的人常常有不同的表现。有的及时行乐,虚度时光;有的慨叹迟暮,消极悲观。而曹操则表现了另外一种精神境界,这就是这首诗第二层所抒发的思想感情。

"老骥伏枥"以下四句是第二层。这一层是全诗的中心。在写法上,第二层和第一层有些相似之处,也是运用了比喻,用卧伏在马棚里的老骥还想驰骋千里,来比喻想建功立业的烈士到了暮年,仍是壮志不减。在这里,诗人用老骥作比喻,非常贴切,意蕴也极其丰富。老骥,就是老千里马。在古代,千里马在人们的生活中,特别是在征战中有很重要的作用。就当时来说,有多少千里马随曹操的部队驰骋疆场,经受了考验,立下了战功。可以说,千里马和曹操部队的征战是息息相关的。曹操本人在动乱的年代,务在武功,身披介胄,转战南北,也有和老骥相似的经历。因此,曹操用老骥作比喻,饱含着对老骥的尊敬和爱戴,同时也是他自己几十年戎马倥偬的征战生涯的象征。在内容上,这一层上承第一层,一方面反映了曹操清醒地看到了自己已经到了暮年,另一方面又表现了他进入暮年时的可贵的精神状态。这一层一开始就写"老骥伏枥",写出了千里马同神龟和腾蛇一样,也不能违背自然法则,也是要老的。千里马是这样,人何尝不是如此。对这一点,曹操认识得很清楚,他在《却东西门行》一诗中曾说自己是"冉冉老将至"。他写《龟虽寿》时,已是五十三岁的年纪。照古人的说法,人"五十始衰"。因此,曹操在这首诗中,承认自己是到了暮年。但是曹操的过人之处主要不在这里,而在于他面对暮年,在精神状态上不服老,要老当益壮,要保持一种生命不息、斗争不止、奋发有为的精神境界。这一点确实是难能可贵的。

　　一个有作为的人,总是珍惜年华,总是想依靠人的力量延长自己的生命,从而争取有更多的时间来建功立业。曹操就是这样一个人。曹操的这种思想感情在《龟虽寿》的第三层有比较集中的表现。在曹操看来,"盈缩之期,不但在天",也就是人的寿命的长短,与"天"有关系,但又不是完全由"天"来决定的。"养怡之福,可得永年",只要人们能够注意保养自己的身体,是可以延年益寿的。在这里,曹操一方面看到了人的寿命与自然属性有关系,另一方面又突出地强调了在寿命问题上人的主观能动作用。这种朴素的、辩证的唯物精神,否定了长期流传的"死生有命,富贵在天"的迷信说法,这在当时来说,是相当进步的思想。

千百年来,《龟虽寿》被广为传诵,有很强的生命力。清朝人陈祚明《采菽堂古诗选》评此诗说:"名言激昂,千秋使人慷慨。"此言不差。《晋书·王敦传》载:王敦每次喝酒以后,就咏唱"老骥伏枥,志在千里;烈士暮年,壮心不已"。他一边咏唱,一边用如意击唾壶为节,以至壶边都被击破了。时至今日,这首诗仍在广泛流传。这是因为它在思想和艺术上有明显的特点,并与我们中华民族的文化传统有密切的关系。

前面谈到,《龟虽寿》的中心是抒发了一种老当益壮、积极进取的精神风貌。这种风貌从一个侧面反映了当时的时代精神和我们中华民族的文化传统的一个特点。

东汉末年,战乱频仍,社会惨遭破坏。曹操经过多年的努力,虽然基本上统一了北方,安定了边境,但战乱并没有消除,祖国还有待统一。在这种形势下,积极入世,消除战乱,恢复封建治世,已成为时代的要求。《龟虽寿》抒发的"壮心不已"、积极进取的豪壮之情,正是当时时代的最强音。从我们中华民族的文化传统来看,尽管在漫长的历史长河中,有些人曾追求过隐遁出世,但是他们始终没有压倒积极入世的思想。自强不息、建功立业,是我们中华民族文化传统的特点之一。这一特点曾经激励过无数的仁人志士,在"治国平天下"的事业中,奋发有为,即使到了暮年,"犹冀有新功"。《龟虽寿》表现的正是这种思想感情,因此自古迄今,引起了许多人的共鸣。

《龟虽寿》是一首抒情诗,但是它和一般的抒情诗不同。一般的抒情诗都重在抒发感情,而这首诗却明显地具有哲理的内容,做到了感情和哲理互相交融,使哲理寓于形象当中,因此我们读这首诗的时候,既能被诗情所激动,也能够通过具体的形象领悟到重要的人生哲理。这一点恐怕也是《龟虽寿》能在历代脍炙人口的一个重要原因。

（原载袁行霈主编《历代名篇赏析集成》，中国文联出版公司 1988 年版，第 318—319 页。文字略有改动。）

曹操《短歌行》赏析

短歌行

对酒当歌，人生几何？譬如朝露，去日苦多。

慨当以慷，忧思难忘。何以解忧？唯有杜康。

青青子衿，悠悠我心。但为君故，沉吟至今。

呦呦鹿鸣，食野之苹。我有嘉宾，鼓瑟吹笙。

明明如月，何时可辍？忧从中来，不可断绝。

越陌度阡，枉用相存。契阔谈宴，心念旧恩。

月明星稀，乌鹊南飞。绕树三匝，何枝可依？

山不厌高，海不厌深。周公吐哺，天下归心。

　　曹操的《短歌行》属乐府诗《相和歌·平调曲》。原诗有两首，上面选的是第一首。这一首被历代人们所传诵，是脍炙人口的名篇。诗中所抒发的思想感情，常见的有两种说法：一、沈德潜认为，是"言当及时为乐也"（《古诗源》卷五）。二、张玉谷说，是"叹流光易逝，欲得贤才以早建王业之诗"（《古诗赏析》卷八）。仔细体味全诗，张玉谷的见解，是比较附合全诗意旨的。

　　这首诗可能是诗人在宴会上的即兴之作，所以诗一开头，就先从眼前的饮酒听歌写起，表现了诗人由于人生短暂、失去的时光太多而产生的忧思。忧思难以排遣，所以借酒解忧。"杜康"，传为古代开始造酒的人，此处用以代酒。表面上看，开头八句似乎表现了"人生当及时行乐"的消极思想，实际上是曲折地反映了诗人对时光的分外珍惜和对事业的执着追求。这一点在以下的诗句中表现得更加清楚。这一段诗人没有着眼于空间，没有描写饮宴歌舞的场面，而是把思绪集中在时间上，多用反问的句子和议论的方式，慨叹人生的短暂和时光的易逝，既抒写了具有普遍意义的人生体验，又表现了诗人自己面对短暂的人生不消沉颓丧的独特感受。

在封建社会中，想建功立业的帝王将相，一般都想得到贤才，并且与之交游，曹操也是这样。所以这首诗接下去，从"青青子衿"一句开始直到结束，着重抒写的是对贤才的渴望。

"青青子衿"八句，前二句用的是《诗·郑风·子衿》中的成句，后四句用的是《诗·小雅·鹿鸣》中的成句。《子衿》原是写女子对情人的思念，《鹿鸣》原是写饮宴宾客的。曹操谙熟《诗经》，由眼前的宴会，联想到《诗经》中有关的篇章，信手引来，贴切自然。中间用"但为君故，沉吟至今"加以联贯，借古诗展示了自己的胸怀：前半写求贤不得的深沉忧思，后半写得到贤才的尽情欢乐。由深沉忧思到尽情欢乐，感情波澜起伏，互相连贯，其根基都是对贤才的渴望。

"明明如月"八句，先用明月不可揽取比喻贤才难以得到，因而产生了无法断绝的忧思。接着笔锋一转，写故旧当中有贤才来归附自己的喜悦。刹那间，感情由忧到喜，忽忧忽喜，表现了诗人复杂的心理。这种复杂的心理，仍是由思贤若渴这一主旨生发出来的。

"月明星稀"四句，既是当时景物的写照，同时也是一种暗喻。

诗人在渴望得到贤才时，情不自禁地把目光由宴会投向广阔的夜空，由情见景，见景生情，看到月明星稀、乌鹊无栖，暗喻当时的贤才犹疑不定、无所依托，但又没有来归附自己。前面有"明明如月"一句，这里又写到"月明星稀"。前一处的明月属虚写，后一处是实写，但实中又有虚。两处的明月，不仅互相照应，而且都表现了诗人招揽贤才不易的忧伤。诗人因惋惜贤才无所归宿，非常渴望他们来归附自己，因而最后以山不辞土才能成其高、海不辞水才能成其深作比方，用周公为了接待贤才，曾经"一沐三握发，一饭三吐哺"（《史记·鲁世家》）作榜样来勉励自己，表现了诗人生命不息、求贤不止的博大胸怀和使"天下归心"的宏伟理想。

这首诗是即兴之作，诗中抒发的思想感情具有明显的顿断性。吴淇在《六朝选诗定论》卷五中说：这首诗"盖一厢口中饮酒，一厢耳中听歌，一厢心中凭空作想，想出这曲曲折折，絮絮叨叨，若连贯，若不连贯，纯是一片怜才意思"。吴淇的分析是相当精辟的。

曹操爱好音乐，同时也相当重视音韵。刘勰《文心雕龙·章句》说：曹操"论赋，嫌于积韵，而善于贸代"。意思是写赋，不要同韵重复，要善于变换。曹操讲的是作赋，其实他写诗也特别注意用韵。这首诗就是典型的例证。全诗三十二句，大体上是四句一换韵。换韵换得自然，与思想感情的变化非常合拍。读起来给我们的感受是慷慨激昂、铿锵有力。王沈《魏书》说曹操"及造新诗，被之管弦，皆成乐章"。这首诗具有明显的音乐性，在当时是能入乐歌唱的。

（原载萧涤非、刘乃昌主编《中国文学名篇鉴赏辞典》，山东大学出版社1992年版，第90—92页。）

曹操《让县自明本志令》评说

让县自明本志令

孤始举孝廉，年少，自以本非岩穴知名之士，恐为海内人之所见凡愚，欲为一郡守，好作政教以建立名誉，使世士明知之。故在济南，始除残去秽，平心选举，违忤诸常侍。以为强豪所忿，恐致家祸，故以病还。

去官之后，年纪尚少。顾视同岁中，年有五十，未名为老，内自图之，从此却去二十年，待天下清，乃与同岁中始举者等耳。故以四时归乡里，于谯东五十里筑精舍，欲秋夏读书，冬春射猎，求底下之地，欲以泥水自蔽，绝宾客往来之望，然不能得如意。后征为都尉，迁典军校尉，意遂更欲为国家讨贼立功，欲望封侯作征西将军，然后题墓道言："汉故征西将军曹侯之墓。"此其志也。而遭值董卓之难，兴举义兵。是时合兵，能多得耳，然常自损，不欲多之。所以然者，多兵意盛，与强敌争，傥更为祸始，故汴水之战数千，后还到扬州更募，亦复不过三千人。此其本志有限也。

后领兖州，破降黄巾三十万众。又袁术僭号于九江，下皆称臣，名门曰"建号门"，衣被皆为天子之制，两妇预争为皇后。志计已定。人有劝术，使遂即帝位，露布天下。答言："曹公尚在，未可也。"后孤讨禽其四将，获其人众，遂使术穷亡解沮，发病而已。及至袁绍据河北，兵势强盛，孤自度势，实不敌之。但计投死为国，以义灭身，足垂于后。幸而破绍，枭其二子。又刘表自以为宗室，包藏奸心，乍前乍却，以观世事，据有当州。孤复定之，遂平天下。身为宰相，人臣之贵已极，意望已过矣。今孤言此，若为自大，欲人言尽，故无讳耳。设使国家无有孤，不知当几人称帝，几人称王。

或者人见孤强盛，又性不信天命之事，恐私心相评，言有不逊之志，妄相忖度。每用耿耿。齐桓、晋文所以垂称至今日者，以其兵势广大，犹能奉事周室也。《论语》云："三分天下有其二，以服事殷，周之德可谓至德矣！"夫能以大事小也。昔乐毅走赵，赵王欲与之图燕。乐毅伏而垂泣，对曰："臣事昭王，犹事大王；臣若获戾，放在他国，没世然后已，不忍谋赵之徒隶，况燕后嗣乎！"胡亥之杀蒙恬也，恬曰："自吾先人及至子孙，积信于秦三世矣。今臣将兵三十余万，其势足以背叛，然自知必死而守义者，不敢辱先人之教以忘先王也。"孤每读此二人书，未尝不怆然流涕也。孤祖、父以至孤身，皆当亲重之壬，可谓见信者矣；以及子桓兄弟，过于三世矣。

孤非徒对诸君说此也，常以语妻妾，皆令深知此意。孤谓之言："顾我万年之后，汝曹皆当出嫁，欲令传道我心，使他人皆知之。"孤此言皆肝鬲之要也。所以勤勤恳恳叙心腹者，见周公有《金縢》之书以自明，恐人不信之故。然欲孤便尔委捐所典兵众，以还执事，归就武平侯国，实不可也。何者？诚恐己离兵为人所祸也。既为子孙计，又己败则国家倾危，是以不得慕虚名而处实祸，此所不得为也。前，朝恩封三子为侯，固辞不受，今更欲受之，非欲复以为荣，欲以为外援，为万安计。

孤闻介推之避晋封，申胥之逃楚赏，未尝不舍书而叹，有以自省也。奉国威灵，仗钺征伐，推弱以克强，处小而禽大，意之所图，动无违事，心之所虑，何向不济？遂荡平天下，不辱主命，可谓天助汉室，非人力也。然封兼四县，食户三万，何德堪之！江湖未静，不可让位；至于邑土，可得而辞。今上还阳夏、柘、苦三县户二万，但食武平万户，且以分损谤议，少减孤之责也。

汉献帝建安元年（196），曹操迎献帝建都许昌，从此"挟天子而令诸侯"。建安十五年（210），曹操基本上统一了北方，权位日重，结果引起了朝野政敌的攻击和谤议。孙权、刘备等攻击曹操托名汉相，实为汉贼，欲废汉自立。朝廷内部的拥戴汉朝者，怀疑曹操有"不逊之志"，企图迫使曹操交出军政大权。曹操为了还击攻击、平息谤议，在这一年的12月写了此令，通告天下。

在今存曹操的散文中，《让县自明本志令》是一篇很重要的作品，也是曹操散文的代表作。此文，虽题名"明志"或"述志"，但由于曹操的"明志"，不是空泛的言志说理，而是用自己的所作所为来说话。因此，它带有明显的自传性质，富有个性。文中针对政敌的攻击和谤议，注意选取重点，叙述了自己在政治上的得失，在军事征战中的功绩以及不同时期的复杂心态。其中叙述的许多内容，特别是有关复杂心态的披露，很少见于其他记载。因此，它有助于我们更全面地了解曹操的生平和思想。

真实是文学的生命。曹操此文说的是实话，抒的是真情。像曹操写的这类属于政事方面的应用文，许多文人和显贵多有矫情饰语，不同程度地含有虚假的成分。但是，自古到今，许多人阅读曹操此文却感到相当真实。明代张溥说："《述志》一令，似乎欺人，未尝不抽序心腹、'慨当以慷'也。"（《汉魏六朝百三家集·魏武帝集题辞》)张溥说曹操此文推心置腹,满带感情地讲了实话,符合实际。这在文中有许多突出表现:"设使国家无有孤,不知当几人称帝,几人称王。"这样自负的话,别人是讲不出来的。但是曹操却毫无顾忌,一点没有遮掩地讲出来了。文中写到袁术"僭号于九江,下皆称臣"。他的两个夫人预争皇后。臣下都劝袁术即帝位,而袁术回答说:"曹公尚在,不可也。"《魏志·袁术传》也有袁术"僭号"的记载。上述事实证明,曹操讲的是实情,讲得有根有据,理直气壮。当时曹操的政敌,要曹操交出军权,"归就武平侯国"。针对政敌的图谋,曹操在文中公开宣称:"实不可也。何者? 诚恐己离兵为人所祸也。既为子孙计,又己败则国家倾危,是以不得慕虚名而处实祸,此所不得也。"态度鲜明,语气肯定。说自己不交军权是为了不使"国家倾危",这是光明正大的道理,谁都能讲,但说"诚恐己离兵为人所祸"、"为子孙计"这样为自己和后代的话,别人是会避开的,但曹操却讲了,而且讲得那么自然,那么坦诚! 讲真话,说起来容易,做起来很难。尤其是地位显赫的人。当时曹操为人臣之极,军政大权在握,但却能如此地讲真情、说实话,这在古代历史上是十分罕见的。

　　曹操是一个有名的满怀权谋、狡猾奸诈的人,但在此文中却能讲实话、抒真情。究其原因,可能与下面两点有关:一是曹操的性格复杂,既有重权谋、藏欺诈的一面,又有重真求实的一面。曹操之所以能在多方面取得了卓越的成就,仅有权谋是不够的,更不是依靠欺诈,而更多地是由于能重真务实。不慕虚名而重实际,是曹操性格中的主导方面。二是当时的情势。曹操此文是针对当时朝野政敌对他的攻击的谤议,为了广泛争取人心而写作的。曹操自 20 岁被举为孝廉参与朝政开始,到 56 岁写作此文时,已历经 36 年。他遐迩闻名。曹操清楚,为了消除朝野的攻击和谤议，虚言假意是不可能使人信服的，只有真实，才能"欲人言尽"，使人无话可说，达到写令的目的。

　　此文属于政令性的应用文。这类应用文产生于先秦，战国时期是一个高峰。战国时期许多依附诸侯国的士人和诸子撰写的这类散文，切时务实，放言无忌，事真情真。两汉以来，由于独尊儒术，这类文章往往充斥着引经说教、天人感应、谶纬迷信等内容。这类官样文章，表述也比较板滞。到了建安时期，社会许多方面在动乱中发生了变革。这种变革也反映在散文的创作上。建安散文破除迷信，注目现实，崇尚真实，清峻通脱，很少装腔作势，多有自己的个性和性格。曹操此文就表现了这一特点。

　　　　（原载张可礼主编《精美古典散文读本》，山东友谊
　　　　出版社 2010 年版，第 136—142 页。）

曹操《诸儿令》评说

诸儿令

　　今寿春、汉中、长安，先欲使一儿各往督领之，欲择慈孝不违吾令，亦未知用谁也。儿虽小时见爱，而长大能善，必用之。吾非有二言也，不但不私臣吏，儿子亦不欲有所私。

　　寿春，南对孙权。汉中，南对刘备。长安，是西汉都城，也是刘备的进攻目标。三地都是重要之地。曹操想派自己的儿子去镇守，但不知用谁，特发布此令，听取意见。

　　《魏志·武帝纪》载：建安二十年（215）七月，曹操攻破张鲁军，入南郑。又《魏志·楚王彪传》载："建安二十一年，封寿春侯。"据上述记载推测，此令当作于建安二十年（215）七月至二十一年（216）曹彪被封为寿春侯前。

　　我国古代，把用人公平无私，看成是立国和治国之本。如果说，公平无私对一般臣吏来说，比较容易做到的话，那么对待自己的子孙，就十分困难了。鲁迅在《且介亭杂文·中国文坛上的鬼魅》一文中说："中国的父母，孩子是他们第一等宝贵的人。"这在历代的封建统治者那里，表现得尤其明显。他们为了维护自己家族的地位和权利,总是让他们的儿子身居要位。哪里还有什么公平无私？曹操在《诸儿令》中,想要自己的儿子督领重镇,也表现了这一点。但曹操的高明之处,在于他有所节制,在于注意听取他人的意见。他对儿子的任用,已超越了"小时见爱"的地步,重视征求意见,选用"长大能善"者。这样做,对内,可以减缓诸多儿子之间的矛盾;对外,有助于体现曹操用人的标准和原则。特别值得注意的是,令文最后公开声明:"不但不私臣吏,儿子亦不欲有所私。"曹操作为当时中国北方的最高统治者,有这样的做法,有这样的声明,是相当难得的。

　　此令只有 65 个字,开门见山,直抒胸臆,真实简明,体现了曹操散文真切通脱的风格。

（原载张可礼主编《精美古典散文读本》,山东友谊
出版社 2010 年版,第 143—144 页。）

曹丕《燕歌行》赏析

燕歌行

　　秋风萧瑟天气凉,草木摇落露为霜。群燕辞归雁南翔,念君客游思断肠。慊慊思归恋故乡,何为淹留寄他方?贱妾茕茕守空房,忧来思君不敢忘,不觉泪下沾衣裳。援琴鸣弦发清商,短歌微吟不能长。明月皎皎照我床,星汉西流夜未央。牵牛织女遥相望,尔独何辜限河梁!

　　《燕歌行》是建安时期著名作家曹丕的代表作。曹丕《燕歌行》共两首,其中第一首写得尤为出色。这首诗用细腻委婉的笔触和明媚清丽的语言,叙写了一位女子在深秋时节对丈夫的深沉思念。感情真实纯正、缠绵悱恻,表现了作者对这类妇女的深切同情。

　　诗开头四句,作者用浓墨重采画出了一幅秋色图:风声萧瑟,天气寒冷,草木凋落,白露为霜。知道节令的群燕和大雁都在思念自己的故土,纷纷向温暖的南方飞翔。这样萧瑟寒冷的深秋景象,很容易牵动人们对自己亲人的思念。诗中写的这位女子就是这样。她独处深闺,面对眼前的深秋景色,心情愈发感到孤寂和悲凉,自然就会倍加思念客居在外的丈夫。她思念心切,悲痛不

已,肝肠好像为之断裂。随着对丈夫的深沉思念,她又联想到丈夫在外边的情况。因此诗中接着写道:

慊慊思归恋故乡,何为淹留寄他方?

这两句用诗中女主人的口吻,写她由己及夫,揣度丈夫此时此刻一定也感到十分空寂,一定有很多怨恨,一定也在"恋故乡"。这里所谓的"恋故乡",指的是爱恋女主人自己。当这位女子猜测丈夫对她爱恋的时候,感情上又掀起了一层新的波澜:既然丈夫在"思归恋故乡",那他为什么还久留异乡、迟迟不归呢?这句话带有埋怨和责怪的意思。透过埋怨和责怪,我们看到了这位女子对丈夫的无限思念。从字面来说,"慊慊"两句主要写丈夫的怀乡之情,似乎与妻子思念丈夫关系不大。但是由于丈夫的怀乡之情完全是妻子想象出来的,因此,这两句虽然不是直接写妻子,而妻子的思念之情却得到了进一步的表现。如果说开头四句是属于实写的话,那么"慊慊"两句则是由实及虚,属于虚写了。这种有实有虚、虚实结合的写法,不仅写法富于变化,更重要的是真实地表现了这位女子对丈夫委婉而真挚的怀念。对于这位女子来说,她的思念之情是难以抑止的,因此,诗人写到这里,把笔锋一转,又由虚到实,直接写她自己对丈夫的思念:

贱妾茕茕守空房,忧来思君不敢忘,不觉泪下沾衣裳。

这三句进一步叙写这位女子因思念丈夫而产生的孤苦和忧伤。丈夫长期在外,她自己独守空房。她的忧伤接连而来、绵绵不断。尽管如此,她对丈夫的思念是一直"不敢忘"的。作者在这里没有用"不能忘",而是用了"不敢忘"三个字,其含义是很深的。这位女子之所以"不敢忘",是因为她一旦忘了丈夫,她的精神就没有依托了,她的生活就会变得毫无意义。所以"不敢忘"比"不能忘",更加委婉而深刻地表现了她对丈夫的无限爱恋和忠贞。她对丈夫的思念是如此之深，但是眼前仍不见丈夫。她想到这里，无限的忧愁，涌上了心头，再也无法抑止的眼泪凄然而下。假若说在这之前，这位女子的忧愁之情表现得比较委婉含蓄的话，那么到了此时，她的忧愁之情的闸门则完全打开了。"不觉泪下沾衣裳"一句，一泻无余地写出了这位女子无法遏制的悲痛和忧愁。至此，这位女子悲痛忧愁的感情达到了高峰。

大概人在极度的悲伤和忧愁当中，有时也想加以排遣。诗中写的这位女子就是如此。因为她知道，尽管自己是这样悲痛欲绝地在思念丈夫，但丈夫远离在外，他是不会也是不可能领悟到的。她要等待丈夫的归来，她想消除自己的忧愁。因此，诗中接着写道：

　　援琴鸣弦发清商，短歌微吟不能长。

"援琴"一句写这位女子取琴弹奏清商曲。她所以弹奏清商曲，是因为清商曲节拍短促、音响低微，和她哀怨忧伤的感情是息息相通的。"短歌"一句不仅写出了清商曲的特点，更重要的是表现了这位女子弹奏时的深情苦态。她开始弹琴时是想借琴消愁，但是短促低微的琴声和她的哀怨忧愁发生了共鸣，结果是借琴消愁更加愁。她只好无可奈何地中止了弹奏。这时，时间伴随着忧伤，已经到了深夜，眼前又出现了另外一幅图景，这就是这首诗最后四句所写的：

　　明月皎皎照我床，星汉西流夜未央。牵牛织女遥相望，
　尔独何辜限河梁！

这四句诗写这位女子停止弹琴以后，看到明亮皎洁的月光，照在空寂的床上，屋内是那样的清冷。从屋内向屋外望去，银河西流，时已深夜。银河南北的牵牛星和织女星在闪闪发光，但是他们只能遥遥相望，而不能经常聚会。牵牛和织女的不幸遭遇，使这位

同命相怜的女子产生了由衷的同情,从同情进而又发展到难以遏止的愤慨不平:你们有什么过错,而不能经常相会! 全诗这样结尾,好像是补写夜景,没有扣紧这首诗的本旨,但实际上是以赋寓比,丰富了全诗抒发的思想感情。传说中的牵牛和织女,是恩爱夫妻,他们多么希望能够日夜相处,永不分离。但是,事与愿违。他们在忍受着长期的离别之苦。天上的牵牛和织女是这样,地上的这位女子何尝不是如此! 她思念丈夫,但是丈夫远离在外。她望眼欲穿,承担着无法忍受的离别之痛。所以最后四句,表面上是写这位女子在同情牵牛和织女,实际上是言在此而意在彼,是借牵牛和织女的不幸,进一步倾吐她自己不能同丈夫相会的深切悲叹。此外,值得我们特别注意的是最后"尔独何辜限河梁"一句。就字面来看,这句诗的意思是问牵牛和织女有什么过错,实际的含义是说,牵牛和织女没有任何过错。作者用这句诗收束全诗,是颇有意味的。说天上的牵牛和织女没有过错,目的是暗示地上这位女子和她的丈夫也没有过错。究竟谁有过错呢? 作者没有明说,把答案留给了读者去想象。这样的结尾,不仅深沉含蓄、耐人寻味,而且也进一步深化了全诗的主题思想。

曹丕所处的时代,战乱较多,灾难深重。有的人为了避难,流荡在外;有的人为了服役,离乡背井。一些夫妇,有的甚至刚刚结婚,就要被迫分离,天各一方。亲人被迫分离,是当时社会上的一个突出的问题。从这个角度来看,曹丕这首诗叙写的这位女子对丈夫的思念,并非一般的言情之作,而是从一个侧面反映了当时灾难的社会给人们造成的痛苦。

从艺术表现来看,这首诗的一个突出特点,就是把写景与抒情紧密地融合在一起。这主要表现在诗的开头和结尾两个地方。如前所述,作者在这两个地方,都是根据诗中女主人的感情色采选取了典型的景物,而作者成功地对这些典型景物的描绘,又进一步表现了女主人的思想感情。因此,这首诗中写景的诗句,既是景语,也是情语,达到了情景交融的艺术境界。

曹丕这首诗很注意用韵。其主要特点是句句用韵、一韵到底。这样的用韵,使这首诗一气卷舒、前后通贯,和全诗抒发的掩抑徘徊、中肠摧切的思想感情完全和谐一致。

这首诗是一首完整的七言诗,在我国诗歌发展史上占有重要地位。我国古代诗歌的发展有悠久的历史,但在先秦和西汉时期,还没有发现较为完整的七言诗。东汉张衡写的《四愁诗》,全诗基本上是七言,但其中有四句带有“兮”字,还不能算是完整的七言诗。到了建安时期,曹丕在继承前人诗歌成就的基础上,创作了这首完整的七言诗。七言诗从曹丕开始,中经南北朝时期的鲍照,最后到盛唐时期的李、杜诸位诗人,方蔚为大观,成了一种重要的诗歌形式。由此可知,曹丕这首诗对七言诗的发展有较为深远的影响。

(原载《汉魏六朝诗歌鉴赏集》,人民文学
出版社 1985 年版,第 121—125 页。)

曹丕《与吴质书》评说

与吴质书

二月三日，丕白：岁月易得，别来行复四年。三年不见，《东山》犹叹其远。况乃过之。思何可支！虽书疏往返，未足解其劳结。

昔年疾疫，亲故多离其灾，徐、陈、应、刘，一时俱逝，痛可言邪！昔日游处，行则连舆，止则接席，何曾须臾相失！每至觞酌流行，丝竹并奏，酒酣耳热，仰而赋诗。当此之时，忽然不自知乐也。谓百年已分，可长共相保，何图数年之间，零落略尽！言之伤心。顷撰其遗文，都为一集。观其姓名，已为鬼录。追思昔游，犹在心目，而此诸子，化为粪壤，可复道哉！

观古今文人，类不护细行，鲜能以名节自立。而伟长独怀文抱质，恬淡寡欲，有箕山之志，可谓彬彬君子者矣。著《中论》二十余篇，成一家之言，辞义典雅，足传于后，此子为不朽矣。德琏常斐然有述作之意，其才学足以著书。美志不遂，良可痛惜。

间者历览诸子之文，对之技泪。既痛逝者，行自念也。孔璋章表殊健，微为繁富。公干有逸气，但未遒耳，其五言诗之善者，妙绝时人。元瑜书记翩翩，致足乐也。仲宣独自善于辞赋，惜其体弱不足起其文,至于所善,古人无以远过。昔伯牙绝弦于钟期,仲尼覆醢于子路,痛知音之难遇,伤门人之莫逮。诸子但为未及古人,自一时之俊也。今之存者,已不逮矣。后生可畏,来者难诬,然恐吾与足下不及见也。

年行已长大,所怀万端。时有所虑,至通夜不暝,志意何时复类昔日?已成老翁,但未白头耳!光武言:"年三十余,在兵中十岁,所更非一。"吾德不及之,年与之齐矣。以犬羊之质,服虎豹之文;无众星之明,假日月之光;动见瞻观,何时易乎?恐永不复得为昔日游也!少壮真当努力,年一过往,何可攀援!古人思秉烛夜游,良有以也。

顷何以自娱?颇复有所述造不?东望於邑,裁书叙心,丕白。

这封信除了首尾两段是抒写对吴质的思念之外,中间的主要内容是悼念与自己关系亲密的徐干、陈琳、应玚、刘桢和王粲等几位文人,并对他们的创作进行评论。

建安九年(204)曹操攻克了袁绍、袁尚父子长期盘踞的大本营邺城。从此以后,邺城成为曹魏的军事、政治和文化中心,也成为曹魏集团和许多文人生活的乐园。信中所写到的徐、陈、应、刘和王粲等许多著名的文人相继聚会在这里,形成了以三曹为中心的建安文人集团。建安十六年(211),曹丕任五官中郎将,直官属,为副丞相。天下向慕,宾客如云。曹丕爱好文学,能诗善文,又尊重文人,经常与文人唱和诗赋,游园饮宴,沉浸在游乐诗酒当中。可是他没有想到,乐景不长。先是,建安十七年(212)阮瑀去世,二十二年(217)春天,王粲病死,到冬天,一场灾疫突然袭来,"徐、陈、应、刘,一时俱逝。"在不太长的时间里,特别是同时失去了四位文人,使他震撼,使他痛心不已。曹丕同许多建安文人一样,对生命特别敏感。他为逝者悲伤,也为自己悲伤。他想通过写这封给他知己好友的信,叙说自己的悲伤,安慰一下自己。他在信中,用了主要篇幅抒发了对逝者的悲痛和自己的忧伤,同时表述了对逝者的创作的看法。

写对逝者的悲伤,突出了对过去游宴诗酒欢乐相处的回忆和眼下"零落略尽"的对比。通过对比,不仅抒发了对死者的深切追念,同时也蕴涵着对生死难以预料和面对灾疫的无奈。

由于逝者都是著名的文人,曹丕自然会联想到他们的创作,所以在追念逝者之后,对他们的创作进行了评述。如果说作者在追念逝者时带有深厚悲伤的话,那么当评述他们创作时,则变得相当理智。他评述逝者的创作,兼顾为人和述作,观点明确,突出特点,显瑜而又不掩瑕。对已经去世的与自己关系亲密的文人,不是一味地赞美,而是能客观的评价,实属难得。

这篇书信由于其主旨是悼念逝者,因而奠定了抒发的感情基调是悲伤。但值得特别体会的是,作者在抒发悲伤时,并没有完全沉溺于悲伤而不能自拔。从文中对逝者创作的客观评述,从文中穿插的"后生可畏,来者难诬"以及"少壮真当努力"云云来看,作者悼念逝者,在深沉的悲伤中,还蕴涵着对未来的期望和对存者的警示。

在写作上,这篇书信通篇能把叙事与抒情交融在一起。即使在相当理智地评述逝者的创作时,也流淌着深情厚谊。另外,作者为了直抒情怀,在文中用了"思何可支"、"痛可言邪"、"可复道哉"、"何可攀援"等反问感叹的句调,进一步增加了抒情的分量。

在句式上,这篇书信用得最多的是四言和六言整齐的辞赋句式,说明曹丕的散文受到了辞赋的影响,但文中有时也用五言、七言、八言,甚至十言这样的散文句式。综观通篇,整散结合,错落变化,不拘一格。读起来既感到有节奏美,又感到有一种舒缓抑扬的韵味。

（原载张可礼主编《精美古典散文读本》,山东友谊出版社 2010 年版,第 145—149 页。）

曹丕《禁复私仇诏》评说

禁复私仇诏

　　丧乱以来，兵革纵横，天下之人，多相残害者。昔田横杀郦商之兄，张步害伏湛之子，汉氏二祖下诏，使不得相仇。贾复、寇恂，私相怨憾，至怀手剑之忿，光武召而和之，卒共同舆而载。今兵戎姑息，宇内初定。民之存者，非流亡之孤，则锋刃之余。当相亲爱，养老长幼。自今以后，宿有仇怨者，皆不得相仇。敢有复私仇者，皆族之。

　　据《魏志·文帝纪》，此诏作于黄初四年（223）春正月。

　　自古以来，战乱、争权夺利、结怨含恨，致使复仇相残不断发生。在这方面，曹丕所处的建安时期，同过去相比，有过之而无不及。对此，身为皇帝的曹丕有清醒的认识。所以此诏一开始就说：“丧乱以来，兵革纵横，天下之人，多相残害者。”直面社会上"多相残害"的复仇现象，曹丕特下此诏，严禁为复仇而相互杀戮。

　　此诏虽属政令一类的应用文，但写得有理有情，情理交融。为了表明严禁复仇的重要，文中在叙述了当时"多相残害"的现实之后，由今及史，选择了两汉时期六个大臣和两个开国皇帝的史实，其中大臣有反面的"田横杀郦商之兄，张步害伏湛之子"，有正面的贾复、寇恂，化怨憾复仇为友好相处。在皇帝中，特别标举两汉的开国皇帝汉高祖和光武帝下诏，"使不得相仇"。这既是赞颂，又有自比的含义。"今兵戎始息"以下，又由史到今。"民之存者，非流亡之孤，则锋刃之余"几句，饱含悲伤怜悯之情。死者已矣，存者有幸。存者"当相亲爱，养老长幼。自今以后，宿有仇怨者，皆不得相仇"，多么温存的劝告！劝告之后，云："敢有复私仇者，皆族之。"最后又以严厉的惩罚警示之。

复私仇是中国古代社会常有的一种社会现象。曹丕此诏要人们化互相仇杀为互相亲爱。这有利于社会的稳定，有利于人间的和解。社会上，阶层之间、集团之间、人与人之间，难免有这样那样的矛盾，难免有这样那样的怨恨。如果不断地冤冤相报，互报私仇，只能给人类和社会造成更大的伤害。从这一角度来看，曹丕此诏的内容，在一定程度上，具有普遍的建设性意义。

（原载张可礼主编《精美古典散文读本》，山东友谊
出版社 2010 年版，第 150—151 页。）

曹植《说疫气》注释评说

说疫气

建安二十二年，疠气流行。家家有僵尸之痛，室室有号泣之哀。或阖门而殪，或覆族而丧。或以为疫者，鬼神所作。夫罹此者，悉被褐茹藿之子，荆室蓬户之人耳。若夫殿处鼎食之家，重貂累蓐之门，若是者鲜焉。此乃阴阳失位，寒暑错时，是故生疫。而愚民悬符厌之，亦可笑也。

此文写建安二十二年(217)瘟疫流行、人多死亡的境况。文中特别把贫困人家和富门贵族加以对照，点明贫困人家死亡很多，富门贵族则少有死亡。曹植虽然没有明确指出上述现象产生的原因，但从"被褐茹藿"、"荆室蓬户"和"殿处鼎食"、"重貂累蓐"不同生活条件的叙写来看，已经透露了是相差悬殊的物质生活条件所造成的。从曹植的对比叙写中，可以看到他对贫困人家的关怀和深切的同情。曹植尽管身为曹家贵公子，幼年、青年时期过着放纵奢华的生活，但因为曹家属于"寒门"，曹植参加过征战，接触过社会下层，所以对瘟疫中的贫困人家的悲惨遭遇尤其同情。另外，由于迷信思想的影响，当时许多人认为，瘟疫的发生是"鬼神所作"，于是用"悬符"来制止。在曹植看来，这是愚昧可笑的。他指出，瘟疫的发生，是因为天地失正、气候失常。他的解释是基于朴素的唯物思想。这有助于人们破除对鬼神的迷信。

曹魏统治时期，自然灾害很多，瘟疫经常发生，致使人们大量死亡。清人朱绪曾说："《伤寒论》记张仲景宗族素多，向余二百。建安纪年以来，犹未十稔，其死亡者三分有二。伤寒十居其七。"（《曹集考异》卷十）在多次的瘟疫中，建安二十二年的一次，尤其惨重。曹操在《赡给灾民令》中说，这年的冬天，"天降疫疬，民有凋伤，垦田甚少"。曹丕在《又与吴质书》中说：这年的疾疫，亲友多遭其灾，徐干、陈琳、应玚和刘桢，"一时俱逝，痛可言邪！"曹魏统治时期，给人们造成的惨重灾难，一是战乱，二是自然灾害。对于前者，不少诗文都有多方面的反映，但对于后者，尤其是对建安二十二年这次影响极大的瘟疫，则很少有诗文予以集中叙写。曹植不仅重视这次瘟疫造成的灾难，而且特别形诸笔墨，写了这篇融叙事、抒情、言理和文采为一体的散文。文章虽然写得有些简括，但表明曹植有灾害意识，注意了对灾害的观察和思考。不论从历史的角度，还是从文学史的角度来审视，此文都具有重要的价值。

（原载张可礼主编《精美古典散文读本》，山东友谊
出版社 2010 年版，第 152—153 页。）

曹植《求自试表》注释评说

求自试表

臣植言：臣闻士之生世，入则事父，出则事君；事父尚于荣亲，事君贵于兴国。故慈父不能爱无益之子，仁君不能畜无用之臣。夫论德而授官者，成功之君也；量能而受爵者，毕命之臣也。故君无虚授，臣无虚受；虚授谓之谬举，虚受谓之尸禄，《诗》之"素餐"所由作也。昔二虢不辞两国之任，其德厚也；旦、奭不让燕、鲁之封，其功大也。今臣蒙国重恩，三世于今矣。正值陛下升平之际，沐浴圣泽，潜润德教，可谓厚幸矣！而位窃东藩，爵在上列，身被轻暖，口厌百味，目极华靡，耳倦丝竹者，爵重禄厚之所致也。退念古之授爵禄者，有异于此，皆以功勤济国，辅主惠民。今臣无德可述，无功可纪，若此终年无益国朝，将挂风人"彼己"之讥。是以上惭玄冕，俯愧朱绂。

方今天下一统，九州晏如。顾西有违命之蜀，东有不臣之吴，使边境未得税甲，谋士未得高枕者，诚欲混同宇内以致太和也。故启灭有扈而夏功昭，成克商、奄而周德著。今陛下以圣明统世，将欲卒文、武之功，继成、康之隆，简贤授能，以方叔、召虎之臣，镇卫四境，为国爪牙者，可谓当矣。然而高鸟未挂于轻缴，渊鱼未悬于钩饵者，恐钓射之术或未尽也。昔耿弇不俟光武，亟击张步，言不以贼遗于君父。故车右伏剑于鸣毂，雍门刎首于齐境。若此二士，岂恶生而尚死哉？诚忿其慢主而凌君也。夫君之宠臣，欲以除患兴利；臣之事君，必以杀身静乱，以功报主也。昔贾谊弱冠，求试属国，请系单于之颈而制其命；终军以妙年使越，欲得长缨占其王，羁致北阙。此二臣岂好为夸主而曜世俗哉？志或郁结，欲逞其才力，输能于明君也。昔汉武为霍去病治第，辞曰："匈奴未灭，臣无以家为！"固夫忧国忘家，捐躯济难，忠臣之志也。今臣居外，非不厚也，而寝不安席，食不遑味者，伏以二方未剋为念。

伏见先武皇帝武臣宿兵，年者即世者有闻矣。虽贤不乏世，宿将旧卒犹习战也。窃不自量，志在效命，庶立毛发之功，以报所受之恩。若使陛下出不世之诏，效臣锥刀之用，使得西属大将军，当一校之队，若东属大司马，统偏师之任，必乘危蹈险，骋舟奋骊，突刃触锋，为士卒先。虽未能擒权馘亮，庶将虏其雄率，歼其丑类，必效须臾之捷，以灭终身之愧，使名挂史笔，事列朝荣。虽身分蜀境，首悬吴阙，犹生之年也。如微才弗试，没世无闻，徒荣其躯而丰其体，生无益于事，死无损于数，虚荷上位而忝重禄，禽息鸟视，终于白首，此徒圈牢之养物，非臣之所志也。流闻东军失备，师徒小衄，辍食弃餐，奋袂攘衽，抚剑东顾，而心已驰于吴、会矣。

臣昔从先武皇帝南极赤岸，东临沧海，西望玉门，北出玄塞。伏见所以行军用兵之势，可谓神妙矣。故兵者不可豫言，临难而制变者也。志欲自效于明时，立功于圣世。每览史籍，观古忠臣义士，出一朝之命，以殉国家之难，身虽屠裂，而功铭著于景钟，名称垂于竹帛，未尝不拊心而叹息也。

臣闻明主使臣，不废有罪，故奔北败军之将用，秦、鲁以成其功；绝缨盗马之臣赦，楚、赵以济其难。臣窃感先帝早崩，威王弃世，臣独何人，以堪长久！常恐先朝露，填沟壑，坟土未干，而身名并灭。臣闻骐骥长鸣，伯乐照其能；卢狗悲号，韩国知其才。是以效之齐、楚之路，以逞千里之任；试之狡兔之捷，以验搏噬之用。今臣志狗马之微功，窃自惟度，终无伯乐、韩国之举，是以於邑而窃自痛者也。

夫临博而企竦，闻乐而窃抃者，或有赏音而识道也。昔毛遂，赵之陪隶，犹假锥囊之喻以寤主立功，何况巍巍大魏多士之朝，而无慷慨死难之臣乎！夫自衒自媒者，士女之丑行也；干时求进者，道家之明忌也。而臣敢陈闻于陛下者，诚与国分形同气，忧患共之者也。冀以尘露之微，补益山海，荧烛末光，增辉日月。是以敢冒其丑而献其忠，必知为朝士所笑。圣主不以人废言，伏惟陛下少垂神听，臣则幸矣。

这是曹植太和二年（228）写给魏明帝的一篇奏章。《魏志·陈思王植传》："太和元年，徙封浚仪。二年，复还雍丘。植常自愤怨，抱利器而无所施，上疏求自试。"

曹植胸怀大志，自恃才高，常以"王佐才"自命，一生追求"戮力上国，流惠下民，建永世之业，流金石之功"（《与杨德祖书》）。但曹丕父子为了维护自己的地位和权力，一直对曹植怀有猜忌之心，先后使用了多种手段，迫害他，压抑他。使他壮志难酬，报国无门。但曹植的报国之志，不仅没有因此而动摇，反而随着时光的流逝和年龄的增长，变得愈来愈强烈。这种情思，在此表中，表现得十分明显。在表中，他以古代有志之士能"荣亲"和"兴国"为准则，痛述自己身为藩王，却"无德可述，无功可纪"、"无益于国"，而深感惭愧。他关心当时国家形势，看到北方虽然统一，但"西有违命之蜀,东有不臣之吴"。这使他"寝不安席,食不遑味,伏以二方未剋为念"。他得知攻打东吴的军队受到挫败时,"辍食弃餐,奋袂攘衽"。这使他进一步感到,自己应当效命立功,使自己"名挂史笔,事列朝策",而不想"虚荷上位",像禽兽一样生活。他抚今追昔,承认自己"有罪",希望明帝能"不废有罪"之臣。他为没有人能够举荐他而悲伤愤懑。他不顾"自衒自媒"的耻辱而上书言志,是基于自己与明帝有骨肉之亲而忧患与共。全文围绕希望能够任用自己这一中心,引古说今,有臣下对君主的忠诚,也有基于血缘关系的骨肉之情。全文叙事抒情,写得恳切愤怨。同时,曹植对自己的处境也有所认识,为了在有生之年能够被任用,实现自己的志愿,文中也流露出自己的不安、焦虑和恐惧。这使他有时也不得说些委屈自己的话,表现了他的处境之难和用心良苦。

　　从这篇文章来看,忠于国君、报效国家以求声名垂后是曹植的终生志向。这一志向是他的一种自觉意识,是他生活和精神的支柱。正是这一志向,使他的生命得以充实,得以延续。同时,由于他的志向难以实现,又给他带来了焦虑不安和很大的痛苦。但是他锲而不舍,持之以恒。他之所以能够这样,主要原因当有以下几点:(一)历史士人传统的熏染。正如此文所叙及的,"功勤济国,辅主惠民",及时立功,名留史册,一直是中国古代士人的理想和追求,有时即使知道不能实现,但仍坚持。曹植深受以前有志之士有沾溉。这从文中援引许多古人古事,可以得到印证。(二)时代的感召。曹植写作此文时三国鼎立,西有蜀国,东有吴国,全国有待统一。另外,又痛惜曹休攻打东吴遭到失败。现实的激发,使曹植的请求任用自己,变得更为急切。(三)为国为家的统一。曹植请求任用自己,是传统的忠君爱国思想使然,也是维护自己的家族使然。他在此文中,强调"事父尚于荣亲",特别叙及以前随父亲曹操南征北战和曹操行军用兵的"神妙",痛感曹丕的过早去世和曹彰的死亡,陈述自己与明帝的骨肉之亲等等,都蕴涵着对自己家族的关心和维护。(四)积极的生命意识的激发。积极的生命意识,在建安时期比较普泛。其突出表现,就是追求在有限的人生中,建功立业,使自己的名声不朽。这是"个体自觉高度发展之结果。盖人必珍视其一己之精神存在而求其扩大与延绵,然后始知名之重要"(余英时《士与中国文化》第313页)。曹植年轻时就重视建功立业和自己的名声,到写作此文时年龄已到37岁,功名未成,时不我待,自然使他心急情切。古代的士人,多以天下为己任,追求功业和名声的不朽,但是像曹植这样自觉,这样在身处逆境中仍能坚韧不变,却并不多见。

（原载张可礼主编《精美古典散文读本》,山东友谊出版社2010年版,第154—161页。）

王粲《登楼赋》赏析

登楼赋

　　登兹楼以四望兮，聊暇日以销忧。览斯宇之所处兮，实显敞而寡仇。挟清漳之通浦兮，倚曲沮之长洲。背坟衍之广陆兮，临皋隰之沃流。北弥陶牧，西接昭丘。华实蔽野，黍稷盈畴。虽信美而非吾土兮，曾何足以少留？

　　遭纷浊而迁逝兮，漫逾纪以迄今。情眷眷而怀归兮，孰忧思之可任？凭轩槛以遥望兮，向北风而开襟。平原远而极目兮，蔽荆山之高岑。路逶迤而修迥兮，川既漾而济深。悲旧乡之壅隔兮，涕横坠而弗禁。昔尼父之在陈兮，有“归欤”之叹音。钟仪幽而楚奏兮，庄舄显而越吟。人情同于怀土兮，岂穷达而异心？

　　惟日月之逾迈兮，俟河清其未极。冀王道之一平兮，假高衢而骋力。惧匏瓜之徒悬兮，畏井渫之莫食。步栖迟以徙倚兮，白日忽其将匿。风萧瑟而并兴兮，天惨惨而无色。兽狂顾以求群兮，鸟相鸣而举翼。原野阒其无人兮，征夫行而未息。心凄怆以感发兮，意忉怛而憯恻。循阶除而下降兮，气交愤于胸臆。夜参半而不寐兮，怅盘桓以反侧。

　　曹丕在《典论·论文》中说："王粲长于辞赋。"在今存王粲的二十四篇辞赋当中，《登楼赋》的成就最高。它是我国古代文学史上的杰作，历来为人们所传诵。

　　全赋共五十二句，可分成三段来体会。第一段主要写楼的方位和登楼所看到的景物。开头"登兹楼以四望兮"一句，紧扣题目，"四望"二字为下文做了伏笔。第二句"聊暇日以销忧"，交待了登楼的缘起是为了"销忧"。一个"忧"字，点出了登楼时的心情。接下去写"四望"所见，从河水和陆地两方面，具体地描绘了楼周围宽广的地势和美好的景物。作者"四望"这些景物时，心情比较平静，但平静中又蕴含着忧伤。"虽信美而非吾土兮，曾何足以少留"二句，用反问的句式，表现忧伤完全打破了平静。视野中的一切，的确富美，但因为不是自己的故土，所以再富美也不值得逗留。面对富美的景物，却毫不留恋，足见思归之情的执著。"虽信美"二句不仅写出了忧伤的具体内容，同时在结构上，还具有承上启下的作用。

　　第二段主要写对故土的怀念。"遭纷浊而迁逝兮"四句，回顾过去，遭乱流离，到荆州依附刘表已超过十二年了。漫长的岁月，怀归的忧伤难以承受。接下去，"凭轩槛以遥望兮"八句，抒写的是遥望旧乡时的悲痛。王粲本是山东人，曾经在洛阳和长安生活过，他所思念的故土都在北方，所以向北遥望。遥望本想看到故土，但邈远的平原被荆山遮蔽，道路曲折而漫长，河流汪洋而难渡。这时，悲痛涌上心头，以致涕泪纵横难以禁止。接着又想到古代的孔子、钟仪和庄舄。孔子在陈国遇到了困难，有"归欤"的慨叹；楚国的钟仪在晋国被囚禁，弹奏的仍是楚国的乐调；越国的庄舄在楚国地位显达，可是当他有病时，仍用越语吟唱。他们或"穷"或"达"，境遇虽然完全相反，但都念念不忘自己的故国。作者借这三个典型人物喻写自己，把怀归的悲痛写得非常深沉。

　　第三段主要写担心自己抱负不能实现的忧愤心情。"惟日月之逾迈兮"六句，叙写自己的希望和畏惧。希望的是圣明之时、清明政治的到来，以便施展自己的才力。畏惧的是自己像葫芦白挂在那里，像淘干净的井水没人来吃那样，长期不被任用。如果说在这之前，王粲抒发的感情的基调是怀归的悲痛的话，那么到这里，已由怀归的悲痛转化为对实现自己抱负的追求。王粲尽管希望施展自己的才能，但眼前的现实并没有提供这方面的条件，因而他的心情仍然是悲伤的。这种心情借"步栖迟以徙倚兮"八句的景物描写，得到了具体的表现。悲伤的心情容易感受眼前惨淡的景物：白日将落，风起天暗，走兽狂顾，飞鸟相鸣，原野静寂，征夫未息。眼前惨淡的景物，又进一步加深了悲伤的心情。因此"心凄怆以感发兮"以下，用"凄怆"、"忉怛"、"憯恻"这类相近的词语，直接抒发了难以抑止的哀伤和悲痛。赋的开头写为"销忧"而登楼，结尾写登楼不仅没有"销忧"，反而又增加了愤慨。结尾与开头，前后照应，把忧愤惆怅的心情写得极为深沉。

　　《登楼赋》是一篇抒情小赋，赋中不论是景物描写，还是直抒胸臆，表现的主要是怀归之情，是王粲个人的独特感受。王粲十七岁时，因为长安扰乱，避难到荆州，依附刘表。到写这篇赋时，王粲在当时所谓的荆蛮之地长达十二年之久。这十二年，正是王粲成熟的时期，风华正茂的时期。在荆蛮之地的时间越长，积淀的怀归之情就越加沉重。另外，王粲是名门的后代，有异才，重功名。他依附刘表，本想在政治上有一番作为。但刘表"外貌儒雅，而心多疑忌"（《三国志·魏书·刘表传》），对避乱荆州的俊杰之士，并不尊重。再加上王粲"貌寝而体弱通侻"（《三国志·魏书·王粲传》），所以刘表对王粲比较轻视。这就使王粲既有长期寄居异乡的忧伤，又有许久怀才不遇的愤慨。两种遭遇糅合在一起，使他的怀归之情非常真挚深沉。

　　优秀的文学作品抒发的个人感情，常常在不同程度上具有普遍意义。《登楼赋》也是这样。这主要表现在以下两点：一是赋中所抒发的怀归之情在当时并不是少数人的情思。东汉末年，军阀不断混战，社会动乱频仍。当时不论是上层的显贵人士，还是下面的平民百姓，常常被迫离开故土，流落他乡。"遭纷浊而迁逝兮"，"情眷眷而怀归"，这是当时比较普遍的现象。正像赋中所写的那样："人情同于怀土兮，岂穷达而异心？"二是王粲抒发的怀归之情，还融合着改变乱世的希望。"惟日月之逾迈兮，俟河清其未极。冀王道之一平兮，假高衢而骋力。"这些典型的句子，表现了王粲的思归含有非常积极的内容。他希望回到故土，结束"纷浊"的乱世，而代之以清平的治世，并且愿意为此而贡献自己的才力。这一点，不仅表现了当时一些忧国忧民的知识分子的积极入世的精神，同时也在一定程度上体现了时代的走向，反映了人民的愿望。这篇赋之所以被历代人们所传诵，恐怕和这一点有直接关系。

　　　　（原载萧涤非、刘乃昌主编《中国文学名篇鉴赏辞典》，

　　　　　　山东大学出版社 1992 年版，第 1745—1749 页。）

陶渊明《归去来兮辞》赏析

归去来兮辞

余家贫,耕植不足以自给。幼稚盈室,瓶无储粟,生生所资,未见其术。亲故多劝余为长吏,脱然有怀,求之靡途。会有四方之事,诸侯以惠爱为德,家叔以余贫苦,遂见用于小邑。于时风波未静,心惮远役,彭泽去家百里,公田之利,足以为酒,故便求之。及少日,眷然有归欤之情。何则?质性自然,非矫厉所得。饥冻虽切,违己交病。尝从人事,皆口腹自役。于是怅然慷慨,深愧平生之志。犹望一稔,当敛裳宵逝。寻程氏妹丧于武昌,情在骏奔,自免去职。仲秋至冬,在官八十余日。因事顺心,命篇曰《归去来兮》。乙巳岁十一月也。

归去来兮,田园将芜胡不归?既自以心为形役,奚惆怅而独悲!悟已往之不谏,知来者之可追;实迷途其未远,觉今是而昨非。舟遥遥以轻飏,风飘飘而吹衣。问征夫以前路,恨晨光之熹微。

乃瞻衡宇,载欣载奔。僮仆欢迎,稚子候门。三径就荒,松菊犹存。携幼入室,有酒盈樽。引壶觞以自酌,眄庭柯以怡颜。倚南窗以寄傲,审容膝之易安。园日涉以成趣,门虽设而常关。策扶老以流憩，时矫首而遐观。云无心以出岫，鸟倦飞而知还。景翳翳以将入，抚孤松而盘桓。

归去来兮，请息交以绝游。世与我而相违，复驾言兮焉求？悦亲戚之情话，乐琴书以消忧。农人告余以春及，将有事于西畴。或命巾车，或棹孤舟。既窈窕以寻壑，亦崎岖而经丘。木欣欣以向荣，泉涓涓而始流。善万物之得时，感吾生之行休。

已矣乎，寓形宇内复几时，曷不委心任去留？胡为遑遑欲何之？富贵非吾愿，帝乡不可期。怀良辰以孤往，或植杖而耘耔。登东皋以舒啸，临清流而赋诗。聊乘化以归尽，乐夫天命复奚疑！

陶渊明写这篇赋的缘起，赋前的序文作了交待。陶渊明这次出来做官是为生活所迫。他到彭泽任县令，离家不远，并且"公田之利，足以为酒"，按说应当继续任职。可是他到任不久，便产生了"归欤"之情。原因是他"质性自然"，平生不愿做官，无法造作勉强，再加上妹妹的不幸去世，使他提前"自免去职"。陶渊明这次辞官，还与当时的政治风云有关。序中"会有四方之事"、"于时风波未静"，讲的就是刘裕讨灭桓玄余党、朝政还未恢复正常等问题。陶渊明尽管说他是在碰上好机遇的情况下出仕的，但他做官以后，身在官场，对当时的政事不会无动于衷，对东晋王朝的日趋没落，对刘裕图谋篡权的野心，会有更多的认识。他本来就厌恶官场，如今又不愿再卷到当时的政治风波当中去，这可能也是他辞官归田的一个原因，只是不便明言直说罢了。陶渊明出来做官本来是迫不得已，如今决心辞官归田，"因事顺心"，所以写了这篇《归去来兮辞》。

据序的记载，这篇赋写于乙巳岁十一月，即义熙元年（405）冬。但赋中有"农人告余以春及"、"木欣欣以向荣"、"善万物之得时"等句,可见赋中所写的内容是辞官未归前的想象,不是这次归还田园的已然之事。由于陶渊明在这之前,曾经多次出仕,多次归田,有亲身的生活经历,有深切的生活体验,所以这篇赋尽管写的是想象,但读起来仍使人感到非常真实自然。

赋开头两句:"归去来兮,田园将芜胡不归?"一句感叹,一句反问,不仅点题直起,紧扣主旨,而且饱含情感,既抒发了辞官归田的兴奋和喜悦,也表现了对田园生活的急切向往,正如陶渊明在《乙巳岁三月为建威参军使都经钱溪》一诗中所说的那样:"园田日梦想,安得久离析?"由于田园生活是本篇叙写的重点,所以一开始拈出"园田"二字,起了统领全文的作用。陶渊明出来做官,原是违背自己心愿的,但做官又是为生活所迫,"既自以心为形役,奚惆怅而独悲!"表现的就是这种矛盾而沉痛的感情。在陶渊明的心目中,归园田居和身入官场,是两种绝然不同的生活境遇。前者安适自由,后者身不由己。基于这样的体验和认识,"悟已往之不谏"四句,把出来做官,视为"迷途",视为"非";把现在的归田视为正道,视为"是"。这是痛苦的回顾,也是总结前半生的经历得到的清醒的认识。开头八句写出了归田之前的心态,其中有兴奋,有追悔,更重要的是表现出辞官归田的决心。是非既然清楚,决心既已下定,于是毫不犹豫,马上启程。"舟遥遥以轻飏"四句,写的就是星夜启程后在路途上的情景,表现了作者辞官后如释重负的愉悦。归途行进尽管急速,但陶渊明仍嫌迟缓。他不断寻问征夫,也恨曙光曚昽不明,生动地表现出陶渊明离家越近、归心似箭的心情越难以抑止。

陶渊明向往田园,想象辞官以后,把自己的一切都寄托在田园生活上,所以从"乃瞻衡宇"以下,用了很大的篇幅写到家以后的生活情趣。"乃瞻"四句,写看到自己简陋屋舍的欣喜和僮仆孩子对他的热情欢迎，渲染出与家人团聚的愉悦氛围。陶渊明离家八十多天，如今辞官归来，分外高兴。"三径就荒"八句，从多方面表现了这种情感。履历故处，观赏松菊，闲视庭树，依窗寄傲，事事都使他感到安乐自得。值得注意的是特别写到"松菊犹存"。在古代，人们常常用抗风斗霜、坚贞不屈的松菊，象征具有高尚节操的人格。孔子曾经歌颂过松柏："岁寒，然后知松柏之后凋也。"（《论语·子罕》）陶渊明对松菊也相当敬重，如《和郭主簿》二首其二写道："芳菊开林耀，青松冠岩列。怀此贞秀姿，卓为霜下杰。"陶渊明傲岸超俗、耿介不群，自然容易与具有高风亮节的松菊互相观照。正是由于这一原因，他在庭院中特别栽植松菊，辞官回家，也特别关注松菊。接下去"园日涉以成趣"八句，又顺势写归田后游园的乐趣：每天在园中散步，与外人很少往来，门即是白天也常常关着。他拄着拐杖，时游时息，还常常抬头眺望远方，静观天空。看到云出山峰，"无心"无意；鸟飞疲倦，自"知"返回。云本来没有生命，鸟本来也没有意识，但一用"无心"和"知"加以描写，就使云和鸟都有了感情，都人格化了。这里的云和鸟同赋中所写的其他景物一样，不再是魏晋玄学思辨的客体，而是和作者完全融为一体。云和鸟的自由自在，不就是自己眼前的安适自得吗？

　　"归去来兮"以下十六句，主要写归田之后不再与世俗交往和从事农耕的情趣。赋以"归去来兮"开头，这里又重用一句，不仅与开头互相照应，而且感情更强烈，进一步抒发出归田的决心和喜悦。世事既然与自己相违背，自己也不想再外出有所希求，如今又体悟到回家和游园的乐趣，自然就更加鄙视与世俗交游。"请息交以绝游"三句，既表现了陶渊明耿介不俗的品格，同时也是他从此以后不再误入仕途的宣言。"悦亲戚之情话"二句，写他为了消除忧愁，常同自己的亲戚一起言谈，一起赏琴读书。前面有"奚惆怅而独悲"一句,写到"惆怅"、"独悲",这里"乐琴书以消忧"一句又提到"消忧"。由此可以想见,陶渊明即使归田以后,也不是时时都那样洒脱,那样安乐,而是常常伴随着忧愁和悲伤。不过他感到自慰的是,能从亲戚的情话中、在琴声和读书中排忧解愁。陶渊明归田以后,常与农人交往。一旦从农人那里知道春天耕种的讯息,就要去西田劳动,兴致勃勃地准备舟车,渡过幽深的山涧,翻越崎岖的山丘。但当他面对草木欣欣向荣、泉水涓涓始流的生机勃勃的春色,又发出了"善万物之得时,感吾生之行休"的感慨。陶渊明写这篇赋时,年仅四十二岁,并未衰老。他之所以有这样的感慨,一是由于自己生不逢时,这和眼前的"万物之得时"成为鲜明的对比。二是由于自己曾几次出仕,但都没有作为。如今年过四十,更不可能干一番事业了。"感吾生之行休"一句,蕴含着作者心灵深深的悲哀。

陶渊明心胸旷达,有了忧伤总是要排遣的。末段主要是自我宽慰,进一步申明自己不再出仕。"已矣乎"几句,感叹人生有限,应当任其自然,随心适性。接着直陈自己不愿富贵,不期及仙境,希望时光美好,孤往独游,或者植杖耘耔,或者登高舒啸,或者水边赋诗,无疑无虑地了此一生。最后二句虽然情调消沉,但却表现了陶渊明这次辞官归田、终生不再出仕的决心。

《归去来兮辞》是我国古代文学史上的名篇,千百年来受到了人们的重视。分析其原因,主要是陶渊明用高超的艺术手法,自我表现,写出了一个封建知识分子的形象。陶渊明虽然"质性自然",但同许多封建士大夫一样,也有"大济苍生"的凌云壮志。他所生活的时代,尽管政治昏暗,上层统治者之间矛盾尖锐,但他还是多次出仕。他的出仕,有解决生活困难的动机,也想通过仕途来实现自己的抱负。但他几经尝试,理想终于破灭了。于是下定决心，辞官归隐，退避当时的政治风波。这种退避使他轻松自由，但也伴随着悲痛，融合着忧伤。陶渊明退避以后，没有条件过那种优裕的隐士生活。他不狂放，也不沉沦。他对人生，对自然仍很执著。他追求的不再是外在的功名利禄和荣华富贵，而是内在的个人自由。他把精神的慰藉主要寄托在田园生活上。饮酒、游憩、赏琴、读书、赋诗、耕耘等平凡的现实生活，常常使他心旷神怡、忘怀世事，也使他的退避得到了真正的落实。

　　上面的分析说明，陶渊明在本篇中相当成功地塑造了自己的形象。通过这一形象，我们可以看到，在东晋后期的政治风云中，像陶渊明这样的知识分子，在自己理想破灭以后，辞官归田时复杂的内心世界。

（原载萧涤非、刘乃昌主编《中国文学名篇鉴赏》，

山东大学出版社 2007 年版，第 156—159 页。）

白居易《长相思（"汴水流"）》赏析

长相思

　　汴水流，泗水流，流到瓜洲古渡头。吴山点点愁。

　　思悠悠，恨悠悠，恨到归时方始休。月明人倚楼。

　　在光辉灿烂的唐代文坛上，白居易不仅在诗歌创作方面有杰出的贡献，而且在词的写作上也取得了突出的成就。他的词不论在数量上，还是在质量上，都是相当可观的。《长相思》就是其中比较著名的篇章。《长相思》共两首，这里选的是第一首。这一首是惜别之作，写的是诗人在洛阳送别他的妓妾樊素回南方时的离愁别恨。

　　白居易在开成五年（840）写的《春尽日宴罢感事独吟》一诗中，有"病共乐天相伴住，春随樊子一时归"两句；第二年在《对酒有怀，寄李十九郎中》一诗中，又有"去岁楼中别柳枝"一句。两诗中所说的"樊子"和"柳枝"，指的都是樊素。由此可知，送别樊素是在开成五年的春末，这首词是送别时写的。当时诗人六十九岁，正在病中。

　　"长相思"本来是唐代教坊曲品，后来定为词牌名。《古诗·孟冬寒气至》一首中，有"上言'长相思'，下言'久离别'"两句。

"长相思"可能是取《古诗》的诗意而定名的。白居易用"长相思"作题目,题目和词的内容是一致的,这同后来大多数词的内容和词牌没有关系,有很大的不同。

这首词上片四句,写的是樊素回南方要经过的路程。诗人的惜别之情蕴含在有关路程的叙写当中。樊素是杭州人。当时从河南洛阳到杭州,一般都要沿汴水到淮泗,再经过瓜洲渡头等地。所以词一开头,诗人就从洛阳附近的汴水写起,然后写到泗水,写到瓜洲古渡头。诗人在这里特别写到汴水、泗水和瓜洲,这是因为当时它们是从中原一带到江南的水运干道。经过这条水运干道,才能到达吴山一带。吴山,在浙江杭州,因春秋时为吴国的南界而得名。这里的吴山,实际上指代的是杭州。

词的上片写樊素回杭州,没有直接写别离时的情景,而是由近及远,着重写她要经过的水路。写水路,不仅点出了河水名,而且每句都用了一个"流"字。这样的叙写,表现了樊素从汴水到泗水,再到瓜洲古渡头,随着河水的流淌,她一步一步流向远方,而她每向前流动一步,都牵动着诗人的惜别之情。这种惜别之情,恰如流水一样更流更远还生。值得注意的是,诗人写瓜洲渡头时,特别在渡头前加了一个"古"字。这一"古"字,在词义的性质和色彩上,不仅和全词忧伤的基调谐合一致,而且也表现了诗人凄凉的感情。这种凄凉的感情,随着樊素的愈走愈远,在不断加深。当诗人想到樊素到达杭州的时候,满怀的忧伤染遍了杭州的景物。在诗人的心目中,这时的吴山,也"点点"都是"愁"了。

从词的上片来看,诗人的惜别之情,虽然随着樊素的日渐远离在不断加深,但诗人还是能够抑制住自己。可是当他想到樊素真的回到了杭州,他的惜别之情就难以抑制了,他感情的闸门完全被冲开了。因此,词的下片紧承上片,由写樊素所经过的路程转到直接写诗人的离愁别恨："思悠悠，恨悠悠，恨到归时方始休。"悠悠，是深长的样子。"思悠悠"，意思是对樊素的思念是深长的。由深长的思念，进而又发展到"恨悠悠"。这里的恨，就对樊素来说，是恨她不该在自己年老有病时离开他。据诗人《前有别柳枝绝句，梦得（刘禹锡）继和云：春尽絮飞留不得，随风好去落谁家，又复戏答》诗题可知，樊素离开他，是她自己要求的，是"留不得"的。就诗人来说，是恨他自己对樊素太多情，这种多情是因为樊素曾经多年陪伴过他。由于樊素已经远远地离开了他，不论是深长的思念，还是悠悠的离恨，都是难以消除的。要消除，只有待到樊素归来。因此，诗人接着写道："恨到归时方始休。"这一句表现了诗人在满怀离愁别恨的时候，是多么盼望樊素能够回到自己的身旁！可是盼望毕竟是盼望，眼前的事实是樊素愈走愈远。要消除离愁别恨，可是离愁别恨仍旧在他的心田里萦绕。词的最后一句"月明人倚楼"就含蓄地表现了这一点。这一句特别写到"月明"和"人倚楼"两个方面，这很值得我们寻味。我们的民族常常用月圆来象征亲人的团聚。可是这首词写的却是月光明亮人离去，这显然是用灼灼的明月来反衬诗人的孤寂和凄凉。同时也暗示了诗人在楼上送走了樊素以后，一直是在楼上目送着她，思念着她，以至当月光照射的时候，他仍旧在远望，在遥想。写诗人"倚楼"，其含意也是很深的。前面说过，樊素离开诗人的时候，诗人年老有病，再加上伫立的时间长，又不肯下楼，所以只好"倚楼"遥望了。词写到这里，恰到好处地结束了。这样的结束，笔墨简净，但是余味无穷。

从上面的分析来看，这首词抒发的惜别之情，既含蓄而又有波澜。大致说来，这种惜别之情，在上片主要是借流水来表现的。诗人的惜别之情虽然像流水那样长远，但还比较平缓。可是随着樊素的逐渐远离,诗人的惜别之情在不断加深,到了词的下片,诗人由离愁到别恨,感情上已经掀起了新的波澜。"恨到归时方始休"一句,把这一波澜推向了高峰。最后"月明人倚楼"一句所表现的感情和前三句相比,虽然有所缓和,但仍旧贯穿着惜别之情。

这首词和白居易的不少诗歌一样,用语质朴,不尚藻饰。特别值得注意的是,在这样一首仅仅有三十六个字的短词中,一个"流"字接连用了三次,叠字"悠悠"接连用了两次。按一般情况来说,诗词中字的重复使用,要用得好,比较困难。至于在一首短词中能用得好,就更加困难。但这首词却用得比较恰当,比较自然。词的上片,"流"字重复用了三次,每次都紧接着河水。随着河水接连地流动,诗人的惜别之情也被带到了远方。"流"字的重复使用,还暗含诗人当时因担心樊素一逝不返、有去无还而产生的忧伤。这表明"流"字的重复使用,使河水这一物态和诗人的心态完全融合在一起了。词的下片主要是直抒胸臆。"思悠悠,恨悠悠"这两句,"思"和"恨"是抽象的,在"思"和"恨"的后面紧接着使用叠字"悠悠",这就具体地把诗人心里深长的、割不断的离愁和别恨表现出来了。因此,这首词看似单调的单字和叠字重复,不仅同全词的基调相谐合,而且同词中表现的惜别之情也是浑为一体的。

(原载褚斌杰主编《白居易诗歌赏析集》,
巴蜀书社 1990 年版,第 261—264 页。)

曹丕传

　　东汉末年的建安时期,由于社会的急剧动荡,整个意识形态领域里发生了深刻的变化。人们开始在不同程度上冲破了两汉神学迷信和儒家经学等思想的束缚,人的地位得到了空前的提高,文学的发展进入了自觉的时代。当时的文坛,群星灿烂,作家辈出。这些作家大多经历了兵燹战乱,饱尝过人生忧患,对当时的社会生活有深切的体验,因而写出了许多"以情纬文,以文被质"(《宋书·谢灵运传论》)的优秀作品。文学的繁荣,思想的活跃,不仅对人们提出了从理论上对文学加以探讨的任务,而且也创造了完成这一任务的有利条件。曹丕正是在这样的历史条件下,成了我国古代杰出的文学理论批评家。

一、曹丕的生平和创作

　　曹丕(187—226),字子桓,沛国谯郡(今安徽省亳县)人,曹操的次子。曹丕出生前后,正值天下动乱。开始是声势浩大的黄巾农民起义,接着又是连年不断的军阀混战。当时曹操集团的力量还比较弱小,也没有相对稳定的根据地。在这样的情况下,曹操的家室不得不常常随他转战各地,曹丕自然也不例外,所以曹丕说自己是"生于中平之季,长于戎旅之间"。由于"世方扰乱",曹丕从幼年开始,在他父亲曹操的教诲和影响下,就爱好弓马、喜欢击剑。他五岁开始学习射箭,八岁就掌握了相当娴熟的骑射本领。曹丕不但注意习武,而且还特别重视学文。他很小的时候就诵读诗、论,八岁就能写文章,稍后"遂博贯古今经传诸子百家之书"。此外,曹操为了增长曹丕的实际才干,还常常让他随军出征。上述事实说明,曹丕的幼年和那些"生于深宫之中,长于妇人之手"的皇家贵族子弟不同。他幼年的习武学文、随军出征等经历,使他在文武两方面都有很好的教养,使他从小就接触了社会。这为他以后能够登上皇帝的宝座,能够在文学创作、文学理论和文学批评等方面做出重要的贡献,打下了坚实的基础。

　　随着曹操集团力量的壮大和中国北方的渐趋统一,随着曹丕年龄的增长,到建安九年,也就是曹丕十六岁时,曹丕的生活发生了较大的变化。这一年,曹操打败了地位显赫、势力雄厚的袁绍集团,攻占了袁绍的大本营邺城,接着曹操把邺城作为自己霸府的所在地。从此以后,一直到建安二十五年,曹丕基本上都是定居在邺城。其间,他虽然曾经几次随曹操出征,但绝大部分时间是在邺城过着比较安逸、豪华的生活。这时期,他在曹操集团中的政治地位也在不断提高和不断巩固。建安十六年,曹丕二十五岁时,受到了曹操的重用,任五官中郎将、副丞相。在这前后,他开始了与曹植争夺太子的斗争。在斗争的过程中,曹丕和曹植双方都各有党与,都注意制造舆论。后来由于曹丕占有长兄的特殊地位,由于曹丕和他的支持者善于运用权术,善于矫情自饰,再加上曹植恃才任性,不自雕励,渐渐失去了曹操的宠爱,结果在建安二十二年,曹丕三十一岁时,曹植失败了,曹丕被立为太子。这样,曹丕在曹操政权中就得到了合法继承人的地位。

　　曹丕在邺城生活的这一段时间,在政治上和军事上协助曹操做了不少工作,如建安二十四年西曹掾魏讽乘邺城空虚之机,潜结党徒,谋袭邺城,结果很快被留守邺城的曹丕粉碎了。与此同时,曹丕在文学方面也做出了重要的贡献。曹丕重视文学,爱好文学。他身体力行,写了不少诗赋和散文。他尊重文人,和很多文人能够友好相处,正像他在《又与吴质书》中所说的那样:"行则连舆,止则接席。何曾须臾相失。每至觞酌流行,丝竹并奏,酒酣耳热,仰而赋诗。"他熟悉当时的许多著名文人,有机会阅读整理他们的作品。孔融被曹操杀死以后,曹丕因为爱好孔融的文辞,用赏以金帛的办法,向天下征集孔融的文章。陈琳、徐干、刘桢和应场等死后,曹丕把他们的遗文编撰成集。这些都说明,曹丕是邺下文人集团的实际领导者和组织者。曹丕这样特殊的地位和特殊的条件,使他能够在当时的历史条件下,在文学理论和文学批评上,完成时代所赋予的任务。他有关文学理论和文学批评的一些重要论著,就是在这一时期的最后几年写成的。

曹丕争夺太子的胜利,不仅提高了他在曹魏政权中的地位,而且为他以后执掌曹魏的大权奠定了根基。建安二十五年正月,曹操病逝,曹丕比较顺利地嗣位任丞相、魏王。十月,又代汉称帝(魏文帝)。从此以后,他执掌皇权达七年之久。黄初七年,他因病去世,终年四十岁。

曹丕称帝时期,在文学方面的活动相对地减少了,成绩也远不如在邺城生活的那一段时间。他的精力主要放在朝政上。在政治上,他采取了一些进步措施。他下过《除禁轻税令》,"除池御之禁,轻关津之税"。鉴于东汉宦官和外戚专权对朝政造成的危害,他下过《禁妇人与政诏》,命令"群臣不得奏事太后,后族之家不得当辅政之任"。这些对当时经济的恢复和发展,对朝政的稳定,是有积极作用的。在军事上,他曾经几次率兵征伐吴国,但没有取得什么效果。总的来看,曹丕在执政期间,由于当时的魏、蜀、吴三国,都比较稳定,再加上曹丕推崇汉文帝"有圣贤之风",效法"汉文帝之为君,宽仁玄默,务欲以德化民"(《文帝纪》注引《魏书》),所以他基本上是一个守成的皇帝,在皇帝的位置上没有重大的建树。

曹丕在文学创作上的贡献是多方面的。他的诗歌、辞赋和散文,写得都相当出色。

曹丕留下来的比较完整的诗歌有四十多首。这些诗歌涉及的内容有游宴、征战、征夫、思妇、男女爱恋、游仙和伤时等。其中影响较大的是有关征夫和思妇这类诗歌,比较典型的是《杂诗》二首和《燕歌行》。《杂诗》二首写征夫游子漂泊异地,思念故乡的哀怨和痛苦。《燕歌行》写一位女子在晚秋的夜间,深沉地怀念远出不归的丈夫。这类诗歌感情真挚细腻,从一个侧面反映了当时社会的动乱给人们带来的痛苦。曹丕诗歌的形式多种多样,有四言、五言、六言、七言和杂言等。他写的五言诗有二十多首,占他的诗歌总数的一半左右。建安五言诗为我国古代五言诗的发展奠定了坚实的基础,曹丕在这方面也有一份功劳。曹丕写的两首七言诗《燕歌行》,是我国现存的最早的完整的七言诗,在我国古代诗歌发展史上占有重要地位。曹丕的杂言诗《大墙上蒿行》长达七十六句。句式长短相间,错落有致,气势跌宕豪放。王夫之评价这首诗说:"长句长篇,斯为开山第一祖。鲍照、李白领此宗风,遂为乐府狮象。"(《船山古诗评选》)足见这首诗对后来长篇歌行体的发展产生了很大的影响。

曹丕"妙善辞赋",现存有比较完整的辞赋二十七篇。这二十七篇辞赋,篇幅短小,句式多样。从内容来看,它们大致可以分成两类:一类是以抒情为主。这类辞赋比较典型的作品有《离居赋》、《感离赋》、《出妇赋》和《寡妇赋》等。另一类是以咏物为主。这类咏物赋，比较有价值的是那些借物抒情的篇章，如《感物赋》、《柳赋》。两汉时期主要是以体物为主的长篇大赋，到了建安时期，基本上被抒情小赋所代替。曹丕在这方面也取得了不可忽视的成就。

曹丕还是一位长于写作散文的作家。他留下来的散文主要有诏令和书论，影响较大的是他写的书信和《典论》。曹丕的书信，可以两篇《与吴质书》为代表。这两篇书信缅怀昔日与许多文人游宴相处的盛况，叙写因他们遭罹灾疫，"一时俱逝"而产生的无限悲伤。文笔朴实流畅，感情率真深沉，具有浓重的抒情特点。《典论》是曹丕的一部重要著作，它的具体写作时间难以确定，成书当在建安末年。《隋书·经籍志》著录《典论》五卷，遗憾的是这部书久已散佚。从现存的部分来看，它涉及到政治制度、伦理道德、神仙方术、人物评价、文学理论和个人经历等多方面的内容。全书虽然以议论为主，但有不少篇章写得文字生动、富于感情。如《自叙》篇，叙写曹丕幼年和青年时的一些经历，其中不论是有关时代背景的勾勒，还是具体事件的描绘，都使人感到真切清新，读起来娓娓动听。据《文帝纪》注引《吴历》记载：曹丕曾经"以素书所著《典论》及诗赋饷孙权，又以纸写一通与张昭"。可见曹丕本人对《典论》是十分珍重的。

二、曹丕的文学理论

曹丕对文学理论和文学批评是十分重视的，他采用论文和书信等形式，发表了许多有关文学理论和文学批评的重要见解。流传下来的著名文章有《典论·论文》、《与吴质书》和《与王朗书》

等,此外还有一些见解散见于后来的其他典籍当中。上述几篇文章,其中最重要的是《典论·论文》。它是我国古代第一篇文学专论,体现了曹丕在文学理论和文学批评方面的杰出贡献。

曹丕在我国古代文学理论批评史上,第一次充分肯定了文学的地位和作用。他在《典论·论文》中说:

> 盖文章,经国之大业,不朽之盛事。年寿有时而尽,荣乐止乎其身,二者必至之常期,未若文章之无穷。是以古之作者,寄身于翰墨,见意于篇籍,不假良史之辞,不托飞驰之势,而声名自传于后。

在《与王朗书》中又说:

> 生有七尺之形,死唯一棺之土,唯立德扬名,可以不朽。其次莫若著篇籍。疫疠数起,士人凋落;余独何人,能全其寿? 故论撰所著《典论》、诗赋,盖百余篇。

文学的地位和作用问题,并不是曹丕首先提出来的。早在先秦时期,《左传·襄公二十四年》就有"三不朽"之说:"太上有立德,其次有立功,其次有立言,虽久不废,此之谓不朽。"曹丕把文章视为"不朽之盛事",表面上看,好像是沿袭了《左传》立言不朽的说法,实际上不是简单的重复,而是有新的发展。这主要表现在以下两个方面:

第一,《左传》讲"立言"的"言",主要指的是有关德教和政教方面的言辞,而且把"立言"置于"立德"、"立功"之下。曹丕则不同,他所说的"文章",虽然包括像他的《典论》和徐干的《中论》这样的理论著作,但同时也包括以诗赋为代表的文学作品。如前所述,曹丕把自己写的诗赋和《典论》看得同样重要。此外,他在《典论·论文》中评价王粲和徐干时,充分肯定了他们的辞赋,而且不惜笔墨,特别列举了许多篇名。这说明曹丕对辞赋是十分重视的。两汉时期,文学被当作经学的附庸,辞赋基本上是被轻视的。到了建安时期,曹丕第一次把包括辞赋在内的"文章",视为"不朽之盛事",几乎把写文章和立德扬名相提并论,这就确认了以诗赋为代表的文学作品具有自身的价值,空前地提高了文学的地位,发展了先秦时期"立言"不朽的观点,同时对两汉轻视文学、轻视辞赋,也是一种否定。

第二,曹丕能把文章的不朽,同"经国之大业"紧密地联系在一起,这一点也和两汉不同。两汉时期,很多统治者常常把文学视为宫廷的玩物。那些显赫当时的长篇辞赋,实际上大多是供皇帝用来点缀升平、歌功颂德的娱乐品。曹丕则不然,他能够从治理当时封建社会的角度来考虑文学的作用问题。因此,曹丕的文章不朽说,就不仅仅是个人声名的不朽,而是以有利于"经国"为前提的。曹丕从"经国"的需要和声名的不朽这两个方面,鼓励作家"不假良史之辞,不托飞驰之势",努力从事文学创作,这些对促进当时和后来文学的发展,都有积极的影响。

曹丕还在我国古代文学理论批评史上,第一次提出了"文气"说。"气"作为一个特殊的概念,早在先秦和两汉时期,就常常被人们所使用。先秦的宋钘、尹文学派,把气看成是万物的本原(见《管子·内业篇》)。后来孟子又提出了"知言养气"说(见《孟子·公孙丑上》),《荀子·乐论》中还接触到气与音乐的关系,认为不同的音乐只能和人的不同的气相感应。到了两汉时期,王充在《论衡》中有多处论述了人与气的关系。《率性篇》说:"人之善恶,共一元气;气有多少,故性有贤愚。"《无形篇》又说:"人以气为寿,形随气而动;气性不均,则与体不同。"先秦两汉时期有关气的种种解释,对后来有较大的影响,是建安时期"文气"说之所以能够提出来的重要历史根据。另外,建安"文气"说的提出还有其重要的现实的原因。建安时期,因为社会的急剧动荡和巨大变化,人们对自身内在的气质、情感、才能、性分等,开始重视并作了新的探索。既然人们自身内在的一些问题成了当时的重要课题,那么先秦两汉时期有关人与气的关系的一些思想资料,自然就受到了重视。与此相联系的是,由于建安时期"风衰俗怨"、"世积乱离"和人们对气的重视,所以建安文学总的面貌是以气见长。刘勰《文心雕龙·时序篇》说建安文学"梗概多气",沈约《宋书·谢灵运传论》说"子建、仲宣以气质为体",讲的都是这一特点。建安时期,一方面重气,一方面又重文,而气和文两者之间有怎样的关系,就成了当时需要探索,而且也有条件探索的一个重要问题。曹丕的"文气"说正是在这种情况下提出来的。

曹丕"文气"说的内容,在《典论·论文》中有比较概括的论述:

> 文以气为主,气之清浊有体,不可力强而致。譬诸音乐,曲度虽均,节奏同检,至于引气不齐,巧拙有素,虽在父兄,不能以移子弟。

从上面这段重要的引文来看,曹丕所说的气,有时指文,有时指人。指人的时候,主要含义当是作者的气质。指文的时候,主要含义当是作品表现出来的个性特点。所谓"文以气为主",意思是说文章主要是表现作家的气质的,作家的气质不同,作品也就呈现出不同的个性特点。

曹丕"文气"说的提出,不论在理论上还是在实践上,都有不可忽视的重要意义。在理论上,曹丕认为文气"不可力强而致",认为"虽在父兄,不能以移子弟",这就由"文以气为主"这一命题,合乎逻辑地强调了文学的个性特点。而文学的个性特点正是作家作品独特风格的主要标志,因此,"文气"说的提出,对人们探讨作家个性与作品的风格的关系,具有很大的启迪作用。在实践上,由于曹丕的"文气"说强调了个性特点,因此在创作上,自然就有利于鼓励作家发展自己的个性,写出具有个性特色的作品,从而满足读者不同的审美需要。同时,在创作上由于独特的个性与相互模拟是相对立的,因此强调作者的个性,就会有利于消除文学创作上相互模拟的弊病。

同我国古代不少文学理论一样,曹丕的"文气"说,也表现出明显的局限性。本来文气的个性特点的形成,虽然与先天有关系,但起决定作用的还是后天的影响。而曹丕论述文气,过分地强调和夸大了先天的一面,完全忽视了后天的作用,这就使他的文气说在一定程度上带有唯心主义和形而上学的谬误。

曹丕在论述"文气"说的同时,还在文体论方面做出了重要贡献。

建安以前,特别是两汉时期,随着文学的发展,各种体裁日渐增多。《后汉书·蔡邕传》说蔡邕"所著诗、赋、碑、诔、铭、赞、连珠、吊、箴、论议、独断、劝学、释诲、叙乐、女训、篆势、祝文、章表、书记,凡百四篇传于世"。上面所列举的大多是体裁。到了建安时期,不仅有不少体裁得到了发展,而且还出现了一些新的体裁。众多体裁的发展和不少新的体裁的出现,迫切需要人们从理论上加以研究。此外,东汉后期,政治日益昏暗,浮夸贿赂,结党营私,愈演愈烈。这种污浊的社会风气对文学也产生了消极的影响,有一些体裁常常被滥用,出现了名不副实的弊端。这种弊端也迫切需要予以纠正。由于上述主要原因,所以关于文章体裁的探索和规范,就历史地落在了建安文人的身上。建安文人有关体裁的言论较多,像当时的著名文人曹操和杨修等,都对体裁问题发表过见解,但他们的见解多是零星的,真正比较集中、比较系统地对体裁进行探讨，并且做出了较大贡献的，还应当首推曹丕。曹丕在《典论·论文》中有两段话论述了体裁问题：

> 文非一体，鲜能备善……

> 　夫文本同而末异，盖奏议宜雅，书论宜理，铭诔尚实，诗赋欲丽。此四科不同，故能之者偏也，唯通才能备其体。

上面两段话，文字并不长，但内容却是相当丰富的。曹丕认为"文非一体"，这是针对先秦以来文章体裁的不断丰富和发展，较早地在理论上做出的概括。两汉时期，经学章句常常被作为文章的正宗，而诗赋之类的文学体裁则基本上处于附庸的地位。曹丕指出"文非一体"，这不仅反映了各种文章体裁的产生和发展，同时也从理论上为诗赋这样的文学体裁，争得了应有的地位。

曹丕还认为："夫文本同而末异。"这里所谓的"本同"，指的是各种体裁的共同性。所谓的"末异"，指的是不同体裁的特殊性。曹丕论文章，讲"本同"，又讲"末异"，这说明他既重视研究文章的共同性，也注意探讨各种体裁的特殊性。这一点在我国古代文学理论发展史上，值得我们重视。我们知道，先秦时期，文史哲不分，当时人们着重阐述的是文史哲的共同性，而较少注意分析它们各自的特殊性。先秦之后的两汉，尽管有些文人开始注意把经学同其他学术著作加以区别，可是较少留心探讨各种文学体裁的特殊性。因此，曹丕强调"文本同而末异"，对于人们认识文学的特点，进而研究各种文学体裁的特殊性是有启发作用的。

对于具体的文章体裁，曹丕列举了奏、议、书、论、铭、诔、诗、赋等八种，并把这八种归纳为四科。这种归纳，说明曹丕在重视区分体裁的同时，还注意根据一些体裁的特点，开始对体裁进行综合分类。曹丕所列举的四科，其中有诗赋一科，并且把诗赋同奏议、书论和铭诔等三科相提并论，这也是前所没有的。至于曹丕对四科体裁的认识，由于每科只用了一个字予以概括，过于简略，因此很难说是全面的。但却从一个侧面反映了文学发展的状况。总的来看，他的概括基本上还是抓住了每科的突出特点。如"诗赋欲丽"的概括，就突破了两汉儒家经学对诗赋的看法、较早地揭示了诗赋这样的文学作品具有语言形式美的特点。又如用"尚实"来概括铭诔，不仅鲜明地指出了铭诔应当崇尚真实的特点，而且对东汉后期以来不少铭诔一味虚美、不求真实的弊病，也具有针砭的作用。

从上面的论述来看，曹丕的文体论虽然比较概括，但在我国古代关于体裁的认识史上，却占有相当重要的地位，它标志着我国古代对文章体裁的探讨，已经进入了一个比较自觉的阶段。

三、曹丕的文学批评

曹丕作为我国古代杰出的文学理论批评家，不仅在文学理论方面有重要的建树，而且能把自己的理论和文学批评结合起来，在文学批评方面也做出了自己的贡献。

要进行文学批评，首先有一个端正批评态度的问题。在这方面，曹丕有明确的认识。曹丕涉及文学批评时，特别强调要有正确的批评态度，为此，他在《典论·论文》一开始就对"文人相轻"的错误提出了批评：

> 文人相轻，自古而然。傅毅之于班固，伯仲之间耳，而固小之，与弟超书曰："武仲以能属文为兰台令史，下笔不能自休。"夫人善于自见，而文非一体，鲜能备善，是以各以所长，相轻所短。里语曰："家有弊帚，享之千金。"斯不自见之患也。

"文人相轻"的陋习，确实是由来已久，不过曹丕之所以尖锐地指出这一点,主要还不是为了批评班固,而是因为在曹丕的周围也有这方面的弊端。从建安文坛来看,像班固轻蔑傅毅这样的现象并不罕见。"刘季绪才不逮于作者,而好诋诃文章";曹植曾挖苦陈琳把自己的辞赋同司马相如的相比,是"画虎不成反类狗者也"(曹植《与杨德祖书》)。其他如建安七子,由于他们"于学无所遗,于辞无所假,咸以自骋骥骤于千里,仰齐足而并驰,以此相服,亦良难矣"(《典论·论文》)。上述现象说明,曹丕批评"文人相轻",在当时是很有针对性的。

曹丕指出了"文人相轻"的弊端以后,又进一步分析了产生这一现象的主要原因:"夫人善于自见","又患暗于自见,谓己为贤"。这就是说,文人彼此之所以相轻,主要是因为对自己对别人都缺乏全面的认识。对自己是只看其长处,不看其短处;反过来,对别人又只看其短处,不看其长处,于是就"各以所长,相轻所短"。曹丕从认识的片面性这一角度来分析"文人相轻"的原因,是深中肯綮的。此外,曹丕还结合文体论,指出了文人不应当互相轻视。如前所述,曹丕认为"文非一体,鲜能备善"。在谈到四科文体时,又指出:"此四科不同,故能之者偏也;唯通才能备其体。"文章的体裁多种多样,而一般人的才能总是有限的,一个作家很难能够兼善各体,所谓"能备其体"的"通才",毕竟是凤毛麟角。曹丕从这方面阐述文人不应当彼此相轻,也是颇有说服力的。

为了克服"文人相轻"的错误,树立正确的批评态度,曹丕认为"夫事不可自谓己长"(《典论·自叙》),强调批评者要"审己以度人"(《典论·论文》),就是要详于审己,善于度人,对自己和对别人都应当一视同仁,既要看到其长处,也要注意其短处,不能用自己的长处去攻击别人的短处,这样才会有比较公允的批评态度。

为了端正文学批评的态度,曹丕在《典论·论文》中,还对"常人贵远贱近，向声背实"的错误进行了批评。"贵远贱近"，由来日久。特别是两汉时期，由于儒家经学居于统治地位，所以征圣、宗经、厚古薄今常常束缚着不少文人的思想。对此，桓谭和王充等曾先后进行过斗争。桓谭反对"世咸尊古卑今，贵所闻贱所见也"（《新论·闵友》）。王充对"俗好珍古而不贵今，谓今之文不如古书"的谬误，也提出了尖锐的批评。曹丕继桓谭和王充之后，再次反对"贵远贱今"，这在当时仍有一定的现实意义。建安文人虽然不像许多汉儒那样长古而短今，但"贵远贱近"的影响，还是存在的。拿建安七子来说，我们没有看到他们称许当时的文人，相反地，他们对古人的盲目崇拜倒是不乏其例。如陈琳谈及辞赋时，就非常推崇西汉的司马相如，而对当时长于辞赋的著名作家却从未齿及。这里不仅有"文人相轻"的问题，而且说明当时确实存在着"贵远贱近，向声背实"的弊病。因此，曹丕批评"贵远贱近"，同样有利于人们端正文学批评的态度。

有了正确的文学批评态度，在文学批评的实践上，就比较容易做到从实际出发，该肯定的就坚决肯定，该批评的也不能含糊。在这方面曹丕是身体力行的。这比较明显地体现在他对建安七子的评论上。曹丕对建安七子，不管是接触较少，还是接触频繁的，不管是观点不同，还是观点一致的，都能够比较客观，比较正确地对他们进行评论。曹丕在《典论·论文》和《与吴质书》中，一方面比较恰当地肯定了建安七子的成就和长处，如肯定王粲"长于辞赋"，称赞孔融"体气高妙"，推许徐干的《中论》"成一家之言"，表扬陈琳的"章表殊健"、刘桢的五言诗"妙绝时人"、阮瑀的"书记翩翩"。另一方面也坦率地指出了他们的缺欠，如说王粲除了辞赋之外，对于其他文体，"未能称是"，说刘桢"壮而不密"，说孔融"不能持论，理不胜词，以至乎杂以嘲戏"。总起来看，曹丕对七子的评论，基本上做到了不虚美，不饰非。

曹丕在进行文学批评时，还特别重视分析作家的个性特点，注意研究作家在文气和文体等方面的不同表现。在《典论·论文》中，曹丕指出徐干"时有齐气"，"孔融体气高妙"。在《与吴质书》中，指出刘桢"有逸气，但未遒耳"。同时如前所述，还分别肯定了陈琳的章表、刘桢的五言诗、阮瑀的书记和王粲的辞赋等。这些事实说明，曹丕对作家一般不作表面的、泛泛的评论，而是从每个作家的实际出发，揭示他们鲜明的艺术个性。这一点也是难能可贵的。

综观曹丕的一生，可以看出，曹丕虽然是曹魏统治集团中的重要人物，最后还登上了皇帝的宝座。但是，他的主要贡献还不是在政治方面，而是在文学创作和文学理论批评等方面。就文学创作和文学理论批评两方面来说，他在文学理论批评方面的贡献更为突出。曹丕的文学理论和文学批评，扩展了先秦以来文学理论和文学批评的领域。他的"文气"说特别强调了文学创作同创作主体的气质、个性的密切关系，不再像以前的文论那样常常限制和规范作家的气质和个性。他的文体论，特别强调诗赋应当有美丽的语言形式，说明他开始注意从审美的角度来看待文学了，不再像过去那样基本上把文学看成是用来进行政教宣传和讽谏的工具。他的文学批评实践，主张端正态度，重视作家的个性，这也是前所未有的。上述这些都表明，我国古代的文学理论和文学批评，从曹丕开始进入了比较自觉的阶段，曹丕在这方面的贡献，具有划时代的意义。

（原载牟世金主编《中国古代文论家评传》，

中州古籍出版社 1988 年版。）

曹植文学思想述评

　　建安时期杰出的诗人曹植,在文学思想方面留下来的论述不多,研究者也较少注意,有些研究者虽然对其有所评价,但否定得多,肯定得少。其实,如果对曹植的文学思想全面地加以分析,可以发现,其中还有不少很有价值有观点。本文想就曹植对文学的看法和有关文学批评的论述,谈一点意见。

一

　　关于曹植对文学的看法,不少研究者认为他轻蔑文学。诸如"曹植对文章之重要,显然未能认识"①,曹植"看轻辞赋"②,他"对辞赋采取轻视的态度"③,"有轻薄文辞而不足为之意"④等等。他们的根据主要是曹植《与杨德祖书》中的这一段话:"辞赋小道,固未足以揄扬大义,彰示来世也。昔扬子云,先朝执戟之臣耳,犹称壮夫不为也。吾虽德薄,位为藩侯,犹庶几勠力上国,流惠下民,

①朱东润:《中国文学批评史大纲》第 27 页。
②郭绍虞:《中国文学批评史》第 38 页。
③刘大杰主编:《中国文学批评史》上册第 97 页。
④青木正儿:《中国文学思想史》第 42 页。

建永世之业,流金石之功;岂徒以翰墨为勋绩,辞赋为君子哉?"

　　表面看,这段话确实流露了轻蔑文学的想法。但是,如果统观全文就可以看到,曹植在这里谈论的主要是文学,对当时一些知名文人给予充分肯定,对他父亲曹操能把许多文人集聚在自己周围,作了热情赞颂。此外,还用很多篇幅论述了自己的创作。他把自己年轻时写的辞赋送给杨德祖,认为这些辞赋如同街谈巷说、击辕之歌一样,必有可采,有应风雅,未易轻弃,希望杨德祖帮助判定。应该说曹植对文学是重视的。

　　历史现象常常存在着矛盾。曹植一方面重视文学,另一方面又视文学为"小道"。这该如何看待和解释? 我认为,结合曹植的生平思想作一些深入的分析,才能揭示其真实思想。

　　"生乎乱,长乎军"的曹植,少年时就有远大的抱负。他经常想的是"勠力上国,流惠下民,建永世之业,流金石之功"。如果这一抱负不能实现,就要在文学创作上有所作为。这种想法,在他的《薤露行》中表现得也很清楚。可见,他是把政治上建功立业放在首位,把文学上的写作放在次位。辞赋"小道"之说,是与政治上建功立业比较而言,不是轻蔑之意。曹丕重视文学,这是大家公认的。但他也是常常把立德放在第一位,把文学写作放在第二位。《与王朗书》曰:"唯立德扬名可以不朽,其次莫如著篇籍。"可是人们从来没有据此认为曹丕轻视文学,而偏说曹植轻蔑文学,显然是一种成见。位置不同不能与褒贬混为一事。

　　其实,曹植把辞赋视为"小道",乃是一种激愤之言。它后面潜藏着与曹丕争当太子的斗争。我们知道,从曹操开始考虑确立太子时起,弟兄俩为了争位便展开了斗争。他们各自拉拢亲信,施展权术,制造舆论。杨德祖站在曹植一边,为曹植出了不少主意,造了许多舆论。这场斗争持续很长时间。结果是,建安二十二年曹丕被立为太子，曹植失败了。《与杨德祖书》写于建安二十一年，当时争当太子正处在高潮，曹植此时称辞赋为"小道"，在于表明他重视政治上建功立业，而不是写作辞赋。实际上也就是为争当太子造舆论。

为了进一步说明曹植并不轻蔑文学，我们不妨再举二例。在《薤露行》中他对孔子删诗书极为推崇："孔氏删诗书，王业粲已分。"把删诗提到灿烂王业高度，还不重视？《汉二祖优劣论》中，他对刘邦在政治上能"招集英雄，遂诛强楚，光有天下"的雄才大略和丰功伟绩表示赞许，但对他轻侮文人和诗书礼乐却提出了批评："溺儒冠不可言敬，辟阳淫僻与众共之。诗书礼乐，帝尧之所以为治也，而高帝轻之；济济多士，文王之所以获宁也，高帝蔑之不用。"这里，同时还对传说中的帝尧重视诗书礼乐和文王重用文人，给予很高评价。一贬一褒，清楚地说明他对文学的重视。

一般说，创作实践是一个作家对文学看法更为直接、真实的体现。曹植从小喜爱文学，长于写作，"年十余岁，诵读诗论及辞赋数十万言，善属文。"（《魏志·陈思王植传》）能"诵俳优小说数千言"（《魏志·王粲传》注引《魏略》）。他一生中虽然念念不忘在政治上建立功业，但始终没有放弃文学创作，而且相当努力、极为刻苦。《曹集考异》卷十二引《魏略》说，曹植"精意著作，饮食损减，得反胃病也。"《金楼子·立言篇》也说："曹植为文有反胃之论。"他死后不久，魏明帝曹睿称赞说："自少及终，篇籍不离于手，诚难能也。"①由于曹植努力创作，所以在建安作家中，他留下的优秀作品也最多。他的文学创作成就是与他重视文学分不开的。很难设想，一个轻蔑文学的人会在文学创作上那么刻苦、取得那

①《魏志·陈思王植传》。

样大的成就。

曹植所以重视文学,主要原因还不在他个人的爱好,而在他看到了文学的价值和作用。前引"诗书礼乐帝尧之所以为治也",就是很好的说明。《与杨德祖书》明确表示,其写作目的在"辨时俗之得失,定仁义之衷",就是通过写作,衡量是非曲直,以扶正祛邪,陶冶人们的心灵。他在《画赞序》中说:"观画者见三皇五帝,莫不仰戴;见三季暴主,莫不悲惋;见篡臣贼嗣,莫不切齿;见高节妙士,莫不忘食;见忠节死难,莫不抗首;见放臣斥子,莫不叹息;见淫夫妒妇,莫不侧目;见令妃顺后,莫不嘉贵。是知存乎鉴者,画也。"说的虽是绘画,也适用于文学,其作用即是激起人们感情,进行扬善戒恶教育。

建安时期,"主爱雕虫,家弃章句"①,文学获得了独立的地位。当时人们对文学的价值和作用,虽然认识不尽一致,但重视文学却是时代的风尚。这一点,就其主导方面来说,影响是积极的。曹植的思想和创作也是这样。

<h2 style="text-align:center">二</h2>

曹植对文学批评也比较关心,提出一些值得注意的见解。

文学批评和文学创作有密切关系。文学批评能够帮助提高作品的质量。对于这一点,曹植有一定的认识。《与杨德祖书》说:"世人著述,不能无病。"又说:"昔尼父之辞,与人通流,至于制《春秋》,游、夏之徒乃不能措一辞。过此而言不病者,吾未之见也。"奉《春秋》为经典是传统看法,但"世人著述,不能无病"却颇

---

① 《宋书·臧焘传论》。

有见地。他认为作文非易事,至文尤难,《与吴质书》说:"夫文章之难,非独今也。古之君子,犹亦病诸。"他说:"传出文士,图生巧夫,性尚分流,事难兼善。"①由于"性尚分流",写作、绘画难以兼善。文学创作也是这样,有的善诗,有的长文。如建安"七子"的陈琳,以书檄擅名当时,曹植说他"不闲于辞赋",虽其"自谓能与司马长卿同风",结果是"譬画虎不成还为狗者也"②。曹植的这一看法和曹丕"文非一体,鲜能备善"、"故能之者偏也,唯通才能备其体"是同一精神。

既然写作"不能无病",那么文人之间的相互批评、相互帮助就十分必要了。在这方面,曹植是身体力行的。他曾说:"仆尝好人讥弹其文;有不善者,应时改定。昔丁敬礼尝作小文,使仆润饰之。"③曹植从相互批评可以改正毛病、提高质量这一角度,肯定了文学批评的必要性。曹植宣传上述见解是有针对性的。《与杨德祖书》说:"今世作者,可略而言也。昔仲宣独步于汉南,孔璋鹰扬于河朔,伟长擅名于青土,公干振藻于海隅,德琏发迹于大魏,足下高视于上京:当此之时,人人自谓握灵蛇之珠,家家自谓抱荆山之玉也。"一个作家如果把自己的作品看成"灵蛇之珠"和"荆山之玉",敝帚自珍,看不到短处,就很难提高前进。因此,曹植强调文学批评的重要,并且带头请别人批评自己的作品,在当时和后代都有积极意义。北朝颜之推曾说:"江南文制,欲人弹射,知有病累,随即改之,陈王得之于丁廙也。"并发挥说:"学为文章,先谋

①《丛书集成·续画品》。
②见《与杨德祖书》。
③见《与杨德祖书》。

亲友;得其评裁,知可施行,然后出手。慎勿师心自任,取笑旁人也。"①于此可见一斑。

曹植还认为,批评要正确和有效,批评者必须具备一定条件。他说:"盖有南威之容,乃可以论于淑媛;有龙渊之利,乃可以议于断割。刘季绪才不逮于作者,而好诋诃文章,掎摭利病。昔田巴毁五帝,罪三王,訾五伯于稷下,一旦而服千人,鲁连一说,使终身杜口。刘生之辩未若田氏,今之仲连求之不难,可无叹息乎!"②

有人认为曹植的说法是片面的,说他主张"不是作家也就没有资格批评了。把批评与创作混而为一",他"侧重在才的方面,所以无意间就有偏重形式主义的倾向"③。实际上,曹植主要强调批评者要有才能和修养,要懂得文学。否则,就会像刘季绪那样随便诋诃文章,对作者就没有什么帮助。《与杨德祖书》:"昔丁敬礼尝作小文,使仆润饰之,仆自以才不能过若人,辞不为也。"因为他自认才不如丁敬礼,故辞而不为,并非出于是否作家的考虑。重才不能与形式主义相等同。强调创作要有才能条件和片面追求作品形式是两个不同性质的问题。曹植的说法,毛病主要在夸大才能的地位和作用,以至要求批评者要具有创作者同样的才华,这有碍于文学批评的发展,而不是在提倡形式主义方面。

曹植如此重视才,这决不仅仅出自他个人的偏爱,而是有深刻的社会根源。东汉末年黄巾大起义以后,社会发生了重大变化,人们在一定程度上冲破了汉代儒家思想的束缚,思想有所解放。地主阶级的各个集团都在寻找新的意识形态作为自己的武

①《颜氏家训·文章篇》。
②见《与杨德祖书》。
③郭绍虞:《中国古典文学理论批评史》上册第67页。

器。不少统治者相信人力,重视人才。在这方面,突出的代表是曹操,曹操"性不信天命之事"①,用人基本上抛弃了汉代以仁孝为中心的儒家标准,强调"唯才是举"。当时不少知识分子也非常注重才性的探讨。和曹植差不多同时的刘邵,在他的著作《人物志》中,把人分成偏材、兼材和兼德三种,并且分别加以论述。稍后的傅嘏、李丰、钟会和王广四人,从不同的角度立论,著有《四本论》②。可见,重才是当时的时代风尚。曹植强调文学批评需要才,这是曹魏统治集团务在得人、博选良才在文学批评上的反映。

如果说,曹植的重才思想有一定偏颇,那末他要求批评必须有正确态度的主张就更值得肯定。

首先,他认为批评应当慎重,严肃,不能太随便。他说:"夫钟期不失听,于今称之,吾亦不敢妄叹者,畏后之嗤余也。"③他以钟子期善知音为例说明不能随意下断评。这种态度是严肃认真的。慎重、严肃不是不批评,重要的在于准确。所以他对当时妨害创作和批评的一些现象能及时地提出批评,如前所述对陈琳的批评就是这样。

其次,曹植认为,文学批评要注意作家不同的爱好和多样的风格,不能凭个人好恶定优劣。他认为:"世之作者,或好烦文博采,深沉其旨者;或好离言辨白,分毫析厘者;所习不同,所务各异。"④不能强求一律,恶彼好此。又说,"人各有好尚,兰茝荪蕙之芳,众人所好,而海畔有逐臭之夫。咸池、六茎之发,众人所共

①曹操:《让县自明本志令》。
②见《世说新语·文学篇》,《四本论》已佚。
③见《与杨德祖书》。
④引自《文心雕龙·定势篇》。

乐,而墨翟有非之之论,岂可同哉。"①批评和创作都有个"好尚"问题,以己之好定优劣,必然失去客观标准。他的"有南威之容""龙渊之利"的说法,正是本此而说,与刘勰观千剑而后识器是一个意思。而客观标准,曹植在那时以为"众人所共乐"就是唯一依据,虽属笼统,然不失其一定价值。

（原载《齐鲁学刊》编辑部编《古典文学专号》,
1983 年 3 月,第 198—204 页。）

---

① 见《与杨德祖书》。

陶渊明的文艺思想

　　陶渊明的文艺思想,散见在他的一些诗文的片断中,这些片断直接谈到了文艺;另外,还体现在他的创作上。文艺思想和文艺创作,虽然是两种表现形态,但二者毕竟是相通的。

一

　　言志抒情是我国古代文艺思想中的一个重要问题。陶渊明对这一问题极为关注,发表了不少有关这方面的见解:

　　　　常著文章自娱,颇示己志。(《五柳先生传》)①

　　　　伊怀难具道,为君作此诗。(《拟古》九首其六)

　　　　夫导达意气,其惟文乎?(《感士不遇赋》)

陶渊明在上面的言论中,虽然没有使用言志抒情这样的词语,但他所说的"示己志"、道怀和"导达意气"等,其基本涵义和言志抒情是一致的,只不过是用语不同而已。

　　陶渊明在自己的创作实践中,始终坚持了言志抒情这一宗旨。陶渊明诗文的内容是非常丰富的,他写这些内容,都是为了

---

①逯钦立:《陶渊明集》,中华书局 1975 年版。以下所引陶渊明诗文,均见　此集。

寄怀示志,都是有所感而发。

　　陶渊明有不少诗文是触物寄怀的。在陶渊明的生活中,日月风雪,雨露云烟,山水田园,泉声鸟鸣,松菊桃柳,常常使他触目兴情,而且"情随万化移"(《于王抚军坐送客》)。心与物感,不吐不快,于是他写下了不少著名的诗篇。《时运序》云:

　　　　《时运》,游暮春也。春服既成,景物斯和,偶影独游,欣
　　慨交心。

暮春三月,诗人身着春服,面对和美的景物,一人独游,有欣喜,也有慨叹,因而写下了这首述欣寄慨、寓意深远的篇章。春天的景象使他"欣慨交心",吟咏成篇,而秋天的物色,也常常触发他的情怀,使他写成了一些佳作。《九日闲居序》云:"余闲居,爱重九之名。秋菊盈园,而持醪靡由。空服九华,寄怀于言。"诗又云:"敛襟独闲谣,缅焉起深情。"从这首诗的序文和诗中的"敛襟"二句来看,诗人写《九日闲居》,完全是为了寄托自己的胸怀,是为了抒写面对"秋菊盈园"而引发出的"深情"。日月的运行,时光的流逝,常常引起陶渊明的感慨,他有不少诗篇是与此有关的。《游斜川序》云:

　　　　辛酉正月五日,天气澄和,风物闲美。与二三邻曲,同游
　　斜川。临长流,望曾城。鲂鲤跃鳞于将夕,水鸥乘和以翻飞。
　　彼南阜者,名实旧矣,不复乃为嗟叹。若夫曾城,傍无依接,
　　独秀中皋。遥想灵山,有爱嘉名。欣对不足,率共赋诗。悲
　　日月之遂往,悼吾年之不留。

诗人游斜川,遥望曾城山。眼前的景物,曾城的嘉名,深深地感动了他。他欣喜,同时又为时光的流逝而悲伤。他为了抒发自己的欣喜和悲伤,于是很快地写成了这首诗。

　　触物寄怀是我国古代诗歌的一个传统,在陶渊明之前,不少

文人对此有明确的认识,也有不少作品是属于这一类型。陶渊明继承了这一传统,同时又有自己的特点。这一特点的主要表现是:陶渊明对外在的景物,往往是持有一种既留心而又无心的超然态度。在陶渊明那里,作为主观的情志和作为客观的景物,不是简单的单向的流动,而是双向感触、互相交融。试想陶渊明的"春秋多佳日,登高赋新诗"(《移居》二首其二),"登东皋以舒啸,临清流而赋诗"(《归去来兮辞》)的写作境况,试想陶渊明的"采菊东篱下,悠然见南山"(《饮酒》二十首其五)的悠然有会,是景物首先触动了诗人的情志,还是诗人的情志开始感动了景物? 恐怕都不是。实际上是二者互相亲近,互相融浃。这是一种难以分解的境界。这种境界是"冥忘物我",是以诗人的生命与外在的景物的生命相通为基础的。这一点,朱光潜先生曾有所分析:陶渊明"把自己的胸襟气韵贯注于外物,使外物的生命更活跃,情趣更丰富;同时也吸收外物的生命与情趣来扩大自己的胸襟气韵。这种物我的回响交流,有如佛家所说底'千灯相照',互相增辉。"[①]朱先生的见解是非常精辟的。

在今存陶渊明的文集中,有不少作品是属于缘事述怀之作。陶渊明的这类作品同他的触物寄情的作品一样,也具有言志抒情的特点。陶渊明一生所遇之事,最重要的是仕隐一事。这件事经常萦绕他的胸襟,使他难以忘怀。我们知道,陶渊明本来对仕途并不太重视,他的出仕,在很大程度上是为生活所迫。他出仕以后,对官场有了亲身的体验,体验到官场如同樊笼。他常常感到心为形役,失去了自由,常常是身在官场而心系故园,内心充满着许多痛苦。他有些作品就是缘此而发的。如《杂诗》十二

[①]《诗论》第 13 章,正中书局 1948 年版。

首其九：

> 遥遥从羁役，一心处两端。掩泪泛东逝，顺流追时迁。
> 日没星与昂，势翳西山巅。萧条隔天涯，惆怅念常餐。慷慨
> 思南归，路遐无由缘。关梁难亏替，绝音寄斯篇。

诗人作官以后，多羁役之苦和时迁思家之情，但在音信断绝的情况下，他无法倾吐，只好借诗歌来抒发。

由于陶渊明把官场视为樊笼，所以他一旦离开了官场，就有一种难以抑止的喜悦。这种难以抑止的喜悦，使他情不自禁地写诗作文。这方面典型的例子是《归去来兮辞》。《归去来兮辞》写作的缘起，陶渊明在辞的序文中有清楚的说明：陶渊明本不想出仕，后来因为家中贫困，才出任彭泽令。他任彭泽令时间不长，就"眷然有归欤之情"。原因是他"质性自然，非矫厉所得"，再加上他的妹妹丧于武昌，他想尽快奔赴，因而"自免去职"。在陶渊明看来，他的辞官，使自己不再"违己交病"，不再"深愧平生之志"，是一种非常"顺心"的事。"因事顺心"，所以他写成了这篇名为《归去来兮》的辞赋。

陶渊明一生遇到的事很多，除仕隐一事之外，还有国事、家事、田园之事，等等。他对所遇之事，多有感触，一有感触，就赋之于诗。他遇忧则写忧，逢喜便写喜，缘事寄怀，给后人留下了许多名篇佳作。

赠答酬和之作，在陶渊明的诗歌中占有相当大的比例。在今存陶渊明的诗歌中，明确题为赠答酬和的有十八首之多。陶渊明写这类诗歌，都是为了示志咏怀。这在这类诗歌和这类诗歌的几篇序文中体现得非常明显。《赠长沙公》云："何以写心？贻此话言。"看来他写这首《赠长沙公》，是想借诗歌的"话言"，抒写自己的心怀。"何以写心？贻此话言"，指的虽是《赠长沙公》这首诗，

其实完全可以用来概括陶渊明所有这一类作品。这里,我们再举他的《答庞参军》一诗为例。关于这首诗写作的缘起,诗人在序文中有一段比较详细的交待:

> 三复来贶,欲罢不能。自尔邻曲,冬春再交。款然良对,忽成旧游。俗谚云:"数面成亲旧。"况情过此者乎? 人事好乖,便当语离。杨公所叹,岂惟常悲。吾抱疾多年,不复为文。本既不丰,复老病继之。辄依周礼往复之义,且为别后相思之资。

序文告诉我们,诗人有病多年,不再写作。但也有例外,这就是当他接到了好友的赠诗以后,再三拜读,"欲罢不能"。由读赠诗,进而联想到过去的深交和离别,情感满怀,因而写了这首答诗。表现了诗人对志趣相同的朋友的真挚的、难以忘怀的深情厚谊。

赠答酬和之作,在陶渊明之前就有不少文人写过,其中虽有一些写得比较成功,但也确有相当多的水平低下的应酬之作。这些应酬之作,或属文字游戏,或现阿谀奉承,大多缺乏真情实感。而陶渊明在这方面,不管是赠答诗,还是酬和诗,都是在情感充溢心胸、难以抑止的情况下写成的。因此,当我们阅读陶渊明这类作品时,我们感受到的是诗人的真胸襟。

"诗书敦宿好"(《辛丑岁七月赴假还江陵夜行涂口》)。读书是陶渊明生活中的重要内容。陶渊明从小时到老年,可以说是手不释卷。他读书相当广博,有经史,也有子集。他阅读前人的作品,常常关注的是这些作品的所言之志和所抒之情。如《读史述九章·屈贾》云:"候詹写志,感鹏献辞。"在陶渊明看来,屈原和贾谊的作品都是有感而发的。屈原的《卜居》是言志之作;贾谊的《鵩鸟赋》也是感慨系之。陶渊明阅读前人的作品,还特别重视那些表现了与他切身生活体验有关的和他在现实生活中感到缺少的内容。《癸卯岁十二月中作与从弟敬远》说：“历览千载书，时时见遗烈。”

这些反映遗烈事迹的著述，常常使陶渊明“感发兴起”，要他搦笔写诗。在这类诗歌中，陶渊明表面上称颂的是古代的遗烈，实际上写的是他自己的胸怀。他使古代遗烈的生命复活，目的是让其成为自己生命的一部分。近似的情况，还体现在陶渊明的一些著名的辞赋的写作缘起上。比较典型的例子是《感士不遇赋》。《感士不遇赋序》云：

> 昔董仲舒作《士不遇赋》，司马子长又为之。余尝以三余之日，讲习之暇，读其文，慨然惆怅……抚卷踌躇，遂感而赋之。

很明显，陶渊明之所以写作《感士不遇赋》，是因为他阅读了董仲舒和司马迁的辞赋以后，由他们所写的辞赋进而联想到古代像伯夷、四皓和屈原等许多“怀正志道之士”，情思难平，于是提笔染瀚，写成了这篇辞赋。这篇辞赋也是借写古代士人的不幸遭遇和守志持操，来表现诗人自己“宁固穷以济意，不委曲而累己”的高尚志趣和坚贞节操。

言志抒情，不论在创作上，还是在认识上，在陶渊明之前，都有一段漫长的历史。在这方面，陶渊明有继承，但更重要的是他有创造。在陶渊明之前，尽管有许多文人的作品属于言志抒情之作，不少文人也讲言志抒情，但他们重视的往往是带有普遍意义的情志，而较少强调个人的情志，因此也难以形成个人独特的风格。而陶渊明则不同。从上面的诸多表现，可以看到，陶渊明在认识上对言志抒情的重视和在创作实践上的表现，突出的是“示己志”，是抒个人之情，表现的是他自己的鲜明的个性。梁启超先生在《陶渊明之文艺及其品格》一文中说：“古代作家能够在作品

中把他的个性活现出来的,屈原以后,我便数陶渊明。"①梁启超
先生的看法,完全符合文学史的实际。陶渊明在作品中能活现出
自己的个性,有多方面的原因,其中重要的一方面是因为他认识
到文学应当"示己志",并且能自觉地加以贯彻。坚持文艺的言志
抒情,而又能有自己的鲜明的个性,是一种难以达到的境地,而陶
渊明继屈原之后成功地达到了。

二

　　如果说对文艺特点的认识,陶渊明特别重视的是言志抒情的
话,那么,对文艺作用的看法,陶渊明则主要强调是它的娱悦作
用。这在他的生活、读书和创作实践等方面,都有突出的表现。
　　陶渊明对文艺有浓厚的兴趣。他爱好绘画,曾撰有《扇上画
赞》。他从少年到老年,常常以琴书为伴。他"少学琴书"(《与子
俨等疏》);青年时"委怀在琴书"(《始作镇军参军经曲阿》)。他退
隐田居以后的生活,在很大程度上已经审美化、艺术化了,而在他
审美化、艺术化的生活中,弹琴读书等文艺活动是一个重要内容。
这一点,他在自己的诗文中多有述及:

　　　　衡门之下,有琴有书。载弹载咏,爰得我娱。(《答庞参
军》)
　　　　欣以素牍,和以七弦。(《自祭文》)
　　　　息交游闲业,卧起弄书琴。(《和郭主簿》二首其一)
他有时也和自己的亲朋和子孙一起弹琴尽欢:
　　　　亲戚共一处,子孙还相保。觞弦肆朝日,樽中酒不燥。

---

① 《陶渊明》,商务印书馆 1923 年排印本。

缓带尽欢娱,起晚眠常早。(《杂诗》十二首其四)

陶渊明好饮酒,这是人们经常所称道的。其实,他对文艺的兴致,往往并不亚于他对酒的爱好。在日常生活中,陶渊明像对待酒那样,把文艺也作为能给他带来乐趣的好朋友。

写作诗文是陶渊明生活中的重要组成部分。陶渊明写作诗文,常常是基于娱悦。《五柳先生传》说:"常著文章自娱……酣觞赋诗,以乐其志。"《饮酒序》说:"余闲居寡欢,兼比夜已长,偶有名酒,无夕不饮。顾影独尽。忽焉复醉。既醉之后,辄题数句自娱,纸墨遂多。辞无诠次,聊命故人书之,以为欢笑尔。"陶渊明上面的两段自述,非常坦率地道出了他"著文章"、"赋诗"的目的,是为了"乐其志",是为了"欢笑"。陶渊明的写作,有时也是为了与自己的亲友同娱乐。《乞食》云:

谈谐终日夕,觞至辄倾杯。情欣新知劝,言咏遂赋诗。

又《答庞参军》云:

我有旨酒,与汝乐之。乃陈好言,乃著新诗。

陶渊明辞官田居以后,虽然"息交以绝游",与官宦很少往来,但因为他有"有德不孤"、"同道相乐"的情操,所以他并不孤独。他有不少好邻居和好朋友。陶渊明喜欢同他们交往;他们也愿意亲近陶渊明。陶渊明同他们,彼此相助相慰,一起游赏,共话桑麻,有时也为他们赋诗作文,与他们一起演奏和歌唱。陶渊明这样做,是为了自乐,也是为了乐人。

前面曾经谈到,读书是陶渊明生活中的重要内容。陶渊明读书,不仅从中受到了感兴,使他借以写作寄怀,同时也是为了娱悦。对前人的作品,陶渊明常常是以一种娱悦的心态去接受,去欣赏。陶渊明爱读儒家的经书,也喜阅经书之外的"异书"。但他是诗人,不是学究。他"好读书",但多是从兴趣出发,"不求甚解"

（《五柳先生传》）。《六经》是儒家的经典，有多少文人或以敬畏的心情去拜读，或把它当作升官晋爵的阶梯去作烦琐的章句训诂，而陶渊明虽然也重视《六经》，但从他的"少年罕人事，游好在《六经》"（《饮酒》二十首其十六），"谈谐无俗调，所说圣人篇"（《答庞参军》）等有关诗句来看，他是以一种喜悦的心情、以一种"游好"的态度去阅读《六经》的，是以一种审美的娱悦去观照《六经》的。他对《六经》是这样，对其他作品更是这样。《读山海经》十三首其一云：

　　既耕亦已种，时还读我书……微雨从东来，好风与之俱。
　　泛览周王传，流观山海图。俯仰终宇宙，不乐复何如？
诗人耕种之余，在屋外微雨绵绵、好风吹拂的良辰美景中，在屋内以悠闲的心情阅读《山海经》和《穆天子传》等"异书"，多么惬意，多么快乐！

　　陶渊明不仅自己常常以娱悦的心情去欣赏前人的作品，而且有时也和邻居一起这样做。他乐己也乐人。他移居南村以后，"邻曲时时来，抗言谈在昔。奇文共欣赏，疑义相与析"（《移居》二首其一）。陶渊明和邻居阅读一些奇妙的文章，有时也有疑义，也要辨析。但这种辨析，不同于一些文人的咬文嚼字和烦琐考证，而是用一种"欣赏"的态度，相互讨论，彼此补充。在这里，"奇文"成了他们智力游玩、心理松弛的对象。在这里，没有干枯的说教，有的是"微言解颐"的趣味。在这里，没有尊卑高低的区别，有的是兄弟般的和谐。

　　文艺的娱悦作用，常常表现为多层次。一般来说，有感官的，有心理的，还有精神的。这三个层次，有联系，也有区别①。陶渊明所追求的，主要不是悦耳悦目、感官层次上的娱悦，而是心理层

---

① 参阅狄其骢等《文艺学新论》，山东教育出版社 1994 年版，第 156—160 页。

次和精神层次上的娱悦。

陶渊明一生虽然旷达，但也常常感到"人生实难"（《自祭文》），有许多人生的悲剧感受。为了淡化自己的忧伤，化忧伤为快乐，他常常借助于文艺："悦亲戚之情话，乐琴书以消忧。"（《归去来兮辞》）在这方面，他用文艺来消除痛苦同他用饮酒来化解痛苦是近似的。另外，陶渊明往往在高兴时也赋诗弹琴。他高兴时赋诗弹琴是为了使自己的兴致得到充分的抒发。他在《游斜川序》中所说的"欣对不足，率共赋诗"就证明了这一点。文艺本来具有心理补偿的作用。这种作用的产生，主要是由于人的感情体验有局限性，而文艺可以打破这种局限性。陶渊明高兴时赋诗弹琴，也是为了打破这种局限性，使自己的情感得到补偿。因此，从心理层次上看，陶渊明用文艺来娱悦，是一种发自内心的纯真的娱悦。这种娱悦，对忧伤是一种消解，对欣喜是一种增值。这种娱悦，安慰了他的生命，增长了他的生命。一般来讲，文艺在心理层次上的娱悦，有待升华到精神层次上。陶渊明正是这样。从精神层次上看，陶渊明用文艺来娱悦，涵冶了他的节操，净化了他的灵魂，坚定了他对真、善、美的追求和对假、恶、丑的鄙弃。他从先贤那里，汲取了"忧道不忧贫"、洁身自好的操守；他企羡老庄所崇尚的自然和淳朴；他从"哲人"那里承受了农耕稼穑的人生之道而躬耕不止。凡此种种，都说明他在很大程度上从文艺那里得到了精神上的支柱和快感。与此相联系的是，陶渊明用文艺来娱悦，有两个特点尤其值得我们重视：

首先，陶渊明虽然重视文艺的娱悦作用，但不像古代的一些统治者和文人那样，把文艺作为放荡纵欲的工具；也不像一些隐居山林的士人那样，对文艺，以遗世逍遥为旨归。陶渊明的乐乎文艺，没有流于放纵，没有视文艺为纯粹的玩物。他的乐乎文艺坚守了自足自律的界限,保持了自己高尚的情操和廉洁的人格。他的乐乎文艺,既有超越世俗的精神,也有合乎人伦的、现实的内容。所以陶渊明的乐乎文艺,能为许多人所赏识、所接收,能启发人们去寻找娱悦同达理修道的契合点。

其次,重情趣,重体悟,不计得失,不拘细节,不拘形式。他兴之所来就吟诗,就作文,完全忘怀于得失。他"好读书,不求甚解",重视的是作品中蕴含的思想情感和自己思想情感的交融和共鸣。当他"开卷有得"时,便"欣然忘食"(《与子俨等疏》)。他爱好音乐,但与一般人不同。《晋书·陶渊明传》载:

> 性不解音,而畜素琴一张,弦徽不具,每朋酒之会,则抚而和之,曰:"但识琴中趣,何劳弦上声!"[1]

上面的记载表明,陶渊明对音乐不像一般人那样拘谨,那样追求落实,而是用一种玄虚的、审美的情趣去体悟。他对音乐是这样,对其他艺术也是这样。

重视文艺的娱悦作用,在创作实践上,大致有两种走向:一种是纯粹从游戏出发,完全是为了满足感官的需要,结果写出了一些低下之作。汉武帝时的《柏梁诗》和梁代宫体诗、五代《花间集》中的不少作品,是属于这一种。另一种虽然也是为了娱悦,但写出的却是传世佳作。陶渊明显然是属于后一种,而且是这一种中最早的代表诗人。同是为了娱悦,写出的作品却有天壤之别。这有多方面的原因,其中最重要的是作者的生活和胸襟。陶渊明的一生,虽然厌弃官场,但他始终没有脱离社会现实生活。他不玩世,不混世。他关注人生,关注社会。他躬耕不止,与农民有密切的联系。他对下层人民的生活有比较深切的体验。他有情感,但

---

[1]《晋书》卷九十四,中华书局 1974 年版。以下所引《晋书》,版本同此。

又不为情累。他有理性的自制,能以理遣情。他人品高洁,胸襟
洒落。他的高洁、他的洒落,是真的,是纯的,没有虚假,没有滓
秽。他的高洁,他的洒落,能以一贯之,始终不易。他有理想,有
追求,能在日常的、平凡的生活中坚守自己的理想,追求他要追求
的东西。生活是创作的基础,胸襟是创作的灵魂。陶渊明有自己
独特的、现实的生活经历和体验,有高洁的胸襟,有了这两方面做
根基,即使为娱悦而写作,也能吐词超拔,写出有真情、有理趣、富
有生命力的优秀作品。

陶渊明重视文艺的娱悦作用,在我国古代文艺发展史上,有
不可忽视的意义。陶渊明之前的文艺思想和文艺创作,虽然也有
尚乐的内容,但相当零星,相当微弱,很少受到人们的关注和倡
导。那时人们推崇的主要是悲慨之音和穷苦之作,哀怨伤感成了
文艺的基调。陶渊明在思想上对文艺娱悦作用的重视,特别是他
的文艺实践,第一次打破了以悲慷伤感为基调的格局,使文艺的
娱悦作用第一次比较完美地得到了显现,也使娱悦的主题,在文
坛艺苑上开始占有一席之地。这一点,在当时并没有引起人们的
关注,但在后来的文艺史上却产生了深远的影响。

三

文艺理想是文艺思想中的一个重要问题。陶渊明对此也有
自己的思考和自己的追求。从陶渊明的言论和创作来看,他的文
艺理想主要是追求自然①。他在《晋故征西大将军长史孟府君

①参阅袁行霈《陶渊明的哲学思考》,《国学研究》第 1 卷,北京大学出版社
　 1993 年版。

传》(以下简称《孟府君传》)一文中,有一段话比较集中地体现了
这一思想:

  (桓温)又问听妓:"丝不如竹,竹不如肉。"(孟嘉)答曰:
"渐近自然。"

从上面桓温和孟嘉的对话来看,桓温知道欣赏音乐,听演奏弦乐,
不如听吹奏管乐,听吹奏管乐,又不如听人歌唱,但不明白其中的
道理。而孟嘉"渐近自然"的回答,言简意赅,揭示了其中的奥妙。
"渐近自然",虽然是陶渊明的外祖父孟嘉讲的,但由于陶渊明对
孟嘉特别尊敬,对他的品行、神情和文辞都极为仰慕,而且在一篇
不太长的传记中,又用欣赏的态度全面具体地引用了桓温和孟嘉
有关自然问题的对话,因此,我们可以把孟嘉的自然说视为陶渊
明的思想。在陶渊明的诗文中,除了上面一段文字中使用了自然
一词外,另外还有三个地方:

  及少日,眷然有归欤之情。何则?质性自然。非矫厉所
得。(《归去来兮辞序》)

  久在樊笼里,复得返自然。(《归园田居》五首其一)

  贵贱贤愚,莫不营营以惜生,斯甚惑焉。故极陈形影之
苦,言神辩自然以释之。(《形影神序》)

陶渊明在上述三个地方使用自然一词,虽然指的都不是文艺,但
对我们理解他的以自然为核心的文艺理想,有参考作用。

  陶渊明从文艺的角度使用自然一词,其涵义是什么?陶渊明
自己没有解释。根据陶渊明几个地方对自然一词以及与自然相
近的词的使用,陶渊明以自然为文艺理想的涵义,主要有以下三
方面:

  第一,天然的、原本的意思。在陶渊明看来,天然的、原本的
事物,不论是属于自然界的,还是属于社会上的,都是美的。这种

美是原在的,是自然显现的,勿需人的加工。人的歌唱之所以比弹奏弦乐和吹奏管乐"渐近自然",是因为弦乐和管乐,都不是天然的,是经过加工的。而人的歌唱则不同,它是从人的喉咙中发出的。人的歌唱同鸟的叫声一样,都是自然的。陶渊明在《与子俨等疏》中说:"见树木交荫,时鸟变声,亦复欢焉有喜。"陶渊明对"时鸟变声"是那样欢喜,也是因为它是自然之声。

第二,自由的,不受外在制约的意思。陶渊明使用自然一词时,有时有自由的涵义,上面列举的"久在樊笼里,复得返自然"中的自然即是。当他把自然一词同文艺相联系时,也有这方面的涵义。这仍体现在上述陶渊明关于丝、竹、肉与自然之间的关系的认识上。在陶渊明的心目中,弹奏弦乐离不开弦乐器,吹奏管乐要依附管乐器。弦乐和管乐虽然接近自然的程度不同,但它们都要受外物的限制,而且要弦乐器和管乐器发出乐声,都要通过素有训练的乐人的演奏。这对人们来说,也是一种限制。而人的歌唱则不然,它不受外在条件的约束,人的歌唱可以使自己的情感无拘无束地得到抒发。

第三,真、朴、淳的意思。在陶渊明的诗文中,常常使用真、朴、淳之类的词:

> 此中有真意,欲辩已忘言。(《饮酒》二十首其五)
> 天岂去此哉,任真无所先。(《连夜独饮》)
> 悠悠上古,厥初生民,傲然自足,抱朴含真。(《劝农》)
> 羲农去我久,举世少复真。汲汲鲁中叟,弥缝使其淳。

(《饮酒》二十首其二十)

上述诗句中的真、朴、淳的涵义,都与自然的涵义相同。陶渊明在《归去来兮辞序》中说自己"质性自然",在《始作镇军参军经曲阿》中又说:"真想初在襟。"这里的自然与真的意思是一致的。在陶渊明看来，真、朴、淳是与伪薄和造作相对立的，所以他在《桃花源诗》中说："淳薄既异源。"又在《感士不遇赋》中说："自真风告退，大伪斯兴。"联系到文艺，陶渊明追求自然的文艺，也就是追求真实、原朴和淳厚的文艺。基于这种认识，所以陶渊明对世俗的、虚伪的文艺持排斥的态度。他"厌闻世上语"（《拟古》九首其六），他崇敬西王母那里，"高酣发新谣，宁效俗中言"（《读山海经》十三首其二），他向往桃花源里，"童孺纵行歌，斑白欢游诣"（《桃花源诗》）。因为他们的歌唱，他们的游诣是淳真的，是质朴的。

追求自然是陶渊明文艺思想的重要内容。陶渊明由重视文艺的言志抒情和文艺的娱悦作用，进而又提出文艺的自然说，这表明他的文艺思想已跃入了一个更深的层面。这种认识上的深化，与他的生活经历有关，同时也是由于受到了先哲的思想和时代文化氛围的影响。

陶渊明少年时就把自然作为自己的人格理想。他"少无适俗韵，性本爱丘山"（《归园田居》五首其一）。《晋书·陶渊明传》说他"少有高趣，任真自得"。一个人少年的爱好，往往会影响他的一生。陶渊明少年时对自然的崇尚，涵养了他体味自然、探索自然的情趣，有助于陶冶他的气质和情操，使他从自然中吸取了灵气。在陶渊明的亲属中，有不少人也十分推崇自然，特别是他的外祖父和他的父亲。他的外祖父孟嘉一生中几乎都在追求自然的人生。这除了前面已经述及的以外，在《孟府君传》中还有不少记载：孟嘉出仕前，"冲默有远量"，"温雅平旷"，"乡间称之"。他作官时，"色和而正"。他辞官回家，"不以为憾"，"母在堂，兄弟共相欢乐，怡怡如也"。他"文辞超卓"。他"始自总发，至于知命，行不苟合，言无夸矜，未尝有喜愠之容。好饮酒，逾多不乱，至于任怀得意，融然远寄，傍若无人"。关于陶渊明的父亲，陶渊明在《命子》中颂扬说："於穆仁考,淡焉虚止。寄迹风云,冥兹愠喜。"陶渊明的父亲追求淡虚,寄迹于风云,失意时不恼怒,得志时不欣喜,能以自然的胸襟为人处事。陶渊明对他的外祖父和父亲非常敬仰。他外祖父和父亲对自然的推崇,对陶渊明有不可忽视的影响。我们从陶渊明的身上,常常能看到他外祖父和他父亲的影子。

陶渊明虽然少年时就崇尚自然,就受到了其外祖父和父亲的影响,希望能过自然的生活,但由于他有抱负、有志向,特别是由于为生活贫困所迫,所以不得不违背自己的初衷而离家出仕。在陶渊明看来,官场和自然是不相容的。他作官时,尽管不同流合污,不附炎趋势,保持了自己的人格,但还是深切地感到违背了自然。为此,他惭愧,他痛苦,他要返回自然。于是他最终毫不拖泥带水地辞掉了官职,真正走上了归田躬耕的道路。人们对待珍贵的东西,有时是在失去了以后,才会真正认识到它的重要,而一旦重新得到了它,就会加倍地珍惜。陶渊明对自然的追求就是这样。陶渊明辞官归田以后,"复得返自然",把自然看得比任何东西都重要。他能用自然胸怀和眼光,去看待一切,去体味一切。"山气日夕佳,飞鸟相与还"(《饮酒》二十首其五),这是自然的,是美的;"暧暧远人村,依依墟里烟。狗吠深巷中,鸡鸣桑树巅"(《归园田居》五首其一),这是自然的,是美的;"相见无杂言,但道桑麻长"(同上其二),是自然的,是美的;"相命肆农耕,日入从所憩。桑竹垂余荫,菽稷随时艺。春桑收长丝,秋熟靡王税"(《桃花源诗》),是自然的,是美的。他在生活中遇到灾难时,或者是在思想上有矛盾、有痛苦时,也能很快地用自然来化解。一个人的文艺理想是他的人生理想在文艺思想上的反映,一个人的文艺活动是他整个生活的一部分。陶渊明把追求自然作为自己的人生理想,

并且努力落实到生活实践上,因而他在文艺思想上,把自然作为
自己的理想,就是顺理成章的事了。

从思想源渊来分析,陶渊明把自然作为文艺理想,主要是受
到了老庄思想的浸润。自然一词最早见于《老子》:"人法地,地法
天,天法道,道法自然。"(第二十五章)①老子所说的自然,是天然
的、非人为的意思。此外,《老子》一书中还使用了与自然意思相
近的朴、淳这类词:

> 见素抱朴,少私寡欲。(第十九章)
>
> 其政闷闷,其民淳淳。(第五十八章)

老子所谓的朴和淳,指的都是原始的、自然的、淳朴的存在。这种
存在与人为无关。老子之后,庄子继续倡导自然之说,并且把自
然同真相提并论。《庄子·渔父》说:

> 礼者,世俗之所为也。真者,所以受于天也,自然不可易
>
> 也。故圣人法天贵真,不拘于俗。

这里,庄子所讲的真,就是自然的意思。从上面所引老庄的言论
来看,"法自然"和"贵真"是老庄思想的重要内容。老庄的自然之
说产生之后,不断地产生影响,特别是到了魏晋时期,随着儒学的
式微,随着名教与自然两种思想的争辩,许多文人都程度不同地
崇尚自然之说。这表现在哲学思想上,也表现在其他方面。拿陶
渊明所处的东晋来说,推崇自然几乎成了一种风尚。东晋的不少
文人,从做人到游赏山水,到品味文艺,追求的常常是自然的境
界。桓温和孟嘉对自然的追求,上面已经论及。这里,我们再举
谢安、谢道韫、庾阐和顾恺之四人为证。《晋书》卷七十九《谢安
传》说:谢安隐居时,"自然有公辅之望"。他做官以后,仍旧重视

---

① 《诸子集成》第 3 册,以下所引《老子》《庄子》均见此册。中华书局 1954 年版。

自然。《世说新语·忿狷》载：

> 王令诣谢公，值习凿齿已在坐，当与并榻。王徙倚不坐。公引之与对榻。去后，语胡儿曰："子敬实自清立，但人为尔多矜咳，殊足损其自然。"[1]

谢安认为，王献之为人矜持拘执，不交非类，有损于自然。这说明，谢安是把自然视为做人处事的重要原则。谢道韫和庾阐对自然的首肯，在他们描写山水的诗歌中有所展示。谢道韫《泰山吟》云：

> 岩中间虚宇，寂寞幽以玄。非工复非匠，云构发自然。

庾阐《观石鼓》云：

> 鸣石含潜响，雷骇震九天。妙化非不有，莫知神自然。

在谢道韫和庾阐的心目中，山水之所以值得观赏，是因为它们是自然所构发，是"神自然"。顾恺之对自然的重视，在他的画论中有所表现。他在《魏晋胜流画赞》中，对《小列女》这幅画提出了批评。原因是它把男人的肢体安置在女人的身上，结果是"不以自然"[2]。这说明，顾恺之评论绘画，是把自然作为一个重要的标准。谢安等人在东晋都是颇有地位的人物，他们对自然的崇尚，会对陶渊明产生影响。前面提到的陶渊明在《孟府君传》中对孟嘉的敬仰，并且特别记述了桓温和孟嘉有关自然的对话，就是一个证明。

陶渊明虽然在思想上受到了老庄和东晋有关自然思想的影响，但他并没有停止在思想认识上，而是能把它落实到自己平凡的生活实践中。对于陶渊明来说，生活实践比在思想上受影响更

---

① 余嘉锡：《世说新语笺疏》，中华书局 1983 年版，第 888 页。
② 俞剑华等编：《顾恺之研究资料》，人民美术出版社 1962 年版，第 25 页。

为重要。因为思想上受影响，主要还是属于理性认识，而理性认识只有同自己的生活实践相结合，才会深入，才会孕发出生动的、具有生命力的内容。陶渊明正是如此。如果说，自然思想的影响对陶渊明起到了诱导作用的话，那么在生活实践中落实自然之说则使他真正体悟到自然的乐趣，从而坚定了他遵循自然之说的信念。通过生活实践，陶渊明把对自然的追求转化为对官场的彻底的鄙弃，转化为切实的稼穑劳作，转化为对人间的淳朴和亲和的赞美，转化为随遇而乐、任真自得的生活方式。因此，陶渊明对自然的追求，显得那样的丰富，那样的实在，那样的富有个性的魅力。他的生活是这样，他的诗文也是这样。

四

我国古代的文艺思想，对文艺的性质的看法，有许多见解，归纳起来，大体上有两种：一种是功利说；另一种是非功利说。功利说主要强调的是文艺的政治伦理教化作用；非功利说倡导的重点则是文艺的审美作用。综观陶渊明的文艺思想，就其主要倾向来说，显然是属于非功利说。陶渊明强调文艺的示志抒情，重视文艺的娱悦作用和把自然作为文艺理想，都具有非功利的特点。

文艺与功利问题，在我国古代一直受到关注。先秦两汉时期，以儒家为代表的传统文艺观，常常居于主导地位。儒家的文艺观，特别重视文艺的功利性。从先秦以孔子为代表人儒家的诗教到汉代的《诗大序》，强调的都是文艺的功利性，要文艺为政治伦理教化服务。本来就整个文艺来看，文艺与功利很难完全分开，文艺常常与政治伦理等意识形态纠缠在一起。从这一角度来说，先秦两汉儒家文艺观的偏颇，主要不是由于它讲了文艺的功利性，而是由于它过分地强调和夸大了文艺的功利作用。他们这样做，势必使文人只关注和表现政治伦理教化等方面的内容，而淡化了文艺表现个人的情感，忽视了文艺的审美作用。因为表现政治伦理教化等，与表现个人的情感、与审美的娱悦，二者之间，毕竟存在着矛盾。两汉时期，有不少文艺作品缺乏个人的情感和独特的风格，读了之后，很少能给人以审美的娱悦，其中一个重要的原因，就是囿于儒家的文艺功利说。东汉末年以后，特别是到了曹魏和西晋时期，随着时代的发展，随着儒学的衰落和玄学的兴起与传播，儒学的伦理政教难以抑止人们的情感要求。人们开始逐渐地、不同程度地摆脱了儒家伦理政教的束缚。在文艺思想方面，许多文人不再恪守儒家要文艺服从政治伦理教化的功利观，而能在不同层面上从审美的角度来看待文艺了。文艺思想的这一转变，到了东晋又有进一步的发展。东晋的不少文人追求生活的审美化、艺术化。这种追求也反映在文艺上。陶渊明就是一个突出的代表。在陶渊明那里，已经把文艺活动看成是对污浊社会现实的一种超越。文艺活动是他走向审美的人生、理想的世界的重要途径。在陶渊明之前，虽然也有人关注过文艺的审美问题，但都没有达到陶渊明那样的地步。应当说，在我国古代文艺发展史上，陶渊明是第一个真正的从思想和实践的结合上，摆脱了文艺的功利性，显示了文艺的审美特点，找到了文艺作用于人的一种新的方式。

　　我国古代文艺思想中的功利说和非功利说，虽然同文艺都有割不断的联系，但如果从文艺的特质来思考，可以认为，非功利说更接近于文艺。陶渊明的文艺思想也证明了这一点。

　　由于陶渊明摆脱了功利说，所以他常常能用自由的心态去对待文艺。许多事实说明，陶渊明的文艺思想和文艺活动，既不受政教伦理的拘限,也不受功名利禄的羁绊。他没有把文艺作为宣传政治伦理的传声筒,也没把它视为猎取名利的手段。他对文艺的欣赏充满着喜悦的情趣。他写诗作文,不求耀眼的机遇,不求闻达,不欺世眩俗,不计荣辱得失。给谁看他都一样的写。文艺是自由的天地,是自由的事业。自由是文艺欣赏和文艺创作的一个重要条件。陶渊明具备了这一条件,所以他能不受世俗拘忌地去体味自然、体味社会、体味人生。他能把田园生活作为可以由自己控制的自由天地。他写诗作文,常常是随机、自发和偶然的,兴之所来即染翰,兴之所尽则搁笔。他不遏制自己,也不强所不愿。他有闲逸冲淡之怀,也有忧世悯乱之情,但少有"交战之累"。他平淡时现平淡,激烈时表激烈,都是随心所欲地抒发。陶渊明身心的自由,使他能把文艺外在的功用转化为内在的需要,使他不再像一些文人那样,把文艺作为外在的装饰,而是用它来舒展自己的心性和充实自己的生命,同时也使他的主体性和创造性得到了充分的发挥,使他写出了真淳质朴、富有鲜明个性的文学作品。当然,陶渊明的自由同其他人的自由一样,也是伴随着自律。他追求自由,但不出格,不放纵。这表现在他的生活上,也表现在他的文艺思想上。他的自律有时是自觉的、明显的,但更多的是自在的、潜藏的。他的自律源自"先师"的"遗训"、"遗烈"的情操,更重要的是源自他的生活实践。文艺需要充分的自由,但也不应忽视必要的自律。理想的应当是自由与自律的辩证统一。在这方面,陶渊明的文艺思想是否能给我们一些有益的启示?

　　由于陶渊明不为功利所束缚,所以他往往能用闲静恬淡的心态去对待文艺。陶渊明有时也激动,也忧愤,也痛苦,也极不平静,但他善于化解,所以他的心情更多的是闲静淡远。他"爱其静"(《时运》)。他能做到"闲静少言"(《五柳先生传》)、"心有常

闲"(《自祭文》),能做到"形迹凭化迁,灵府长独闲"(《戊申岁六月
中遇火》)。他的生活是这样,他对待文艺也是这样。他的不少作
品是在闲静的情况下写成的。他"闲居"时写了《九日闲居》。他
在"三余之日,讲习之暇",读董仲舒和司马迁的辞赋,有所感,写
成了《感士不遇赋》。他在"园闾多暇"时,有感于张衡和蔡邕的辞
赋,创作了《闲情赋》。可见,在陶渊明那里,不论是欣赏,还是创
作,都有一种不浮不躁、空闲宁静的心态。这种心态对于文艺活
动来说,极为重要。古今中外,许多文艺家和美学家都十分强调
虚静在文艺活动中的关键作用。王羲之《答许询》说:"争先非吾
事,静照在忘求。"①宗白华先生说:"中国有句古话,叫做'万物静
观皆自得'。'静故了群动,空故纳万境'。"②在西方,叔本华曾
"把美定义为审美静观的对象",后来的斯托尔尼兹也认为审美态
度就是:"以一种无利害关系的(即没有隐藏在背后的目的)和同
情的注意力去对任何一种对象所进行的静观。这种静观仅仅由
于对象本身的缘故而不涉及其它。"陶渊明在文艺方面闲静淡远
的心态同以上所述相当接近。陶渊明辞官归田以后,澹泊名利,
追求闲静,常常习惯于用"无利害关系"的态度和"同情的注意力"
去静观宇宙和人生,去体味周围的事物,去澡雪自己的精神。他
这样做,深化了他的审美知觉,使他的审美知觉中充溢着诗情画
意,使他看到的山川、飞鸟、孤松、秋菊、田舍……都超越了人们通
常的视觉感受,而成了审美的对象。另外,由于陶渊明能以闲静
安逸的心态去观照事物,所以当他表现这些事物时,无固无必,不

---

①逯钦立辑校:《先秦汉魏晋南北朝诗》,中华书局 1983 年版,第 896 页。
②宗白华:《艺境》,北京大学出版社 1987 年版,第 364 页。"静故"二句的小
　引号为笔者所加。

追求奇特险僻的意象,也不讲究铺张和藻饰。陶渊明在诗文中运用的多是平常的、眼前的意象,使用的主要是自然质朴的"田家语"。在体制上,陶渊明没有像一些文人那样去构创长篇巨制;他写的几乎全是即兴式的短诗小赋。这些即兴式的短诗小赋,一般勿须预先准备,勿须苦思费神,而是静观外物,偶有感触,即刻就可以写成。

　　追根溯源,陶渊明非功利的文艺思想,主要是来自老庄和魏晋玄学,但他又没有受其局限。陶渊明有博大的胸怀,他在接受老庄和玄学思想影响的同时,又吸收了儒家关心社会、关心人生等思想内容,并且付诸生活实践。他热爱文艺,但也关心文艺以外的其他问题。他在重视文艺的审美自足这一特点的同时,又与社会、政事、哲学、伦理等,从认识到行动,都有密切的联系。他从这些联系中吸取了丰富的内容,获得了深邃的思想,使自己的情感得到了充实和升华。就这一点来讲,陶渊明的非功利文艺思想又没有完全同功利说割断联系。从文艺发展史来看,非功利文艺思想,尽管比较接近文艺的特质,使人们能够从审美的角度去对待文艺,重视文艺的娱悦作用,重视个人自身的存在。但它并不是完美无缺的文艺思想。因为它忽视了文艺综合的、多方面的作用,也不太考虑个人与社会关系的重要性。理想的文艺应当是:既要重视其审美的特点,也要注意其功利问题;既要关注个人,也须重视社会。陶渊明的文艺思想,如前所述,其主要倾向是非功利的。在他那里,文艺活动勿须用功利,如用经济的或经济之外的其他手段来刺激。他是把文艺活动作为一种审美的享受来看待的。这是一方面。另一方面,也应当看到,陶渊明并没有完全超越功利。他在功利问题上,只是与那些过分强调功利的文人不同。这种不同,不止表现在程度上,更重要的是他能以生活为根基,能把功利化为自己的真实思想情感,能使审美与功利融二为一。陶渊明在文学上的成功,是否与此有关?

（原载《文学遗产》1997 年第 5 期。）

《文心雕龙·体性篇》"八体"辨析

《文心雕龙·体性篇》是刘勰的一篇风格专论,八体是其中的一个重要内容。多年以来,学术界就八体问题发表了许多精辟的见解。但是也有一些问题,至今认识还不一致。因此,有必要对八体作进一步的辨析,以便逐渐统一认识。

一、八体论述的都是风格

八体论述的是否都是风格?目前学术界的看法颇有分歧。有一种观点,认为八体论述的并非都是风格。如有的同志说:"八体之中,有的是就修辞方法而言的,有的是就表现方法而言的。"①这种看法比较流行,有必要试作辨析。

八体中的"体",是一个文学理论专门术语。在《文心雕龙》中,"体"作为专门术语,有时指作品的体制、体裁,有时指作家作品的风格。指体制、体裁的,如:"原夫论之为体"(《论说篇》),"设文之体有常"(《通变篇》)。指风格的,如:"宋初文咏,体有沿革"(《明诗篇》),"贾生俊发,故文洁而体清……故宜摹体以定习,因性以练才"(《体性篇》)。刘勰用"体"作专门术语,除了上述含义

---

① 郭绍虞、王文生主编:《中国历代文论选》上册。

以外，我们还没有发现有其他含义。具体到八体中的"体"，同《体性篇》题目中的"体"一样，指的都是风格，而不是体制、体裁，更不是指修辞方法或表现方法。这一点，大家的认识是一致的，也是符合《文心雕龙》的实际的。既然八体中的"体"指的是风格，那么八体中的任何一体，也只能指的是风格。只有这样理解，才不至于违背简单的逻辑常识。

从八体的具体情况来看，典雅、远奥、显附、壮丽、新奇和轻靡都属于风格的范畴，这一点大家的认识并无分歧，至于对繁缛和与之相对的精约的认识就不同了。有的同志认为八体中，有的指的是修辞方法，有的指的是表现方法，说的自然是繁缛和精约这两种。其实，这两种讲的也都是风格问题。

先说繁缛。刘勰对繁缛的解释是："繁缛者，博喻酿采，炜烨枝派者也。"这里，刘勰确实谈到了属于修辞范围的比喻。但是，刘勰谈的不是一般的比喻，而是"博喻"。同时刘勰的真正目的不是论说博喻，而是说繁缛这种风格多用比喻，此其一。另外，刘勰只是把"博喻"作为繁缛这种风格的特点之一，除此之外，还有"酿采"、"炜烨枝派"等特点。如果说"博喻""是就修辞方法而言的"，那么"酿采"、"炜烨枝派"等特点就很难划入修辞方法的范围了。因此，我们不能因为刘勰论繁缛时谈到"博喻"，就说繁缛"是就修辞方法而言的"，而把它排除在风格的范围以外。

再说精约。刘勰对精约的解释是："精约者，核字省句，剖析毫厘者也。""核字省句"指的是锤炼和节省字句。"剖析毫厘"指的是分析事理精细入微。"核字省句"是属于表现方法方面的特点，而"剖析毫厘"则主要属于思想内容方面的特点。因此黄侃《文心雕龙札记·体性第二十七》具体分析精约说："断义务明，练辞务简，皆入此类。"这样看来，对精约的理解，也不能根据其中涉及到表现方法方面的某种特点,就说它是"就表现方法而言的",进而断定它谈的不是风格。

刘勰有关风格的论述,内容非常丰富。在《文心雕龙》中,除《体性篇》集中论述风格以外,几乎所有其他各篇当中,多少不同,都涉及到风格问题。这说明刘勰对风格极为重视。他提出的八体,是在全面地研究分析了许多作家作品风格的基础上总结出来的。从这个角度来看,也很难设想刘勰在这部"体大思精"的《文心雕龙》中,把修辞方法和表现方法同风格混同起来,进而把主要属于修辞方法和表现方法方面的问题也列入属于风格范畴的八体之内。

综上所述,应当说八体各自论述的都是风格,八体就是八种风格。那种认为八体当中,有的属于修辞方法,有的属于表现方法的观点,恐怕不符合刘勰的原意。

二、八体都兼含内容和形式两方面

八体各自兼含内容和形式两方面,还是有的只就内容而言,有的只就形式而言?对此,现在学术界的看法也不一致。有一种观点认为,八体并不都是兼含内容和形式两方面。如有的同志说:"刘勰的四组八体,其中的(1)正和奇,是指内容说的,(2)隐和显,是指表现手法说的"①。这里所说的"正和奇"指的是八体中的典雅和新奇,"隐和显"指的是八体中的远奥和显附;"表现手法"属于形式方面。上述说法在学术界颇有影响,也有必要试加辨析。

---

① 周振甫:《文心雕龙选译》。

　　从整个《文心雕龙》来看，刘勰在论述文学创作和文学批评等一系列重大问题时，都是兼顾内容和形式两方面。刘勰是内容和形式的朴素的辩证统一论者。对此，大家的认识并无异义。就《体性篇》通篇来看，也是这样。《体性篇》本来是论述风格问题的，但是饶有意味的是这篇论文一开始，并没有直接讲风格，而讲了下面几句话："夫情动而言形，理发而文见，盖沿隐以至显，因内而符外者也。"表面上看，这几句话和风格没有多大关系，但是如果深入地加以考查，可以发现，刘勰之所以一开始就讲这几句话，是颇具用心的。这几句话概括了文学创作的过程，其中特别提到创作过程中"情"和"言"、"理"和"文"的关系：感情的激动，形成了语言，道理的被发现，表现为文章；反过来说，语言是用来表现感情的，文章是用来阐述道理的。他一开始就讲这个问题，表明他认为要论述风格，必须从创作出发，而在创作中内容和形式又是统一的，正如《征圣篇》所说："志足而言文，情信而辞巧，乃含章之玉牒，秉文之金科矣。"假若忽视了内容和形式的统一，是很难论述文章的风格的。因此，刘勰在《体性篇》开头讲的几句话，应当看成是论述风格的重要理论基础，是极为重要的。

　　从刘勰对八体内容的具体阐述来看，也都贯穿了内容和形式相统一的观点。八体当中，大家都认为精约、繁缛、壮丽和轻靡四体，兼含内容和形式两方面，这里不再赘述。至于典雅和新奇、远奥和显附是否也是这样？下面我们逐一加以辨析。

　　关于典雅，刘勰解释说："典雅者，熔式经诰，方轨儒门者也。"典雅是否兼含内容和形式两方面，单从上面两句话，难以断定。但刘勰认为典雅风格主要是取法于儒家经典，而取法儒家经典，既有内容，也有形式。如《宗经篇》说："文能宗经，体有六义：一则情深而不诡，二则风清而不杂，三则事信而不诞，四则义直而不回,五则体约而不芜,六则文丽而不淫。""六义"当中,前四义属于内容方面,最后二义属于形式方面。另外,我们还可以看看刘勰运用典雅概念论述文体特点时的情况。《章表篇》说:"章式炳贲,志在典谟,使要而非略,明而不浅。表体多包,情伪屡迁,必雅义以扇其风,清文以驰其丽。"《奏启篇》谈奏的特点是"以明允笃诚为本,辨析疏通为首。"《议对篇》说议的特点应当是"采故实于前代,观通变于当今;理不谬摇其枝,字不妄舒其藻。"刘勰认为章表奏议等文体的特点,在内容方面有一定要求,这一点因为大家的看法并无歧疑,所以弃而不论。但刘勰说的章式中的"炳贲",表体中的"清文以驰其丽",奏体中的"辨析疏通为首",议体中的"字不妄舒其藻"等,指的都是形式方面,这一点却常常为人们所忽视。从上述刘勰对章表奏议等文体特点的要求来看,他所说的典雅,显然也是兼含内容和形式两方面的。

关于新奇,刘勰解释说:"新奇者,摈古竞今,危侧趣诡者也。"刘勰用"摈古竞今"等两句话来阐释新奇,其中关键是"摈古竞今"一句。刘勰说的"摈古竞今"涉及到他对古代文化遗产的总看法。因此,我们有必要首先简略地分析一下他对这个问题的态度。从《征圣篇》、《宗经篇》等篇来看,刘勰认为最重要的文化遗产是圣人留下来的儒家经典。只要能征圣宗经,如上所述,不仅在内容上会做到深刻正确,而且在文辞上也会做到"文丽而不淫"。反之,如果"摈古竞今",丢弃了儒家经典,不仅在内容上会走上歧途,而且在形式上也会出现讹滥。对此,刘勰是很有感慨的。《宗经篇》说:"建言修辞,鲜克宗经。是以楚艳汉侈,流弊不还,正末归本,不其懿欤!"所谓"楚艳汉侈",虽然也包含内容,但主要是就表现形式说的。"楚艳汉侈"之所以会出现,是由于"鲜克宗经"。根据上面列举的事例,可以看到,刘勰所说的"摈古竞今",兼指内容和形式两方面。为了进一步论证这个问题,我们再看看刘勰对刘宋初年文风的批评。刘宋初年的文坛可以说是一个"擯古竞今"的典型。《通变篇》说:"宋初讹而新。从质及讹,弥近弥澹,何则?竞今疏古,风味气衰也。"刘勰对宋初文风的批评也表明,他所说的新奇,既包括内容,也含有形式。

通过上面的论述,可以看到,八体中的典雅和新奇,各自都兼含内容和形式两个方面。因此,那种认为典雅和新奇指的是内容的观点,在《文心雕龙》中是缺乏根据的。

关于远奥,刘勰的解释是:"远奥者,馥采典文,经理玄宗者也。"范文澜注:"馥当作复。"①"复采典文"指的是辞采比较含蓄而合乎法则;"经理玄宗",意思是运用玄妙的理论。很清楚,前者属于表现方法,后者属于内容范围。

关于显附,刘勰的解释是:"显附者,辞直义畅,切理厌心者也。""辞直"是说语言质直,属于表现方法。"义畅",是说意义明畅。"切理",是说合乎事理。"义畅"和"切理"都是属于内容范围。

根据上面我们对远奥和显附的简单分析,可以断定,远奥和显附确实含有属于形式方面的表现方法,但是也都含有属于内容方面的"义""理"。这样看来,我们不能把远奥和显附理解成"是指表现手法"。

文学发展史告诉我们,一种风格类型是由许多作品在内容上和形式上的相近似而形成的。因此,它从来都是兼含内容和形式两个方面。这两个方面不是油水的混合,而是水乳的交融。刘勰论述八体中的各体,尽管由于用骈文书写,过于简括,未详未尽,

---

① 见《文心雕龙注》下册。

但是,总的来看,他注意了内容和形式的统一。注意从二者统一的角度来论述风格类型,应当说抓住了风格类型的关键。

三、刘勰对八体有所轩轾

刘勰对八体是否有所轩轾?学术界众说纷纭。归纳起来有四种较有代表性的观点。一,全部肯定八体。如有的先生说:"彦和之意,八体并陈,文状不同,而皆能成体,了无轻重之见存于其间。"①二,肯定典雅、远奥、精约、显附、繁缛和壮丽六体,贬抑新奇和轻靡二体②。三,赞成典雅、精约、显附和壮丽四体,不赞成远奥、繁缛、新奇和轻靡等四体③。四,肯定典雅、壮丽、精约、显附和新奇等五体,反对远奥、繁缛和轻靡等三体④。归纳上述四种较有代表性的观点,可以看到,尽管大家认识上有较大异议,但异中有同,都认为刘勰对典雅、精约、显附和壮丽四体是肯定的。这种一致的看法,应当说是切合刘勰的原意的。至于对其他四体的认识,彼此矩圆不合,有必要逐一加以讨论。

关于远奥,从刘勰的直接解释当中,难以判定他是褒还是贬,因此,我们只能看看刘勰在其他地方的有关论述。刘勰在《文心雕龙》中,有多处涉及到远奥和近似于远奥:"文王患忧,繇辞炳曜,符采复隐,精义坚深。"(《原道篇》)"'四象'精义以曲隐,'五

①见黄侃先生《文心雕龙札记》。
②持此说的有范文澜、刘大杰、蒋祖怡和周振甫等先生。范说见他的《文心雕龙注》下册;刘说见他主编的《中国文学批评史》上册;蒋说见他的《〈文心雕龙·体性篇〉札记》一文;周说见他的《文心雕龙选译》。
③持此说的有詹锳先生,见他的《齐梁文艺批评中的风骨论》一文。
④持此说的有俞元桂先生,见他的《刘勰对文章风格的要求》一文。

例'微辞以婉晦,此隐义以藏用也。"(《征圣篇》)"奥者复隐"(《总术篇》)。"蔡邕《释诲》,体奥而文炳……属篇之高者也。"(《杂文篇》)"阮旨遥深,故能标焉。"(《明诗篇》)上面列举的例证,有的是论创作,有的是评作家作品,角度虽然不同,但刘勰都是持肯定态度的。正是从这一点出发,刘勰对世俗者抛弃深奥作品,赏识浅薄之作提出了尖锐的批评:"俗监之迷者,深废浅售,此庄周所以笑《折杨》,宋玉所以伤《白雪》也。"(《知音篇》)刘勰上述一褒一贬的鲜明态度,足以证明他对远奥一体是肯定的。

关于繁缛,如果局限于刘勰的直接解释,也难以确定他的态度。为此,我们也同样只能看看他在其他地方的有关论述:"博者该赡,芜者亦繁。"(《总术篇》)"文以辨洁为能,不以繁缛为巧。"(《议对篇》)"断辞辨约者,率乖繁缛。"(《定势篇》)"及长卿之徒,诡势瑰声,模山范水,字必鱼贯,所谓诗人丽则而约言,辞人丽淫而繁句也。"(《物色篇》)"敬通之说鲍邓,事缓而文繁,所以历骋而罕遇。"(《论说篇》)"长虞识治,而属辞枝繁。"(《议对篇》)"陆机才欲窥深,辞务索广,故思能入巧,而不制繁。"(《才略篇》)从上面列举的部分例子来看,刘勰所说的繁缛,主要指写作时,在文辞上不注意"制繁",在内容上不用心剪裁。结果出现了诸如"丽淫而繁句"、"属辞枝繁"等弊病。医治的方法,是"酌古御今,治繁总要"(《奏启篇》)。由此可知,刘勰对繁缛一体是持批评态度的。

关于新奇,根据本文第二部分的论述,可以肯定刘勰对它是贬抑的。这里需要补充的是,刘勰并不是一般地反对新奇。对新奇,他有时不仅不反对,而且还予以提倡,如《风骨篇》说:"若夫熔铸经典之范,翔集子史之术,洞晓情变,曲昭文体,然后能孚甲新意,雕画奇辞。昭体,故意新而不乱,晓变,故辞奇而不黩。"刘勰认为,如果写作能够以经典为规范,参照子书史书的写作方法,深知感情的变化，详悉文章的体制，这样写出来的新奇作品是应当肯定的。相反，"若骨采未圆，风辞未练，而跨略旧规，驰骛新作，虽获巧意，危败亦多"（《风骨篇》）。意思是，如果写作不注意在骨力、文采、教化作用和辞藻的配合上下功夫，而想完全摆脱经典的规范，这样去追求新奇，结果必然导致失败。刘勰认为这种现象，在时间上离儒家经典和圣人愈远愈严重。所以《序志篇》说："去圣久远，文体解散，辞人爱奇，言贵浮诡，饰羽尚画，文绣鞶帨，离本弥甚，将遂讹滥。"这说明刘勰不是笼统地反对新奇。他反对的新奇，有其特定的含义，即无视圣人，摈弃经典，一味地追新求奇。刘勰反对的新奇同他有时提倡的新奇，二者的内涵泾渭分明，但出发点都是为了针砭当时文坛的弊病。

关于轻靡，刘勰解释说："轻靡者，浮文弱植，缥缈附俗者也。"这里的"浮文弱植"和"缥缈附俗者"，显然都是贬抑的词语。刘勰贬抑轻靡，在《文心雕龙》其他篇中也有表现，如《熔裁篇》说："剪截浮词谓之裁。"《乐府篇》说："《桂华》杂曲，丽而不经，《赤雁》群篇，靡而非典。"《才略篇》说："殷仲文之孤兴，谢叔源之闲情，并解散辞体，缥缈浮音。虽滔滔风流，而大浇文意。"刘勰贬抑轻靡，同他否定繁缛和新奇一样，都是从风格类型的角度来批评当时的文弊的。

总观刘勰对八体的态度，还是有所轩轾的。他对典雅、远奥、精约、显附和壮丽五体是肯定的，对繁缛、新奇和轻靡三体是否定的。不过，刘勰对典雅等五体虽然都是肯定的，但肯定的分寸和程度并不相同。五体当中，刘勰对典雅一体是充分肯定的，对其他四体是一般肯定的。刘勰列典雅于八体之冠，在具体论述创作、分析作家作品时，凡是涉及典雅或近似于典雅的，他都充分地加以褒赞，这样的例子在《文心雕龙》中很多："章表奏议，则准的乎典雅。"(《定势篇》)"潘勖《九锡》,典雅逸群。"(《诏策篇》)"五子作歌,辞义温雅,万代之仪表也。"(《时序篇》)"商周丽而雅。"(《通变篇》)"孟坚《两都》,明绚以雅赡。"(《诠赋篇》)"张衡《应间》,密而兼雅。"(《杂文篇》)刘勰这样褒赞典雅,表明他是把典雅作为最理想的风格来看待的。这同他"征圣"、"宗经"总的指导思想是一致的。《定势篇》说的"模经为式者,自入典雅之懿",就是典型的例证。刘勰把典雅作为理想的风格,就其反对当时"讹滥"的文风来说,有一定的积极作用。但就典雅的实质和基本倾向而言,是保守的。他要嘉许的主要是那些为封建统治者歌功颂德的庙堂文学,是那些"乐而不淫,哀而不伤"的"温柔敦厚"之作。至于一些优秀的民间文学作品和成功的文人篇章,刘勰则往往因其不合乎典雅的要求,或舍弃不论,或加以贬抑。前者如对汉乐府民歌中的名篇《孤儿行》、《妇病行》、《陌上桑》、《上邪》等等,只字不提。后者如《乐府篇》中对曹操、曹丕等人的批评:"魏之三祖,气爽才丽,宰割辞调,音靡节平。观其'北上'众引,'秋风'列篇,或述酣宴,或伤羁戍,志不出于淫荡,辞不离于哀思,虽三调之正声,实韶夏之郑曲也。"刘勰之所以不提汉乐府民歌中的优秀作品,贬低曹操的《苦寒行》和曹丕的《燕歌行》一类的成功诗篇,主要是因为它们冲破了儒家的"乐而不淫,哀而不伤"的羁绊,和刘勰理想的典雅风格大相径庭。这些都反映了刘勰审美理想中的保守的一面。刘勰如此崇尚典雅风格,实际上是当时一些人强调用儒家的治世之道以补时弊的政治主张在文学理论上的反映,是儒家那一套维护封建统治的正统思想在审美理想上的折射。

四、八体提出的意义及其影响

　　在我国古代文学理论批评史上，人们对风格的探索源远流长。早在先秦两汉时期，就有不少文章开始接触了风格问题，如《礼记·经解篇》说："温柔敦厚，诗教也。"《易经·系辞》称："将叛者其辞惭，中心疑者其辞枝，吉人之辞寡，躁人之辞多，诬善之人其辞游，失其守者其辞屈。"《淮南子·泰族训》说："温惠柔良，《诗》之风也。"扬雄在《解难》中认为：《典》、《谟》、《雅》、《颂》的特点是"温纯深润"。到了魏晋时期，涉及风格问题的著作更多了。如曹丕在《典论·论文》中提出了与风格有联系的"文气说"："文以气为主，气之清浊有体，不可力强而致。"陆机在《文赋》里讲到了个性同风格的关系："夸目者尚奢，惬心者贵当，言穷者无隘，论达者唯旷。"此外，刘劭的《人物志》和挚虞的《文章流别论》等著作，多少不一，也都对风格问题有所接触。

　　上述有关风格的论述，从风格理论的产生和发展来看，各自都有自己的成绩。但他们的论述，就内容而言，有的并不是直接谈文学的风格，有的虽然谈的是文学的风格，但多是局限于某些作品或某种体裁，很不全面，还没有涉及到文学的风格类型。就形式而言，不少都是在论述其他问题时，捎带提及，因此多是一些零碎的片断。上述情况表明，在刘勰以前，人们对风格的认识还处于幼稚阶段。到了刘勰，他在继承前人风格论的基础上，总结了文学长期发展的经验，根据当时文坛的情势，大大地发展了风格论。刘勰《文心雕龙》的问世，特别是《文心雕龙》中专设论风格的《体性篇》，多方面精辟地论述了风格问题，这标志着在我国古代文学理论批评史上，人们对风格的认识有了一个飞跃，已由幼稚阶段进入了比较成熟的阶段。

刘勰风格论的贡献是多方面的,八体是其中的一个重要方面。在我国古代文学理论批评史上,八体的提出,具有首创意义。如上所述,在刘勰以前,人们多是从某一个角度,孤立地去探讨风格问题,至多注意了风格的个性和多样性。而刘勰提出了八体,说明他认识到风格除了个性和多样性以外,有些还有相似之处,这些相似之处构成了风格的一致性,即风格类型。因此,八体论的提出,表明人们对风格的探讨,已由个别的、孤立的分析,发展到注意全面的、联系的、比较的、综合的研究。另外,文学理论发展史还告诉我们,风格类型的研究,只要符合客观实际,可以概括地指出某一时代几种基本风格倾向,有助于我们认识某一时代的文学思潮。刘勰注意研究风格类型,在八体中,贬抑繁缛、新奇、轻靡三体,虽然不尽恰当,但他从风格类型的角度,指出了晋宋时期文学创作的不良倾向,这对我们认识晋宋时期的文学,还是有启发作用的。

刘勰的八体对后来的影响极为深远。

首先,八体提出以后,仿效八体研究风格类型者接踵而来,绵延不断。南朝的萧子显在《南齐书·文学传论》里,把当时众多的文章,"总而为论",归为三体。三体指的是三种风格类型。初唐李峤在《评诗格》中,把诗分为形似、质气、情理、直置、雕藻、影带、宛转、飞动、情切、精华等十体。十体当中,少数属于艺术方法,多数属于风格类型。托名王昌龄的《诗格》说:"诗有五趣向:一曰高格,二曰古雅,三曰闲逸,四曰幽深,五曰神仙。"这里讲的五种趣向,指的是五种风格类型。中唐时期的释皎然在《诗式》卷一中,把诗分为高、逸、贞、忠、节、志、气、情、思、德、诚、闲、达、悲、怨、意、力、静和远等十九体。这十九体大多说的是风格类型。遍照金刚在《文镜秘府论·南卷·论体》中,把众多风格归结为博雅、清典、绮艳、宏壮、要约和切至六类。晚唐司空图又在《二十四诗品》中,进一步把诗歌分为雄浑、冲淡、纤秾、沉着、高古、典雅、洗炼、劲健、绮丽、自然、含蓄、豪放、精神、缜密、疏野、清奇、委曲、实境、悲慨、形容、超诣、飘逸、旷达、流动等二十四品。这二十四品中,除像实境、形容等少数品目外,其他指的都是风格类型。从萧子显到司空图,其间对风格类型的区分,有的比较简单,有的比较细密;对各类风格的具体解释出入也很大;在风格类型上反映的审美理想也各不相同。但是,他们在风格类型问题上,都做出了自己的贡献,也存在着一定的局限。他们的贡献和局限,主要决定于他们各自所处的时代,决定于他们各自所处的阶级地位和审美理想,同时也是与刘勰的影响分不开的。他们对风格类型的探讨,应当说是在刘勰首创八体论的影响下开始的。

刘勰八体对后来的影响,还表现在具体的风格类型上。如果把李峤、释皎然、遍照金刚和司空图等人提出的风格类型的具体品目同刘勰的八体仔细加以对照,可以看到其中有一些相近之处。现将其相近之处,用"→"号连接起来,分别列举于下:

典雅(《体性篇》)→古雅(《诗格》)→贞德(《诗式》)→博雅清典(《文镜秘府论》)→典雅(《二十四诗品》)。

远奥(《体性篇》)→宛转(《评诗格》)→幽深(《诗格》)→思远(《诗式》)→委曲(《二十四诗品》)。

精约(《体性篇》)→要约(《文镜秘府论》)→洗炼(《二十四诗品》)。

显附(《体性篇》)→直置(《评诗格》)。

繁缛(《体性篇》)→雕藻(《评诗格》)→绮艳(《文镜秘府论》)→绮丽(《二十四诗品》)。

壮丽(《体性篇》)→力(《诗式》)→宏壮(《文镜秘府论》)→劲健(《二十四诗品》)。

上面列举的部分事例,可以说明,刘勰的八体对后来的影响是很大的。刘勰的八体,应当说是我国古代文学理论富库中的一颗宝玉,尽管这颗宝玉还比较粗疏,尚有微瑕,但是瑕不掩瑜,值得我们珍视。

(原载《文史哲》1983 年第 1 期。)

《文心雕龙》"树德建言"的伦理思想

刘勰的《文心雕龙》是一部论述写作的著作,不是探讨道德的。但是刘勰看到了写作与道德有密切的关系,所以书中在论析写作时,有不少篇章涉及了道德。表面看,《文心雕龙》中有关道德的内容比较零散,没有形式的系统。不过只要我们仔细地寻绎,不难发现,书中蕴涵的道德思想不仅丰富,而且内容也有大致的系统和层次,其中有不少是有价值的。应当说,道德问题是《文心雕龙》中的一个重要内容。

一、立德不朽的人生价值观

立德不朽是春秋时期叔孙豹首先提出的。《左传·襄公二十四年》说:"太上有立德,其次有立功,其次有立言:虽久不废,此之谓不朽。"叔孙豹以后,许多思想家,特别是儒家的重要代表人物都十分重视此说,并从不同的角度作了阐发。刘勰宗主儒学,非常鲜明地继承了立德不朽的思想。《诸子》云:

> 太上立德,其次立言。百姓之群居,苦纷杂而莫显;君子之处世,疾名德之不章。

刘勰论君子处世,非常明确地把立德放在首位,足见他对立德是多么重视,也表明,在人生价值方面,他追求的是先要立德。

　　刘勰特别重视和强调立德,是基于他对人和人生的认识。刘勰认为,人和其他物类有区别。在《原道》中,他把天地人并称为"三才",认为人与天地不同。人为"性灵所钟","为五行之秀,实天地之心"。这里,刘勰不仅张扬了人的地位,而且指出了人有感情,有心灵,为万物之灵。人既然为万物之灵,就应当发扬人的性灵、理性和智术,就应当建立只有人才有的道德。这一点,刘勰在《序志》中有一段饱含感情的论述:

> 　　夫宇宙绵邈,黎献纷杂,拔粹出类,智术而已。岁月飘忽,性灵不居,腾声飞实,制作而已。夫有肖貌天地,禀性五才,拟耳目于日月,方声气乎风雷,其超出万物,亦已灵矣。形同草木之脆,名逾金石之坚,是以君子处世,树德建言。岂好辩哉? 不得已也!

　　刘勰上面这段自述,主要是着眼于写作,但仔细体会,可以发现,他是把树德置于首要地位。在刘勰看来,时光飞速,人的形体同草木一样脆弱,一样短暂。人要活得有意义,要延长自己的生命,就应当"树德建言"。只要"树德建言",名声就会胜过金石的坚固,就会不朽。看来刘勰对以立德为第一位的人生价值观的追求是相当自觉的。

　　刘勰追求人生的价值,虽把立德放在首位,但他并不忽视立功和立言。《程器》云:

> 　　盖士之登庸,以成务为用。鲁之敬姜,妇人之聪明耳;然推其机综,以方治国。安有丈夫学文,而不达于政事哉! ……文武之术,左右惟宜。郤縠敦《书》,故举为元帅,岂以好文而不练武哉! ……
> 　　摛文必在纬军国,负重必在任栋梁。穷则独善以垂文,达则奉时以骋绩。

　　这一段言论，开始以妇人敬姜推论织机以比治国为例，说明学文的根本目的在于通达政事、治理国家。接着又强调文人不仅要"好文"，而且要通晓军政大事，要肩负经纬国家的重任。刘勰上面的一段话，是对文人说的，也是表明自己的志向。刘勰写《文心雕龙》，固然是由于"好文"，但也是想通过写《文心雕龙》来显示自己的栋梁之才。《梁书·刘勰传》说他写定《文心雕龙》后，"自重其文"，设法把书送给了地位显赫的沈约，其目的是想在政治上取得地位。为此，他后来先后出任奉朝请和车骑仓曹参军等职。这些都说明刘勰在人生价值的追求上，是把立功放在仅次于立德的重要位置上。至于立言，也是刘勰所追求的重要人生价值。这一点，除了前面所引《序志》和《程器》中的两段论述之外，还有多处涉及了这方面的问题。《诸子》说：

　　　　嗟夫，身与时舛，志共道申。标心于万古之上，而送怀于千载之下，金石靡矣，声其销乎！

　　这里说的是诸子虽然已经故去，可是他们的著作却逾于金石而不朽。刘勰讲的是诸子，其实也包括他自己。这不仅表现在上述刘勰有关立言的言论上，也明显地体现在他的实践上。刘勰之所以撰写《文心雕龙》，在很大程度上也是为了追求立言不朽的人生价值。

　　立德、立功和立言，三者各有所指，含义不同。立德着重于做人，立功要旨在军政，立言主要在为文。三者有区别，也有联系。对这三者，刘勰既看到了他们的区别，没有等量齐观，又特别强调了它们之间的联系。

　　刘勰倡导立德、立功和立言三不朽，特别把立德不朽作为人生价值的首要目标，值得我们重视。本来人生所追求的价值目标，有低层次和高层次的区别。低层次的，主要是追求满足个人生理的需要。高层次的则超越了满足个人的生理需要,追求的是精神生活,是满足社会的需要,有明显的利他性。刘勰强调人生应当追求立德不朽,显然属于高层次的价值目标。这一目标赋予人生以真正意义和人格理想,具有高尚性。按照这种价值目标,人们会努力自觉地把立德放在第一位,有助于增强人们的责任心和义务感,有助于人们把延续生命的渴望变成一种动力,促使人们去寻找一种能把有限的生命转化为永久的存在方式,从而完成人生应负的使命,使人生具有长久的价值和意义。

二、崇尚的主要道德规范

本文所说的道德规范,指的是人们在道德生活领域里应遵守的准则和范式。《文心雕龙》中涉及的道德规范较多,其中主要的是仁、孝和忠三者。刘勰论及这些规范时,有时单述,有时合论。下面分别简析之。

1. 仁。《原道》说:

光采玄圣,炳耀仁孝。

《诸子》说:

至如商、韩,六虱五蠹,弃孝废仁,辕药之祸,非虚至也。

上面两例,都是仁、孝连用。仁作为古代的道德规范,有许多不同的解释,但有一种是比较普遍的,就是人与人之间要亲爱。《论语·颜渊》:"樊迟问仁。子曰'爱人'。"《国语·周语下》:"爱人能仁。"刘勰所说的仁,用的是仁的普遍的意义。刘勰认为,古代的圣人,明显地宣扬光大了仁这种美德。对此,他十分崇敬。而对商鞅和韩非子等法家公然废弃仁这种美德,表现了极大的愤慨。对圣人的崇敬,对法家的愤慨,表明刘勰对仁这种美德是十分重视的。

2. 孝。在我国古代,至晚从西周开始,孝就被确定为道德的核心,后经儒家的总结和阐释,逐渐把它提到很高的地位。《论语·学而》载有子说:"君子务本,本立而道生。孝弟也者,其为仁之本与!"《孝经》说:"夫孝,德之本也,教之所由生也。"在《文心雕龙》中,除了上面所引孝与仁合论外,有时也单用。如:

> 左思《七讽》,说孝而不从,反道若斯,余不足观矣。(《指瑕》)

> 黄香之淳孝,徐干之沉默,岂曰文士,必其玷欤?(《程器》)

刘勰十分推扬孝,认为左思的《七讽》,说到孝而不赞成,是违反道德的,而对黄香的至孝则极为赞赏。

3. 忠。我国古代所谓的忠,主要指对皇帝、对国家(社稷)要忠。这是先秦时期形成的一种道德规范。依据这种道德规范,古代把忠于皇帝和国家看成一种高尚的道德。刘勰也是这样:

> 夫盟之大体,必序危机,奖忠孝。(《祝盟》)

这是从文体的角度,指出盟这一文体,应当褒扬忠这种美德。

> 楚襄信谗,而三闾忠烈,依《诗》制《骚》,讽兼比兴。(《比兴》)

> 晋氏多难,灾屯流移,刘颂殷勤于时务,温峤恳恻于费役,并体国之忠规矣。(《奏启》)

屈原的忠烈之情;刘颂和温峤尽心于政事,诚恳地进行谏劝。所有这些,在刘勰看来,都表现了忠这种美德,令人敬佩。

我国古代,在刘勰之前,形成的道德规范很多。其中比较重要的是仁、孝和忠。仁是我国古代人道的基石。有了仁,就会把人当作人来看待,就会用爱心去处理人与人之间的关系。《逸周书·谥法》云:"慈爱亲曰孝。"有了孝,就容易维系家庭、凝结亲族。在古代,父子关系常常表现为君臣关系,忠是孝的延伸和扩大。"事父以孝"和"事君以敬"密切相连。有了忠,处理君臣关系就有了规范。忠还要求"卫社稷"。有了忠,国家就容易巩固。刘勰在《文心雕龙》中,较多地涉及了仁、孝和忠,说明他抓住了我国古代最重要的道德规范。

仁、孝和忠,这三种道德现象产生得很早,但它们正式作为道德规范是儒家在春秋战国时期根据当时的社会关系,在继承前人道德思想资料的基础上,加以综合、概括和升华提出来的。从春秋战国到刘勰所处的齐梁时期,其间人们对这三种道德规范,虽然有不同的理解,但其重要内涵,并没有改变。它们仍高于当时社会大多数成员的道德水平。刘勰非常崇尚仁、孝和忠这三种道德,表明他抓住了古代重要的道德规范。

三、以"师圣"为中心的"励德"方法

在我国的古代,对于道德的产生,大致有两种看法:一种是先验论,把道德说成是先验的。另一种则是从朴素的唯物论出发,认为道德是后天的。刘勰基本上是持后一种看法。《哀吊》说:

> 幼未成德,故誉止于察惠;弱不胜务,故悼加乎肤色。

这里,德与务相对而言,务指要事,德指道德。所谓"幼未成德",意思是年幼时,道德尚未养成。话虽不多,说明刘勰摒弃了道德先验论,认为道德是后天修养而成的。

道德既然是后天修养而成的,就有一个如何修养的问题。在这方面,刘勰的主张是非常明确的,那就是《宗经》所说的:

> 励德树声,莫不师圣。

此外，在《文心雕龙》中，还有多处论及了圣人与励德的关系：

　　陶铸性情，功在上哲。（《征圣》）

　　盖人禀五材，修短殊用；自非上哲，难以求备……瞻彼前修，有懿文德。（《程器》）

在刘勰的心目中，圣人是主宰一切的智者，是最完备的人。他们有美好的文和德。他们能够而且已经陶冶了人们的性情，养育了人们的道德。因此，人们要修养道德，就应当以圣人为师，用圣人的美德来规范自己的人生。

不过，圣人同常人一样，也要死去。后来人不可能直接聆听圣人的教诲。但是圣人"千载心在"，圣人的精神和思想，其中包括有关道德教化的思想，却通过经书流传下来了。《征圣》说：

　　夫子文章，可得而闻，则圣人之情，见乎文辞矣。先王声教，布在方册；夫子风采，溢于格言。

《宗经》说：

　　经也者，恒久之至道，不刊之鸿教也。故象天地，效鬼神，参物序，制人纪，洞性灵之奥区，极文章之骨髓者也……自夫子删述，而大宝咸耀……义既埏乎性情，辞亦匠于文理；故能开学养正，昭明有融。

刘勰认为，经过孔子删述的经书，是伟大的宝典。它们不仅是写作的典范，同时由于其中蕴涵着圣哲的道德意识和道德行为准则，还能陶冶人们的性情，使人们修养走正道。因此，《征圣》所说的"论文必征于圣，窥圣必宗于经"，虽然是就论文而言，但含有"励德"方面的意义。论文要宗经，修养道德也要宗经，也要读经书。只有读经书，才能学到圣人的美德。

"师圣"是我国古代倡导的一种重要的道德修养方法，是我国古代人文睿智在道德修养上的一种反映。这种修养方法，有其积极意义。我国古代的圣贤，一般都被人们赋予理想的成分，认为他们与普通人有很大的不同。他们有"圣德"，具备非凡的道德人格，是人类至善至德的代表。《孟子·离娄上》说："规矩，方圆之至也；圣人，人伦之至也。"他们重视道德教化，有强烈的道德感情和深沉的道德思考，有坚定的道德信念，也十分重视道德实践。人们同时还认为，圣人不是神仙，圣人和普通人之间的差距可以缩小。因此，从古代开始，圣人就被看成是应当学习的楷模，形成了一种不论面临什么样情况，都以圣人为榜样的传统。从实践来看，我国古代确有不少有识之士，通过学习圣人的美德，加强修养，激励自己，抑浊扬清，伸张道义，成为流芳千古的仁人志士。

刘勰对圣人的崇尚，也表现出局限性。他过分地美化圣人，推崇圣人，认为美德是圣人制定的，把道德归结为圣人的教化。认为这种道德教化具有终极的、永恒的意义。他在重视道德教化的永恒性和稳定性时，却忽视了道德的复杂性、变异性和流动性。他夸大了"师圣"和读经在"励德"中的作用。实际上，一个人的生活实践往往比某些书籍所起的教育作用要大得多。而刘勰却没有看到这一点。

四、强调文学的道德教化作用

文学和道德的关系是一个古老的和常常被许多文人所关注的论题。刘勰对此也十分重视。《文心雕龙》有不少篇章论及了这一问题。

刘勰认为，文学和道德的关系十分密切。社会生活是文学的源泉。社会生活包括社会的道德状况。道德状况常常能通过文学得到反映。这一点，刘勰有明确的认识。《时序》说：

　　昔在陶唐,德盛化钧,野老吐"何力"之谈,郊童含"不识"之歌。有虞继作,政阜民暇。"熏风"诗于元后,"烂云"歌于列臣。尽其美者何?乃心乐而声泰也。至大禹敷土,"九序"咏功。成汤圣敬,"猗欤"作颂。逮姬文之德盛,《周南》勤而不怨;大王之化淳,《邠风》乐而不淫。幽厉昏而《板》《荡》怒,平王微而《黍离》哀。

《明诗》说:

　　太康败德,五子咸怨。

　　刘勰从"文变染乎世情,兴废系乎时序"的角度立论,认为当社会道德风尚淳美时,文学会予以歌颂,当社会道德风尚败坏时,文学会表现出愤慨和哀伤。社会道德风尚能在文学作品中得到反映,这是道德与文学关系的一个方面。另一方面,也是非常重要的,就是文学具有道德教化的作用。刘勰对此也极为重视。他常常是用道德教化的眼光来看待文学。其主要表现有:

　　1. 在《征圣》中,刘勰从"政化贵文"、"事迹贵文"和"修身贵文"三方面论述了文学的重要作用。其中"政化贵文"和"修身贵文"两方面,都直接涉及了文学与道德教化问题。指明政治教化和道德修养都以文为贵,其所以为贵是因为文学具有并已经起到了道德教化和道德修养的作用。

　　2. 刘勰力主宗经,其中一个重要原因是经书具有道德教化的作用。《宗经》说:

　　经也者,恒久之至道,不刊之鸿教也……致化归一,分教斯五。性灵熔匠,文章奥府。渊哉铄乎,群言之祖。

刘勰把经说成是"恒久之至道,不刊之鸿教",说经书完全是为了教化,并不科学,不过从中可以看到,他对经书的教化作用是极为推崇的。既然被誉为"文章奥府"和"群言之祖"的经书如此重视道德教化,那么作为"经典枝条"的其他文学,自然应当在道德教化方面发挥重要作用了。

3. 刘勰论述各种文体时,特别关注的是它们的道德教化意义:

> 诗者,持也,持人情性;"三百"之蔽,义归"无邪",持之为训,有符焉尔。(《明诗》)

> 夫乐本心术,故响浃肌髓,先王慎焉,务塞淫滥。敷训胄子,必歌九德;故能情感七始,化动八风。(《乐府》)

> 原夫登高之旨,盖睹物兴情。情以物兴,故义必明雅;物以情观,故词必巧丽。丽辞雅义,符采相胜……此立赋之大体也。然逐末之俦,蔑弃其本,虽读千赋,愈惑体要;遂使繁华损枝,膏腴害骨,无贵风轨,莫益劝诫。(《诠赋》)

> 诸侯建邦,各有国史。彰善瘅恶,树之风声……史肇轩黄,体备周、孔。世历斯编,善恶偕总。腾褒裁贬,万古魂动。(《史传》)

诗歌、乐府、辞赋和史传是重要的文体。从上面的几段引文来看,刘勰论述文体时,从不同的角度,强调了各种文体在道德教化方面的作用。

文学作品如何实现道德教化作用? 对这一问题,刘勰从多方面进行了论述。其中,他特别重视的是雅正的内容和褒贬的态度这两方面。

所谓雅正的内容,指的是作品所表现的内容必须以经书为准则。其具体要求,刘勰在《宗经》中有所揭示:

> 故文能宗经,体有六义:一则情深而不诡,二则风清而不杂,三则事信而不诞,四则义贞而不回,五则体约而不芜,六则文丽而不淫。

刘勰认为,为文宗经有六种好处。这六种好处,前四种均属内容方面。刘勰讲的是宗经的重要,同时也是他对文学内容的要求。在刘勰看来,为文的内容,只要能作到感情深厚而不欺诈,教训清淳而不混杂,叙事真实而不虚妄,意义正确而不邪曲,就达到了雅正的要求,就能起到道德教化的作用。

所谓褒贬,指的是对叙写的内容,不能持纯客观的态度,而应当有倾向,应褒赞的予以褒赞,该贬斥的就贬斥。这样能使读者从褒赞中感受善意,从其所褒;由贬斥中体悟到厌恶,避其所贬。最后达到"彰善瘅恶,树之风声"的目的。刘勰认为,通过褒贬来扬善抑恶,最重要的是应当学习孔子修《春秋》的方法。《史传》说:

> 昔者夫子闵王道之缺,伤斯文之坠,静居以叹凤,临衢而泣麟;于是就太师以正《雅》《颂》,因鲁史以修《春秋》。举得失以表黜陟,征存亡以标劝戒;褒见一字,贵逾轩冕;贬在片言,诛深斧钺。

刘勰论孔子修《春秋》,特别标举其黜陟、劝戒和褒贬作用,用意是要文人写作时向孔子学习,发挥文学的道德教化作用。

文学的褒贬,大致有两种方法:一是公开的、明显的议论,一是蕴涵在所叙写的内容当中。从刘勰推崇孔子修的《春秋》来看,他似乎更重视后一种方法。《宗经》论及《春秋》时特别指出《春秋》"五例"。所谓"五例",杜预《春秋左氏传序》解释说:一曰微而显,二曰志而晦,三曰婉而成章,四曰尽而不污,五曰惩恶而劝善。杜预的解释,指出了《春秋》具有隐婉的特征。这一点,刘勰自己讲的也很清楚:

> "五例"微辞以婉晦,此隐义以藏用也。(《征圣》)
> 其婉章志晦,谅以邃矣。(《宗经》)

　　刘勰论《春秋》，强调褒贬，又注重"隐义以藏用"。这一点，值得我们重视。因为就一般的文学作品来说，它的褒贬倾向主要体现在高尚的思想感情里。而这种思想感情，不应当是显露的，而是渗透在作品里。

　　刘勰是一位注重理论和实践相结合的文论家。他对文学的道德教化作用的重视，在他的文学批评实践中得到了贯彻。他肯定赞赏那些能起到道德教化作用的作品。在《明诗》中，他特别嘉许韦孟的四言诗和应璩的《百一》诗。这是因为韦孟的四言诗，"匡谏之义，继轨周人"；应璩的《百一》诗，"独立不惧，辞谲义贞，亦魏之遗直也"。与此同时，刘勰对那些有损于道德教化的作品，则持批评态度。一个突出的表现是他对"郑曲"和"溺音"的贬抑。在《乐府》中，刘勰把周代和周代以前的音乐分为"雅声"和"郑曲"两种。"雅声"是虞夏和周王朝的作品，是雅正的，能起到教化的作用。"郑曲"是郑国的音乐，"伊其相谑"，是亡国之音，有损于教化。周王朝之后，"雅声浸微，溺音腾沸"，"中和之响，阒其不还"，"淫乐"逐渐增多。到了三国时的曹操、曹丕和曹睿，他们的乐府，"志不出于淫荡，辞不离于哀思。虽三调之正声，实《韶》《夏》之郑曲也"。刘勰把周王朝之后的许多乐府概称为"溺音"，而加以否定，一个重要原因是它们属于"淫滥"之音。它们虽然适合了世俗的需要，但却有亏于道德教化。所以刘勰在《知音》中说："流郑淫人，无或失听。"意思是说，郑国流行的音乐，使人淫滥，不要听它。此外，刘勰在《诠赋》中对那些追求"繁华"和"膏腴"的辞赋提出了批评，认为它们"无贵风轨，莫益劝戒"。刘勰对一些所谓的"郑声"、"溺音"，对一些辞赋，予以否定，显然是偏颇的，但从中却可以看到他对文学的道德教化作用，是十分重视的。

　　总观《文心雕龙》，可以发现，刘勰强调文学的道德教化功能，但并没有忽视文学的审美作用,没有以道德的评价来取代审美的评价。这不仅体现在他对文学特点的重视上,还体现在他对有愉悦性的文学作品和与儒家伦理道德关系不大的文学作品的评价上。关于前者,学术界有很多论述,至于后者,论述较少。下面略作分析。

对于愉悦性的文学作品,《文心雕龙》多有论及,其中比较集中的是《谐隐》中对谐隐之类作品的评析:

> 谐之言皆也;辞浅会俗,皆悦笑也……谵者,隐也,遁辞以隐意,谲譬以指事也。

刘勰看到了谐这类有愉悦性特点的作品,与那些明显有道德教化意义的作品不同,但他对这类作品还是相当重视的。在具体论述时,他把这类作品分成了两种。一种是"会义适时,颇益讽诫"的,如:

> 昔齐威王酣乐,而淳于说甘酒;楚襄讌集,而宋玉赋《好色》,意在微讽,有足观者。及优旃之讽漆城,优孟之谏葬马,并谲辞饰说,抑止昏暴。

刘勰认为,上面列举的作品,虽然滑稽可笑,语言不正,但因为能起到讽谏的作用,应当加以肯定。另外一种与上述的不同,如:

> 东方、枚皋,铺糟啜醨,无所匡正,而诋嫚媟弄。故其自称:"为赋乃亦俳也,见视如倡。"亦有悔矣。至魏文因俳说以著笑书,薛综凭宴会而发嘲调,虽抃推席,而无益时用矣。

在刘勰看来,东方朔、枚皋写的那些诽谤轻慢的辞赋,曹丕编著的笑书,薛综说的笑话,一味追求诙谐,结果是"无益规补","空戏滑稽,德音大坏"。对这种作品,刘勰是完全否定的。在刘勰上面否定的作品中,有不少能使人感到滑稽可笑,能给人带来审美的愉悦。刘勰完全否定它们，有些偏激。不过，从中可以看到，他肯定的是那些教化与娱乐同一、"寓教于乐"的作品。这一点，至今仍值得我们借鉴。

刘勰主张文学应当起到道德教化的作用，这种道德教化是以儒家的伦理道德为准则的。但是他并不局限于此而排斥其他内容的作品。在《诸子》中，刘勰对法家主张的"弃孝废仁"、名家的诡辩和其他家宣扬的虚诞，予以否定，而对道家《老子》《庄子》《列子》《鹖冠子》《文子》，墨家《墨子》《随巢子》，名家《尹文子》，农家《野老》，阴阳家《驺子》，法家《申子》《商君书》《慎子》，纵横家《鬼谷子》，杂家《尸子》《尉缭子》《吕氏春秋》《淮南子》，小说家《青史子》等，却不仅没有因其内容与儒家的伦理道德不同而加以批评，而且还从不同的角度作了程度不同的肯定。

刘勰在重视文学道德教化作用的同时，没有用道德的评价来取代文学的审美的评价，没有完全排斥表现非儒家伦理道德内容的作品。他之所以能这样做，有时代方面的原因，也有他个人思维方法方面的原因。从时代来看，自汉末文学开始自觉以后，一直到刘勰所处的齐梁时期，人们对文学的认识愈来愈全面，不少文人在重视文学的道德教化功能的同时，也十分关注文学的审美作用。另外，从政治思想来说，刘勰所生活的齐梁时期和魏晋不同。魏晋时期，儒学受到了很大的冲击，而齐梁时期，统治者强调儒学，主张以儒学为本，但对其他学说，只要不是像法家那样宣扬"弃孝废仁"，一般都是允许它们的存在。上述这些，都直接或间接地影响了刘勰。所谓思维方法方面的原因，主要指的是刘勰有朴素的辩证法思想。这种思想使他论述文学时，"惟务折衷"，力求全面。使他在思考文学与道德的关系时，既首先考虑道德教化问题，也没有轻忽文学本身的特点。在文学与道德的关系问题上,尽管刘勰有的论述显得偏颇,有时夸大了道德的作用,但总的来看,他基本上是个文德美善统一论者。

五、重视文人的道德修养

我国古代,从先秦开始,就十分重视文人的道德修养,倡导文德统一。《论语·述而》载孔子说:"志于道,据于德,依于仁,游于艺。"后来的《乐记·乐象》又说:"德成而上,艺成而下。"刘勰继承了古代注重文德统一的优良传统,在《文心雕龙》中,有多处从不同的角度谈到了文人道德修养的重要意义:"夫情动而言形,理发而文见。"(《体性》)。"在心为志,发言为诗。"(《明诗》)刘勰认为,文学反映的是人的思想感情,而人的思想感情,总是和道德交织在一起。因此,文学与文人的道德密切相关。刘勰在《宗经》中所说的"文以行立"就指出了德行是文学的根基这样一个重要的问题。刘勰甚至认为,人的道德状况,有时会影响其文章的风格。《体性》说:

> 长卿傲诞,故理侈而辞溢。

意思是说,司马相如傲慢狂放,致使他的作品内容夸张而辞藻过多。由于刘勰认识到文学与道德有缘难分,所以才特别重视文人的道德修养。

刘勰以前的文人,由于多方面的原因,在道德和道德修养方面,有各种表现。刘勰综览古代的文人,对有道德者,以满腔的热忱予以褒尚。他在《程器》中,对屈原、贾谊忠于君主,对邹阳、枚乘觉察吴王阴谋叛变而不同流,对黄香的淳孝,对徐干的沉寂、不谋荣利等美好的道德和高尚的情操,表示了由衷的嘉许。与此相对照的是,刘勰对司马相如等文人的不道德现象提出了严厉的批评：

> 略观文士之疵：相如窃妻而受金，扬雄嗜酒而少算，敬通之不循廉隅，杜笃之请求无厌，班固谄窦以作威，马融党梁而黩货，文举傲诞以速诛，正平狂憨以致戮，仲宣轻脆以躁竞，孔璋傯恫以粗疏，丁仪贪婪以乞货，路粹餔啜而无耻，潘岳诡祷于愍怀，陆机倾仄于贾郭，傅玄刚隘而詈台，孙楚狠愎而讼府。诸有此类，并文士之瑕累。

刘勰上述的所谓"文士之瑕累"，今天看来，有的并非属于不道德行为，但就主要内容来说，刘勰指出的文人的贪婪、爱财、谄媚权势、傲诞刚愎和纵欲无度等确是一些不道德行为。这些不道德行为，有害于国家，有损于政事，损害了文人的社会地位，玷污了文人的声誉，也影响了文人的写作。因此，刘勰对他们的批评是理所当然的。

值得注意的是，刘勰虽然对上述文人不道德行为提出了批评，但并没有因此而否定他们在文学方面的成就。刘勰知道："人禀五材，修短殊用，自非上哲，难以求备。"（《程器》）从古代文人的实际情况看，真正能做到文德统一的，毕竟是少数。多数文人文与德并不一致，常有德亏而文佳的现象。根据上述情况，刘勰既要求文人做到文德统一，又没有因为某些文人的德亏而否定他们在文学上的成就。如他对王粲和潘岳的评价。对王粲，一方面批评他"轻脆以躁竞"，另一方面又肯定他的诗歌"兼善"（《明诗》），称赞他的辞赋"靡密，发篇必遒"（《诠赋》）。对潘岳，在批评他"诡祷于愍怀"的同时，又称许他的辞赋"策勋于鸿规"，同王粲一样，"亦魏晋之赋首也"（《诠赋》）；肯定他的《祭庚妇》，"典祭之恭哀也"（《祝盟》）。对文德的关系，刘勰首先强调文德统一，褒扬有德者，同时也注意和承认二者的差异。这比某些批评者因注重文德的统一,而以德废文或以德判文的形而上学做法要辩证得多。

文人作为社会成员的一部分,要遵守社会的公德,同时还应当遵守为文的职业道德,加强职业道德的修养。在这方面,刘勰着重强调了以下几点:

第一、恪守为文的宗旨。刘勰在《征圣》中认为,以孔子所代表的圣人写的文章,总括起来,有"政化为文"、"事迹为文"和"修身贵文"三方面的意义。这三方面强调了为文应当有助于军国政事、道德教化和个人修养。在刘勰看来,作为一个文人,应当把它们奉为为文的宗旨。

第二、保持自己的人格。写作是人格的写照,文人需要以整个人格来进行写作。文人人格的高低,会直接影响他的作品。从上面的引文,可以看到,刘勰认为,文人要淡薄名利,不要为物质所诱,要正确地对待个人的穷达,要努力作到"擒文必在纬军国,负重必在任栋梁。穷则独善以垂文,达则奉时以骋绩"(《程器》)。个人不论是在顺境,还是在逆境,都应当保持自己的节操,要有所作为。

第三、要有真情实感。在《情采》中,刘勰把写作分成"为情而造文"和"为文而造情"两种。前者是"志思蓄愤,而吟咏情性,以讽其上",有真情实感,能起到讽谏的作用。而后者是"心非郁陶,苟驰夸饰,鬻声钓世",结果是"采滥忽真,远弃《风》《雅》"。刘勰充分肯定了"为情而造文"的写作原则,严肃地批评了"为文而造情"的不良风气。因此,在《征圣》中提出"志足而言文,情信而辞巧,乃含章之玉牒,秉文之金科矣"。

第四、严肃认真的写作态度。刘勰在《指瑕》中认为,"文章岁久而弥光",能久远地流传。就作者来说,"虑动难圆,鲜无瑕病",

而一旦白纸黑字刊行于世,就难以改正,所谓"斯言一玷,千载弗化",而且,"谬则多谢",自己也感到惭愧和内疚。因此,刘勰指出,写作应当慎重,应当认真,尽量减少差错。发现了差错,就要纠正。"若能纂栝于一朝",就"可以无惭于千载也"。

第五、彼此尊重,互相学习。我国古代的一些文人有一种陋习,就是"文人相轻"。曹丕在《典论·论文》中,对此提出了批评。刘勰在《知音》中赞成曹丕的观点,并且做了进一步的发挥。他以秦皇轻蔑韩非和汉武貌视司马相如为例,批评了一些"贵古贱今"的错误,以班固嗤笑傅毅、曹植深排陈琳为例,批评了"崇己抑人"的弊病。刘勰认为,写作是非常复杂的精神活动。从作者来说,"才有庸俊,气有刚柔,学有浅深,习有雅郑"(《体性》)。"知多偏好,人莫圆该"(《知音》)。从文体来看,"文之制体,大小殊功"(《神思》)。"文体繁诡"(《体性》)。"文变无方"(《附会》)。从接受的角度来看,"篇章杂沓,质文交加","文情难鉴"(《知音》)。上述等复杂因素,常常会导致创作和批评出现"虑动难圆,鲜无瑕病"的现象。作为文人,应当正视这些现象,不应当彼此相轻,互相诋毁。不应当"崇己抑人","褒贬任声,抑扬过实"(《辨骚》)。而要加强修养,努力作到"无私于轻重,不偏于憎爱"(《知音》)。形成一种彼此尊重、互相学习的良好风尚。

第六、尊重他人的劳动成果。《指瑕》说:

> 又制同他文,理宜删革,若掠人美辞,以为己力,宝玉大弓,终非其有。全写则揭箧,傍采则探囊,然世远者太轻,同时者为尤矣。

刘勰特别强调,写作时不能掠取他人的美好文辞,以为自己所创。掠取他人的成果,无论是全抄,还是择引,不论是古人的,还是今人的,都是错误的。正是基于上述原因,刘勰在《史传》中说班固的《汉书》没有注明有些内容是他的父亲班彪写的,是"遗亲攘美之罪"。

（原载《文史哲》2000 年第 1 期。）

刘勰关于文学史料学的见识

刘勰的《文心雕龙》主要是论述文学理论批评的，但由于我国古代文史不分，刘勰的文学史观又属于我国古代的大文学史观，所以他在论述文学理论批评时，有不少地方涉及了文学史料学。《文心雕龙》蕴涵着相当丰富的文学史料学内容。本文想就这一问题作一粗浅探讨。

一、重视史料

综观《文心雕龙》，可以发现，刘勰十分重视文学史料。我国古代有珍重史料的优良传统，早在先秦时期，孔子在搜集和整理史料以及对史料工作的认识上，都做出了卓越的贡献。对这一点，刘勰极为敬佩。他在《文心雕龙》中多有论及，《史传》篇云：

> 昔者夫子闵王道之缺，伤斯文之坠，静居以叹凤，临衢而泣麟，于是就太师以正《雅》《颂》，因鲁史以修《春秋》，举得失以表黜陟，征存亡以标劝戒；褒见一字，贵逾轩冕；贬在片言，诛深斧钺。

又《宗经》云：

> 皇世《三坟》，帝代《五典》，重以《八索》，申以《九丘》；岁历绵暧，条流纷糅。自夫子删述，而大宝咸耀。于是《易》张

《十翼》,《书》标"七观",《诗》列"四始",《礼》正"五经",《春秋》"五例"。义既埏乎性情,辞亦匠于文理;故能开学养正,昭明有融。

在刘勰看来,孔子之前,三皇时的《三坟》,五帝时的《五典》等典籍,年代久远而不清楚,各种见解纷繁杂糅。孔子为了维护"王道",避免文化的坠毁,对过去的典籍,尽力加以搜集、整理。《易经》《诗经》《尚书》《礼》《春秋》等重要经典,经过孔子的"删述",条理清楚,大要明确,如同大宝,放射光耀,信而有征,能起到教育和培养人的精神的作用,又能成为后来的"文章奥府"。刘勰敬佩孔子在搜集、整理史料方面的成绩,虽然是基于他"征圣"和"宗经"的思想,但也从一个方面反映了他对史料的重视。

先秦是我国古代文学史料学的萌芽时期,到了两汉又有了新的进展。汉承秦制,但在许多方面有重要的变革。秦始皇"燔烧诗书,坑杀儒士,上小尧舜,下邈三王",蔑视、破坏了三代的礼乐文化,焚烧典籍,失去了郡县制赖以存在的文化基础。汉代建立以后,总结、吸收了秦朝短命的教训,关注文化思想的建构,汉武帝虽然"罢黜百家,独尊儒术",但就整个汉代来看,先秦儒家之外的其他各家的典籍和思想都还存在,仍在不同程度地被运用。汉代的文化建构,反映在典籍上,就是对各种文献的重视,容许著书立说,倡导诗赋创作。汉初朝廷注重搜集典籍,汉武帝扩大、加强了乐府,成帝时又大规模地搜集、整理图书。正是在上述基础上,成帝时,史料受到空前的重视,刘向、刘歆父子搜集、整理了图籍,分别撰写了《别录》和《七略》,后来班固在刘向父子的基础上,又编写了《汉书·艺文志》。他们的实践以及撰写的有关著述,标志着我国古代文学史料学开始独立了。对于汉代文学史料学所取得的成就,刘勰是相当看重的。这在《文心雕龙》中有多处论述。

《时序》云："自元暨成，降意图籍；美玉屑之谈，清金马之路；子云锐思于千首，子政雠校于六艺，亦已美矣。"《时序》的主旨是论述文学的演进及其与时代的密切关系。刘勰论述汉代文学演变时，专用一段文字述评西汉元帝、成帝期间，朝廷留心图书，刘向校订六经。足见他是把元、成时期对史料的关注以及刘向对史料的校订，看成是汉代文学的组成部分，同文学创作同样不可忽视。基于这一认识，刘勰在《文心雕龙》的其他篇中，还具体地肯定了成帝在文学史料学方面所作的工作。《诗》述及汉代的诗歌时说："至成帝品录，三百余篇。朝章国采，亦云周备。"《诠赋》讲论汉代的辞赋时说："繁积于宣时，校阅于成世，进御之赋千有余首。"

　　诗歌、辞赋是汉代文学的主要文体，至成帝时积累的作品很多。对这些作品，加以"品录"，加以"校阅"，无疑是文学史料的搜集和整理工作。成帝时的史料工作，主要承担者是刘向、刘歆父子以及后来的班固。对于他们所做的工作，刘勰也有具体论列。《乐府》云："昔子政品文，诗与歌别。"指出刘向整理品评作品，已经把诗与歌分开了。这具体地表现在班固依据《七略》编撰的《汉书·艺文志》里。《汉书·艺文志》分别著录诗 6 家 461 卷，歌诗 28 家 314 篇。《艺文志》"七略"中，还专设了诗赋略。又《诸子》云："逮汉成留思，子政雠校，于是《七略》芬菲，九流鳞萃。杀青所编，百有八十余家矣。"《汉书·艺文志·总叙》云：成帝时，诏刘向校书，其中包括诸子。刘向死后，哀帝使刘向的儿子刘歆完成父业。刘歆总群书而成《七略》，其中有"诸子略"。《艺文志》著录诸子 189 家，4324 篇。刘勰在论述诸子时，特别标举刘向父子整理诸子的成就，使诸子得以鳞集类聚和流传。刘向、刘歆父子和班固的《艺文志》，在我国古代文学史料学史上的贡献是多方面的，刘勰在《文心雕龙》中，限于体例，不可能全面地予以论析。但从上面我们摘引的几条材料,完全可以看出,刘勰充分肯定了刘向、刘歆父子和《汉书·艺文志》在文学史料学上取得的成就。刘勰对他们的肯定,从一个方面,体现了他对文学史料的重视。

　　刘勰对文学史料的重视,并不是为史料而史料,也不仅仅是因为他把史传也视为文学,而是根于他对史的特别关注。刘勰有非常自觉的史学思想。他在《文心雕龙》的不少篇章里,赞许我国古代重史的传统,推重许多优秀的史学家和著作。《史传》指出,唐、虞、夏、商、周都有史籍,后来"诸侯建邦,各有国史",战国时期,"史职犹存",秦以后的各个朝代,均有史书。他敬佩孔子"因鲁史以修《春秋》",认为《左传》"实圣文之羽翮,记籍之冠冕也"。在他的心目中,"居今识古"要依靠历史;历史还能够"彰善瘅恶,树之风声",孔子修《春秋》,起到了"举得失以表黜陟,征存亡以标劝戒"的作用。刘勰对历史的重视,还表现在文学史方面。这一点,除了《时序》专门述评了文学演进的历史以外,在论述其他许多问题时,尤其是在探讨各种文体时,都遵循"原始以表末"的原则,阐述了每种文体演变的历史。史料是研究历史的基础,同时史料又需要史学思想的统摄。在刘勰那里,史料和史学思想是相依相融的。他重视文学史料是他重视历史的一种表现。

二、以"真"为核心的史料价值观

　　古代的文学史料浩繁杂乱,有真有伪,价值不同。对这些史料,如何区分?许多历史家都有自己的价值标准,刘勰也是这样。刘勰在论及史料时,常常使用"真"以及与之相近的"实""信"等概念。他是把"真"作为衡量史料价值观的核心的。《史传》云:"纪传为式,编年缀事,文非泛论,按实而书。"纪传体和编年体是古代史书的两种主要的体式,所以刘勰特别标举它们。纪传体重在人物传记,编年体是按年纪事,各有特点。但在刘勰看来,二者都应当遵守共同的原则,就是不能空泛议论,而要按实记录。从这一点出发,刘勰把"务信弃奇",也就是力求信实、抛弃猎奇作为处理史料的"大纲"之一。

为了维护史料的真实,刘勰对在史料上出现的信伪穿凿,提出了批评。《史传》说:"追述远代,代远多伪。"刘勰认为,对远代的一些传闻,本应"存疑","然俗皆爱奇,莫顾实理。传闻而欲伟其事,录远而欲详其迹。于是弃同即异,穿凿旁说。旧史所无,我书则传。此讹滥之本源,而述远之巨蠹也"。这里,刘勰不仅批评了信伪穿凿的错误,同时还分析了其根源在于爱奇好异。刘勰在《史传》中批评"述远"出现的"讹滥"之后,接着又列举了"记近"中一些对事实的歪曲:

> 至于记编同时,时同多诡,虽定、哀微词,而世情利害。勋荣之家,虽庸夫而尽饰;迍败之士,虽令德而常嗤:吹霜煦露,寒暑笔端。此又同时之枉,可谓叹息者也。

刘勰指出,记载近时的事实,之所以有所歪曲,根源在于不能超脱世态人情的利害关系。刘勰的剖析,应当说是尖锐而深刻的。由于刘勰把"真"作为史料价值的核心,因此他首肯符合这一价值标准的历史著作和史学家。在《史传》中,他肯定《史记》的"实录无隐之旨";认为司马彪的《续汉书》"详实",华峤的《后汉书》"准当",是史书中最好的。与此密切相关的是,刘勰对一些有伪失实的史书提出了严厉的批评。他指责薛莹的《后汉纪》和谢承的《后汉书》"疏谬少信";指出孙盛的《魏氏阳秋》、鱼豢的《魏略》、虞溥的《江表传》和张勃的《吴录》,"或激抗难征,或疏阔寡要"。所谓"激抗难征",就是在事实上过分夸饰而难以使人信服。

此外,刘勰在《知音》中,对言谈中的"信伪迷真"也提出了批评,他举的事例是楼护(字君卿)对司马迁的歪曲:

> 至如君卿唇舌,而谬欲论文,乃称:"史迁著书,咨东方朔。"于是桓谭之徒,相顾嗤笑。彼实博徒,轻言负诮。况乎文士,可妄谈哉?……学不逮文,而信伪迷真者,楼护是也。

齐人楼护说:"司马迁著书,咨询过东方朔。"被桓谭等人所嗤笑。刘勰认为,楼护地位低下,学识浅薄,不能谈文说史,以至"谬欲论文"。而作为一个文士,言论写作,一定要避免"信伪迷真"。

刘勰推重真实的史料,究其原因,主要是受到了儒家经书的影响。刘勰论文强调"征圣""宗经",认为史传也应如此。《史传》论及史传的写作时,强调"立义选言,宜依经以树则,劝戒与夺,必附圣以居宗"。《宗经》指出:"文能宗经,体有六义。"第三就是"事信而不诞"。"事信"就是要忠实于事实,尊重史料的客观性、真实性。这一点,刘勰虽然是基于"征圣"和"宗经",但把"真"作为衡量史料价值的最重要的标准,却具有普遍的意义。

三、坚持史料的"阙疑"原则

我国早在春秋末年,在如何对待史料的问题上,孔子提出了"阙疑"的原则。《论语·卫灵公》记载孔子说:"吾犹及史之阙也。"包咸《论语章句》解释此句说:"古之良史,于书字有疑则阙之,以待知者。"《文心雕龙·练字》说:"史之阙文,圣人所慎。"看来刘勰对孔子上述言论,是十分敬重的。又《论语·为政》记载孔子说:"多闻阙疑,慎言其余,则寡尤。"在实践上,孔子修治《春秋》就体现了阙疑这一原则。《穀梁传·桓公五年》云:"《春秋》之义,信以传信,疑以传疑。"孔子"阙疑"的理论和实践,常为后人所遵循。《吕氏春秋·察传》云："辞多类非而是，多类是而非，是非不经，不可不分，此圣人之所慎也。"《史记·仲尼弟子列传》太史公曰："余以弟子名姓文字悉取《论语》弟子问，并次为篇，疑者阙焉。"《汉书·艺文志》云："古制书必同文，不知则阙，问诸古老。"刘勰继承、发扬了孔子等人的主张和做法。《史传》云："追述远代，代远多伪。公羊高云：'传闻异辞。'荀况称：'录远略近。'盖文疑则阙，贵信史也。"刘勰申明述远之史难以征信，应以存疑的原则来对待。刘勰的见识是明智的。记述远代的史料，由于时间早，流传的时间长，常有伪而不实的情况。对同一史实，常有不同的说法，何说为是，何说为非，不易断定。另外，古代有一些记述相当简略，很难作具体的补叙。对"传闻异辞"和简略的史料，在没有充分的证据和具体可靠的史料补充时，我们只能用存疑和阙文的原则来处理。这种尊重客观而不妄加臆猜的态度，可以避免一些混乱，有利于保持史料的真实性。

刘勰不仅在理论上坚持了"阙疑"的原则，同时也注意付诸实践。刘勰写《文心雕龙》涉及了大量的史料，其中有一些是不能断定的。对于这样的史料，刘勰的做法是，如果没有发现新的证据，则作为存疑来处理。如关于李陵、班婕好写作五言诗的问题，《明诗》云："至成帝品录，三百余篇；朝章国采，亦云周备。而辞人遗翰，莫见五言。所以李陵、班婕好，见疑于后代也。"李陵、班婕好生活在汉成帝之前。成帝时，广泛搜集各种诗歌，但遗留下来的诗歌，没有李陵和班婕好的五言诗。刘勰之前，对所谓李陵、班婕好所作的五言诗，就有人怀疑。到刘勰时，没有发现新的史料。因此，刘勰对这一问题，持存疑的态度。又如《乐府》云："钧天九奏，既其上帝。葛天八阕，爰乃皇时。自《咸》《英》以降，亦无得而论矣。"赵简子做梦到上帝那里，听到多种音乐；葛天氏所唱的八首歌,黄帝时的《咸池》、帝喾时的《五英》以来的歌曲,这些都是传说,难以考究。刘勰对这类传说,在无确证的情况下,取存而不查的态度。

由于客观和主观条件的限制,对古代的一些史料的真伪问题,往往很难定夺。在没有新的、足够的证据的时候,我们不必牵强附会地妄下结论,而应以"阙疑"的原则对待之。这样可以避免出现一些过失和不必要的争论。"阙疑"是实事求是的态度。刘勰于史料,坚持"阙疑"的原则,承前启后,今天仍值得我们借鉴。

四、注释史料应准确简明

古代的史料,年代久远,或因记载简略,或因语言古老,或因体裁、表现的特殊,使后人不易阅读、理解和使用。为了解决这一问题,对史料作注释是十分必要的。这一点,刘勰有明确的认识。他在《文心雕龙》中,以经书为例,谈到了注释的必要。《史传》论孔子修治的《春秋》和左丘明的注释时说:

> 睿旨幽隐,经文婉约,丘明同时,实得微言;乃原始要终,创为传体。传者,转也;转受经旨,以授于后。

在刘勰看来,《春秋》的意旨精深不明显,文字简约,左丘明开创了传体,注释了《春秋》,转达了经文的意旨,后人才能够理解。又《比兴》论及"兴"时说:"观夫兴之托喻,婉而成章;称名也小,取类也大……明而未融,故发注而后见也。"刘勰认为,《诗经》中"兴"的运用,列举的名物比较小,可是蕴涵的意义却比较大;许多文句是明白的,但其内涵却不清楚,因此要靠注释来显现。古代的典籍,需要注释不只是经书。但从刘勰上面所列举的事例,不难看出,他深知注释是必要的。与此相联系的是,刘勰相当重视注释，把注释看成是一种文体。《论说》云："若夫注释为词，解散论体，杂文虽异，总会是同。"刘勰谈论、说文体，特别立"注释"一体。说明他是把注释作为一种文体的。

刘勰对注释的重视，还表现在《指瑕》中。《指瑕》的中心是指出写作容易出现的瑕疵，其中第三部分用了210多字的篇幅专论注释，足见他对注释的关注。《指瑕》还指出："若夫注解为书，所以明正事理。"指出注解也属书籍，其意义在于明辨归正事理。

吴林伯先生指出：我国古代的注释，早在先秦时期就产生了。从今存文献来看，先秦的注释，或为片段，散见于多种典籍中，如《周易·序卦》："恒者，久也。"《荀子·修身》："多闻曰博。"或为专篇，如《墨子·经说》，"'说'犹注解，所以注解'经'也；或为专书，左丘明《春秋传》，'传'所以注解'经'也。"到了两汉，随着典籍的繁复和经学的兴盛，注释迅速发展。"注名，除去先秦的'传''说''解'外，另有故、训、笺、记、章句，名异而实同，而体例、内容视先秦益深广。"①至魏晋南北朝，不少人吸收儒家经书注释和佛经合本子注释的经验，史料注释继续发展，成果更加突出，出现了考辨体（如《隋书·经籍志一》著录晋杨乂撰《毛诗辨异》3卷）、音义体（如《隋书·经籍志一》著录刘芳撰《毛诗笺音证》10卷、李轨《春秋左氏传音》3卷）、集注体（如《隋书·经籍志一》著录李颙注《集解尚书》11卷，梁崔灵恩注《集注毛诗》24卷）等新的体式。我国古代的多种注释体式基本是在这一时期形成的。在刘勰之前，尽管注释的成绩很大，多种注释体式大体成型，但还很少有人像刘勰上述的那样，从理论上对注释加以概括、加以提升。刘勰的论述，虽然是初步的、零星的，但提高了注释的地位，对后人进一步认识

---

① 吴林伯：《文心雕龙字义疏证》，武汉大学出版社1994年版，第327—328页。

注释有启示作用。

　　刘勰对注释的关注，还有许多具体的表现。在《指瑕》中，他严肃地批评了前人注释中出现的谬误。张衡的《西京赋》写到中黄伯那样的力士，夏育、乌获那样的勇士，三国时期吴国薛综注释说他们是太监头子；又《周礼》讲按井田纳税，过去有十井三十家出马一匹之说，汉末刘劭《风俗通义》注释"匹"字，说有按马头数计算马蹄的说法。刘勰在指出薛综和刘劭的注释错误之后，又说，为注释"匹"字而计算马头马蹄，挑选力士、勇士，却推出了太监头子，都是"失理太甚，故举以为戒"。

　　注释首先应当准确，其次应当力避烦琐。这一点，刘勰在《文心雕龙》中有明确的见识。《论说》中对西汉秦延君注释《尧典》和朱普注释《尚书》过于烦琐提出了批评："若秦延君之注《尧典》，十余万字；朱普之解《尚书》，三十万言。所以通人恶烦，羞学章句。"注释经学典籍确有必要，但一旦像秦延君和朱普那样，走上了烦琐的歧途，就会引起人们的厌恶，以学习烦琐的章句为羞耻。刘勰有破有立。他在批评注释烦琐的弊病之后，接着从正面举例，提出了注释应当遵循简明的原则："注者，主解……若毛公之训《诗》，安国之传《书》，郑君之释《礼》，王弼之解《易》，要约明畅，可为式矣。"又《定势》云："史论序注，则师范于核要。"注释是为了让人们明白要义，只要能够达到这一目的，文字就应当简要。刘勰总结了古代注释的优良传统，把"要约明畅"、"核要"作为注释的法式，今天仍值得我们借鉴。

　　在我国古代文学史料的多种载体中，有一种是图画。图画形象，和一般的文字史料相比，较为简明，易于为读者接受和理解。由于图画具有上述特点，所以我国古代的注释，除了主要是用文字这种形式之外，还有一种形式是用图。两晋之际的郭璞（字景纯)《尔雅叙》说,他注《尔雅》,"别为音图,用祛未寤",所以用图这种形式,并撰《尔雅图赞》二卷。对于郭璞用图注释这种形式,刘勰注意到了。《颂赞》云:"及景纯注《雅》,动植必赞,义兼美恶,亦犹颂之变耳。"看来注释并非恪守一种形式,根据注释的内容和读者对象,可以采用不同的形式。刘勰容许多种注释形式,肯定了图注,这一点值得我们关注。我国古代有重视图画的传统。宋郑樵《通志·图谱略·索象》指出:"古之学者为学有要,置图于左,置书于右,索象于图,索理于书,故人亦易为学,学亦易为功,举而措之,如执左契。后之学者离图即书,尚辞务说,故人亦难为学,学亦难为功,虽平日胸中有千章万卷,及置之行事之间,则茫茫然不知所向。"图画尽管重要,能起到文字起不到的作用,但在刘勰之前,不少学者并不重视。刘勰注意到了,这是难能可贵的。

五、使用史料应正确精要

史料作为过去的遗存,使用时不只有真伪的问题,即使是真实的史料,有时也是相当复杂的。能够正确地使用史料,不是一件轻而易举的事情。对此,刘勰深有感触。《史传》举例说:

> 或有同归一事,而数人分功,两记则失于复重,偏举则病于不周。此又诠配之未易也。故张衡摘史、班之舛滥,傅玄讥《后汉》之尤烦,皆此类也。

历史上,有许多同一件事实,往往涉及多人。历史家在写人物传记时,怎样允当地使用这类史料,既不重复,又能免于不周,是相当困难的。在这方面,司马迁的《史记》和东汉的《东观汉纪》都没有处理好,所以受到了后人的批评。刘勰上面讲的,本来是纪传体史书很难避免的。刘勰也感到"诠配之未易"。刘勰明示这一点,主要是提醒人们知道恰切地使用史料之不易。知其不易,则易至矣。

求正确,免乖谬,这是使用史料的基本准则。在这方面,刘勰有明确的论述。《事类》指出,写作时,如果"引事乖谬,虽千载而为瑕"。为了避免引用史料出现错误、污点流传千年,让后人引以为戒,刘勰例举陈思王曹植引用史料出现的错误:

> 陈思,群才之英也,《报孔璋书》云:"葛天氏之乐,千人唱,万人和,听者因以蔑《韶》《夏》矣。"此引事之实谬也。

《吕氏春秋·古乐》记载:"昔葛天氏之乐,三人操牛尾,投足以歌八阕。"刘勰根据这一记载,说:"按葛天之乐,唱和三人而已。"而曹植引用此事时,竟变成"千人唱,万人和"。刘勰对曹植的批评是持之有故的。

写文章时,有时为了论述某一问题,常常要引用一些史料。这一点,刘勰在《事类》篇中有所涉及。《事类》主要是讲写作用典的,其中有不少属于引用史料的问题。刘勰解释说:"事类者,盖文章之外,据事以类义,援古以证今者也。"周文王解释《易经》中的卦辞、爻辞,就"略举人事,以征义者也"。又指出:"征义举乎人事,乃圣贤之鸿谟,经籍之通矩也。"刘勰所谓的"据事以类义"、"援古以证今"、"举乎人事",意思是援引史料来论证某些问题的意义,来验证今天的事理。但是,"载籍浩瀚",史料繁多。如何对待这一问题?刘勰的见识是:阅读时"务在博见";使用时"取事贵约",而且不能放在无关紧要的地方。刘勰举刘劭的《赵都赋》用事为例,说明运用史实,只要能抓住要害,即使事小,也能有所成就。相反,如果把美妙的史实,随便用在不是关键的地方,就像把金玉珠宝挂在脚上,把脂粉黛墨抹在胸前。《事类》讲的是写作用事的问题,但从写作如何使用史料的角度来审视,刘勰的见识具有指导的意义。

刘勰强调写作"取事贵约"的原则,还反映在《文心雕龙》的文体论部分。刘勰论述文体时,坚持"原始以表末",即概述各种文体的起源与演变,实际上就是分体的文学史。他讲文学史,特别看重作家作品史料。刘勰之前的作家作品史料极为繁复。如何处理?过繁,有繁花损枝、膏腴害骨的弊端;过简,又显得枯槁单薄,缺少血肉。刘勰的原则是"取事贵约",具体的做法是"选文以定篇"。从史料的角度来看,刘勰讲文学史所选的诗文,多具典型意义。他所选的诗文,大体上有三种类型:一是优秀的;二是中等的;三是较差的。刘勰对优秀之作,予以充分肯定。对中等的,在肯定其优点的同时,也指出了其不足。对较差的,指出了其重要的缺欠,但并没有完全否定。刘勰列举的作家作品以及对他们及其作品的评价,有他自己的标准,我们今天不一定完全认同,但他在论述文学史时,特别重视"选文以定篇",注意选择典型史料的方法,我们可以借鉴。

历代积累的各种史料,由于多种原因,有的已被人们所发现、所使用,有的被掩埋,尚待发掘。就整体而言,史料是一个不断地被发现的过程,总的趋势是不断扩大、不断增加。人们在研究历史时,应当十分留心使用新发现的史料。在这方面,刘勰是比较注意的。一个明显的例证是《乐府》中关于荀勖改变杜夔所定律吕一事:"杜夔调律,音奏舒雅,荀勖改悬,声节哀急,故阮咸讥其离声,后人验其铜尺。"《三国志·魏书·杜夔传》载,魏国杜夔知音乐,善钟律,"备作乐器,绍复先代古乐"。又《晋书·乐志》说,西晋初,荀勖以为杜夔新制律吕乖错,"乃制古尺,作新律吕"。当时阮咸妙通音乐,讥笑荀勖"新律声高,以为高近哀思,不合中和",当是由于尺寸的差异。"后有田父耕于野,得周时玉尺,(荀)

勰以校己所治钟鼓金石丝竹",皆略短一些。《晋书·乐志》上面的说法,又见于《世说新语·术解》及注引《晋诸公赞》。对杜夔和荀勖所制两种律吕,刘勰赞同杜夔,认为荀勖之尺不符古尺。刘勰的根据是新发现的"周时玉尺"。从我国学术史来看,每次重要史料的发现,往往会引发学术上大的震动,对后来产生深远的影响。王国维先生曾在《最近二三十年中中国新发见之学问》一文中指出:"古来新学问起,大都由于新发见。"王国维先生所说的"新发见"指的是新的史料。陈寅恪先生在《陈垣敦煌劫余录序》一文中也有同王国维近似的见解:"一时代之学术,必有其新材料与新问题。取用此材料,以研求问题,则为此时代学术之新潮流。"西晋初新发现的"周时玉尺",虽然谈不上重大的发现,但刘勰注意使用这一新发现的史料。这一点,至今对我们仍有启示的意义。

(原载《文史哲》2004 年第 6 期。)

刘勰对三曹评价的得失

三曹是建安时期的三个重要作家,他们的文学业绩受到历代人们的重视。早在魏晋南北朝时期,不少文论家就发表了许多言论对三曹进行评论,其中论述较多、时间较早、影响较大的,当首推刘勰的《文心雕龙》。刘勰在《文心雕龙》里,虽然没有对三曹的专题论述,但在他论述有关文学的种种问题时,却涉及到对三曹的评价。就《文心雕龙》全书来看,谈到三曹的共有四十多处。如果把这四十多处综合起来,可以看到,刘勰对三曹的评价,有不少颇有价值的见解,同时也有一些失误。因此,对这一问题进行探讨,不仅有助于我们正确分析三曹,而且对我们全面理解刘勰的文学观也是有益的。

一

建安文学是我国古代文学史上的一个丰收季节,是一个光辉灿烂的时期。建安文学的繁荣有多方面的原因,而三曹对文学的爱好和对文人的尊重是其中的一个重要方面。这一点,刘勰有较为明确的认识。《时序篇》说:

> 自献帝播迁,文学蓬转;建安之末,区宇方辑。魏武以相王之尊,雅爱诗章;文帝以副君之重,妙善辞赋;陈思以公子

之豪,下笔琳琅。并体貌英逸,故俊才云蒸。

这里,刘勰直接谈到三曹的有两点:一是他们自身对文学的爱好;二是他们对文人的尊重。这两点客观地反映了当时的实际情况,对建安文学的繁荣,都具有促进作用。

曹操是建安时期的一个杰出的封建政治家、军事家,同时也是一个著名的文学家。他在当时动乱的社会里,转战南北,戎马倥偬,但是始终没有离开文学创作。曹丕说他"雅好诗书文籍,虽在军旅,手不释卷"(《典论·自叙》)。王沈称赞他"创造大业,文武并施,御军三十余年,手不舍书,昼则讲武策,夜则思经传,登高必赋,及造新诗,被之管弦,皆成乐章"(《魏志·武帝纪》注引《魏书》)。曹丕同他的父亲曹操一样,也是终生喜爱文学,没有停止过文学创作的。《三国志》卷二《魏志·文帝纪》赞扬他"好文学,以著述为务,自所勒成垂百篇"。他对文学的爱好是多方面的,正像刘勰所说的那样:他"妙善辞赋","乐府清越"(《文心雕龙·才略篇》),他"因俳说以著《笑书》",还写了"约而密之"的谜语(同上,《谐隐篇》)。曹植对文学的爱好和重视,并不亚于其父曹操和其兄曹丕。《三国志》卷一九《魏志·陈思王植传》称许他"年十岁余,诵读《诗》、《论》及辞赋数十万言,善属文"。又引景初中诏,赞扬他"自少至终,篇籍不离于手,诚难能也"。他"精意著作",有时甚至"食饮损减,得反胃病也"(《太平御览》卷三七六引《魏略》)。由于三曹爱好文学,所以他们在创作方面留下了丰硕的成果。这一点,明人胡应麟《诗薮·杂篇》卷二有明确的统计:"自汉而下,文章之富,无出魏武者。集至三十卷,又《逸集》十卷,《新集》十卷,古今文集繁富当首于此。陈思集亦五十卷,魏文二十三卷,明帝十卷。吁!曹氏一门何盛也。今惟陈思十卷传,武、文二主集仅二、三卷,亡者不可胜计矣。"

　　在封建社会里,最高统治者有至高无上的权威。而遵从权威,在许多封建士大夫的心目中,又常常被视为"天经地义"。上有所好,下必有所应。最高统治者对社会的影响是相当大的。三曹当中,曹操占有"相王之尊"的首要地位,曹丕以"副君之重"显赫当时,曹植靠"公子之豪"引人注目。他们在政治上都有特殊的地位,特别是曹操和曹丕,都有决策的权势。他们在文学上又都是行家,各自都写了不少优秀的文学作品。这些对建安文学的繁荣都有较大的促进作用。

　　建安文学的繁荣,除了三曹重视爱好文学这方面的原因之外,还与当时其他文人的共同努力密切相关。当时的杰出作家建安七子和蔡琰等,都以自己创作的优秀作品,给建安文坛增加了绚丽的光采。这些作家之所以能在文学方面有所贡献,固然有多方面的原因,但与他们受到了三曹的重视是分不开的。刘勰在前面引文中所讲述的"体貌英华,故俊才云蒸",指的主要就是这一点。

　　建安前后,随着社会的急剧变化和思想的比较解放,文人的地位得到了提高。三曹不再像两汉一些帝王贵族那样,把文人视为俳优,而是从"唯才是举"的用人原则出发,重视文人,延揽文人,注意重用文人。在这方面,曹操做了不少工作,其中有的是一般封建统治者难以做到的。曹操具有识别才能的才能。他的才能再加上他采取的许多进步措施和雄强的性格,吸引了许多有才能的文人围绕在他身边。他懂得如何使用这些人才,知道怎样利用他们为他出力。这些文人一般也愿意听从他指挥,愿意为他效劳。他对陈琳的任用和赎回女诗人蔡琰,就是典型的例证。著名文人陈琳在依附曹操的政敌袁绍时,曾为袁绍作檄文,骂过曹操及其祖父。袁绍败后,曹操对陈琳是"爱其才而不咎",并且委以重任(《三国志》卷二一《魏志·王粲传》)。这件事,刘勰在《檄移篇》有所论述:"陈琳之檄豫州……敢指曹公之锋,幸哉免袁党之戮也。"看来刘勰对曹操不计私仇,重用陈琳是颇为赞许的。女诗人蔡琰被匈奴俘获以后,长期生活在匈奴,后来曹操"乃命使者周近持玄璧于匈奴",将她赎回(曹丕《蔡伯喈女赋序》)。由于曹操比较尊重文人,结果使当时不少文人陆续会萃在曹魏的政治中心邺城,形成了邺下文人集团。这方面的情况,曹植在《与杨德祖书》中有概括的描绘:

> 昔仲宣独步于汉南,孔璋鹰扬于河朔,伟长擅名于青土,公干振藻于海隅,德琏发迹于大魏,足下高视于上京。当此之时,人人自谓握灵蛇之珠,家家自谓抱荆山之玉。吾王于是设天网以该之,顿八纮以掩之,今尽集兹国矣。

曹操虽然重视文人,但由于他军政要务在握,难以有更多的时间接触文人。因此,三曹当中,接触文人较多的是曹丕和曹植,他们兄弟俩在邺下文人集团中发挥着更为直接的作用。曹丕对当时的著名文人徐干、陈琳、应玚、刘桢和吴质等相当尊重,基本上和他们能够友好相处,达到了"行则同舆,止则接席,何尝须臾相失!每至觞酌流行,丝竹并奏,酒酣耳热,仰而赋诗"(曹丕《又与吴质书》)的十分密切的地步。曹植对当时的文人也是比较尊重的,这从他写的《送应氏二首》、《赠徐干》、《赠丁仪》、《赠王粲》、《赠丁仪王粲》、《赠丁翼》和《与杨德祖书》等诗文中都可以得到印证。曹植尊重文人,而不少文人对他也是相当敬佩的。丁翼曾说曹植"博学渊识,文章绝伦。当今天下之贤才君子,不问少长,皆愿从其游而为之死"(《三国志》卷一九《魏志·陈思王植传》注引《文士传》)。丁翼的话虽有溢美的成分,但从中可以看到曹植和一些文人的友好关系。

三曹对文人比较尊重，注意延揽文人，对建安文学有哪些影响？对此，刘勰虽然没有专题论述，但在他对建安文学的概论中却有所反映。《时序篇》说建安时期的文人常常是：

> 傲雅觞豆之前，雍容衽席之上，洒笔以成酣歌，和墨以藉谈笑。观其时文，雅好慷慨。

《明诗篇》论建安五言诗说：

> 暨建安之初，五言腾踊。文帝、陈思，纵辔以骋节；王、徐、应、刘，望路而争驱。并怜风月，狎池苑，述恩荣，叙酣宴；慷慨以任气，磊落以使才。造怀指事，不求纤密之巧；驱辞逐貌，唯取昭晰之能：此其所同也。

在上面两节引文中，刘勰概括地描绘了文人聚会在三曹周围以后，文坛创作的盛况及其主要特点。过去学术界有一种观点，认为上面引文中的"傲雅觞豆之前"等四句和"并怜风月"等四句，是刘勰对邺下文人的全面批评，进而认为三曹把许多文人延揽在自己的周围，对文学的影响主要是消极的。其实，这种看法既不完全符合刘勰的原意，也不符合邺下文人创作的实际。从上面第一节引文来看，刘勰说了"傲雅觞豆之前"等四句话之后，接着又说了"观其时文，雅好慷慨"两句完全肯定的话。从第二节引文来看，刘勰在"并怜风月"等四句话之后，接着又肯定了当时文人的"慷慨以任气，磊落以使才"的特点。因此，恐怕不能认为刘勰上面两段引文是对邺下文人的全面批评。如果说刘勰在这里有不足之处的话，那就是由于骈文的局限，对"怜风月，狎池苑，述恩荣，叙酣宴"之类的作品，只是作了笼统的论述，而没有作具体的分析。假若仔细分析一下这类作品，可以发现，其中有些内容应当肯定，有些则没有价值。拿"述恩荣"这类作品来说，其中有一些作品就其主要倾向来说，歌颂的基本上是曹氏父子进步的方面,如王粲歌颂曹操的《从军诗》五首当中的第一首和第四首。这两首诗对曹操的歌颂虽然有些过头,但诗中叙写的曹操进行的战争,在当时有利于祖国的统一,是进步的。对这类作品,应当肯定。此外,还有一些作品,就其主要倾向来说,是属于庸俗的颂祝之作,如王粲的《公宴诗》。作者写这类作品,主要是为了取媚曹氏父子,结果矫揉造作,缺乏真实深切的感受和时代的内容。这类作品,没有多大价值。就其艺术表现来看,上面说的"述恩荣"之类的作品,确有"造怀指事,不求纤密之巧"等特点。刘勰对此也是肯定的。

综上所述,三曹爱好文学、尊重文人、延揽文人,对建安文学的影响主要还是积极的,也是建安文学发展的一个重要原因。刘勰指出了这一点,是值得我们重视的。

二

在刘勰对三曹的评论当中,评论最多的是曹植。散见于《文心雕龙》各篇中涉及曹植的论述有二十多条,占有关三曹评论的一半左右。这一现象的出现,并不是偶然的。它说明刘勰对曹植是相当重视的。综合刘勰对曹植的二十多条论述,可以看到,刘勰既肯定了曹植在文学上的卓越贡献,又指出了他存在的不少缺点,其评价是比较全面的。

首先,刘勰充分肯定了曹植在各体文学上取得的杰出成就。曹植长于各体诗歌,并且都做出了自己的贡献。对此,刘勰是十分称赞的。《明诗篇》说:

> 若夫四言正体,则雅润为本;五言流调,则清丽居宗;华实异用,惟才所安。故平子得其雅,叔夜含其润,茂先凝其清,景阳振其丽。兼善则子建、仲宣,偏美则太冲、公干。

刘勰强调四言诗是"正体",应以"雅润为本",论述五言诗又以"清丽居宗",这些都不够恰当。因此,纪昀评刘勰上面这段话说:"夫'雅润'、'清丽',岂诗之极则哉?"(引自《文心雕龙注释·明诗篇》)用"雅润"和"清丽"作尺度去评价曹植的四言诗和五言诗,自然也是不妥的。但是,从这里可以看到,刘勰对曹植诗歌的评价是相当高的。刘勰在《乐府篇》里还认为曹植的乐府诗也有"佳篇"。建安时期,是五言诗大发展的时期。曹植在五言诗的发展中,也走在了前面。刘勰十分重视曹植在这方面的成就。《明诗篇》在论及"建安之初,五言腾踊"时,特别指出曹植是纵辔驰骋,大显身手。刘勰的看法,可以从曹植的诗歌创作得到证明。今存曹植比较完整的诗歌近八十首,其中五言诗近六十首,占百分之七十以上。而且,曹植的五言诗"骨气奇高,辞采华茂"(钟嵘《诗品》卷上),无论在思想内容上,还是在艺术表现上,水平都是很高的。由此可见,刘勰十分肯定曹植在五言诗方面的贡献,并不是虚美之词,而是切合实际的恰当论断。

散文在曹植的创作中占有较大的比例,刘勰对曹植的散文也是相当重视的。《章表篇》评价曹植的表说:

> 陈思之表,独冠群才。观其体赡而律调,辞清而志显,应物掣巧,随变生趣,执辔有余,故能缓急应节矣。

曹植的表,无论在数量上,还是在质量上,都是相当可观的。《三国志·陈思王植传》及注全文引曹植的表共有五篇,这在整个《三国志》及其注文中,是极其罕见的。《文选》的选文标准是比较高的,选录的表共有十九篇,其中曹植的就有两篇,在建安文人当中居于首位。曹植的表,确有不少写得声情并茂,刘勰以"独冠群才"等话加以赞誉,并不过分。除了表之外,刘勰《祝盟篇》还说曹植的《诰咎》,能"裁以正义";《杂文篇》说曹植的《七启》,"取美于宏壮"。应当说,这些评价都是精当之论。

其次,刘勰充分肯定了曹植作品在艺术表现上取得的杰出成绩。建安时期是一个由质到文的时期,重视艺术表现是建安文坛比较普遍的风尚。这在曹植的作品中也有鲜明突出的表现。这个问题,刘勰在不少地方有所论及。除了上面提到的(如说曹植的五言诗"清丽",说他的表"律调"、"辞清"等)以外,刘勰特别重视曹植在运用比兴手法和声律两方面取得的成就。《比兴篇》论比时,在建安文人当中,特别标举曹植和刘桢两人,说他们:

> 图状山川,影写云物,莫不纤综比义,以敷其华,惊听回视,资此效绩。

比兴是我国古代诗歌创作的优秀传统。刘勰在《文心雕龙》中设《比兴篇》专论比兴,可见他对比兴是相当注意的。《比兴篇》在论兴的同时,还专门论述了比。比作为一种艺术手法,在曹植作品中用得很多,确实达到了"莫不纤综比义"的地步。这方面的例证,在曹植的作品中,俯拾即是。"高波凌云霄,浮气象螭龙。"(《盘石篇》)这里用腾飞的螭龙作比,描绘波涛凌云、水气涌浮的壮观景象。"有子月经天,无子若流星。天月相终始,流星没无精。"(《弃妇篇》)这里用月亮比喻有子的妇女,月亮与天相终始,比喻有子的妇女能和丈夫在一起;用流星比喻无子的妇女,流星离天即失去了光辉,比喻无子的妇女要被休弃。月亮与流星,两两相比,比拟惊切,表现了弃妇的悲惨遭遇,寄托了诗人的无限同情。曹植还有一些作品,几乎层层意思都用比。如《矫志诗》"段段用比语起,别成一格"(陈祚明《采菽堂古诗选》卷六)。《浮萍篇》连用六个比喻,表现了一种悲慨而悱恻的感情。曹植作品中的比,有许多是富有创造性的,一般都是先有情意,然后选择适当的外界物象做比,做到了情意与物象的互相交融。因此,曹植运用比,增加了作品的文采,收到了"惊听回视"、动人心弦的艺术效果。刘勰论比,特别标举曹植,可以说是抓住了曹植作品一个重要的艺术特点。

关于曹植作品在声律方面的成绩,刘勰在《文心雕龙》中有几个地方都谈到了,其中首先值得我们注意的是《声律篇》中有关的论述。《声律篇》是刘勰集中论述声律的专论。刘勰在这篇专论中特别称许了曹植:

> 若夫宫商大和,譬诸吹籥……籥含定管,故无往而不壹。陈思、潘岳,吹籥之调也。

在刘勰看来,曹植的作品声律调和,无处不谐。这样的称许,基本上符合曹植的实际情况。有不少资料证明,曹植是十分注重声律的。如他在《平原懿公主诔》中赞美懿公主"生在十旬,察人识物,仪同圣表,声协音律"。为一个女孩子作诔,特别提到她的音律,足见曹植对声律是非常注意的。这在曹植的诗歌中也有不少表现。曹植以前的诗歌,对语很少,而曹植的诗歌则有很多工整的对语。"秋兰被长坂,朱华冒绿池。潜鱼跃清波,好鸟鸣高枝。"(《公宴诗》)"凝霜依玉除,清风飘飞阁。"(《赠丁仪》)这些诗句平仄谐调妥帖,俨然后来的律句。在《乐府篇》中刘勰对俗称曹植乐府诗"乖调"的看法,提出了反驳的意见。刘勰认为曹植的乐府诗合乎声律,其所以未能被演奏,是因为"无诏伶人,故事谢丝管"。曹植重视声律,在他的散文中也有表现。《章表篇》说曹植的表"律调"。所谓"律调",意思就是音律谐调。

语言艺术,特别是诗歌,与声律有着特别密切的关系,所以诗歌对声律的要求也比较严格。曹植的作品,在这方面取得了前所未有的艺术成就。后来有不少文论家对曹植在这方面取得的成绩,都比较赞赏,其中较早肯定这方面的,当首推刘勰。

　　刘勰在肯定曹植创作成就的同时,对曹植具体作品中和用事、用语等方面存在的缺点,也提出了严格的批评。《诔碑篇》批评曹植的诔文"体实繁缓,《文皇》诔末,旨言自陈,其乖甚矣"。《杂文篇》认为曹植的《客问》,"辞高而理疏"。《论说篇》指出曹植的《辩道论》,"体同书抄,言不持正,其论如已"。《封禅篇》指责曹植的文章《魏德》,说它"假论客主,问答迂缓,且已千言;劳深绩寡,飙焰缺焉"。关于用事,《事类篇》批评曹植说:"陈思,群才之英也。《报孔璋书》云:'葛天氏之乐,千人唱,万人和,听者因以蔑《韶》、《夏》矣。'此引事之实谬也。"关于用语,《指瑕篇》中对曹植的《武帝诔》和《明帝颂》提出了批评:"《武帝诔》云:'尊灵永蛰';《明帝颂》云:'圣体浮轻'。'浮轻'有似于胡蝶,'永蛰'颇疑于昆虫。施之尊极,岂其当乎!"上述刘勰对曹植的批评,现在看来,有的并不恰当。但刘勰的可贵之处就在于:他并没有因为曹植是向来为世人所推崇的作家而讳言他的缺点。

　　刘勰在评价曹植的时候,还对过去评论中关于曹植和曹丕的高下问题,发表了自己的看法。《才略篇》说:

　　　　魏文之才,洋洋清绮,旧谈抑之,谓去植千里。然子建思捷而才俊,诗丽而表逸;子桓虑详而力缓,故不竞于先鸣。而乐府清越,《典论》辩要:迭用短长,亦无懵焉。但俗情抑扬,雷同一响,遂令文帝以位尊减才,思王以势窘益价,未为笃论也。

　　这里有两点值得我们注意:其一,刘勰指出了"旧谈"对曹丕和曹植抑扬的不当,说明曹丕和曹植在才华和创作等方面各有所长,不能因其政治地位的不同而加以抑扬。这一点是应当肯定的。其二,刘勰虽然批评了过去对曹植和曹丕抑扬的不当,但他反对的只是把两人的才华说成是相差"千里"和"文帝以位尊减才,思王以势窘益价"的不正确看法,而并不意味着曹丕和曹植就没有高下之分。综合刘勰对曹丕和曹植的有关论述，可以发现，刘勰还是认为曹植的文学成就高于曹丕，如《明诗篇》说曹植的四言诗"雅润"、五言诗"清丽"，达到了"兼善"的地步，而没有提及曹丕。如果要品评等级的话，刘勰恐怕会把曹植排在曹丕之上。这和钟嵘在《诗品》中把曹植列为上品、把曹丕排在中品，是大体相近的。

三

在建安时期，曹操不仅以"雅爱诗章"、"体貌英华"促进了建安文学的繁荣，而且他自己写的一些作品也是我国古代文学史上的优秀篇章。但是，在《文心雕龙》里，刘勰对曹操的作品，基本上采取了贬抑的态度。《文心雕龙》全书提到曹操及其作品的共有九处。其中有六处是刘勰引用曹操有关创作和文体的见解，刘勰引用的目的是想借以论证自己要说明的问题。他对曹操的诸多见解是肯定的。有两处是赞颂曹操爱好文学、尊重文人的。只有一处是论述曹操作品的，即《乐府篇》所说的：

　　至于魏之三祖，气爽才丽；宰割辞调，音靡节平。观其"北上"众引，"秋风"列篇，或述酣宴，或伤羁戍；志不出于淫荡，辞不离于哀思，虽三调之正声，实《韶》、《夏》之郑曲也。

"'北上'众引"，指的是曹操《苦寒行》之类的作品。刘勰认为这类作品"伤羁戍"、"辞不离于哀思"，是属于《韶》、《夏》之郑曲"。刘勰的看法，不仅否定了这类作品的内容，而且也否定了与之相联系的曲调。此外，刘勰对曹操的其他优秀作品也只字未提。本来刘勰论诗歌，十分重视四言诗。《明诗篇》说四言诗是"正体"；《章句篇》认为："诗、颂大体，以四言为正。"曹操的不少四言诗，如《短歌行》、《步出夏门行》等，在今天看来，不论在思想内容上，还是在艺术表现上，都是相当成功的。但刘勰对这些作品，态度冷漠，从未齿及。刘勰对五言诗也是比较重视的。他论建安诗歌，特别肯定其"五言腾踊"。曹操在五言诗方面也做出了自己的贡献，除了上面提到的五言诗《苦寒行》之外，其他像《薤露行》、《蒿里行》、《却东西门行》等，都是五言诗当中的优秀作品。对这些优秀的五言诗，刘勰也从未提及。

　　刘勰对于建安文坛上地位显赫、贡献突出的作家曹操的优秀作品，或者只字不提，或者虽然提到了，但却予以贬抑。这不能不说是一种失误。刘勰作为一位杰出的文学理论家，在作家评论上，有不少真知灼见，但在曹操作品的评价上，却出现了失误。这种情况的出现，不是刘勰的疏忽，也不是一种偶然的现象，而是与他在文艺思想上的局限性有密切的关系。具体地说，有以下几方面原因：

　　第一，在文学的作用方面，刘勰过分地强调文学在为封建政治、封建军事服务和道德修养等方面的功利性。这在《文心雕龙》中有许多明显的表现。《征圣篇》说："是以远称唐世，则焕乎为盛；近褒周代，则郁哉可从：此政化贵文之征也。"《序志篇》说："唯文章之用"，"君臣所以炳焕"。在《封禅篇》中，刘勰盛赞司马相如的《封禅文》说："表权舆，序皇王，炳元符，镜鸿业，驱前古于当今之下，腾休明于列圣之上；歌之以祯瑞，赞之以介邱；绝笔兹文，固维新之作也。"这些是强调文学要为封建政治教化服务。《程器篇》说："摛文必在纬军国，负重必在任栋梁。"《序志篇》说："唯文章之用"，"军国所以昭明"。《奏启篇》肯定"晁错之兵事"，"理既切至，辞亦通畅，可谓识大体矣"。这些是主张文学要为封建军事服务。《征圣篇》说："褒美子产，则云'言以足志，文以足言'；泛论君子，则云'情欲信，辞欲巧'：此修身贵文之征也。"《谐隐篇》说："隐语之用，被于纪传，大者兴治济身，其次弼违晓惑。"这两段引文主要是强调文学要为道德修养服务。刘勰用上面谈到的功利性原则去衡量曹操的作品,曹操的作品自然是不够格的。曹操的作品,或描写动乱给人民带来的深重灾难,或抒发统一天下的思想感情,在刘勰的心目中,这些既无益于封建政治教化和封建军事,也无补于人们的道德修养。因此,对它们或者加以贬抑,或者打入冷宫。

在我国古代文艺理论史上,有很多文论家为了本阶级的利益,强调文学为封建政治、封建军事服务和有助于封建道德修养等方面的功利性,这是可以理解的,我们也不应当不加分析地完全予以否定。我们不同意的是像刘勰那样过分地强调上述几方面的功利性。刘勰强调的功利性是比较狭隘的,用这样的尺度去评价古代的作品,往往会导致否定一些优秀的文学作品。刘勰在这方面的失误,是值得我们注意的。

第二,在音乐思想上,刘勰十分推崇"雅乐",而对所谓"郑声"却采取了鄙视和贬斥的态度。

在先秦儒家的典籍中,常常把我国古代的音乐分成两种:一种是所谓的"雅乐"。这种音乐被认为是"治世之音",多属庙堂音乐;另一种是所谓的"郑声"。这种音乐被说成是"乱世之音",主要是来自民间。到了汉代,随着时代的推移,音乐也发生了变化:"雅乐"渐趋衰微,"郑声"(主要是乐府民歌)却得到了发展,以至连宫廷中也常常不用"雅乐"而演奏"郑声"。据《汉书·礼乐志》记载:汉武帝以后的"雅乐",虽"天子下大乐官,常存肄之,岁时以备数,然不常御,常御及郊庙皆非雅声"。汉成帝时,"郑声尤甚"。至东汉班固写《汉书》时,"郊庙诗歌,未有祖宗之事,八音调均,又不协于钟律;而内有掖廷材人,外有上林乐府,皆以郑声施于朝廷"。汉代音乐的这种变化,在汉儒当中引起了不同的反响,有的赞赏,有的反对。反对的,如陆贾、司马迁和扬雄等。陆贾《新书·道基》说:"后世淫邪,增之以郑卫之音。"司马迁《史记·乐书》说:"雅颂之音理而民正……郑卫之曲动而心淫。"扬雄《法言·寡见》卷说:"郑卫调俾。"为了对抗"郑声",反对"郑声"的极力主张恢复古代的"雅乐"。赞赏"郑声"的,有桓谭和桑弘羊等。桓谭《新论》(佚文)说:"桎梏不如流郑之乐。"《盐铁论·相刺》载桑弘羊云:"好音生于郑卫。"两汉时期,尽管一些皇帝和贵族喜爱"郑声",少数文人也赞赏它,但由于"雅乐"有利于维护和巩固封建秩序,所以在汉代音乐领域里,崇尚"雅乐"一直居于统治地位。到了建安时期,特别是建安前期,随着社会的急剧变化和思想的相对解放,不少统治者和文人深受汉乐府民歌的影响,在音乐思想上发生了很大的变化:由两汉的崇尚"雅乐",变为喜爱民间音乐,同时还冲破了要求乐府歌辞的内容与曲名相一致的框框,出现了一些沿用乐府旧题叙写新的思想内容的作品。在这方面,曹操是突出的代表。曹操不仅是一个文学家,而且也是一个音乐家。《魏志·武帝纪》注引《曹瞒传》说,曹操"好音乐,倡优在侧,常以日达夕"。曹操爱好的音乐,主要是汉乐府"相和歌"。而汉乐府"'相和歌',并汉世街陌讴谣之词"(《乐府·古题要解》)。又据《宋书·乐志》记载:"'但歌'四曲,出自汉世。无弦节,作伎最先一人倡,三人和。魏武帝尤好之。"曹操的许多优秀乐府诗,像《苦寒行》、《薤露行》、《蒿里行》、《步出夏门行》和《却东西门行》等,都属于"相和歌",这显然是受了汉乐府民歌的影响。

从先秦到建安时期,音乐发生的变化,刘勰是看到了。但他并不认为这种变化是一种进步。他基本上承袭了汉儒保守落后的音乐思想。从《乐府篇》来看,刘勰十分推崇传说的《咸池》、《玉英》、《韶》和《夏》等"雅乐"。后来"雅声浸微,溺音腾沸",刘勰对此是持反对态度的。汉元帝、汉成帝时"郑声尤甚",在刘勰看来是"稍广淫乐"。刘勰对一些人追求"新异"音乐,轻视"雅咏",也是极为不满的。用上述的态度和标准去评价曹操的乐府诗,它们自然是"《韶》、《夏》之郑曲"了,自然属于应当批评的"新异"了。如果文艺思想保守落后,把为封建统治阶级服务的文艺作品,奉为正统的、不能改动的至宝,而轻视来自民间的以及在民间文艺影响下产生的优秀文人作品,最后必然会导致否定优秀的民间文艺和一部分文人的优秀作品。在这个问题上,刘勰的失误是非常明显的。

　　第三,在艺术表现上,刘勰比较重视有文采的作品,而对质朴的作品一般评价不高。刘勰生活在南朝,他对当时文坛上过分地追求形式而忽视内容的风尚,曾多次提出了批评。但是他并没有因此而轻视文采。《宗经篇》提出"文能宗经,体有六义"。"文丽而不淫"就是"六义"之一。《文心雕龙》还设专论《情采篇》。刘勰在这篇专论中,有很大篇幅是论述文采的。从《情采篇》来看,刘勰认为文学注重文采是很自然的事情,如同"水性虚而沦漪结,木体实而花萼振,文附质也",有质自然就应当有文。刘勰还认为,光靠自然的文采是不够的,还要靠人为的文采,正如"犀兕有皮,而色资丹漆,质待文也"。值得注意的是,刘勰所说的文采,主要指对偶、声律和辞藻,而没有把质朴看成是文采的一种特殊表现。因此,严格地讲,刘勰对文采的看法并不全面。刘永济先生在《文心雕龙校释·情采》中曾经指出:"敷采设藻者,但写吾情域所包之物,状吾情识所变之物,而已不胜其巧妙矣。吾情域所包,情识所变者,或朴或华,或奇或正,而吾之采亦从之而异,斯乃真文正采。"刘先生认为,作品只要成功地表现了思想感情,即使语言质朴,也应当算"真文正采"。但是刘勰并没有看到这一点。因此,他对那些有真实内容、又有美丽文采的作品,是十分肯定的,而对那些有真实内容而语言质朴的作品,则比较轻视。前者如上面引文说曹植"诗丽而表逸",《明诗篇》说"古诗佳丽……观其结体散文,直而不野,婉转附物,怊怅切情,实五言之冠冕也"。后者如只字不提优秀的汉乐府民歌和对曹操乐府诗的评价。本来汉乐府民歌中的优秀作品,人物描写真实生动,叙事具体细致,语言质朴无华,具有很高的艺术性。但对这样的优秀作品,刘勰是相当鄙视的。曹操深受汉乐府民歌的影响,再加上他总揽庶政,戎马不停,许多诗歌写于鞍马间,无暇做过细的思考,因此常常用朴素的语言,白描的手法,直接叙写所闻、所见和所感。这些是应当肯定的。但却受到了刘勰的贬抑和冷遇。刘勰在艺术表现上,强调"文丽",而忽视质朴,这是他文艺思想上的一个缺欠,也是他不能正确地评价曹操作品的一个原因。

三曹在我国古代文学史上占有重要的地位,早在一千三百多年以前,刘勰就如此重视他们,并且从多方面对他们进行评价,这是难能可贵的。刘勰对三曹的评价(主要是对曹操的评价),虽然有一些失误,反映了他的文学观具有保守性的一面,但全面来看,他的评价还是得多于失,有不少精当的见解。特别是他肯定三曹在建安文学发展中的积极作用,称许曹植在文学上取得的多方面的成就,这些都表现了他文学观中进步的一面。刘勰对建安文学的精当见解,不仅在长期的封建社会里对人们正确认识建安文学有很大的影响,而且即使在今天,对我们仍有一定的启发作用。因此,我们应当重视刘勰对三曹的评价。

　　　　　　　　　　　　　　　　　　写于一九八三年五月

　　　　　　　　　(原载张可礼《建安文学论稿》"附录一",
　　　　　　　　　　　　山东教育出版社 1986 年版。)

刘勰论魏晋玄言诗

魏晋玄言诗是我国古代诗歌史上的一种重要文学现象，南朝的不少文人对此都十分关注，分别表述了自己的见解。刘勰是其中的重要代表之一。刘勰在《文心雕龙》的《明诗》和《时序》等篇中，都论述了玄言诗，提出了许多重要的观点。南朝以来，玄言诗一直受到冷落，即使论及也多持否定态度。最近几年，不少研究者开始重新审视玄言诗，提出了一些新看法。在这种情况下，我们对刘勰有关玄言诗的论述作一探讨，对研究玄言诗以至整个魏晋文学，可能会有所裨益。

一、界定问题

研究魏晋玄言诗，首先遇到的一个问题，就是对玄言诗如何界定。如果这一问题不解决，势必会影响研究工作。刘勰有关这方面的见解，值得我们重视。刘勰在《文心雕龙》中虽然没有直接解释玄言诗的涵义，但是，只要我们对他有关玄言诗的论述加以分析，就可以看出，他对玄言诗这一概念是有所界定的。《明诗篇》云：

> 及正始明道，诗杂仙心……江左篇制，溺乎玄风，嗤笑徇务之志，崇盛亡机之谈……宋初文咏，体有因革，庄、老告退，

而山水方滋。

《时序篇》云：

> 自中朝贵玄，江左称盛；因谈余气，流成文体……诗必柱
> 下之旨归，赋乃漆园之义疏。

所谓"正始明道，诗杂仙心"，指的是正始时期的玄言诗，杂有老庄思想。至于"诗必柱下之旨归，赋乃漆园之义疏"二句，互文见义，说明东晋的玄言诗比正始时期又有了进一步的发展。东晋老庄思想充斥诗坛，诗歌成了讲解老庄之道的工具。而刘宋初年，山水诗开始兴盛，并且取代了玄言诗，其标志就是"庄老告退"。刘勰上面的两段话，尽管是对正始和东晋玄言诗的批评，但在他的批评中，却揭示了玄言诗的内涵，指出了玄言诗的特征，这就是用诗歌的形式载老庄之道。刘勰的这一观点可以看成是他对玄言诗的界定。如果把刘勰对玄言诗的界定，同他前后的檀道鸾、沈约、萧子显和钟嵘等人对玄言诗的界定加以比较的话，可以发现，他们的见解是比较接近的。《世说新语·文学第四》注引檀道鸾《续晋阳秋》说：

> 正始中，王弼、何晏好《庄》、《老》玄胜之谈，而世遂贵焉。
> 至江左李充尤盛。故郭璞五言始会合道家之言而韵之。询
> 及太原孙绰转相祖尚，又加以三世之辞，而《诗》、《骚》之体
> 尽矣。

沈约《宋书》卷六十七《谢灵运传论》说：

> 有晋中兴，玄风独振，为学穷于柱下，博物止乎七篇，驰
> 骋文辞，义殚乎此。自建武暨乎义熙，历将百载，虽缀响联
> 辞，波属云委，莫不寄言上德，托意玄珠。

萧子显《南齐书》卷五十二《文学传论》说：

> 江左风味，盛道家之言，郭璞举其灵变，许询极其名理。

钟嵘《诗品下》说：

> 永嘉以来，清虚在俗，王武子辈诗，贵道家之言。

《诗品序》又说：

> 爰及江表，微波尚传，孙绰、许询、桓、庾诸公诗，皆平典似《道德论》。

檀道鸾、沈约、萧子显和钟嵘论述玄言诗，虽然涉及的范围不同，但对玄言诗的特点，在认识上却是比较一致的。都认为玄言诗宣扬的是以老、庄为代表的"道家之言"。这一点，檀道鸾等四人同刘勰的看法基本上是吻合的。说基本上是吻合，是因为檀道鸾和刘勰的见解，同中还有异。檀氏在谈及许询和孙绰转相祖尚玄风之后，接着又说："又加以三世之辞，而《诗》、《骚》之体尽矣"。看来，檀氏把阐述佛理的诗歌也划入玄言诗的范围了。檀氏写《续晋阳秋》是在刘勰之前的刘宋时期，但刘勰在界定玄言诗时，并没有取檀氏之说。这说明刘勰对玄言诗的界定，有自己的独立思考。今天看来，刘勰和沈约、萧子显、钟嵘对玄言诗的界定比较科学，也容易把握。如果像檀氏那样，把阐发"三世之辞"的诗歌也归为玄言诗，那么按照这一逻辑，我们也可以把讲解儒家思想的诗歌同样划入玄言诗。这样，玄言诗的范围就会不断扩展，研究的对象就难以相对地固定。对象不固定，就不易使玄言诗的研究有所进展。

刘勰对玄言诗的界定，还有一点很值得我们重视。这就是所谓玄言诗，其主旨必须是阐述老庄之道，即《时序篇》所说的"诗必柱下之旨归，赋乃漆园之义疏"。这一点，对我们也颇有启示。我们知道，老、庄是我国古代的重要思想家，以老、庄为代表的道家思想，影响相当深广。不少诗人，特别是魏晋时期的一些诗人，程度不同地都受到了它的影响，并且在诗歌中有程度不同的反映。

能不能把凡是含有老庄思想的诗歌,都看成是玄言诗?恐怕不能。参照刘勰的论述,我们只能把那些以阐释老庄思想为主的诗歌视为玄言诗。如果一首诗的主要内容是言志抒情,或者是咏物写景,即使其中有一些诗句涉及老庄之道,这样的诗不应划归玄言诗。明确这一点,很有必要。过去因为这一点没有讨论清楚,所以在魏晋玄言诗的研究中,有时对同一诗人与玄言诗的关系,出现了两种截然相反的看法。这在郭璞的争论上表现得非常明显。对郭璞与玄言诗的关系的不同看法始于南朝。檀道鸾《续晋阳秋》说:"郭璞五言始会合道家言而韵之"。檀氏的观点很清楚,他是把郭璞作为东晋玄言诗的创始者。而刘勰、钟嵘则和檀氏不同。刘勰在《明诗篇》中论述东晋玄言诗说:"袁、孙已下,虽各有雕采,而辞趣一揆,莫与争雄。所以景纯仙篇,挺拔而为俊矣。"在《才略篇》中又说:"景纯艳逸,足冠中兴……《仙诗》亦飘飘而凌云矣。"《游仙诗》是郭璞诗歌的代表作。刘勰认为郭璞的《游仙诗》辞意挺拔而俊逸,是东晋诗坛上最杰出的作品,和玄言诗完全不同。钟嵘的看法和刘勰一致。钟嵘在《诗品中》说郭璞的诗歌,"始变永嘉平淡之体,故称中兴第一……《游仙》之作,辞多慷慨,乖远玄宗"。自南朝对郭璞的诗歌与玄言诗的关系出现了不同的见解之后,直到现在,对这一问题的看法,分歧仍然很大。现在有不少论著,同意檀道鸾的观点,把郭璞的诗歌作为玄言诗的正式起点。而另外有些论著则同意刘勰和钟嵘的观点,认为郭璞的诗歌与玄言诗不同,不应把它划入玄言诗。上述分歧的产生,与对玄言诗的界定有重要关系。从现存郭璞的《游仙诗》来看,其中有些并没有涉及老庄之道,有些虽然有所涉及,但并非是全诗的主旨。坚持郭璞是玄言诗人的论著常常举下面这首诗为例:

京华游侠窟,山林隐遁栖。朱门何足荣,未若托蓬莱。

临渊挹清波，陵冈掇丹荑。灵溪可潜盘，安事登云梯。漆园
有傲吏，莱氏有逸妻。进则保龙见，退为触藩羝。高蹈风尘
外，长揖谢夷齐。

这首诗确实有老庄思想的影响，特别是"漆园有傲吏"二句更
为明显。但综观此诗，可以发现，这首诗主要是写居官为荣，不如
寄身山林、隐遁高蹈。诗中叙写的完全是自己的感慨，而不是阐
释老庄思想。类似这样的诗歌，恐怕很难把它归入"诗必柱下之
旨归"的玄言诗，况且在郭璞的《游仙诗》中，像这样的诗歌也并不
多。因此，把郭璞作为玄言诗的开创者，并不符合郭璞诗歌的实
际情况。在这方面，刘勰和钟嵘的看法，是应当予以肯定的。

刘勰对玄言诗的界定，虽然是在1400多年以前做出的，但仍
值得我们重视。从近几年研究玄言诗的论著来看，由于对玄言诗
没有明确的界定，结果出现了"扩大化"的问题，产生了不应有的
分歧。为了解决上述问题，使玄言诗的研究能够集中、能够深入，
我们应当重视刘勰对玄言诗的界定。

二、演变过程

玄言诗作为魏晋时期的一种特殊的文学现象，它经历过一个
演变的过程。对这一点，刘勰在《文心雕龙》中虽然没有集中的探
讨，但综观他有关魏晋玄言诗的论述，可以发现，他是把魏晋玄言
诗作为一个历史过程来考察的。他把魏晋玄言诗的演变过程，大
体上分成了产生、停滞、兴盛和衰退四个阶段：

（一）产生阶段。这一阶段是在正始时期。《文心雕龙·论说
篇》说：

迄至正始，务于守文；何晏之徒，始盛玄论。

《明诗篇》又说：

> 及正始明道，诗杂仙心。何晏之徒，率多浮浅。

刘勰认为，在正始时期，由于清谈老庄之道的风气开始兴起，在这种风气的影响下，出现了玄言诗。刘勰的这一见解，不仅说明了玄言诗产生的时间，而且揭示了玄言诗产生的主要原因。他的见解符合当时的历史实际。就现存的古代诗歌来看，本来在正始之前也有玄言诗，比较典型的例子是仲长统的《述志诗》。仲氏的《述志诗》主旨是宣扬老庄的自然无为、逍遥世外的思想。这首诗产生的时间比较早，所以古直《诗品笺》说："寻诗用道家言，始于汉末仲长统《述志》。"不过，《述志诗》虽然"用道家言"，但只是一种偶发的、个别的现象，不能据此就认为玄言诗作为一种诗体已经正式出现。玄言诗的正式出现是在正始时期，这一点，自从刘勰阐明以后，已成为大多数论著的共识。

大凡一种诗体的产生，总是有典型的代表人物，玄言诗也是这样。刘勰论正始玄言诗，特别标举何晏，把他作为正始玄言诗的代表，这是持之有故的。正始玄学有主理和主情两派，何晏是主理派的代表。《三国志》卷二十八《钟会传》附《王弼传》裴注引何劭《王弼传》说："何晏以为圣人无喜怒哀乐，其论甚精，钟会等述之。"何晏又长于写作。《三国志》卷九《何晏传》说：何晏"好老、庄言，作《道德论》及诸文赋著述凡数十篇"。又卷二十八《王弼传》裴注说：何晏长于"论道傅会文辞"。由于何晏在玄学方面是主理派，又长于文学写作，所以他写一些多理少情、"澹乎寡味"的玄言诗就是很自然的事了。此外，因为何晏是曹操的假子，"少以才秀知名"，后又依附秉政的曹爽，很受信用。他曾任吏部尚书，主持过选举。这就使他的玄言诗在当时容易产生影响。

（二）停滞阶段。这一阶段是西晋时期。玄学在正始时期兴起以后,在西晋又有了进一步发展。这一点,刘勰在《时序篇》中有所阐述:"中朝贵玄"。西晋"贵玄"的具体情况,《论说篇》中有所说明:

> 次及宋岱、郭象,锐思于几神之区,夷甫、裴𫖯,交辨于有无之域;并独步当时,流声后代。

刘勰在这里提到了宋岱等4人,这4人都是西晋重要的玄学代表人物。刘勰虽然指出西晋"贵玄",并举出了重要的代表人物,但在论述玄言诗时,却只字没有涉及西晋。刘勰在《文心雕龙》中,对西晋文学十分重视,论述西晋诗人及诗歌的文字也相当多,而唯独没有提到西晋的玄言诗。这并非是刘勰的疏忽,而是有其原因。在刘勰看来,西晋虽然"贵玄",但玄言诗并没有得到相应的发展。因此,他采取了略而不论的做法。这同檀道鸾、沈约和萧子显等人的见解比较接近。从现存的有关记载和作品来看,西晋虽有玄言诗,但数量很少,并没有产生大的影响。西晋诗歌的主流是追求轻绮。这在《文心雕龙》中有多处论及。《明诗篇》说:

> 晋世群才,稍入轻绮。张、潘、左、陆,比肩诗衢。采缛于正始,力柔于建安;或柝文以为妙,或流靡以自妍:此其大略也。

《时序篇》又说:

> 晋虽不文,人才实盛。茂先摇笔而散珠,太冲动墨而横锦;岳、湛曜"联璧"之华,机、云标"二俊"之采;应、傅、三张之徒,孙、挚、成公之属,并结藻清英,流韵绮靡。

从上面的引文可以看到,刘勰认为,西晋诗人多重视形式美,诗歌的特点是"稍入轻绮"、"流韵绮靡",而不是像正始时期的何晏那样,用诗歌去宣传老庄之道。

　　论及西晋的玄言诗时,不少研究者常常引用钟嵘下面的两段话,并用这两段话作为西晋玄言诗有所发展的根据。钟嵘的两段话,一段见于《诗品序》:"永嘉时,贵黄老,稍尚虚谈,于时篇什,理过其辞,淡乎寡味。爰及江表,微波尚传。"另一段见于《诗品下》:"永嘉以来,清虚在俗。王武子辈诗,贵道家之言。"钟氏上面的两段话,有两个重点:一是西晋永嘉时是玄言诗的兴盛期,到了江左东晋,只是"微波尚传";二是永嘉时玄言诗的代表人物是王武子(王济)。其实,钟嵘讲的这两点,很值得怀疑。永嘉期间是西晋末年极其动乱的年代。本来在这之前,由于前后16年的八王之乱,致使社会惨造破坏,人民被杀害的,动辄以万计,有不少文人亦死于非命。永嘉期间,匈奴贵族刘曜与王弥、石勒等联军先后攻占了洛阳和西安等地。给中原一带又一次带来了深重的灾难。这一点,史书多有记录。《晋书》卷一百九《慕容皝载记》载:"自永嘉乱后,百姓流亡,中原萧条,千里无人烟。"《魏书》卷一一〇《食货志》说:"晋末天下大乱,生民涂炭,或死于干戈,或毙于饥馑,其幸而存者十五焉。"洛阳是西晋的首都,遭到的破坏更为惨重。刘曜破洛阳时,纵兵烧杀掳掠,杀王公士民3万多人。幸存者,也多先后流亡江左。《晋书》卷六十五《王导传》载:"洛京倾覆,中州士女避乱江左者十六七。"在避难江左的士女当中,上层人物居多。从上面的有关记述来看,永嘉期间,包括文人在内的较高阶层,或死于战乱,或流亡江左。在这样极其动乱、文人自身难保的条件下,确有一些文人写过玄言诗,但更多的文人没有这样做。看来在当时要形成一种玄言诗风是不太可能的。

　　关于王济,其生卒年不详。汪中《诗品注》说他卒于永熙元年(290)。根据什么,他没有说明。据《晋书》卷四十二《王济传》所载,王济卒后,孙楚"哭之甚悲"。这说明王济肯定卒于孙楚之前。

孙楚的卒年,宋本《晋书》卷五十六《孙楚传》定于元康三年(293),他本均作太康三年(282)。如果我们取汪中的说法,那王济在永嘉前十七年就去世了。如果取孙楚卒于元康三年之说,那至少可以断定王济卒于元康三年之前。元康三年离永嘉还有四年。不管我们采用上述哪一种说法,都可以证明王济在永嘉之前的好多年就已经去世了。由此可以证明,钟嵘把王武子作为永嘉期间玄言诗的代表,从时间来说,就相差很大。

　　从上面的分析可以看到,钟嵘在《诗品》中对永嘉时期玄言诗的论述,并不可靠。因此我们也不能依据钟嵘的论述,进而断定西晋玄言诗有大的发展。西晋时期,虽然有人写玄言诗,但总的来看,基本上是处于停滞状态。造成这种现象的原因是多方面的,其中最重要的有以下三点:第一,司马氏统治集团主张以儒学为本。儒学本来是建立在传统的宗法制度的基础之上的,是维护封建统治的有力武器,出身于儒门世族的司马氏对这一点非常清楚。当正始玄风扇扬的时候,司马氏就杀害了玄学名士何晏和嵇康等人。司马氏篡位以后,更加重视儒学。《晋书》卷七十五《荀崧传》说:晋武帝司马炎"应运登禅,崇儒兴学"。《晋书》卷三《武帝纪》载:晋武帝多次下诏书,讲治国以儒学为本,以百家为末,主张"简法务本"、"敦本息末"。第二,由于司马氏对儒学的重视,再加上儒学传统的根深蒂固,所以西晋的许多著名文人都崇尚儒学。西晋初期的文人傅玄以复兴儒学为己任。《晋书》卷四十七《傅玄传》载:晋武帝即位后不久,傅玄就接连两次上疏,建议"尊儒尚学"。张华是西晋的重臣,又是文坛上的领袖。《晋书》卷三十六《张华传》说他"少自修谨,造次必以礼度"。其他如太康时期的重要诗人陆机和左思等,也都是以儒学来规范自己的言行。《晋书》卷五十四《陆机传》说,陆机"少有异才,文章冠世,伏膺儒术,非礼勿动"。《晋书》卷九十二《左思传》说,左思"家世儒学",他勤于致学,"不好交游"。西晋文人对儒学的推崇,影响了他们的诗歌创作。刘勰在《乐府篇》说傅玄"创定雅歌,以咏祖宗"。《才略篇》说他的篇章"义多规镜"。刘勰在《乐府篇》中还谈到张华,说他的乐府诗,可以和《诗经》中所引的《万舞》相比。更为明显的是,西晋的诗人还写了些直接宣扬儒学的说理诗,如傅咸的《孝经诗》、《论语诗》、《毛诗诗》、《周易诗》、《周官诗》和《左传诗》。这类诗篇虽然充满了干枯的说教,但不同于讲解老庄之道的玄言诗。第三,西晋的玄学名士不太关注文学。拿刘勰在《论说篇》中所列举的玄学名士宋岱、郭象、王衍和裴𬱖来说,他们的一生,除为官之外,就是玄谈。他们的写作,感兴趣的是阐释老、庄,而不是诗歌创作。长于思辨的宋岱,《隋书》卷三十二《经籍志一》载有他著的《周易论》一卷,而无他关于文学创作方面的记载。郭象在西晋的玄谈中影响很大。《晋书》卷五十《郭象传》说他"好《老》、《庄》,能清言",继向秀注《庄子》,而没有涉及诗歌。王衍是西晋玄谈的领袖。《晋书》卷四十三《王衍传》称他"妙善玄言,唯谈《老》、《庄》为事",看来他对文学并不重视。裴𬱖对当时的崇尚玄虚提出了尖锐的批评,《三国志》卷二十三《裴潜传》注引陆机《惠帝起居注》称"𬱖理具渊博,赡于论难,著《崇有》、《贵无》二论,以矫虚诞之弊"。这段记载,说明裴𬱖热心的是论难,而不是文学。凡写玄言诗者,至少必须具备两个条件:一是好老、庄,对老、庄有相当深入的理解。二是爱好并善于写诗。从有关宋岱等人的记载来看,可以发现,西晋的玄学名士,一般是仅有前者,而无后者。这恐怕也是西晋玄言诗基本上处于停滞阶段的一个原因。

　　(三)兴盛阶段。玄言诗经过西晋的停滞阶段以后,到东晋有了迅速的发展,进入了兴盛阶段。这一点刘勰在《文心雕龙》中有明确的表述。《时序篇》说：

> 自中朝贵玄，江左称盛；因谈余气，流成文体。

《明诗篇》又说：

> 江左篇制，溺乎玄风……袁、孙已下，虽各有雕采，而辞
> 趣一揆，莫与争雄。

从上面的引文可以看到，刘勰认为东晋是玄言诗的兴盛阶段，其主要标志有二：一是在东晋，写玄言诗已蔚成风气，所谓"流成文体"、"溺乎玄风"，指的就是这方面的意思。二是玄言诗在东晋的诗坛上，占据了主流和统治地位，"辞趣一揆，莫与争雄"。刘勰把东晋作为玄言诗的兴盛阶段，这和南朝的檀道鸾、沈约和萧子显的看法是一致的。南朝以后，许多文人也持有相同的观点。初唐骆宾王在《和学士闺情诗启》中说："爰逮江左，讴谣不辍，非有神骨仙才，专事玄风道意。"明代王应麟在《困学纪闻》卷十三中说："愚谓东晋玄虚之习，诗体一变。"看来，刘勰认为东晋是玄言诗兴盛阶段的观点，已经成为大多数古代文人的共识。

在东晋的玄言诗坛上，有几个代表人物。在这方面，刘勰特别提到了袁宏和孙绰。关于孙绰，檀道鸾在《续晋阳秋》和钟嵘在《诗品》中论东晋的玄言诗时，都提到了他。从现存有关记载和诗作来看，孙绰确是东晋玄言诗的代表之一。至于孙绰之外的其他代表，刘勰同檀道鸾、萧子显和钟嵘等人的看法则有很大的差异。刘勰在孙绰之外，特别提到袁宏，而未及许询。而檀氏等三人，则均讲许询，却不提袁宏。东晋的玄言诗人较多，其中哪几个人是代表，见仁见智，可以不同。不过，就现存的资料来看，刘勰只讲袁宏，而不提许询，似乎欠妥。袁宏一生长于文史，《时序篇》论述东晋的文史时，特别举出了四人，其中就有袁宏。袁宏的诗歌，远不如文史，所以明人胡应麟《诗薮》外编卷二说：袁宏是晋人中"能

文而不能诗者"。袁宏的诗歌今存六首,其中《从征行方头山》一首确有玄气,至于其他几首,特别是《咏史诗》二首,"是其风情所寄",不能视为玄言诗。而许询呢,他有才情,终生长于玄谈,经常与简文帝、刘惔、支遁、王羲之等雅赏玄谈的贵族和名士清谈论辨,并且深受他们的钦慕和仰爱。同时他有才藻,善属文。《世说新语·文学第四》载:晋简文帝曾称赞许询的五言诗"妙绝时人"。孙绰《答许询诗》九章其八有"贻我新诗,韵灵旨清"二句。上述资料说明,许询在诗歌方面,当有不少作品,而且受到了简文帝和孙绰的推崇。许询的诗歌,多已失传。今存《农里诗》中的"亹亹玄思得,濯濯情累除"二句,是典型的玄言诗。在文的方面,许询今存《墨麈尾铭》和《白麈尾铭》两铭的佚文。《墨麈尾铭》云:"通彼玄咏,申我先子。"《白麈尾铭》云:"君子运之,探玄理微。"看来,许询不论是诗,还是文,都没有离开言玄。也许是由于上述原因,所以檀道鸾、萧子显和钟嵘论东晋玄言诗时,都没有把袁宏作为代表,而常常是孙、许并称。从以上的论述来看,我们确定东晋玄言诗的代表人物时,不必局于刘勰的观点,而应取檀道鸾和钟嵘的说法。

"文变染乎世情,兴废系乎时序",东晋玄言诗的兴盛,是东晋特殊的社会条件的产物。这一点,刘勰在《文心雕龙》中有所阐发。《时序篇》说:"自中朝贵玄,江左称盛,因谈余气,流成文体。"《论说篇》说:"江左群谈,惟玄是务。"一种诗风的兴盛,常常离不开社会思潮的影响。在正始、西晋时期,玄学主要盛行在中原一带,江南并不流行。永嘉前后,随着晋室和大批士人的南渡,玄学很快地传到了江南,随之与江南特殊的社会条件相结合,又有了进一步的泛滥。东晋的玄谈,不再注重理论的思辨,而是追求生活方式、生活情调的玄学化,讲究在语言仪态上要合乎玄学。东晋的玄谈影响深广,吸引了不少知识分子中的精英,他们一般都有很高的文化教养,相当自觉地实践玄学。他们大多又是玄文双修,既是清谈名士,又是文坛上的著名诗人。这就使东晋的文坛上,出现了大量的玄言诗。刘勰认为东晋"因谈余气,流成文体"的看法,是非常剀切的。与此相联系的是,东晋玄言诗的盛行,还与以司马氏为代表的统治集团的影响有直接的关系。对这一点,刘勰在《时序篇》中有所揭示:

> 简文勃兴,渊乎清峻,微言精理,函满玄席;澹思浓采,时洒文囿。

与西晋的统治者不同,东晋的不少统治者,不仅支持玄谈,而且身体力行。刘勰所举的简文帝司马昱就是一个典型。《晋书》卷九《简文帝纪》说简文帝"幼而岐嶷……及长,清虚寡欲,尤善玄言"。又说他"少有风仪,善容止,留心典籍,不以居处为意,凝尘满席,湛如也"。简文帝不仅"尤善玄言",而且也长于写作。《隋书》卷三十五《经籍志四》载有《简文帝集》五卷,卷三十四《经籍志三》载有《简文谈疏》六卷。由于简文帝好玄言,所以在他周围集聚了许多清谈名士,他的官邸往往还成为清谈的重要场所。纵观整个东晋时期,虽然玄风漫衍,玄言诗不断出现,但比较而言,最兴盛的还是东晋中期。东晋玄言诗的重要代表孙绰和许询等,大都主要生活在这一时期。这一现象的产生,是与以晋简文帝为代表的统治集团的影响分不开的。因此,刘勰论东晋玄言诗时,特别标出简文帝,是很有见地的。

(四)衰退阶段。玄言诗走过了兴盛阶段之后,不久就开始衰退了。关于玄言诗的衰退,刘勰之前的檀道鸾和沈约,都有所论述。檀氏《续晋阳秋》在谈到东晋许多作者效法许询和孙绰的玄言诗之后接着说:"至义熙中,谢混始改之。"沈约在《宋书·谢灵运传论》中说:"仲文始革孙、许之风,叔源大变太元之气。"看来,檀氏和沈氏都认为玄言诗至东晋末期就开始衰退了,改变玄言诗风的代表人物是殷仲文和谢混。刘勰也看到了玄言诗的衰退,但在衰退的时间上,刘勰不同于檀氏和沈氏的说法,而是把它定在宋初。《明诗篇》说:

> 宋初文咏,体有因革;庄、老告退,而山水方滋。

一种文体的衰退,有一个过程,很难准确地定在某一时期。关于玄言诗开始衰退的时间,刘勰和檀道鸾、沈约的看法虽然有先后之分,但由于义熙年间是东晋的末期,与宋初相接,所以刘勰和檀、沈二人的见解,并没有大区别。如果我们一定要做细致区别的话,那么刘勰的宋初衰退说倒是更值得我们重视。诚如檀氏和沈氏所说,东晋末年,殷仲文和谢混虽然改变了玄言诗风,但他们并没有与玄言诗绝缘,也没有产生大的影响。这一点,萧子显在《南齐书·文学传论》中有所阐发:"仲文玄气,犹不尽除;谢混情新,得名未盛。"到了宋初,情况则不同。宋初,随着谢灵运山水诗的大量出现,诗坛发生了很大的变化。谢灵运的山水诗虽然也有玄气,但成分毕竟很少。另外,由于谢灵运特殊的社会地位和"文章之美,江左莫逮",所以他的山水诗在当时产生的影响也远远超过了殷仲文和谢混。《宋书·谢灵运传》说:谢灵运"每有一诗至都邑,贵贱莫不竞写,宿昔之间,士庶皆遍,远近钦慕,名动京师"。一种诗歌的衰退,往往伴随着新的诗歌的产生。没有新的,旧的难以衰退。宋初谢灵运山水诗对玄言诗的替代,表明玄言诗不再有生机,已经进入了衰退阶段。

三、基本态度

如何评价玄言诗,也是刘勰所关注的一个重要问题。从刘勰在《文心雕龙》中对玄言诗的论述来看,他对玄言诗基本上是持否定态度。《明诗篇》论何晏的玄言诗时说:"何晏之徒,率多浮浅。"论东晋玄言诗又说:"江左篇制,溺乎玄风。嗤笑徇务之志,崇盛亡机之谈。"刘勰的这些话,表现了他对玄言诗的贬抑。

刘勰之所以对玄言诗持否定态度,有多方面的原因。第一,玄言诗的内容离经乖圣。刘勰论文学,主张"宗经"、"征圣",认为经书是写作的楷模,要文人向圣人学习。而玄言诗讲的是老庄之道,老庄之道的代表是老聃和庄周。在刘勰看来,老聃和庄周不能与圣人争夺地位,所以他在《论说篇》中对何晏玄谈老庄提出了批评:"何晏之徒,始盛玄论。于是聃、周当路,与尼父争途矣。"第二,玄言诗违背了诗歌言志抒情的特点。刘勰认为,诗歌的主要特点是言志抒情。《明诗篇》说:"大舜云:诗言志,歌永言,圣谟所析,义已明矣。是以在心为志,发言为诗,舒文载实,其在兹乎?"刘勰在这里讲的志,也包括情。刘勰讲诗歌的作用时,也特别强调情志。《明诗篇》说:"诗者,持也,持人情性。"而玄言诗"辞趣一揆",追求的是以老庄之道为主旨的"澹思",基本上抛弃了诗歌言志抒情的特点。第三,玄言诗脱离社会现实。刘勰主张,诗歌应当联系社会现实。如果社会艰难,诗人就应当像《诗经》的许多篇章那样,予以讽刺揭露。因此,他在《比兴篇》中特别肯定《诗》刺道丧"。而玄言诗人,特别是东晋的玄言诗人,面对"世极迍邅",却热心写"辞意夷泰"的玄言诗,丢弃了《诗经》的怨刺传统。第四,玄言诗的风格轻澹。魏晋玄言诗,由于都是以老庄思想为主旨,因而形成了相近的风格。对此,刘勰亦有所揭示。《时序篇》说:"正始余风,篇体轻澹。"所谓"轻澹",就是轻浮淡薄,如《明诗篇》论何晏的玄言诗说:"何晏之徒,率多浮浅。"在诗歌风格方面,刘勰本来是主张多样化的。但是他对轻澹这类风格却持贬低的态度。《体性篇》说：“轻靡者，浮文弱植，缥渺附俗者也。”玄言诗多是缥渺浮辞，寡情弱志，不切实际，自然受到了刘勰的批评。

刘勰虽然对玄言诗持批评态度，但他并没有完全否定玄言诗。刘勰在《明诗篇》中认为袁宏、孙绰等人的玄言诗“各有雕采”。《时序篇》论简文帝的玄言诗说：“澹思浓采，时洒文囿。”所谓“雕采”和“浓采”，意思相近，指的都是玄言诗注重词藻，富有文采。刘勰对这一点是肯定的，同时也是言之有据的。从现存的有关记载和玄言诗来看，东晋的文人不论是玄谈，还是写诗，都相当重视词藻。《世说新语·文学篇》载：支道林、许询、谢安集王濛家，“共言咏”，支道林说《渔父》一篇。“作七百许语，叙致精丽，才藻奇拔，众咸称善。”“叙致精丽，才藻奇拔”，都说明玄谈对藻饰的重视。玄言诗从某种意义上讲，也是一种特殊的玄谈方式，自然也特别重视词藻，正如孙绰在《兰亭诗》中所说：“携笔落云藻，微言剖纤毫。”玄言诗的重词采，在现存东晋的玄言诗中，多有表现。王羲之《兰亭诗》云：“仰观碧天际，俯瞰渌水滨。”孙绰《兰亭诗》云：“莺语吟修竹，游鳞戏澜涛。”这些诗句，用骈偶的句式，写观赏碧天渌水，咏春天莺语鱼游，确实是富有文采。刘勰前后的檀道鸾、沈约和钟嵘等人，对玄言诗缺乏分析，完全否定，而刘勰在基本否定玄言诗的前提下，对其在语言方面的成就还有所肯定。在这方面，刘勰比檀氏等人要高明些。

今天看来，刘勰对玄言诗的基本否定，有合理的成分，也有一些并不科学。玄言诗从正始产生到晋宋之际呈现衰退，前后经历了大约180年。其间虽有短时期的停滞，但其兴盛时期却“历将百载”。从我国古代诗歌发展的历程来看，玄言诗是一个重要阶段。玄言诗作为诗歌发展史上的一个重要阶段，有其要完成的重要的、特殊的使命。这一使命包含着破坏与重建相互联系的两个方面。就破坏方面来说，它弱化了诗歌的抒情特点，疏远了诗歌同社会现实的联系。在这方面，刘勰对玄言诗提出了批评，应当说是正确的。就重建方面来说，玄言诗在我国古代诗歌史上，第一次自觉地、大量地把富有哲理的老庄之道引进了诗歌，扩大了诗歌的内容，冲击了儒家的诗歌教化说，有利于诗歌开拓新的、深广的境界。另外，玄言诗并不是简单地把老庄思想移入诗歌，而在一定程度上是当时诗人的一种审美情趣的产物。有些玄言诗在宣扬老庄思想时，表现了诗人对宇宙、对人生的哲学沉思和智性洞察。还有，玄言诗人常常"以玄对山水"、"期山期水"，不少玄言诗描绘了山水，把玄理同山水融合在一起。所有这些，不仅孕育了新的诗歌的胚胎，成为田园诗和山水诗的先导，而且也为我国古代哲理诗的发展，为形成我国古代诗歌的多元格局做出了贡献。应当指出，玄言诗在我国古代诗歌史上的重建作用，并没有被刘勰所认识。因此，今天我们研究魏晋玄言诗，一方面要接受刘勰的正确见解。另一方面也要注意纠正他的偏见，进而努力用新的视角，对魏晋玄言诗做出更为科学的阐释和评价。

（原载《文史哲》1995年第6期。）

忆念中国《文心雕龙》学会的成立

一、"学会"成立概况及周扬和张光年的贡献

1983 年，我时任山东大学中文系主任，协助牟世金等同志成立中国《文心雕龙》学会（以下简称"学会"）。如今"学会"已过"而立"之年，"学会"成立的一些情境，常常萦绕心中，历历在目，难以忘怀。

"学会"的成立是在 1983 年 8 月，不过在此前经历了一个酝酿的过程。其中特别重要的是 1982 年。这一年的 10 月下旬，在中共山东省委的关怀和支持下，全国第一次《文心雕龙》讨论会，由山东省文联、省文化局、省出版局、山东大学和山东师范大学等单位联合发起，由山东大学主办，在济南召开。全国各高等院校、研究单位和出版机构的专家、学者以及业余研究者、老干部等一百二十多人参加了讨论会。会议提交了五十多篇论文，展示交流了《文心雕龙》研究的新成果。会议期间，各组在讨论时一致认为：为了推进《文心雕龙》的研究，把研究者组织起来，成立"学会"是十分必要的，也是完全可行的。会议成立了"学会"筹备小组，由王元化、孙昌熙、祖保泉、牟世金、任孚先等五位同志组成，一致推举王元化同志任组长，以山东大学为基地，进行筹备工作，并由

王元化、王运熙、王达津、周振甫、徐中玉、詹锳等 15 位同志,联合向中央有关部门申请成立"学会"①,编辑《文心雕龙学刊》,由齐鲁书社出版发行。

由于成立"学会"的筹备工作是在党的十二大闭幕后进行的,全国呈现出改革开放的新局面,很快得到了各方面的肯定和支持,再加上参加筹备工作的各位同志辛勤的工作,周全的考虑,筹备工作进行得相当顺利。经过十个月的筹备,成立学会的条件成熟了。1983 年 8 月 8 日至 13 日,"学会"成立大会在青岛黄海饭店召开。这是一次盛会,有一百二十多人参加。当时的交通很不便利,有些是远道来自云南、新疆、内蒙古、黑龙江、广西、福建等地。新疆的老干部、《文心雕龙》的研究者马宏山同志,就是一个人坐了四天四夜的火车赶到青岛,参加会议的。中国文联主席周扬、中国作家协会副主席张光年、上海市委宣传部长王元化、山东省政协副主席余修和青岛市的领导等同志出席了会议。会议通过了"学会"章程,选举产生了中国《文心雕龙》学会第一届理事会。推举周扬为名誉会长,聘请郭绍虞、朱东润为顾问。选举张光年为会长,王元化、杨明照为副会长,牟世金为秘书长,理事 30人,常务理事 10 人(按姓氏笔画为序):王元化、王达津、牟世金、李庆甲、杨明照、张光年、周振甫、祖保泉、徐中玉、詹锳。会议决定,"学会"秘书处设在山东大学,成立《文心雕龙学刊》编辑组和《文心雕龙》学会情报资料组。

从大会推举的"学会"负责人来看,特别突出了"学会"学术研究的宗旨。周扬同志为名誉会长,张光年同志为会长,实至名归,

①关于此次会议的详细情况,参阅《开创〈文心雕龙〉研究新局面的一次重要会议》,《文心雕龙学刊》第 1 辑,齐鲁书社 1983 年版,第 473—477 页。

也是多年来《文心雕龙》研究者和爱好者的愿望。这不仅是因为他们长期以来是文艺界的"大人物"，更重要的是，他们多年来一直重视《文心雕龙》，关注《文心雕龙》的研究，在"龙学"上做出了重要的贡献。

　　周扬同志在长期负责领导全国文艺工作时，十分看重中国古代文论，特别是《文心雕龙》的研究。1958 年 6 月 1 日，他在《红旗》杂志创刊号上发表的《新民歌开拓了诗歌的新道路》一文中，特别提到了《文心雕龙》，说一千多年以前，刘勰在《文心雕龙》中，"用'酌奇而不失其真，玩华而不坠其实'这样两句话，来探索屈原诗歌的风格，可以说是我国关于文学中幻想和真实相结合的最早的朴素的思想"。20 世纪 60 年代初，周扬倡导建立中国式的马克思文艺理论批评，在他和何其芳同志共同创建的中国人民大学文研班里，提倡学习《文心雕龙》，并亲自请名师为文研班学员上课①。"一九六一年，毛主席提出文风问题，周扬同志当时也倡导对古代文论包括《文心雕龙》要加以重视。"②我的老师陆侃如先生在 20 世纪 60 年代初，开始集中研究《文心雕龙》，也是在一次会议上，受到了周扬同志的启示。60 年初，当时还是"胡风反革命集团分子"的王元化同志，也开始集中研究《文心雕龙》，陆续写出了部分《文心雕龙柬释》。周扬同志得知此事后，看到了王元化同志研究成果的价值，把其中的两篇交给刊物，让其发表。《文艺

①此材料和文中有关张光年同志任《文心雕龙》学会会长、名誉会长的材料，引自缪俊杰《我国龙学研究的功臣——缅怀中国〈文心雕龙〉学会首任会长张光年先生》，《纪念中国〈文心雕龙〉学会成立三十周年国际学术研讨会论文集》（待刊）。特此致谢！

②《张光年同志的讲话》，《文心雕龙学刊》第 2 辑，齐鲁书社 1984 年版，第 1 页。

报》1962年第3期刊登的王元化同志的《〈明诗篇〉山水诗兴起说束释》,就是其中之一。时过二十多年,周扬同志又热心为《文心雕龙学刊》题签。当他知道要成立《文心雕龙》学会时,十分高兴,特别翻阅了陆侃如和牟世金的《文心雕龙选译》。记得在"学会"开会的前一天晚上,牟世金同志和我陪同王元化同志到青岛八大关疗养院去拜见周扬同志和张光年同志,交谈中,周扬同志也谈及了研究《文心雕龙》的重要性。在第二天举行的大会开幕式上,周扬同志尽管身体不好、走路困难,但还是亲临会议,发表了讲话,论述了《文心雕龙》的重要价值。他指出,文艺理论方面,要建立具有民族特点的马克思主义文艺理论体系。我们中国的文学艺术有自己的特点,我们的文艺理论也有自己的特点,《文心雕龙》就在许多方面体现了我国古代文学理论的民族特色。会议闭幕的当天,周扬同志又接待了《社会科学战线》杂志的记者,回答了记者提出的问题,再次论述了《文心雕龙》:

　　中国的文化遗产非常丰富,确实是世界少有的。中国的古代文学理论遗产也十分丰富、十分宝贵。特别是《文心雕龙》,在古文论中占有首屈一指的地位,它是中国古文论中内容最丰富、最有系统、最早的一部著作,在中国没有其他的文论著作可以与之相比,在外国,古希腊亚里斯多德的《诗学》当然比《文心雕龙》产生更早,他是欧洲美学思想的奠基者。古罗马则有贺拉斯的《诗艺》和郎吉纳斯的《崇高论》,都比《文心雕龙》早,但都不如《文心雕龙》完整绵密。……这样的著作在世界上是很稀有的。《文心雕龙》是一个典型,古代的典型,也可以说是世界各国研究文学、美学理论最早的一个典型,它是世界水平的,是一部伟大的文艺、美学理论著作。……《文心雕龙》这部书的价值,还有充分估价的必要。

它确实是一部划时代的书,在文学理论范围内,它是百科全书式的。

他还指出:我们要以马克思主义为指导,学会运用马克思主义的立场、观点和方法研究《文心雕龙》,"现在古文论的研究也存在着简单化、庸俗化的倾向,它脱离历史条件,违反科学来进行批判。所以,古文论的研究,要进一步发展,要提高,必须贯彻批判继承的方针。这一点很重要"①。

与会者听了周扬同志的讲话,看到了他的答记者问,受到了鼓舞,提高了认识,开阔了胸怀,坚定了方向。

作为诗人、文艺理论家和中国作家协会主要负责人的张光年同志,早在二十来岁时,就很喜欢阅读《文心雕龙》,其中的许多篇章,尤其是"下编"的大部分,都能够背诵下来,从中受到了很大的教益。1961年,他任《文艺报》主编时,给《文艺报》和作家协会的一些编辑同志讲《文心雕龙》。他利用休息时间,用骈体白话文翻译了《文心雕龙》中的十几篇。早在1927年10月,浙江湖州五洲书局就出版了冯葭初编的《文心雕龙》。此书原文与白话译文对照,有眉批,流传极少。但用骈体文翻译《文心雕龙》,光年同志是首创。他开拓了用骈体白话文译《文心雕龙》的新领域。当时他的译文没有公开,但还是不胫而走,传播较广。光年同志首任中国《文心雕龙》学会会长后,虽年逾古稀,但不负众望,认真负责。1986年4月,他参加主持了在安徽屯溪举行的"学会"第二次年会。在会上,对《刘子集校》问题,发表了重要意见。1988年11月,他到广州,主持由"学会"和暨南大学联合主办的《文心雕龙》

①《关于建设具有中国民族特点的马克思主义文艺理论问题——周扬同志答〈社会科学战线〉记者问》,《社会科学战线》1983年第4期。

国际学术讨论会。在会上,他以"优秀文化是人类的共同财富"为题致开幕词。1990年11月,光年同志赴广东汕头主持了"学会"第三次年会。这次年会之后,他主动辞去了会长的职务,被推举为名誉会长。他担任名誉会长期间,仍然十分关心"学会"的工作,为"学会"的重新登记以及向中华文学基金会申请资金,付出了许多心血。"学会"刊物《文心雕龙学刊》改为《文心雕龙研究》,他亲自手书了刊名。光年同志晚年体弱多病,但仍顽强地坚持工作,终于把《文心雕龙》的主要部分译述完毕。在他88岁高龄时,《骈体语译文心雕龙》于2001年3月由上海书店出版社出版。王元化同志说:"他的今译,笔势酣畅,传神达旨,在目前各译本中,可谓独树一帜。"①

　　"学会"推举周扬、张光年等同志为负责人以及他们在会上的讲话,从组织上和指导思想上,为"学会"的发展奠定了坚实的基础,使"学会"守正出新,有活力,能健康地发展。

　　中国《文心雕龙》学会的成立引起了媒体的高度重视。《文史哲》1983年第2期发表了《〈文心雕龙〉学会今秋在山东召开成立大会》;《光明日报》1983年8月11日发表了《全国文心雕龙学会成立》;同日,《大众日报》发表了《文心雕龙学会成立》,《青岛日报》发表了《中国文心雕龙学会在我市举行成立大会》、《文汇报》发表了《文心雕龙学会理事会产生》;《人民日报》1983年8月23日发表了《中国〈文心雕龙〉学会成立》等通讯。当时,全国成立的学会很多,而像中国《文心雕龙》学会这样引起了这么多媒体的迅即报道,的确是比较罕见的。这从一个方面反映了人们对"龙学"

————————

① 王元化:《〈文心雕龙〉语译选编跋文》(1983年4月6日),中国《文心雕龙》资料中心编;《信息交流》2001年第1期。

的重视,对"学会"成立的关注。

二、学风、会风和开放的视野

中国《文心雕龙》学会的成立,在中国"龙学"史上,具有里程碑的重要意义。"学会"成立以来,一至两年举办一次学术讨论会,至今已经举办了十一届,并先后在上海、广州、深圳、北京等地举办了多次国际学术讨论会。出版会刊《文心雕龙学刊》七辑,后又改名《文心雕龙研究》,已出版八辑。还编辑出版了《文心雕龙学综览》、《文心雕龙资料丛书》等。会员相继出版和发表了数以百计的论著。镇江图书馆中国《文心雕龙》资料中心,在"学会"的大力支持下,制作完成了《文心雕龙全文数据库单机版》和《文心雕龙资料全文数据库》项目工程。上面列举的部分事实说明,中国《文心雕龙》学会的成立,有力地推动和促进了"龙学"的发展,实现了周扬同志在"学会"成立时的预言:

> 全国《文心雕龙》学会的成立,对于《文心雕龙》、对于古文论的研究都是一个推动。……学会应当是学术研究的组织,对于本学科的研究,应该有所促进、有所提高。[①]

"学会"之所以能取得多方面的成绩,是与"学会"成立时树立的学风、会风以及开放的研究视野密切相关的。

学风是"学会"的灵魂。《文心雕龙》学会成立时,就树立了以学术为本位的学风。《学会章程》明确规定:要把"体大思精"的《文心雕龙》的研究深入下去,开创新局面,从而促进对于中国古

[①]《关于建设具有中国民族特点的马克思主义文艺理论问题——周扬同志答〈社会科学战线〉记者问》,《社会科学战线》1983 年第 4 期。

代文论的特点与规律的探讨,为建立具有民族特色的马克思主义文学理论体系,繁荣社会主义文学和建设社会主义精神文明做出应有的贡献;会员应坚持科学态度。在"学会"成立大会上,有许多同志提出,要把《文心雕龙》作为一门科学,倡导扎实、全面、系统、深入的研究。

　　会议强调,要在前人研究的基础上,继续努力做好关于《文心雕龙》文本的整理工作。张光年同志在讲话中指出:对《文心雕龙》作文字词句的考证工作很重要,"这是基本功,是我们得以前进的基础"①。由于长期的极左思想的干扰,改革开放又来得急迫,不少研究者特别是一些青年学者的学养知识的积累严重不足。针对这种情况,王元化同志在讲话中指出,一些研究者在"训诂、校勘、考证和版本研究的基本功方面,底子薄,根基浅,有的不仅茫然无知,甚至加以轻视",提出"应该学一些乾嘉学派的著作,加强自己的基本功。可是我认为,我们又不能停留于乾嘉学派。我们的时代毕竟不是乾嘉时代,我们是新时代的学术工作者,我们理应在继承乾嘉治学方法的同时,对这一方法予以发展"②。杨明照同志在讲话中,鉴于至今《文心雕龙》"并无一部完善的校注本",希望并且想身体力行编一本"能荟萃众家之长,会校会注于一编,集腋成裘,兼采为味"的新的校注本。他从"定底本"、"加标点"、"勤校勘"、"慎注释"、"详附录"五方面,提出了整理《文心雕龙》的设想③。他的设想,不仅是他自己要遵循的,同时也具有普遍的借鉴意义。

---

①《张光年同志的讲话》,《文心雕龙学刊》第二辑,第 5 页。
②《王元化同志的讲话》,《文心雕龙学刊》第二辑,第 9 页。
③《杨明照同志的讲话》,《文心雕龙学刊》第二辑,第 14—23 页。

　　会议指出,对《文心雕龙》的解读,应当坚持科学的方法。张光年同志强调:研究《文心雕龙》应当把它使用的概念搞清楚,"一千四百年前刘彦和用的概念,不能随意比附,把它现代化,跟今天的概念等同起来"。要用科学的分析的方法,既要看到《文心雕龙》"总结了过去一千多年文学史上的光辉成果,发前人之所未发",也要看到它的局限性①。王元化同志也强调:"研究《文心雕龙》,首先的一个问题,是弄清基本概念(或范畴)的问题。"谈到研究《文心雕龙》的思想体系问题时,他认为要注意两点:"一、不能用简单的语汇类比法,即这一著作出现了另一著作曾运用过的词语,就认为这一著作属于另一著作的思想体系。"二、《文心雕龙》是以前人和他同时代的思想资料为前提的。"我们不能采取'抽刀断水'的方法,把各种思想因素截然分开。一部著作的思想体系是一个有机的整体,不能以形而上学的方法孤立看待。但作为思想体系,重要的是要搞清其中的骨干和精髓,即指导思想。"②

　　《文心雕龙》不仅在中国古代文学理论批评史上占有重要地位,而且至今还有生命力,有现实意义,研究《文心雕龙》应当有现实的眼光,应当从不同的方面、或多或少地落实在与我们切近的当代的精神世界上。这一点,周扬同志在上面的讲话中作了阐释,张光年、王元化等同志在讲话中也都有所强调。张光年同志谈到,他自己在1961年之所以用骈体文翻译《文心雕龙》,目的是为了配合当时的改进文风的号召。他十分赞赏有些同志的"研究工作注意同今天的创作实际结合起来,或多或少、直接间接地结合起来"。他希望"《文心雕龙》的研究,对建设具有时代独创性、

①《张光年同志的讲话》,《文心雕龙学刊》第二辑,第4、2—3页。
②《王元化同志的讲话》,《文心雕龙学刊》第二辑,第8、11—12页。

阶级独创性、民族独创性和个人独创性的我国社会主义文学、文学理论批评和文学史这样的基本建设工程,发挥更大的助力,做出更大的贡献"①。王元化同志指出:"研究古代文论,研究《文心雕龙》,在今天的重要意义就在于以实事求是的科学精神,马克思主义的历史唯物主义和辩证唯物主义,揭示这部书里蕴涵的意蕴,探讨其中的文学规律,从而为建立具有我国民族特点的马克思主义做出一定的贡献。"②

20世纪80年代,改革开放初期,学术界思想解放,十分活跃,但也不乏清谈、说大话、浮躁、偏激、僵化等不良倾向。面对这样的态势,前面摘引的周扬以及光年、元化和明照同志的讲话,从不同角度强调了《文心雕龙》的重要价值,提出了应当在马克思主义指导下,科学地、历史地、扎实地研究《文心雕龙》。他们的讲话,理论与实践相结合,为"学会"确立了正确的学风。

会风是一个学会生存和发展的重要根基。中国《文心雕龙》学会成立时,就奠定了一个良好的会风。"学会"章程明确规定:"贯彻党的双百方针","鼓励不同的学术观点开展深入的探讨,互相尊重,避免意气用事,通过切磋琢磨,共同提高,增强团结,推动学术研究健康发展"。王元化同志在讲话中也特别谈到了会风问题。他说:"我们提倡在'两为'方针的指引下,开展百家争鸣、自由讨论。讨论中不要带有人身攻击,意气用事,而要以追求真理为指归。"要"求同存异"。"不要由于观点不同,发生争论,就彼此相轻。应把争论当作探索真理的必然途径,推动学术发展的正常手段,我们不要以己之长攻人之短,而应提倡心平气和互相磋商、

---

① 《张光年同志的讲话》,《文心雕龙学刊》第二辑,第1、4、7页。
② 《王元化同志的讲话》,《文心雕龙学刊》第二辑,第10页。

取长补短的具有宽阔胸襟的科学态度。至于说到在学术上的'求异存同',我认为没有必要大家都讲一样的话,人云亦云,千篇一律,这种文章还有什么价值? 科研工作者必须在理论长河中增添新的一粒。"①这次成立大会,与会者来自四面八方,其中有老一代的著名专家学者,有已经做出成就的中年学者,还有不少青年学者。在整个会议的学术讨论和在酝酿选举"学会"负责人时,大家为了发展"龙学",探求真理,都能彼此尊重,各抒己见,相互切磋,同无妨异,异不害同。大会从指导思想和具体实践的结合上,树立了一个好的会风。这种好的会风得以延续,并且受到国外学者的称赞。1984 年 11 月,在上海举行的中日学者《文心雕龙》学术讨论会就是一个明证。王元化同志在这次讨论会的总结发言中特别指出:这次会议体现了很好的会风,就是在每次发言后,在座的可以自由提出问题来,让发言者答辩。大家共同研究,心平气和。"纵使彼此十分尊重、基本看法一致,但仍尽量找出值得商榷的问题,提出来讨论。我们在做学问方面就应该有这种求异存同的态度和锲而不舍追求真理的精神。"②会后《日本代表团致王元化先生的感谢信》也特别首肯了这一点,信中说:这次讨论会,日中学者"亲切地促膝交谈,互相交流近来的研究成果,通过相互批评,深入地探讨了共同关心的问题,这种尝试差不多还是第一次。现在回想起来,那热情洋溢的会场上相互之间的直率讨论和深厚情谊,还感到非常难忘,将长久地铭刻在我们的心里"③。

---

①《王元化同志的讲话》,《文心雕龙学刊》第二辑,第 12—13 页。

②参看王元化《在中日学者〈文心雕龙〉学术讨论会上的总结发言》,《文心雕龙学刊》第四辑,齐鲁书社 1986 年版,第 11 页。

③《日本代表团致王元化先生的感谢信》,《文心雕龙学刊》第四辑,第 2 页。

　　优秀的文化成果,不仅具有民族性,还具有世界性和普世价值,会融入世界文化中。《文心雕龙》就属于这样的成果。20世纪之前,国外知道《文心雕龙》的人不多,但到了20世纪,《文心雕龙》传到了英、法、美、日、俄、朝鲜和南洋诸国,有许多学者研究它,并出版了一些研究论著。以前,我们对国外的研究情况了解得很少,这很不利于我们的研究,不利于文化交流。为了弥补这方面的缺欠,"学会"成立前,1983年4月,齐鲁书社出版了王元化同志选编的《日本研究〈文心雕龙〉论文集》,收录了日本著名学者吉川幸次郎、斯波六郎、兴膳宏、目加田诚等人的论文11篇,其中有户田浩晓撰写的《〈文心雕龙〉小史》和冈村繁撰写的《日本研究中国古代文论的概况》。7月,齐鲁书社出版的《文心雕龙学刊》第1辑刊载了王元化同志撰写的《日本研究〈文心雕龙〉论文集序》和日本釜谷武志撰写的《日本研究〈文心雕龙〉简史》。"学会"成立时,关注国外的研究,更加自觉。"学会"章程明确提出:"组织力量,译介国外研究《文心雕龙》的有关论著和资料。"并做了具体的组织安排。研究《文心雕龙》,知中国也要知外国。"学会"确立的研究视野的开放化,在会后得到了贯彻,有了很大的发展。这不仅体现在注意引进、消化、吸收国外的理论观点,译介了不少国外研究"龙学"的重要论著,还开始自觉地把《文心雕龙》及其研究成果"送出去"。1983年9月,王元化同志作为中国社会科学院委派的《文心雕龙》学者访问团团长,率团访问日本。他在日本的京都、九州、广岛、东洋等七所大学发表演讲,向日本学术界介绍了中国《文心雕龙》研究的成果。此后,1984年在上海举办了中日学者《文心雕龙》学术讨论会,1988年后,又在广州、北京、镇江、深圳、台湾等地举办了多次《文心雕龙》国际学术讨论会。这些国际讨论会,交流了国内外新的研究成果,促进了《文心雕龙》及中国学者的研究成果向国外的传播，使"龙学"成为中外文化交流的一部分，在世界学术平台上，开始占有一席之地。现在，我们研究《文心雕龙》，不能仅在国内圈子里打转，只懂得《文心雕龙》本身是不够的，还应当具有开放的视野，放眼世界，研究国外的文化，扩大对国外文化的认知。以前我们闭关锁国，很少有域外文化作参照，识见局限，原非得已。现在对外开放，五洲变通，我们应当多吸收借鉴域外知识，以作参照。域外文化知识愈丰富，对《文心雕龙》的认识会愈精深。这是一种难以达到的境界，但我们应当努力践行之。这已经成为大家的共识。

三、"学会"的功臣：王元化、牟世金

中国《文心雕龙》学会的成立及"龙学"的发展，不仅是学术问题，更可视为改革开放在学术上的一种体现。"文革"结束后，长期被禁锢和压抑的学者自觉地顺应了改革开放的潮流，解放思想，沉潜探讨，并努力从学术方面推进改革开放。在这一潮流中，许多《文心雕龙》的热爱者、研究者为《文心雕龙》学会的成立和发展，满腔热情，尽心尽力，持之以恒，令人感佩。就我个人的直接接触和感受来说，尤其值得怀念和学习的是王元化同志和牟世金同志。

王元化同志在学术上的贡献是多方面的。他不仅是国内外知名的"龙学"专家，而且是改革开放以来"龙学"繁荣的主要策划者和组织者。他担任过一些行政职务和上海市委宣传部长，但他并不热心官职。他不喜欢人们称他"王部长"。称他"先生"或"教授"，他反倒很高兴。他是把学术视为自己的生命和思想。对于学术，他常常强调："理论不仅是求知，学问不仅是博闻，更重要的是人格力量，燃烧自己，让学问溶化到思想中去，让生命放出光

来，这才是求学的真谛。"①他认为治学应当做到："根柢无易其固，裁断必出于己"、"为学不作媚时语，独寻真知启后人"。这些也充分地体现在他长期在"龙学"建设上所做出的努力。

1982 年，元化同志到北京参加党的第十二次全国代表大会，会议结束后，他从北京直达济南，参加了全国第一次《文心雕龙》讨论会。在会上，他根据十二大的精神，就如何开创《文心雕龙》研究的新局面，提出了一些具体的意见。他建议并且热心筹备成立中国《文心雕龙》学会，被推举为筹备组组长。1983 年 8 月，他从上海乘船到青岛，自始至终地指导、参加了"学会"成立大会，并请周扬同志参加了开幕式，发表了讲话。

80 年代中期以后，元化同志研究的重心已经不是文学和文学理论，他更关注的是文化史、思想史上的一些重要现象，撰写了一系列有关文化史、思想史方面的论文和札记。因为他在 1955 年被错打成"胡风分子"，身心受到极大的摧残，加上后来随着年龄的增长和在学术研究上超负荷的工作，他经常失眠，身体比较虚弱②。就是在这样的情况下，他在任"学会"副会长和名誉会长期间，一直关心"学会"的工作，重视国内外的《文心雕龙》研究。他热心、积极参加"学会"的活动，先后参加了 1988 年在广州、1995 年在北京、2000 年在镇江举行的《文心雕龙》国际学术讨论会，并在会上致辞。他对"龙学"研究如何深入和发展，提出了许多宝贵意见。1984 年在中日学者《文心雕龙》学术讨论会上，他指出，日

①引自胡晓明《跨过的岁月——王元化画传》，上海文艺出版社 1999 年版，第 160 页。
②这方面的情况是 1995 年 7 月 28 日在北京举行《文心雕龙》国际学术讨论会，一天晚上，我陪同王元化同志和徐中玉同志散步时，元化同志述及的。

本学者"对工具书是很重视的。他们出版了许多索引、引得一类的工具书,比如冈村繁先生的学生就以老师为榜样,编了许多索引,以此作为基本功。我觉得这个方面我们做得还很不够",应当向日本学者学习。同时,他"主张跨学科地进行一些问题的探索",提出了综合研究《文心雕龙》的方法,指出:"需要开拓我们的领域,把中国各种艺术综合起来进行考察,找到它们之间的共性,这样,就可以把我们民族的艺术特点揭示出来。"①2000 年在镇江举行的《文心雕龙》国际学术研讨会上,他认为要开拓研究的新领域,就是"怎样运用《文心雕龙》里面所揭示出来的艺术观、文学观、艺术方法、文学方法,来探讨我们中华民族的艺术传统、艺术理论里面的一些美学原则"②。元化同志诸如上述的建议,对"龙学"研究的深入和发展富有建设性。

　　资料是学术研究的重要基础。元化同志十分重视和关心"龙学"资料建设工作。1988 年,在广州举行的《文心雕龙》国际学术研讨会期间,他同其他同志为了总结近一个世纪"龙学"的研究成绩,共同协商,决定编纂出版《文心雕龙学综览》。从组织编纂者、拟定体例,到筹集款项和出版,元化同志付出了很多心血。由于他和其他各位同志的共同努力,历经六年多,这一大型的、综合性的"龙学"著作,于 1995 年 6 月由上海中国书店出版社出版。《综览》是由海内外七个国家和地区的七十多位学者参加撰写的,全

---

① 王元化:《在中日学者〈文心雕龙〉学术讨论会上的总结发言》,《文心雕龙学刊》第四辑,第 11—12、6 页。
② 参看林其锬《迈向新世纪的〈文心雕龙〉学——著名学者王元化论〈文心雕龙〉研究的新领域》,中国《文心雕龙》资料中心编:《信息交流》2000 年第 2 期。

书六十多万字。这在当时的大陆是一个创举。

元化同志身体力行地支持镇江中国《文心雕龙》资料中心的建立。据初步统计,他赠送给中心的自己的著作有:《文心雕龙创作论》、《文心雕龙讲疏》、《文学沉思录》、《清园论学集》、《清园文存》、《清园书简》等十余种,以及他收存的德文稿等①。

元化同志的为人和治学,持有一种谦谦之风。这一点也体现在他的"龙学"研究和对"学会"的建设上。1960年初,他开始集中研究《文心雕龙》时,曾虚心向郭绍虞先生请教。他曾将自己所写的几篇《文心雕龙柬释》呈送郭先生,请他审阅②。他勇于纠正自己的错误。1983年,他在日本九州大学作关于《文心雕龙》的演讲,讲到《文心雕龙》与佛教的关系时说:

> 这里,我想订正一个我自己过去写的文章的错误。我说,刘勰当时看了两部有关因明学的著作,一部是《方便心论》,一部是龙树所造的《回诤论》。据《出三藏记集》著录,《方便心论》于北魏孝文帝(元宏)延兴二年(公元四七二年)译出,当时刘勰尚幼,所以他可能看到这部书。但是《回诤论》是在东魏孝静帝(元善见)兴和三年(公元五四一年)时才翻译过来,那时刘勰已殁。我在一篇文章中说他可能看到这两本书,这是一个错误,后来我在另外一篇文章里,经过考据,作了订正。③

---

① 据钱永波《留给镇江的珍贵财富——纪念王元化先生》,中国《文心雕龙》资料中心编辑:《信息交流》2009年第1期。
② 据王元化《记郭绍虞——纪念郭绍虞先生百年冥诞》,氏著《清园论学集》,上海古籍出版社1994年版,第683页。
③ 王元化:《一九八三年在日本九州大学的演讲》,《清园论学集》,第421页。

　　元化同志不喜欢标榜自己，对年长的学者非常尊敬。80 年代初，学术界有人称钱钟书和王元化是中国比较文学的代表，并有"北钱南王（元化）"之说。对此，元化同志明确表示："此说不妥，钱是前辈，在学术上我不能和他相比，我是晚辈，决不好这么提。"①1995 年 7 月，在北京举行《文心雕龙》国际学术讨论会。会前，他特别建议派专车去接王利器、周振甫等几位老学者与会。

　　元化同志热心奖掖后进，关心后学。他热心支持牟世金同志。1983 年 9 月，他率团访问日本，团员有牟世金同志。世金同志于 1989 年病逝后，元化同志特别关心他的夫人和子女。他曾让我转告世金同志的夫人，不必守旧，如果有合适的对象，应当组成新的家庭。我本人在同元化同志的交往中，也深受教益。他称我这晚辈为"老朋友，也是好朋友"（我愧不敢当）。1982 年 10 月在济南举行第一次《文心雕龙》学术讨论会时，他题字赐我由他翻译的歌德等著、由上海译文出版社出版的《文学风格论》。2000年，他又题字赐我由上海文艺出版社出版的《跨过的岁月——王元化画传》。这两本大著，我一直视为珍宝，置于案几，时常拜读。2000 年在镇江举行的《文心雕龙》国际学术讨论会期间，我曾同元化同志同乘一个游艇，游赏扬州的瘦西湖。游赏时，我曾向他请教了一些问题，他总是和颜悦色地回答我的请教。

　　牟世金同志热爱《文心雕龙》。他从 60 年代初开始，就在陆侃如先生的指导下，潜心"龙学"，与陆先生共同出版了多种论著。陆先生辞世以后，他继续研究《文心雕龙》，先后出版了一些有分量的、在国内外有影响的著述，如《文心雕龙译注》、《刘勰年谱汇考》、《文心雕龙研究》。他和王元化等同志为了把《文心雕龙》的

---

① 参看胡晓明《跨过的岁月——王元化画传》，第 138—139 页。

研究者组织起来,积极倡议成立中国《文心雕龙》学会。"学会"成立前后的许多复杂、具体的工作,都是他承担的。他做事思考周全,认真负责,几乎是事必躬亲。在"学会"成立前的1982年,他组织举办了全国第一次《文心雕龙》学术讨论会,同时做了大量的"学会"筹备工作。他为了申报成立"学会",先后五次到北京,同时拜访了周扬、张光年等同志。他拟订了"学会"章程草稿,在广泛征求意见的基础上,提出了"学会"负责人及理事的候选人。由于筹备工作做得比较充分,使"学会"在青岛得以顺利成立。

　　世金同志重视"龙学"成果的刊布和史料的积累。早在"学会"成立前,他积极支持丛甫之等同志的《文心雕龙研究论文选》的编辑和出版,并为此书写了一万五千多字的序。同时他多次到齐鲁书社,请齐鲁书社出版《文心雕龙学刊》。《学刊》虽然有一个编辑组,但从编选到审稿等许多具体的工作都是世金同志承担的。世金同志生前,《学刊》共编印了五辑,选录的各类文章计有136篇,总字数达145多万字。大约在1986年,世金同志又代表"学会",开始主持选编《文心雕龙研究论文集》。这是要耗费大量精力的一项学术工程。《论文集》从七十多年来发表的一千余篇论文中,选录了47篇,大体反映了研究《文心雕龙》全书各方面有代表性的成果,兼顾了各个时期各种不同观点的论文和研究的主要成就。《论文集》最后附有世金同志和曾晓明同志编纂的《〈文心雕龙〉研究论著索引》(1907—1985)。世金同志还为此书撰写了三万五千多字的《序——"龙学"七十年概观》。《论文集》全书近62万字,1990年8月由人民文学出版社出版。令人叹惋的是,天不予时,世金同志没有能看到此书问世,就病逝了。

　　世金同志生前一直担任《文心雕龙》学会的秘书长。他特别重视组织"学会"的年会,参加国际学术讨论会。"学会"成立的第二年(1984)，他参加了在上海举行的中日学者《文心雕龙》学术讨论会。1986年，他参加了在安徽省屯溪市举行的第二次"学会"年会。1988年在广州召开《文心雕龙》国际学术讨论会前，他患癌症，已到晚期，但他坚持参加。为了不加重病情，他的亲属和我，曾多次劝慰他，不要参加会议，但最后他还是坚持，在其夫人的陪同下，自始至终地参加了会议。这是他最后一次参加"龙学"会议！

　　世金同志于1989年离开了我们，元化同志于2008年又离开了我们。逝者已矣，风范长存。他们为中国《文心雕龙》学会付出的心血和开创之功，他们的赤诚和奉献，他们的高度的责任感，他们所体现出的人格的力量，不仅在"龙学"史上增添了新的篇章，同时也是留给我们的十分宝贵的精神财富，会不断地激励我们，启示后人！

　　　　　　　　　　　（原载《文史哲》2014年第1期。）

鲁迅先生与陆侃如冯沅君夫妇

鲁迅先生和陆侃如、冯沅君夫妇是两代人。鲁迅属于师长辈，陆侃如、冯沅君夫妇属于学生辈。他们之间很少有直接关系。他们之间的关系，主要体现在鲁迅对陆侃如、冯沅君的创作和著述的推举上，体现在鲁迅逝世后，陆侃如、冯沅君沉痛的悼念和继承鲁迅的精神上。

一、看《孔雀东南飞》演出

就笔者所见到的有关记载来看，鲁迅最早见到冯沅君当是在1920年。1920年春天，在国立北京女子高等师范学校任教的陈中凡教授，想把揭露封建礼教、封建家长制的长篇叙事诗乐府诗《孔雀东南飞》编成话剧演出。他把这一想法告诉了李大钊先生。李大钊当时是北京大学教授，同时在女高师兼课。李大钊听了以后，十分赞赏，并主动表示愿意担任导演。女高师的同学知道此事后，十分高兴。迅疾推选冯淑兰（冯沅君原名）、黄英和苏梅等四五名同学，废寝忘食，用了三天三夜，由冯淑兰执笔，写出了《孔雀东南飞》五幕剧。

剧本写成后，马上安排角色排演。俏丽人爱的程俊英扮演刘兰芝，修长文静的孙桂丹出演焦仲卿，小巧伶俐的小秀扮演小姑子。唯独没有愿意担任为人厌恶的家长焦母这一角色。李大钊很着急。正在这时，冯淑兰挺身而出，说："让我来试试。只是我说不好北京话。"李大钊很高兴。陈中凡也鼓励她。排练开始后，女学生没有演出的经验，李大钊虽然愿意担任导演，但戏剧知识不多。为了提高演出水平，保证演出的质量，李大钊又把中国现代戏剧先驱陈大悲请来指导。她们抓紧时间，利用课余，排练了多次。立冬前后，彩排了一次，大家都认为可以演出，于是决定在全市公演。

《孔雀东南飞》公演时，鲁迅先生正在教育部任职，对相隔只有一条胡同的女子高等师范学校，多予关注。女高师的同学对新文坛的主将鲁迅也十分仰慕。当演出场所难以决定时，她们去找鲁迅，想通过他租借位于手帕胡同的教育部礼堂。鲁迅爽快地答应帮忙，并很快得到了解决。教育部同意借用礼堂，而且还免收了租金。

女高师的女大学生打破了陈规陋习，破天荒地甘当"戏子"，上台公演自己编写的《孔雀东南飞》，震动了北京。演出海报贴满了京城的大街小巷。当时规定的票价虽然较贵，分四等，分别是一元、二元、三元、四元（当时米价是六元一石），但很快被抢购一空。第一次演出是在晚上七点，四五点钟，礼堂里已经座无虚席。前两排的贵宾席上，就坐的是许多社会名人和女高师的老师，鲁迅和教育部的官员在前排中间就坐。一个好的剧本，策划者和导演的精心指导，演员全心投入的演出，鲁迅热心的支持和帮助，使《孔雀东南飞》的首次演出非常成功。扮演焦母的冯淑兰演得真切，"活灵活现"。她恶狠狠地瞪着扮演刘兰芝的程俊英，使得她不由自主地发抖，给观众留下了深刻的印象。演出结束后，李大钊夫妇带着儿子、女儿特意到后台，对演员表示祝贺。首演之后，为了满足观众的要求，接连又连演了三天，场场爆满。为了满足清华大学同学的要求，星期天还专门为他们演出了一场。演出所得的收入，全部捐给了妇幼救国会。

《孔雀东南飞》五幕剧本，1922 年发表在《戏剧》第二卷第二期，原署名"北京女子高等师范学校国文部四年级学生合编"。据1942 年《文化先锋》第 6 期所刊冯沅君写的书评《舒湮的〈董小宛〉》一文，该剧实际上是冯沅君写作的，用的名义是"女高师国文学会"。

二、编选冯沅君创作的小说

1924 年春天，在北京大学国学门读研究生的冯沅君，开始以淦女士的名字接连发表了 4 篇小说：《隔绝》（《创造季刊》第 2 卷第 2 期）；《旅行》《慈母》《隔绝之后》（《创造周刊》第 45 期、第 46 期，第 49 期）。这 4 篇小说以青年男女追求婚姻自由为主要题材，揭露了扼杀妇女自由的封建礼教。小说问世之后，在青年中引起了轰动。

1926 年 9 月 4 日，鲁迅应厦门大学之聘，抵达厦门。10 月，鲁迅在北京大学的学生王品青，把上面列举的淦女士发表在创造社刊物上的 4 篇小说寄给了鲁迅，请他用《卷葹》作书名，编入他的《乌合丛书》中，并转托鲁迅请陶元庆画封面。据《鲁迅日记》，10 月 12 日，鲁迅收到王品青的信和稿件，19 日，给北新书局经理李小峰寄去了信并《卷葹》书稿①。10 月 29 日，鲁迅给陶元庆信

----

① 本文所引鲁迅日记，均据《鲁迅全集》（人民文学出版社 2005 年版）第 15—
　17 卷《鲁迅日记》。

中,请陶元庆为《卷葹》一书画封面,并解释说:小说集《卷葹》,"内容是四篇讲爱的小说。卷葹是一种小草,拔了心也不死,然而什么形状,我却不知道。品青希望将书名'卷葹'两字,作者名用一'淦'字,都即由你组织在图画之内。"①11 月 22 日,鲁迅又致信陶元庆,谈到为《卷葹》作画一事。鲁迅在 10 月 29 日致陶元庆的信中说:"很有些人希望你给他画一个书面,托我转达,我因为不好意思贪得无厌的要求,所以都压下了。"但为《卷葹》作画,鲁迅却在不到 1 个月的时间,两次给陶元庆写信,并概述了小说集《卷葹》的内容、解释了"卷葹"一词的意思。恳切之情,超出一般。足见,鲁迅对《卷葹》是十分重视的。在鲁迅的关照下,《卷葹》很快在年底由北新书局出版了。

鲁迅和创造社有争论,文学观不同。但却把冯淑兰发表在创造社刊物上的小说收入了他主编的《乌合丛书》中。鲁迅在 1926 年 11 月 20 日,致韦素园的信中说:"我编《莽原》《未名》《乌合》三种……投稿者多互不认识。"鲁迅把冯淑兰的小说很快编入《乌合丛书》中,主要是因为鲁迅对冯淑兰的小说的首肯和赞赏,同时也因为鲁迅是了解冯淑兰的。上文曾述及鲁迅曾帮助和看过冯淑兰等演出的《孔雀东南飞》,另外,还有下面列举一些史料,可以见证鲁迅与冯淑兰非同寻常的关系。

1920 年 8 月,鲁迅被聘为北京大学讲师,曾兼任该校国学门委员会委员。1922 年秋,冯淑兰是考入北京大学国学门的第一个女研究生,为人们所注目。1926 年,冯淑兰在《北大国学门月刊》第 1 卷第 2 期,发表了《楚辞韵例》《楚辞之祖祢与后裔》《读〈笔生花〉杂记》;在第 1 卷第 3 期,发表了《南宋词人小记二则:玉田先

①本文所引鲁迅书信,均据《鲁迅全集》第 11—14 卷。

生年谱拟稿 玉田家世及其词学 张镃传略（附录）》《老丑虎——关于老虎母亲的传说》（署名漱峦）；在《北大国学门周刊》第 3 卷第 18 期，发表了《易韵例初稿》。一个女研究生，在不到一年的时间内，在北大国学门的刊物上，发表了这么多的论文，鲁迅作为国学门委员会的委员，自然会加深对冯淑兰的印象。

1924 年 11 月 17 日，孙伏园、鲁迅等创办《语丝》，在《语丝》刊登的石印广告上，有 16 名长期撰稿人的名单，其中有淦女士。此后，自《语丝》创刊至 1926 年底《卷葹》出版时，冯淑兰以"沅君"之名在《语丝》上，先后发表了 12 篇文章，其中有短篇小说 3 篇：《劫灰》《贞妇》《缘法》；另外有几篇论述有关文艺的短篇论文：《无病呻吟》《对于文学应有之理解》《不署名的文人作品》《愁》《闲暇与文艺》；还有几篇有关古代文学的，如《〈镜花缘〉与中国神话》《玉田朋辈考初稿》。在一年多的时间里，冯淑兰以沅君之名在《语丝》上发表了 12 篇文章，这与鲁迅的支持是分不开的。鲁迅自然也加深了对冯淑兰的认知。

鲁迅为了团结和培养青年作者，创办了许多文艺园地。1925 年 4 月 24 日，鲁迅在《京报》上创办了《莽原》周刊。1926 年冯淑兰以大琦之名在《莽原》第 12 期，发表了《林先生的信》；在第 16 期，发表了《我已在爱神面前犯罪了》；又以沅君之名在第 22 期，发表了《写于母亲走后》。鲁迅自任《莽原》编辑，冯沅君在《莽原》上发表的三篇文章，自然是经过鲁迅的审阅、得到鲁迅的首肯才得以发表的。

冯沅君不断发表小说和研究文章，使鲁迅特别看重她。1926 年 11 月廿一日，在厦门的鲁迅在致韦素园的信中，谈到新编《未名》文学半月刊时说："稿子是一问题，当有在京之新进作者作中坚，否则靠不住。刘（刘半农）、张（张凤举）未必有稿，沅君一人亦难支持。"隔了两天，11月23日，鲁迅致李霁野信中，谈到《未名》半月刊时又说："我想，应以你们为中坚，如大家都有兴趣，或译或作，就办下去，半农、沅君们的帮忙，都不能作为基本的。"鲁迅接连的两封信中，都提到冯沅君，把她同刘半农相提并列，把她看成是"新进作者"，字里行间，蕴涵着对冯沅君的依重。

　　鲁迅一直看重冯沅君创作的小说。1935年，鲁迅应赵家璧之请，为良友图书公司印行《中国新文学大系》编选《小说二集》。《中国新文学大系》是从1917年新文学运动开始到1926年10年间的创作和理论的选集。鲁迅在《〈中国新文学大系〉小说二集选编感想》中说："这是新的小说的开始时候。技术是不能和现在的好作家相比较的，但把时代记在心里，就知道那时倒很少有随随便便的作品。内容当然更和现在不同了，但奇怪的是二十年后的现在的有些作品，却仍然赶不上那时候的。后来，小说的地位提高了，作品也大进步，只是同时也孪生了一个兄弟，叫作'滥作'。"①作为青年导师的鲁迅，一直关注文学青年。1933年6月18日，鲁迅在《致曹聚仁信》中说："十余年来，我所遇见的文学青年真不少了，但稀奇古怪的居多。"鲁迅比较二十年代和三十年代的小说，从写作的认真和内容特点等角度，高度评价了《小说二集》所选的"新的小说""开始"时的作品。《小说二集》涉及的作家很多，共选了33位作家的59篇小说，其中有淦女士的《旅行》《慈母》两篇。鲁迅在《〈中国新文学大系〉小说二集序》中，对淦女士的两篇小说有如下的评论：

　　　　《旅行》是提炼了《隔绝》和《隔绝之后》（并在《卷葹》内）的精粹的名文，虽嫌过于说理，却未伤其自然；那"我很想拉

---

① 此文见《鲁迅全集》第8卷第443页。

他的手，但是我不敢，我只敢在间或车上的电灯被震动而失去它的光的时候，因为我害怕那些搭客们的注意。可是我们又自己觉得很骄傲的，我们不客气的以全车中最尊贵的人自命。"这一段，实在是五四运动之后，将毅然和传统战斗，而又怕敢毅然和传统战斗，遂不得不复活其"缠绵悱恻之情"的青年们的真实写照。和"为艺术而艺术"的作品的主角，或夸耀其颓唐，或炫鬻其才绪，是截然两样的。①

鲁迅亲自编辑过《卷葹》，对其内容有深切的认识。他十分赏识《旅行》，特别标举分析了其中"想拉手"而又"不敢"的一段细节。认为这一细节表现了五四时期青年"毅然和传统战斗"而又"不敢"的微妙心态。指出《旅行》所写的主角与"为艺术而艺术的作品的主角"是完全不同的。鲁迅对冯沅君小说的选编和深切的分析，不仅再次表明了他对冯沅君小说的肯定和赞赏，同时也推进了冯沅君小说的传播，扩大了冯沅君小说的影响。

三、推举《中国诗史》

1933年12月20日，鲁迅在给曹靖华的信中，谈到中国文学史时说：

> 至于史，则我以为可看（一）谢无量：《中国大文学史》，（二）郑振铎：《插图本中国文学史》（已出四本，未完），（三）陆侃如，冯沅君：《中国诗史》（共三本），（四）王国维：《宋元词曲史》，（五）鲁迅：《中国小说史略》。但这些都不过可看材料，见解却都是不正确的。

----

① 《〈中国新文学大系〉小说二集序》，见《鲁迅全集》第6卷，第232—258页。

鲁迅推举《中国诗史》(以下简称《诗史》)时,陆侃如、冯沅君夫妇正在法国巴黎大学读博士。他们结婚已经 3 年多。珠联璧合,《中国诗史》是他们的第一部合撰的学术名著。

检阅有关中国文学史方面的著述,可以发现,在 1933 年年底之前,国人在这方面的著述相当繁富,其中仅就综合通代的文学史和分体通代的文学史而言,前者至少有 80 多种,后者至少有 19种。19 种中,诗歌史有 5 种,戏曲史有 7 种,小说史有 7 种。在诸多文学史中,鲁迅只选了 5 种。综合通代的选了谢无量的《中国大文学史》和郑振铎的《插图本文学史》;诗歌史,选了陆侃如、冯沅君合著的《诗史》;戏曲史,选了王国维的《宋元戏曲史》;小说史,选了鲁迅的《中国小说史略》。从上述著作的著者来看,王国维、鲁迅和谢无量属于师长辈,而陆侃如和冯沅君则属于晚辈。鲁迅之所以推举陆侃如、冯沅君的《诗史》,虽然与对他们的关注有关,但更重要的是基于对《诗史》的肯定。

《诗史》上、中、下三册,50 多万字,1931 年由上海大江书铺初版。关于此书的撰写,陆侃如在 1930 年夏写的《中国诗史·序例》中说:"此书是我和冯沅君合写的。起先我打算一个人写。在北平读书时,我编写成《导论》及《古代诗史》,后来在上海教书,即以此稿作讲义,并续写《中代诗史》,时沅君正在讲词曲,故以《近代诗史》托付她。我自己又写一篇《附论》,全书就完成了。"全书以史料为基础,将史料、史识和美学相融通,依据当时流行的文学进化观,论述从先秦《诗经》《楚辞》,汉之"汉乐府",直到元明清散曲(附"小曲歌谣"),最后附论"现代的中国诗",展示了中国两千多年诗歌发展演变的总体面貌。

《诗史》初版以后,受到了学术界的推重,相继出版的不少文学史著作,许多都参考了《诗史》。1934 年龙沐勋出版的《中国韵文史》,附录列有中国韵文简要书目,选"时人著作"4 种,其中之一是《诗史》。1935 年刘经庵出版《中国纯文学史纲》,此书"曾参考关于中国文学论著的版本数十种",其中有《诗史》。1936 年赵景深出版《中国文学史新编》,分古代、宋元和明清 3 编,各编均列《诗史》作参考书。1938 年杨荫深出版《中国文学史大纲》,除《楚辞》部分吸取陆侃如的成果外,关于乐府部分,也多取自《诗史》。1940 年代,顾颉刚在《中国当代史学》一书中,认为《诗史》"颇称详备,为此类书的创作"。到 1950 年代,林庚 1954 年出版的《中国文学简史》(上卷),书后附"一般参考书目",关于文学史的列有 4 种,《诗史》是其中之一。就《诗史》再版的情况来看,自 1931 年初版到今天,70 多年,据初步统计,经由不同的出版社至少再版过 13 次。一部《诗史》,如此不断再版,这在同类著作当中,是十分罕见的。这说明,《诗史》是有生命力的。《诗史》一直受到学术界的青睐,不断再版,当是与文化巨人鲁迅的推举分不开的。鲁迅是在文学史方面手眼很高的大家。

四、一个建议,一个驳斥

　　鲁迅于 1936 年 10 月 19 日逝世。11 月 18 日,陆侃如写了一篇《鲁迅先生月祭》,发表在《青年作家》12 月 1 日第 1 卷第 1 期。安徽教育出版社 2001 年 8 月出版的袁世硕、张可礼主编的《陆侃如冯沅君合集》漏收此文。在已经出版的各种鲁迅研究著述中,也均未提及此文。其实,此文是学习鲁迅、研究鲁迅的一篇重要文献。其重要,不仅是因为写得早,而且在于提出的重要问题。此文很短,只有 655 个字,照录如下:

鲁迅先生月祭

（一）编印《鲁迅全集》的需要

鲁迅先生逝世，转眼已一个月了。哀悼是不消说。一时的哀悼当变为永久的纪念，如茅盾先生所说，把绍兴县改称"鲁迅县"，在通都大邑创立"鲁迅文学院"，或者在鲁迅先生沪寓的地带建筑伟大的纪念堂，等等。这些都是我们后死者的责任，然而就现在的情形看来，一时还谈不到这些纪念计划的实现。

其实表面上的纪念还是次要，最重要的是学习。二十年来，鲁迅先生久已做了一般青年的导师。我只觉得我们辜负了这么一位伟大的导师，没有能够充分的利用他的教训。我们要跟他学习的不仅在文艺，尤其是在认清我们目前的地位，责任与工作，不为万恶的环境所腐化而变节，始终勇敢地向前迈进。

要学习他，首先要了解他。人人都"读"他的书，但是不见得人人都"细读"他的书。前天报上载日本正在编印鲁迅先生全集，是在中国尚无所闻，难道中国人真的不想了解这位现代唯一的"文化巨人"吗？我诚诚恳恳的向一切哀悼鲁迅先生的人们建议：赶快编印他的全集，以"普及版"出售，让人人都有了解并接受他的教训的机会。

（二）鲁迅先生是褊狭的吗？

鲁迅先生死后一个月中，哀悼的文章固然很多，诬蔑的话可是也听得不少。最普通的一种就是说他尖酸，刻薄，度量小，爱骂人。这可是个莫大的错误。

且看鲁迅先生自己的话。《作家》第五号上，载他论"统

一战线"一文,中有一段说:

　　"例如我和茅盾,郭沫若两位,或相识,或未尝一面,或未冲突,或曾用笔墨相识,但大战斗却都为着同一的目标,决不日夜记着个人的恩怨。然而小报却偏喜欢记些鲁比茅如何,郭对鲁又怎样,好像我们只在争座位,斗法宝。……"

　　看了这段话,若还说鲁迅先生褊狭,那便等于信口胡柴的小报了。

　　古人说:"论道当严,取人当恕。"这正是鲁迅先生的态度。为着同一目标而战斗,应当勇往直前,但是对于个人的恩怨,却不应该日夜记着。这是多么光明磊落的态度!

十一月二十七日

　　陆侃如的这篇文章虽然很短,但在鲁迅研究史上却占有重要地位。短文"不戴帽不穿靴",开门见山,为纪念鲁迅,提出了一个建议,驳斥了一个污蔑。

　　一个建议,就是应当赶快编印《鲁迅全集》。陆侃如崇敬鲁迅,溢于言表。认为,纪念鲁迅,最重要的是学习鲁迅,"能够充分的利用他的教训"。强调学习鲁迅,要同目前的社会现实联系起来,"不仅在文艺,尤其在认清我们目前的地位,责任和工作,不为万恶的环境所腐化而变节,始终勇敢地向前迈进"。要学习鲁迅,首先要了解鲁迅。这就要"细读"鲁迅的书。鲁迅博大深切的著作,是鲁迅精神的主要载体。鲁迅对自己的著述是十分珍惜的。1936年2月10日,鲁迅在《致曹靖华信》中说,打算为纪念自己从事写作三十年而编一套约十本的"三十年集",并拟了两种编目。令人痛惜的是,天不作美,他的打算未能实现。这在很大程度上限制了人们了解鲁迅、学习鲁迅。为了弥补这一缺憾,陆侃如在鲁迅逝世一个月,敏锐地、"诚诚恳恳"地建议:"赶快编印他的全集,以'普及版'出版。""赶快",是要马上启动,迫不及待。"以'普及版'出版",是为了面向广大民众。他的建议,抓住了关键,又及时,富有前瞻性和建设性。与当时鲁迅纪念委员会着手筹备编辑《鲁迅全集》的举措不谋而合。1938年5月19日,在陆侃如建议编《鲁迅全集》之后的不到两年,由鲁迅先生纪念委员会编、蔡元培作序、上海复社初版《鲁迅全集》开始预约发售。预约发售是为了解决资金不足的问题。在各方面联合努力下,历经周折,克服了重重困难,终于在6月至8月初版,共20册。初版分两种:一种是价钱低廉的普及本,只够作纸张印费;一种是精制的纪念本,以备各界珍藏。由于《鲁迅全集》第一次全面系统地整理出版了鲁迅的著述,其中还有不少是未刊稿,所以初版普及本1500部,很快就销售完。为满足读者的需求,8月又再版。陆侃如的建议很快地得以实现。此后,编纂《鲁迅全集》在不断完善,相继有多种版本问世,使鲁迅的著述、中国现代史上珍贵的文化遗产以到传存,成为广大民众了解鲁迅、学习鲁迅的主要载体和媒介。

鲁迅在世时,就有人污蔑他。他逝世后仍有人继续污蔑。其中重要的一点,就是说他"褊狭"。对此,陆侃如在短文中义正辞严地予以驳斥。在短文中,陆侃如首先机智地引用鲁迅在晚年撰写的最重要的名文《答徐懋庸并关于抗日统一战线问题》一文中自己的一段表述,证明在人际关系上,鲁迅从来都是立足于"大战斗"这一"同一的目标","决不日夜记着个人的恩怨"。接着引用苏东坡"论道常严,取人常恕"之说,同鲁迅的言论融合起来,对"褊狭"之污蔑予以驳斥,赞扬了鲁迅"光明磊落的态度"。从鲁迅逝世到1937年年初,各地报刊发表的悼念文章有数百篇。绝大多数文章都是从不同的角度,称颂和肯定鲁迅一生的光辉业绩,也有因立场不同借故攻击和污蔑鲁迅的。直面极少数人对鲁迅的攻击和污蔑,陆侃如旗帜鲜明地就污蔑鲁迅"褊狭"这一点,进行了有据有理的驳斥,从一个方面捍卫了鲁迅"光明磊落"的伟大人格。

五、学习鲁迅,"批判地接受文学遗产"

1950 年 10 月 19 日,为了纪念鲁迅逝世 14 周年,陆侃如在《青岛日报》发表了《鲁迅先生和中国文学遗产》一文。鲁迅作为文化巨人,其志趣和贡献是多方面的。研究中国古代文学始终是他的志趣之一,也是他学术研究的重点。在这方面,留下了丰厚的著述。鲁迅对这些著述很重视。1936 年,他拟的"三十年集"两种目录中,都列有《中国小说史略》《古小说钩沉》《唐宋传奇集》《小说旧闻钞》。鲁迅这方面的不少著述,起步早,是"开山"之作,为古代文学研究奠定了基础,指明了思路和方法,影响深远,沾溉了许多后进者。陆侃如从 1922 年 19 岁发表有关《楚辞》的论文开始,一直从事中国古代文学的教学和研究,自然会特别关注和学习"青年导师"鲁迅在古代文学研究方面的著述,所以在纪念鲁迅逝世 14 周年时,特别撰写了《鲁迅先生和中国文学遗产》一文。文章不长,主要从鲁迅的专著和杂文两方面,概括论述了鲁迅在古代文学研究方面的"伟大功绩"。

在专著方面,文中首先引用苏联法捷耶夫在 1949 年中苏友协总会成立时的致词,推举名著《中国小说史略》,认为这部著作"写得那么伟大"。接着列举了鲁迅的《汉文学史纲要》《唐宋传奇集》《小说旧闻钞》《古小说钩沉》《会稽郡故书杂集》《嵇康集》等重要专著。认为这些专著,"不是在玩古董",而是"批判地接受文学遗产"。"他的工作,正是高尔基所说的'要向人民指出一条前进的道路,把他们推向这条大路'。"限于篇幅,这篇短文,没有具体分析鲁迅有关古代文学重要专著的优长,而是从大处着眼,强调了对文学遗产应当"批判地接受"。"批判地接受"是为了"向人民指出一条前进的道路"。中国文学遗产丰富而复杂,精华与糟粕并存,应当摒弃糟粕,汲取精华。这样才能有益于人民。陆侃如强调把"批判地接受"和人民前进的道路联系在一起,应当说抓住了鲁迅对继承文学遗产的重要建树。

鲁迅的杂文,内容丰厚,其中有不少关于中国古代文学的精辟论述。对这些精辟的论述,以前很少有人关注。这可能与杂文和专著是两种文体有关。杂文中的精辟论述不系统,具有发散性。陆侃如特别重视和学习鲁迅的杂文,发现了"其中有不少关于文学遗产的宝贵意见"。这些"宝贵的意见",陆侃如予以总结归纳,指出"值得我们注意的是下列四点":

"第一,推崇民间文艺。"认为五四运动以后,"民间文艺渐被重视,但是重视得还不够。因为当时一般观念论的文学批评家不懂得劳动创造世界,不懂得一切文学体裁都是劳动人民创造的"。鲁迅基于劳动创造世界这一理论,表扬"不识字的作家",肯定民间文艺"其作品刚健清新",认为"民间流行的新形式,一落到士大夫的手里","渐渐的没有生气而'灭亡'了"。

"第二,证明文学的阶级性。""说明文学不能超阶级"。鲁迅"举宋人诗文为例,说明为艺术而艺术在事实上是不存在的"。

"第三,反对复古。"认为"鲁迅先生一贯地坚决地反对复古的荒谬主张"。

"第四,重视文艺作品的社会背景。"指出鲁迅懂得"存在决定意识"的真理,特别引了鲁迅下面的论述:"我们想研究某一时代的文学,至少要知道作者的环境,历史和著作。"

　　鲁迅在杂文中，有关古代文学的论述涉及的问题很多，陆侃如根据自己学习的体会，特别标举了上述四点。应当说，这四点是非常重要的，抓住了鲁迅对中国文学遗产带有本质性的认知和重要的关键点。既有科学性，又有方法论的指导意义。中国古代的文艺，大体上是由民间文艺和士大夫文艺两部分构成的。相对而言，自古以来，即使在五四运动以后，对民间文艺重视不够。针对这一欠缺，陆侃如特别指出鲁迅推崇民间文艺，指出民间文艺"刚健清新"的特点。在阶级社会里，存在阶级和阶级斗争。阶级和阶级斗争，往往会经由一些不同的途径反映在文学中。鲁迅在三十年代初期的几篇杂文里，鲜明地指出"文学有阶级性"。古代阶级社会的文学也不能超越阶级。这既是古代文学的本质属性之一，也是研究古代文学应当使用的方法之一。陆侃如特别指出这一点，既符合文学的实际，又具有指导的意义。就"反对复古"而言，这与前面所说的鲁迅主张"批判地接受文学遗产"是一致的。文学遗产是宝贵的，应当保存，但不能复古，只能是"批判地接受"。文中特别引用了鲁迅说的几句话："将来的光明，必将证明我们不但是文艺上的遗产保存者，而且是开拓者和建设者。"这可以看作是鲁迅对待古代文学遗产的总策略。文学作品与社会背景的关系，是古代文学研究中的一个重要问题，也是鲁迅特别关注的。鲁迅自1907年至1934年，在不少杂文中对此有所论述。在陆侃如看来，鲁迅先生强调研究文学要重视社会背景，是基于"存在决定意识"这一真理，看到了"文学艺术只是上层建筑，是建立在社会的经济基础上面的"。鲁迅先生的见解，有助于研究者从深层次上理解文学与社会环境的关系，同时也指明了一种重要的研究方法。

从上述鲁迅先生和陆侃如、冯沅君夫妇的多方面关系,可以看出:鲁迅作为一位热心的、有责任心的青年导师,关爱青年,扶持青年,奖掖青年。他对陆侃如、冯沅君夫妇的关爱,是他关爱青年的一个例证。陆侃如、冯沅君夫妇作为鲁迅的学生辈,始终把鲁迅作为"伟大的导师",不忘鲁迅的教导,学习鲁迅,捍卫鲁迅,弘扬鲁迅精神。

注:本文的第一、二部分所用的资料,参考了严蓉仙先生撰写的《冯沅君传》,人民文学出版社2008年8月第1版。特致谢意。

（未刊稿。2019年4月定稿。）

陆侃如先生和他学术上的重要业绩

陆侃如先生是海内外知名的、具有现代意识的一位学者。他热爱祖国，毕生在高等院校从事教学工作和中国古代文学的研究。他既有深厚的国学根底，又受到了西学的浸润。他勤于著述，业绩突出，给我们留下了丰厚的学术遗产和精神财富，值得我们珍惜和学习。

一、一位早熟而能坚守的学者

陆侃如，字衍庐，小名雪成。1903 年 11 月 26 日生于江苏省海门县（今海门市）普兴村的一个开明士绅家庭。父亲陆措宜先生曾就读师范学校，热心教育事业，在家乡创办恒基小学，亲任校长，推行新学。后为解救乡里贫病，筹办社仓，潜心中医，开设诊所，实行义诊。曾任海门县教育局视学、第二区行政局长，因不愿与贪官污吏同流合污，托病辞职。抗日战争时期，积极支持抗日。苏北抗日民主根据地成立，1942 年 2 月，措宜先生当选为海门、启东两县首届参议长。新四军苏中第四军分区司令员季方经常到陆家，商讨抗日工作。1945 年秋，措宜先生病逝，新四军在海门县临县崇明县为他主办追悼会，陈毅军长为其墓碑题字。陆先生是陆措宜的长子，幼年是在父亲自办的恒基小学度过的。在小学期间,父亲还专聘教师到家里教他学习英文。父亲的爱国精神、仁义情怀、开明和对子女的严格要求,为先生终生热爱祖国、不断追求进步和在学术上取得突出的业绩,打下了良好的基础。

1916年夏,先生小学毕业,考入了江苏省立第七中学。第七中学是个四年毕业的旧制中学,地点在南通。这所中学的校长,提倡孔教。入学后,课程有英文、国文、历史、地理等。1919年五四运动的消息传到南通后,先生参加了罢课运动,提倡白话文。读四年级时,和同班的几个同学在课外组织了一个"松竹诗社",作的大多是七绝。他和同学在英语老师的鼓励下,还做了两件事:一是演英文剧。此剧由先生改编,在礼堂公演,先生还扮演了其中的一个角色。二是编英文杂志,他担任的稿件是编写"英国诗人小传"。后来,他把用英文写的稿子《英国诗坛大事记》译改为中文,寄给了上海《学艺杂志》,1922年发表了。这是他生平第一次发表的文章。

1920年夏,先生中学毕业,进入北京高等师范学校学习。到北京,他曾给胡适写信:"请详细指教:一、读古代儒家哲学书——《论语》《大学》《中庸》《孟子》和《荀子》——的时候,应注意的是什么? 二、近三十年来的文和短篇小说的选本,哪一种是最好?"从此信,可以窥见先生当时读书的广博和深入。1922年,先生决定投考北京大学英文系,结果考取了,但后来受了"整理国故"运动的影响,转入了国文系,1926年北京大学毕业。先生在北大学习期间,曾和同学杨鸿烈、徐嘉瑞、卫聚贤、储皖峰、游国恩、刘节等成立述学社,以"整理国故"相号召,并创办《国学月报》,先生任编辑主任。其《发刊引言》说:"我们是极恨这种'顽固的信古态度'及'浅薄的媚古态度'的。我们宁可冒着'离经叛道'的罪名,却不敢随随便便的信古;宁可拆下'学贯中西'的招牌,却不愿随随便便的媚古。"先生在北大学习期间,开始研究古代文学。刚到北大,19岁时,就开始发表了有关于楚辞的论文两篇。20岁时,发表了《屈原生平考证》一文,出版了专著《屈原》。21岁发表了《宋玉赋考》。22岁,发表了两篇考证《孔雀东南飞》的论文。23岁,发表了有关《诗经》的论文三篇,出版了专著《乐府古辞考》。一个19至23岁的大学生,四年的时间,竟能发表这么多且受到了学术界重视的论著,这在学术界是罕见的,说明先生当是一位早熟的学者。

1926年6月,先生北京大学毕业,7月考取了清华大学国学研究院研究生,同时考取的有刘节、王力、金哲、戴家祥等24人,后增补至29名。1927年6月1日毕业。他在读研究生期间,师从梁启超、王国维、陈寅恪等先生。曾做过《词选笺》,发表过有关陶渊明的论文、《宋玉评传》、《楚辞的旁支》、《论〈左传〉真伪及其性质》(瑞典高本汉著,陆侃如口译,卫聚贤笔记)等,但研究的重点是中国古代诗歌,他的毕业论文《中国诗史》("导论"和"古代诗史")获得了优秀论文奖。他曾帮助梁启超校对过一部分《桃花扇》传奇。他撰写的《导论》和《古代诗史》,梁启超在健康未恢复时曾替他仔细校阅。

先生研究生毕业后,应聘到北京中法大学任教。1928年春受聘复旦大学,并兼任暨南大学中文系讲师。冯沅君先生这时也到了上海,与先生同在上述学校任教。1928年3月,胡适就任上海中国公学校长,请陆、冯两位到该校大学部兼课,不久又聘先生任大学部中国文学系主任。同时,胡适同先生商量,筹办了《中国文学季刊》,先生任总编辑,先后出版了两期。1929年1月24日,陆、冯两位先生在上海由冯友兰主婚,举行婚礼,25日回先生原籍省亲。两位先生结婚,珠联璧合,琴瑟合奏,既是生活上的伴侣,又是学术研究的合作者。1930年夏,两位先生应设在安徽省安庆的安徽大学校长杨亮功和教务长程憬的联合邀请,到该校任教。两位先生结婚后,相继联手完成了《中国诗史》和《中国文学史简编》的写作。他们结婚后,还共同拟定了一个五年计划:从工资中省出一万元,自费出国留学。他们选择了费用较低、人文活跃的法国巴黎。1932年6月15日,他们从上海乘邮船达特安号经香港、西贡、新加坡、吉布提港、苏伊士港,再由马塞乘车到巴黎,同时考入巴黎第三大学(一说第四大学)文学院的博士班。1935年春,他们完成了博士论文的写作,6月下旬获得博士学位,顺利毕业。先生的博士论文题目是《周代社会史》。在论文答辩时,有一段插曲:主考人对先生提出了一个奇怪的问题:《孔雀东南飞》中说:"孔雀东南飞",为什么"东南飞"? 先生应声回答:因为"西北有高楼"。足见陆先生的机灵和敏捷。陆、冯两位在巴黎留学期间,经刘文澜介绍,一起参加了法国著名"左派"作家巴比塞领导组织的"反法西斯反帝反战大同盟"。"大同盟"下设"中国留学生支部",两位先生参加了该支部的活动。当时参加该支部活动的还有留学生戴望舒、李健吾、马宗融等。支部为了扩大宣传,还集资自办了一张油印小报,陆、冯两位负责编辑。先生在攻读博士学位期间,除了完成了博士学位论文和参加反法西斯活动之外,还翻译了法国小仲马的戏剧《金钱问题》和法国赛昂里的《法国社会经济史》(上册)。后来他的《法国社会经济史》译稿和《周代社会史》出版后,曾寄给赛昂里,请他批评。陆先生在法国还访问过世界闻名的法国汉学家伯希和教授,随 Lanson Hagard 等名家学习比较文学。先生在法国特别喜欢买书,逛旧书摊。有时冯先生让他去买面包,一溜烟又拐到旧书摊里去了,竟忘记了买面包。他乱买旧书,租住的房间到处堆的都是书。为买书,往往弄得经济上很拮据。两位先生在巴黎大学博士班毕业后,迅疾乘火车,道经苏联,回到了阔别三年的祖国。

两位先生回国后,从 1935 年秋开始,先生在燕京大学中文系任教,兼任系主任;冯先生去天津河北女子师范学院任教。他们在任教的同时,合作编纂了《南戏拾遗》,1936 年 12 月刊于《燕京学报》专号。《南戏拾遗》出版后,引起了学术界的高度重视。青木正儿、顾随、魏建功、赵景深等国内外学者,分别写信加以肯定或商榷。

抗日战争全面开始以后,1938 年初,两位先生离开京、津南下,开始了在战乱流离中坚守教学和研究的艰难生活。他们经上海、香港、河内到了云南昆明。到昆明不久,先生应中山大学之聘,到中山大学师范学院中文系任教,兼任系主任和教务主任。他和冯先生一起到了广州。没有几天,广州失守,他们随中山大学迁往粤西罗定,又先后迁到云南澄江仁南镇和广东坪石。先生在师范学院时,明确指出师院的重心:“要对得起国家,要对得起责任,第一便须把全院青年陶铸成专门人才。因此院中读书习惯的养成,学术依旧的提倡,便是我们最主要的工作。”他教授的课程主要有中国文学史、历代文选与文学专书等。他热心参加学生的活动,帮助学生组织了“生社”。1942 年 6 月,日本侵略军逼近坪石。这年秋天,两位先生应迁到四川三台的东北大学的邀请,离开坪石到了三台。先生兼任文学院长和中文系主任,直到抗日战争胜利。在三台,两位先生积极参加抗日工作。1945 年 1 月,先生受老舍的委托,在三台成立了“中华全国文艺界抗敌协会川北协会”,任分会主席,冯沅君、赵纪彬任副主席,会址设在三台东门内陈家巷先生家中。参加分会活动的有杨荣国、董每戡、叶丁易、姚雪垠等。他们接待进步学生,从经济上、政治上支持学生进行抗日宣传工作，支持他们去解放区。分会还创办了会报《文学期刊》，冯沅君任主编。由于先生积极抗日，国民党特务曾把他列入黑名单。今存重庆的敌档中，有先生抗日进步的记录。在全面抗战前后的十年，时局动荡，两位先生多次辗转迁徙，在非常艰难的境遇中完成教学和参加抗日工作的同时，仍孜孜不倦地从事学术研究。在这方面，先生除了发表了一些论文外，主要精力投入了《中古文学系年》（以下简称《系年》）的编纂。《系年》是先生早在抗战前就酝酿的一个大计划中的一部分。他在抗战前，就想写一部《中国文学史》。他在《系年序例》中认为：要写成这部文学史，应该有三个步骤：第一是朴学的工作，即对作者的生平、作品写作时间的考订和对作品的校勘、训诂等。第二是史学的工作，即对作者的环境、作品的背景，特别是对当时经济状况的考察等。第三是美学的工作，即对作品的内容和形式进行分析，探究作者的写作技巧以及在文学史上的影响等。上述的三点，说明先生编写《系年》是出自一种学术自觉，有一种学术期待。基于上述的认识，他想用 10 年左右的时间，编纂《系年》。由于抗战时期条件的限制，《系年》只写到西晋末年。先生病逝后，人民文学出版社根据他的手稿，出版了此书。全书共 68 万字，按年系人事，把汉晋间 150 多位作家的有关事迹，做了比较详细的考订和清理，提出了许多新的见识。《系年》出版以后，成了研究中古文学的学者案几必备的书籍，在诸多的中古文学史著作所列的参考书中，无不将此书列为重要的一种。

抗战胜利后，1946 年秋，两位先生随东北大学迁回沈阳。先生到沈阳后，由于思想进步，不满国民党的反动统治，被列入黑名单，常常遭到恐吓。1947 年秋，两位先生应山东大学校长赵太侔之聘，离开沈阳，到青岛山东大学任教。先生到山东大学后，继续支持学生的革命活动。1948年"八一五",山东大学部分学生因反对国民党的反动统治被捕,学生会募捐相助,两位先生的捐款几乎占全部捐款的一半。有的学生为反动派所迫,不得不到解放区,两位先生从经济上给予支援。他们还经常参加地下党组织的收听解放区广播、阅读革命书报等活动。由于先生积极支持学生的革命活动,国民党反动派逃离青岛时,竟企图谋害先生。

　　1949年6月2日,青岛解放。先生同许多热爱祖国的知识分子一样,他从国民党的反动统治和共产党的正确领导的鲜明对比中,从旧社会与新社会的鲜明对比中,看到了中国的美好未来和光明前途。他焕发了青春,自觉地学习马列主义、毛泽东思想,改造思想,加倍努力从事教学和学术研究。他积极参加社会工作。青岛解放不久,他被任命为山东大学校务委员会副主任委员,兼图书馆馆长。1951年3月,任山东大学学术委员会副主任委员。春,参与创办《文史哲》杂志。5月,被任命为山东大学副校长。1954年以后,又相继任全国政协委员、全国作协理事、《文学研究》编委等。1956年,当选九三学社中央常委。

　　先生对自己担任的社会工作,在其位,谋其事,尽职尽责。如他兼任山东大学图书馆馆长时,就切实地履行了馆长的职责,这从今存先生兼任馆长时写的"馆务日记十七则"中可见一斑。其中1949年10月7日一则记载:"青岛解放了四个月,我负责馆务也四个月了。在这四个月中,我天天都和同人们一起工作。"1950年3月27日记载:"近来编纂组竞赛工作,馆务组也严订计划,尤其是因为新同人的加多,馆内的工作的确紧张得多。"1950年11月27日记载:"陈云章同志快要离开图书馆了,这对我们真是个莫大的损失。自从青岛解放,山大接管以来,图书馆被认为是个进步的单位……如果能在留馆同人中培养出继起人才,那么馆务一定还可以发扬光大。"从上述的记载,可以看出,陆先生与图书馆的同志一起工作,对馆内情况的熟悉,对馆内人才的培养……是多么认真,多么热情,多么负责!

新中国成立以后,先生一家的生活安定了,经济上富裕了,但他同冯先生却一直过着非常简朴的生活。他们看不惯那些讲究吃穿的人。他们的饭食通常是一饭一菜,内衣补了又补,不肯买新的。家里的用具,大都是修补过的。他们自己省吃俭用,可对支援国家和帮助贫困民众,却总是慷慨解囊。他们积极认购国债,每次在全校总是数量最多的。先生经常寄钱给家乡的贫下中农。逢年过节,总是送钱给他住处附近的几家军属,还给青岛市市南区政府送过钱,请政府慰问烈军属。

正当先生踌躇满志、精神百倍地从事教学、科研和社会工作时,却于1957年遭到了不幸。1957年反右之前,他响应党的号召,帮助党整风,提出了教授治校的意见。因此被错划为右派分子。免去了副校长等一切行政职务,教授由一级降为四级。面对突然而降的大难,先生心地坦然,无怨无悔。从此,他专心致志地从事教学和研究。1958年,学校让中文系56级同学和部分教师共同编写"中国大文学史",先生参加了,任"汉魏六朝"段的段长。他开始集中地研究中国古代文论,给本科生讲授"《文心雕龙》选讲",为青年教师、进修教师和研究生举办古代文论研究班,同时撰写、出版了多种有关古代文论的论著。

1966年"文革"开始时,先生被批斗。不久被监禁,长达五年。1971年无罪释放。当时山东大学文科已经迁到曲阜,与曲阜师范学院合并为山东大学。先生到曲阜后,曾随工农兵学员、青年教师到曲阜近郊夏家村参加劳动,帮助青年教师辅导学员。1973年夏,冯先生不幸身患癌症,次年6月在济南病逝,给陆先生带来了极大的悲痛。1976年12月12日,先生突患脑溢血,从此常卧病榻,至1978年12月1日与世长辞。他在病逝前,写下了遗嘱:"存款五万元,三分之一给中文系,三分之一给图书馆,三分之一给亲属。"1979年,陆先生被平反昭雪,恢复名誉。

先生被解除监禁之后,即使在自己患病之后,承受了常人难以承受的压力和痛苦,仍然坚持和一些中青年一起,先后参加了《杜甫诗选》《韩非子选注》《刘禹锡诗文》等书的编写工作。同时,他一直关注古代文学研究,当他看到刘大杰先生受"批儒评法"的影响,在修改的《中国文学发展史》第二册大字本的校样《杜甫与大历诗人》一章中,把杜甫视为法家后,迅疾写了《与刘大杰论杜甫信》,认为杜甫不是法家。此信于1976年11月1日完稿,寄给了刘先生。刘先生很快复信,表示同意先生的观点。次年刊于《文史哲》第4期。此文是在古代文学研究领域里率先拨乱反正,肃清"四人帮"大搞"批儒评法"斗争的一篇论文。发表后,产生了相当大的影响。中国社会科学院历史所著名历史学家杨向奎认为:此文是陆先生写的最及时、最有价值的一篇论文。

一位学者,在顺境中,能够坚守自己的学术事业并不困难。难的是在逆境中而能不离不弃。在这方面,先生做到了。抗日战争前后10年左右,颠沛流离,艰难重重,他坚守了。1957年被错划为右派分子,免职降级,他不丧志,不泄气,没有停下脚步。"文革"中被批斗,入囹圄,亲人病逝,自己患病,但没有忘怀自己的事业,以惊人的毅力,做出了难得的贡献。先生之所以能够始终坚守自己的事业,是因为他一直胸怀爱国的情操,是因为他有一种担当,能把弘扬中华民族优秀的文化传统作为自己责任。

二、研究楚辞的重要业绩

先生研究古代文学的重要业绩,首先体现在研究楚辞方面。他研究楚辞的时间虽然比较长,但重要的业绩是在二三十年代、他19岁到30岁时取得的。他研究楚辞的重点是屈原和宋玉。

先生对屈原的研究,代表性的成果是他还不满20岁时,1923年7月由上海亚东图书馆出版的《屈原》一书。此书主要有"屈原评传""屈原集""附录"三部分。"屈原评传"中考证占十分之七以上。针对国内外,有的学者认为没有屈原此人或对屈原持怀疑态度、对屈原作品多有歧义等问题,先生通过考证,认为:"屈原这个人是有的。他是战国时人。""屈原的作品共十一篇:1.《橘颂》。2.《离骚》。3.《抽思》。4.《悲回风》。5.《惜诵》。以上五篇作于怀王朝(即公元前四世纪末)。6.《思美人》。7.《哀郢》。8.《涉江》。9.《怀沙》。10.《惜往日》。11.《天问》。以上六篇作于顷襄王朝(即公元前三世纪初年)。还有十六篇,有人认为也是他作的,我却以为不是。"接着论证了胡适认为司马迁写的《屈原传》不是司马迁写的,是不能成立的;论证了《九歌》十一篇、《远游》《卜居》《渔父》《招魂》《大招》不是屈原写的。《屈原集》分卷上、卷下,依据在"评传"里考订的时代为序,具体列出了屈原的11篇作品,分行分节,并加标点。"附录"有三:一是校勘记,对于屈原作品中的错简、错字,多加改正。二是古音录。通行本所注古音多有谬误,根据清代学者研究的成果,以正之。三是著者可疑的作品。

先生研究宋玉,先后发表的论著主要有《宋玉赋考》《宋玉评传》《宋玉》《屈原与宋玉》等。代表作当是1929年由上海亚东图书馆出版的专著《宋玉》。此书在"序例"后,有"宋玉评传""宋玉集"两部分。"宋玉评传"主要论述宋玉的生平、作品。认为宋玉的生平与屈原的卒年相近。他与楚国威、怀、襄三王无君臣关系。他与屈原等无师生关系。他做过小臣，与荀卿仕楚时相近。他不久辞职，作《九辩》。他作《招魂》当在楚国徙寿春以后。他穷得很。他的卒年与楚国亡国时间相近。关于宋玉的作品，先生认为，传为宋玉的作品共 14 篇，只有《九辩》《招魂》两篇是宋玉的，"其余十二篇都有伪托的嫌疑"。有"附录一"宋玉年表。"附录二"参考书目。"宋玉集"部分，抄录了《九辩》《招魂》两篇作品，并加以分段标点。有"附录"三种：校勘记、古音录、著者可疑的作品。

《楚辞》自西汉编成以后，由于传下来的史料很少，且多有歧义，因此历来对楚辞的研究中，史料考证一直是一个重点。在先生之前，对楚辞的考证有一些成果，但歧义很多，许多问题有待进一步考证。先生研究楚辞，也是首先着眼于史料的考证，在这方面勤于用工，有许多新的见解。屈原和宋玉是楚辞的代表作家。先生对楚辞的考证，重点是屈原和宋玉。他在史料考证的基础上，比较全面地第一次论述了屈原和宋玉的生平和作品，在楚辞研究史上，增添了新的篇章。

先生研究楚辞的业绩，尤其是对屈原和宋玉研究的业绩，受到了学术界的重视，有相当大的影响。1922 年，陆先生 19 岁时，在《读书杂志》第 2 期，发表了《〈大招〉〈招魂〉〈远游〉的著者问题》（《屈原评传·余论》之一）。胡适看了以后，马上把自己在《读书杂志》第 1 期上发表的《读楚辞》一文寄给先生，要他"提出批评"。当时胡适是北京大学的教授，赫赫有名，竟把自己的论文寄给一个大学一年级的学生。足见先生发表的第一篇有关楚辞研究的论文，就受到了胡适的重视。后来，先生研究楚辞的成果，常被许多学者所引用。赵景深在 1928 年出版的《中国文学小史》中论屈原说:"他的作品,最近据陆侃如的考证,凡三篇,即《离骚》《九章》《天问》。"论宋玉说:"据陆侃如的考证,他的作品只有《九辩》和《招魂》,真是他自己的。"1932 年出版的刘麟生的《中国文学史》、胡云翼的《新著中国文学史》,都明言根据陆先生的研究成果而论述屈原和宋玉。杨荫深 1932 年出版的《先秦文学大纲》,书末列有 42 种参考书,其中近人著作五种,有四种是陆先生的,其中有《屈原》和《宋玉》。杨荫深说:《屈原》"为最近用新的方法来研究屈原及其作品的一部好书";《宋玉》"对于研究宋玉的作品也有新的见解"。1957 年 3 月 11 日晚上 8 点,毛泽东在颐年堂邀集部分大学负责人座谈。参加者有杨秀峰、冯友兰、陆侃如等。毛泽东对陆侃如说:关于宋玉的评价,你未免评价太高,郭老又太低了。比起来,鲁迅先生的意见还是公允的。从上面例举的事实,可以看到先生研究楚辞的论著受到了多方面的关注,影响也是相当广泛的。

三、三部有影响的文学史

在先生的学术生涯中,为编写中国文学史付出了大量的心血。他从在北京大学学习开始直到病逝前夕,一直对编写文学史情有独钟,并且付诸践行。他有关文学史的重要业绩,主要体现在同冯先生共同编写了三部文学史:《中国诗史》(以下简称《诗史》)《中国文学史简编》(以下简称《简编》)《中国古典文学简史》(以下简称《简史》)。

先生 1927 年在《国学月报》第 2 卷第 1 期,发表的《〈古代诗史〉自序》一文中,谈到了他编写文学史的缘起,说:我国文学至少有三千年的历史,"然迄无一本差强人意的文学史——也有迻译外人所著来充数的,也有杂抄文论诗话来凑成的。书的内容更是可笑——也有远论三王五帝的文学的,也有高谈昆曲与国运之关系的。个个人都诅咒中国无好文学史,个个人都希望中国有好文学史,然而没有一个人肯自己动手做一部文学史。在这种情形之下,我忍不住要来尝试一尝试。"看来,先生痛切地感到在他之前编写的文学史,没有一部差强人意的,学术界只限于"诅咒"而不肯"动手"。面对上述情况,先生决定尝试新编文学史,有勇气,有责任感。

《诗史》的初稿是在 1925 年至 1930 年间写成的,1930 年由上海大江书铺出版。全书分三卷:卷一是"古代史诗",自中国诗的起源讲起,至汉代,以《诗经》《楚辞》及乐府为主。卷二是"中代诗史",自汉末讲起,至唐代,以五七言古体为主。卷三是"近代诗史",自唐末讲起,至清代,以词及散曲为主。卷首有"导论",略述本书的材料和分期等问题。卷末有"附论:现代的中国诗",略述现代白话诗及无产诗运动。前后论及三千多年,计 50 多万字。全书"近代诗史"由冯先生撰写,其他是由先生撰写的。

陆、冯两位先生具有深厚的国学根底,对《诗经》《楚辞》、乐府以及其他重要诗人的生平、作品,对唐五代之后的词、曲大家和词、曲作品,大多有比较精审的考证。他们又注意学习运用西方的理论和方法。因此《诗史》同以前出版的诗史,如李维 1928 年出版的《诗史》相比,更具有现代形态。《诗史》受近代以来王国维、胡适等"一时代有一时代之文学"的文学进化论的影响,在诗歌的界定上,又取广义的(即传统所谓的韵文),所以每一时代只论述最兴盛的文体,"近代诗史"只论述晚唐五代兴起的而盛于宋代的词、元明清散曲,不讲述唐以后的诗、宋以后的词。这样的取舍,显然遮蔽了中国古代诗史的丰富性和演变的复杂性,有偏颇。不过诗史同所有文学史一样,应当容许多样性,不必强求一格。《诗史》对诗歌的取舍,其自成一格,其独特的意义,就是强调新兴的诗体,冲破了传统的诗学观念和雅、俗分立的界限,把元代以后出现的散曲,纳入了中国诗史中,最后附论五四以后出现的新体白话诗。这样由古至今,不仅贯通了诗歌演变的历史,使《诗史》成为我国第一部通史,也有助于读者从一个方面体认诗歌演变的规律。

《诗史》问世以后,学术界或推荐,或参考,或评论,产生了很大的影响。鲁迅先生在 1933 年 12 月 20 日《致曹靖华》的信中,推荐"可看"的文学史五种,其中有《诗史》。《诗史》问世以后,出版的不少文学史,如 1934 年龙沐勋出版的《中国韵文史》,1935 年刘经庵出版的《中国纯文学史纲》,1936 年赵景深出版的《中国文学史新编》,1938 年杨荫深出版的《中国文学史大纲》等,有的取资于《诗史》,有的把《诗史》作为重要的参考书。1940 年代,顾颉刚在《当代中国史学》一书中,认为《诗史》"颇称详备,为此类书的创作"。到 20 世纪 50 年代,林庚于 1954 年出版的《中国文学简史》(上卷),参考书目中关于文学史列有四种,其中有《诗史》。《文学研究》1957 年第 2 期,发表了谷典的以《诗史》为题的书评,从多角度肯定了这部著作,认为它是第一部"有系统的诗歌史","二十多年来这部著作在我国古典文学研究方面是起到一定推动作用的"。《诗史》中的许多重要观点,至今仍为不少学者所首肯。如:关于中国"史诗"问题。在《诗史》出版之前,主流观点认为:中国古代没有史诗,而先生认为:中国古代有史诗,在《诗史》中论述《诗经·大雅》时,特别标举"周之史诗"。林岗在《中国社会科学》2007 年第 1 期发表的《20 世纪汉语"史诗问题"探论》一文中,认为《诗史》肯定"周之史诗","回应了'史诗问题'造成的紧张,成为学界与主流的否定性意见相对峙的意见"。

从《诗史》再版的情况来看,自 1930 年初版以来,据初步统计,经由多家出版社至少再版了 13 次(包括修订本)。《诗史》问世之后的 70 多年,不断再版。从这一点也可以看出,它有长久的生命力。

《简编》是应大百科全书之约而撰写的。此书是陆、冯两位先生在中法大学、中国公学、安徽大学、师范大学、北京大学等校讲授中国文学史的讲义的基础上撰写的。1932 年 10 月初版。全书分上下两编,每编分十讲,共二十讲,约十万字。上编十讲,讲唐以前的文学。下编自第十一讲至第二十讲,讲唐代至现代文学。此书是"教材型"的文学史,所以同一般的"学术性"的文学史不同:为讲授便利,各讲分量大体相等,所以同一问题有分为两讲或三讲的;为了节省篇幅,全书举例仅写明某诗某文的题目而不引原文;为初学明了,对各问题只讲较可靠的结论,而不详加考证。《简编》虽然属于教材,但在内容和叙事模式等方面,都有一些特点。董乃斌、陈伯海等主编的《中国文学史学史》中评论《简编》时说:在 20 世纪 30 年代,中国文学史逐渐凝固成一种"模式",《简编》"就已经具备了这一叙事模式的基本形态"。特别指出:《简编》最后的目标指向一点,"就是五四新文学。'文学史'的预见性在这最后又一次显现出来。五四新文学,它是一个时代文学结束的地方,也是另一个时代文学史叙述开头的地方。"《简编》初版以后,受到了读者的欢迎,相当畅销。截止到 1949 年,至少再版过五次。《简编》之所以受到读者的欢迎,正像作家、藏书家翁长松在其所著的《漫步旧书林》中所指出的,主要有三个原因:首先它是"一本时间跨度最长的中国文学史。全书从中国有记载的商代开始说起，一直讲到中国现代的'文学与革命'，上下五千年，展现出中国文学发展的轨迹……一册在手，就可明了中国文学的基本概况"。二是"文字简洁流畅，通俗易懂"。三是"富有学术开创性和进步的文学观。此书对中国诗歌、散文的起源作了探索和研究，形成了颇具个性化的见解，尤其是对中国现代文学的研究具有开创性的见解"。书中体现的文学观"对当年的民主人士、文学青年、读者也是有吸引力的，这也是该书畅销的思想基础"。

新中国成立之后，两位先生想用马列主义的立场、观点、方法来处理文学遗产上的问题，开始改写《简编》。在改写开始时，他们不断地和山东大学中文系与历史系的朋友交换意见。改写稿用"中国文学史稿"的名称，在《文史哲》月刊连载了 18 期后，又得到了许多同志写的信或发表文章，提供了宝贵的意见，再加修改，1957 年由作家出版社出版《简编》（修订本），全书约 20 万字。修订本在内容、结构等方面，有很大的变动。全书前有"引言"，中分六篇，后有"结语"和"附录"。"引言"部分，概括论述了"文学史的任务——古典文学的评价问题——中国文学史的分期"。六篇除第一篇外，每篇分若干章，以时代为序，依次论述了文学的起源、周代、秦汉魏晋南北朝、隋唐宋元、明清、鸦片战争到五四运动的文学。"结语"是"过去的回顾——今后的展望"。"附录"：《关于编写中国文学史的一些问题》《关于中国文学史分期问题的商榷》。修订本是新中国成立后较早的用新观点编写的文学史，受到了学术界的重视和认可。修订本在体量上、叙事模式上，比较适用于当时的教学，被许多高等院校作为教材。1957 年经高教部审定的《中国文学史教学大纲》以及后来游国恩、萧涤非等主编的《中国文学史》，大体上都参考了修订本的体例和叙事模式。

两位先生在修订《简编》的同时，又应中国青年出版社之约，在《简编》修订本 20 万字的基础上，编写了《简史》，于 1957 年出版。《简史》是为具有中等文化水平的读者编写的。在编写时，曾征求过一些中学教师和具有中学水平的青年的意见，以便使《简史》适合读者的要求。由此可见，《简史》的编写，不是闭门造车、自说自话，而是有针对性的，这也反映了两位先生对普及古典文学的热忱，是他们主张"把过去只有少数人能接触到的（古典文学）宝藏交到广大人民手里"的体现。《简史》全书约六万字，简要地论述了文学的起源、各个时期文学的主要特征，说明文学的流派，述评重要作家的文学成就及其在文学史上的地位和影响，对重要作品有简要注释和分析，每一部分后还有复习题。此书出版后，由外文出版社组织翻译，1958 年出版了英文版、罗马尼亚文版。出版外文版时，先生被错划为右派分子，署名只有冯先生一人。新中国成立以后，中国人自己编写的中国古代文学史，被译成外文，"送出去"，介绍给国外的读者，《简史》当是第一部。

四、古代文论研究的开拓

先生认为，我国的古代文论，是古代文化遗产的重要组成部分，过去没有得到足够的重视。研究古代文论，对于发展我们的文艺理论具有重要意义。基于这一认识，先生从 20 世纪 50 年代末，开始把自己的研究重点转向了中国古代文论。在这方面，他付出了艰辛的劳作。如前所述，他给本科生讲授"文心雕龙选讲"，为青年教师、进修教师和研究生举办文论讨论班。他对古代文论的研究的业绩，主要体现在两方面，一是属于通论性质，二是属于个案研究。

关于通论性质的，发表的论文主要有《文学理论的批判继承》

《关于文艺理论遗产学习的三点意见》《如何批判继承文学理论遗产》三篇。这三篇论文,面对当时古代文论研究的状况,结合自己研究的体会,认为古代文论是"丰富的宝藏",其中有许多"精华",值得我们下功夫去挖掘。同时提出研究古代文论遗产时,应该注意的三点:"第一,应该分清精华和糟粕。""第二,应该明确古为今用的原则。""第三,应该做好普及的工作。"如何正确地研究古代文论,先生从总体上提出了上述三点。这三点,应该说是富有建设性的。先生上述的见解,也体现在他的研究实践上。

先生对古代文论的个案研究,发表的论著(有一部分是与青年教师合作)涉及陆机的有三篇、葛洪的一篇、汉人论楚辞一篇、刘勰的《文心雕龙》多篇。其中重点是《文心雕龙》。先生认为,《文心雕龙》"是我国古代文学批评史上的一部承前启后、继往开来的巨著","在中国古代文学批评史上具有划时代的意义",所以对它的研究比较集中,取得的成果也相当突出。据初步统计,自1962年至1978年,发表的论文达21篇,出版的著作五种。先生研究《文心雕龙》,特别重视《文心雕龙》的普及,从1961年开始,即在报刊上发表了一些译介《文心雕龙》的文章。这方面集中的成果是1962年、1963年由山东人民出版社先后出版的《文心雕龙选译》(上下册,以下简称《选译》)《文心雕龙》全书共50篇,《选译》选译了25篇。这25篇基本上囊括了《文心雕龙》中重要的篇章。《选译》前有篇幅较长的"引言",简介刘勰的生平思想和《文心雕龙》的内容。关于《文心雕龙》内容,从九个方面,扼要论述了"文体论""文学与现实的关系""内容和形式的关系""创作论""有关现实主义的一些论点""有关浪漫主义的一些论点""批评论""作家论""文心雕龙的成就和现实意义"。每篇之前,有"解题",简要说明全篇的主旨,然后分段列出原文和译文,并附以必要的注释。张少康、汪春泓等著《文心雕龙研究史》认为，在20世纪50年代到70年代末，关于《文心雕龙》的译注本，《选译》"是最重要的"。其长处："第一是充分尊重原文，力戒随意发挥。""第二是能够处理好译文与注释的关系，使注释成为译文的补充与说明，体例较为严谨。""第三，这部译注简明扼要，一般不对《文心雕龙》的典故出处加以诠说，对有争论的词语概念亦少详辨。"(《文心雕龙研究史》第198页)在现代《文心雕龙》研究史上，在《选译》出版之前，有的学者曾注意译介《文心雕龙》，但比较零星分散，传播的范围有限。先生在前人工作的基础上，在自己研究的基础上，撰写了普及著作《选译》。就体式来看，既有内容的比较全面的简介，又有重要篇章简明的译注，把内容简介和重要篇章的译注结合在一起，非常适应具有中等文化水平的读者自学。《选译》出版以后，扩大了《文心雕龙》的传播范围，受到了比较广泛的关注。1970年，香港龙门书局出版的《文心雕龙选注》，其中的《原道》《辨骚》《神思》《风骨》《情采》《知音》《序志》七篇，就选自《选译》。《选译》的出版，也推进了《文心雕龙》的普及，相继出版了多种译注。1963年，甘肃人民出版社出版了郭晋稀的《文心雕龙译注十八篇》；中华书局1980年出版了周振甫的《文心雕龙选译》；2010年，上海古籍出版社出版了王运熙、周锋的《文心雕龙译注》。此外还有赵仲邑、刘禹昌等人的选译。这些译注，程度不同地都受到了先生《选译》的影响。

先生对《文心雕龙》内容的探讨，除了上面述及的有关《文心雕龙》多方面的简介外，还体现在他对《文心雕龙》所用的术语的研究上。《文心雕龙》作于南朝梁代，是用骈文写成的，其中使用的许多术语的含义，后人难以做出准确的解释。而研究《文心雕龙》，对其中使用的术语是不能绕过的。弄不清这些术语的含义，难以注解《文心雕龙》，也难以理解《文心雕龙》的内容、理论体系和在古代文论中的地位等问题。在先生之前，历来有不少研究者对《文心雕龙》中使用的术语，有所探讨，有所建树。但比较系统的探讨，当始于先生。1962年，先生在《文学评论》第2期发表了《〈文心雕龙〉术语用法举例——书〈释"风骨"〉后》。此文首先指出："《文心雕龙》中有些常见的字，如'道''性''气''风''骨'之类，大都带有专门术语的性质。"但"刘勰使用这些字的时候，并不永远完全当做术语用，有时只当做普通的字。即使当做术语用的时候，还有基本的意义和引申的意义。如果我们混淆了一个字的普通意义，就会发生误会；而专门意义中的本意和引申义的异点如被忽视，也难以获得确切的理解"。接着"试就《文心雕龙》用字含义的不同类型"，分析了"骨"的意义。指出：《文心雕龙》中使用"骨"字共有30次左右，其中有些只作为普通意义来使用，如骨骼；"骨"字作为专门术语来用，其基本意义是"辞之端直者"；"骨"字还有引申意义，"是泛指作品的主要因素或特征之类"。先生对《文心雕龙》中使用的术语系统的探讨，还体现在1963年5月出版的《刘勰论创作》一书中。此书在附录中，特别列有"《文心雕龙》术语初探"部分。其中首先概括、简明的论述了《文心雕龙》中所使用的术语有三种性质，"希望大家读《文心雕龙》的时候，一定要细看上下文，善于辨别一个字的种种不同的用法与各种不同的含义，从而得出比较正确的理解"。接着，用很大的篇幅，用总括地、具体举例的方法解释了《文心雕龙》中"文"（附"文学""文艺"）、"道"（附"神道"）、"气""体""情""采""风"（附"风格"）、"骨"（附"骨髓""骨鲠"）、"实""华""正"（附"贞"）、"奇"12个术语的各种不同用法和含义。从上面列举的先生关于《文心雕龙》术语的研究，可以看出，他不仅具体解释了多种术语，更重要的是他提出了《文心雕龙》中所用带有术语性的字，大体上具有三种意义。这一点，明显的具有方法论的性质，得到了学术界的认可，产生相当大的影响。台湾著名的《文心雕龙》专家王更生教授，在1984年修订版的《文心雕龙研究》中说："《文心雕龙》的文辞之障，构成了义理之障，我们要想消除这种连锁性的蔽障，唯一的办法，就是寻求刘勰在《文心雕龙》中惯用的字例词例，作比较研究。"认为先生"在这块新辟的荒原上，他的确是第一位拓荒者。"先生对一些术语的解释，不一定完全确切，但他提出的带有方法论的见解与他对一些术语的具体解释，互相参照，有助于读者因其所已知而及所未知，能起到举一反三的作用。先生之后，有许多学者参用先生的方法来研究《文心雕龙》。

五、勤奋与通识

先生之所以在古代文学研究上能取得重要的业绩，常听到一种说法：他有才气。先生的确有才气。从事学术研究，才气固然重要，但才气仅是一个潜在的有利条件，只有把才气和勤奋结合起来，才能有所作为。先生的一生正是这样。先生的一生是勤奋的一生。他在学生时期，勤奋读书，勤奋写作。他毕业以后一直在高等院校任教，能把勤奋读书和教学及学术研究融为一体。他长期兼任过行政职务和社会工作，能勤奋地完成所承担的工作任务，案不留牍，做到了"拿得起、放得下"，工作完以后，会马上进入读书和著述的状态。他珍惜时间，节假日很少休息。他虽然有很强的记忆力，但他读书、作研究时，却勤于作笔记。今存先生读过的部分书籍，如《隋唐嘉话》《大唐新语》《唐语林》《醉翁谈录》《云麓漫钞》等，在每一种书的扉页上，他都随手用铅笔作了密密麻麻的索引，如《唐语林》的索引共 58 条，其中刘禹锡条 9 处，武后条 18 处，李白条 4 处，白居易条 5 处，韩愈条 4 处等。又如，他在研究中国古代文论时，专有一本《汉魏六朝文艺字汇》笔记，其中非常细致地分别汇集列出了《文心雕龙》中的重要字，做了研究《文心雕龙》中使用的术语的基础工作。一位学者当生活顺利时，能勤奋治学，比较容易做到，难以做到的是在遭到不幸时仍能坚持。但先生做到了。他在被错划为右派分子时，没有懈怠，一如既往地勤奋治学。尤其难以做到的是，他晚年在痛失亲人和自己患病之后仍然以惊人的意志，勤奋读书著述。一个例证是他撰写《与刘大杰论杜甫信》一文。刘大杰在修改本的《文学发展史》中，把杜甫定为"轻儒重法"的诗人，其根据是杜甫后期、即 40 岁以后写作的诗歌。先生不同意刘大杰的观点，认为杜甫实为儒家而非法家。刘大杰的观点有"根据"，当时又正是"四人帮"大搞"批儒评法"、称颂法家甚嚣尘上之际，为了证实刘大杰先生的观点的错误，先生以勤奋坚毅的治学精神，重读杜甫全集，对今存 1400 多首杜诗，反复阅读思考，分别列出有关诗句一大本。用了两个多月的时间，写成了《与刘大杰论杜甫信》一文。文中针对刘大杰提出杜甫的"轻儒""重法"论点和论据，对他的每一个例证，从 1400 多首诗中找出了全部反证，列举了具体的史料，论证刘大杰的看法难以成立，有理有据，不可辩驳。所以刘大杰看到此信后，回信表示同意先生的观点。先生到了晚年，还能写出这样十分费力而全用事实加以论证的论文，充分体现了他勤奋治学的精神。

先生主张研究古代文学，应当具有通识，并且自己能够践行。据张守能在《文学史家陆侃如博士——学府人物志三》中的记载，抗战时期，先生在中山大学师范学院任教时勉励同学说："研究国学的人，不能不同时懂得本国史地，不能不同时懂得世界文学。"

这是先生治学的体验。先生虽然研究的重点是中国古代文学，但又没有局限于古代文学。他通英文、法文。他从中学开始，就注意学习外国文学中的重要作家作品，后来他翻译过法国小仲马的戏剧《金钱问题》。他关注中国的现代文学，他撰写的三部中国文学史，都尝试贯通古代文学与现代文学。他在学习中国古代文论的同时，还注意学习西方的理论和马列主义理论。为了学习俄苏的文学理论，他晚年还学习了俄文，并翻译了部分著作。他知道研究文学离不开研究历史，所以一直重视对历史的研究。他在法国读博士学位的论文是《周代社会史》。他关注经济学。在法国留学时，特别翻译了《法国社会经济史》。上面例举的事实说明，先生的一生研究中国古代文学，并非埋头古籍之中，也不只是对自己研究的古代文学感兴趣。他有通识，视域开阔，有现代意识。他在古代文学研究方面，之所以能在一些重大问题上有开创之功，当与此有关。

从总体上来看，先生在研究中国古代文学方面的业绩，不论在数量上，还是在质量上，在当时都是第一流的。他留下的丰厚的著述，为学术界所认可，也有相当大的影响，值得我们珍重和学习。但他的著述毕竟有时代的印记和个人的局限。同先生的著作相比，更值得我们珍重和学习的是他始终不渝的爱国情怀，是他处在逆境中仍持有的敬业精神，是他在学术上勇于开拓、补前修所未逮的创新胆识以及科学的、严谨的治学方法。先生病逝41年了，我们怀念他，要站在新的历史起点上，把他关心并为之奋斗终生的事业向前推进！

附记：本文所引用的资料，主要参考了下列文献：

1.袁世硕、张可礼主编《陆侃如冯沅君合集》,安徽教育出版社 2011 年 8 月第 1 版。

2.张可礼、李剑锋编《陆侃如冯沅君合集补编》,安徽教育出版社,待出版。

3.牟世金、龚克昌《陆侃如传略》,《晋阳学刊》1983 年第 5 期。

4.牟世金《嘉惠士林的陆侃如教授》,《山东大学校史资料》第 8 期,1988 年 3 月。后收入郑春、孔令顺编选《山东大学文学与新闻传播学院校庆 110 周年文集 记忆卷》,山东文艺出版社 2011 年 10 月第 1 版。

5.许志杰《陆侃如和冯沅君》,山东画报出版社 2006 年 5 月第 1 版。

2019 年 2 月 22 日定稿于山东大学农子晚学斋

（原载《山东大学中文学报》第 2 辑,
山东人民出版社 2017 年版。）

陆侃如、冯沅君先生
《中国诗史》的主要贡献

一

在我国,文学史作为一门独立的学科始于 20 世纪初。根据陈玉堂《中国文学史书目提要》和其他文献资料,我们知道,在陆侃如、冯沅君先生着手撰写《中国诗史》(以下简称《诗史》)之前,我国已经出版的中国文学史约有 30 种,国外出版的也有多种。对于已经出版的多种文学史,先生都不满意。陆先生在 1927 年发表的《古代诗史·自序》一文中说:

> 我国文学至少有三千年的历史(公元前 1100——公元后 1900 年),然迄无一本差强人意的文学史——也有迻译外人所著来充数的,也有杂抄文论诗话来凑成的。书的内容更是可笑——也有远论三皇五帝的文学的,也有高谈昆曲与国运之关系的。个个人都诅咒中国无好文学史,个个人都希望中国有好文学史,然而没有一个人肯自己动手做一部文学史。在这种情形之下,我忍不住要来尝试一尝试。

> 然而中国文学史的材料异常丰富,像我这样一个年轻学浅的人,自然不能一蹴即成。所以我现在先做《诗史》,做成

后再扩充做全部文学史。

先生对以前编写的文学史的看法显然是相当偏激的，但却表现了他开始撰写《诗史》时的青年朝气，表现了一种学术挑战的勇气和超越前人的信念，同时也确定了自己所追求的学术品格。这一点流贯在《诗史》的写作过程中，同时也预示了撰写超越以前的中国文学史，是先生一生治学所追求的一个重要目标。

关于《诗史》的写作情况，陆先生在 1930 年写的《诗史·序例》中做了说明：

> 此书是我和沅君合写的。起先我打算一个人写，在北平读书时，便写成"导论"及《古代诗史》。后来在上海教书，即以此稿作讲义，并续写《中代诗史》。时沅君在上海讲词曲，故以《近代诗史》托付她。我自己又写一篇附论，全书就此完成了。

《诗史》全书的定稿是在 1930 年夏天。此书在没有出版之前，一些知情者就寄以很高的期望。胡适在 1928 年所写的《白话文学史·自序》中说："我很抱歉，此书不曾从《三百篇》做起，这是因为我去年从外国回来，手头没有书籍，不敢做这一段很难做的研究。但我希望将来能补作一篇古代文学史，即作为这书的'前编'。我的朋友陆侃如先生和冯沅君女士不久要出版一部《古代文学史》（按：应为《中国诗史》），他们的见地和功力都是很适宜做这种工作的，我盼望他们的书能早日出来，好补我的书的缺陷。"先生的《诗史》，的确不负所望。书中不止有一篇"诗经时代"，对《诗经》做了全面的述评，弥补了《白话文学史》的缺陷，更重要的是此书出版以后，因其学术价值而受到了学术界的重视，或推荐，或参考，或评论，产生了相当大的影响。它的影响从上一世纪的三十年代开始，一直延续到今天。

　　鲁迅在 1993 年《致曹靖华》的信中,推荐"可看"的文学史共 5 种,其中有先生的《诗史》,另外 4 种是:谢无量的《中国大文学史》;郑振铎的《插图本中国文学史》;王国维的《宋元戏曲史》;鲁迅的《中国小说史略》。《诗史》问世之后,相继出版了许多文学史。其中有不少文学史的写作参考了《诗史》。1933 年杨荫深出版的《先秦文学大纲》,书末列 42 种参考书,含近人著作 5 种,其中有《诗史》卷上。1934 年龙沐勋出版的《中国韵文史》,附录列中国韵文简要书目,选"时人论著"4 种,其中之一为《诗史》。1935 年刘经庵出版《中国纯文学史纲》,此书"曾参考关于中国文学论著的版本十数种",其中有《诗史》。1936 年赵景深出版《中国文学史新编》,分古代、宋元和明清三编,各编均列《诗史》为参考书。1938 年杨荫深出版《中国文学史大纲》,除《楚辞》部分吸取陆先生的成果外,关于乐府部分,也多取资于《诗史》。1934 年,罗根泽发表了《郑宾于著〈中国文学流变史〉》一文。文中论及"五四"以后"泰半是用观念论的进化史观与缘情的文学观"来编写文学史时,列举了 3 种著作,第一种就是《诗史》①。

　　在 40 年代,顾颉刚在《当代中国史学》一书中,认为《诗史》"颇称详备,为此类书的创作"。

　　到 50 年代,《诗史》仍被视为一种重要的著作。1956 年,作家出版社出版了修订本。1957 年,《文学研究》第二期发表了谷典的以《中国诗史》为题的书评,从多方面肯定了这部著作。认为它是第一部"有系统的诗歌史","二十多年来,这部著作在我国古典文学研究方面是起到一定推动作用的"。

———————————

① 王钟陵:《20 世纪中国文学史论文精粹:文学史方法论卷》,河北教育出版社 2001 年版,第 114 页。

　　进入 80 年代以来,至少有三家出版社重版了《诗史》。先是1983 年,人民文学出版社出版。之后,1996 年山东大学出版社出版。1999 年百花文艺出版社又把它作为 20 世纪经典学术史之一出版。

　　从上面例举的事实可以看到,《诗史》出版以后,一直受到学术界的重视,把它作为我国古代文学研究的一项重要成果。这说明这部著作同诸多短命的文学史不同,它是有生命力的,有的出版社把它列入 20 世纪经典学术史是符合实际的。

二

　　冯沅君和陆侃如先生是在"五四"运动过后不久开始进入中国古代文学研究的。在学术研究上,他们以青年人富有的敏锐,接受了现代学术观念和研究方法。这主要是进化论思想和唯物史观。进化论和唯物史观相当明显地体现在《诗史》当中。先生认为:"文学是渐渐进化而成的,不是一二天才所能凭空创造的。"①基于上述观点,先生在《诗史》中对我国古代诗歌变迁的趋势,对多种诗体的产生和变化,对许多诗歌的艺术技巧等,大都能从流变的视角,做动态的描述。

　　我国古代诗歌的演进相当复杂,波浪起伏,时弱时强,时显时隐,但毕竟有其演进的趋势。先生在综合研究的基础上,描述了我国古代诗史演进的大势,认为:"中国诗歌变迁的第一关键在汉,第二关键在唐。"根据上面的认识,先生把我国诗歌的演进分为古代、中代和近代三个时期。古代从诗歌的起源到汉代,约

---

①陆侃如、冯沅君:《中国诗史》,大江书铺 1931 年版,第 195 页。

1600 年，"古代的诗可以说是'自由诗'，而《古代诗史》也可说是'诗的自由史'"。中代自汉末到唐代，约 700 年。这一时期诗歌的特点"是于天然的美以外，更加以人工的美。人工美有时不及天然美之自然，天然美也有时不及人工美之工致，我们不能随便轩轾于其间。不过加一种人工，便多一种束缚，我们既称古代为自由史，也不妨称《中代诗史》为'诗的束缚史'"。近代自唐末到清代，约 1000 年。先生认为，晚唐以后，诗歌沿着两个方向变化："一个方向是拿乐律代诗律"，"还有一个方向是文字日渐解放"。根据上面的认识，先生把近代诗史称之为"诗的变化史"①。我国的诗歌史源远流长，作为诗歌史，应当依据诗歌的实际，从历史与逻辑的结合上，对诗歌变迁的大体趋势，作出理论上的概括。在这方面，先生的概括是否恰当，可以讨论。但这毕竟表现了一种勇于探索的精神。这在当时是难得的，即使在今天，对我们也有启示意义。

我国古代诗歌有多种诗体，这些诗体都有一个萌生和演变的历程。在这方面，《诗史》从史的角度，常常是溯其源，述其流，有时不惜笔墨予以描述。例如，五言诗是我国古代的一种重要的诗体。《诗史》对它十分重视。先生在述评中世诗坛的五言诗时，首先分乐府诗和文人诗两条线索，比较详细地描述了五言诗的产生和发展。就前者而言，说明五言诗源于乐府诗，靠乐府来滋养。就后者而论，历叙了班固和蔡邕等八位文人所作的五言诗，说明五言诗在乐府诗中滋长的过程中，文人也试作五言诗。两条线索合起来，"历二三百年之久，到东汉的末年便成立了"②。如此说

---

① 陆侃如、冯沅君：《中国诗史》，大江书铺 1931 年版，第 7—10 页。
② 陆侃如、冯沅君：《中国诗史》，大江书铺 1931 年版，第 420—433 页。

来，先生对盛行在中世诗坛的五言诗，没有做孤立的描述，而是从演进的角度，讲清了它产生的过程。《诗史》对五言诗是这样，对其他诗体大体上也是这样。

两位先生在撰写《诗史》时，唯物史观和马列主义文艺理论陆续传入我国。对这些新的理论，他们深为佩服，以求新的欲望，如饥似渴地学习，并尝试贯彻到《诗史》的撰写当中①。现在我们阅读《诗史》，可以发现书中有不少篇章闪耀着唯物史观和马列主义文艺理论的亮点。先生服膺艺术是一种意识形态、而意识形态是由社会存在来决定的观点。基于这种认识，《诗史》在评述许多诗歌现象时，能够把它们放在一定的社会条件下加以分析，进而揭示这些现象产生的根基。《诗史》中关于我国古代诗歌的萌芽问题的描述，就是一个证明。先生在《诗史》卷上"萌芽时代"篇中，根据考古发现的卜辞，假定我国古代诗歌的萌芽时代，是从传说的盘庚即位之年到传说的纣自杀之时。接着联系当时社会的、经济的、文化的、艺术的以及语言的一般状况，阐释了劳动产生了舞蹈、音乐和诗歌，论述了诗歌在那个时代萌发的必然性。又如，论述陶潜说："桃花源的理想是由政治的不良与社会的不安宁而产生的。"②论述苏轼说："苏轼是中国文学史上最有天才的作者之一……这种伟大天才的产生，自然和他所处的环境有密切的关系。"③值得提出的是，先生在运用唯物史观时，注意避免简单化，注意把唯物史观所强调的原则同影响诗歌演进的多种因素结合起来。《诗史》在描述先秦楚国诗歌的演进时，除了关注社会状况

①牟世金、龚克昌：《陆侃如传略》，《晋阳学刊》1983 年第 5 期。
②陆侃如、冯沅君：《中国诗史》，大江书铺 1931 年版，第 150—151 页。
③陆侃如、冯沅君：《中国诗史》，大江书铺 1931 年版，第 1052 页。

之外，还揭示了自然条件、"巫风"和民俗等方面的作用。先生指出：楚国所据的地点，"实最宜于文学的发展。一切大山，一切大水，几乎全在它的范围以内……文学与自然界的关系是很大的，《二南》便是一个实例。所以，其版图若永远像熊绎时那么小，楚民族便不能成为一个独立的团体，大诗人也不会产生于它的境内，而它的历史也永远不能在文学里占篇幅了。""而且因为吴、越、陈等国并入版图的原故，楚民族的文学又得到一种滋养，这便是《伪尚书》所谓'巫风'"①。宋玉的《招魂》，旧说以为招屈原之魂，所以处处附会到放逐上去。朱熹又认为"《招魂》本死亡之礼"。《诗史》不以上述解释为是，而是从民俗学的角度，作出了新的解释。认为它是类似南方人的"叫火"和北方人的"叫魂"，是巫觋所唱的歌词②。先生撰写《诗史》时，全国革命处于低潮，马克思主义的传播受到限制。在这种形势下，先生坚持用唯物史观来撰写《诗史》，难能可贵，表现了他们为了追求真理无所畏惧的学术品格。

三

我国古代诗歌史料纷繁杂乱。对这些史料，如何弃取，是诗史撰写者面对的一个重要的问题。在这方面，先生有明确的指导思想。先生在《诗史》的"导论"中说："我们认为一般文学史的失败，多半因为材料的取弃不能适当。"有鉴于此，先生在"导论"中以突出的地位，重点阐释了《诗史》的材料问题，宣明了"人取我

---

① 陆侃如、冯沅君：《中国诗史》，大江书铺 1931 年版，第 179—180 页。
② 陆侃如、冯沅君：《中国诗史》，大江书铺 1931 年版，第 258 页。

弃”和“人弃我取”的原则。表面上看,上述原则太绝对,有故意标新求异的嫌疑。实际上,先生指的是对以前文学史所使用的史料,不能盲从,要加以甄别。文学史应当用真实可靠的史料,应当有文学史家自己的抉择。

就“人取我弃”方面来说,先生认为过去有些文学史著述所使用的某些史料是伪作,并不可靠。先生治学,在注意接受现代学术观念和研究方法的同时,又能植根于传统的学术基础之上,保持了乾嘉学派的朴学传统,在史料上以“传信自勉”①。在《诗史》中,先生本着去伪存真的态度,用了不少篇幅做辨伪的工作。这在今天看来,似乎显得烦琐。但在当时,确有必要。检阅《诗史》之前的一些文学史,把伪作当作真史料使用的,屡见不鲜。例如:《诗经》以前传为羲农尧舜禹汤时的作品,过去的不少文学史信以为真,把它们定为“邃古文学”,这显然是缺少证据的。因此,先生在对所谓“邃古文学”所论述的“古逸诗”作了辨伪,并予以舍弃②。文学史必须建立在史料真实的基础上。这方面,《诗史》所做的工作,就其具体内容来分析,随着学术的进步,今天看来,有的不一定正确,但这一精神仍值得我们坚持。

关于“人弃我取”方面,先生说:“有许多材料,为一般文学史家所认为不重要或认为非诗的,我们却认为诗史的主要材料。我们的意思是想扩大‘诗’的领土。从前所谓‘诗’,是专指五七言的古近体而言。我们所谓诗,是指古往今来一切韵文而言。前人选诗的或论诗的,不但把《诗经》、《楚辞》除外,并且把乐府也驱

---

①陆侃如、冯沅君:《中国诗史》,大江书铺1931年版,第27页。
②陆侃如、冯沅君:《中国诗史》,大江书铺1931年版,第21—27页。

出。"①《诗史》在"扩大'诗'的领土"上引起了争议,出现了偏失,这一点,我们在后面予以论述。这里,想强调的、也是值得我们重视的是,在史料问题上,先生勇于突破以前的做法,不但扩大了诗的范围,更重要的是突出了重点,充分重视了那些在诗歌演进史上能够代表时代和反映诗歌变迁大势的史料。书中分别以"诗经时代"、"楚辞时代"、"乐府时代"、"曹植时代"、"陶潜时代"、"李白时代"、"杜甫时代"为题,就说明了这一点。另外,还有对小曲和歌谣的重视。《诗史》用了较多的文字对小曲作了述评。从 20 世纪 20 年代开始,搜集和发表近代无名氏歌谣的风气比较盛行。先生对这些歌谣十分看重,认为它们"有许多呈显着时代的标记"②。它们是"最质朴,最自然,为大众所共同创作,为大众所共同欣赏的作品"③。先生把这些歌谣作为《诗史》的"压轴戏",用了相当多的笔墨予以描述。这在以前的文学史中是比较罕见的。在我国诗歌演进史上,重要的作品和伟大的诗人,常常奠基了某种诗歌或流派,或者是给某种诗歌或流派的演进增加了新的、重要的特点。他们审美地表现生活的形式的变化是诗歌史上重要的环节。因此,《诗史》突出重要作品和诗人,是完全应当的。当然重点不能取代整体。作为一部诗史,在突出重点作品和诗人的同时,也应适当地兼顾其他作品和诗人。如果忽视了其他作品和诗人,就不可能展现诗史的丰富性,也不可能全面地揭示重要作品和诗人出现的根由和探讨诗歌演进的规律。有鉴于此,《诗史》在用重笔述评重要作品和诗人的同时,也根据其他诗人和作品在

①陆侃如、冯沅君:《中国诗史》,大江书铺 1931 年版,第 5 页。
②陆侃如、冯沅君:《中国诗史》,大江书铺 1931 年版,第 1216 页。
③陆侃如、冯沅君:《中国诗史》,大江书铺 1931 年版,第 1399 页。

诗歌演进过程中的地位和作用,给了他们一定的篇幅。同以前的文学史相比,《诗史》在处理重要史料和一般史料方面有创意,即使在今天,仍值得我们借鉴。

四

《诗史》许多篇章的内容,都是由历史背景、诗人传记和作品三部分组成的。作为一部诗歌史,应当说,上述三部分都是需要的。历史背景可以展示诗歌产生的土壤。诗人传记表现诗人的境遇、思想和心态。二者都有助于我们理解作品。上述两部分尽管重要,但毕竟不是诗歌史的主体。历史背景属于诗歌产生的外在条件。这种外在条件是否影响诗人,如果有影响,在多大程度上产生影响,往往与诗人的主观情况密切相关。从传记来说,诗人的生平和创作有多种多样的联系。诗人的创作作为一种审美活动,是由多方面的因素构成的,不能完全把诗人的生平同他的创作和作品径直地联系在一起。因此,历史背景和诗人的传记,虽然是诗歌史的组成部分,但不能成为诗歌史的主体。"诗歌史"者,是诗歌作品演进的历史。对这一点,先生有相当明确的认识。因此《诗史》尽管把历史背景和诗人的传记作为重要的内容,但目的还是为了述评诗歌作品。总观《诗史》,其主要内容和篇幅,是在诗歌作品的述评方面。这种以诗歌作品为本位、为主体的思想和实践,在当时是难得的,在今天也仍值得我们取法。

我国古代的诗歌作品数以万计,丰富复杂。对这些作品,如何选择?这是撰写诗歌史面对的一个重要的问题。在这方面,先生基本上是取宽容态度的。《诗史》述评的作品,大体上是以那些思想内容和艺术形式结合较好的作品为主,同时也兼顾了其他方面,注意了不同作者和少数内容和形式并不高明的作品。对汉代的乐府诗,以前有的文学史,只讲乐府民歌。《诗史》则宽容得多,在"乐府时代"一篇中,除第一章"导论"外,又分别设有"贵族的乐府"、"外国的乐府"和"民间的乐府"三章,对汉乐府诗作了全面的述评。有些作品,其内容和形式,先生认为"是没有很高价值的",但在《诗史》中却受到了重视。如"秦民族的诗"一章中对荀况的作品的述评。在先生看来,荀况的作品,内容多是说理、教训,艺术也不高明,但先生却用了不少笔墨予以述评。先生这样做,是认为荀况的作品在文学史上的位置"很重要。他对前人及后人的关系太明显,我们不能不注意"。一般的文学史,述评的往往是那些优秀的作品,这是应当的。但如果局限于此,又显得不够全面。有些作品,并不能视为优秀之作,但在文学史上却有影响。文学史对这类作品,不应简单地舍弃,而应当适当地选择一部分,把作品的丰富面貌表现出来,把史的脉络显示出来。在这方面,《诗史》的做法,可供我们参考。

在我国古代诗歌史上,许多优秀的作品,都是作者在汲取前人或同时代人所取得的成果的基础上,努力创新的结果。是创新,推动了诗歌的发展,形成了不同的流派,使作品显示出鲜明的特点。这一点,非常明显地体现在《诗史》对作品的分析上。这里,我们列举对宋玉、曹操、岑参的作品和对王维诗派的分析作为例证。《诗史》"宋玉"一章分析宋玉的作品说:"宋玉是一位长于描写的诗人。他在《九辩》里描写秋景的几处都是绝无仅有的作品。《招魂》中——尤其是本文中的第二部分——的描写,无论是写景写人写事,没有一样不是淋漓尽致,栩栩如生……他不但描写极丽,并且都有分寸。""建安诗人"一章分析曹操的作品时,充分肯定了曹操乐府诗创新的重要意义,指出"两汉是乐府的时代;

因为就诗论诗,只有乐府能代表两汉。不过当时的文人所努力的却在辞赋而不在乐府。曹操是第一个能够认识乐府的真价值的人。他能接受乐府时代的遗产而蔚成第三世纪文学之盛"。"他富于创造力。汉代四言不脱三百篇旧套,独他的四言不如此……他的五言也能渐脱汉乐府的束缚而自铸伟辞。"对岑参的诗歌,在"李白时代"一篇的"导论"中分析说:"岑诗特点有三:一,长于七言,二,喜写战争,三,风格雄放……岑参若写风定是大风,写雪定是大雪,或是大热大寒。"言简意赅,揭示了岑诗所独具的特色。《诗史》在"王维及其派"一章中,特别注意阐述王维及其诗派的特点,指出:开发王维诗的钥匙是一个"静"字。王维诗最爱用"静"字。"唯其他能静,故他能领略到一切的自然的美,而成为陶潜以后唯一的伟大的自然诗人。"关于王维诗派的特点,先生总结了三点:"(1)诗的形式,以五言为主。(2)诗的内容,注重自然的美。(3)诗的风格,取澹远而摒雄放。"这样的总结,应当说是精当的。

我国古代诗歌有不少优秀的作品,这些作品的内涵极其丰富。为了把它们的丰富的内涵揭示出来,我们在分析这些作品时,应当取多种视角,运用多种方法。在这方面,《诗史》也作了有益的尝试。《诗史》在分析作品时,总的来看,注意了思想内容和艺术表现的统一。在这一前提下,常常运用文艺社会学、文艺心理学、比较文学和语言学等方法。

杜甫是《诗史》述评的伟大诗人之一。《诗史》"杜甫"一章对杜甫诗作的分析,许多地方是运用了文艺社会学方法。如书中分析杜甫第二个时期的诗歌说:"第二期在乱离中的作品,约一百四十余首。这其间倒有一半以上是写安史之乱的。或叙当时的战绩";"或述丧乱的情形";"或自伤身世";"或挂念妻子";"或希望太平";"或讥刺尸位"。"而此时期中最重要的作品,终要推三吏三别。""总之,这时期中的作品,大半是安史之乱的反映。"

关于心理分析,我们看"诗经时代""二南"一章中对《摽有梅》的分析:《摽有梅》"是描写一个待嫁女子的心理。她很迫切地要求恋人来娶她,越早越好。首章说:'求我庶士,迨及吉兮。'这尚有择日之意。次章说:'求我庶士,迨其今兮。'这便不用择日。而末章说:'求我庶士,迨其谓之。'她简直想亲自去催促了。"这样从心理的视角来分析,颇能体悟入微。又如"楚辞的起源"一章分析《九歌·少司命》"悲莫悲兮生别离!乐莫乐兮新相知"说:"这'生'字不作'死生'解。无论悲和乐,久则失却刺激性;故'生别离'之生字与'新相知'之新字相同,表示刚刚分别为更可悲,刚刚相爱为更可乐。这样描写我们的心理,真可谓入木三分了。"

比较的方法,也常常见于《诗史》,如"韩愈及其派"一章分析韩愈诗派孟郊的诗歌时,一方面指出了孟郊和韩愈都受杜甫"语不惊人死不休"的影响,重视形式,"选奇争胜",形成了相近的风格。同时又指出了孟郊与韩愈有不同之处:孟郊"喜为穷苦之句"。如:"驱却座上千里寒……暖得曲身成直身";"富别愁在颜,贫别愁销骨"。此外,还表现在孟郊的诗题,有一大半是用"怨"、"苦"、"伤"、"愁"、"忧"、"病"、"感"、"楚"、"叹"、"饥"、"恨"、"恼"、"贫"、"吊"等字。这样的分析,探幽烛微,有助于加深我们对孟郊诗歌的体悟。

文学是一种语言艺术。在文学当中,诗歌的语言又有自己的特质。这些特质常常通过诗中的字词、句法、句调、对偶、节奏、韵律等表现出来。在这方面,《诗史》在分析作品时常常能有所顾及。《诗史》"十一国风"一章分析《七月》"五月斯螽动股"六句说:"我们只看句首的数目字,似乎太规则,然而下半句却有'震''动''人'等字,还有三个'在'字,这几句诗便也'震动'起来。"同章分析《中谷有蓷》说：这首诗"是一大悲剧。我们读了似乎听得一片女子的哭声：'有女仳离，条其啸矣。条其啸矣，遇之人不淑矣。'遇人不淑，古今同慨，此诗音调至为凄怆。全篇用'矣'字助词，颇有深意。'矣'表示完成，表示过去，意思是说这事到了生米煮成熟饭的时候了，无可挽回了。""小雅"一章分析《北山》末段说："这里接连用十二个或字，来讥讽不均之事，再痛快没有的了。这种体裁，后人竟不敢用。"字的声韵的协调和变化是构成诗歌语言美的重要因素。《诗史》在解析诗歌时，注意了这一点。如"十一国风"一章分析《月出》时说："此诗全篇中如首章之'皎''佼''僚''窈''纠''劳''悄'，次章之'皎''佼''懰''慢''受''劳''慅'及三章之'照''佼''燎''夭''惨（懆）'等二十余字都有声韵上的关系，使我们读了不期然的感到一种忧愁幽郁的不能自抑的烦闷。"衡诸许多诗歌史，一般对诗歌的内容都比较关注，这当然是对的。遗憾的是，对诗歌的字词、韵律、句法等，则往往有所忽视。《诗史》注意了这方面，而且有些分析相当精细。这不只弥补了过去诗史的缺欠，同时也是我们今天应当重视的一个问题。

五

从上面的论述可以看到，在 20 世纪的 20—30 年代，在我国古代诗歌史研究领域，《诗史》斐然有所成，做出了自己的贡献。但总观全书，也不难发现，书中也存在着不少偏失，留下了一些遗憾，其中特别突出的是对晚唐以后诗歌的否定。《诗史》基于"把诗的领土扩展到韵文的全体"的指导思想，狭义的诗歌只写到晚唐，认为"自此以后，狭义的诗便没有光荣的时期了"。"同时另一种体裁'词'却正在发扬滋长中"①。并认为"词盛行以后的诗及散曲盛行以后的词,则概在劣作之列",因而"删却了"②。先生对诗歌的界定,取其广义,不仅涵盖我们通常所说的诗歌,还囊括了词和散曲。这种认识和做法,尽管在当时和后来不被大多数学者所认同,但毕竟可作为一家之说。《诗史》在这方面的偏失,主要不是表现在对诗歌的界定上,而是表现在把"词盛行以后的诗及散曲盛行以后的词"都视为"劣作"。这显然是一种偏失。上述偏失产生的原因,主要有两点:一是盲从了胡适等所宣扬的文学进化论观点。《诗史》在"附论"中引胡适说:"我们若用历史进化的眼光来看中国诗的变迁,便可看出自三百篇到现在,诗的进化没有一回不是跟着诗体的进化来的……南方的骚赋文学……是一次解放……汉以后的五七言古诗……是二次解放……诗变为词……是三次解放……这种解放,初看去似乎很激烈,其实只是三百篇以来的自然趋势。"先生对胡适的观点,不仅赞成,而且从《诗史》的构架来看,很明显是受到了胡适的影响。二是思想方法的绝对化。如何对待词和曲,人们的认识在不断地变化。20世纪之前,人们常常把词看成是"诗余",瞧不起它;至于曲,也受到冷遇。到19世纪、20世纪之交,情况有了改变。"五四"之后,又有了进一步改变,用胡适在《〈中古文学史概论〉序》中的话说:"不知不觉的起了一种反动",这种"反动""对于文学史的见解也就不得不起一种革命了"。看来,《诗史》写作时,正是不少人由以前对词和曲的轻蔑到极为推重的时期,这种推重伴随着对诗歌的否定。《诗史》弃而不讲词兴盛以后的诗歌,当与这种绝对化的思想方法

---

① 陆侃如、冯沅君:《中国诗史》,大江书铺1931年版,第867页。
② 陆侃如、冯沅君:《中国诗史》,大江书铺1931年版,第7页。

的影响有关。

　　我国是一个诗的国度,诗歌有悠久的历史。但是系统的诗歌史却迟至 20 世纪 20—30 年代才出现。如果从《诗史》的"导论"和《古代诗史》算起,应当说《诗史》是我国第一部诗歌史,有开创性的学术地位,在多方面做出了贡献。先生撰写《诗史》时,还不到 30 岁。书中偏失的出现,固然与先生当时的学识有关,更重要的是时代的局限。《诗史》从初版到现在有 70 年了,它已经成为一种学术遗产。今天我们分析《诗史》,应当把它放在当时的历史条件下,肯定它的贡献,指出它的偏失,总结经验教训,目的是推进我们的文学史学科的建设。

　　　　　　　　　　　　　　　　　　（原载《文史哲》2002 年第 2 期。）

璀璨的双子星:《冯沅君陆侃
如年谱长编》引言

在中国 20 世纪的人文社会科学领域里,曾先后出现了一些夫妇,他们相互辉映,成为璀璨的双子星。早一些的如陆侃如和冯沅君、冰心和吴文藻、陈西滢和凌叔华、姜亮夫和陶秋英;晚一些的如萧乾和文洁若、钱钟书和杨绛、任继愈和冯锺芸、程千帆和沈祖棻。他们专业有别,个性不同,学养、经历和所处的境遇也不尽一致,但都热爱祖国,敬重自己的事业,都能辛勤耕耘,在各自从事的事业上做出了重要的贡献,为后人留下了宝贵的精神财富。但如果对他们作一大致的权衡的话,能在多方面做出重要的贡献,能在多方面具有持续生命力的,我认为当首推陆侃如、冯沅君夫妇。在诸多"双子星"中,陆侃如、冯沅君夫妇是更加璀璨的。

作为"双子星"的陆侃如、冯沅君夫妇,他们在结婚之前,就各自发出了耀眼的光芒,喜结连理、珠联璧合之后,又共同经历了人生和祖国的风风雨雨,栉风沐雨,相濡以沫,并肩携手,奋勇前进,多有创获,相继发出了更加灿烂的光芒。

在中国 20 世纪的人文社会科学领域的史册中,冯沅君是集作家、学者、教授、翻译家于一身的国宝级的女性知识分子,是才女,是斗士,是高士,是爱国者。她勇于冲破封建枷锁,走出封建家庭,接受现代高等教育。1922 年,她毕业于北京女子高等师范学校,接着考取了北京大学研究所国学门,是研究所的第一位女研究生。她是一位反封建的女健将。她敢于打碎旧式封建婚姻的镣铐,展现出一种新女性的追求,是现代妇女解放的先行者、鼓吹者。她参加了五四学生运动,是少有的一位女闯将、一匹"战马"。在五四新文化运动中,她创作、研究两峥嵘。她随潮流而动,呼吸新鲜空气,在自由的气氛中大胆创作,是早有名气的新女性作家的先锋之一。她手握着笔,心怀着爱,肩上有担当,用自己创作的《卷葹》《春痕》《劫灰》等作品,旗帜鲜明地宣扬反封建礼教、张扬个性解放、争取自由,走向自我的新潮流。她为了反对封建礼教,揭露封建礼教的罪行,和同学编写并粉墨登场,演出《孔雀东南飞》,开女大学生演出戏剧之先例。在学问还是女性的禁区时,她是较早地进入中国古典文学研究领域的女学者,先后出版了《古优解》《古剧说汇》等在中外有影响的专著。她是较早地踏上大学讲台的女教师。自 1925 年到 1974 年病逝,她先后在金陵女子大学、暨南大学、复旦大学、安徽大学、北京大学、天津河北女子师范学院、中山大学、武汉大学、东北大学、山东大学等高等院校任教。她终生一直坚守在高等院校的教学岗位上,写下了一个大写的"师"字。她始终抱有忠于教育的赤子之心,学高为师,身正为范,全身心地投入滋兰种蕙,教书育人,桃李芬芳。在 20世纪 20 年代至 60 年代,在中国高等院校人文社科领域里,她当是第一位女性教学大师,是唯一的一位女性一级教授。她是翻译家,留学法国,取得了博士学位,前后翻译过不少法国名著,还翻译过英文著述。在冯沅君所处的那样的时代,一位曾经受到封建制度压抑和封建思想束缚的弱女子,竟能取得如此显赫的业绩,难得! 罕见! 这其中有时代的赐予,她的心脉一直和时代一起搏动,也因为她有独特的家庭背景、"聪明绝顶",有勇气,有志气,勤奋而顽韧不舍。当然，冯沅君作为一颗"璀璨之星"在发光的过程中，也伴随着忧伤、苦闷、孤独、自虐等悲剧性的暗淡。悲剧性遭遇造成她灵魂深处的创伤。她知道"人生是苦闷多而喜悦少"，曲折坎坷是常态。她作为一位女性，在社会上，在生理上，承受了比男性更多的艰难和重压。这种悲剧性使她对人生的体验比一般男性更深切。这常常体现在她的为人处事中，在一些著述中也时有流露。但她没有因此而消沉。她在悲剧中苦斗，建立起乐观和希望，常常洋溢着的是一种悲壮。她被压抑的生命始终在燃烧。她道德高尚，智虑清明，自始至终持有一种顽强的、坚韧的永远向前的心态。她的一生，从多方面体现了真正的现代中国女性知识分子的生命历程、特点和风貌。

陆侃如开始是以年轻早熟的学人的身份进入人们的视域的。他才华横溢，勤奋好学，性格外向，通脱豁达，善于结交，长于适应。他在读中学时，注重学习英国文学，到大学，转为学习研究中国古代文学。陆侃如在北京大学和清华研究院学习期间，亲炙胡适、梁启超、王国维、陈寅恪等名师的教诲。他组织学术团体，主编学术刊物。22岁时，发表有关《楚辞》的研究论文，23岁时出版专著《屈原》。清华研究院研究生毕业后，就走上了高等院校教学岗位，一直坚守到病逝。他曾先后在中法大学、上海公学、复旦大学、暨南大学、安徽大学、燕京大学、中山大学、东北大学、山东大学等校执教。1951年被评为一级教授。他还长期兼任过多所高校的文学院院长、系主任等行政职务，兼任过山东大学副校长、图书馆馆长。他在其位，司其职，谋其事，尽心尽力。他在完成教学和教学行政工作任务的同时，一直潜心于学术研究。他在《楚辞》研究、《诗经》研究、汉乐府诗研究、中古文学研究、以《文心雕龙》为代表的中国古代文论研究等方面，都取得了许多为学术界所推重的重要的成果。他和冯沅君一起留学法国，取得了博士学位。他通英文、法文、俄文，翻译出版过一些重要的法国名著，也翻译过英文、俄文论著。陆侃如青年时期，崭露头角，光彩照人。此后，风里雨里，一直发光发热。1957年，他曾被错划为"右派分子"。"文革"中，曾被"无罪"地监禁了三年多。面对意外的沉重的打击，他没有怨天尤人，没有倒下。他把自己的一生，献给了高等教育，献给了学术研究。

冯沅君和陆侃如是五四精神哺乳的后五四时期的知识分子。他们既有深厚的中国传统文化的根柢，又受到西方文化多方面的浸润，具有明显的现代意识，在中国文学研究由传统向现代迈进的历程中，做出了重要的贡献。由于时代的影响，他们不像他们的师辈王国维、梁启超、胡适那样，在文化学术上综览古今、贯通中西、兼及文史哲等多方面，在社会上有很大的、广泛的影响。冯沅君、陆侃如这一代知识分子，明显地呈现出职业专业化的特点，走向学科专业化。冯沅君虽然在五四之后，曾以小说创作轰动文坛，但时间不长，她就同陆侃如一样，以研究和讲授中国古代文学为职志。他们在联姻之前，各自作为一"星"，分别放出了自己的光芒。他们联姻之后成为"双子星"，彼此辉映，更加亮丽。他们相濡以沫，相互切磋，互补互融，不仅在教学方面相得益彰，而且在学术研究上相继取得了丰硕的成果。他们合著的《南戏拾遗》，特别是《中国诗史》《中国文学史简编》《中国古典文学简史》三部文学史，开风气，建范例，学术性与实用性相结合，问世后，受到推赞，有久远的生命力。其中的《中国诗史》受到鲁迅的推许，长时期多次再版。《中国古典文学简史》，曾被译成英文和罗马尼亚文，为向国外传播中国文化做出了贡献。

冯沅君、陆侃如一生矢志不移，一直坚守在高等院校的教学岗位上，一直都在研究如何继承、弘扬、传播中国古代优秀的文学遗产。他们生逢社会变革、战争频仍，又亲历了不断的政治运动。他们虽然是书生，是"教书匠"，是学者，但他们一生没有埋头于书斋，没有蜗居于追求知识、传授知识的一隅。他们生长在中国大动乱时代，既有学人深厚的训练和学问的基础，又不同于那些经院式子的学人。他们始终是入世者，而不是出世者。他们心中一直有祖国，有人民。他们关怀社会现实，参与社会现实的变革。他们的关怀和参与，有时体现在直接的政治行动上，但更多是体现在教学、写作和科学研究上。他们的关怀和参与，不是出自琐碎的个人欲望，而主要是来自他们所处的历史潮流。他们经历了不同的时代，与时代潮流同频共振。他们参与变革社会现实，其动因的核心是爱国情怀。他们不顾个人的安危，勇敢地参加了五四运动。抗日战争期间，不论是在巴黎留学期间，还是回国后在颠沛流离大西南的艰难岁月中，在求知问学、教书育人、学术研究的同时，随时随地，运用各种方式投入抗战建国的大业。解放战争时期，他们反对国民党的黑暗统治，积极帮助进步的学生，而被国民党特务列入"黑名单"。他们相信共产党，相信马克思主义。解放后热爱新中国，拥护共产党，以前所未有的热忱，孜孜不倦，投入教学和研究。在反右派和"文革"期间，他们的身心，虽然受到了严重的摧残，遭遇到难以想象的屈辱，但是"千磨万击还坚韧"，他们没有颓丧，没有自怨自艾，不避世静思，不玩世不恭，仍然保持着积极的人生态度，保持着对祖国、对事业的满腔热忱。他们的所思所为，在大多境遇中是自觉的，是发自内心的。他们之所以能达到这样的境界，其中重要的是基于对历史的体认和伦理道德的立场。他们的积极的入世精神继承了传统知识分子"先天下之忧而忧，后天下之乐尔乐"与"家事、国事、天下事，事事关心"的高贵品格。这种积极的入世精神,使他们知道自己掌握的知识应该用于社会、政治、文化、教育的发展。这种积极的入世精神,使他们有归属感。当然,综观冯沅君、陆侃如的一生,在其关注、参与社会现实的变革的过程中,也出现了诸如媚时随风、"赶浪头"、怯懦等问题。金无足赤,人无完人。人间没有超凡入圣的神明。冯沅君、陆侃如不是完人,不是神明。他们也有人性的弱点。人性有时是脆弱的,特别表现在面对外力的重压或诱惑时。人是在一定的体制下生存的。人的思想和作为很难脱离时代,总是程度不同地带有所处时代的印记。面对时代的巨大的、功能作用,个人往往是很难掌控自己的,总会程度不同地受到时代的钳制。时代、社会现实,特别是以政权性质、政治取向为主要内容的政治生态,能左右人文社会科学。当时代、社会现实、政治生态各方面比较宽松时,人文社会科学领域里的自由就多一些,大体呈多元态势;当时代、社会现实严酷、意识形态单一时,人文社会科学领域就会被压抑,会呈现出单一的走势。这是无权无势的知识分子无法改变的。新中国成立以后,冯沅君在一次同学生谈话时曾很有感慨地说:"一个人要违抗社会风气,违抗潮流,是很难很难的,只有极少数杰出者才能做到。"冯沅君、陆侃如生活在一个社会转型时期。在这个时期,政治、经济、文化等方面,都发生了巨大的变革。生活在这样的境遇中的敏感的知识分子,除了极个别的以外,绝大多数的都不同程度"随风"、不同程度的"赶浪头"。冯沅君、陆侃如也没有超脱。他们毕竟是书生,对政治是隔膜的。他们不知道、也不可能知道一系列的文化思想批判运动,只是执政者达到政治目的的手段。他们受到的创伤,不仅是他们自己的创伤,也是给中国人民留下的创伤。对于现代许多知识分子出现的这样那样令人感到惋惜的问题,如其苛责个人,不如探究灾难的、痛苦的、不正常的时代、政治体制出现的根基,总结吸取教训,使它不再重演。我们在申述这一点的同时,也不能忘记知识分子应有的高贵品格。作为一名知识分子应当重视养育自己独立的品格,应当牢记和践行一些前辈所倡导和奉行的"独立之精神,自由之思想"。应当敢于应对权势的压抑或诱惑,具有超越世俗的纯真和虔诚的品格。这并不意味着知识分子应当超脱尘寰,去追求隐逸高洁,而是把"独立之精神,自由之思想"同忧患意识、参与意识结合起来,同责任感和使命感结合起来。

陆侃如、冯沅君夫妇自青年时期直至因病逝世,半个多世纪以来,一直在中国古代文学教学和研究领域里辛勤耕耘,在教书育人的同时,相继出版了许多为学术界所赞誉的著述。与此相联系的是,基于他们高尚的品格、一些重要著述的问世和教学业绩自 20 世纪 20 年代直至现在的百多年间,人们一直没有忘怀他们。这体现在述评他们的生平、整理他们的著述、研究他们的学识和回忆纪念他们等多方面。

关于冯沅君和陆侃如的生平,他们自己生前没有系统的叙写,仅留下几篇片段的记述。他们逝世之后这一缺憾才得以弥补。这方面的著作主要有:许志杰的《陆侃如和冯沅君》,2006 年山东画报社出版;严蓉仙的《冯沅君传》,2008 年人民文学出版社出版。文章主要有袁世硕、严蓉仙的《冯沅君传略》,载《晋阳学刊》1982 年第 2 期;牟世金、龚克昌的《陆侃如传略》,1983 年刊于《晋阳学刊》第 5 期;张可礼的《陆侃如先生和他在学术上的重要业绩》,刊于《山东大学中文学报》2019 年第 2 辑。

冯沅君和陆侃如的著述,在他们生前大多是写定后以单篇、专书的形式随时发表出版,还有不少书稿没有来得及整理出版。系统地整理出版他们的著述是在他们逝世之后。1980 年,袁世硕编《冯沅君古典文学论文集》,山东人民出版社出版。1983年,袁世硕、严蓉仙编《冯沅君创作译文集》,山东人民出版社出版。1987年,陆侃如著《陆侃如古典文学论文集》(全二册),上海古籍出版社出版。本文集主要由龚克昌、牟世金选。2011年,袁世硕、张可礼主编《陆侃如冯沅君合集》,安徽教育出版社出版,全书共15卷,是目前收录陆侃如、冯沅君著述较全的合集。与此相联系的是,严蓉仙、张可礼、李剑锋、贺伟曾先后编撰了冯沅君、陆侃如的著述、创作和译著年表。

　　对冯沅君、陆侃如著述的研究,自20世纪20年代开始一直到今天赓续不断。研究的重点,主要是冯沅君创作的小说、冯沅君和陆侃如有关中国古代文学研究的重要著作,如合著的三部中国古代文学史。就研究著述的形式来看,大体上呈散点状态,多散见于一些著述中,缺少比较专门的、系统的研究论著。比较集中一点的有:张可礼的《陆侃如冯沅君先生〈中国诗史〉的主要贡献》,刊于《文史哲》2002年第2期;黄秉泽的《冯沅君师古代戏曲研究的贡献》,收入黄秉泽著《中国古代文学论丛》,2009年中国国际广播出版社第1版;袁世硕的《文学史学大师冯沅君先生》、张可礼的《史料、史识和美学的融通:陆侃如先生的中国古代文学史著》,并刊于2011年《文史哲》第5期。

　　冯沅君、陆侃如病逝以后,虽然他们人走了,但是他们的精神风貌还一直活在人们的心里。这突出地体现在众多的回忆怀念他们的文章里。这方面的文章,我个人已经搜集到的约有40篇。作者有冯沅君、陆侃如的亲属,如冯友兰(写有《沅君幼年轶事》)、陆晋如、冯锺芸、冯锺璞(宗璞);有冯沅君、陆侃如的同学好友和同事,如程俊英、苏雪林、赵清阁、刘维汉、孙昌熙。冯沅君的同学程俊英写有多篇文章,回忆纪念冯沅君。冯沅君的同学苏雪林在她的日记中有多处怀念冯沅君和陆侃如。在回忆怀念冯沅君、陆侃如的文章中,更多的是他们培养的感念师恩的学生,如路遥、吕家乡、袁世硕、赵淮清、张杰、尚达翔、陆文彩、郭同文、龚克昌、吴长华、项怀诚、牟世金、陈其相、黄元、田士琪、石家麟、黄炽、刘凎、刘文忠、陈祖美、杜书瀛、杨慧文、马瑞芳、高夙胜、马宏山。这些文章都是发自内心,都是他们的真情实感,写的都是自己的亲身经历,或写受到冯沅君、陆侃如的教诲,或写他们的精神风貌,或写他们的日常生活,亲切、真实、生动、具体。不仅有助于我们体认、学习冯沅君、陆侃如的为人和治学,同时也为后人研究他们提供了难得的第一手史料。

长期以来,人们对冯沅君、陆侃如的怀念和崇敬,除了体现在诸多的文字表述上,还采用了一些其他的形式。一个典型的事例是山东大学中文系 1956 级学生自动地集体捐献为冯沅君、陆侃如两位先生塑像。塑像矗立在山东大学中心校区文史楼北的桂花园里。2010 年 10 月 17 日上午,举行了庄重肃穆的塑像揭幕仪式。参加揭幕仪式的有山东大学党委书记朱正昌和校长徐显明,海门市政协副主席郁斌,1956 级校友、山东大学师生代表等约 60 余人。揭幕仪式由时任山东大学副校长樊丽明主持,朱正昌为塑像揭幕,1956 级学生、原国家财政部长项怀诚代表 1956 级同学致辞,徐显明讲话。塑像揭幕之后,历年有不少亲友师生前来瞻仰。塑像前常有鲜花,献花者没有留下姓名。

在近一个世纪的岁月里,人们对冯沅君、陆侃如生平的叙写、著述的整理、研究和回忆怀念,取得了丰硕的成果。这些成果的积累和刊布,有助于人们认知冯沅君、陆侃如的生平经历、在多方面做出的重要业绩,有助于体认他们的为人与处事。同时也使他们用一生心血创造的精神财富得到存传。我们在充分肯定上述各方面取得的成绩的同时,也注意到,以往刊行的多种著述中,还存有不少值得重视的问题,仅在史料方面,就我个人所阅读的有限论著而言,发现的错误达 50 多处。下面略举数例:

1. 事实错误

《西北有高楼》①载:陆侃如在法国巴黎大学的博士论文题目是论述中国汉魏文学。经查巴黎大学档案和其他史料,实际上论文题目是《周朝社会史》。

《冯沅君传》第 207 页说:1945 年 1 月,中华全国文艺界抗敌协会川北分会创办《文学期刊》(月刊),陆侃如任主编。据《1872—1949 文学期刊信息总汇②》②第 1496 页提供的史料,冯沅君任主编。

《九三学社前辈冯沅君》③载:冯沅君、陆侃如"修订的《中国文学史简编》(中国青年出版社 1957 年出版),外文出版社翻译出版英、捷克、俄、罗马尼亚等文向国外发行"(《一级教授冯沅君》④也有类似之说)。这里有两点错误:一是翻译出版的是《中国古典文学简史》,不是修订的《中国文学史简编》;二是翻译出版的只有英文和罗马尼亚文两种。

---

① 兰芳:《西北有高楼:汉代陶楼的造物艺术寻踪》,文化艺术出版社 2019 年版。
② 刘增人、刘泉、王今晖编著:《1872—1949 文学期刊信息总汇②》,青岛出版社 2015 年版。
③ 高凤胜:《九三学社前辈冯沅君》,济南市政协文史资料委员会、中共济南市委统战部、九三学社济南市委员会编《风雨同舟六十年·九三学社卷》,济南出版社 2009 年版。
④ 王玉平:《一级教授冯沅君》,见刘培平主编《山大第一》,山东大学出版社 2017 年版。

《陆侃如传略》①载:"党的十一届三中全会的胜利消息传来时",陆侃如"真是欣喜欲狂了"。事实是:十一届三中全会于1978年12月18至22日召开,陆侃如于本年12月1日病逝。

2.时间错误

《冯沅君先生年谱》②载:1921年,陆侃如"所著《屈原》一书由上海亚东图书馆出版"。实际上,《屈原》出版于1923年。

《陆侃如和冯沅君》③第227页、《冯友兰先生年谱长编》④上第78页均说:冯沅君于1925年7月毕业于北京大学研究所国学门。经核查,她毕业的时间是在1925年春。

《我心目中的陆侃如先生》⑤载:陆侃如"1933年毕业于法国巴黎大学博士班"。多种史料证明:他毕业的时间是在1935年。

《冯沅君传》⑥第156页说:陆侃如、冯沅君1935年"6月下旬,夫妻双双获得了博士学位"。《胡适日记全集》⑦第七册第237、238页1935年6月19日记:"到车站接陆侃如……晚上与陆侃如访Professor L. Forster,同饭,谈甚久。"此记载证明陆侃如、冯沅君夫妇6月19日回到北京,春,完成博士论文的写作,其获得博士学位,当在6月上旬或之前。

----

①牟世金、龚克昌:《陆侃如传略》,《晋阳学刊》1983年第5期。

②尚达翔:《冯沅君先生年谱》,《河南师范大学学报》1986年第4期。

③许志杰:《陆侃如和冯沅君》,山东画报出版社2006年版。

④蔡仲德编撰:《冯友兰先生年谱长编》,中华书局2014年版。以下简称《冯友兰年谱》。

⑤龚克昌:《我心目中的陆侃如先生》,《文史知识》2003年第8期。

⑥严蓉仙:《冯沅君传》,人民文学出版社2008年版。

⑦曹伯言整理:《胡适日记全集》,台北联经出版公司2004年版。

《和封建传统战斗的冯沅君》①说:冯沅君于 1955 年任山东大学副校长。根据山东大学档案,她任山东大学副校长是在 1963 年。

3. 地点错误

《冯沅君传》第 121 页载:陆侃如和冯沅君的结婚典礼是 1929 年 1 月在"江苏海门陆府举行的"。据《冯友兰年谱》上第 106 页记载,他们的婚礼是 1 月 24 日在上海举行的,冯友兰作主婚人主持婚礼,并代表母亲表示祝贺。25 日,陆侃如、冯沅君夫妇回陆之原籍江苏省海门县省亲,冯友兰同往。

台湾《传记文学》第 44 卷第 3 期《冯沅君传记》载:冯沅君于 1974 年 6 月 17 日"因病在青岛去世"。事实是冯沅君在济南省立第一医院逝世。

4. 篇名错误

《如同"卷葹"的冯沅君先生》②载:冯沅君的主要著作之一《中国文学史大纲》(英文版);《忆沅君师》③载:冯沅君"与陆先生合著《中国文学史简编》,被译成好几国文字"。经核实,此著作应为《中国古典文学简史》。

《鲁迅与冯沅君》④说:冯沅君的小说《我在爱情前犯罪了》,实际的篇名是《我已在爱神前犯罪了》。

上面例举的诸多错误,有些以误传误,常被引用。这些错误,

---

① 孙瑞珍:《和封建传统战斗的冯沅君》,《新文学史料》1981 年第 4 期。
② 杨慧文:《如同"卷葹"的冯沅君先生》,山东大学"新世纪古典文学研究暨济南陆、冯、高、萧国际研讨会"论文,2001 年。
③ 张杰:《忆沅君师》,《春风桃李忆吾师》,青岛海洋大学出版社 1990 年版。
④ 吴长华:《鲁迅与冯沅君》,《文史哲》1981 年第 4 期。

不仅给读者传布了错误的知识,同时也容易使研究者在研究某些问题时一开始就陷入了陷阱,作出错误的判断。产生这些错误有多方面的原因。人多有贵远贱近的陋习,总觉得古远的东西才珍贵,而现代和当今的不值得珍惜。就人文社会科学领域来看,人们主要重视的古远的史料,轻忽的是现代特别是当代的史料。长期以来,学术界对现代当代学人的史料的关注远不如对古代史料的关注,即使关注,也多集中在几位特别突出的大人物身上,而对冯沅君、陆侃如这一层次的知识分子,却较少关注。再者,人还有"贵耳贱目"、图方便、"顺手牵羊"的惰性,在使用史料上,常常不愿认真查阅,寻根问底,求真求实,而习惯于辗转相抄。看来,在冯沅君、陆侃如研究中,在史料方面出现的一些错误及其原因,在某种程度上具有普遍性。

回顾以往,经由不少人的辛勤耕耘,对冯沅君、陆侃如的研究,取得了相当大的成绩。我们在肯定这些成绩的同时,还应当正视研究中还存在诸多缺陷。除了上面例举的一些明显的错误之外,还表现在研究范围上比较狭窄、研究程度上不够深入。

在研究范围上,由于学术研究分工过细,多局于一隅,视角大多集中在冯沅君的小说创作、冯沅君、陆侃如在中国古代文学研究成果的评价上,而对他们的人生整体的探究,对他们深沉的家国情怀,对社会现实的关注、参与,对他们终生所从事的教育事业,对他们在中外文化交流方面的业绩等方面则很少涉及。冯沅君、陆侃如一生主要的业绩是在中国古代文学的研究和教学方面,自然应当成为研究的重点。但也不宜仅限于此。他们关于古代文学的教学和研究,是与他们人生整体生活息息相关。他们的人生整体生活任何方面发生了变化都程度不同地影响了他们的教学和研究。

在研究程度上,不少研究主要基于意识形态的框架,潜藏着

"学术政治"的倾向,太多的先验设定,颂扬多、肯定多、避讳多,往往以颂扬、肯定代替具体的研究、分析。多是现象的叙述,很少"振叶以寻根,观澜而索源"。冯沅君、陆侃如作为 20 世纪的知识分子,经历沧桑,跌宕起落,经历了长期的风雨如磐的艰难时代,也经历过阳光明媚的短暂岁月。他们的思想、情感是丰富的、复杂的、变动的。以往我们对冯沅君、陆侃如的认识和研究,应当说是初步的。其原因,既有研究者个人的局限,也有时代的局限。对任何人物、事件的研究的拓展与深入,在很大的程度上不是完全由被研究者和研究者自身来决定的,而往往需要宽松的社会环境,需要拉开时间的距离。在他们和后续事件完全成为历史之前,我们很难看清楚当初历史事件的真相和真正的意义,很难探究其主要根源。

冯沅君、陆侃如是 20 世纪精英层面上的重要人物,是公众性的知识分子,在 20 世纪人文社会科学领域的公共知识系统中占有一席之地,尤其是在中国古代文学的教学与研究领域,成就卓著。他们留下来的宝贵的精神财富,已经嵌入史册,但一直没有尘封,我们常常见到它们的踪影。如果考虑到 20 世纪许多后五四时代知识分子的人生起伏跌宕,考虑到学术思想的传承、开拓、转折和断裂,思考他们的向往、追求、挣扎与努力,成就与遗憾,冯沅君、陆侃如可以作为重要的代表。可以预言,可以肯定,随着历史前进的脚步,随着时代的不断开放和宽容,随着对话时代的出现和完善,人们会继续怀念他们,会在以往研究的基础上,从多方面继续研究,探讨他们的思想、价值,总结其经验,汲取其教训,使我们能明智一些。继续研究,既要立足于历史,又应有现实的体察,以开放的心态,不拘一格,从多角度着眼和下手,面上要开拓,点上应深化。鉴于以前研究中的不足和出现的这样那样的错误,今后不论从哪方面、哪一点上来研究,有一个原则和规范,就是必须建立在全面、可靠的史料的基础上。先把方方面面的事实弄清楚,作好事实的确认,然后作阐释分析,作价值评估。

前此伴随着对冯沅君、陆侃如的研究,不少研究者在史料的搜集方面付出了辛勤的劳动,特别是尚达翔、许志杰、严蓉仙三位先生。尚达翔为编写《冯沅君先生年谱》,许志杰为撰写《陆侃如和冯沅君》,严蓉仙为撰写《冯沅君传》,不辞劳苦,从多方面查阅各种文字史料、走访多位知情者,为研究陆侃如、冯沅君提供了大量的珍贵的史料。但有关冯沅君、陆侃如的史料是相当丰富的、复杂的,由于种种原因,以前搜集到的史料仍是有限的。有限的史料,遮蔽了冯沅君、陆侃如人生历程中的许多重要内容。而且有些史料没有来得及考核辨证,结果出现了上面所例举的以讹传讹的弊端。另外,还有大量的史料有待搜集和考辨。我们作为冯沅君、陆侃如的晚辈,离他们所处的时代较近,若不及时、继续把有关他们的尚未搜集到的各种史料,特别是许多零星的和碎片打捞出来,记录下来,保存起来,这不仅会影响研究的拓展和深入,而且随着时间的延续,许多史料会自然的丧失。搜集史料,进而还要整理史料。把搜集到的有关冯沅君、陆侃如的史料,可以从不同的角度,用不同的形式加以整理。就我的愚见,编著他们的年谱是一种重要的形式。就我个人所知,冯沅君指导过的研究生尚达翔编有《冯沅君先生年谱》,但相当简略,并且有不少错误。现在需要重编一部《冯沅君陆侃如年谱》。年谱是用编年体记载谱主生平事迹的著述,能起到知人论世的作用。陆侃如、冯沅君夫妇相识联姻,亲密合作,共同生活达半个世纪,用年谱的形式把他们的生平事迹加以整理记述,不仅能以时间为线索,为今后进一步研究他们提供比较全面、可信的史料,了解他们的生存处境和生活历程,进而推动中国现代学术的传承与发展,同时也是为现代学术史、文学史存传史料的一种形式。正是缘于上述的考虑,我不揣浅陋,在前贤时彦各方面已有成果的基础上,尝试编著《冯沅君陆侃如年谱长编》。

在本年谱的编著过程中,除了遵循编著年谱的一般规则外,还特别突出了下面三点:

第一,重视谱主的生存处境。本年谱每年在叙列谱主的主要事迹、思想和著作等(年谱的主体)之前,先简列谱主的生存处境,记与谱主关系比较密切的政治、经济、文化学术(主要是有关文学的)等方面的重要生态,以明谱主生存的社会境遇、时代氛围、学术概貌。之所以先列上述内容,主要是因为谱主同许多知识分子一样,他们的一生都是在互联互动的整体社会背景和文化场域中度过的。生存处境与个人命运缠绕在一起。他们的人生和命运不是自己能够完全掌控的。生存处境是严峻的,有时是相当残酷的,是个人无法拒绝的,是难以承受的,但也不得不承受。生存处境在很大程度上决定了谱主的命运,支配着他们的思想、言论和行动。他们既受所处社会背景和文化场域的深切影响,又自觉或不自觉用自己的言行和著作等参与了社会和文化的解构与建构。生存处境激励过他们,塑造过他们,也压抑、扭曲、伤害过他们。人文社会科学领域中的诸多问题,离开了其社会境遇是很难解释清楚的。"知人"应"论世",只有了解他们的生存处境,才能以同情的心态认识他们,理解他们。另外,本年谱把谱主的生存处境的重要事项,按年简要地予以叙列,当能减少研究者和读者的一些查寻翻检之劳。

第二,力求史料真实、丰富、立体。真实的史料是谱主的经历、思想感情的主要载体,隐含着活的生命。真实史料是年谱的根基,是年谱的生命。不真实的年谱,只会损于谱主,贻害读者,扰乱历史。本年谱的编写,坚持真实第一这一根本原则,尽力网罗、集成多年来存留、搜集到的各方面的可信的史料,弥补被掩盖、被删除的史料,纠正已经发现的不真实的史料。努力做到保持原生态、历史实在,记述谱主所处的真实社会情境,真实的人生,真实的事迹、思想、情感、著作等。尽量做到持之有故,不做无证之言。叙写谱主光彩照人的人格、优长、业绩,不溢美;记载他们的困惑、无奈、局限、缺陷、弱点,不隐讳。努力做到对历史负责,对文化负责。在具体取材和写法上,采用资料性、学术性、传记性相统一的原则,立足于客观陈述,不囿于意识形态的框架,力避简单化和过分的本质化。目的是写出谱主真实的一生,既注重记叙谱主重要的经历、事迹和著述,也不忽略一些重要细节。年谱是谱主的一部生命史,也是一部心灵史。谱主既有那一代知识分子的共性,又有特殊的小环境凝成的个性。谱主的人生是复杂的,丰富的,鲜活的,是由许多重要事件和细节构成的,其中有些带有偶然性。如果说重要事件是谱主的骨骼的话,那么富有意味的重要的细节则是他们的血肉。有些细节,有助于揣摩谱主的性情气质和偏好。历史的真实,往往基于细节的真实。有些细节,还能使某些模糊的重要事件得以清晰。本年谱注重从多角度叙述谱主的立体的人生,同时借以折射出某些历史的侧影。从谱主独特的家庭背景、命运沉浮、复杂的动荡的生命历程中,可以窥见许多20世纪变动不居的社会场景和某些历史的背影。把他们重要事件和重要细节结合起来,使读者读起来,有亲切感,不会感到枯燥乏味,而能感受到谱主在风雨变幻的人生处境中热爱祖国、追求进步、学识渊博、感情上有悲欢、内心有矛盾、性格上有欠缺的真实的一生。

第三,注重全面掌握、鉴别史料。史料是编写年谱的基础。

本年谱的编写，本着"竭泽而渔"的目标，注重全面地掌握史料，既注意全面搜集前此各种著述中已经使用过的史料，也尽力搜集前此未发现的史料。有关陆侃如、冯沅君夫妇的史料，尽管有许多已经散佚了，但存留下来的还是相当丰富的。其中大量的是在他们自己的著述（包括许多未出版、未公开的）中，也有不少散见在他人的著述中，还有一些保留在人们的记忆里，保留在许多日记、书信、档案、年谱、手稿里。我在编著此年谱的过程中，在注意搜集前此各种著述已经使用的史料的同时，还特别注意广览博读，搜集前此未发现的各种史料，阅读了大量的文字史料，也访问过与谱主有直接交往的一些前辈，发现了大量的新史料。史料都是"过去时态"的，即使是第一手史料，也难免有这样、那样的差错，至于第二手史料在流传的过程中，出现的差错则更多。因此，我在编著此年谱的过程中，对掌握的史料，下了一些考订的功夫，注意鉴别真伪，去粗取精。努力做到真实、恰切、严谨。期望为后人继续研究、认知冯沅君、陆侃如，继承和发扬他们的高尚品格和卓越业绩留下一些真实历史的记忆，为中国现代的知识分子的历史，留下一份鲜活的档案、史料，留下一份文化资源。

我在编著这部年谱的过程中，基于不自欺、不欺人，不自误、不误人的心态，工作是认真的、审慎的，想把两位先生的年谱编得完整、可信、可用，但期望和实践的结果总是有差距的。由于生性愚钝，见识有限，再加上又到了奔九之年，精力有限，年谱中肯定存在着一些疏误，恳切地盼望得到各位的不吝指教。对各位的指教，我表示由衷的谢忱！

（原文载《山东大学中文论丛》2021年第2辑，总第6辑，山东人民出版社2021年版。）

史料、史识和美学的融通：
陆侃如先生的中国古代文学史著

在现代中国学术史上，陆侃如先生（1903—1978）的主要贡献是在中国古代文学研究和中国古代文论研究这两方面。就古代文学研究而言，陆先生虽然在史料的考证、作家作品研究、文学史的撰写和古代文学的普及等方面，都有探索，都取得了重要的成就，但综观比较，他的中国古代文学史著的成就更为突出。本文仅就陆先生的中国古代文学史著试作探讨。

一、三部重要史著

陆先生早在 1926 年 7 月至 1927 年 6 月在清华大学研究院学习时，就开始研究和撰写中国文学史。他的毕业论文《中国诗史》获得了优秀论文奖。1927 年，他和冯沅君先生结婚后，相继联手完成了《中国诗史》（以下简称《诗史》）、《中国文学史简编》（以下简称《简编》）和《中国古典文学简史》（以下简称《简史》）三部重要史著。《诗史》、《简编》出版以后，都作了修改，有的还不止修改一次。同时，陆先生一直关注文学史的撰写问题。他先后发表过《给研究文学史的同志们》、《什么是中国文学史的主流》、《关于编写中国文学史的一些问题》、《关于中国文学史分期问题的商榷》①、《文学史工作中的三个问题——从文学研究所〈中国文学史〉想起》。他在去世的前两年,还撰写了一篇有关文学史的论文:《与刘大杰论杜甫信》②。上面列举的事实说明,陆先生在他的治学生涯中,一直重视中国古代文学史的研究、撰写和探索。

关于《诗史》,陆先生在 1930 年夏所写《诗史·序例》中说:"此书是我和沅君合写的。起初我打算一个人写,在北平读书时,便写成《导论》及《古代诗史》。后来在上海教书,即以此稿作讲义,并续写《中代诗史》。时沅君在上海讲词曲,故以《近代诗史》托付她。我自己又写一篇附论,全书就此完成了。"③《诗史》于1931 年出版。

《诗史》出版以后,学术界或推荐,或参考,或评论,产生了很大的影响。其影响从 20 世纪 30 年代开始,一直延续到今天。鲁迅在1933 年 12 月 20 日《致曹靖华》的信中,推荐"可看"的文学史共五种,其中有《诗史》。《诗史》问世之后,相继出版的不少文学史的写作,许多都参考了《诗史》。1934 年龙沐勋出版的《中国韵文史》,附录列中国韵文简要书目,选"时人论著"四种,其中之一

---

① 以上两篇论文是与冯沅君先生合写的。

② 此文是陆先生看到了刘大杰先生新版的《中国文学发展史》第 2 册大字本的校样中,把杜甫列为法家后迅疾开始写作的。陆先生在"对杜集再读一遍"之后,详细引证分析了有关杜诗,得出令人信服的结论:杜甫并非法家。此"信"寄给了刘先生。刘先生很快复信,表示同意陆先生的观点,次年在《文史哲》第 4 期发表。此文是在古代文学研究领域里,较早地批判和否定"四人帮"大搞儒法斗争的一篇重要论文。

③ 陆、冯两位先生合著的中国文学史,大体分工是:陆先生撰写先秦至唐代部分,冯先生撰写唐代以后部分。本文论陆先生的史著基本上限于陆先生所撰写的先秦至唐代部分。

是《诗史》。1935 年刘经庵出版《中国纯文学史纲》,此书"曾参考关于中国文学论著的版本数十种",其中有《诗史》。1936 年赵景深出版《中国文学史新编》,分古代、宋元和明清三编,各编均列《诗史》作参考书。1938 年杨荫深出版《中国文学史大纲》,除《楚辞》部分吸取陆先生的成果外,关于乐府部分,也多取资于《诗史》。在 1940 年代,顾颉刚在《当代中国史学》一书中,认为《诗史》"颇称详备,为此类书的创作"。到 1950 年代,林庚于 1954 年出版的《中国文学简史》(上卷)书后附"一般参考书目",书目中关于文学史列有四种,《诗史》是其中之一。《文学研究》1957 年第 2 期发表了谷典的以《诗史》为题的书评,从多方面肯定了这部著作。认为它是第一部"有系统的诗歌史","二十多年来这部著作在我国古典文学研究方面是起到一定推动作用的"。《诗史》中的许多重要观点,至今仍为不少学者所首肯和称引。如,关于中国"史诗"问题。在《诗史》出版之前,主流观点认为,中国古代没有史诗。而陆先生不同意上述看法,认为中国古代有史诗。他在《诗史》中论述《诗经·大雅》时,特别标举"周之史诗"。关于这一点,特别受到前几年研究史诗的林岗的关注。林岗指出:"陆、冯国学基础深厚,在学界颇有声望,而他们的意见,也确实回应了'史诗问题'造成的紧张,……成为学界与主流的否定性意见相对峙的意见。""近者如汪涌豪、骆玉明主编的《中国诗学》第 1 卷论到《诗经》时,还有小标题'雄浑昂扬的周族史诗',显然是承继陆、冯的看法。"①

　　就《诗史》的出版情况来看,自 1931 年初版到今天,据初步统计,经由不同的出版社至少再版过 13 次(包括修订本)。《诗史》

①参阅林岗《二十世纪汉语"史诗问题"探论》,《中国社会科学》2007 年第
　1 期。

问世后的七十多年,不断再版,这是罕见的。从这一点也可以看出,它有长久的生命力。

《简编》是应大江百科全书之约撰写的。此书是陆、冯两位先生在上海中国公学、安徽大学等学校所用讲稿的基础上修改后,于1932年10月出版。全书用约十万字的篇幅,述评了自文学起源至现代的文学革命的历史。书分上下两编。上编十讲由陆先生撰写。董乃斌、陈伯海等主编的《中国文学史学史》一书中评论《简编》时说:在20世纪30年代,中国文学史逐渐凝固成一种"模式",《简编》"就已经具备了这一叙事模式的基本形态"。特别提出,《简编》最后的目标指向一点:"就是五四新文学。文学史的'预见性'在这最后又一次显现出来。五四新文学,它是一个时代文学结束的地方,也是另一个时代文学史叙述开头的地方。"①《简编》问世以后,受到了读者的欢迎,相当畅销。截止到1949年,先后至少再版过五次。《简编》之所以受到青睐,正像作家、藏书家翁长松所指出的,主要原因有三点:首先它是"一本时间跨度最长的中国文学史。全书从中国有记载的商代说起,一直讲到中国现代的'文学与革命',上下五千年,展现出中国文学发展轨迹。……一册在手,就可明了中国文学史的基本概况"。二是"文字简洁流畅,通俗易懂"。三是"富有学术开创性和进步的文学观。此书对中国诗歌、散文的起源作了探索和研究,形成了颇具个性化的见解,尤其对中国现代文学的研究具有开创性的见解"。书中体现的文学观"对当年的民主人士、文学青年、读者也是有吸

---

① 董乃斌、陈伯海主编:《中国文学史学史》第二卷,河北人民出版社2003年版,第71—73页。

引力的，这也是该书畅销的思想基础"①。

对于《简编》，陆、冯两位先生在新中国成立以后，作了较大的修改。修改稿，用《中国文学史稿》之名，先在《文史哲》月刊上连载了18期，倾听专家、朋友和读者的意见，后又两次修改，于1957年由作家出版社出版。《简编》修改本是新中国成立后较早的用新观点编撰的文学史著作，受到了学术界的重视，得到了学术界的广泛认可。《简编》在叙事模式和体量上，又比较适合当时的教学，被许多高等学校选作教材。后来经教育部审定的《中国文学史教学大纲》和游国恩等五位教授主编的《中国文学史》，大体上参用了《简编》的体例。

两位先生在修改《简编》的同时，又应中国青年出版社之约，在《简编》20万字的基础上，压缩篇幅，编写了《简史》，于1957年出版。《简史》是为具有中学水平的读者编写的。全书约六万字，着重叙述了各个时期文学的特征，说明文学的流派，述评重要作家的文学成就及其在文学史上的地位和影响。对重要作品作扼要的分析。对所引的作品有简明注释，每章后还有习题。陆先生在撰写此书时，曾征求过一些中学教师和中学水平的青年的意见，以便使《简史》适合读者的要求。由此可见，陆先生对普及古代文学史知识是满怀热忱的，是他主张把"过去只有少数人能接触到的（古典文学）宝藏交到广大人民手里"的体现。次年，此书由外文出版社出版了英文版和罗马尼亚文版。出版外文版时，由于陆先生被错划为右派分子，署名只有冯先生一人。中国人编写的中国古代文学史译成外文，"送出去"，介绍给国外的读者，《简史》当是最早的一本。

---

① 参阅翁长松《漫步旧书林》，上海远东出版社2008年版，第77—79页。

二、以史料为基础

陆先生从进入中国古代文学研究领域开始，终其一生，一直重视史料的搜集、整理和考证。阅读陆先生的著述，常常可以见到他深厚的考证功力和突出的成绩。他做史料工作，既是为某些专题研究作准备，也是为了撰写中国古代文学史。他在撰写文学史的过程中，一直注意把史料作为基础，重视史料的考证。他早在 1926 年为游国恩《楚辞概论》所写的序中，分析"近来""中国无好的文学史"的原因时，就指出了史料考证的重要，"若不注重考证，取材必不可靠"。1931 年，陆先生在《诗史》的《导言》中说明了两点，第一点就是"中国诗史的材料"。1932 年，他在初版的《简编·序例》中明确表示："为初学明了计，对各问题只说个较可靠的结论，而不去详加考证（讲授时可另加说明）。"陆先生特别提示：《简编》限于篇幅，不能对史料进行考证，但在讲授时，要加上。陆先生又在《简编》的第一讲《中国文学的起源》中一开始就说："中国文学的起源是不容易讲的。一因真的材料太少，二因伪的材料太多。我们现在先把伪的材料加以辨明，其次再从真的材料中试探一下中国原始作品的情状。"从上面引用的陆先生的言论来看，陆先生一直是把重视史料和史料的考证作为编写文学史的基础。

陆先生撰写文学史所用的史料，有些是经过辨析借助于他人的研究成果，更多的是由自己搜集、整理和考证过的。这突出地表现在重要作品和作家生平的考证上。

在作品方面，陆先生用力较多的是对《诗经》、《楚辞》和乐府诗的考证。

关于《诗经》，从 1926 年到 1944 年，陆先生先后发表了《〈诗经〉参考书提要》、《〈二南〉研究》、《就〈周南〉、〈召南〉寄胡适之书》、《大小雅研究》、《中国古代的无韵诗》、《〈风〉〈雅〉韵例》、《三百篇的年代》、《〈采薇〉、〈出车〉、〈六月〉三诗的年代》等著述。撰写《提要》，表明陆先生对以前研究《诗经》的史料，有比较全面的了解。《〈二南〉研究》等都是在前人研究的基础上，提出了新的见解。

陆先生对中国古代文学的研究是从《楚辞》开始的。他从 1922 年、19 岁时发表《〈大招〉、〈招魂〉、〈远游〉的著者问题》之后，仅在 20 年代就相继发表了《屈原生年考证》、《屈原》（其中包括《楚辞地图》、《屈赋校勘记》、《屈赋古音录》、《著者可疑的作品》）、《宋玉》（其中包括《宋玉的生平》、《宋玉的作品》、《宋玉赋校勘记》、《宋玉赋古音录》、《著者可疑的作品》）、《楚辞的旁支》等。陆先生关于《楚辞》研究的成果问世以后，得到了学术界的认可，产生了相当大的影响。赵景深在 1928 年出版的《中国文学小史》中，论屈原说："他的作品，最近据陆侃如考证，凡三篇，即《离骚》、《九章》、《天问》。"论宋玉说："据陆侃如的考证，他的作品只有《九辩》和《招魂》，真是他自己的。"1932 年出版的刘麟生的《中国文学史》、胡云翼的《新著中国文学史》，都明说根据陆先生的研究成果而论述屈原和宋玉。杨荫深 1933 年出版的《先秦文学大纲》，书末列有 42 种参考书，其中近人著作五种，有四种是陆先生的。四种中有《屈原》和《宋玉》。杨荫深评价说：《屈原》"为最近用新的方法来研究屈原生涯及其作品的一部好书"。《宋玉》"对于研究宋玉的作品也有新的见解"。从上面列举的史实，可以看到先生在 20 世纪 20 年代在楚辞研究领域里的突出贡献。

陆先生对乐府诗的考证，主要论著有《孔雀东南飞考证》、《答黄晦闻书》和《乐府古辞考》三种。这三种论著发表以后,受到了学林的重视,直到今天常常被作为研究乐府诗的重要参考。《乐府古辞考》于1926年初版后,至1977年,在大陆和台湾至少再版七次。今人王运熙先生《汉魏六朝乐府诗研究书目提要》中著录此书,说:"此书写作时间较早(序例写于民国十四年),系近人专治乐府著作之前驱者。"

陆先生在古代作家生平事迹的考证上,付出了大量的心血,取得了相当丰厚的成果。从今存陆先生的著述来看,他对作家的考证,除了上面所说的有关《诗经》、《楚辞》、乐府诗中有关作者的考证和陶渊明外,重点是对于东汉、三国和西晋时期重要作家的考证。综观陆先生这方面的论文和著述,东汉、三国和西晋这一时期的作家,他几乎都有不同程度的考证。这方面考证的成果集中体现在《中古文学系年》一书中。《中古文学系年》是陆先生早在抗战前就酝酿的一个大计划中的一个组成部分。他在抗战之前,就想写一部《中古文学史》。为了写成这部文学史,他在《中古文学系年·序例》中,认为应该有三个步骤:第一是朴学的工作,即对作者的生平、作品写作时间的考订和对作品的校勘、训诂等。基于上述的认识,他想用十年左右的时间,首先编纂《中古文学系年》一书。由于条件的限制,此书只写到西晋末年。先生去世后,人民文学出版社根据先生的手稿,出版了此书。此书共60多万字,按年系人,把汉晋间的150多位作家的有关事迹,作了比较详细的考订和清理。《中古文学系年》出版以后,成了研究中古文学的学者案几必备的书籍。在诸多的中古文学史著作所列的参考书中,无不将此书列为重要的一种。

陆先生重视古代文学史料的考证,是对清代朴学的继承,同时也是受到了五四运动开始的"整理国故"风气的影响。1943年,陆先生在为傅庚生所写的《〈中国文学欣赏举隅〉序》中说:"'五四'运动时代提倡以科学方法整理国故,并且认为清代朴学方法含有科学精神,故二十年来文史研究都注重史料的考订,渐渐成为风气。"五四运动开始的"整理国故",重视继承清代的朴学,但又不为清儒所囿,而有很大的超越,已经具有明显的现代色彩。这在陆先生的著述中也有所体现,主要有三点:1. 清儒的考证,常常显得烦琐。而陆先生的考证,选取的都是一些重要的问题,考证时,重点在列举可靠的证据,提出自己的见解,而舍弃烦琐。2. 清儒的考证,重点在经书。考证经书又多限于校正文字、注释词义的"小学"方面。陆先生的考证除了校正文字和注释词义外,还拓展到文学现象发生的背景方面。他在《中古文学系年·序例》中认识到,写文学史除了"对作者的生平、作品写作时间的考订和对作品的校勘、训诂"外,还应当做"史学的工作,即对作者的环境、作品的背景,特别是对当时经济状况的考察等"。要考察背景,自然要由清儒重在"小学"扩展至社会、历史、经济、政治等多方面。陆先生正是这样作的。3. 清儒的考证,或是为考证而考证,或是"要替古圣人揭出他们的圣都王功"①。而陆先生不是孤立地为考证而考证。他重视考证而又不止于考证,是把考证作为治史的基础,作为治史的第一步,作为治史的一种科学方法。上述的三点,陆先生经历了一个由不太自觉到自觉的过程。他在《中古文学系年·序例》中坦言:"文学史的目的,在鉴古以知今。要达到这目的,我们不仅要明白文学史上的'然',更要知道'所以然'。……我自己很早就想研究文学史,可是经过若干年的摸索

----

① 参阅顾颉刚《与钱玄同先生论古史书》、钱玄同《答顾颉刚先生书》,收入《古史辨》第一册中编。

之后,深深感到过去走的路都不十分对。朴学的工作既不精确,史学的工作完全没做。因此,对于'然'既仅一知半解,对于'所以然'更茫然无知。于是我立下志愿,打算对中古一段好好地探索一下。"陆先生的这种自觉意识,在新中国建立之后,对《诗史》、《简编》的修改中和《简史》的撰写中都有明显的体现。

陆先生对史料的重视,在史料考证方面取得的成就,使《诗史》和《简编》等史著都能够建立在史料的基础上。他在《诗史》的《导论》中说:"我们认为一般文学史的失败,多半因为材料的取弃不能适当。"鉴于上述情况,对于史料,他采取了"人取我弃"和"人弃我取"的做法。表面上看,先生的做法太绝对。实际上,先生的意思是对以前文学史所使用的史料,不能盲从,要使用真实的史料,对史料要有所选择。就"人取我弃"来说,他认为过去一些文学史所使用的某些史料属于伪作,并不可信。因此,他在《诗史》中,用了不少篇幅做辨伪的工作。今天看来,这样做,似乎没有必要。但在当时是有针对性的。关于"人弃我取",陆先生的意思是,编撰文学史不能限于一般文学史家所使用的史料,要扩大史料,突出重点。基于上述思想,在《诗史》中,把诗扩大到包括"一切韵文",突出了在古代诗歌演进史上能够代表时代和能够反映诗歌演进大势的史料。《诗史》中,宋前部分,分别以"诗经时代"、"楚辞时代"、"乐府时代"、"曹植时代"、"陶潜时代"、"李白时代"、"杜甫时代"为题,就是上述思想的具体体现。《简编》尽管限于篇幅,不能像《诗史》那样有较多的史料考证,但仍有不少简明的考证。如第三讲《古民族的文学》(中)讲到《诗经》的《二南》时说:"关于它的时代与地点,旧说亦误,其中时代可考者,如《汝坟》述东迁,《甘棠》颂召虎,《何彼秾矣》称平王,都在前八世纪;而诗中所有地名,也都在江、汉之间,其属楚不属周可知。……《诗经》中除《二南》外,还有《陈风》也可属于楚民族。不但陈是灭于楚的,而且其官制方言服饰也多与楚同。"随着学术的进步,陆先生所作的具体的考证的结论,有的不一定正确,对史料的取舍,也是一家之说,把诗扩大到包括"一切韵文"的观点,也值得讨论,但他强调编撰文学史在使用史料时不能盲从,对史料应当考证,"以传信自勉",必须选择,这些都具有普遍意义,我们应当学习和继承。

在 19 世纪末和 20 世纪初,在古代史料方面,有一个重大的发现,就是以甲骨文为代表的大量的地下文物的出土。地下文物属于实物史料。它的出土,使人们对历史的研究,不再限于文献史料,而是把文献记载同实物史料结合起来,相互补正。在这方面,陆先生是相当敏锐的。他通过阅读罗振玉和王国维的研究成果,知道甲骨上"商人的贞卜文辞,实为言古史者之无上材料"①。基于上述认识,陆先生早在 20 年代后期开始撰写《诗史》时,到后来撰写《简编》,都能自觉地使用甲骨卜辞、金文和石刻文等方面的史料来论述文学。在《诗史》篇一《萌芽时代》中明确说明:"我们可以根据卜辞述一述当时社会的,文化的,及艺术的一般状况。……卜辞证明商民族尚在氏族制度的阶段是很显然的。……在上层构造的艺术方面,我们知道有舞蹈和音乐。"论《商铭》说:"此诗见《国语》,以为是商末的鼎铭。"但"'嘄嘄之德,不足就矣'等句,与见存商末金文的文体(如《艅尊》、《殷鼎》等)相距太远,其不可信可知"。在《简编》第一讲论述中国文学的起源时,先辨明了"伪的材料",然后"据真的材料来推测文学起源",说:"推测的根据有二:一是卜辞,二是金文。"在辨析《尚书·虞书·尧典》时说:"《尧典》疑点尤多,其重要者为:一、卜辞只有'十

---

① 《中国诗史》卷上,上海大江书铺 1931 年版,第 28 页。

三月'而无'闰'字,此篇何得有'以闰月定四时成岁'之句(马衡说)? 二、近代考古学者证明商代器具尚多石制,尧时何得有'金作赎刑'之事(梁启超说)? ……故我们决不能据它们来讲古代散文。"在篇五《附论》中,用了较多的文字,论述了《石鼓文》的时代、内容。

在陆先生之前撰写的文学史,不太注意使用甲骨文之类的实物史料。在这方面,陆先生有开创之功。此后相继出版了一些有关卜辞文学的论著。如1936年清华大学印行了唐兰的《卜辞时代的文学和卜辞文学》。陆先生使用甲骨文等史料的方法和得出的结论,是否恰切,可以讨论,但他能把甲骨文等与文学史相关的实物史料用于文学史的撰写中,把它们同文献史料结合起来,是一种重要的方法,值得我们借鉴。

三、在史识上的探索与实践

撰写文学史,一是要以史料为基础,二是要有史识。所谓史识,源于史料,又超越史料,主要指的是研究和撰写文学史的系统观点和方法。史料和史识,两相比较,在某种意义上史识更重要。评价文学史质量的高低,史识是重要的标准。如果把撰写文学史比作建筑一座大厦的话,史料只是一些建筑材料,至于建筑什么样的大厦,如何选取和使用材料,这就取决于建筑师的设计了。史识在编撰文学史中的作用,近似于建筑师在建筑中的设计。从文学史撰写的实践来看,各种文学史都离不开史识。其区别在于自觉的程度,在于从总体上认识和把握研究对象是否正确,在于在多大程度上接近文学史的实际,以及史识能不能与时俱进,是否注意追求当代意义。以作品为核心的文学史料是客观的,有限的，不变的，而史识属于人的主观意识，是无限的，是处于不断的变化中，有主观调适与更新的弹性。人们对史识一直在探索，在探索中实践，在实践中探索。综观陆先生有关文学史的著述，大体上也是这样。

陆先生在五四运动过后不久，就开始研究中国古代文学史。在史识上，他以青年人富有的敏锐，很快地接受了现代的学术观念、研究方法和表述方法。这主要是进化论、唯物史观和"科学的美学"。这在《诗史》和《简编》中有明显的体现。

1917 年，胡适在《新青年》第 2 卷第 5 号上发表的《文学改良刍议》一文说："文学者，随时代而变迁者也。一时代有一时代之文学。"他主张"以历史进化之眼光"来看文学。陆先生接受胡适的观点，认为："文学是渐渐进化而成的，不是一二天才所能凭空创造的。"①基于上述认识，陆先生在中国文学史著中，对于文学的变迁的大势，对多种主要文体的产生和变化，大多能从产生和流变的角度，作动态的描述。在《简编》中，论先秦时期的楚文学时，认为"楚民族文学的起源，当远溯之于《诗经》中的《二南》"。"楚民族的文学，经数百年的酝酿，到《九歌》便成立了。及屈、宋出世，便是全盛时期了。"②关于《诗史》，陆先生在综合研究的基础上，述评了我国古代诗歌的产生和变迁的大势，认为："中国诗歌变迁的第一关键在汉，第二关键在唐。"根据上面的认识，把古代诗歌的演进分为古代、中代和近代三个时期。古诗从起源到汉代，"可以说是'自由诗'，而《古代诗史》也可以说是'诗的自由史'"。中代自汉末到唐代。这一时期诗歌的特点"是于天然的美

---

①《中国诗史》篇三《楚辞时代》。
②《中国文学史简编》第三讲《古民族的文学》（中），开明书店 1932 年版。

以外,更加以人工的美。……加一种人工,便多一种束缚,我们既称古代为自由史,也不妨称《中代诗史》为'诗的束缚史'"。近代自唐末到清代,诗歌沿着两个方向变化:"一个方向是拿乐律代诗律","还有一个方向是文字日渐解放"。陆先生把近代的诗称为"诗的变化史"①。戏剧和小说是中国古代文学的重要组成部分。《简编》用了约占全书四分之一的篇幅讲戏剧和小说,为了使读者了解戏剧和小说演进的历史,在第十讲特设《戏剧和小说的雏形》一讲,指出:"中国的戏剧与小说,都是到了宋以后才完成的,在唐以前只是个'雏形'罢了。"

　　文学,不管是从整体来看,还是从各种文体来看,都有其客观的源流演进的历程。探求文学的源流演进历程,是研究撰写文学史的应有之义。陆先生受进化论的影响所作的探求,有助于人们认识文学自身的历史,进而总结某些规律,为现代文学的发展提供某些借鉴。不过,用进化论来研究和编写文学史,虽然有科学的进步的意义,但是把生物界的进化论应用于文学史的研究,并不是完全的科学的方法。韦勒克认为:"并不存在同生物学上的物种相当的文学类型,而进化论正是以物种为基础的。"②文学有自身的特点,有自己演进的历程。阐释文学的演进离不开文学演进的背景。因此研究文学的演进,如果局限于用进化论的方法,是难以科学地揭示文学演进的历程的。幸运的是,陆先生在接受进化论之后不久的 1928 年前后,又开始接触了历史唯物论,还如饥似渴地阅读了不少马列主义的文艺理论书籍,开始尝试用历史

①《中国诗史·导论》。
②[美]韦勒克:《批评的诸种概念》,丁泓、余徵译,四川文艺出版社 1988 年版,第 57 页。

唯物论的观点来研究文学史。陆先生对历史唯物论的接触,使他的史识有所变化。这在《诗史》当中有明显的体现。陆先生在《诗史》卷一篇一《萌芽时代》,根据考古发现的卜辞,假定我国古代诗歌的萌芽是从盘庚即位之年到传说的纣自杀之时。接着联系当时社会的、经济的、文化的、艺术的以及语言的一般状况说:劳动产生了舞蹈、音乐和诗歌。这一见解,显然是基于历史唯物论的一种观点。从1932年至1935年,陆先生在法国留学期间,读过伊可维支的《唯物史观的文学论》,并翻译了其中的第二部第二章第三节《小仲马戏剧之唯物史观之研究》,对如何运用唯物史观研究文学有了新的体会。当然,由于陆先生刚刚接触部分历史唯物论著,热情有余,消化不够,基本上是处于"一知半解的浏览"状态①,对长时间流行的进化论不可能有全面的、辩证的认识。所以,从初版的《诗史》和《简编》来看,陆先生当时的史识基本上是进化论和历史唯物论的混合。两相比较,进化论的影响更为明显。

陆先生对历史唯物论比较全面的学习和接受,是在新中国建立之后。新中国建立之后,随着马克思主义在意识形态领域领导地位的确立和巩固,陆先生和许多从旧社会过来的知识分子一样,在"肃清资产阶级唯心论毒害"的同时,努力学习马克思主义和毛泽东思想,不断提高自己的认识。认识的提高,使他感到对过去写的《诗史》和《简编》应作些必要的修改。于是,从1954年开始,陆先生和冯先生一起先后对《诗史》和《简编》加以修改。《诗史》的修改,由于出版时间的限制,主要是尽量去掉"发现的比

①参阅《中国诗史·自序》(修订本),作家出版社1956年版。

较严重的错误的地方"①。而《简编》则作了很大的修改。不仅字数由初版的 9 万多字扩大到 24 万,更为重要的想"彻底清除资产阶级唯心主义的严重错误,完全用马克思列宁主义的立场、观点、方法来处理文学遗产上的问题"②。出自上述思考,在《简编》修订本中,特别突出了文学背景部分,注重运用阶级分析方法。

在《诗史》和《简编》的初版中,如上所述,陆先生在论述某些文学现象产生的原因时,已经开始注意从背景上加以探讨,但就整体而言,是个别的,还没有把文学赖以产生的背景看成是贯彻历史唯物论的重要内容。到了修订《简编》时,在这方面,就非常自觉了。陆先生在《简编》的《引言》中谈"中国文学史的分期"时说:"历史是物质资料生产者本身的历史,对于文学史应该当作物质资料生产者的历史所间接形成的现象来考察。文学的发展必然地受到社会经济发展规律的深巨的影响,同时文学也有本身发展的独自的规律。"在第三篇《秦汉魏晋南北朝的文学》的《概说》中叙写了这一时期的历史情况之后,总括说:"这些情况对于文学的关系比较密切,对于作品的影响也比较重大,所以我们应该首先弄清楚。"陆先生基于对上述历史唯物论观点的认可,因而在《简编》中,从第二篇《周代的文学》至第六篇《鸦片战争到五四运动的文学》,在《概说》中,都有《历史的背景》一部分。在这一部分,陆先生立足于各个历史时期的情况来叙写背景,注意社会、经济、政治和文化等方面,有时也涉及到自然条件。在叙写背景时,注意突出同文学关系密切的历史。如论周代的文学,重点叙写了"士"这一阶层的作用,论西汉以后的文学,在思想意识方面,主要

---

①参阅《中国诗史·自序》(修订本),作家出版社 1956 年版。
②《中国文学史简编·自序》(修订本),作家出版社 1957 年版。

强调了儒学在汉代的统治地位,强调了魏晋南北朝时期道教和佛教的影响。陆先生对背景的重视,也体现在对作家和作品的分析上。在《秦汉魏晋南北朝的文学》中论司马迁的《史记》说:"《史记》是贯穿许多朝代的第一部通史,是在先秦许多优秀历史著作的基础上,在秦汉统一以后宏伟局面的启发下产生的。"

文学史应当述评文学演进的历程,但演进的历程只是一种表象,因此我们不能止于这一层面上,而应当进一步探讨是哪些东西在影响文学史的演进。古代的任何文学现象的产生,都离不开当时的历史条件,都是特定的、复杂的历史条件的产物。这种历史条件,可以概括为历史背景。研究文学史必须顾及历史背景。这符合历史真实,也是历史唯物论所要求的。综观建国以后出版的几部有影响的文学史,都重视背景,把背景作为文学史的重要内容。在这方面,陆先生是较早的实践者。背景虽然重要,但由于背景同文学的关系是一个相当复杂的问题。文学史不是社会、经济、政治和文化等历史状况的简单反映,背景和文学之间存在着许多不易探明的中介,作家并不是完全被动地受制于背景。不能把社会、经济等历史状况简单地移置到文学史里,也要避免叙述的公式化。今天看来,陆先生虽然认识到背景的重要,在《简编》中特别述及了背景,有些论述比较恰切,但他对背景的理解并不全面,择取的有关的背景的内容,有的显得泛化。陆先生研究和撰写文学史,在背景问题上的探索和实践,虽然不全面,有的不一定恰当,但他是立足于历史唯物论,是他学习和运用历史唯物论的体现。这一点,值得我们学习。

历史唯物论认为,在阶级社会里,存在阶级和阶级斗争。阶级和阶级斗争往往会通过一些不同的方式反映在一些文学活动中。新中国建立以后,许多学者在学习历史唯物论的同时,也接受了这一观点,用阶级分析的方法分析古代文学的一些现象。陆先生也是这样。这比较明显地体现在《简编》的修订本中。其主要表现是:1. 给作家定出身、划成分。如说"刘邦可能是中小农"①,陶渊明"出身于一个没落的地主家庭,……可是在现实生活的教育下,有时就离开了自己的阶级"②。2. 把某些文学现象的产生和变化归结为阶级斗争的反映。如讲唐代古文运动和传奇说:"古文运动的主要目标是提倡切合实用的散文,反对骈文,而骈文是和世族地主有些关系的;所以古文与骈文的论争,可以看作地主阶级内部矛盾在文学上的反映。……同时,由于新兴地主的壮大,科举制度的产生,在小说方面便助长了传奇的数量。"③3. 用两分法,把文学分为为统治阶级服务和为人民服务两种,如说:汉大赋的"作者们大都是为统治阶级服务的"④:论王充说:"从《论衡》看来,王充基本上是一位替人民说话的思想家。"⑤这样的分析,表面上看,是基于历史唯物论,事实上并不符合历史唯物论的要求。历史唯物论要求研究历史,必须基于当时的历史实际,对当时的历史实际作深入的细致的研究,然后得出自己的结论。从《简编》的修订本来看,由于陆先生初步接触阶级分析方法,还没来得及用阶级观点对古代文学作深入细致的研究,就匆忙地套用当时强调的阶级斗争观点来修改文学史,出现了诸如上面所列举的一些认识。这些认识,缺乏史料作基础。这样的认

---

①《中国文学史简编》,第58页。
②《中国文学史简编》,第88页。
③《中国文学史简编》,第109页。
④《中国文学史简编》,第64页。
⑤《中国文学史简编》,第71页。

识,把复杂的文学现象简单化了,绝对化了,遮蔽了许多文学现象所蕴涵的丰富的、复杂的内涵。

在上一个世纪,像陆先生那样真诚地学习和使用历史唯物主义和阶级分析方法来研究中国古代文学的学者很多。这反映了一些学者在研究古代文学时不断探索的精神。他们的研究虽然有一定的成就,但确实也出现了明显的简单化等问题。对出现的问题,我们应当作历史的、辩证的分析。历史唯物主义的基本原理是科学的。阶级分析是基于阶级社会存在阶级而提出的。阶级分析的方法也是研究古代阶级社会的一种重要的科学方法。但如何运用历史唯物主义和阶级分析的方法来研究古代文学是一个新的问题,要不断地探索。许多学者学习历史唯物主义和阶级斗争的理论时间很短,不可能对其有较深的理解。另外,从理解到正确应用,有一个过程。即使有较深的理解,也不一定能正确地贯彻到古代文学的研究当中。因此,对于他们在使用历史唯物主义和阶级分析方法时出现的这样那样的问题,应当给予历史的解释,更不能因噎废食,放弃历史唯物主义和阶级分析的方法。面对前辈学者在研究中出现的问题,现在我们应当思考的是,在古代文学研究中如何结合古代文学的实际和特点来正确地运用历史唯物主义,正确地使用阶级分析的方法,如何把运用历史唯物主义和阶级分析的方法同其他科学方法结合起来。这样思考,这样做,是否更具理论价值和现实意义?

四、美学意识

文学史作为史的一种,同其他的史有共同之处,都离不开史料和史识,但文学史是文学的历史,而文学是审美的。因此,编撰文学史仅掌握史料和具有史识是不够的，还必须有美学意识，把美学意识同史料和史识结合起来。在这方面，陆先生有自己的认识，注意不断提升自己的认识，并且能够付诸实践。

　　陆先生早在编撰《简编》时，就重视"文学的意味"之说和"文学的观点"。他说的"文学的意味"和"文学的观点"，应当说是属于美学意识。后来他在编纂《中古文学系年》的"序例"中，回顾自己多年研究文学史的"摸索之后"，进而总结说："文学史的工作应当包含三个步骤：第一是朴学的工作"；"第二是史学的工作"；"第三是美学的工作……这是最后一步。三者具备，方能写成一部完美的文学史。"陆先生所说的"美学工作"，指的是"对于作品的内容和形式加以分析，并说明作者的写作技巧及其影响"。这一点，贯穿在他的文学史著中。

　　陆先生对于古代文学作品的内容和形式，如上所述，往往能从大的方面，区分为"天然的美"和"人工的美"。他说：《古代诗史》可以说是"自由诗"，属于"天然的美"，而自汉末到唐代这一时期诗歌的特点"是于天然的美以外，更加以人工的美"。

　　在具体论述作家和作品时，陆先生注意从美学的视角，揭示作家和作品蕴涵的审美情操和艺术特点。他在《简编》中论屈原的《离骚》说："全篇表现出作者人格的高洁，感情的浓挚，想象力的丰富，表现力的伟大。其所以传诵千载者，实非偶然。"评汉乐府《鼓吹曲》中的颂诗、情诗，写战争的、写田猎的、写饮宴的，"其特点在设色浓艳，表情热烈，用韵又极自由"。在修订本中述评杜甫说：他的诗"不但有深刻的思想内容，也有高度的艺术价值。例如他的《石壕吏》中所表现的真实，是从同类的许多事实中提炼出来的精萃，它是典型化了的。……他的写作态度非常认真严肃，常常要'新诗改罢自长吟'。他长吟不仅推敲字句，更重要的是充实内容，这就使作品的思想性与艺术性的结合达到高峰，而获得不朽的荣誉"。

文学史著，不应当是单纯地复述史料和阐释史料，还应当"有我"，有美学意识，提倡艺术化、文学化的表述。在这方面，陆先生是相当自觉的。综观他的文学史著，表述带感情，无理障，无文字障，语言行云流水，简洁利落，通俗易懂，读起来朗朗上口。如《简编》中说王维的作品有三种特点：一是"诗的形式以五言为主"；二是"诗的内容以写自然的美为主"；三是"诗的风格取静不取动，重澹远而屏雄放。王维是个'静观自然'的人，诗中尤喜用'静'字，因此便影响到作风"。像这样能用精辟简明的语言，从审美的角度概括揭示作家作品的特点的例证，在陆先生的史著中，俯拾即是。

在文学史著述中，如何贯注和体现美学意识，既有时代性，也与著述者的个性有关。今天看来，上述陆先生的认识和做法，不一定完全可取，我们要注意分析。但陆先生在研究和撰写文学史时，十分重视美学意识。这一原则和方法，应当说具有普遍意义，值得我们重视。我们应当在这方面继续探讨。

（原载《文史哲》2011年第5期。）

冯沅君：两个五四运动的踊跃参加者[①]

一、两个五四运动

我们通常所说的五四运动，实际上包括两种：一是 1919 年发生在北京的五四学生运动，一是新文化运动。

五四学生运动直接起因于 1919 年日本对中国青岛的侵占。第一次世界大战，中国本来属于战胜国。第一次世界大战结束后，英、法、美、日、意等国家 1919 年 1 月在巴黎召开"和平会议"，签订"凡尔赛条约"。日本提出"二十一条"。中国北洋政府在全国人民的压力下，向和会提出取消"二十一条"和收回被日本夺取的原被德国侵占的青岛及其在山东的权利，结果遭到与会的帝国主义的拒绝，北洋政府准备在和约上签字。消息传开，举国愤怒。5 月 4 日，北京以北京大学的学生为首，3000 多学生在天安门广场集会，高呼"外争国权，内除国贼""废除二十一条""还我青岛"等口号。集会后，游行示威。学生打了章宗祥，火烧曹汝霖住宅。

---

① 本文主要征引参考文献：严蓉仙《冯沅君传》，人民文学出版社 2008 年版，第 19—32 页。

北洋政府派军警镇压,逮捕学生 30 多人。接着北京学生实行总罢课,并通电全国,表示抗议。天津、上海、长沙、广州等地的学生也纷纷游行示威、罢课,声援北京学生。6 月 3 日、4 日,北洋政府又逮捕北京学生 800 多人,激起全国人民的更大愤怒,天津、上海、南京、杭州、济南等地的工人举行罢工或示威游行,商人也先后举行罢市。10 日,北洋政府被迫释放被捕的学生,撤了曹汝霖、章宗祥、陆宗舆的职务。28 日,中国政府拒绝在和约上签字。五四学生运动结束。

五四新文化运动,有的也称"五四文化运动和文学改良运动""五四思想运动""五四思想文化运动""白话文运动""五四新文化运动和文学革命",等等,用的较多的五四新文化运动。五四新文化运动起止的时间,一般认为起自 1917 年胡适在《新青年》发表《文学改良刍议》、陈独秀发表《文学革命论》,结束于 1927 年。五四新文化运动,是近代以来新文化酝酿觉醒的体现,其主旨是通过革命,破坏旧文化,开启新文化。它的内涵是多层面的、复杂的。它涉及了文化、思想等多方面。它旗帜鲜明地反对封建礼教,宣扬个性解放。它的重点是文学革命,批判死的旧文学,提倡用白话文创造新文学。

五四学生运动和五四新文化运动有区别,也有联系。五四学生运动,主要是反对帝国主义对中国的侵略,维护的是"国权",属于政治救亡,起讫时间自 5 月 4 日至 6 月 28 日,比较明确,时间较短,内容相对简明。五四新文化运动属于文化思想革命,目的是打破中国传统的文化秩序,建立新的文化。起讫的时间难以确定,时间较长,涉及的范围比较广泛。有破坏,有建构,基本上打破了传统的文化秩序,开始建立新的具有现代意义的新的文化秩序。批判封建礼教,提倡白话新文学,主要张扬的是"人权"。从成员来看，五四学生运动和新文化运动不同。五四学生运动的主体是青年学生，而五四新文化运动的代表，多是在文化思想领域有影响的重要人物。他们基本上没有介入学生运动，有的甚至对学生运动持有不同看法。但"万物皆通"，五四学生运动和新文化运动又有密切的联系。两者都基于爱国情怀，都具有要求民主和科学的进步精神，都具有反封建的内涵。还有，参加五四学生运动的不少青年学生，在五四学生运动前后，用不同的方式，通过不同的途径，积极投入了五四新文化运动。冯沅君就是其中的一个代表。她既踊跃地参加了五四学生运动，又在五四新文化运动中做出了杰出的贡献。

二、五四学生运动的女闯将

冯沅君参加五四学生运动，是她在北京女子师范学校读书的时候。

五四学生运动的当天，北京女子师范学校的同学，并不知道北京以北京大学为首的学生到天安门广场集会、游行，5月5日上午，她们听了陈陈中凡老师的讲述才知道了。大家决定立即投入运动，从此至运动结束，女子师范学学校的学生义无反顾地投入了运动，成为一支中坚力量。冯沅君踊跃参加了。针对5月4日，北洋政府反动当局逮捕学生，北京学生联合会为了制止反动当局的暴行，决定5日下午，在北京天安门广场举行更大规模的集会。5日上午，女子师范学校的同学在操场集合。她们身着绿色校服，四名同学举着校旗，其他的同学举着自制的三角标语旗："打倒日本，打倒卖国贼""释放爱国学生""撤退包围北大的军警"……集合后，她们冲出了校门，到了长安街。长安街已经满是手拿小旗,打着横幅的学生,向天安门广场集聚。女子师范学校的同学进入了队伍,向广场奋进。沿途军警密布,枪械森严,但她们和其他同学一样昂首挺胸,旁若无人。这次游行影响很大,引起了全国许多城市罢课罢市。

19日,北京全体学生大罢课。北京女子师范学校同时罢课,支持北京学生联合会。为了帮助解决联合会的经费问题,当天下午,女子师范学校学生自治会开会,决定每人每月节约伙食费二元(每月伙食费共五元,师范学校由国家供给),给北京学生联合会。各人自由捐助零用费铜元,作为慰劳被捕学生的费用。

25日,北京女学界联合会召开女子师范学校第三团成立大会,全体同学参加。大会决定与学生联合会一致行动,成立北京女学界联合会第三团。团员有张曼君、冯沅君、关应麟、罗静轩、程俊英等五人。第三团组织若干演次演讲,到处宣传,冯沅君积极参加了讲演。

6月1日,北京反动政府下令,责成教育部及各省教育厅约束学生即日上课,并且嘉奖曹、章、陆三人。反动政府的倒施逆行,激起北京各校学生决定再度游行讲演。六月三日、四日及五日,各校学生在街头演讲请愿。从六月一日至六月三日,演讲、请愿斗争更为激烈,这是五四运学生动后的又一高潮。几天来从清晨到傍晚,北京及全国各地赴京请愿的学生,布满大街小巷,到处是游行的队伍,到处是呐喊的声音。北京女子师范学校的同学,争先恐后地投入了这次高潮。

6月4日,北京女子师范学校的同学上街游行、请愿。6月3日,她们得知反动政府派许多军警到处抓人,学生被捕的一千多人,都幽禁在北大理科和法科两院里,愤慨异常,马上约各校代表在女高师开紧急会议,会上议决6月4日下午游行和上总统书请愿,并约定在四时前各校队伍齐集天安门,然后派代表到总统府上书。上总统书的内容大约是:释放被捕学生;尊重学生人格;自由讲演;立即撤退包围北大的军警。女高师同学整队冲出校门,浩浩荡荡,手拿纸旗,口里高声的喊:'打倒日本! 打倒卖国贼! 撤退包围北大的军警! 当她们走到西长安街时,路上密布军警,她们无所畏惧,昂首挺胸,奋勇前进,警察呆呆的站着,也不敢拦阻。总统府要人,看见她们来势汹汹,也不敢出来,仅派陈某接见学生代表,态度谦恭,答应在三日内一定回信。她们整队归来,天色已晚……这次游行,引起了上海、天津各处的罢市罢课。冯沅君参加了这次的游行、请愿,是请愿书的起草人之一。

　　6日,北京女学界联合会北京女子师范学校第三团开会,决定下午继续到外宣传,地点在宣武大街和骡马大市一带。沿途看见各校的演讲团络绎不绝,有的团员汗流浃背、力竭声嘶的还在讲。演讲的内容都是围绕反对外国人干涉中国主权、反对官僚卖国,希望市民罢市为主。听众多为劳动大众和商店店员。有的说:"姑娘们说得对,可恨的日本,可恨的卖国贼,我们也罢市!"。

　　在五四学生运动中,冯沅君不仅和女子师范学校的同学一起参加了集会、游行、请愿、宣传演讲等,同时她还是一位骨干。她在女子师范学校学生自治会中任过职。她是一位女闯将。5月5日,当女子师范学校的同学集合整队,准备参加在天安门广场的集会、游行时,校长方还认为学生"举动狂妄",为了阻止学生上街游行,派人在大门上缠上了铁链,还挂了把大铁锁锁。同学们奋力摇晃大门,用石头打砸铁链、铁锁,但砸不开。在这紧要关头,冯沅君忽然想到学校在参政胡同那边还有一个小边门,立即约了几个同学转到了小边门。边门虽然也锁着,但木门、门框都比较单薄。她们齐心协力,砸开了边门,处在困境中同学,冲出了学校,重整队伍。冯沅君这次的举动,使她成了女子师范学校众口称赞的人物。

平时柔弱沉静只知读书的冯沅君,不仅和同学们一起参加了五四学生运动,成为骨干,而且在紧要关头,机警、英勇、果断,成为一位女闯将。其动力是"对祖国的爱"。她在 1957 年 4 月 27 日刊于《新山大》的《回忆五四——给青年同志的一封信》中写道:"参加五四运动的时候,我是个女子高等学校的二年级学生,是个未满 19 周岁的,刚从封建地主家庭走出来的姑娘。在那个半封建半殖民地的社会里,女学校的教育,还是以封建思想为主导思想。我和我的同学们都一味的读死书,其他一概不过问。然而,当五四运动的浪头扑过来的时候,我们这群温顺得像小鸟一样的女孩子,却冲破金丝笼,来迎接这个风暴。这是什么力量推动我们呢? 这是对祖国的爱。祖国被少数败类出卖了! 祖国马上就要被帝国主义者宰割了! 我们不能不管,我们应该站出来保卫它……在投入斗争的一刹那,我是不是顾虑到自己个人的利害,如被逮捕,被开除学籍等等呢? 这不能说没有。但是这种顾虑只像萤火的一闪,它是微弱的,而且立即消灭。我是这样,我的同学们也是这样。""对祖国的爱"使她很快消除了对"个人利害"的私念,使她无所畏惧地投入了维护国权的斗争。

北京女子师范学校的同学和其他学校的女同学,参加五四学生运动,这是中国历史上的青年妇女第一次的爱国政治运动。它不仅在当时激励了民众的爱国热情,同时也是中国妇女运动的开篇,对促进妇女的解放、提高妇女的地位,争取女权,都产生了深远的影响。

三、五四新文化运动的女战士

冯沅君不仅是五四学生运动的一位女闯将，而且在新文化运动浪潮的激励下，投入了新文化运动，是新文化运动的著名的女战士，做出了重要的贡献，这主要体现在以下三方面：

第一，用创作小说，批判封建礼教，张扬个性解放、婚姻自由。从1924年开始，冯沅君连续发表了多篇小说。1924年有《隔绝》《旅行》《慈母》《隔绝之后》，1925年有《我已在爱神前犯罪了》《缘法》，1926年有《劫灰》《贞妇》《林先生的信》《写于母亲走后》《晚饭》，1927年有《家书》，1928年有《误点》（此篇是作者1925年的未完稿，1928年补完）《潜悼》《EPOCH MAKING》《春痕》。上列单篇小说，后来结为《卷葹》《劫灰》《春痕》三个小说集，其中的《卷葹》初版后，多次再版。

冯沅君创作的小说，除了《劫灰》写家乡宣统二年土匪的残暴和凶狠、人民遭受蹂躏之外，其他的基本上都是围绕着婚姻恋爱这一题材。她写婚姻恋爱大胆、细腻，其中虽然有自由恋爱的美好，但更多的是醮着血泪的情感和笔墨，写自由恋爱的苦涩、痛苦乃至死亡的悲剧。这是她的小说的独到之处、深刻之处。它揭示了悲剧的根源在于长期的封建礼教的严酷统治和极不人道的封建伦理道德。她创作的小说，明显地有个人生活经历的基因。她把个人在婚姻恋爱中经历的不幸、反抗、斗争、结果，加以扩展、典型，基于个人的经历而又超越了个人的经历。她写男女婚恋，把人道精神、个性解放、自由精神结合在一起，有时代的特点。她追求的自由是积极的，健康的，是基于人道，是为了维护人的尊严。她体现的自由，没有走向偏执，没有滑向放纵和低俗。为不同时代的读者提供了具有普遍意义的情思,特别受到青年男女的晴睐。冯沅君创作的小说,特别突出了女性的觉醒、解放。长期的封建礼教的严酷统治,残害人性,加在人们身上是沉重的枷锁,而加在妇女身上的尤其沉重,对女性的摧残尤其惨烈。冯沅君对此有深切的体认,所以她的小说张扬恋爱自由、婚姻自主,是人性的觉醒和呼唤,是五四新文化运动倡导个性解放、人权观念,争取女权的折射,也是对五四新文化运动的贡献。

第二,参加编写演出话剧《孔雀东南飞》。1922年冯沅君执笔改编并参加演出话剧《孔雀东南飞》,轰动了北京,影响很大,是五四新文化运动史上重要的一页。《孔雀东南飞》的改编和演出,主要是在李大钊的亲自指导下完成的,并得到鲁迅、陈大悲、陈中凡等知名人士的热情支持。约在1921年的秋天,在北京女子高等师范学校任教并主持国文部的陈中凡教授,把学生想把古代长篇叙事诗乐府诗《孔雀东南飞》改编成话剧演出的想法告诉了李大钊。李大钊当时在该校兼课。他听了以后,十分赞赏,并主动表示愿意担任导演。女高师的同学知道此事后,特别高兴。迅疾推选冯沅君、黄英(庐隐)和苏梅(苏雪林)等四五名同学,废寝忘食,用了三天三夜,由冯沅君执笔,改编成五幕话剧《孔雀东南飞》。剧本编成后,马上安排角色排演,商量决定演员名单。李大钊说:"程俊英是全班年纪最小的,性格温柔,合于演兰芝。孙桂丹(斐君)东北人,带有男性气质,演仲卿。陶玄有办事才能,很泼辣,适合演刘兄。陈定秀身体矮小,带有娇气,演小姑吧。"唯独没有愿意担任为人厌恶的家长焦母这一角色。李大钊很着急。正在这时,冯沅君挺身而出,说:"让我来试试。只是我说不好北京话。"李大钊很高兴。排练开始后,女学生没有演出的经验,李大钊虽然自愿任导演,但没有多少戏剧经验。为了提高演出水平,保证演出质量,李大钊把中国现代戏剧先驱陈大悲请来指导。她们抓紧时间,利用课余,排练了多次,请师生们提意见。立冬前后,彩排了一次,大家都认为可以演出,于是决定在全市公演。当时,鲁迅正在教育部任职,对相隔只有一条胡同的女子高等师范学校,多予关注。女高师的同学对鲁迅也十分仰慕。当演出场所遇到困难时,她们去找鲁迅,想通过他租借位于手帕胡同的教育部礼堂。鲁迅爽快地答应帮忙,并很快得到了解决。女子高等师范学校的女大学生打破了陈规陋习,破天荒地甘当"戏子",上台公演自己编写的《孔雀东南飞》,震动了北京。演出海报帖满了京城的大街小巷。

第一次公演是在晚上七点,座无虚席,观众二千余,多是北京各大学的师生。前两排的贵宾席上,就坐的是许多社会名人和女高师的老师。鲁迅和教育部的官员,李大钊和夫人、儿子在前排就坐。首次公演非常成功,许多观众感动不已。为了满足清华大学同学的要求,星期天还专门为他们演出了一场。李大钊对程俊英等同学说说:"《孔雀东南飞》虽然是一出历史剧,但在现在演出,有着深刻的现实意义,表现了"五四"时代知识界妇女要求摆脱吃人的封建礼教的束缚,争取婚姻自由的强烈愿望。同时,还对一千多年以来文坛上轻视艺人、轻视俗文学的旧传统作了顽强的反抗。"①

第三,写论文批判统治妇女的封建伦理道德观。冯沅君之所以特别重视批判封统治妇女的伦理道德观,有外因,也有内因,是外因与内因综合促进的结果。从外因看,五四新文化运动,张

①朱杰人、戴从喜编:《程俊英教授纪念文集》,华东师范大学出版社 2004 年版,第 318 页。

扬个性解放,直接关涉到封建伦理道德加在妇女身上的沉重镣铐。西方男女平等的潮流,经由各种途径,不断地流到中国。妇女解放,男女平等,是许多五四新文化运动的代表人物张扬的重要内容。在这方面,李大钊的贡献尤其突出。1919 年深秋,李大钊开始为女高师讲授课"社会学""女权运动史"两门课。他说:"这两门课的内容虽不相同,但是互有联系的,如妇女解放,就牵涉到社会性质问题。"在"女权运动史"课上,他介绍了各国妇女争取自由平等、女子参政、保护女工同工同酬的动态。说明世界妇女已经觉醒和她们的拍切愿望。又指出:"但这不过是企图枝节的改良,不能彻底解决问题。只有社会性质改变,只有实现共产主义社会,妇女才能获得彻底的解放。"他还鼓励同学们走出校门做社会调查。他采用新的考试方式,反对在课堂上死记硬背的问答式考试方法,他说:"学习一门课的知识是为了应用,经过学生独自去思考,提出自己的见解,写出论文,才有好处。"他还把讲解、讨论结合起来。曾举行过一次"主观"和"客观"问题的讨论。讨论中,一位同学发言:"我的一个同学,她聪明好学活泼漂亮。她父亲因为生意亏本,把她当抵押品许配给了大老板的傻儿子……她听了父亲的安排,顺从了客观现实,明知前方是个苦海,她跳了下去。她所以要这样做,是为了家庭,孝顺父母。然而她要面对的将是和这个低能的傻子生活一辈子!……我认为,我们新女性就是不能顺从这种客观现实,任人宰割。我们要自己主宰自己的命运,要用我们的斗争来改变这种病态的社会现象。如果旧势力过大,我们无力改变,也决不能妥协。"李大钊听了带头鼓掌。大家也跟着鼓掌。冯沅君是女高师的学生,亲受李大钊的教诲,加上妇女解放潮流的涌动,使她特别关心妇女问题,关心妇女与道德问题。

　　从内因来看，冯沅君是女性，她亲身的经历使她对妇女问题有痛彻的体认。她生长在封建社会。她的家庭虽然较为开明，但践行的基本上还是封建的宗法制度和伦理道德。她小时候被订了娃娃亲，缠过足，没有机会接受现代的教育，受到了封建伦理道德的的严重摧残。到北京女子师范学校就读后，她亲身看到她的表姐因包办婚姻造成的悲剧，看到了自己的同班同学李超，不幸成为封建宗法宗法制度的牺牲品。冯沅君受婚姻恋爱自由新思潮的洗礼，长期挣脱加在自己身上的沉重枷锁。她痛苦，挣扎，反抗，最后胜利了，解放了，挣得了自由恋爱的权力。冯沅君是一位怀有满腔道义的热血青年。她没有囿于个人的命运和遭遇。她由己推及中国整个妇女界，看到中国二万万女同袍尚在苦海里，有待解放。她有一种社会责任感，她拿起了笔杆子，贡献自己的力量，期望通过自己的论著批判封建的女子道德观，建立新的具有现代意义的女子道德观。

　　冯沅君这方面的论著，集中体现在1920年在《文艺会刊》第1卷第2期上发表的《今后吾国女子的道德问题》一文。此文的主旨，正如题目所揭示的是"今后吾国女子的道德问题"。文中"从建设方面立论"，论述建立今后新的妇女道德问题。建设往往离不开"破坏"。文中认为"今后的道德，和今前的道德，也有种种因果关系；若不把旧道德的利弊考（按，原误作"改"）究一番，就谈今后的道德我恐怕有些不妥当"。因此文中首先用了很大的篇幅，揭露和批判陈腐的妇女道德观。指出："旧时女子的道德不外'三从''四德'。——'在家从父，出嫁从夫，夫死从子'，就是三从。'妇德，妇言，妇容，妇工'，就是四德。——这以外还有《内则》上的'婉娩听从'；《女诫》上的'卑弱'。这些条件，不能说于日常动静上没有一点益处，但是用这种高压手段，把女子的人格一概抹杀。所以他的流弊,把女子当作机械一般,成男子的附属品,女子既然受了苦,男子也被这些附属品带累的了不得。"在指出封建社会加在女子身上的"三从""四德"之后,进而用怀疑的口吻,用新的观点加以剖析,认为:"真正的道德,没有不是本着良心的行动","今前的道德,完全出于压制,不是出于人类本心,无论他的结果怎样好,在伦理上没价值。""女子的天性和才能,固然是有和男子不同的地方,但是既不是男子的奴隶,又不是男子的附属品,为什们责备起女子来非常的严,责备起男子来就宽得许多?""男女的能力,虽说是不同,但不同未必就是不好。况且现在最风行的民治主义的教育,以发展个人的本性,为唯一目的。像今前的道德整天把女子关在家里,做那些琐碎事情,实在不合教育的原理。""女子也是国家的一份子,也是人类的一份子,为什么处处仗着男子保护养活……女子所以弄到这样不中用的地步,不能不归罪于今前的道德。"值得注意的是,在五四前后,传统的家庭观念和伦理道德遭到了猛烈的攻击,甚至被认为是"万恶之源",它基本是是戕害人性。证诸过去许多家庭发生的悲剧,这种极为激烈的批判,并不是没有根据,但这并不能当作通则。传统的伦理道德,包括有关妇女的伦理道德并非一无是处,其中有值得继承的因子。这一点,冯沅君在文中有所披露。文中指出,传统伦理道德"弊利"并存,"不能说于日常动静上没有一点益处"。冯沅君指出了传统的伦理道德中有有"利"和有"益处",虽然没有多加解析,但在当时是难得的。她写此文时,还是一个大学生,没有随激进之风。她的观点倒是接近王国维、梁启超、陈寅恪的看法。

此文在批判揭露今前加在女子身上的以"三从""四德"之弊端之后,接着从"建设方面立论"。认为,道德范围是相当大的,要建设今后女子的新道德应当着重从家庭和社会两方面来进行。

社会是"多数人组织成的有机体。家庭也是社会的一部份，更加上一点密切的关系。"就家庭方面来说，应当："第一，发挥同情互助的真精神，以矫正不平等的习惯。第二，应用学理改造家庭，免去坐吃山空的流弊。第三，以民治主义的教育教导子女，一洗从来升官发财的妄想。"从社会方面来看，以前由于"女子没有高深的知识""没有势力"，受"有闺门之修无境外之志"的旧教育的桎梏，"本没有什么社会道德。"今后的女子在社会上的道德，应当："一，今后道德不求仅做一个贤母良妻，要想着在社会上做一个堂堂的人物。二，处世接物，应当发挥同情博爱的精神。三，行为必本着个人的良心，不学那旧式的女子畏首畏尾；更不学那浮躁的女子趋势沽名，应当为真理而活动，为正义而活动。四、不被金钱的引诱；不受势力的压迫。"

　　批判旧的封建伦理道德，建设新的伦理道德，是五四新文化运动的重要内容之一。在旧的封建伦理道德的统治中，女子受到的摧残最为惨重。冯沅君对此有深切的体认，并特别关注。从上面引用的内容，不难发现，她的论文，同当时的一些重批判、重破坏的论著不同，主要是通过摆事实，讲道理，有"破坏"，更重"建设"。尽管她没有论及社会制度与道德的关系，但她着重从家庭和社会两方面，提出的建设新的女子的道德，有针对性，具体切实。她的见解既有对旧的家庭伦理道德摧残人性的舍弃，同时也有对其中合乎人伦的内容。她注重的不是壁垒森严的契约关系，而是融入了"天赋人权"的内容。她的建设性意见，不仅在当时有现实意义，而且有些具有普遍意义，即使在今天，仍值得我们重视，并钱行之。冯沅君发表上述论著，是在1920年，年仅20岁。一个20岁的学生，竟能写出如此重要的、有独自见解、比较切实的论著，在五四新文化运动史上是难得的、罕见的。

四、对五四运动的体认与反思

参加两个五四运动,是冯沅君人生征途中的重要事件,对她的一生有深远的影响,给她留下了深刻的印记,常萦心怀,而且形之于笔墨,有这方面的文章流传下来。从她参加五四学生运动时到1957年,先后发表比较集中地谈五四运动的文章有三篇:第一篇是1921年的《五四纪念的杂感》,第二篇是1954年的《我的学生时代》,第三篇是1957年的《回忆五四——给青年同志的一封信》。在上述文章中,主要内容是回忆她自己参加五四运动的情况,对五四运动的体认和反思。

她高度地赞颂了五四运动在中国的划时代的革命意义,赞颂了五四运动是爱国运动,尤其对青年产生了深远的影响。她在《五四纪念的杂感》中,宣称:"五四运动是我们中国重新的开始。"在《我的学生时代》中说,五四运动"发动于抨击国贼,争取国际上的平等,而他的最大功绩却在解除封建社会加给人们,尤其是女人的锁镣。"在《回忆五四》中说:"五四运动是个爱国运动,是个在文化学术方面有深刻的革新意义的运动,一句话是个革命运动。它像阵春雷。春雷能使因严冬而蛰伏在地下的众多生物苏醒起来。"五四运动"唤起潜伏在青年们的思想意识里求解放、反压迫的愿望。政治斗争使青年们团结起来,活跃起来,结合着资本主义思想,社会主义思想的吸收,他们的眼睛开了,再也不肯受禁闭了。"同许多爱国青年一样,冯沅君也深受五四运动的激发,使她开始自觉地投入了反封建的潮流。她说:"五四运动前,我对封建制度、礼俗是盲目的顺从,即令感觉到它对自己不利的时候,也如此。五四运动以后,我对这些东西由怀疑而和它对立起来,甚且写文章批判它，因而也就为某些思想上保守的人们所憎恶。思想的转变引起学习的转变，我又卷入新文学运动的浪潮中，因而也就为某些在文学上保守的前辈所'惋惜'。"

　　往事不忘，新命在前。新中国成立以后，冯沅君殷切地希望广大青年继承发扬五四的爱国革命精神。她在《回忆五四》中，结合自己的亲身经历，语重心长地对新中国的青年说："新中国青年的幸福真教我们老一辈羡慕到没办法，在党的亲切关怀与正确领导下，你们的前途是海阔天空，光辉灿烂。但是在前进的道路上，谁也不敢说，他永远遇不到困难。特别是我们现在从事的社会主义建设工作是我们的祖先不曾作过的，特别是我们的敌人整天怀着幸灾乐祸的心，在盼望你给我们失败，整天挖空心思阴谋教我们失败。我以老大姐的身分，希望你们努力，继承并发扬五四运动的爱国精神，不屈不挠，坚决斗争的精神，争取成为新时代中最进步的青年。"她强调，继承和发扬五四爱国精神，应紧跟"新时代"，勇往直前。

　　冯沅君参加五四学生运动时，是北京女子师范学校二年级的学生。她结合并对比自己五四运动前后所受的教育不同，深切地认识到五四运动推进了教育革命，特别是女子教育的革命。她这方面的认识，主要体现在她的《我的学生时代》一文中。在此文中，她结合自己在北京女子师范学校学习的亲身经历，通过对比，指出了五四运动对教育的革命。五四运动以前也有女子教育，但是"办女子教育的人，大多数不将女生男生同样看待。他们的思想还是半封建的(客气点说)。他们所理解的新女性和从前'以顺为正'吟风弄月的闺秀初无二致。这种思想反映到学生的生活上，也反映到学生的学业上"。在日常生活上，学生没有自由，"没有课外娱乐，更不许男女朋友往来"。教学内容异常杂乱。"教员多滥竽充数""浅薄荒谬"。学生都一味地死读书,其他一概不过问。上述状况,经由五四运动的洗礼,发生了巨大的变革。五四运动反封建的浪潮,推进了女性的解放,在理论上,妇女有同男性同样的义务与权利。与此相联系的是,女子教育有了很大的改革,使富有进取精神的女性空前活跃了起来。冯沅君所在的北京女子师范学校随着升格为北京女子高等师范学校,课程、教授有了很大的革新。"北大的名教授如胡适之、刘申叔(师培)、黄季刚(侃)等,新的旧的都来我们系里兼课。此外还有几位名字虽不为一般人所习知,而确有真才实学的专任教授"。教师讲课比较自由,可以讲新的,也可以讲旧的。在这些教授的指导下,学生于文艺习作外,"开始练习写学术论文,课外有演讲会,会中大家报告读书的收获。我们一系出版的文艺会刊是女高师最早的刊物"。学校不再像以前那样"拘束学生。衣食交际学生都有点自由。校长也比从前开明,对于学生团体的校外活动,如街头讲演,天安门开大会,检查商店日货,结队示威游行等绝不干涉。同时五四运动将学生团结起来了。校内有学生自治会,校外有学生联合会。"五四运动后,不仅象北京女子高等师范学校那样发生了很大的变革,其他的院校也都程度不同地有了变革。以前北京大学不收女生,五四运动之后开"女禁"。冯沅君就是在 1922 年北京女子高等师范学校毕业后考取北京大学研究所国学门作研究生的。

五四运动,开中国现代史的新篇章,具有划时代的伟大意义。同时,它又有局限性。它取得很大的成效,但其成效又是有限的。这一点,作为五四运动的参加者的冯沅君早有体察。冯沅君和许多五四运动的参加者,满怀爱国激情,对五四运动有很大的期望。但是五四运动两年后,她放眼观察现实,却感到很失望。她在五四运动二周年时,发表的《五四纪念的杂感》一文中,明确地指出了五四运动的成效的有限，用强烈的质疑的口吻说：我们大家所"竭力鼓吹和运动的成效在那里？换句话说，就是这二年中经我们这番运动后，社会一般沉醉迷梦的群众有没有些微的觉悟，起来向光明路上走？遮蔽、摧残我们的真、善、美，使我们的理想不能实现的恶魔，是不是已经表示一点让步，或衰败的倾向？总说一句话，我们在这二年前这运动刚刚发动的时候的目的是不是已全达到？"接着例举了多方面的具体事实加以印证：五四运动的导火线是"青岛问题。所以五四运动的主要目的，也就是收回青岛。现在青岛问题的情形是怎样？青岛地方仍旧是被我们的敌人占据着"。青岛问题没有解决，其他方面也"不是能令我们满意"。东北珲春五县的人民仍在被外人蹂躏。教育方面，"首都之下，累次陷入无教育的境地，虽说近来些微有点恢复的希望，但是风雨飘摇的状况之中，前途还是茫茫难测。外省呢？裁经费，罢课的事也是时常听见的。""北五省去年的旱灾，数百万难民卖妻质子，流离死亡。"财政"债台高筑"。督军"佣兵跋扈"。凡此种种，"教人失望而已。"

五四之后，上述诸多令人失望的事实出现的根由，冯沅君在这篇文章中没有述及，到 1957 年在《回忆五四》一文中才指出：五四运动"反抗的矛头大都是指向封建社会的上层建筑——思想意识，制度、礼俗等等。"这里，她对上层建筑的理解并不全面，但其中特别提到五四运动的矛头是指向封建社会的思想意识、礼俗等等，这一点富有启示意义，触及了五四运动成效的有限性的根由。五四学生运动轰轰烈烈，主旨是"外争国权，内除国贼"，其范围主要限于大中城市的学生，并没有对工农大众产生大的影响。五四新文化运动，高唱民主、科学、反对封建礼教，同学生运动一样，都不是政治革命，都没有从根本上提出反对、推翻封建专制制度，更谈不到建立一套良好的新的政治制度。从历史上来看，一个社会的变革和发展，政治制度是非常重要的。在中国，辛亥革命表面上结束了封建帝制，但并没有铲除封建制度的土壤，社会各方面并没有很大的改进。从根本上说，五四运动并没有触及封建政治制度，把五四运动看成是政治革命，是五四运动以后一些左翼人士演绎的结果。不彻底打破长期凝固成的封建专制制度，没有新的政治制度作后盾，只是在一些具体事项上，局限于文化思想上的努力，即使有时很激进，其成效只能是有限的。

五四运动是中国现代史上的一个具有划时代意义的运动，是现代史上给我们留下的一笔非常宝贵的文化遗产，值得我们珍惜，值得我们继续研究。长期以来，关于五四运动的多种资料、理论阐释和历史著述，多偏重于对五四运动革命的、进步的方面的赞扬和肯定，这是可以理解的，但对对五四运动的评价，有多种声音，有拔高的，有误解的，有贬抑的，有否定的。冯沅君作为五四运动的踊跃参加者，她的亲身经历，她留下的相关著述，不仅有助于我们全面地、深入地了解她，学习她，同时，也有助于我们返回五四运动当时的场景，参考她对五四运动的体认和反思，进而正确了解和评价五四运动。

（本文为未刊稿。）

从淦女士到冯先生

——作为教师的冯沅君

冯沅君(1900—1974)，现代著名女作家、学者、教授。1922 年北京女子高等师范学校国文系毕业。1927 年北京大学研究所国学门研究生毕业。1932 年与丈夫陆侃如留学法国，1935 年在巴黎大学获博士学位。曾先后在金陵女子大学、北京大学、复旦大学、安徽大学、武汉大学、中山大学、东北大学、山东大学等高等院校任教。曾任第一届、第二届、第三届全国人大代表，山东大学一级教授、副校长。著有短篇小说集《卷葹》《春痕》《劫灰》，古典文学论著《中国诗史》《南戏拾遗》《古剧说汇》等。

冯沅君是"五四"后涌现出的杰出女作家，以"淦女士"等笔名而广为人知。她也是一位卓有成就的学者，还是一位一辈子都在教书育人的教师。作为作家和学者，她的文学作品和学术研究成果，历来受到重视，但相对而言，人们对于作为教师的她，关注得不够，论述也较少。

其实，教书育人是冯沅君一生的重心。她曾对学生说，"自从到大学教书后，就洗手不写小说了。因为教师面对的是学生，工作是神圣的，而人的生命有限，时间是个常数，容不得一心二用，一旦误人子弟，则过莫大焉"。

投身教育,死而后已

1917年,冯沅君考入北京女子师范学校(1919年改为北京女子高等师范学校),便留心教育。1921年5月4日,她在刊于《晨报》的《五四纪念的杂感》一文中写道:"教育是大家所公认为国家根本的事业,应当特别扩充的。现在怎样?首都之下,累次陷入无教育的境地,虽说近来些微有点恢复的希望,但是风雨飘摇的状况中,前途还是茫茫难测。外省呢?裁经费,罢课的事,也是时常听见的。"1922年5月15日至6月23日,冯沅君参加了由老师胡小石带队的"国内教育参观团",到晋、鄂、苏、越参观访问。她对这次参观访问十分投入,细心观察,耐心访问,每天坚持写日记。她的日记后来发表在《晨报副刊》上。从日记中,可以看到她对教育十分关注,而且有自己的思考。在太原参观国民师范,"当我们从院中走出的时候,见有五六个少年的人,担着泥、砖,由西往东走,看他们衣履之朴实,和手足胼胝的样子,只当成泥水匠了。后来有人告诉,方知是本校学生,他们这种能耐劳的精神,我真十二分的佩服。临走的时候,他们——校中办事人——还将该校学生由劳力而成的产品,送了我们许多,我真要愧煞了!"生产劳动实践是教育的重要内容之一,冯沅君佩服赞赏这一点,说明她对教育有着相当深切的理解。在武昌参观模范小学,"走到礼堂附近,见挂有时事揭示牌,将每日的大事简单明了写在上面。这种东西我以为于小学生很有益的,比那冷酷的无趣的格言牌子强的多。我素来的主张,小学教育,无论如何,总要使学生的情感尽量发展,这群带有真、爱、美的小天使,要是硬以无情的教育去矫揉造作,使他们失去本来的天真,简直是毁坏世间无上的艺术品,剥夺人们艺术的享乐,其罪真是不可赦啊!"这种重在发展小学生的情趣,让学生身心健康愉快的发展,应当说是符合教育规律的。值得注意的是,此时的冯沅君还是一个只有 22 岁的大学生。

从师范学校毕业,冯沅君又到北京大学国学门读研究生,此后即投身于教书育人的事业。自 1925 年春开始,直至病逝,其间除了在法国攻读博士学位之外,她一直坚守在高等院校的教学岗位上,先后在金陵女子大学、中法大学、复旦大学、暨南大学、中国公学、安徽大学、北京大学、天津女子师范学院、武汉大学、中山大学、东北大学任教。1947 年到山东大学,直到 1974 年病逝。冯沅君到高等院校任教之后,由于时局动荡,运动频仍,还有个人家庭生活的一些不幸、病魔的折磨,她历经坎坷灾难,身心受到了一般人难以承受的重压。她痛苦,她艰难,但她从没有倒下,始终挺立恪守在教学岗位上。

1973 年,她患癌住院,最关注的还是教学,念念不忘的还是教学,还曾让丈夫陆侃如给她带教学参考书。在弥留之际、神情恍惚时,她还让护士扶着给学生讲课。她是在课堂教学的岗位上离开人间远行的。

舍得割爱,专心教学

冯沅君的情趣和爱好是多方面的。她是作家,发表的小说、诗词、散文,至今还为人们所赞赏。她是学者,她的许多学术著作,有不少至今还摆在人们的案几上。她是翻译家,通英文、法文,有重要的译著传世。她到高等院校任教以后,虽然对上述的多方面仍有兴趣,继续努力,取得了不少成就,但她能做到割爱,始终把主要精力投用在教学和教书育人上。

　　冯先生初登上大学讲坛时,已经发表了多种著述,有相当的名气,后来名气越来越大,头上有作家、学者、博士、教授、才女等不少桂冠,但她作为一名高等院校的教师,在长达50多年的教学生涯中,从来没有单凭学识、才气、名气,随便随意,而是一直践行着认真严谨、一丝不苟的教学原则。

　　冯先生备课从来都十分认真,每门课都有详细的讲稿。有的课程,她讲过多次。但每次新讲这些课程时,考虑到讲授对象不同、出现了新的研究成果等原因,她都要再备课。从今存多种备课讲稿上可以看到,有些讲稿是重新撰写的,有些是在原讲稿的基础上进行增删。有些字读不准,就查字典,仔细写在讲稿上。山东大学中文系1956级学生石家麟回忆,1957年,冯先生给他们年级讲元曲时说:"不少同学的作业中还有错别字,对于中文系的同学是不应有的,希望大家勤查字典,我读了大半辈子的书,字典还常备案头。勤查字典是消灭错别字的不二法门,舍此别无捷径。"冯先生备课的认真,已经形成了习惯,习惯成自然,即使给几个人辅导,她也是认真准备。她指导的研究生陈其相回忆,有时她辅导研究生,只有两三个人,她也事先写好详细的提纲,一丝不苟。1962年,冯先生总结自己辅导研究生的体会时,讲到提纲的好处:"保证指导时既重点突出,又无遗漏。碰到应解答的问题多,而指导时间不够时,导师可以只讲重要的,次要的可将提纲交研究生带下去自己看……为此,我虽然觉得写提纲很费时间,可是总坚持下去。"她备课、写辅导提纲从来不惜时间,她说自己"指导两个钟头或三节课的时间,备课的时间大都是一天"。

　　除了备课,冯先生还一直重视编写教材,付出了大量心血。她先后根据教学的需要,编写了多种教材,其中有些正式出版了,如和陆侃如合著的《中国诗史》《中国文学史简编》,和北京大学教授游国恩、中山大学教授王季思等合编的《中国古代文学教学大纲》,和北京大学教授林庚共同主编的《中国历代诗歌选》,还有大量讲义没有来得及整理出版。她认为,教材要"力求符合学生的要求和水平"。她的教材和讲义都是针对不同的教学对象编写的。她深知编写教材之困难,强调编写教材要有研究的基础。1952年,她曾对她的侄女北京大学教授冯钟芸说:"编教材很不容易,教材也能显示编者的思想认识高下,不能人云亦云。编教材也需要研究作为基础,不然,岂不误人子弟。"

冯先生编写教材,不论是讲义,还是教科书,始终贯穿其间的是一种认真严谨、一丝不苟的精神。她和林庚共同主编的《中国历代诗歌选》,是为高等院校中文系诗歌选课程编写的教材,共选诗词曲一千首,选目曾三次征求专家意见,最后才确定下来。全书分上、下两编。上编自周至唐五代,由林庚主编。下编自宋代至五四,由冯先生主编。两位主编,除曾先后三次充分面商外,还经常交换情况和意见。冯先生主编的下编,参加者有关德栋、袁世硕、朱德才、郭延礼和赵呈元。冯先生作为主编,司其职,切实地尽到了主编的责任。她负责起草选目,审改初稿,组织讨论,并最后定稿。她还负责注解北宋全部、南宋大部分及金、元全部诗篇的工作。从今存的初稿和定稿中,可以看到很多冯先生修改的字迹。在编写过程中,她的一个助手,"对吴伟业的两首诗的创作时期,根据常见的资料,做了个大约的推断,还在稿子的一端贴了张字条,说明了依据的材料","但冯先生在定稿时,却重新做了考证,并得出了确切的答案。她向助手说明改动的依据时,语重心长地说:做学问是不能粗枝大叶,敷衍了事,也不能人云亦云,应当力求把问题彻底搞清楚。"从这一事例,可以看到冯先生一贯的认真严谨和做主编的尽职尽责。

创新方法，灵活教学

在教学模式和教学方法方面，冯沅君在遵循传统的同时，特别注意探索和创新。

冯沅君一生讲过多门课程，除了基础课外，还开设了几门选修课。她在讲授时，基于讲稿，但又从不照本宣科。研究文学史、作家作品属于人文学科，其中有一些属于基础知识，但更重要的是其中蕴含着的丰厚人文精神和审美情趣。教者和听者重在体悟、体验。冯先生讲文学史、作家作品，感情特别投入。1949级学生吕家乡回忆："冯先生讲课则富有感情。有一次讲到王维的诗'渭城朝雨浥轻尘……'她按照'三叠'的方式朗诵了一遍，语流很快，像绕口令一样，引得同学们大笑。还有一次讲到明代散曲家王磐的《咏喇叭》，冯先生又朗诵又表演又赏析，我至今还记得她眉飞色舞的神态。"冯先生课堂教学的情感投入，1949级学生赵淮青也铭记不忘："有一次，她讲苏东坡的词《念奴娇》，一字不落地背诵：'大江东去，浪淘尽，千古风流人物……'她在讲解的时候，完全沉浸在作品中，洋溢着对千古名篇的挚爱。我还记得她在讲台上踱着步子，目光凝视前方的风度神态。这首词写得大气磅礴，她讲得也铿锵有力。先生虽外表纤弱，却传达出词中神魄飞扬的气势，把苏词的感情发挥到极致。自然也难忘，冯先生讲李清照的词《声声慢》'寻寻觅觅，冷冷清清……'时，又完全是另一种气氛。又是一次一字不落的朗诵，声音低回，如泣如诉，充满似水柔情，字字送进听者的耳膜，令人肃然动容。无意间，发现她的眼角闪烁着晶莹的泪光。……沅君先生很推崇元代杂剧大家关汉卿,高度评价关汉卿不屈不挠的斗争精神和《窦娥冤》这部作品。当她朗诵到《不伏老》这首散曲'我是个蒸不烂煮不熟捶不扁炒不爆响当当一粒铜豌豆'时,声音高亢壮烈,富于感染力,也透露出她自己爱憎分明的性格。"优秀的文学作品,都是作者真挚感情的自然流露,每篇作品都是独特的,不同的作品情调也不同。冯先生讲授时,针对不同的作者作品,设身处地,满怀真挚的感情,讲出了真情别调。

冯先生讲课,常有顿悟,随时随地发挥。1953级学生郭同文回忆,1954年春,冯先生讲授岑参的诗歌,"此时,她虽然大病初愈,但讲起课来却精神焕发、口若悬河,声音铿锵有力。她绘声绘色地分析了岑参写边塞风光的《天山雪歌(送萧治归京)》和《白雪歌(送武判官归京)》。当她讲到'忽如一夜春风来,千树万树梨花开'时,她望了望窗外:校园里梨花盛开,洁白如雪,阵阵春风扬起片片梨花飞舞。她满含深情地讲道:'诗人用春风比北风,用梨花比雪花。何等深切,何等独特! 同时也表明了:寒冷的日子里也蕴含着明媚的春意来临,显示了诗人在严寒中乐观的情怀! 自古以来,写春风的诗歌甚多,而用春风比北风的诗,这却是首创。'"

冯先生特别重视课后辅导这一环节。她同课堂教学一样,认真负责,而且有自己的探索和特点。重视个别辅导,也重视集体辅导。

冯先生个别辅导多是在她家中。她为了辅导有针对性,事先尽量汇集同学们提出的问题,认真准备,然后细心地讲解,即使有时身体不好,也按时辅导。约在1957年上半年,冯先生辅导中文系高年级学年论文。1955级学生吴长华回忆:"那时我们高年级要准备写学年论文,我选的题目是《论〈牡丹亭〉》,出乎意料的是冯沅君先生竟是我的指导老师。这样我们的接触就多起来,每一周总有一个晚上要到她那里去。每次到她家里时,她总是早已等在会客室里了。那时她身体不好,没讲几句话,就常常要咳嗽,可是她还是不厌其烦地给我们辅导、讲解。在讲解前先朗读一遍。使我惊奇的是她身体那么弱,朗读却是铿铿有力,节奏性很强,至今仿佛仍在我的耳边回响。她对我们很亲切,没有一点教授的架子,对我们提出的哪怕是幼稚的问题,也都认真解答。"

　　冯先生的集体辅导,常常是与"集体答疑"结合在一起的。《冯沅君传》第305页记载:约在1959年,她在教学中,还创造了一种"集体答疑"的教学方式。所谓集体答疑是"在个别辅导、个人阅读告一段落后,她让学生交上阅读札记,同时把疑难问题一起交上",她"在检查札记时,把学生提的问题梳理归纳后,给学生'集体答疑'。在她答疑完毕后,学生还可充分提问,然后师生展开讨论。教师答疑结束,她就反过来'考'学生:让你阅读一段她布置过的古文;让你串讲一段文字,谈出你的评论意见;或向你提出一两个问题让你解答。答得不完善,她会请别人补充。"这种集体辅导、集体答疑,把指导阅读、写阅读笔记、发现问题、提问、讨论、考问自然地接连起来,有严格要求,又有引导启发,既有针对性,又生动活跃,取得了良好的教学效果。后来,"她的学生缅怀老师时,几乎异口同声地说:是冯先生的'严'和'逼',打掉了大家的惰性,引导着我们前行。"

教学相长,双向互动

　　1964年9月,冯沅君与她指导的研究生张忠纲交谈时说:"教学永远是相长的。""'教学相长'在有些老师听来,觉得是一句口头禅,其实是千真万确的,将来你们当了老师,就会体会到了。"冯先生在长达 50 多年的教学生涯中,坚信这一真理,并且能切实践行。

冯先生在教学过程中,特别是在备课、辅导和编写教材时,总是要翻阅、参考大量文献资料,但她从不照抄照搬,而是反复阅读、勤于思考,写成详细的讲稿。在这个过程中,常有新的发现。她不仅把这些新的发现充实到教学内容中,同时也诱发了新的研究兴趣,进而取得了重要研究成绩,为学术界提供了不少新的东西。

1939 年,冯先生在中山大学讲授元杂剧时,发现了三条有关王实甫生平的材料,当时她未敢贸然作断。此后她从孙楷第、王季思先生的论著中,又看到了新材料,并且函请王先生询问陈寅恪先生有关见解的依据,这才产生了自己的一些推断,写成了一篇题为《王实甫生平探索》的论文。1956 年秋冬之交,在山东大学一年一度的科学报告会上,她以此为题作了学术报告,提出讨论。讨论后,冯先生继续修改,1957 年刊于《文学研究》杂志。

在编《中国历代诗歌选》时,冯先生注意质疑,发现了不少新问题。如此书所选的清代吴伟业的作品《圆圆曲》与《楚两生行》,对这两篇作品的写作时间,冯先生没有沿袭以前的说法,而是阅读了许多有关的著述,仔细考证,从中找到了一些例证,认为《圆圆曲》作于顺治七年(1650)前后,《楚两生行》作于康熙初年。她把研究的成果纳入教材中,同时撰写了《吴伟业〈圆圆曲〉与〈楚两生行〉的作期——读诗质疑之一》,刊于《文史》杂志。

关爱学生,亲近学生

冯沅君与学生相处,不讲所谓的师道尊严,而是提倡互尊、互爱、真诚、平等的师生关系。

在抗日战争时期，她同陆侃如先生支持进步学生，从经济上帮助过一些进步学生。在东北大学任教时，有一位同学母亲有病，无钱医治，他们给他一笔钱，帮助母亲治病。到青岛山东大学任教后，青岛解放前夕，李希凡旁听冯先生的课，中间遇到了经济困难，冯先生亲自给李希凡姐弟送去了四十银圆。1962年初，冯先生指导的研究生陈其相的祖母病逝，父亲又病重。冯先生知道后，马上拿出一百元，让她赶快寄回家。凡是接近冯先生的，都知道她生活十分简朴，舍不得多花一分钱。可是对同学，却慷慨大方，毫不吝惜。

冯先生乐意与学生交流，学生也喜欢接近她。吕家乡回忆：1952年，他和几位同学在毕业前夕去看望冯沅君。"她向我们谈经历，谈治学，谈写作。她告诉我们，她小时候缠过足，后来才放开，因此现在穿皮鞋还要塞一些棉絮，走路很不得劲儿。我这才想到，平时冯先生走路的确有点'扭搭扭搭'的样子。冯先生很有感慨地说：一个人要违抗社会风气，违抗潮流，是很难很难的，只有极少数杰出者才能做到。谈到写作，我们问她是不是还打算写小说？她叹了一口气，说：淦女士写小说简直是三代以前的事了，早就提不起笔了。辜负了鲁迅先生的期望，没有办法！"

约在1952年，1951级学生赵淮清和几个同学到冯沅君家看望老师。后来他回忆："书斋幽雅清静，处处氤氲着书香气。大家谈话无拘无束。她简单问了我们入学前的经历，然后就兴之所至地谈文学，谈人生，谈山大的历史，妙语迭出。记得先生说过：'你们入大学文科，文、史、哲都要打好基础，古典文学更是基础。古文学不好，白话文也是做不好的。'她主张大学几年起码要背诵上百篇精选出来的古文，古诗词更要多背，越多越好。""沅君先生讲得兴致盎然。说话间,一大盘黄澄澄的花生糖已被我们'风卷残云'。先生脸上浮漾着慈祥,颤巍巍地,又从立柜里端出一盘,还没来得及落座,一位性格有点鲁莽的同学发话道:'冯先生,您在法国留学时,您的脚会招来不少麻烦吧?'这种容易犯上又不相干的提问,很使我们为她着急。不料,冯先生却不以为忤,笑容粲然,朗声答道:'这也不难,学习孟丽君嘛,外面套双靴子就行了。'"

冯先生虽然有博而深的学识,有许多有影响的著述,但她从不谈这些。她不哗众取宠,不露才扬己,对于世俗之名毫无兴趣。她和学生交谈,是真诚的,是自然的。这是经受人文教养浸润而形成的真诚和自然。她与学生的交谈,洋溢着真善美的情趣,从各方面密切了师生关系。从教书育人的角度来看,这种交谈,如同雨露,能起到"润物细无声"的长期效应,学生受到了课堂上和书本上难以受到的教育。

古人说:"师者,人之模范也。"冯先生在她一生的教学生涯中,在做好言传的同时,特别重视身教,正己身,正己心,自然会影响学生。她凭借着向善、求真、趋美的人格魅力,如同甘霖雨露,滋润沾溉了学生的心灵。

冯先生指导的副博士研究生尚达翔回忆:1960年秋,"济南久雨成灾。星期二下午是冯先生给研究生上课的时间,哗哗的大雨就是停不下来。冯沅君住老校,上课却在新校,两地相距有四五里路,都是泥泞的庄稼地。花甲之年的老人,又是双'解放脚',如何走得过这么长的田间小道!学生们万分焦急,他们家里又没有电话。商量结果,派了个男生骑自行车去老校,让冯先生改日再来上课。哪料,骑车的学生刚刚上路,她却撑着伞,背上挎了个书包蹒跚着过来了。女同学们赶紧把先生扶进屋,让她换上干燥的鞋子,埋怨她这样大的雨不该蹚水过来。她却若无其事地说:看天下着雨,我就提早上了路。还好,书包没淋湿。说完,她掀开备课本,拿出了一叠卡片,开始上课了。"一位曾经缠过足的 60 岁老人,为了按时上课,冒着大雨,只身撑着伞,挎着书包,提前踏上四五里泥泞小路,蹒跚蹚水跋涉,终于按时赶到课堂上课。严于律己,不畏艰难,以身作则,行为世范,此情此境,胜于言教,深深地感动了学生,教育了学生。

　　身教重于言教。冯先生切实地做到了。

　　　　　　　　　　　　　　(原载《光明日报》2021 年 1 月 11 日。)

《陆侃如冯沅君合集补编》前言

2011年8月,安徽教育出版社出版了袁世硕教授和我主编的《陆侃如冯沅君合集》15卷。出版后,李剑锋教授和我陆续发现了一些"合集"未收的论著、创作和译文。其中大部分是李剑锋教授从数据库上和报刊上发现、复印的。为了弥补"合集"的欠缺,现将新发现的内容,加以补编。

"补编"分陆侃如、冯沅君两部分。内容的编辑上,大体上按照"合集"的体例,依据内容分类编次。著录的所有著述,除了改动了一些标点和个别明显的讹误以外,完全依照发表的原文。原文个别地方不清楚,或难以理解,又无从校改者,只能仍存原貌。

"补编"收录了黄祖良先生整理的冯先生的一些有关古代戏曲和明代文学的重要遗著。黄先生长期在厦门大学中文系讲授中国古代文学。约在1957年至1958年,曾到山东大学跟冯先生进修元明清文学,受到冯先生的亲切教导,聆听了冯先生的讲授。进修后,黄先生仍保持与冯先生的密切联系。冯先生病逝后,他满怀对先生的思念和崇敬,相继整理、发表了冯先生的一些重要遗著,使先生的遗著得以存传。由于种种条件的限制,黄先生的整理稿难免有不当之处。黄先生已于2015年谢世了,无法修订了。这是我们不能弥补的遗憾!

我于1958年考入山东大学中文系,1962年毕业,又幸运地考取了陆侃如先生的研究生。毕业后留校任教,直至 2015 年退休。在本科、研究生期间和工作以后,受到了陆、冯两位先生的亲切教诲。师恩浩大,难以报答!山东大学中心校区文史楼后面的花园里,矗立着山东大学中文系 1956 级学长 2010 年为陆、冯两位先生塑造的塑像。每当清明节时,我肃立在像前,鞠躬致敬后,常常想到:两位先生的业绩,我是无法企及的,但我要继承他们的事业,发扬他们的治学精神,在古代文学研究方面,尽绵薄之力。同时要不断努力,把两位先生的著作搜集、整理好,予以出版。作为先生的学生,能继续搜集、整理他们的遗著,略尽学生微薄的责任,我感到光荣,感到欣慰!

为编辑"补编",从搜集材料到整理初稿,历时三年多。其间,曾得到许多师长和同事的关心和帮助。我的老师袁世硕教授以 87 岁的高龄,在 2016 年 7 月炎热的暑假,仔细审阅了"补编"中的冯沅君部分,提出了一些宝贵的修订意见。研究生贺伟帮助搜集材料,编索引,付出了辛勤劳动。安徽教育出版社的领导鼎力支持,编辑认真负责。对于积极支持和热心帮助的各位,特致以由衷的谢忱!

在"补编"的编辑过程中,李剑锋教授和我,虽然尽心尽力,但由于见识有限,有些论著尚未找到,如两位先生在巴黎大学攻读博士学位的论文。恳望各位能予以帮助,使两位先生的遗著,不被湮没。"补编"内容的分类和编次是否恰当,殊无把握。请各位不吝赐正。

　　2016 年 8 月 15 日写于山东大学农子晚学斋

（未刊稿。）

怀念萧涤非师

　　涤非师逝世已有 15 年了，但他的音容神采，至今仍宛然在我的面前，也常常萦绕在我的心里。今年是他诞辰百周年，逢此时日，对他的怀念，更加深切。

　　我是 1958 年考入山东大学中文系的，1962 年毕业后又考取了中文系的古代文学研究生，1965 年毕业后留校任教直到退休。在"文革"之前，我除了听涤非师讲课、报告外，其他方面接触不多。接触较多是从 1969 年开始。1969 年冬天，学校让师生下厂下乡，同工农兵相结合。我同涤非师等被派到青岛纺织机械厂。我们六七个人，住在大约 10 平方米的一间屋子里。同吃、同住、同活动。"文革"结束后，我长期担任系主任。其间，国内外访问涤非师时，我常常陪同，系里有关教学和学术研究中的一些问题，我有时也登门请教，有时也陪他参加会议。1980 年以来他出版的《杜甫研究》、《汉魏六朝乐府文学史》、《乐府诗词论薮》三部大作，都题名赐我。在我同他的接触过程中，他言传身教，使我受到了多方面的教益。兹值山东大学举办涤非师诞辰百周年纪念之际，仅就我所回忆的诸多事情中，略录三五，以表对他的景仰与怀念之情。

一

涤非师一生经历了新旧两种截然不同的社会。旧社会暗无天日,他生活困苦,多受迫害。新社会阳光明媚,他生活稳定,能够安心地从事教学和研究工作。亲身的经历和生活的实践,使他对祖国、对党、对新中国、对社会主义,具有深切的爱。1949 年 6 月 2 日,青岛解放,他满怀激情地唱出了下面的诗歌:"今宵头上月,一倍觉相亲。不改春风面,来看隔世人。"1951 年,他在华北人民革命大学学习,在新中国国庆两周年即将来临时,他"兴奋激动"地写了《新中国使我树立起民族自尊心》一文,歌颂党,歌颂新中国。他对党对社会主义的爱,随着新中国的前进步伐,不断地在加深。对我教育最大的是他在一次会议上的发言。那是 1964 年 5 月,学校在老校大操场上举行全校师生员工"忆苦思甜"大会。他在大会上做了题为《我的回忆》的发言。当时我的想法是,忆苦思甜的一般都是出身贫穷的员工和学生,没想到会有他这样的名教授。出自这种心情,所以我在台下听得特别认真,特别投入。他在发言中,当回忆起他在旧社会的种种遭遇时,时而悲伤哽咽,时而十分激愤。当他讲到自己在新中国的生活和工作时,又不时地流溢出感激之情。

从涤非师的发言中,我第一次比较全面地知道了他在旧社会的悲惨遭遇和坎坷的经历。他的父亲是个穷秀才。在他未满周岁时,母亲就去世了,10 岁时父亲又去世。他成了孤儿。他很小的时候,打过柴,拾过粪,放过牛,经常接触贫苦农民。后来靠亲友和老师的帮助,才能最后在清华大学研究院中文系毕业。他在清华大学本科毕业时,首先碰到的就是失业。还好,由于他读本科,四年的总成绩平均在 80 分以上,加上老师的推荐,进了清华研究院。他在研究院的三年,学习成绩名列第一。为此,研究院的同学送给了他一个刻着"状元"二字的铜墨盒。涤非师尽管学习成绩优异,但毕业仍是失业。在旧社会,像他这样"没有靠山,没有门子可钻"的一介书生,到哪里去找工作呢! 后来还是多亏他的老师黄节先生的介绍,才得以到青岛山东大学去教书。1933年,他到山东大学教书,到 1936 年,随着校长的下台,他也被解聘,又失业了。经多次奔走,才又弄到了一个到四川大学任教的聘书。

在旧社会,各个大学都有派系,排挤外来人。涤非师虽然侥幸没有被赶走,但也常常受到排外的威胁。1939 年,国民党 CC分子程天放当了校长,带来了狐群狗党,把学校搞得乌烟瘴气,甚至强奸女学生。涤非师对此十分愤慨,曾经骂过他们。这些家伙恼羞成怒,想置涤非师于死地。于是使用了突然解聘的卑劣手段。当时解聘,按规定要在一个月前通知本人。可他们践踏规定,在 1941 年直到发聘书的那天,才知道不聘涤非师。当时四川大学在峨眉山上,他陡然失业。他和师母,还有两个幼小的儿子,一家四口困在山上,走投无路,恨愁交加。后来经余冠英和闻一多两位先生的帮助得到了到西南联大教书的工作。为了生存,他只得变卖东西,向朋友借贷,凑了一两千元,携妻带儿,千里跋涉,到了昆明。

涤非师在昆明,前后共五年。这五年他的生活依然十分艰难。昆明物价特别高,有"世界屋脊"之称。为了生活,他除在西南联大上课,还不得不到云南大学、中法大学、英语专科、东方语文专科、建国中学、昆华中学,甚至恩光小学等学校兼课。为了生存,他曾忍痛割爱卖掉了他保存多年的五色评本《杜工部集》和

《古诗归》等书。他还被迫同当铺打过交道,搞过"当当、赎当"的事情。名牌大学的教授搞"当当",他还很不好意思,生怕被朋友看到。尤其悲惨的是,他在昆明亲历过卖儿鬻女的刺心之痛。当时他一家四口,师母又怀孕了。怎么办?就想给即将出世的孩子找个出路,于是就托人去问一个在四川大学同过事的教授,他没有孩子,想把还没有出世的孩子送给他。经联系,那位教授同意了。得知此事的当天晚上,涤非师非常痛苦,写了一首《早断》诗:"好去娇儿女,休牵弱母心。啼时声莫大,逗者笑宜深。赤县方流血,苍天不雨金。修江与灵谷,是尔故山林。"确定把孩子送人后,因师母住在城南20里的乡下跑马山,生活异常艰难,加上过于劳累,结果孩子早产了。早产后又无钱治疗,没有几天孩子就夭折了。

当时的昆明,国民党特务统治极为猖獗。1946年12月1日国民党特务杀害了四名学生。其中的女学生潘琰是涤非师的学生。他气愤难已,疾笔写了《哭潘琰》诗二首。发表后,当夜就有国民党的狗腿子上门威胁,说是有意侮辱"党国"。涤非师当即驳斥说:"事情本来就是发生在光天化日之下,我并没有造谣。"

抗日战争胜利后,西南联大复员,原来北大、清华和南开的教师,都回到原校,涤非师无校可归,眼看又要失业。多亏他过去在山大教过书的这点私人情义,经过一番努力,于1947年又回到了山大。回到山大,又遭到美国兵制造的横祸。当时,美国兵在青岛横行霸道,为非作歹。一天,涤非师的大儿子到学校去补习功课,路上被美国兵的汽车撞伤了头部。他们不问不管。由于涤非师经济上依旧困难,儿子在医院没等治好伤就出院了。

涤非师在旧社会尽管遭遇坎坷,生活艰难,但依然坚持治学。白天上课,夜晚著述。1943年,他的《汉魏六朝乐府文学史》经三次修改，终于出版了，另外，他还在《国文月刊》等刊物上发表了一些文章。

涤非师在旧社会的悲惨遭遇，随着祖国的解放，一去不复返了。解放以后，党和国家关心知识分子。他结束了多次失业的怨恨和痛苦，生活安定了，可以安心地从事教学和研究工作了。新旧社会的鲜明对比，使他衷心地感谢党和毛主席，热爱党和毛主席。他把对党和毛主席的热爱，化作了决心为新中国、为人民服务的动力。1951年冬，他在华北人民革命大学学习结业时曾写过一首《感谢党的教育》的旧体诗："起死回生手，翻天覆地人。二年刚解放，万事尽鲜新。废铁能成剑，熔炉大有神。我今从此去，服务永为民。"1959年他出版《解放集》，曾把这首诗放在最前面。1985年，他出版《乐府诗词论薮》，在"前言"的最后，又照录这首诗，作为结尾。一首诗，反复引用吟咏，唱出了他永怀感激的心声，也表现了他"服务永为民"的人生追求和始终不渝的坚定信念。

涤非师解放前爱国、爱人民，即使在最困难的时候，也没有放弃自己的信仰。解放后，爱新中国、爱社会主义。他的信仰又增加了新的内容。他的回忆和对比，不仅仅是他个人经历的写照，在一定程度上也是近百年来中国许多知识分子经历的反映。

二

涤非师一生在教书的同时，一直注重学术研究，直到晚年，仍是耕耘不止。他在学术研究方面，给我印象最深的，也是使我深受教益、铭记不忘的是他的那种求真求是、勇于坚持真理的学术品格。这里，我想仅就他写作和发表《关于〈李白和杜甫〉》一文的前后,追忆我所知道的一些情况。

1971年底,正是"文革"的中后期,人民文学出版社出版了郭沫若先生的《李白与杜甫》一书。"文革"开始后,学术界灾难重重,万籁俱寂。在这种情况下,郭老出版了《李白和杜甫》,学术界为之一振。不少人争先购买、阅读。我也很快地买到了一本,并且抓紧时间阅读。涤非师本来爱戴杜甫,对杜甫有深厚的情感,研究他有20多年,是闻名国内外的专家,自然会格外关心和阅读郭老的这部著作。在他仔细地阅读了之后,对这部书有了许多不同的看法。记得1975年,有一次因事到涤非师家,曾谈到郭老的《李白与杜甫》。涤非师说:"郭老这部书,一个明显的问题是扬李抑杜,这属于学术上的不同观点,可以讨论。但使人难以接受的是,郭老在论述杜甫的宗教信仰时,在列举了冯至先生和我的观点之后说:'这些研究杜甫的专家们,对于杜甫现存的诗文,是否全体通读过,实在是一个疑问。'郭老这样带有挖苦的言论,使人难以理解。其实,我对杜甫全集,不止读过多遍,有许多篇章都能背诵。"读过《李白与杜甫》的都知道,郭老在这部书中,对涤非师的批评,有不少是言辞尖刻和"无限上纲"的,如说:"新旧研究家们的眼睛里面有了白内障——'诗圣'或'人民诗人',因而视若无睹,一千多年来都使杜甫呈现出一个道貌岸然的样子,是值得惊异的。"另外在书中还有一个地方列举了涤非师的观点后说:"在这些地方斤斤计较,正是标准的封建意识的复活。"值得思考的是,涤非师对郭老上面之类的尖刻和"无限上纲"的言词,并不太在意,而对怀疑他是否全读过杜甫的诗文,却有些激愤难忍。之所以如此,是由于涤非师是一位学者。严谨扎实的学风是他的生命所系,是他的基本品格。一旦在这方面受到了伤害,他自然就无法忍受了。尽管如此,当时涤非师还是抑制了自己的激愤情绪，"想写封信或者别的什么东西向郭老请益。可是一直未能如愿。"后来，他之所以写了《关于〈李白与杜甫〉》这篇论文，实在是"有些迫不得已"。这在这篇论文的开头交代得很清楚：1978年10月，他到广州参加修订《中国文学史》，住在中山大学。东道主指定要他谈谈对郭老的《李白与杜甫》一书的看法。他难以推辞，"只好遵命"，"拿着笔记本就上了讲台。后来还被邀在广州语文学会、海南岛民族学院和海南师专分别作了内容大致相同的发言。"这都不是他的自愿。他不愿谈，是因为"郭老毕竟是郭老"；"杜甫和他的诗是客观存在，谁也抹杀不了"。但后来，涤非师感到这不是办法，"因为只要一有机会，不谈似乎就过不了关"。于是决计"趁山大校庆科学讨论会的机会写成书面的东西"，形成了约2万2千字的《关于〈李白与杜甫〉》这篇论文。

论文写好后，发表不发表？对此，当时有不同的想法和意见。一天，师母让我到她家，对我说："萧先生想把论文交给《文史哲》发表。考虑郭老的地位，我真有些担心。是不是不发表？"当时萧先生也在场。在交谈中，他坚持发表。反复说："这是学术问题，我应当同郭老商榷。"师母看到他这样坚定，也就没有再坚持自己的担心。后来听说《文史哲》编委讨论这篇稿子时，有人明确表示反对发表。涤非师是编委，也在场，他坚持要发表。最后据说他为这件事还拍了桌子，说："有什么了不起，出了问题，无非是再过以前的苦日子！"由于多数人的支持和涤非师的执意坚持，这篇论文终于在《文史哲》1979年第3期上发表了。

涤非师富有性情，秉性刚直，胸襟坦荡，有时也发脾气。但是，一旦进入学术研究领域，尽管也带有感情，但其主导不是感情用事，而是求真求是，坚持真理。这明显地体现在《关于〈李白与杜甫〉》这篇论文中。这篇论文以平和的心态、舒缓的语言、平实的风格，摆事实，讲道理，从"扬李抑杜"、"曲解杜诗"、"误解杜诗"、"所谓'腐肉中毒'"四个方面，同郭老商榷。论文有据有理，用史料来印证自己的观点，指出了郭老的偏颇，努力恢复杜诗的原义。由于这篇论文发表得比较早，从一个方面打破了学术界禁锢很久的沉寂，再加上论文的学术水平，所以它发表以后，受到了学术界的重视，产生了相当大的影响。《新华文摘》全文予以转载。有些刊物相继发表了与《李白与杜甫》有关的论文，从不同的角度、对许多问题提出了与郭老商榷的意见。当然也有几篇论文对批评郭老的观点提出了不同的看法。在"文革"中，主要由于时代和政治的原因，四人帮的走卒歪曲、利用杜甫，郭老又偏激地搞"扬李抑杜"。涤非师《关于〈李白与杜甫〉》的论文，求实求真，正本清源，在很大程度上，使学术界对杜甫的研究重新归于学术研究的正常轨道。

三

涤非师是一位重情义、知恩倍报的学者。这突出的表现在他对老师黄节先生的感戴上。黄节（1873—1935）是晚清民初的爱国诗人和著名学者。他曾追随孙中山先生，1909 年加入同盟会。1915 年，刘师培等"六君子"组织"筹安会"，鼓吹"君主立宪"。他几次发表公开信，严加斥责。1916 年，袁世凯演出冒认袁崇焕为祖先的闹剧，他撰文影射和嘲讽其阴谋。1917 年，北洋军阀派人到广州秘密活动。他驰书革命党人予以揭露。1932 年，汪精卫电招他参加"国难会议"，他回电谴责，拒绝参加。他终生爱诗写诗和坚持学术研究，给我们留下了许多优秀的诗歌和重要的学术著作（参阅马以君编《黄节诗集·前言》，中国人民大学出版社 1989

年 11 月）。黄节先生从 1917 年开始任北京大学教授（1928 年一度应李济深敦请，出任广东省教育厅长，不久因经费不敷而辞职，复任北大教授）。1929 年兼任清华大学研究院导师。涤非师于 1926 年、20 岁时考入清华大学中文系，毕业后又进研究院学习。他在清华大学的 7 年，深受黄先生的教益和关爱。他的研究生毕业论文《汉魏六朝乐府文学史》的指导教师就是黄先生。论文写成以后，黄先生写了 1800 多字的审查报告，从多方面肯定、赞誉了这篇论文。记得在我向涤非师的问学中，他曾多次谈及黄先生，说黄先生是他的恩师。他敬佩黄先生的爱国节操。他曾讲过黄先生的一件事："'九一八'事变发生后不久的一天下午，黄先生从城里来上课，他平素从不迟到早退，可这天却突然中途辍讲，宣布下课，掩卷而去。老先生出于爱国的愤激心情，我们能理解。但反映如此强烈却也令人惊讶。第二天，我去看他。他写了两首七绝，题目是《书愤》，其中有'眼中三十年来事，又见虾夷入国门'和'老去此忧无可寄，不从今日始伤神'之句。我这才明白，原来老先生把三十几年前曾经目击的日本军国主义发动的那次侵华战争（一八九四年中日甲午之战）和当前的'九一八'事变联系在一起，而他又看不到人民的力量和祖国的前途，这就难怪他的心情特别沉重了。'国必自伐，然后人伐之。'因此，黄先生在另一首题为《我诗》的七言律诗中，痛斥当时国民党反动政府为'群贼'：'伤心群贼言经国，孰谓诗能见我悲！'……黄先生的这一行事，对我和我的论文写作都很有影响。"黄先生学识渊博和治学、教学的严谨，也是涤非师铭记在心的。他说：黄先生治学的一个重要特点就是全面掌握资料而又取舍谨严。他备课认真，在上课之前，哪怕是一个小问题也一定查清楚。记得有一次同涤非师谈及研究和创作时，他曾引用黄先生同他和姜亮夫的一次谈话。姜先生当时也是清华研究院的研究生。他写了一首诗，让黄先生看。他看了以后，认为姜先生不适合写诗。受黄先生的教诲，后来姜先生着力于学术研究，很少写作诗歌。涤非师 1933 年要到青岛山东大学教书，辞行时，问黄先生：怎样才能写出好诗？他沉默片刻后，只淡淡地说了一句："不要勉强。"涤非师记住了老师的教导，以后也只是在感情充沛、难以抑制的时候才搦笔写诗。

黄先生不仅"授业解惑"，在学术上和写作上对涤非师多有指导，同时在生活上也关怀备至。上面曾经提到，涤非师清华研究院毕业找不到工作。黄先生得知后，就鼎力推荐他到青岛山东大学中文系工作。当时中文系的主任是黄先生的学生。黄先生对他说：如果不接受，就同他断绝师生关系。后来他终于接受了涤非师任讲师。

黄先生的爱国节操，在业务上的教诲和生活上的关爱，沁入了涤非师的内心，使他念念不忘，一直对恩师怀有深厚的感戴之情。黄先生 1935 年正月在北京逝世，涤非师闻讯迅即从青岛奔丧，同黄先生的女婿一起收拾整理了老师的遗书。奔丧回来，他"亦大病，几欲一切废绝"。他化悲痛为动力，做人、工作，时时以老师为楷模。"经师易求，人师难得"。黄先生是"人师"，又是"经师"。涤非师十分重视承传老师高尚的人格和严谨的学风，同时对老师留下来的学术遗产，奉为珍宝。黄先生到清华大学讲课，先后开了曹植诗、阮籍诗、谢灵运诗等课程，曹植诗讲过三次。但是当时竟没有谁把他讲的加以记录整理。涤非师知道这一情况后，就利用学习的机会，趁着记忆犹新的时候，整理了包括曹植、阮籍和谢灵运三家诗的《读诗三札记》。前两篇大约写于 1930 年，由吴宓先生发表在《学衡》第 70 期上，后一篇大概写于 1931 年，由朱自清先生发表在清华大学《中国文学会月刊》第 1 卷上。

此书,后又经涤非师补正了一些字句的讹脱,在 1957 年由作家出版社出版单行本。因为印数少,读者难以寻觅,他在 1985 年出版《乐府诗词论薮》一书时,又特别作为附录予以再版。此外,在中国人民大学出版社出版马以君先生编辑的《黄节诗集》之前,涤非师带病,怀着崇敬的心情,为诗集题写了书名。上述这些,多是在黄先生逝世多年以后的事。黄先生他老人家的在天之灵,一定会因为自己有这样的一位可传其志学又能继武其诗的学生而感到由衷的欣慰。

涤非师对黄先生的感戴,并非单纯的是由于老师的学问和对个人的私恩,也不仅仅是表现了他继承了我国传统的尊师的美德,更重要的是表现了涤非师这一代知识分子忧国忧民、关怀国家兴衰、民族存亡的爱国热忱,表现了对祖国悠久的传统文化的珍重和传承,表现了对"士不可以不弘毅"的高尚的人格的崇敬和追求。

附记:此文的写作,得到了涤非师的哲嗣光乾先生的热情帮助,特此志谢!

(原载《二十世纪的杜甫——萧涤非先生诞辰百年纪念文集》,华艺出版社 2006 年版,第 193—202 页。)

曹道衡先生在文学史料学上的重要建树

曹道衡先生从事中国古代文学研究五十多年，成就卓著。他的成就主要体现在中古文学研究和文学史料学两方面。这两方面既有联系，也有区别。本文想仅就曹先生在文学史料学方面的重要建树，作一点粗浅的探讨。

曹先生在文学史料学方面，既是重视史料、严谨地考辨使用史料、整理编纂史料的实践者，又是史料学理论的建树者。他在自己治学的历程中，自始至终，一直能把史料学的实践和理论融合在一起。

曹先生是一位诚实、勤奋、严谨、视学术为生命的著名学者。他"幼年时期，就在潘景郑先生的指导下，从《说文》《尔雅》入手，习读经部群籍。青年时期入无锡国专历史系"，曾受教于童书业等先生，受此影响，"一直对先秦的文史极感兴趣，下的工夫也比较多"。后转入北京大学中文系，铭记游国恩先生的教诲："要认真读书，掌握大量的原始材料。"曹先生一生治学，在注意吸纳新的理论和方法的同时，又重视继承传统的治学方法，基本上是"以经史为根柢，沿着清人朴学的路子来研治集部的"（引自沈玉成《中古文学史论文集·序》，中华书局，1986；曹道衡《门阀士族与永明文学·序》，三联书店，1996；曹道衡《真诚的合作，难忘的岁月》，载《沈玉成文存·附录》，中华书局，2006）。从史料学的角

度,探讨曹先生自己的治学实践,至少有三方面重要的建树,值得我们特别珍惜:

一、全面地挖掘、考辨第一手史料,从中引出结论,以求新的开拓。这是曹先生始终遵循的治学原则。曹先生说:我"有一个习惯,就是不敢随便去采用别人已有的成果,总想在自己已经阅读了较多的第一手材料之后,才敢作出判断。因此,对有些问题,虽有一定的想法,但在掌握大量材料以前,就只能浅尝辄止"(曹道衡《南朝文学与北朝文学研究·后记》,江苏古籍出版社,1998)。曹先生的表述,完全体现在他的著作中。就中古文学史料来看,截止到目前,很少有"珍秘材料"和"重要文物"。中古各种文学史料多在一些常见书中,繁复、分散、多有疏误,大量的有待搜集、整理和考辨。鉴于上述情况,曹先生在研究中古文学时,从来都是把史料放在第一位,特别注意在史料上下工夫。他为了查找一条资料,寻求一个出处,孜孜以求,常常废寝忘食。拜读曹先生给我们留下的丰厚论著,不管是专著,还是单篇论文,无不见其在史料学上的深厚功力和造诣。

1984 年,曹先生和沈玉成先生接受了中华书局委托编纂《中国文学家大辞典·先秦汉魏晋南北朝卷》的任务。为了保证这部辞典的质量,两位先生"决定每一条都自己动手,而且要求自己尽可能对原始资料搜集得齐备一些,不直抄史传材料"。工作开始以后,他们"深感这一时期的文学史料问题很多,不经细致的考辨,很难据以立论"(曹道衡《真诚的合作,难忘的岁月》),于是不辞艰苦,不计琐碎,对相关的史料做了全面的考辨。此书从 1984 年开始动手,到 1992 年结束,前后八年。其间,两位先生的主要精力始终没有离开对所掌握的原始史料作考证。由于两位先生对第一手史料搜集得相当全面,又作了细致的考证,所以不仅编撰成了我国第一部高水平的《中国文学家大辞典·先秦汉魏晋南北朝卷》(中华书局,1996),同时还对搜集到的有关史料进一步加以考辨,撰成《中古文学史料丛考》一书(中华书局,2003)。

《南朝文学与北朝文学研究》是曹先生的重要著作,书中多有重要的创获。如:关于北朝文学不发达的原因,曹先生指出:过去学术界通常的观点是,"由于中原人士在'永嘉之乱'中都已南渡,或者说南北文学的不同是由于地理环境,甚至有人说北朝文学不发达是由于北朝人'致力于经学'"。为了验证上述观点是否正确,曹先生阅读掌握了大量的第一手史料,并加以综合分析,最后认为:上述的观点"都不过是任意的猜想,并无任何根据。事实证明,北方的崔、卢、李、郑等高门士族,在'永嘉之乱'中仍留居家乡;北方也有许多风景胜地,不然就不会有后来王维的许多山水诗名篇;'燕赵多佳人,美者颜如玉',可见北方也绝非没有美女,其所以没有产生'宫体诗',更不是由于地理条件;至于北朝的经学著作,据《隋书·经籍志》所载,也极稀少,当然绝不可能把文学的衰落归罪于经学发达"(《南朝文学与北朝文学研究·后记》)。曹先生的上述观点,是从大量的史料中引出的,有据有理,得到了学术界的首肯。

上面列举的是曹先生撰写专著从史料出发的例证,至于他撰写的单篇论文,可以说,每篇提出的问题和解决的问题,都是以经过考辨的翔实史料为根基的。这不仅表现在某些重要史料的考证上,而且还表现在常被一些研究者所忽视的细小史料的考证上。曹先生为我们留下的论文,其中有不少论述的是文学史上的细小问题。问题虽然细小,但由于他对与其有关的史料掌握得全面,又有精细的考辨,结果提出了许多新的重要的见解。这一点,沈玉成先生有中肯和具体的论述。他指出:曹先生关注"某些同

志所不重视的小考证上"。他在"《论北朝文学》一文中谈到了鲍
照的《行路难》,据《艺文类聚》十九引《陈武别传》和《世说》注引
《续晋阳秋》,对《乐府诗选》所引《陈武别传》和《晋书·袁山松传》
的记载作了补充。仅仅不到十个字的差别,就明确了《行路难》是
'北人旧歌',陈武是'休屠胡人',并考定了陈武的生活年代大体
属于三国。这一看来并不起眼的结论,在同行们的眼里,不啻是
在鲍照上溯曹丕的七言诗发展中断截了的链条上增添了一个环
节"(《中古文学史论文集·序》)。上面列举的事例说明,曹先生
在史料的开掘和考证上,往往能以小见大,引发出相当重要的观
点,这些观点对文学史有某种补缺的意义。

二、系统地整理编纂文学史料。从上世纪 80 年代以来,曹先
生想为古代文学研究提供一部分经过考辨整理的史料,因而不顾
垂老之年,以"但得夕阳无限好,何须惆怅近黄昏"自勉,把主要精
力都投入到了文学史料的考辨整理工作上,日以继夜,锲而不舍,
取得了许多为学林所认可的重要成果。这些成果,除了散见于许
多著述外,还有几部比较集中的著述,如:

《中古文学史料丛考》。关于中古文学史料,长期以来由于多
方面的制约,没有得到认真的搜集、考辨和整理。曹、沈两位先生
结合编纂"先秦汉魏晋南北朝"文学家大辞典,在全面搜集史料的
基础上,对自西汉至隋代的众多文学家的生平和作品等问题,进
行了相当缜密的考证,多有新的见解。这些见解不仅体现在《中
国文学家大辞典·先秦汉魏晋南北朝卷》中,还体现在《中古文学
史料论丛》一书中。《中古文学史料论丛》,全书 60 多万字,分为
汉魏、两晋、宋齐、梁陈和北朝隋五卷。全书用浅近的文言,以学
术笔记的形式,或拾遗补正,或商榷前说,或提出己见,言必有征,
资料翔实。这部著作,清理了先秦汉魏晋南北朝时期的许多重要

的文学史料,为研究这一时期的文学做了重要的基础工作,是我们研究这一时期文学的必读之书。

《南北朝文学编年史》(与刘跃进先生合著)。此书分前编("南北朝分裂时期的十六国文学编年")、正编("南北朝时期文学编年")和后编("南北融合时期的隋代文学编年")三大部分。正编是全书的骨干。本书不仅用系年的方法,把南北朝时期重要的文学现象分别系于各年,而且突破了朝代的界限,特别注意疏通这一时期文学演变的轨迹。对于以前学术界关注不多的十六国文学和隋代文学,尤见功力,引证、排比史料十分丰富。综观现在已经问世的许多文学系年和编年,基本上属于文学史料汇编,而此书则兼有史料汇编和文学史两方面的优长。此书于2000年由人民文学出版社出版,2003年荣获第13届中国优秀图书奖,是学习和研究南北朝文学史者的案几必备之书。

《先秦两汉文学史料学》(与刘跃进先生合著,中华书局,2005)。此书除概说外,正文分上、中、下三编。上编主要论述先秦文学史料及研究状况;中编为两汉文学史料;下编主要介绍与先秦两汉文学研究相关的重要史料。有关先秦两汉的文学史料,过去陆续出版了一些,但缺乏全面、系统的著述。《先秦两汉文学史料学》的撰写和出版,具有填补空缺之意义。此书以开掘原始史料为主,同时注意述评重要的文学史料的传播和研究状况。由于两位先生在史料学方面有深厚的功底,视阈开阔,在评述中多有自己的见地,所以此书不止为我们展示了丰富可靠的原始史料,而且还为我们提供了许多属于学术史上的重要信息。

三、重视做补缺的工作。清初顾炎武在论及著书时说:"其必古人之所未及就,后世之不可无,而后为之。"(《日知录》,顾炎武著,黄汝成集释,栾保群、吕宗力校点,花山文艺出版社,1990,845

页）曹先生在史料学著述上，恪守了这一著书原则。他一生关注文学史料学的进展情况，注意掌握这方面的信息，因此在史料学的研究上特别注意忌重复，能把精力集中用于史料学的新的开拓上。

从上世纪 80 年代开始，曹先生与沈玉成先生拟编《中古文学编年史》，并列入议事日程，后因沈先生去世和魏晋文学编年研究又有新的进展，山东大学张可礼编纂的《东晋文艺系年》已经出版。曹先生为了避免重复，于是"决定将课题压缩在南北朝范围内"（参阅《南北朝文学编年史·流水十年间——〈南北朝文学编年史〉出版弁言》），集中时间与刘跃进先生一起编撰了第一部《南北朝文学编年史》。

完成了《南北朝文学编年史》之后，1996 年夏天，曹先生又与刘跃进先生着手编撰《先秦两汉文学史料学》。在编撰这部著作时，两位先生鉴于《中国古典文学史料研究丛书》中，"已有洪湛侯先生的《诗经学史》、马积高先生的《历代辞赋研究史料概述》等专门性著作出版"，所以本书对《诗经》、《楚辞》以及两汉辞赋，不再专门论列（参阅《先秦两汉文学史料学·后记》）。

南北朝时期北方的十六国及隋代文学，是古代文学史上的一个重要环节，但长期以来，由于观念上的偏颇，加上史料的分散，除了《水经注》和《洛阳伽蓝记》等少数作品及作者外，其他的史料很少有人关注，研究也相当薄弱。曹先生为了弥补上述不足，从上世纪 80 年代开始，多次通读南北朝的史籍及有关史料，搜集、考辨了大量的第一手史料，先后撰写了《十六国文学家考略》、《关于王褒的生卒年问题》、《邢劭生平事迹试考》、《从〈切韵序〉推论隋代文人的几个问题》等论文与《南朝文学和北朝文学研究》等专著。这些论文和专著所搜集和使用的翔实的史料，为学林研究北朝和隋代的文学,提供了大量的可靠的实证。

联系当前学术界存在的诸多重复研究的状况,曹先生在史料学的研究上,留心掌握研究信息,忌重复,坚守作前人未及作而后人不可不作的治学原则,很值得我们学习。

曹先生不仅在自己的治学实践中,始终坚持把史料和考辨置于首位,同时还特别注意从学理上,并结合古代文学研究中存在的一些问题,论述了有关史料学的许多重要问题。

曹先生在许多论著中从不同的角度,反复强调了全面掌握史料和对史料做认真考辨的重要性。下面略举几例:

1991年,在论及如何着手推进从宏观的角度和微观的角度研究中古文学时,他指出应"进一步掌握全面的材料并作理论的分析"(为陈庆元作《中古文学论稿·序》,天津人民出版社,1992)。

1996年,在推荐刘跃进先生的《玉台新咏研究》的"意见"中指出:他的"研究都是以丰富的史料为基础,并提出了许多自己的见解。这些见解都有很坚实的根据"(刘跃进《玉台新咏研究》附《专家推荐意见》,中华书局,2000)。

1998年在为傅刚先生写的《〈昭明文选〉研究·序》中强调:"真正有价值的学术研究,必须既有作者自己的独到之见,又能掌握丰富而确切的证据,能为多数研究者和读者们所接受。"(傅刚《〈昭明文选〉研究》,中国社会科学出版社,2000)

2004年在论述王玫博士的《建安文学接受史稿》时说:此书之所以能在建安文学接受史研究中"起到了一定的开创作用",一个重要原因是她"花了许多精力,细心阅读了各种第一手史料,并且把研究的眼光涉及到文史以外的许多领域,包括书法、绘画和戏剧等,甚至涉及域外的日、韩、越南诸国"(《建安文学接受史稿·序》,上海古籍出版社,2005)。

2005年，在《先秦两汉文学史料学·概说》中认为："文学史研究的任务，在于正确地叙述文学的发展过程并探索其规律。显然，要达到这个目的，首先应该全面地、确切地掌握丰富的史料，才能得出正确的结论。"

从上面所列举的事实不难发现，曹先生反复强调了史料在研究中的首要地位，认为只有"全面"、"丰富而确切"地掌握史料并加以"理论地分析"，才能推进文学史研究，才能得出"正确的结论"，才能为"研究者和读者们所接受"。

曹先生反复阐述，研究文学史应当把掌握史料置于首要地位，这既是基于学理，同时也是针对一些研究者由于轻忽史料而导致错误的现象，有感而发。在这方面，他曾写有专论《材料、考证和古典文学研究》一文，指出："我们的古典文学研究者有时过于忽视材料和考证问题，不善于鉴别材料的真伪，甚至可以望文生义，曲解原文。这就可能造成误解，贻误读者。"曹先生在这篇专论和其他的论著中，主要论列了两方面的事实，揭示由于不重视史料而出现的诸多错误。一是因为没有读过或轻忽前人已经考定的史料而致误。如：关于《尚书》史料问题。他在《材料、考证和古典文学研究》一文中指出："关于《尚书》的'今文'与'伪文'问题，这在学术界早已有了定论"，"然而近年来出版的一些论著，包括一些古代思想史的专著以至某些讲成语、典故的普及性读物，都对《尚书》中的真篇与伪篇不加分别，一律引用"。二是由于没有全面掌握史料而轻信片面的史料而致误。曹先生在1999年指出："近年来有人谈梁武帝的出身，认为'出身高门'。他的根据是《梁书》，最多也只参考了《南齐书》，其实《南齐书》、《梁书》叙述齐梁两代家世是错误的，李延寿在《南史》中已经引证颜师古之说加以批评。我想，研究齐梁的家世，如果连部《南史》都不看，又怎能有科学的结论呢?"(参阅《分期、评价及其相关问题——魏晋南北朝文学研究三人谈》,《文学遗产》,1999年第2期)曹先生上面论列的两方面的问题,至今对我们仍有警示意义。

需要补充说明的是,曹先生尽管从不同的角度,反复阐述了史料在研究中的首要地位,但他并没有像某些研究者那样,把史料尊为至高无上的地位。他在《材料、考证和古典文学研究》一文中,在强调古典文学研究不能忽视材料和考证的作用的同时,又指出:"我们不应该把这一工作估计过高,认为考证就是一切。"这说明,曹先生能够全面地、辩证地看待史料在研究中的地位。曹先生继承了清代乾嘉朴学的优良传统,同时又有所超越。他在许多论著中,不仅强调重视史料,还特别注意倡导学习和运用马克思主义的理论和方法。他在《南朝文学与北朝文学研究·后记》中说:自己"在探讨南北朝文学的特点及其区别时","认为其根本的原因还应该从当时的社会存在,即人们的生产和生活的方式中去探求。因为文学本身归根结蒂是一种社会意识形态。马克思主义关于社会存在决定社会意识的原理,毕竟是颠扑不破的真理。不管我们过去曾经对此作过什么狭隘的或片面的理解,但那是自己的问题,不应归咎于这原理。……只是在文学和社会存在的关系问题上,应该注意到许多复杂和曲折的问题"。长期以来,有些研究者往往不能全面地、辩证地看待文学史研究和史料二者之间的关系,或轻视史料,或忽略理论,各执一端,厚此薄彼,甚至是丹非素,形成鸿沟。其实研究文学史,就个人来说,有的可以集中于史料,有的可以在既有史料的基础上从理论上进行阐释,也可以把两者结合起来。但就文学史研究的整体而言,史料和理论,二者相互通融,难以分开,缺一不可,也难以作孰轻孰重的区别。从这一点来思考,曹先生的上述见解,现在对我们仍具有重要的启示。

　　每当我们思考或编纂文学史料学时,常常面临着一个问题,就是如何界定文学史料学的范围? 对这一问题,曹先生在《先秦两汉文学史料学·概说》中,从比较文学史和文学史料学的角度,相当集中地论述了文学史料学的范围。他认为:文学史和文学史料学研究的范围,有相同之处,即均涉及作家、作品和背景。但二者"在范围上也存有明显的不同,这主要体现在文学史料学研究的范围要远远超过文学史"。"因为一部文学史,即使是十分详尽的文学史著作,所能论述的亦仅限于一些在历史上有过重大影响并为历来人们所传诵的名作;史料学研究的范围似乎比这要广泛得多"。有些史料,如某些出土文献和文物,包括某些"并无文字的出土文物","有些未必能写进文学史,而作为文学史料的研究对象,却完全应该。又如其他的学术著作,亦不必作为文学史的内容,却未始不可作为文学史料,如《说文》、《尔雅》诸书"。曹先生基于文学史料学研究的范围应比文学史广泛的观点,在《先秦两汉文学史料学》的下编,特设"秦汉石刻简帛文献"和"文字、训诂之学与文学史研究"两章。前一章比较全面地述评了秦汉石刻简帛的价值、概况和汉代画像的意义;后一章重点介绍了《尔雅》、《小尔雅》、《方言》、《说文解字》、《释名》、《通俗文》、《广雅》等文字学、训诂学典籍。这两章的设立,为古代文学史料学研究的范围提供了一个可资参考的范例。

　　曹先生之所以特别关注文学史料学研究范围问题,是有感于现在古代文学研究存在的某些偏颇,他说:"现在有些人对文学史的理解过于狭隘,似乎只有最优秀的作品才能进入文学史,就很不妥当;也有某些文学史著作把一些本属于思想史的内容写了进去,亦无必要。因此文学史料学和文学史本身的研究范围应有区别,才能收'取精用弘'之功。"从现在已经出版的多种文学史料、文学史料学著作看,如何理解文学史、文学史料和文学史料学等概念,怎样确定各自的范围等问题,颇有歧义,有待探讨。曹先生关于要区分文学史和文学史料学研究的范围的论述,不论是在理论上,还是在实践上,都值得我们重视,值得我们进一步思考。

（原载《文史知识》2007 年第 5 期。）

董治安先生的教学业绩和尊师风范

    董治安先生 1956 年山东大学中文系毕业留校任教，主要教授中国古代文学。我于 1965 年研究生毕业也留校任教，与董先生同在古代文学教研室。他是我的老师，在上本科时，听过他的课，在研究生期间，也得到他的教益。我毕业以后，不仅在教学方面长期同他共事，而且在 1984 年他担任中文系主任时，我任党总支书记，在工作上，也相互配合多年。自 1998 年，他同我又都住在山大南路 20 号 44 号楼二单元。他住四楼，我住一楼。在长期的共事和相处中，我从董先生的言传身教中，学到了许多宝贵的东西，其中最突出的有两点：一是他认真的教学，二是他对老师的尊敬。

    董先生留校以后，虽然一直重视并且勤奋地从事科学研究工作，并且多有建树，但他认为，教学和科研尽管能够相辅相成，但作为一个学校，作为一名教师，教书育人是第一位的，最重要。基于这样的认识，不论是作为一位教师，还是在担任系主任期间，他总是坚持首先做好教学工作。

    教学质量的高低，教师的教学是关键。为了保证教学质量，记得 1984 年前后，中文系曾在学校的支持下，先后调离了四位不适合在中文系任教的老师，妥善地安排他们做其他工作。这样的举措，在当时和后来，都是比较少见的。因为调离教师涉及许多关系,是得罪人的事。

中文系相继有些青年教师任课。青年教师上课前,董先生常常帮助他们备课,总是坚持先在教研室组织试讲,试讲通过了,再上课堂。当时的教师,为了取长补短,系里也常常组织相互听课。为了了解教学的实际情况,系里的负责同志,也经常轮流去听课。诸如此类的措施,使中文系的教学质量,一直在全校居于领先的地位。

作为一位教师,董先生一直坚守在教学第一线。他先后坚持给本科生、专科生、研究生、留学生等不同层次的学生讲课。1963年前后,经常到外地辅导函授生,还到当时学校旁边的利农庄办过扫盲班。他特别重视基础课的教学。先秦两汉文学是一门基础课。他多年一直坚持讲这门课,即使在担任系主任期间和其他工作繁忙时,也没有停止。

董先生是一位非常严谨的教师,这也体现在他的教学实践上。他继承发扬了中文系古代文学教研室冯沅君、陆侃如、高亨、萧涤非等老先生的优良传统,从来都是认真备课,一丝不苟。有些课,他讲了多次,讲稿几乎都能背下来,但每次上课前,他还是要再备课,调整某些内容,吸收新的研究成果。由于授课的对象不同,有些课要完全重新准备。1980年暑假,山东大学在"文革"后,第一次招收留学生短期班。董先生为了给留学生讲好中国古代文学,他根据留学生的特点,冒着酷暑,新写了讲稿。讲课时,突出重点,深入浅出。留学生听了他的讲授后,交口赞誉。

中文系的老先生讲课,不像某些知名学者那样,天马行空,不着边际,也从不炫奇显博,使学生感到高不可攀,更不曾哗众取宠,信口开河,而是充分准备,踏踏实实,循循善诱,由浅入深。董先生深受老先生的濡染,继承了他们的优良教风。他讲课,内容充实,有讲稿,但从不念讲稿,也很少看讲稿。他带着讲稿,主要是为了备忘。他讲课有自己风采、气度,也不乏情趣,有说服力、感染力。他多年讲的基础课先秦两汉文学,是古代文学最前面的一段,一般安排在低年级,学生接触很少,字句难懂。但董先生能讲得清清楚楚,不枝蔓,有条理,学生听得有滋有味。

在学校,重视教学,教好学,说起来,并不是一个很高的境界,也可以说是一个相当低的境界,但就我数十年来的教学生涯、观察和感受来说,或由于导向上的偏颇,不少教师重科研、轻教学;或由于懒散懈怠,对教学只是应付。真正能自觉地、切实地把教学放在第一位的教师不是很多,而董先生自始至终地做到了。这是作为一名教师的一种非常可贵的品格。

董先生尊重老师,特别是对老先生更加尊重。董先生毕业以后就做高亨先生的助教,一直笃于师生之谊。高先生相信董先生,不仅在学业上指导他,而且有真诚的师生情,常常同他谈心。"一日为师,终身为父"。董先生把高先生视为父辈,在生活上、学术上关怀备至。1967年8月,高亨先生移居北京,他有关学校的许多具体事情,都是由董先生办理。1973年12月,长沙马王堆汉墓发现《老子》和一些其他重要文献,高亨先生惊喜,想撰写论文,但由于身体不适,力不能及。为此,董先生到北京,住在北京,最终写成了论文《〈十大经〉初论》,后来联名发表在《历史研究》1975年第一期上。

1986年2月2日,高亨先生因病医治无效逝世于北京。闻讯后,董先生、校长办公室主任李广和同我,迅疾赴京。当时正值寒冬,接近春节,交通紧张,学校特地安排了一辆面包车。我们清晨五点启程,至晚上七点左右才赶到。到了以后,董先生不顾劳累,紧张地料理高先生的后事。在北京许多校友的帮助下,经过两天的认真准备,在八宝山举行了高先生的遗体告别仪式。春节后,又在董先生的主持下,在济南英雄山礼堂举行了隆重的追悼会。

高亨先生是闻名中外的文史大家,著述宏富,但有许多重要的成果,他生前没来得及整理出版。为了补救这一缺憾,董先生付出了大量的心血。

《古字通假会典》是高亨先生的一部重要的古文字方面的著作。他从1934年开始编纂这部专著,到70年代末基本完成,历时近50年。此书是一部帮助读者认识、判断古字通假现象的专著,带有工具书的性质。全书以收录、考核资料为主,书中涉及的资料广泛丰富,引用的主要古籍达228种之多。1979年,因为高先生年迈体衰,难以最后加以整理。经领导同意,高先生把最后整理《古字通假会典》的工作委托给董先生。此后,董先生在承担繁重的教学和其他工作的同时,历经10年,整理、校阅了这部一百八十四万余字的巨著,并撰写了九千多字的《前言》。这部巨著于1989年7月由齐鲁书社出版。1991年,荣获山东省哲学社会科学优秀成果一等奖;1992年,荣获国家新闻出版署全国首届古籍整理图书二等奖。

把高亨先生一生厚重的、有生命力的著述,系统地加以整理出版,是国内外学术界期盼已久的。董先生不负众望,在几位弟子的协助下,经过四年的辛勤工作,全面、系统地搜集整理了高先生的全部著述,汇为《高亨著作集林》,2004年12月由清华大学出版社出版。《集林》共三百余万字,分为10卷,囊括了高先生除了《古字通假会典》之外的几乎所有著作。《集林》的出版,为学术界做出了重要的贡献。

高亨先生一生,勤奋耕耘,除了读书、教书,就是著书。他珍重自己的著述,视这些著作为自己的生命。高先生的在天之灵,当知道他的弟子董先生如此完整地全面地整理了他的著述,并且得以出版,他一定会感到由衷的欣慰,也一定会因为他有这样的高足而含笑九泉。

董先生对老师的尊敬,不只是想法,更不是空话,而是落实在行动上。他不辞辛劳地帮助老师,整理出版老师的著述,不仅是继承了中国传统的尊师美德,"弟子服其劳",不忘师恩,报答师恩,同时也是基于传承和弘扬中国优秀传统文化的赤诚之心和高度的责任感。董先生在这方面的奉献精神和达到的境界,同他在教学上的业绩一样,将会传之久远。

(2012 年 9 月 9 日初稿,10 月 12 日
改定于山东大学农子晚学斋)

(原载《儒风道骨　君子气象——董治安先生纪念文集》,齐鲁书社 2013 年版,第 127—130 页。)

牟世金先生的"龙学"贡献

　　各位同志,今天我来参加纪念牟世金先生诞辰九十周年会议,感慨很多。牟世金先生是我的兄长,他是1960年山大中文系毕业的,我是1962年毕业的,毕业以后跟随陆侃如先生做研究生,当时牟先生是陆侃如先生的助教,我们一同在陆先生的指导下学习了好多年。我研究生毕业以后,又和牟先生在一个教研室工作,后来牟世金先生曾经担任过山东大学中文系主任,我当时担任总支书记,我们在这方面也合作过相当长的时间。从我和牟先生的接触当中,我觉得他有很多高贵的品行值得我们学习,他的好多言行对我这个师弟也有很多的激励。后来我回想起来,他在毕业之后,在担任繁重的教学工作的同时,一直是兢兢业业地从事学术研究。他的贡献就我的接触来看是多方面的,其中特别突出的、被国内外认可的那当然是在"龙学"上。我感到他对"龙学"的贡献,可以总结为四个方面:

　　一是在"龙学"的学术研究上,他在陆侃如先生的指导下,从"龙学"的基础研究开始,首先编著了《文心雕龙》的选译和《文心雕龙》的全译,这是一个基础性的工作。在这个基础上,他接连出版了很多在国内外有影响的"龙学"著作,包括刘勰的年谱、《文心雕龙》的论著,特别是他在《文心雕龙》的理论探讨这一方面,他的贡献应当是相当大的、很突出的。他的《台湾文心雕龙研究鸟瞰》一书,是国内最早的一部研究台湾《文心雕龙》研究状况的书,影响相当大。

二是我觉得值得我们纪念的是他在陆侃如先生的指导下,一开始就非常重视《文心雕龙》的普及工作,他和陆先生一起在六十年代初期就出版了《文心雕龙选译》,这部书反响是相当大的,在《文心雕龙》的普及史上做出了很重要的贡献。我总感到《文心雕龙》一方面在理论研究、基础研究方面不断地深入,同时应当重视《文心雕龙》的普及,在这方面陆侃如先生和牟世金先生为我们做出了很好的榜样,值得我们珍视、学习。

三是他对学会的贡献,《文心雕龙》学会从开始成立到逐渐成长,再到后来的不断地发展,在这方面牟世金先生确实是功臣。在这个学会的筹备过程当中,当时我在系里工作,我曾经协助牟先生筹备召开《文心雕龙》学会,这方面他付出了很多的劳动,付出了很多心血。《文心雕龙》学会建立了一个好的会风,好的学风,影响很大。牟世金先生在这方面立下了很大的功劳,值得我们永远怀念。我觉得我们撰写百年"龙学"史的时候,在这方面不要忘记他付出了那么多的心血。

四是在人才培养这一方面,牟世金先生曾经给本科生开设《文心雕龙》研究的课程,后来他又带过至少两届研究生,还给博士生上过课。通过不同的师徒关系,他培养了一些"龙学"的后起之秀,在座的戚良德教授就是由牟世金先生一手培养起来的。这样使得山大的《文心雕龙》研究后继有人。我觉得牟先生在这个方面值得我怀念,也值得我学习。

我就讲这么多,谢谢大家!

(此文是2018年3月18日,在"纪念牟世金先生诞辰九十周年暨国家社会科学基金'龙学'重大项目开题研讨会"上的发言,后刊于戚良德编《千古文心:牟世金先生诞辰九十周年纪念文集》,凤凰出版社2018年10月第1版。)

《宋前咏史诗史》序

　　春喜博士早在 1999—2002 年在山东师范大学攻读硕士学位时,就对中国古代咏史诗情有独钟。他的硕士学位论文《汉魏六朝咏史诗试论》答辩时,被评为优秀论文。2002 年 9 月他到山东大学攻读博士学位以后,继续研究古代咏史诗,除了不断对魏晋南北朝时期的咏史诗穷究原委之外,还扩大了研究的范围,向下延伸到隋唐五代。最后以《宋前咏史诗史》为题,通过了博士学位论文答辩,获得了优秀的成绩。同时,他在攻读博士学位期间,还在重要的刊物上,发表了 9 篇有关中国古代咏史诗的论文。春喜博士研究生毕业、到鲁东大学任教以后,在尽心尽力地完成相当繁重的教学任务的同时,对咏史诗从未释怀,一直继续关注、研究,并对《宋前咏史诗史》作了补充、修改。屈指算来,春喜集中地研究中国古代咏史诗史,前后达 10 年之久,将要出版的这部《宋前咏史诗史》,可谓"十年磨一剑"了。

　　《荀子·解蔽篇》说:"未有两能而能精者也。"春喜多年以来,主要围绕着中国古代咏史诗这一课题,阅读、思考、写作。他心无旁骛,坐得下,能沉潜。他在撰写博士学位论文时,由于网上检索史料刚刚起步,再加上他担心仅靠网上检索史料不全面、有错误,于是沿用了传统的"笨"办法,一部书一部书地阅读查寻史料,一步一个脚印,从不自欺欺人。这从论文征引的翔实精审的史料和附录的《宋前咏史诗篇目索引》中①，可见一斑。研究中国古代文学，史料是基础，同时也离不开正确的理论指导。在这方面，春喜是相当自觉的。他在研究古代咏史诗的过程中，一直重视提高自己的理论水平，努力做到史论结合。这使他的博士论文有史识，见思辨。

"天道酬勤"。由于春喜长期在中国古代咏史诗这一园地上辛勤耕耘，结果使他的《宋前咏史诗史》不仅成为中国咏史诗研究史上，第一部对宋前咏史诗史进行研究的相当全面的、系统的著作，有助于人们认识咏史诗的起源和在宋前的变迁，同时在不少章节的论述中，能在守正的基础上，有自己的体悟和见解。

如何界定咏史诗？这是研究咏史诗不应绕过的一个重要问题。对这个问题，春喜在综观前彦时贤的各种界定的基础上，提出了自己的看法：所谓咏史诗，是指诗人以历史人物、事件、古迹等为题材或感触点，对之思索、吟咏，借以抒发自己的思想感情，表达议论见解、历史感悟，或借以娱乐、讽谏、教育等的一种诗歌类型。这一界定，比较切合中国古代咏史诗的实际。可备一说。

先秦的《诗经》中，有些篇章有咏史的因素。屈原的《离骚》、《天问》和荀子的《成相》等作品中，都含有借史抒发情感、体现哲理的内容。但在这些作品中，咏史不是主体。论文中把先秦时期定为咏史诗的萌芽期，切实允当。

两汉时期，咏史诗多有创获，乐府诗和其他诗歌中，有不少咏史诗。出现了班固以《咏史》为题的完整的咏史诗。形成了史传、代言和论述三种咏史体式。论文认为两汉是咏史诗的形成时期，持之有故，言之成理。

---

① 著者按：考虑到出版字数、费用问题，《索引》未能与本著一起出版。

　　论文认为两晋的咏史诗，不仅数量多，重要的是艺术水平有了很大的提升。以左思和陶渊明为代表的咏史诗，标志着咏史诗的成熟。对学界多有论述的左思的《咏史》诗，春喜通过对有关史料的深入考辨，认为当作于永康元年（300）至太安二年（303）这一时期。说左思的《咏史》诗内涵丰厚，能把外向性的批判和内向性的表白有机地融合在一起。其特征表现为：古与今、史与"我"交叉错综的咏史模式；名为咏史实为咏怀；不重历史事迹，而强调历史境遇；情感慷慨任气，富有风力；咏史方式变化多样；开创了咏史组诗形式等。同时，对学界论述较少的陶渊明的咏史诗，特别指出其美学意义在于通过咏史表现对归隐、安贫乐道的体悟和哲思。这些都可以看出，春喜能在前人研究的基础上提出自己的看法，足见读诗读史，涵咏有间。

　　唐代是中国古代咏史诗的繁盛期。相对而言，以前对唐代咏史诗的论著较多。春喜在认真阅读、借鉴以前的相关研究成果的前提下，对唐代的咏史诗进一步做了综合的探讨。他把唐代的咏史诗，置于唐代的社会、政治、文化的综合背景下，以诗人自身的境遇、情思和咏史诗文本为中心，分初唐、盛唐和中晚唐三个阶段，点面结合，比较全面、系统地对唐代的咏史诗进行了述评。其中常有自己的见地。如论中晚唐咏史诗繁盛的原因，特别指出：中晚唐君主崇尚经史，科举考试对历史内容的强化，尤其是"经问圣人旨趣，史问成败得失"的考试要求，以及具有历史学识是获得士林官场认可的重要条件等，士子不得不重视学习历史，评述历史，使咏史诗成为当时展示学识的一种重要文体。在人格范式上，文人自然地由初盛唐的辞赋型才子转变为以历史学识相标榜的学者型、知识型士人。这从一个重要方面促成了相当普遍的咏史风尚的形成。类似这样的论述，不仅使人们知其然，而且能启示人们去求索所以然。

事物是复杂的，个人的认识是有限的。"世人著述，不能无病。"春喜的《宋前咏史诗史》，如上所述，尽管有一些自己的体悟和见解，但由于论文是属于阶段性成果，其中一定存有这样那样的疏误。它的付梓，有求正于世之君子的期望。

我认识春喜是在 2002 年 5 月参加他的硕士论文答辩时。当时他给我的印象是一位淳朴厚道，谦虚好学的书生。同年他考入山东大学，随我攻读博士学位。在此后的交往接触中，进一步证实了我的印象是正确的。在三年的学习、研究过程中，他注意把做人放在第一位，能把做人和治学统一起来，不断地提升自己的人格和精神境界。面对物欲横流、急功近利等不良风气，他重视恪守自己的本分，注意宁静致远。他省吃俭用，却不惜购买书籍。他不张扬，能耐得住寂寞。我作为一名教师，常常为有这样一位学生而感到欣慰。

春喜刚过"而立"之年，富于春秋，有好的精神状态，又勤学善思。相信他在日后的学术生涯中，会一如既往，辛勤耕耘，为弘扬我们中华民族优秀的传统文化，做出自己的贡献。

"士不可以不弘毅，任重而道远。"我愿同春喜共勉之！

2009 年 7 月 20 日

（原载韦春喜《宋前咏史诗史》，中国社会科学出版社 2010 年版。）

《宋前咏物诗发展史》序

　　2002年,志鹏获得内蒙古大学中国古代文学专业硕士学位后,负笈南下,考取了山东大学魏晋南北朝文学方向的博士生,由我指导。他在开始攻读博士学位时,喜欢中国古代的咏物诗,后来确定把《宋前咏物诗发展史》作为博士论文的题目。由于他心无旁骛,专心研究,不敢暇逸,注意史料和理论的融合,结果论文顺利地通过了答辩。论文完成后,志鹏没有急于出版,而是八年来,在担任繁重的教学工作的同时,挤时间,不断地搜集辨析史料,提高理论水平,精研覃思,寻绎其义,补充修改,使论文的学术含量有了明显的提高。现在出版的这一著作,就是他在博士学位论文的基础上修改而成的。明末清初的顾炎武说:"良工不示人以璞。"学术研究,应当不自欺,不欺人。一部有学术分量的著作,多是长期积累的结果,力避急于求成。志鹏没有忘记这一点,并且能践行之,难能可贵!

　　在我国古代的诗坛上,百花竞放,芬芳纷呈,咏物诗是其中的一朵奇葩。它源远流长,光华赓续,成果丰厚。与此相联系的是,自先秦以来,有不少文人学者热爱它,欣赏它,研究它。就我个人的知见,这主要体现在两方面:一是作品的整理,如清代康熙四十五年(公元1706年),有汇编本《御定佩文斋咏物诗选》;雍正二年(公元1724年),有俞琰编辑的《咏物诗选》;1990年,中州古籍出

版社出版了陆坚注评的《中国咏物诗选》等。二是鉴赏、研究作家
作品。古代的诸多诗话常有论及,后来相继出版了一些这方面的
论著。综观以前咏物诗的研究,虽然有不少成果,但同其他古代
诗歌题材的研究相比,显得比较薄弱,有待研究的课题更多,尤其
是特别缺少对宋前咏物诗做系统的研究。就此而言,志鹏的这一
著作,有补阙的意义。

"守正出新"是学术研究的一个重要规范。志鹏在研究宋前
咏物诗发展史的过程中,注意恪守这一学术规范。他重视分析前
人的研究成果,留心汲取正确的、有价值的东西。同时又注意弥
补前人研究的不足,着重研究前人未涉及的问题,进而提出自己
的看法。这一著作的主体是从史的角度,把宋前咏物诗的产生和
发展,同其所处的各个时期的各种复杂的背景纳入研究的视野,
以史料为基础,史论结合,述评了宋前咏物诗发展的历程,梳理出
宋前咏物诗发展的脉络,把先秦、两汉魏晋、南北朝、唐代的咏物
诗沟通、融合起来,这有助于人们从历史的连续性去体味和认识
咏物诗及其作者。此外,有不少章节的论述,能给人以新的启
示,如:

关于咏物诗的形成问题,明代胡应麟在《诗薮》中认为,它"起
自六朝",而明末清初的王夫之在《姜斋诗话》中,又认为"齐梁始
有之"。志鹏在本书的第二章则认为:东汉时期,随着文人五言诗
的发展,咏物诗终于形成。

第三章第一节论述刘宋咏物诗说:这一时期咏物诗不仅数量
增加,而且受山水诗的影响,文学盛行追求"形似"之风,客观物象
具有独立的审美价值,咏物诗开始摆脱了传统的束缚,诗歌所咏
之物的感性特征逐渐成为主旨,客观物象的审美价值开始被文人
所认识,咏物诗托物言志的功能明显地有所弱化。

　　第三章第三节，把梁陈咏物诗分为梁前期、梁后期和陈两个阶段。梁前期的咏物诗在较为开放的环境中发展，总体上以永明诗风为主要创作风尚。以吴均为代表的一些寒士文人，在创作中表现出清峻通脱的特点。梁后期迄陈，宫体诗盛行，影响了咏物诗。咏物诗取材更加细小，带有明显的宫体艳情情调；艺术上，体物更加细致，讲究工巧的声律、对仗。

　　第四章第一节认为：初唐咏物诗的创作群体，大致可分为两个阶层：一是以唐太宗及初唐宫廷文人为代表，他们主要延续南朝梁、陈时期咏物诗的创作风气。另一阶层是以"初唐四杰"和陈子昂为代表的中下层文人。他们针对当时宫廷咏物之风的盛行，在创作和理论上，提倡恢复托物言志的咏物诗，促进了唐代咏物诗的发展。

　　上面列举的论述，持之有故，言之成理，可备一说，可与以前的研究成果并存互补。

　　志鹏热爱我国优秀的传统文化，有敬业精神，勤奋好学，思维敏捷，富于春秋。此外，值得欣慰的是，他的爱人成曙霞博士，和他是同学同行，最近她有大作《唐前军旅诗发展史》问世。相信他们两位，会一如既往，琴瑟和谐，比翼双飞，相互鼓励，相濡以沫，在弘扬我国优秀的传统文化方面，不断进取，做出更多的贡献。相信他们能保健自己的身体，不断地升华自己的精神境界。做学问，不仅是求知，不仅需要勤奋博学，更重要的是要有一种精神境界，要有一种人格的力量，让学问和自己的生命融合起来。愧疚的是，我直到中年时不懂得这些，后来才逐渐有些体会。日月易得，时光如流，转瞬之间，我已届奔八之年。但我这匹老驽，不待鞭策，不忘荀子所说的"学至乎没而后止也"，老而弥勤乐学，仍想在学术上黾勉从事，尽绵薄之力。我愿与志鹏共勉之！

2013 年 5 月 30 日

改定于山东大学农子晚学斋

（原载于志鹏《宋前咏物诗发展史》，

山东人民出版社 2013 年版。）

《魏晋南北朝文体学》序

　　李士彪君的博士论文《魏晋南北朝文体学》在 2002 年 6 月通过答辩以后,吸收了答辩委员和其他先生的宝贵意见,认真地作了修改,现上海古籍出版社决定出版。出版前,士彪嘱我写一篇序。我愉快地应允了。自己带的博士生的论文能够较快地问世,对于一名教师来说,是一件值得高兴的事。

　　士彪硕士研究生毕业以后,虽留在山东大学古籍所任教多年,但我们彼此并不认识。直到 1998 年 3 月,我阅试卷时,才发现他报考了我的博士生。他的考试成绩优秀,结果顺利地被录取了。从此以后,我们教学相长,和谐相处,对他自然有了一些了解。他出生于一个普通的农民家庭,生长在比较偏僻的山村。家庭的影响和学校的教育,使他从小养成了一种勤奋好学、质朴无华、乐于助人的优良品行。后来进城上大学、读研究生、工作,环境变了,但仍保持着原来优良的品行,而且不断地加以升华。他在攻读博士学位期间,注重在道德和学业两方面加强修养。他乐于帮助他人,不管是师长,还是同学,有什么事情需要他帮助,他都心甘情愿,全力以赴,不计得失。在学业上,他甘于寂寞,淡泊名利,能坐得住,能沉潜下去。他优良的品行和潜心学业的心态,使他在学习期间,克服了许多困难,取得了优秀的成绩。现在出版的《魏晋南北朝文体学》就是他多年的积累,是他的标志性的成果。

　　在我国古代文学发展史上，文体一直占有重要的地位。文学的演进常常表现在文体上，同时，文体的演进又直接影响了文学。文学与文体实在是难分难解。与此相联系的是，人们对文体的体悟和探究很早就开始了。《尚书·尧典》中所说的"诗言志，歌永言"，就反映了远古时期人们对诗歌这种文体的特点的认识。此后，随着文学创作的发展，随着文体的变革和日趋丰富，人们对文体愈来愈重视，历朝历代，有关文体的论著，延续不断。19世纪末期以来，西学东渐，有不少学者借鉴西方的理论，重新审视我国古代的文体，出现了一些新的研究成果。综观过去，应当说我们在文体学的研究方面，有许多积累，有不少成绩。这一点，我们必须充分肯定。此外，我们还应当看到不足之处。从我国古代文学研究的整体来看，文体学的探讨和其他方面的研究相比，还显得相当薄弱。以魏晋南北朝为例：从魏晋南北朝的文学创作和文学理论批评来看，可以说这一时期是我国古代文体学相当成熟的时期，在我国文体演进的历程中占有重要的地位。但是，直到今天，我们对魏晋南北朝时期的文体学，还缺少全面、系统、深入的探讨。士彪了解了上述情况之后，为了弥补过去的缺欠，确定把魏晋南北朝文体学作为自己的博士论文题目。他的选题，是有价值的，得到了许多学者的赞同。

　　士彪在读硕士学位时，学的是古代文献专业，毕业后一直从事古代文献方面的教学工作，还整理、出版了一些汉魏六朝等时期的文献，有相当厚实的文献根底，掌握了不少资料。但他并不满足自己已有的基础。过去研究古代的文体学，大多拘于古代的文学理论批评论著，对文学创作实践顾及较少。在士彪看来，这是一个偏颇。为了避免以前的偏颇，他在论文题目确定之后，本着"竭泽而渔"的精神，仔细地阅读了现存的魏晋南北朝时期的各种作品和文献，发现了一些新的资料，同时还有选择地阅读了其他有关的作品和文体学的论著。全面地掌握和考察第一手资料，是研究的基础。在这方面，士彪一直有自觉的意识，所以他的论文在资料的使用上，常常使我们感到左右逢源，信手拈来，切合适当，不仅做到了资料翔实、立论有据，而且使他在很大程度上实现了要揭橥魏晋南北朝文体学的原貌的初衷。

要论述魏晋南北朝时期的文体学，有一个不可回避的重要问题，就是这一时期文体学的构成。以往的不少论著，大多主要着眼于体裁，有的涉及了风格问题，但还没有把这一时期的文体学的内在构成系统地展示出来。士彪的论文，在细致分析魏晋南北朝的文学作品和理论论著的基础上，综合归纳，认为魏晋南北朝的文体学主要是由体裁、篇体和风格三部分构成的。体裁是一篇文章的类别；篇体是一篇文章的构成；风格是一篇文章的整体风貌的体现，是文章的审美特征。这三部分有机地联系在一起，是不可分割的。一篇文章同时具备体裁、篇体和风格三个方面。士彪揭示的魏晋南北朝文体学的构成，持之有故，言之成理。文体学的构成是一个比较重大的问题，士彪的看法不一定能得到士林的普遍认同。但他的认识，可备一说，可以引发我们进一步思考和讨论。

士彪的论文在对具体问题的论析上，也有不少闪光点。文体具有历史性，不同时期有不同的成就，有不同的形态和内容，同时它还有继承性。在这方面，士彪的论文有许多自己的见地。就诗歌来说，他认为：我国古典诗歌的主要形式，五言诗、七言诗及绝句、律诗，都在魏晋南北朝时期进入稳定和成型的状态。同时从文体的角度，细致地分析了魏晋南北朝的诗歌对以前诗歌的承续和对唐诗的影响，认为，"唐代诗歌，并没有另起炉灶，而是沿着魏晋南北朝人开辟的道路继续攀登，终于达到光辉的顶点"。论文在"篇体学"中"词法与句法"一节，论"落霞句法"和"摘句嗟赏"，搜集选排资料，原始要终，自命论题，发掘意蕴，给人以耳目一新之感。其他如论丘迟《与陈伯之书》"暮春三月"四句渊源于刘宋清商曲辞，李白"银河落九天"之意象乃袭自萧纲和萧绎兄弟之作，更是独抒己见，引人入胜。对于诸如上述之类问题的探讨，可以看出士彪对于资料细致的体悟和分析。有了诸多具体问题的细致的、到位的分析，就使他的论文在宏观的把握上有了可靠的根基，使他的论文厚实而不空廓。

这篇序是我给我的博士研究生写的第四篇序。每当我写序的时候，常常由研究生联想到我自己。我热爱我们祖国的传统文化，热爱古代文学，想在这方面多做一点有益的工作，也付出了不少心力，但由于生性愚钝，见识浅薄，再加上一些客观方面的原因，在学术上成绩甚微。每当想到这些，一方面知道"往者不可谏，来者犹可追"，鞭策自己向前走，继续读书，不断探讨。另一方面寄希望于青年一代，激励自己作好教学工作，尽心尽力带好研究生。青年是我们的未来，是我们的希望。现在我们的社会稳定，气氛宽松，时间有保证，新材料、新科学和新工具不断涌现，可以说是建国以来从事科学研究的最好时期。"长江后浪推前浪，一代新人胜旧人"。这是完全可以预期的。士彪富于春秋，注重做人与治学的统一，耐得住寂寞，漠视名利，不受过分的物质消费的诱惑，在学业上又有相当厚实的基础，再加上在掌握资料和学习理论等方面的继续努力，一定会适应新的时代，在学术上做出自己的贡献。这一点我是深信不疑的。

2003 年 2 月 2 日

（原载李士彪《魏晋南北朝文体学》，
上海古籍出版社 2004 年版。）

《魏晋五言诗研究》序

今晖的《魏晋五言诗研究》，本来是他的博士论文。论文在
2004年5月顺利通过了答辩之后，今晖并没有就此止步，而是继
续阅读覃思，从容涵味，不断修改。经过五年多的努力，同原来的
论文相比，在不少方面有了新的进展和提高。应当说，这是魏晋
五言诗研究的一部力作。

在中国古代诗歌发展史上，五言诗取代四言诗是诗歌体式的
一次变革，一次飞跃。魏晋是五言诗的奠基时期。五言诗经由魏
晋的奠基，从此以后，蓬勃发展，成为中国古代诗歌富有生命力的
一种体式。要研究五言诗的发展历程及其特点，魏晋是一个重要
关节。五言诗是魏晋诗坛上用得最广泛、成就最突出的一种诗
体。研究魏晋文学，特别是研究魏晋的诗歌创作、诗学思想，五言
诗都占有首要的地位。可能主要是由于上述原因，所以自魏晋以
来，不少文人学者相当重视研究魏晋的五言诗，相继留下了一些
重要论著。这些论著，大致有两类：一类散见于综合性的论著中，
呈散点状态；一类则比较集中。这些论著，分别从不同的角度对
魏晋的五言诗进行了探讨，多有见地，值得我们护惜和借鉴。不
过以前的论著，囿于当时的种种条件，或欠全面系统，或显得比较
简略。尤其是对五言诗在艺术表现上的诸多特点，如声韵、句章、
修辞、意象等方面，未及作深入、细致的探讨。这就给后人留下了

一些研究的空间和余地。时代的前进,学术的发展,需要我们对魏晋五言诗继续探讨。正是基于上述的思考,今晖选择了"魏晋五言诗研究"这一课题。应当说,他的选择是有意义的,有价值的。

史料是研究的基础。对这一点,今晖有自觉的意识。他在研究魏晋五言诗的过程中,始终重视史料。课题确定以后,他围绕课题,全面地搜集、阅读、掌握了有关的背景史料、传记史料、诗歌作品史料和研究史料。在上述史料中,诗歌作品史料是核心。今晖对诗歌作品史料的阅读思考,费时很长、用心更多。诗歌是字字作,今晖对魏晋的五言诗可以说是字字读,对作品有相当深入细致的体悟和理解。今晖对史料的重视,使论文中的论述能够建立在比较扎实的史料的基础上。

以前探讨魏晋五言诗,有的主要是基于历史的发展,取纵向的视角;有的主要是以问题为中心,取横向的视角。今晖的论文尝试用纵向和横向两个视角,纵横结合,先纵后横,建构了自己的体系,对魏晋五言诗作了相当全面、系统、深入的探讨。在纵向上,首先在"引言"中,从长时段的角度,论析了五言诗体的确立及五言诗形成的原因,接着在上编"发展论"中,分建安、正始、西晋和东晋四个阶段,对魏晋五言诗作了动态的述评。在横向上,主要着眼于魏晋五言诗的艺术表现,从声韵、句章、修辞和意象四个方面,探讨了魏晋五言诗在艺术表现上的主要特点。论文不论是在纵向上,还是在横向上,都有一些自己的体悟和见解。如:论五言诗形成的多元的、复杂的原因时,特别强调起关键作用的是合文思维方式以及由此导致的双音词的大量产生。五言诗从产生到确立经过了一段缓慢的历程,个中原因也是复杂的。其中有三点尤其重要:一是汉语词汇的双音化,是在长期的实践中逐步形成的;二是五言诗生发于民间歌谣谚语,依托乐府而发展,但乐府又长期处于"俳谐倡乐"的地位;三是汉代文人功利主义的诗学观和《诗经》的经学化,束缚了文人的创新意识。论文论述西晋五言诗,指出:西晋的诗歌重在言情。这些言情的诗歌,使用的主要是五言诗体式。西晋的五言诗扩大了言情的范围,抒情功能得到了加强,在艺术表现上也有很大的提高。论文探析了魏晋五言诗在声律、字法、句法、章法和对偶艺术上的特点。认为:西晋时期五言诗粘式律结构的增加,东晋五言诗篇幅上的趋短以及完全合律的绝句的出现,在创作实践上为南朝沈约声律说的提出创造了条件。在字法上,魏晋五言诗大量使用叠字与双声叠韵字,丰富了艺术表现力,体现了魏晋诗人观察外物的细致和驾驭语言的能力。魏晋的五言诗常常使用虚字。有些虚字与单音词结合形成双音节,起到了调整五言诗节奏的作用。有些直接以双音词的形式出现,增强了五言诗的节奏韵律。有些虚字有时作为独立的单音节出现在五言单句第一字或第三字的位置上,起到了加强语气的作用。在章法上,魏晋五言诗的最大特点是主题突出,结构完整,重视诗歌的完整性,尤其是层次间横向间的联系。上面列举的例证,立论有据,不蹈空言,分析细致,可备一说,有助于人们阅读和理解魏晋五言诗。

今晖于1995年哈尔滨师范大学硕士研究生毕业后,至今一直在青岛大学中文系任教。2001年考取了山东大学古代文学在职博士研究生,2004年毕业。他在攻读博士学位期间,心无旁骛,潜心研究,还继续担任教学工作。多年来他重视做人,注意厚德。在学业上,有敬业之心,无出位之思。无论是在中国古代文学的教学上,还是在研究上,都尽心尽力,取得了可喜的成绩。我作为他的博士研究生的指导教师,能遇到这样一位学生,感到十分欣慰。今晖有很好的基础,有进取的心态,又富于春秋,我期待着他在弘扬我们中华民族传统优秀文化方面,取得更大的成绩。

2009 年 10 月 23 日

（原载王今晖《魏晋五言诗研究》,
中国社会科学出版社 2010 年版。）

《孔融集校注》序

今年春节过后不久,广正君把他将要付梓的《孔融集校注》送给我,嘱我作序。我欣然地应允了。《孔融集校注》是广正君潜心研究的结果,他和我都殷切地希望能够早日问世。现在山东大学出版社决定出版这本书,广正君欣慰,我也高兴。

我和广正君共事多年。我知道,长期以来,他承担了相当繁重的教学任务。他给本科生上课,还负责培养研究生。他在坚持教学的同时,还一直孜孜不倦地从事研究工作。"天道酬勤",广正君的辛勤劳动,取得了不少成绩,《孔融集校注》就是其中重要的一项。

孔融是东汉末年的一位名士。他生活的时代,皇室昏庸,朝政腐败,统治阶级各集团之间、统治阶级与被统治阶级之间的矛盾非常尖锐。社会动荡,战乱频仍。在这样的时代,不少文人的人格由于受到来自不同方面的扭曲,有的摇尾媚上,有的自怨自艾,有的隐遁山林。他们多的是阴柔羸弱,缺的是阳刚坚强。孔融和一些人则不同。孔融的一生,尽管有些迂阔,有时有些言行也不合时宜,但他始终保持一种英伟豪杰、凛然不屈的人格,有一种社会责任感。他关心朝政,在政治上颇为敏感,敢于直抒己见。面对各种不同面孔的豪强和军阀,他不趋炎附势,不阿谀奉迎。他锋芒毕露,该匡正的他匡正,该批驳的他批驳。他仗义救人,即使为此而被杀头也无怨无悔。他有异才，名重天下，但他不忘奖掖后进、荐达贤士。他注重政事，又留心发展教育、保护文化。总起来看，在孔融身上，有不少我国古代优秀知识分子的高贵品行。也许是由于这一原因，所以孔融在世的时候，受到了人们的敬重。他被杀以后，许多人为之扼腕叹息。在历朝历代，也有不少人钦佩他的人格，为他的悲剧而泫然。

孔融不仅是一位名士，还是一位著名的文人。文如其人。他的诗文同他的为人一样，都有鲜明的特点。孔融的文学成就，主要表现在散文方面。他传下来的散文，全是书、表、议、对、令、论、铭之类的应用文。这类应用文，一般容易写得呆板干枯，但在孔融手里，因为是有的放矢、有感而发，加上他学识渊博、有很高的文学修养，所以写得有激情、有气势，也很有文采。从曹丕开始，到后来的李充、刘勰、苏轼和张溥等人，对他的散文都十分推崇。

孔融的人格和文学成就值得我们称颂，研究汉末的文学，应当重视他。孔融的诗文，古人和今人都曾整理过。他们的整理，各有所长，但都有待进一步完善。鉴于此，广正君勤致钻研、博采群籍，写成了这本新著。这本新著，主体是诗文注释，此外，还附有年表、佚文考释、传记和前人重要评论等，有关孔融的资料，可以说是相当详备的。特别需要说明的是，广正君致力于训诂学多年，对孔融诗文的注释，广征博引，融会贯通，多有自己的见解。他编写的年表，也在已有年表的基础上，作了新的补充和辨证。应当说，这本书总结了过去的众长而又有不少增补，它对今后研究孔融，会起到重要的参考作用。这一点是完全可以预期的。

一九九四年三月十五日于山东大学中文系

（原载路广正《孔融集校注》，山东大学出版社 1994 年版。）

《阮籍五言〈咏怀诗〉解读》序

尧美的博士论文《阮籍五言〈咏怀诗〉解读》，经过修改后，将要出版，我作为她的博士生导师，十分欣喜。她请我作序，我义不容辞。我之所以有这样的心态，主要是因为她的论文，对阮籍的五言《咏怀诗》尝试从新的角度作新的解读，有自己的见地，当会有助于读者对阮籍五言《咏怀诗》的理解和体味。同时，论文的出版可能会促进学术界对阮籍研究的拓展和深化．

尧美于 1987 年山东大学中文系本科毕业后，留校担任对外汉语教学工作。她在做好教学工作的同时，一直爱好古代文学，研究古代文学，对魏晋南北朝文学情有独钟。2000 年她考取了我的在职博士研究生。她悟性好，善思考，肯努力，虽然一直担负着繁重的教学工作，但经过四年的努力，最终完成了博士论文的写作，并顺利地通过了答辩。

在我指导研究生撰写学位论文的过程中，常常感到选题之不易。我的基本做法是，在尽量尊重研究生自己意愿的基础上，和他们反复讨论，最后确定。记得在尧美的论文题目确定之前，当她提出想研究阮籍的五言《咏怀诗》时，我颇费踌躇。阮籍是正始文学的代表作家，五言《咏怀诗》是他文学成就的标志。它不仅活在当时，同时活在历史的长河中，在中国古代诗歌发展史上占有承前启后的重要地位，受到许多文人学者的青睐。自晋代开始直到现当代,研究者赓续不断,研究成果相继问世。且不说古代,仅就现当代著名的学者与文人而言,刘师培、鲁迅、胡适、黄节、钱基博、刘大杰、林庚、陈伯君、李泽厚、叶嘉莹、罗宗强、徐公持等先贤时彦,都十分重视阮籍的五言《咏怀诗》,都从不同的角度,用不同的方法,对其进行了相当深入细致的解析和阐释。面对如此丰厚的研究成果,想在攻读博士学位的有限期间内,提出新的见解是相当困难的。而一篇博士论文,如果只是综述前人的观点,或者张大其说以成文,盈辞满幅,有何价值? 当我把上述想法同尧美交谈时,尧美说她在阅读《咏怀诗》和前人的研究成果时,知道前人对《咏怀诗》的研究成绩斐然。她对前人研究和取得的成绩,怀有尊敬之心,但同时也感到,阮籍,特别是他的《咏怀诗》是一个研究不尽的题目,以前的研究还存在着一些不足和盲点,主要表现在:

系统性不够。阮籍的《咏怀诗》是一个由多重因素构成的复合体,和阮籍的文、赋之间有极为密切的联系。但以前的许多研究者主要是限于某一文体,还没有来得及全面去探讨和把握它们之间的相互联系。

从心理学的角度进行研究,还相当薄弱。《咏怀诗》冠名“咏怀”,这表明它主要是一种心理型的作品。通过心理的分析会更接近阮籍的内心世界。

诗歌是语言艺术。以前的许多研究主要集中在政治、思想上的解读,而对其文本意义上的语言学特色缺乏分析。

知道了尧美上述的初步思考之后,我不再踌躇了。我感到她在学术研究上有一种面对已有答案勇于寻求新的答案的勇气和信心。再加上她有相当好的理论素养,对《咏怀诗》已有一些初步的见解,于是我同意了她的选题,相信她会述而有作,能“接着讲"，能在前人研究的基础上，在某些方面有所开拓、有所深化。对于古代文学的研究，在没有重大史料发现时，我是主张渐进的。在我看来，要一篇博士论文全面创新，是难以企及的。一篇博士论文，只要能在某些方面有所发明、有所进展，也就可以了。我相信，尧美能够做到这一点。

论文题目确定下来以后，尧美主要在两个方面下了功夫。一是沉潜往复、从容涵咏地阅读体味相关史料，特别是《咏怀诗》文本。她在反复细致的阅读体味中，注意钩发幽隐、寻绎本义、辨析前说、从真从实。二是尽力阅读中外古今有影响的理论著作，不断提升自己的理论水平，注意消化相关的理论，努力把理论和研究的对象结合起来。辛勤的劳动，自采花，自酿蜜，综合性的探究，使论文在很大程度上对《咏怀诗》做出了整体性的认知和体味，在不少方面有自己的见解，提供了一些新的启示。现在出版的这篇论文，就我个人的阅读感受来说，值得重视的至少有以下三点：

一、角度比较新颖。前三章从意、象、言三个方面分别解读了《咏怀诗》的表意系统、意象系统和语言系统。这种分类解读方法，是尝试对长期以来文学研究的社会学分类方法的突破。过去，文学研究的构成多是沿用历史背景、思想内容和艺术形式的模式。尧美的论文，对意、象、言的分解性研究，有助于对文学文本的研究。意、象、言本来是一个三位一体的整体，论文在对《咏怀诗》的表意、表象和语言系统进行分解的同时，特别注重把握三者内在的统一。

二、对阮籍《咏怀诗》中重复出现的关键词进行了定量和定性的双重分析。关键词的重复出现常常能表现诗歌的某些典型特征。如论文在表意系统一章，分为阮籍《咏怀诗》的政治解读、哲学解读和心理学解读三节。在政治解读一节中,选择了"大梁"和"首阳山"这两个最有代表性的关键词进行分析。指出:它们可以从两个互相关联、相辅相成的侧面,使我们从整体上来理解体会阮籍复杂的政治心迹。"首阳山"使我们体会到面对改朝换代的危乱现实,阮籍为了避祸全身,常常试图选择逃避。而"大梁"又使我们体会到阮籍实际上并没有脱离现实,没有忘怀政治,只是淡化了政治。如果对魏晋诗歌表现政治的线路做一粗略的勾勒,我们可以看出《咏怀诗》蕴涵的一个重要的特点就是对政治的淡化,对淡化的政治的隐晦曲折的反映。往前看,建安诗歌表现了明显的政治参与意识,渴望建功立业,叙写民生疾苦是其重要特点。这和《咏怀诗》不同。往后看,太康诗歌"风云气少,儿女情多",儿女情长的成分加重了,政治方面的内容更加淡化了。到东晋的玄言诗,已经很难看到政治方面的内容了。总之,从明显地表现政治(建安诗),到淡化政治和政治的隐晦曲折的反映(阮籍诗),到政治的进一步淡化(太康诗),再到政治内容的消退(玄言诗),这是魏晋诗歌与政治的关系的一条演变的轨迹,而阮籍的五言《咏怀诗》是其中的转折点。再如第二章意象系统中的人物意象,选择阮籍《咏怀诗》中频繁出现的虚拟人物进行了分析,认为这些虚拟人物是严峻的社会现实和阮籍诗人气质相结合的产物。作为一个对现实有清醒认识的诗人阮籍,他通过诗歌表现对现实的不满和愤慨;而作为一个处于政治漩涡中的臣民的阮籍,现实又不允许他坦直地批判人世间的丑恶和虚伪。于是,他用自己虚拟的人物来表现对理想人格的追求、对谄媚小人的鄙夷和愤慨,这对生活在"天下名士少有全者"的现实中的诗人来说,不失为一种睿智的做法。而诗中对人物富有个性的类型化处理,也使所表现的内容在很大程度上具有超越当时的普遍意义,耐人寻味。

三、为了多方位地观照和理解《咏怀诗》，论文的第四章从接受美学的角度，用三节的篇幅，从注释评论和创作两方面，分别选取了晋南北朝时期重要的文人颜延之、沈约、刘勰、钟嵘、萧统和郭璞、陶渊明、鲍照、江淹、庾信对《咏怀诗》的解读和接受。他们的解读和接受，不仅促进了《咏怀诗》在晋南北朝时期的传播，同时对后来的传播和接受有深远的影响。从接受和传播的角度来研究阮籍的五言《咏怀诗》，是不应忽视的。在这方面，以前的研究者基本上还没来得及探讨。尧美的论述，尽管是初步的，但有导夫先路的意义。

晋宋之际的颜延之早就指出：阮籍的五言《咏怀诗》"文多隐蔽，百代之下，难以情测"。齐梁时期的钟嵘也认为：阮籍的《咏怀诗》"厥旨渊放，归趣难求"。从古到今，尽管很多文人学者从不同的视角，对阮籍的《咏怀诗》做出了多方面的解读，但这些解读都是相对的，没有哪位研究者能够全面地、正确地理解和阐释《咏怀诗》的蕴涵。尧美对《咏怀诗》的解读，也是她个人的理解和体味。至于是否走近了、在多大程度上走近了阮籍的《咏怀诗》，她的解读是否正确，这些，有待各位读者的评论和批评。在学术研究上，在提出任何一种新的见解时，应请怀疑与批评随之而来。尧美和作为论文的指导者的我，都会感恩各位的批评。

尧美富于春秋，又有敬业精神，未来可做的事情很多。我相信她会一如既往，砥砺德行，强大精神，勤勉业务，做更多有益于祖国和人民的事情。我已届奔八之年，愿意与尧美交相策励。

2011 年 9 月 10 日

（原载王尧美《阮籍五言〈咏怀诗〉解读》，
山西人民出版社 2012 年版。）

《南朝佛教与文学》序

　　张弘（普慧）君的这本著作《南朝佛教与文学》，是在他的博士论文的基础上修改写成的。一九九五年，我招收博士研究生，当时在山东大学威海分校任教的张弘君，以优异的成绩入选。一九九八年五月，完成了博士论文的写作。他的论文一出来，就得到同行专家的一致称赞，顺利地通过了答辩，获得了博士学位，并返回山东大学威海分校，一九九九年又调至陕西师范大学文学院任教。近三年来，他在完成相当繁重的教学任务和大量的行政工作的同时，对论文又作了补充和提高，仍名《南朝佛教与文学》，交由中华书局付梓，嘱我写序。我作为他的同道，感到由衷的欣喜，于是慨然应允，想借这一机会，谈谈这本著作的写作情况和我读后的一些感受。

　　我们中华民族具有博大的胸怀，注重吸收外来文化，对外来文化取宽容和理解的态度。在古代，一个突出的表现就是对佛家的接受。佛家作为一种外来的宗教文化，自两汉之际传入我国以后，中经魏晋，到南北朝时期，有了迅速的传播和发展。佛家的传播和发展，对我国的文化产生了广泛的影响，几乎渗透到各个领域。这种影响不只反映在信仰和观念层面，更重要的是体现在思想理论的深层。许多信奉和倾向佛教的知识分子关注的主要是佛教的义理，把佛家的义理同我国固有的儒家思想和道家思想等加以比较和通融,从新的视角探讨宇宙万物和人类自身的本性。大量事实说明,由于受到佛家的激发,我国古代许多人的思想理论、思维方式和生活方式都发生了明显的变化。这种变化常常发生在不少文人身上,如晋宋时期的谢灵运,齐梁时期的沈约、刘勰,唐宋时期的王维、白居易、苏轼、严羽,明清时期的李贽、袁宏道、汤显祖、王夫之、袁枚、曹雪芹等,他们的心性、文学创作和文学理论等方面,明显地受到了佛教的影响。佛教给我国古代文学注入了鲜活的内容,增添了新的表现形式。这已得到了古今中外许多学者的认同。佛教和文学既然有如此密切的关系,因此,可以认为,不了解佛教,不探讨佛教与文学的关系,就不可能全面深刻地认知和评价我国的古代文学。这一点,已经成为不少学者的共识。二十世纪初期,梁启超就论述了佛教翻译文学的影响,使中国文学发生了深刻的变化。后来,鲁迅曾捐款给金陵刻经处,刻印了佛教典籍《百喻经》,让人们作为文学作品来欣赏。此后,仍有一些学者关注这方面的问题。五十年代到七十年代末,这方面的论著较少。近二十年来,在"解放思想,实事求是"的思想原则指导下,对佛教与文学关系的研究,出现了新的局面。有不少分量相当厚重的论著相继出版,给古代文学研究领域增加了新的亮点。但是,和古代文学其它方面的研究相比,和个别国家的研究相比,我们在这方面不论是从研究的队伍来看,还是从研究的水平来看,还有相当大的差距,还显得比较薄弱。至于对南朝佛教与文学的研究,更是缺少全面、细致而深入探讨的论著。这种状况不改变,对我国古代文学的研究来说,是不全面的,从某种意义上讲,也是一种制约。对上述状况,张弘君早有深切的体察。为了弥补这一欠缺,他在攻读博士学位期间,毅然决定以南朝佛教与文学的关系作为自己的研究课题。

　　研究这一课题,应当说,是有相当大的难度。佛教与文学的关系,属于交叉学科。佛教作为一种外来的宗教文化,有其自身的特点,传至南朝时,它既保持了自身的一些固有特点,同时又受到了中国传统文化和南朝区域文化的影响,有新的内容和新的形态。从南朝的文学来看,同以前的文学相比,有继承,也有新变。创作的丰富,理论的建树,成就与局限,都是前所未有的。另外,佛教与文学的关系,不只体现在表层上,更重要的是在深层次上的相互通融和渗透。以上这些,表明要研究这一课题,既要对佛教及其在南朝的传播和发展有切实的把握,同时对南朝的文化和文学也要有深入的体察。然后才有可能对南朝的佛教与文学的关系作出新的、具体的、实事求是的探讨。研究这样一个课题,对于一个博士研究生来说,是比较困难的。因此,在确定这一课题时,我作为指导老师,有一些犹豫。但是,张弘君却有一股学术勇气。在他看来,课题既然有价值,即使有困难,也应当知难而进。科学研究从来都是在克服困难的过程中进行的。他勇于克服困难的精神消除了我的犹豫,我欣然表示同意。现在摆在读者面前的这本著作,就是他完成这一课题的一个结果。

　　资料是科学研究的根柢。张弘君对此有非常明确的认识。为了研究这一课题,他首先本着"竭泽而渔"的精神,尽力掌握第一手资料。他先后细致地阅读了有关佛教的典籍和文学方面的总集、别集以及其它方面的资料,全面地阅读了前此有关的研究论著。对所阅读的有关资料,注意鉴别和分析,进而从中引发出恰当的结论。这就使这本著作使用的资料比较扎实、可信,对许多问题的论述,持之有故,不空泛,有说服力。

　　研究南朝佛教与文学的关系,可以有两种视角:一是做比较全面的观照,一是选择某一点做透视。张弘君选择了前者。这本著作立足于纵横交错,对南朝佛教的发展、佛教思想的衍变,对南朝重要的文人和重要的文学事实同佛教的关系,作了相当全面的梳理和论析。这就使这本著作的视野显得相当开阔,有助于读者全面了解南朝这一时期的历史文化和佛教对文学多层面的影响。

新时期以来,不少古代文学研究者,关注研究方法问题,并付诸实践。这是一个可喜的现象。不过,就我的粗浅的认识来说,方法不能脱离内容,不能先入为主,应当通过对内容的理解来体悟和使用方法。南朝佛教与文学的关系,内容丰富、复杂,涉及方方面面,这就决定了研究这一问题时,可以也应当运用与之相关的多种方法。在这方面,张弘君是很自觉的。他写作本书时,在坚持辩证唯物主义和历史唯物主义的基本原则的前提下,运用了宗教学的方法、现象学的方法、原型批评的方法、文化人类学的方法、叙事学的方法和发生学的方法等。这些方法的运用,尽管有的属于尝试,但补充了或是在一定程度上完善了传统的研究方法,拓展了思考的空间,有了新的多维视角,深化了对一些问题的认识。

科学研究的生命在于创新。张弘君的这本著作在继承前贤和时彦已有成果的基础上,覃思妙悟,洞察幽微,多有自己的见地。如:第二章分别论述了大乘佛教中的般若学、弥陀净土信仰和涅槃学与山水文学的关系,指出晋宋山水文学的兴盛的一个重要原因乃是受到了大乘佛教的深刻影响;第五章论汉语反切及声韵对佛教梵语、梵呗的借鉴,论齐梁诗歌四声说的形成与佛经的转读、佛教悉昙的关系,能纵观史实而揭示其变化之迹;第七章论志怪小说时,没有停留于题材上的探索,而是从佛教的人生观、时空观以及佛教故事的叙事特点等角度进行论证。这样的论析,辩证圆通,深化了论题。像上面这样的例证,我们还可以举出很多。

这本著作的不少章节以单篇论文的形式发表在一些比较重要的学术刊物上，在学术界产生了一定的反响。这表明这本著作的不少内容，在这一研究领域里具有前沿性。

　　在代代相传的我国古代文学研究队伍中，张弘君是属于跨世纪的一代，这是幸运的一代。我们刚刚告别了二十世纪，跨入了新的二十一世纪。新的时代，给人类带来了新的希望，也给我国的古代文学研究带来了新的希望，提出了新的要求。张弘君多年心无旁骛地从事中国古代文学与佛教文化的教学和研究，有相当多的积累，也有比较深厚的理论基础。我深信他会一如既往地努力，在新的时代里取得更加丰硕的成果。

二○○一年一月八日识于泉城·山东大学

（原载普慧《南朝佛教与文学》，中华书局 2002 年版。）

《陶渊明及其诗文渊源研究》序

水有源，木有本，陶渊明及其诗文的创作同水和木的生成一样，同样有其深远的渊源。对这一问题，若不进行研究，关于陶渊明及其诗文，人们只能知其然，不能知其所以然。因此自南朝钟嵘在《诗品》中指出陶诗"源出于应璩，又协左思之风力"以后，历朝历代都有不少相关的论述。这些论述常常能从不同的方面给人以启示，但大都是一些零星的、片段的感悟。近代以来，随着文学研究的现代化进程，有关这方面的研究有了很大的发展，取得了一些成果。不过从陶渊明研究的总体来考察，对陶渊明及其诗文渊源的研究仍是一个相当薄弱的环节。据我个人的见闻，学术界截止到目前还没有出版过这方面的专著，发表的论文也只有十篇左右。从发表的论文看，研究的方法需要调整和补充，研究的领域应当拓展，论析深细的程度有待加强。从这一角度来思考，剑锋教授关于陶渊明及其诗文渊源研究是一个有价值的选题，具有补阙的意义。可能主要是由于这一原因，所以2001年剑锋以此为题申报国家社会科学基金项目，结果很顺利地被批准了。

剑锋的这一著作在继承前人研究成果的基础上拓展了研究的领域。以前研究陶渊明及其诗文渊源的论文主要着眼于儒家思想和老庄玄学。就具体问题而言，关注较多的是桃花源原型，陶诗对应璩诗、阮籍诗、左思诗的继承等。剑锋的视野比较开阔，除了继续探讨上述问题外，还集中地论述了许多以前基本上没有涉及或虽然涉及但未及详论的问题，如生产劳动、神话传说、家族、礼俗、江州文学氛围、辞赋传统、史传文化等与陶渊明及其诗文的渊源关系；论述了陶渊明是怎样植根于诸多渊源的，怎样把它们融入了自己的精神世界和自己的创作中的。通过多方面的探讨，最后书中得出了一个总体的认识："作为一个大家，陶渊明及其诗文的渊源是多元立体的。陶渊明对既有文化传统和时代因素的接受是个性化的和富有成效的。"剑锋在论证上述观点的同时，还认为陶渊明及其诗文的渊源尽管是多元立体的，但多元中的各元对陶渊明的影响并不是均衡的。比较而言，生活实践（特别是生产劳动）、儒家文化和老庄玄学这三种渊源对陶渊明的作用更大。这样的认识能给人以新的启示。

在我同剑锋切磋学问的过程中，知道他的治学始终自觉地抓住两点并且能够锲而不舍：一是本着竭泽而渔的精神，尽力全面地掌握史料，认真阅读史料、分析史料；二是注重理论学习，不断深化自己的理论素养。他的自觉，他的辛勤耕耘，取得了相当大的成绩，这在他的这本著作中有明显的体现。剑锋曾出版过有关陶渊明的专著《元前陶渊明接受史》，还在《文学评论》、《文学遗产》和《文史哲》等刊物上发表了多篇相关的论文，掌握了相当多的史料，但他并没有止足，而是继续搜集史料，力争求全。对已经搜集到的史料，他注意阅读分析，有时还使用了历史计量的方法作为参照。这使他的论析能建立在可靠的史料基础上，持之有故，论据充实。剑锋对理论的学习，不拘于一端，西方文论、中国传统文论、中国现当代理论，他都留心学习，并且注意消化融通。理论素养的提高使这本著作有了深度，它能在全面观照的同时，又突出了重点。对许多过去一些论著已经涉及的问题，剑锋作出了新的概括,如第三章论"儒家文化与陶渊明",提出并具体地论述了"人伦依恋"和"终极关怀"两个重点,给人以耳目一新之感。对许多常见的史料,剑锋常有新的观照和分析,注意揭示史料的丰富内涵,使史料以新的面貌呈现出来,发前人之所未发。这一点,细心的读者自能领会,不必赘说。

我与剑锋相识是在1993年,当时他是马瑞芳教授的硕士研究生。1995年,他以优异的成绩考取了我的博士研究生。1998年得到博士学位后留校任教,从此我们成为同事,一直都在古代文学研究所工作。他为人忠厚质朴,好学敬业,教学、科研和担任其他工作都表现出一种拼命的精神。"天道酬勤"。由于他各方面都取得了突出的成绩,所以在2003年被破格评为教授。我为有这样一位朋友和同事感到由衷的高兴。

最近欣悉剑锋完成的"陶渊明及其诗文渊源研究"课题,通过了专家的鉴定,达到了优秀的等级,出版社决定出版。我祝贺他取得的优秀成绩,同时也为在陶渊明研究中增添了一部有新见、有价值的新著而高兴。这部著作即将付梓之际,剑锋嘱我作序。我自惟虽爱好陶渊明及其诗文,也发表了几篇浅薄的文章,但生性愚钝,对陶渊明又没有下过"沉潜往复,从容含味"的功夫,水平很低,难以承受所嘱。不过盛情难却,只好从命,勉力为之。不当之处,请各位不吝赐正。

2005年11月22日

(原载李剑锋《陶渊明及其诗文渊源研究》,
山东大学出版社2005年版。)

《元前陶渊明接受史》序

1994年上半年,我给硕士研究生讲授魏晋南北朝文学专题,当时听讲的除了跟我学习的研究生外,还有马瑞芳教授指导的李剑锋君。这是我同剑锋的第一次接触。他给我的印象是穿着朴素、言语不多,带有一种农民子弟所特有的憨厚。后来在交谈中,知道他是来自沂蒙山区的一位农民子弟。也许是因为我也是出身于农民家庭,刨地、锄草、拉犁、推车、担肥,样样都干过,对农村和农民有一种割舍不断的情感,所以同剑锋接触感到十分亲切。1995年剑锋硕士研究生毕业,以优异的成绩考取了博士,与我一起学习和研究魏晋南北朝文学。同他交往多了,对他的了解也加深了。他重立身,诚信不欺。在治学上,他心无旁骛,好学能思。1998年5月,剑锋的博士学位论文,通过了答辩,不久又确定留校任教,我和他在同一教研室工作,我们又成了同事。多年以来,我同剑锋相处,切磋学术,相互帮助,师生之情又加友谊之情。他的博士学位论文《元前陶渊明接受史》几经修改,最近要付梓,我非常欣慰。前几天剑锋嘱我作序,我尽管作不好,但我还是愉快地答应了。

这篇论文题目是剑锋自己提出来的。他提出之后,我表示赞同。自我带研究生以来,在论文的选题上,我尽量尊重研究生自己的选择。他们的选择有自己的兴趣,有自己的思考。我同意剑锋的选题,也是基于上述的考虑。此外,从陶渊明研究的情况来看,这一选题是有意义的。众所周知,陶渊明是一位大诗人。至晚从唐代开始直到今天,对陶渊明的研究,一直是一个热点,相继刊出的论著极其繁富,其中也有一些是从接受美学的角度研究陶渊明的。但缺少遵循历史的顺序、系统地探讨对陶渊明的接受情况及其原因的论著。剑锋的选题从接受美学的角度,对陶渊明的研究有所拓展、有所补充。这也是我赞同他选题的一个重要原因。

剑锋的研究成果,已详书中,无须序之赘言,以免蛇足。这里仅就他的论文写作过程,略述一二,以稔读者。

资料是研究的基础。对这一点,剑锋自始至终十分自觉。有关历代陶渊明的研究资料,在剑锋写作时,已经出版的比较全面的有北京大学、北京师范大学中文系教师同学编的《古典文学研究资料汇编·陶渊明卷》和北京大学中文系文学史教研室教师、56级四班同学编的《陶渊明诗文汇评》。有不少研究者研究历代对陶渊明的接受,大多依据上面提到的两种资料。剑锋看重这两种资料,但他并不满足。为了对历代陶渊明的接受,有一个比较完整的把握,把复杂性和细微的差别揭示出来,避免笼统粗糙的概括,剑锋决心涸泽而渔,全面地掌握第一手资料。当时在古籍整理方面,还没有现在的电子文献和检索系统。要想收集元前文献中有关陶渊明的资料,只能一本一本地阅读。有两年多的时间,剑锋以沉稳的心态,几乎天天在图书馆里阅读、摘录。"天道酬勤",经过两年多的努力,剑锋全面地掌握、摘录了65万字的资料,其中有许多资料是新发现的。他所掌握的资料,不仅使他的论文言之有据,拓展了视野,提出了不少新的见解,同时在资料建设方面也是大有裨益的。我和他非常珍惜这些资料,也曾联系出版社,争取出版,但因出版社考虑"经济效益",不予接受,致使这些资料至今未能面世。每当念及此事,心中顿生遗憾之情。

从事我国古代文学的研究者,经常面临着如何看待包括西方在内的不同的理念和方法问题。对待这个问题,我个人的浅见,关键不是要还是不要的问题,而是应当在采摘适当、努力消化上下功夫。在这方面剑锋是相当自觉的。为了撰写这篇论文,他在努力全面掌握第一手资料的同时,还十分注意多方面地学习理论,特别是对上一世纪六十年代在西方兴起的接受美学理论有更多的关注。这不仅表现在这篇论文题目的选择上,同时也表现在论文当中。他在运用西方理论上力戒生搬硬套,注重融化,大体上能做到盐水相溶。这一点是十分可贵的。

作为一个读书人,在治学方面要永不知足。不知足,才能不断向前走。剑锋是一直沿着不知足这条路向前走的。他对陶渊明这棵常青树,有一种割舍不断的情思。他在结束这篇论文写作之后,在尽心尽力完成教学任务的同时,又开始了对元代以后陶渊明接受史的探讨。剑锋有相当坚实的学术基础,加上他诚朴勤奋的学风和富于春秋,他的探讨之功是可望的。这一点,我是坚信不疑的。

2002 年 4 月于山东大学

(原载李剑锋《元前陶渊明接受史》,
齐鲁书社 2002 年版。)

《陶渊明接受通史》序

　　剑锋教授对陶渊明情有独钟,有一种抑制不住的志趣,对陶渊明的研究有一种持之以恒的坚毅精神。剑锋于 1995 年考取了山东大学中文系中国古代文学博士研究生。在攻读博士学位时,即开始读陶渊明,研究陶渊明,并以《元前陶渊明接受史》为博士论文题目,顺利地通过了答辩。1998 年,他毕业留校任教,至今20 年。20 年间,他一直坚守在教学第一线,担任本科生的基础课、选修课,培养硕士研究生、博士研究生。他做过本科生辅导员,兼任过山东大学图书馆副馆长、文学院副院长等职务。他在完成教学和其他工作任务的同时,心中一直有陶渊明,同陶渊明研究相伴。他积年累月,锲而不舍,锐意求新,辛勤劳动,不断有研究成果问世。2002 年 9 月,经过修改的博士论文《元前陶渊明接受史》,由齐鲁书社出版。2001 年 12 月,他以《陶渊明及其诗文渊源研究》为题,申报国家社会科学基金项目,得到了批准。他白天忙,晚上常常"开夜车"。经过 4 年多的耕耘,课题顺利结项,于2005 年 10 月,由山东大学出版社出版。他早在完成《元前陶渊明接受史》时,就想向下延伸,撰写《辽金元明清陶渊明接受史》。2009 年 2 月,他以此题申报了国家社会科学基金项目,7 月获准立项。此项目,原计划 3 年完成。经过 3 年的努力,按计划完成了书稿 50 多万字,本来可以结项,但他严格要求自己,知道书稿不论是在内容方面，还是在表述方面，仍有很大的修改余地，于是申请延期1年，做了两次全面的修订和补充，字数达到62万字。项目上报后，经由专家鉴定，获得了优秀的评价。剑锋在完成上述著作的同时，还在《文学评论》《文学遗产》《文史哲》《文献》等著名刊物上，先后发表了有关陶渊明研究的论文达55篇之多。2016年6月，山东大学出版社出版了古直笺、李剑锋评《重定陶渊明诗笺》。20年间，剑锋出版的陶渊明研究的论著，特别是有关陶渊明接受史的论著，具有前沿性，为学术界所瞩目，在学术界产生了相当大的影响。他感到欣慰，但并没有就此止步。剑锋在完成《辽金元明清陶渊明接受史》之后，又开始宏观思考，总体设计，纵向贯通，把元前陶渊明接受史和辽金元明清陶渊明接受史连缀起来，进一步修改充实。经过3年多的努力，形成了110多万字的《陶渊明接受通史》。《陶渊明接受通史》是剑锋20年间研究陶渊明及其接受史的总结和提升，是他对陶渊明情有独钟、志趣与劳作相融合结出的硕果，也是学术界期盼的一部著作。

从学术史的角度来看，学术著作大致可分为深化型和开拓型两类。深化型著作的主要特点是在此前著作的基础上，进一步发掘深入，如同一眼旧井的深挖。开拓型著作的明显特点是前人想写而未及写、后人一定要写的必不可少的著作，如同新挖一眼井。综观陶渊明研究史，不难发现，《陶渊明接受通史》是一部属于开拓型的著作。陶渊明及其诗文的影响，虽然在不同时期有差异，但就总体而言，有持续的、相当广泛的影响力。从南北朝开始，代代程度不同地都有对陶渊明的接受。在古代，主要体现在对陶渊明作品的整理和许多诗话类著述的品评等方面。在现代，有新的突破，诸如萧望卿《陶渊明批评·陶渊明历史的影像》，钱钟书《谈艺录·陶渊明诗显晦》，中华书局1961年结集出版的《陶渊明讨

论集·历代对陶渊明的一些探索》,钟优民《陶学史话》《陶学发展
史》,刘中文《唐代陶渊明接受史研究》等著作,各具特点,各有创
获,在内容和体式上,都有了很大的进展。但由于多方面的局限,
以前关于陶渊明接受史的研究,多限于某一点、某一侧面、某一时
段,有树木,而未成林,特别是辽金元明清时期,很少有论著涉及。
以前众多的研究成果,既为"接着"研究提供了基础,也留下了很
大的继续研究的空间。《陶渊明接受通史》,就是在前人研究的基
础上,着眼于开拓,系统地梳理了 1300 多年的陶渊明接受史,在
陶渊明研究史上增添了新的篇章,有补阙之意义。

　　研究古代文学有一个通则,就是应当以史料为基础。历代关
于陶渊明的史料,繁富而分散。在 20 世纪 60 年代之前,基本上
没有系统的搜集整理。系统的搜集整理始于 60 年代。重要的成
果有中华书局 1961 年出版的《陶渊明诗文汇评》,1962 年出版的
《古典文学研究资料汇编·陶渊明卷》。这些成果为研究者提供
了方便,但由于未全面地搜集整理,也在很大程度制约了研究的
深入和开拓。剑锋在研究陶渊明接受史的过程中,不愿意吃现成
饭,没有走捷径,一直重视搜集史料、整理史料。在这方面,他本
着"事不避难"的精神,付出了很多心血,努力做到广撒网,"竭泽
而渔"。在没有网络和古籍数据库时,他耐心地在图书馆一本一
本地搜检各种文集。有了网络和数据库后,他又充分利用。他搜
集史料,钩发沉伏,不限于古代,也涵盖了现代,不限于国内,也关
注了域外。为了搜集史料,他阅读了"海量"的各种文集论著。他
初步搜集整理的史料,达 500 多万字。他搜集整理的史料,相当
全面,如:搜集了历代拟、效、和、集、律、用韵陶诗辞至少有 1100
多家,历代桃源诗作家至少有 930 多家,历代有关陶渊明的戏剧
至少有 35 种。其中绝大部分史料是第一次揭示的。历代对陶渊

明的接受，是一种复杂的文化现象，涉及许多方面。以前搜集整理的史料主要是着眼于文学方面，剑锋视野开阔，拓展了史料的类型，由文学拓展到绘画、书法、园林等领域。在文学方面也有开拓，由诗文拓展到戏曲、小说等体裁。剑锋相当全面地搜集整理史料，不仅使他的接受史研究有扎实的依据，史料翔实，同时也开阔了视野，新的史料引发出新问题、新见解。《陶渊明接受通史》第七编第五章，特设四节，分别论述了在绘画、小说、园林、书法等领域中对陶渊明的接受。这是以前陶渊明接受史研究未及涉及的。

　　剑锋在研究陶渊明接受史的过程中，在注重搜集整理史料的同时，一直伴随着学习理论、提高理论水平。史料虽然很重要，是研究的基础，但史料是死的，是否能激活史料，正确地阐释史料，不能仅靠直感、悟性，重要的是还要靠理论的启发。剑锋注意学习多方面的理论。尤其重视学习接受美学、阐释学。《陶渊明接受通史》就是在他自觉地在所学的理论的启发下写成的一部著作。全书注意史论结合，没有离事而言理，没有随意性的主观臆测，努力体现史料和阐释"互为相塑"的密切关系。陶渊明在历代的被解读、被接受，是一种历史的动态的复杂的文化现象。《陶渊明接受通史》尝试纵向整体把握，长于论述历史变化的轨迹，梳理出一个系统，为读者全面地了解陶渊明接受史，提供了方便，提供了一个前所未有的读本。全书在"绪论"后，把陶渊明接受史分为7个阶段加以论述。每一阶段的论述，注意在大量的史料中，选好典型，解剖典型，进而探讨每一阶段的特点。不少论述能由表及里，注意发掘史料背后蕴含的诱因。如书中第七编第三章第六节对清代陶澍的论析。陶澍在古代陶渊明接受史上占有重要的地位。他辑注的《靖节先生集》是历来整理陶渊明集的集大成之作。

《陶渊明接受通史》把陶澍选作一个重点,用1万多字的篇幅作了
比较全面的论述。论述中,在肯定陶澍在陶渊明接受史上取得的
重要成就和特点之后,又进一步揭示了他取得成就和特点形成的
根由:"陶澍接受和研究陶渊明是在尊崇儒学、考据之学尚盛的嘉
庆、道光年间,故其接受陶渊明多从儒家出发,遵循乾嘉学风求实
严谨的治学态度。"这揭示的是社会文化背景方面的根由。此外,
还特别揭示了宗族对陶澍研究、接受陶渊明的诱导:"他接受陶渊
明还有家族的特殊条件和影响。陶澍把自己的家族归入陶侃、陶
渊明一脉……以陶渊明的子孙后代自居,在宗法社会里,自然对
陶渊明另看一眼。"《陶渊明接受通史》在纵述通史的基础上,还在
最后的"余论"部分,分4节,总结论述了陶渊明接受史上的一些
带有历代共同性的问题和启示,其中的陶渊明的仁爱精神、陶诗
的经学化和意境化问题,都是此前学术界没有论及的重要问题。
凡此种种,不仅为读者接受陶渊明提供了多方面的参照,有助于
读者全面系统地思考和认识陶渊明,也为文学史研究和写作提供
了一些启示。

　　《陶渊明接受通史》虽然是一部开拓性的著作,多有创获,但
它毕竟是一部阶段性的著作。任何对陶渊明接受史的研究,只有
结项和截稿时间,没有终结。《陶渊明接受通史》也是这样。书中
已经论述的问题,有些有待进一步研究深化,如:历代绘画、书法、
园林、小说、戏曲中对陶渊明的接受,内涵丰厚,形式多样,是读者
感兴趣的问题,书中只做了初步的勾列,未进行深入的探讨。对
陶渊明接受史显现的复杂性、不平衡性等,书中虽然有所论述,但
有待深化,进而揭示陶渊明接受史既有古代文学接受的一般规
律,还有自己的特殊规律。

　　陶渊明接受史是一条长河,从南北朝时期一直流淌到现代。

剑锋在完成陶渊明接受史古代部分的过程中,也关注了现代部分。现在他已经开始撰写现代部分。剑锋很敬业,很勤奋,又有长期积累的学养和不断进取的精神。陶渊明接受史的现代部分,一定能够完成。天道酬勤,我衷心期待着他的新的著作的问世。

2018 年 6 月 25 日

于山东大学农子晚学斋

（原以《陶渊明接受史》为题,刊于《中华读书报》2018 年
7 月 4 日第 13 版;后载李剑锋《陶渊明接受通史》,
齐鲁书社 2020 年版。）

《谢灵运研究》序

　　李雁 1983 年曲阜师范大学中文系本科毕业以后,被分配到山东教育学院任教,一直到现在。1994 年他考取了我的老师、著名学者袁世硕教授的硕士研究生,一边工作,一边学习,以优异的成绩获得了硕士学位。1997 年报考我的博士研究生的人数较多,李雁又以第一名的成绩被录取为定向、在职博士生。初次同李雁交谈,知道其为人爽直,勤奋好学,有进取精神,专业基础比较厚实,思维相当敏捷。遇上了这样比较理想的学生,我感到十分兴奋。

　　我是从 1994 年开始招收博士研究生的。在培养研究生的过程中,我觉得有一个很大的难点,就是如何选择学位论文题目。选题既要考虑学术价值,又要顾及研究生的个性和特点。怎样把两者恰切地结合起来,很不容易。我曾就这一问题,请教过王元化先生和王运熙先生。两位先生的做法是首先听取研究生的意见,然后再一起商定。受先生的教诲,我也基本取上述做法。我带研究生,为了保证学位论文的质量,一般都是尽量早些确定题目,题目一时定不下来的,也要尽快确定研究的范围。对李雁也是这样。在同李雁的交谈中,知道他比较喜欢从细微之处入手对作家做个案研究。结合他过去在教学和研究中的初步体悟,想以谢灵运研究为题。谢灵运是我国古代山水诗的奠基者,自古至今，一直受到许多学者的关注，研究的成果相当丰厚。在这样的研究基础上，想有所创新，难度是很大的。基于上述思考，为了慎重起见，我建议李雁先阅读有关谢灵运的第一手史料和以前重要的研究论著，再做定夺。经过了一段时间的阅读和思考之后，李雁认为，以前研究的论著确实取得了很大的成绩，但仍有研究的余地。以前的研究有不少是重复的，而有些空白点、疑点还没有来得及解决，有些问题虽然以前有所论及，但有待深化和提升。我常想，研究古代文学应当有价值观念。古代文学的价值是多元的、复杂的，不能简单化。但相比而言，最有价值的当是那些重要的作家、作品。它们是我国古代文学的基石和支柱。谢灵运和他的创作应当属于这一范围。李雁既然初步发现了谢灵运研究中尚有一些问题值得探讨，我觉得可以把题目定下来。题目确定以后，我建议他一如既往，一方面本着"竭泽而渔"的精神，全面、细致地掌握史料，一方面不断提高自己的理论水平，争取写出一篇有质量的学位论文，能在谢灵运的研究史上增添一些新的内容。

李雁有敬业精神，论文题目定下来以后，仍然是边学习边工作。在工作上，他所在的中文系教师少，他承担了相当繁重的教学任务。应当说，工作占用了他很多的时间，但他能正确地处理工作和学习的关系。工作完了以后，能坐住冷板凳。他勤奋，能挤时间，分秒必争，加上思维敏捷，最后终于按时完成了论文的写作，并顺利地通过了答辩。

李雁通过了论文答辩以后，继续关注谢灵运研究，不断地修改自己的论文。2000年7月29日至31日，他应邀参加了南开大学中文系主办的第四届魏晋南北朝文学与文化国际学术研讨会，在会上宣读了《谢灵运被劾真相及死期考》一文，受到了与会专家的重视。此文的主要观点刊登在2001年《文学遗产》第5期上。

后来全文被选入《魏晋南北朝文学与文化论文集》（南开大学出版社2002年版）一书。同年又在《齐鲁学刊》第6期上发表了《谢灵运作品杂考》、在《山东师大学报》第3期上发表了《论〈诗品〉之评谢灵运》等文章，引起了学术界的关注。这些都是他修改论文时的部分成果。现在，全文的修改结束了，人民文学出版社把它列入"中国古典文学研究丛书"，即将出版。作为他的指导教师，我感到由衷的高兴。

综观《谢灵运研究》，可以发现，李雁在注意对谢灵运做全面的关照的同时，特别重视突出重点。凡是以前研究较多、已经解决的问题，或不论，或从略，而对于存在的疑点、难点和空白点，则尽量做详细、全面的论析。这里，略举几例：关于谢灵运之嗣爵康乐公，《宋书》本传没有说明具体时间。以前的有关论著对此问题的考证也比较混乱。李雁根据《晋书》、谢灵运的《初去郡》诗和《辞禄赋》等史料，解决了阙疑，定谢灵运初嗣爵位于元兴元年。谢灵运最后被弹劾、徙广州、南海行刑一事，《宋书》和《建康实录》等史书的记载有所不同，有的虽然相同，但语焉不详。因此导致了后来的研究者在阐释此事时，产生了歧异。为了解决这些歧异，李雁除了细致地检阅了常见的史书上关于这一问题的记载外，还发现了《俄藏敦煌文献》中有关的史料。最后综合分析了多方面的文献资料，认为：谢灵运的被弹劾绝不像正史所载"在郡游放"那么简单，而是此前一系列相关事件的延续，是一场极为敏感而又复杂的政治斗争的结果。谢灵运徙广州的具体时间是在元嘉十年的冬天，他的被杀是在这一年的岁末，其卒年已入公元434年。谢灵运的创作，贡献是多方面的，但成就最大、影响深远的是他的山水诗。以前关于山水诗的研究论著虽然很多，但仍有一些问题值得进一步探究。李雁在解读谢灵运的山水诗时，发现他的山水诗几乎都是在独游的情况下创作的。因为是独游,诗人不受其他社会活动的干扰,所以容易把注意力集中到个人与自然山水的交流过程中,对客观山水的审美才得以进行,进而促使他在游赏中努力寻找能表现自己个性化体验的独特意象。正因如此,山水诗的写景才摆脱了以往在公宴、送别等题材中借景抒情的从属地位,走上了独立发展的道路。论文中多有像上面所举的有个人独特见解和体悟的内容,读者阅读,自会发现。当然,这里所谓的个人见解和体悟,尽管持之有故,言之成理,但毕竟是一己之说,正确与否,还希望读者来检验。

　　李雁在高等院校从事教学和研究工作有二十多年了,在许多方面取得了不少成绩,积累了一些经验,又富于春秋,潜力是很大的。现在他还在担任系主任的工作,用于科研的时间自然要少一些。不过,我知道,李雁会妥善地处理好工作和科研的关系。再想想,从古到今,做学问而且卓有成就者,很少有不兼做社会工作的。李雁爱好我国的古代文学,对研究古代文学有兴趣,重视积累,善于思考。我深信他能自强不息,继续努力,在古代文学研究方面,能取得新的成绩。

2004 年 7 月 1 日

（原载李雁《谢灵运研究》,人民文学出版社 2005 年版。）

《谢朓研究》序

南朝齐代才高而命短的诗人谢朓,在当时和后来的文坛上,都占有重要的地位。他的作品,受到了历代的重视,不断有研究的论著问世,特别是到了 20 世纪 80 年代以后,更为人们所重视,先后出版了许多重要的研究成果。但谢朓是一个"富矿",仍有许多有价值的东西,值得进一步挖掘和辨析。孙兰的《谢朓研究》在继承前人研究成果的基础上,深挖辨析,有不少新的创获。

综观以前研究谢朓的论著,基本上都是着眼于某一方面,还没来得及做整体的研究。《谢朓研究》第一次对谢朓其人其作品做了总体性的探讨。谢朓的为人和他的作品,是密切相关的。这种总体性的探讨,由人及文,由文及人,互相参照,有旁通之益,会加深人们对其人其文的理解;会有助于人们全面地了解和认识谢朓。

对谢朓作总体性的探讨,大致有两种方法:一是立足于全面,面面俱到;一是点面结合,突出重点。孙兰的这一著作,采用了后一种方法。她在全面研究谢朓其人其作品的同时,注意突出重点,尤其重视对前人还没来得及或者存疑的问题,深发幽伏,穷究原委,进行辨析。在生平经历方面,对谢朓出仕的时间、是否接北使、宣城之任时间等问题,提出了自己的见解。在作品方面,关于谢朓诗作的艺术特色,注重分析"诗传谢朓清"之"清"的内涵和

"玄晖诗变有唐风"的"永明体"诗风这两点。对前人尚未关注的谢脁山水诗外的乐府诗、咏物诗、联句诗、辞赋和散文进行了探讨。诸如上述的论析和探讨，补前人所未及，发前人所未发，有据有理，可备一说。

研究一个作家，在努力争取论述上创新的同时，也应当注意在资料的积累方面做出贡献。在这方面，孙兰是相当自觉的。她的这一著作，不仅对谢脁作了多方面的论述，同时最终还形成了"谢脁研究专著、论文索引"、"谢脁诗歌平仄用韵一览表"、"谢脁诗歌用韵汇览"三种资料汇编。这些资料汇编，用一人之劳，可使他人受其益，避免了后人的翻检之工，为研究者提供了重要的参照和很大的方便。

从上面列举的部分事实，可以说明，《谢脁研究》是一部有学术分量的著作。它的问世，在谢脁研究史上，增加了新的一页。孙兰之所以能取得这样的成绩，有多方面的原因。

孙兰在学业上，非常勤奋。她在读研究生期间，心无旁骛，专心致志，从不懈怠。即使在假期，也很少休息。《谢脁研究》原是她的博士论文。选定题目以后，经过三年的研究，顺利地通过了答辩。但她没有就此止步。毕业工作以后，在担任繁重的教学工作的同时，继续探究，不断修改。对于原来论述的问题，进一步深化提高，对于原来没有来得及论述的问题，作了补充。她不断地努力寻求符合实际的答案。"天道酬勤"，《谢脁研究》的问世，是孙兰勤奋治学结出的硕果。

史料是学术研究的根底。孙兰在研究谢脁时，把掌握史料作为第一要务。她不仅全面搜集了有关谢脁的作品及其生平的最早的原始的第一手史料，同时也注意搜集了历代有关研究谢脁的史料。全面地掌握了史料之后，她努力用现代的眼光予以审查，反复阅读,沉潜涵味,努力融会贯通,尤其注重在解读作品史料上下功夫。这从"谢朓诗歌平仄用韵一览表"、"谢朓诗歌用韵汇览"两种资料的汇编上,从对谢朓诗歌平仄、用韵逐一标注上,可见一斑。通过对其文本不断地考究,对有关谢朓诗文评价中的一些概念,提出了自己的见解。对于有关历代研究谢朓的第二手史料,孙兰也十分重视,心中有底。她知道哪些问题已经解决了,哪些问题有争议,哪些问题尚未涉及。由于她自始至终地重视史料,细致地分析史料,所以她的这部论著,论述征实,不蹈空言。

在研究方法上,孙兰在使用传统方法的同时,还尝试运用心理学和接受美学等研究方法。多种研究方法的试用,放宽了历史的视野,有助于揭示谢朓其人其作品的复杂性和整体性。如论谢朓的交游时,她认为:谢朓从乌衣之游到朋僚之交的转变,表现为个性的消失及无意识因素的支配。同谢灵运比较,谢朓个性化的东西要少得多。他的小心翼翼、愁苦压抑、患得患失,有一种很难舒展的郁闷。这一方面与谢氏家族的衰落有关,但也与群体对强权的普遍畏惧心理有关。这种由知人到知心的探析,当是得助于心理学方法的试用。再如,以前有关谢朓的研究,还没来得及探讨古代对谢朓的接受。孙兰受接受美学的启示,就南朝、唐朝、宋朝、元明清时期对谢朓的接受作了相当全面的论述,有开拓,不固成说,多有自己的心得。

学无止境,业伴终生。孙兰好学敬业,又有锲而不舍的精神。我祝愿她在弘扬祖国优秀的传统文化的事业上,不断作出新的贡献。

　　　2013 年 11 月 12 日改定于山东大学农子晚学斋

　　　（原载孙兰《谢朓研究》,齐鲁书社 2014 年版。）

《沈约新解读》序

在南朝文学史上,沈约是一位重要的是诗人,具有"一代辞宗"的文学地位,在萧梁之代,被誉为"大家"。他创建的声律论,不仅被时人所推重,也吸引了千百年来学者的目光。他是著名的史学家,撰有多重历史著作。他编撰的《宋书》是中国古代史的名著,被列为二十四史之一。由于沈约有重要的建树,所以长期以来,人们重视他、研究他,或述评其生平,或整理、评价其多方面的著述,或研讨其创建的声律论,在多方面取得了许多重要的成果。研究者在肯定这些研究成果的同时,也发现,就已有的成果来看,其中有不少歧义,有不少问题值得深入。另外,由于沈约历仕南朝宋齐梁三朝,享年七十三岁。他该悉旧章,博物洽闻,官高望重,思想复杂,著述丰厚,对他研究,在许多方面,有待开拓。张泉的著作《沈约新解读》,就是想在前人研究的基础上,尝试对沈约做些新的探索。

《沈约新解读》是张泉在她的博士论文的基础上增订的。她的博士论文,当时只完成了沈约的诗歌部分。答辩的时候,她说已经写出的部分待修订,其他方面待补充。时间风驰电掣,她毕业已18年了。博士毕业后,她先后在上海和山东交通学院工作,做过行政工作,也教过大学语文、应用文写作、对外汉语、人力资源管理等课程。18年来,她在完成行政和教学任务的同时,一直没有忘记自己的承诺,业余时间,留心国内外有关沈约研究,不断思考,修改了已经写出的部分,增补了许多新的内容,完成了这部新著。

张泉在撰写这部新著的过程中,一直坚持守正创新的治学原则。在创新方面,有三点值得注意,可备一说:一是关于"平头、上尾、蜂腰、鹤膝"问题。长期以来,许多学者认为"平头、上尾、蜂腰、鹤膝"是病犯,张泉认为不是病犯,而是当时的一种"四声韵"。同时,所谓"八病"乃是"八体"之讹。二是关于《宋书》的文学性问题,张泉做了比较全面的分析,梳理了沈约的历史观,《宋书》列传的文学性以及《宋书·乐志》"援雅入俗"等问题,阐述了个人的见解。三是关于后人对沈约的评价,她在全面掌握史料的基础上,分时期做了较为详细的总结和归纳。

《沈约新解读》的问世,我很高兴。特予祝贺。如有可能,希望她能继续在南北朝文学的研究方面,取得新的成果。如客观条件不允许,也不必勉强。一个人的生平经历,往往充满着许多偶然性,干什么工作也不是自己所能完全决定的,也很难做到随心所欲。重要的是要提升自己的人生境界。要随缘,随遇而安。要努力做到不论做什么工,都要有爱心,有兴味,努力做好。我愿同张泉共勉之。

2020 年 10 月

(原载张泉《沈约新解读》,山东大学出版社 2022 年版。)

《庾信研究》序

今年一月十六日，林怡君从福州打电话告诉我：人民文学出版社决定出版她的博士论文《庾信考论》。得知此事以后，我有二喜：一喜在今天学术著作出版比较困难的情况下，人民文学出版社不惜资本，支持出版，可喜，亦可敬可佩；二喜作者的论文得以出版，公之于众，能够在更大的范围内得到传播。这不止在庾信研究史上，增加了新的一页，能启示读者正确地认识庾信，同时也会得到读者的批评和指正。学术要发展，从某种意义上讲，批评和指正比一般的肯定更为重要。

林怡君学习努力。她在杭州大学古代文献专业硕士学位研究生毕业以后，任教于福建师范大学。到山东大学攻读博士学位以前已是讲师，发表过较有分量的学术论文。她在跟陈庆元教授和我读博士学位期间，一如既往，勤学好思。克服了不少困难，顺利地完成了博士论文。论文分上篇、下篇两大部分，虽然答辩时由于经费所限，只打印了"庾信家世生平考"和"庾信创作论"两章，但却取得了好成绩。由中国社会科学院文学研究所邓绍基和曹道衡等七位著名专家、教授组成的答辩委员会一致认为，这是一篇优秀的论文。答辩委员会决议指出："论文以扎实的文献功力，对庾信的生平、思想、创作做了多方面的、深入细致的考论。立论有据，言之成理，多有新见创意。较之以往的研究有较大的突破。体现了作者严谨的学风和较强的综合能力。行文流畅,层次清楚。"答辩委员会的评语,可能有过奖之处,但从总体上来看,这是一篇有学术价值的论文,当是可以肯定的。当然,论文的水平究竟如何,最终还有待读者的评价。

这篇论文的选题难度较大。庾信是我国古代文学史上的一位杰出的诗人。从古迄今,一直受到人们的重视。研究他的论著,绵延不断,相当丰赡。仅就本世纪而言,据不完全统计,我国大陆出版的专著至少有五种,发表的论文有八十多篇。上述论著涉及的方面较广,有些问题研究得相当透彻。这样的学术基础,尽管为后来的研究者提供了不少可资借鉴的内容,不过也使研究者做新的拓展和深入增加了难度。但是,庾信同其他杰出的诗人相似,他的家世、生平,他的思想感情,他的作品的内涵等,都是非常复杂、非常丰富的,有许多潜在的、不易被发现的内容,加上资料的限制,研究者只能在既定的文化条件下,步步地接近它们,揭示它们,而很难完全透辟它们。此外,就已有的研究论著来说,也存在着一些分歧,有不少问题需要进一步考论。正是有鉴于此,作者选择了庾信这一题目。这表现了作者在科学研究上,有一种勇于攻坚、敢于探索的胆识和勇气。

从论文的写作过程和我阅读论文的感受来看,我觉得这篇论文有比较深厚的学术积累。论文题目确定以后,作者没有满足于已有的资料,而是本着竭泽而渔的想法,通过多种途径,收集了大量的有关庾信的原始资料和研究论著。从庾信文集的各种版本到诸多的研究论著,从涉及庾信的历史著作到有关的文学理论,不论是我国的,还是他国的,不论是古往的,还是今天的,她都努力收集。特别难能可贵的是,其中有一些大陆学者罕见的香港、台湾、日本、韩国以及西方研究庾信的论著。对于搜集到的各种资料,作者注意细读,特别是对庾信的作品和较早的史书中的有关资料,用力更多。为了厘清庾信的家世和生平,作者还编写了比较翔实的庾信年表。凡此种种属于基础方面的工作,她能不惜时日,尽心尽力,探原究委。她的这种沉潜阅读、点滴积累的学风,加上比较宽广的思路,是她的论文能取得优秀成绩的重要原因。

关于庾信的研究,过去有一些较为全面的论著。为了避免重复,这篇论文对庾信没有做全面的论述,而是在融合前人旧说的基础上,着重考论了庾信的家世、生平和文学创作。在考论上述两个重点时,作者没有平均地使用笔墨。大致的情况是:以往的论著谈的比较多,而且基本上达成共识的问题,作者尽量从简从略,而对一些存在异说、模糊不清,或者过去很少探讨的重要问题,注意做到详细。庾信的家世、仕历、行迹以及某些作品的系年等重要问题,史书上的记载和过去的论著,或众说纷纭、莫衷一是,或疏忽阙如、有待补充。对上面这类问题,作者主要运用了实证的方法,对自己掌握的资料,排比梳理,释疑解惑,探幽致显,提出新见。如作者认为新野庾氏和鄢陵庾氏有区别,无宗族关系;认为庾信在北朝任弘农郡守一年后突然返回长安是"丁母忧之故";推断《哀江南赋》当作于天和元年(公元566)等,都能发前人所未发。作者在考论上述问题时,视野比较开阔,注意同当时的社会形势、文化氛围和庾信的心态等相联系。这样的考论,不仅可以帮助人们弄清庾信的家世、仕历和行迹中的某些疑难、模糊问题,有利于人们进一步推究一些重要诗文的系年,同时对加深理解庾信其人其文,都会有所裨益。需要指出的是,作者的见解,有些只是较之以前诸说更为合理,并非定论。但可备一说,以资后来探索的参考。

　　文中创作论部分，在兼顾多方面的前提下，特别突出了对意象的分析。过去评述庾信创作在艺术上的表现，着笔较多的是用事的繁富、声律的谐调以及在南朝和北朝的不同风格等。这些探讨都是必要的，并且取得了很大的成绩。林怡君这篇论文的创作论部分，在吸收前人研究成果的基础上，除考辨了庾信的几篇重要作品、论证庾信创作集大成的表现和原因之外，还特别安排了"庾信作品语汇意象论"一节，而且用的篇幅比较长。从意象的视角研究庾信的作品，就我所见，这篇论文是首创。作者探析庾信作品中的意象，参用计量方法，仔细地统计了庾信诗文中的多种意象，从内容上把它们分成了五大类。然后由面到点，从五大类意象中选择了植物意象中的"桂"作为典型。作者认为，"桂"在庾信所喜用的意象中颇具代表性，因而集中对"桂"做了考论。文中首先揭橥了桂的本义，继而溯源述流，从历时的角度，论述了庾信之前作品中使用"桂"的情况，昭示了"桂"的"美的意味"。最后结合庾信的作品，阐明了庾信在继承前达、"集前人用法之大成"的基础上，又有创新和发展，丰富了"桂"这一意象的内涵。这样的论述，既是从庾信之前和庾信的作品实际出发，经过分析，得出的中肯之论，又默契了文学创作的规律。文学中的意象的内涵是十分丰富的，且具有开放的性质。其内涵有些是比较明显的，有些则是相当潜稳的。加上接受者对它的体悟、理解和使用，一般都是能动的，往往浸染着审美的风尚和个人的特点，因此它是难以开掘透尽的。成功的意象，应当是继承与创新的结合。没有继承，就不可能创新。没有创新，意象的内涵就不能持续地得到展示，就不会赋予新的意义。论文对庾信作品中的意象，尤其是对"桂"这一意象的分析，有独到之处。使读者再阅读庾信的作品时，会有新的体悟和理解。不过，作者的论述具有探索的性质，是否恰切,也有待读者的权衡。但筚路蓝缕的作用是应当首肯的。

　　林怡君学习刻苦,思维敏捷,有相当坚实的古代文献的根柢,在古典文学和文学理论等方面,都有一定的修养。通过《庾信考论》的写作,她的基础得到了加强,她的毅力经受了锻炼。现在她在完成教学任务的同时,仍致力于中国古代文学的研究。她辛勤耕耘,又富于春秋,一定会不断地有新收获。这是可以预期的。

　　《庾信考论》即将付梓,林怡君嘱我作序。聊写上文,是为序。

1998 年 3 月 5 日

　　（原载林怡《庾信研究》,人民文学出版社 2000 年版。）

《颜之推研究》序

生活在南北朝末期的颜之推,同许多封建文人一样,是一位复合型人物。他是官员,又是学者和作家。他历仕梁朝、北齐、北周三朝,官位相当显赫。在梁朝,任散骑侍郎;在北齐,位至黄门侍郎;由齐入周,为御史上士。作为一位学者,他博览群书,该洽经史子集,同时又不局限于各种文献典籍,注意耳闻目睹社会现实和各地风物。他通晓文字、音韵、训诂、校勘、儒学、佛学、史学、文艺、文学、教育等。这主要体现在他撰写的《颜氏家训》一书中。作为一位作家,他爱好诗文,有"作赋凌屈原"的志向和气概。他勤于写作,在诗、赋、文、小说的创作等方面,都有创获。

对于逝去的各种人物及其著述,历史在记录的同时,也伴随着选择和淘汰。这也体现在颜之推及其著述上。颜之推尽管历仕三朝,受到帝王的尊宠,但从他去世以后的一千四百多年的历史来看,很少有人注意他在当时显赫的官位和受到的帝王的尊宠。人们所看重的是他在学术上的造诣和文学上的成就。他的著述,特别是《颜氏家训》和《观我生赋》,代代存传,相当完整地流传到今天。看来,对于一个封建文人,他的有分量的学术著作、文学作品同他的官位相比,官位很容易被人们所淡化和遗忘,而学术著作和文学作品,倒是具有长久的生命力。

回顾一千四百多年以来,人们对颜之推及其以《颜氏家训》为代表的著述的关注和研究,大体上可以 20 世纪初期为界,分为前后两个时期。

综观 20 世纪初期之前,历代人们所做的主要是《颜氏家训》的存传工作。颜之推的著述,不知是什么原因,《隋书·经籍志》只著录了他的《冤魂志》三卷(载《经籍志二》"杂传"类),而《颜氏家训》虽"行于世",但未予著录。自唐代以后,《颜氏家训》基本上是代代相传,世世刊行。在唐代,《旧唐书》卷四十七《经籍志下》、《新唐书》卷五十九《艺文志三》均著录《颜氏家训》七卷。在五代,至少有宫傅和凝本。至两宋,除了唐本和五代本的存传之外,又相继出现了不少新的版本,如闽本、蜀本、嘉兴沈揆本、淳熙台州公库本等。其中特别为后人所重视的是嘉兴沈揆本。此本取闽本、蜀本互相参定,又校以五代和凝本。参加校刊的,除了沈揆外,还有林宪、赵善德等八人。又别列《考证》二十三条为一卷。沈揆等人学识不凡,他们的校刊本,当时即称为善本。在元代,见于记载的有补修重印宋淳熙本。至明清两代,《颜氏家训》的版本急剧增多。在明代,至少有正统间颜思聪刻本,嘉靖傅太平刻本,成化间程伯祥、罗春等刻本,颜嗣慎刻本,万历程荣校《汉魏丛书》本,万历间何镗刊《颜氏通谱》本等。在清代,有康熙五十年颜星重刻明《汉魏丛书》本,康熙五十八年朱轼评点本,康熙间何允中覆刻《汉魏丛书》本,文津阁《四库全书》载明刻二卷本,仿宋本,乾隆五十四年卢文弨抱经堂校订本,嘉庆二十二年《南省颜氏通谱》本,同年颜邦城三刻本,胡文焕《格致丛书》本,黄叔琳《颜氏家训》节抄本,鲍廷博《知不足斋丛书》本,光绪间屏山聂氏《汗青簃》本。另外,还有多种影写宋椠本。(以上列举的多种版本,主要参考了王利器先生撰写的增补本《颜氏家训集解》中的《附录·序跋》)上面列举的历代的多种版本,有些是出自颜氏的后代,但更多的是由于《颜氏家训》适合于封建社会的家教而刊刻的。这些版本使《颜氏家训》得以存传，流布较广，同时一些校勘和注疏也为后人的解读提供了很大的方便。

20世纪初期之前，《颜氏家训》在不断刊刻的同时，也有对其加以论述的。这些论述，主要见于一些刊本的序跋和评点中。有关的论述，几乎都是把它作为封建社会立身之要、处世之宜、为学之方的家庭教科书。多是着眼于儒家的伦理道德，强调其修德积善、敦伦之矩的训教价值。相关的论述，虽然不乏剀切独到、值得借鉴之处，但总体看来，视阈比较狭窄，时代的局限性相当明显。

进入20世纪，特别是20世纪的后半期，由于时代的变革和理念的进步，由于学术视野的开阔和文学观念的提升，对颜之推及其著述的重视超越以前，对其研究，呈现出多元并进的繁盛态势。研究者不仅有年长的学者，如李详、余嘉锡、杨树达、刘盼遂、周一良、周法高、缪钺、王叔岷、周祖谟、王利器等，还有许多中青年。据初步统计，这一时期，中外（主要是日本）出版的关于《颜氏家训》的校注翻译专著有二十多部，发表的论文有七十多篇，还有不少研究成果散见于一些专著当中。概览这一时期的研究成果，有生平的探究，有文本的整理，有宏观的论述，也有微观的分析，不论在广度上，还是在深度上，都远远地超越了前一时期。如对颜之推的著述的搜集和整理，就取得了丰富的成果。王利器先生的《颜氏家训集解（增补本）》，集以前多种校注本之大成。其他的许多论著，程度不同地都有新的发掘和阐释。

回顾以前对颜之推及其著述的研究，尽管取得了重要的建树，为后人的解读和体认积累了丰硕的成果，但颜之推及其著述作为南北朝末期的一种重要的文化现象，有其特殊性，其成就是多方面的，其蕴涵是相当丰厚的。以前的诸多研究成果，即使观点是正确的，也只是揭示了其蕴涵的某些部分，有些论述止于表层，有些方面的研究相当单薄。还有些问题，仁智各见，存在分歧。就研究成果的形态而言，除了那些比较完整的校注本外，其他的成果大都显得零碎分散，有待整合。另外，时代的前进，现实的需求，也要求对颜之推及其著述继续进行探讨。秦元君正是基于以前对颜之推及其著述研究存在的缺欠，以及诸多有待继续探讨的问题，也基于现实的需求，选择了颜之推及其《颜氏家训》作为博士论文题目。现在出版的这部专著，就是她在博士论文的基础上，经过多年的修改而写成的。

秦元君撰写的这部专著，尽力博览诸家，本着弥补以前研究不足的原则，力避屈旧而就新和绌新而从旧，在前人研究成果的基础上，亦往往自出己说，有新的创获，下面略举三点：

多方位观照，对颜之推及其著述进行了相当全面的、系统的、深入的探讨，形成了一部前人所未及就、后世之不可无的综合性的研究专著，结束了对颜之推及其《颜氏家训》等著述的研究长期没有专著的缺憾。其荟萃之功，为人们全面地了解和体认颜之推及其《颜氏家训》、诗歌、辞赋和小说等，提供了一个综合性的文本。此其一。

重点解读《颜氏家训》，结合其他史料，认为《颜氏家训》是六朝"家训"文化的集大成之作，有丰厚的文化内涵。探寻了颜之推的思想、心态及自觉撰写《颜氏家训》的意图。指出，《颜氏家训》既体现了六朝士族文化的深刻影响，又是六朝士族文化的延续。同时，也可以看到六朝士族文化的衰退。此其二。

专著最后附有《颜之推年谱》。此谱在缪钺先生编纂的年谱的基础上，进一步搜集、考辨史料，有所补正，比较全面地、细致地叙录了颜之推一生重要的经历。此其三。

秦元君重视中国优秀的传统文化,尤其喜爱魏晋南北朝文学。她爱好之而又努力研究之。她在读硕士研究生期间,其研究方向是魏晋南北朝文学。硕士研究生毕业以后,在担任高校相当繁重的中国古代文学教学任务的同时,又坚持攻读这一研究方向的博士学位,经过四年的努力,顺利地完成了题为《颜之推及其〈颜氏家训〉研究》的博士论文。论文完成以后,她没有就此止步,也没有急于出版,而是锲而不舍,不断地阅读覃思,钩发隐曲。人常云:"天道酬勤。"秦元君多年辛勤的耕耘,终于在颜之推及其著述的研究上,取得了阶段性的成果,在颜之推及其著述的研究史上,写下了新的一页。

秦元君在中国古代文学的教学和研究中,敬业乐业,心无旁骛,沉潜稳重,学风端正。她富于春秋,来日正长。我相信,她不会自馁,更不会就已经取得的成绩而自限。我作为一个同道者,既为她已经取得的成就而欣慰,同时也乐其继往而不断进取。

二〇一二年元月写于山东大学农子晚学斋

(原载秦元《颜之推研究》,齐鲁书社 2012 年版。)

《簃内小吟》序

　　茂芳同志是一位基层国家干部，多年来一直担任着相当繁重的党政工作。但他热爱诗歌，注重陶冶情操，勤奋好学，写作不止。这本诗集就是他在诗歌领域里辛勤耕耘的结晶。

　　茂芳同志生长在一个有文化的农民家庭里，在做人和处世等方面从小就受到了良好的教育。后来又一直生活在基层，有相当丰富的生活经历。他有过顺适的生活，也曾身处逆境。他种过地，有过"汗滴禾下土"的体验。他教过书，感受过园丁之艰辛。他做过工，了解工人的心声。他从过政，领略过宦海风云。茂芳同志是一位胸襟开阔的有心人。他对丰富的人生经历，对社会上的诸多现象，留心观察，沉入体悟，爱之深，忧之重，恨之切。他热爱自然山水，能与自然山水相依相融，体味自然山水蕴涵的勃勃生机。故他的诗作能置根于生活，视野阔大，题材多样，内涵丰富，景物真，感情真。从他的诗作中，我们感受到他在不同时期的种种感受，其中有欣喜，有忧患，也有疾恨；感受到作者对人生哲理和人格的沉思；观赏到作者对自然山水的热爱和描绘。而这些，又出自一位业余诗歌爱好者之手，十分令人敬佩。读了这些诗词，我们不止体味到其中蕴涵着作者的真实的、丰富的情感和深沉的思索，同时也会从中受到感化和得到有益的启示。

　　从中学开始，茂芳同志就对我国古代诗词产生了浓厚的兴趣,他阅读,他体味,他背诵,他钻研了诗词格律。这些不仅使他能把我国古老的传统的诗美同现代意识融合在一起,同时也使他热爱谙熟古代的诗词形式。由于这一原因,所以他的诗集中多为律诗、绝句和词以及古绝、古风。在写这些诗词时,他大多能遵守古体诗、近体诗(格律诗词)的形式规范,但又没有完全受其拘限。他的这种守规范而又不被规范所拘限,具有探索的意义。

茂芳同志虽已愈耳顺之年,但身心健康,热爱生活,诗兴不减,学习不已。相信他在诗苑里,会继往开来,不断努力,吟唱出更美、更多的篇章。

茂芳同志的诗集就要出版了,他嘱我作序,盛情难却,聊书上语,是为序。

2000 年 7 月

(原载刘茂芳《篝内小吟》,中国文联出版社 2000 年版。)

《诗词格律集成》序

2005年7月中旬,茂芳同志从他的家乡临沭县打电话给我,说他最近几年编写的百多万字的《诗词格律集成》一书已经定稿,出版社应允出版,嘱我作序。后来他又寄来此书的主要内容。我拜读以后,敬佩之至。我之所以敬佩,一是为茂芳同志老有所为的精神所感动,二是因为他编写的《诗词格律集成》是一本切实有用的书。

茂芳同志生长于一个有文化的农民家庭,因家境贫困,上学不多。他种过地,教过书,做过工,从过政,直到1998年从县人大常委会副主任位上退休。按说他尽心尽力辛勤地工作了四十多年,退休以后应当好好休息、颐养天年了。但是他退而不休,一直保持着勤奋好学、认真钻研的精神,矢志要在精神文明建设方面多做有益的工作。2000年11月,他编著的约300万字的《养生之道》和诗词集《篴内小吟》均已正式出版发行。《诗词格律集成》是他最近几年努力耕耘的又一重要成果。

老有所为,是我们中华民族的优良传统和宝贵品格。曹操的诗句"老骥伏枥,志在千里。烈士暮年,壮心不已",曾经激励了多少志士仁人。现代著名作家冰心自谓"生命从80岁开始"。著名学者季羡林先生说,在学术研究上,他的冲刺点是在80岁以后。季先生这样说,也是这样做的。他80岁以后,写出了洋洋一部

《糖史》。他们的这种老当益壮、生命不息、工作不止的进取精神，值得我们学习。茂芳同志先后出版的几部著作，不正是学习、实践这种精神的具体表现吗？

《诗词格律集成》以音韵和诗词格律为主要内容，宽严适度，繁简恰当。书中既参考和选用了我国古代长期积累的有关字典、韵书等重要资料，又吸收了推广普通话以来在音韵、诗律学方面的许多研究成果。不论对哪方面的成果，茂芳同志都能结合自己的研究和创作实践，融会贯通，断以已见，应损者损，应益者益，使这部书丰富全面而又有自己的见地。这部书还具有工具书的特点。书中有大量的篇幅介绍了汉语音韵知识和诗词格律知识等，这是十分必要的。现在有不少青年喜欢读诗词、写作诗词，但对音韵、诗词格律却了解得不多。这部书可以为他们提供参考。另外，现在有些学校，多少不等地都讲授音韵和诗词格律，这部书也可作为参考教材。单就以上几点来看，可以说，这是一部有用的书。

我多年以来，由于教学的需要，虽然也接触过音韵和诗词格律学，但所知有限。茂芳同志嘱我写序，实不敢当。但盛情难却，所以勉力为之。好在读者要看的是茂芳同志的这部书。我所写的，主要是表达我对茂芳同志的敬佩之情，同时对这部有用的著作的出版表示由衷的祝贺。

2005 年 10 月 6 日于济南

（原载刘茂芳编著《诗词格律集成》，
济南出版社 2006 年版。）

《鱼山村志》序

我们中华民族有重视修史的优良传统。在奔腾不息的历史长河中，除撰写了纪传体、编年体、政书体、纪事本末体等各种史书外，还十分注意编写各地的方志。《周礼》有外史"掌四方之志"和小史"掌邦国之志"的记载，可见早在周代，就有了地方志的雏形。秦统一全国，实行郡县制，中央、郡、县上下关系确定，在客观上为地方志的发展奠定了基础。秦代之后，随着历史的发展，历朝历代，不断开创，地方志蓬勃发展，种类增多，积累厚重，内容丰富，蔚为大观，成了中国史书的重要组成部分。20世纪80年代以来，由于实行了改革开放的国策，加快了现代化的进程，全国欣欣向荣，一派盛世景象。盛世修史，继往开来。全国各地，领导重视，设置专门机构，组织各种人员，抓紧时间，在不太长的时间里，编纂和出版了大量的地方志。从已经出版的地方志看，一般都是到县（市）级，乡镇志不多，至于村志则更少。鱼山村的领导和村民，承盛世修史之东风，在经济并不太富裕的情况下，组织本村的人员，克服种种困难，编纂了20余万字的《鱼山村志》，这不仅是因为鱼山有悠久灿烂的历史，有丰厚的人文底蕴和重要的地理位置，更重要的是体现了鱼山的领导和村民，在推进物质文明建设的同时，看到了精神文明建设的重要意义，能够继承和发扬我们中华民族的优良传统，关注修史。鱼山人高瞻远瞩，不忘自己的历史,书写自己的历史,精神可嘉,功德传世。

　　注意区域性、记实性、综合性、历史性和资料性,是中国历代编撰地方志的经验,也是中国历代地方志的特点。《鱼山村志》在汲取过去的经验的同时,又借鉴了20世纪80年代以来编纂地方志的新成果,以历史唯物主义为指针,以实事求是为圭臬,采用记、述、志、传、图、表、录等多种形式,以志为主体,"横分门类,综述历史,以横为主,纵横结合"。志书分15章,全面地记述了鱼山的地理、建置、人口、经济、文化、教育、风俗、语言、名胜古迹和重要人物等。各章大体上兼顾古今,由古到今,反映了各方面的历史和现状,对于现当代事迹的记叙,尤为详细。撰写者注意突出鱼山地域的特点。鱼山村历史悠久,是典型的古文化遗址所在地。荟萃人文景观和名胜古迹。特别是建安时期的杰出诗人曹植曾被封为东阿王,死后又归葬鱼山。千百年来,有无数文人豪杰和达官政要到鱼山拜谒参观。鱼山在这方面已饮誉中外,以后的影响一定会与时俱增。志书中注意突出上述的特点,用了较多的篇幅。这是很有眼光的。全志选材相当严谨,加上撰写者都是本村人,他们有丰富的人生经历,又特别注意访问长老、实际调查和检阅文献。"地近则易核,时近则迹真。"《鱼山村志》存鱼山之史,是一部难得的、全面的、真实可信的村志。

　　以史为鉴,述往有助于知来。《鱼山村志》的问世,不只让今天的鱼山人,知道自己的历史和现状,同时也使后代的子子孙孙知道自己的先辈前赴后继、披荆斩棘、艰苦创业的光辉历程。传物传钱不如传精神。《鱼山村志》是今天的鱼山人留给后代的珍贵的精神财富。她一定能激励世世代代的鱼山人,继承先辈的光荣传统,在先辈业绩的基础上,自强不息,艰苦奋斗,传薪火,永向前,不断为鱼山的光辉历史增写新的篇章,为中华民族的繁荣和富强做出自己应有的贡献。

我们中华民族历史悠久,疆域广阔,多人口,多民族。全国各地,大到省、市、自治区,小到县、乡镇和村庄,在地理、历史、物产、人文精神、习俗、语言等各方面,都有自己的特点。通常的正史很难兼容并包、逐一记述。像《鱼山村志》这样的村史,对许多事实的记述,能做到源于第一手资料。同时,由于范围小,容易集中笔墨,做详细全面的记述。这对通常的正史具有补充的意义,对从整体上研究中国的历史学、地理学、民俗学、人口学、文学和语言学等,提供了重要的资料。

2005年1月15日,《鱼山村志》编委会的同志,带着20多万字的《鱼山村志》,光临寒舍,嘱我作序。我固陋浅薄,对地方志了解甚少,加上杂务缠身,不敢应允。我提出了几位德高望重、学养深厚的前辈,并表示愿意同他们联系,请他们作序。但编委会的同志考虑时间较紧,有诸多不便,仍然坚持原来的意见。盛情难却,"恭敬不如从命"。我读后,拙笔浅意,略赘数语如上,以充缺为序。

2005年2月20日于山东大学

(原载《鱼山村志》编纂委员会编《鱼山村志》,
天马图书有限公司2005年版。)

我心目中的七七级

七七级同学从入校到现在30年了。30年，倏忽而过。同学们入学时，我刚过"不惑"之年，于今已逾古稀。30年，许多往事，恍然如梦，或模糊，或淡然，但师生的缘分，师生深厚的情谊，却历久弥笃。与同学们相处四年的许多事情，常常萦绕心怀，历历在目。

七七级同学是在一个特殊的年代考入山东大学中文系的。"文革"十年，高校停止了正式招生。到1977年，邓小平同志再次复出，几个月后，就果断地决定恢复高考。七七级是恢复高考的第一届大学生。记得当时学校给中文系的招生计划是45名，后来又让中文系招收走读生，指标控制得不太紧，又扩招了34名。由于大学10年没有正式招考，积压了许多优秀的学生，所以七七年级同学不仅各方面素质高，而且其构成也比较特殊。从年龄上看，相差悬殊：小者十七八岁，用今天的时髦话来说，属于"帅哥""靓女"；大者三十多岁，有的孩子都上小学了，当时有"爸爸上学我也上学"的趣谈。从来源上看，直接由中学考入的占的比例并不大，更多的是来自农村的公社社员、知识青年、工厂工人、中小学教师、机关干部等。从家境来看，经济条件比较宽裕的并不多，更多的是生活相当窘迫，特别是那些家在落后地区的农家子弟，生活尤其困难。记得有的同学在农忙时节不得不常常请假回家种地收割。他们请假回家时，还有些书生的样子，可返校回来，就是一副饱经日晒风吹的农民相了。值得欣慰的是，当时同学们的构成尽管比较特殊，但从总的方面看，差异并没有形成矛盾，而是化为了互尊、互学、互帮和互补。同学们相处得是那样的团结，那样的和谐！这一点，时至今日，还常常浮现在我的眼前。

七七级同学入学时，由于"十年动乱"刚刚结束，学校各方面的教学设施有待修建，教学和生活条件都比较艰苦，但是同学们并不以为苦，或者说，就根本不考虑苦。记得有一年的冬天，因为没有教室，有些课只好安排在十分简陋的汽车车库里上。汽车车库里没有任何的取暖设施，有时房外北风吹、雪飘飞，屋内寒气袭人。这时唯一缓解寒冷的方法就是在课间蹦蹦跳跳，搓搓两手。但是老师在照常地教，同学们在用心地学，好像忘记了严寒。当时的学生宿舍，条件也比较差。每间屋有八个上下床位，一般都是住得满满的，相当拥挤。屋内没有暖气。每到冬天，南面的房间还好一些，而北面的房间，阴冷交加，有时还潮湿得很。为了避寒，有的同学只好用被子裹着身体在床上看书。

七七级同学的学习和生活条件尽管比较艰苦，但是他们并没有因此而有丝毫的懈怠。大家本来就有一种求知的渴望，知道学习的机遇是等了多年才得到的。懂得有了好的机遇，应当迅速地认识它，抓住它。因此入学以后，大家如同久旱逢甘霖，在欣喜之后，有一种紧迫感，能立即抓紧学习，辛勤耕耘。就我个人的感受来说，七七级同学继承和发扬了我们山东大学中文系勤奋好学的优良学风。当时上课，几乎不用点名。考试，也用不着那么多的教师监场。除了个别的因病、因事请假不能参加考试的需要补考外，很少有因学习不努力而需补考的。朱兰芝和宋乐永几位同学年龄较大，家庭负担又重，但学习刻苦，自修了许多课程，1979年二年级时,就分别顺利地考上了山东大学和山东师范大学的研究生。七七级同学,除了学好各门课程之外,还特别注重实践,注意研究和创作。记得在研究方面,当时有几位同学写的论文很有见地,发表以后,受到了好评。在创作上,为了有一个发表的园地,由杨学锋等几位同学自己组织创办了《明湖》等刊物。由于有不少同学爱好、用心写作,又有比较深切的生话体验做基础,所以同学们创作的一些诗文,发表后受到了相当广泛的注意和赞誉。如李安林创作的《道士的儿子》获得了《山东文学》1980 年优秀短篇小说奖。他发表在《萌芽》1981 年第 4 期上的《变异》还获得了全省大学生作文一等奖。

四年的大学生活是比较艰苦的,比较紧张的,同时也是相当丰富多彩的。在我的记忆当中,七七级是一个相当活跃的集体,是一个充满朝气的集体。同学们好学深思,但没有书呆子气。他们注意德、智、体、美全面发展。记得当年,我经常在操场上看到同学们参加体育活动的身影。李新、苑涛几位同学身手不凡的篮球艺术,我铭记至今。王汉川的模仿秀,曲利君的舞蹈,蔡宛柳、姜鸣钧和李博华等几位同学在饭厅里演出的话剧,所有这些,不知是什么原因,直到现在,还深深地刻印在我脑子里。

弹指一挥,同学们在各自的岗位上,已经工作了 26 年。同学们的岗位虽然不同,有的在基层,有的在高校,有的在党政机关,有的在新闻出版部门,有的在海外……但因为大家心里都有祖国,有人民,有山大,所以能在各自的岗位上,勤奋敬业,作出了自己的贡献。我作为一名普通的教师,每当想到这些,暗自祝贺同学,同时也感到无比的欣慰和幸福。

生命不息,学无止境,工作不停,来者待追。相信同学们在今后的人生道路上,会走得更稳更好。因为同学们会一如既往,心里有祖国，有人民，有山大。

（原载佟雪主编《我们七七级》，

山东教育出版社 2008 年版。）

不应忘却的 20 世纪趣闻逸事

　　我出生在 1935 年。在我近 80 年的生活、读书、教学和研究工作中，直接接触了 20 世纪一些阶层多方面的人物，其中包括一些名不见经传的普通民众中的"小人物"，同时还阅读了不少有关他们的著述。在接触和阅读有关他们的著述时，不仅关注了他们在各自领域里的重要活动，同时也注意了他们生活中的种种趣闻逸事。我在体味这些趣闻逸事时，有时有一种"放假"的轻松，但更多的是常常与我的经历体会、思想感情相融通，强烈地撞击着我的心灵，总是挥之不去，难以忘怀，诱发了许多复杂的不同的感受：时而十分敬佩，时而悲伤流泪，时而满怀愤慨，时而解颐拊掌，时而掩卷沉思，时而叩问探究，时而感到困惑。这些趣闻逸事都是 20 世纪历史中的一些片段，是社会生活中的一些残影余音，大多属于"微生活"，属于"微史"。但我在面对和体味它们时，不仅把我领进了历史，而且还常常不知不觉地同现实、未来和我自己联系起来。面对和体味这些片段，我虽然有时感到有趣、好玩，但更多的是从不同的方面润湿了我焦渴的灵魂，启示我疏浚心源，反思自我，洗涤了我心里的不少污垢，减少了些平庸低俗的心事，多了些激浊扬清的志向。有时，阅读一个片段对心灵的震撼，往往超过了阅读某些宏篇巨制。随着时间的延续，我在这方面积累的史料也逐渐增多。人们对历史的记忆是很容易被抹去的，特别是在社会和生活比较安定之后。我为了使自己不至于忘掉这些历史片段，留待自己继续阅读体味，同时也想提供给那些不知道的或者淡忘了的读者阅读，补上记忆，有所助益，于是生发了把它们整理出来的想法。这就是我编著此书的缘起。

对于我们中国来说，20 世纪是一个亘古未有的社会大变革、大动荡的世纪，是一个中西文化大碰撞、大交流的世纪，是一个由传统向现代化转型的新旧复杂交织的多姿多彩的世纪，是全国各族人民不断地追求中华民族复兴、国家富强、人民幸福的世纪，也是一个离我们最近、最重要、血肉相连的、不应回避的世纪。从中国的历史长河来看，20 世纪又是一个前所未有的变化急速、"高密度"的历史时期。人们先后经历过辛亥革命、"五四"运动、军阀混战、北伐战争、抗日战争、解放战争、"反右派"、"大跃进"、"文化大革命"和改革开放等重大的动荡和变革。内忧外患，纷至沓来，家国多难，民不聊生。仁人志士，赴汤蹈火；奸臣贼子，祸国殃民。社会的动乱不定、急剧变革和各种文化的碰撞交流及其生发的时代精神，都不同程度地寄寓在个人的经历和心灵中，并表现为一种生命的状态。在中国悠久的历史进程中，很少有哪个世纪能像 20 世纪那样，人们的生活、命运和精神状态同社会现实联系得那么紧密。这不只表现在那些特别敏感的文人学者身上，也不同程度地反映在其他阶层的一些人物的身上，包括那些不具备表现意识或者没有机会表现的许多"小人物"身上。这不仅体现在他们的重要活动上，也体现在他们的许多趣闻逸事上。细微处见历史。这些趣闻逸事，虽然是他们生活中的一些片段，但却是一些鲜活的历史，往往能从不同的角度、不同的侧面、不同的层次上折射出历史之光。这些趣闻逸事，是近现代中国社会历史文化有机的组成部分，是离我们最近的、最直接的文化资源和精神财富。

只要我们不失忆,去接触它们,同它们对话,就能从许多侧面和细微处了解 20 世纪的历史,能够知道一些宏大的历史叙述和许多官书等所忽略和遮蔽的东西,能引导我们走进历史的深处,听到许多历史的心声,领悟到某些历史的真谛,可以摸到时代的脉搏,窥见时代的跌宕起伏,解读出许多社会的密码。从这些趣闻逸事中,我们还可以抚摩到诸多人物的胸膛,凝视到他们的眼睛,倾听到他们的欢笑、细语、悲叹和哀歌,能看到他们旖旎丰富的生活和栩栩如生的个性,能和许多各种人物的灵魂相遇,领悟到一些具有普遍意义的人生价值。可以发现他们实在的、复杂的精神世界,能够感受到在那风云变幻、惊涛骇浪、阵阵烟尘淹没下,人性中真善美的灵光和假恶丑的劣根。其中有为祖国、为人民的赤胆忠心、高风亮节,有崇高的理想和坚定的信念,有强烈的对国家对各种患难的担当和付出惨烈代价的悲剧,有对人类的关怀和对生命的呵护,有对文化的责任和痴情,有对自然的亲爱和向往,有非同寻常的睿智和机敏,有发自心底的欢笑、风趣、宽慰、恸哭、愧疚,也有这样那样的弱点、劣迹、谬误,有人类理性的迷失和某些兽性的发作,有内斗的残忍、谋害的罪孽。

　　现实是历史的延续。在某种程度上,历史可以预示未来,忘记了历史,就很难把握住今天和未来。历史是我们安身立命的根基。20 世纪历史遗产中有价值有生命的东西,即使是一些片段,也不会离开现实,能活在现实中,也不会离开我们,有助于我们认识现实,能给我们以力量,能补救现实;能启迪我们,满怀信心地憧憬未来,勇往向前。会使我们今天和明天活得更理智、更积极、更乐观。会使我们把乐观和忧患融合起来。我们应当"永远历史化"。不论是个人,还是政党、民族和国家,只要能不忘却历史,经常追思往昔,及时反省过去,总结经验,汲取教训,就会形成诸多的历史的"后见之明",就会增加智慧,前途光明,永葆青春。本书的编著,在这方面会提供某些启示。

关于《二十世纪世说新语:趣闻逸事》具体的编著,主要遵循了下面的四条原则:

一、恪守真实,力求真实,能够存史,体现历史真实的魅力。历史是严肃的。我们记述历史也应当持严肃的态度,而力求真实是持严肃态度的首务。本书著录的内容,虽然属于趣闻逸事,但都不是虚构的,有些是自己的见闻,有些见于多种记载,全是有根有据的。但由于时间跨度较长,人的认知的局限性,即使许多趣闻逸事为参加者和目击者所经历或所见知,记述也会有取舍的繁简和色彩的浓淡,也难以同事件本身完全相吻合。有些史实,会有误记的;有些在传闻中常有出入,不尽一致;有些史实发生的具体场景,还不清楚。对于这类史实,就我所知见的尽量予以核实。有些有待进一步考证。对于那些暂时难以完全考究清楚的,我们姑且只好略貌取神了。好在随着时间的延续,通过不断地搜集史料和考证,某些误记的会逐渐得到订正,我们会逐渐接近史实本身的。

二、选择典型。历史有自然选择淡化的属性,人们限于种种条件,很难全面地去接受历史。对于 20 世纪的趣闻逸事,也是这样。因此选择典型是十分必要的。20 世纪的历史,片段繁多。繁多的片段,有一般的,有典型的。我悉心拣选,反复琢磨,尽力选择那些典型的,具有思想性、趣味性、含蓄蕴藉的片段。这些片段,既有时代的特质,又具有某种相对稳定的普遍意义。力求使这些典型成为不应淡化的历史片段。选择的典型,虽然涉及的方面很多,但主体是榜样的典型,具有真善美意味的典型,理想的典型。因为这类的典型,是我们中华民族 20 世纪的柱石和脊梁的重要组成部分。

三、归纳分类。书中著录的内容，涉及许多方面，为了便于读者阅读和理解，我参照了南朝宋代刘义庆编纂《世说新语》以类相从、分门隶事的做法，粗略地把一些内容近似的片段连缀起来，加以归纳和分类，以利于读者在某一方面获得比较整体的、历史的认知、体悟和理性思考，使片不孤而有邻。但由于不少趣闻逸事蕴涵丰富，你中有我，我中有你，难以准确分类。就读者来说，对于同一个片段，仁智各见，会有不同的体味和解读，分类时自然也会有所不同。书中的分类，是相对的，只是基于我个人的粗浅理解，不一定恰当，仅供读者参考。每类史实的编排，大致以其发生的时间先后为次，以便从中窥见历史的信息。

四、白描叙事。本书的编著，只是记人事，存史实，采用白描的手法，力求本色、平实、简明，不夸饰，不加评论，尽量体现叙写的人物的个人风格，保留史实的原汁原味，留给读者咀嚼体味。书中所著录的片段，虽然文字有长有短，但都是独立成篇。一些篇幅较长的，努力做到切口小，有交代有着落。力避有头无尾或有尾无头的叙事。

书中著录的都是一些人物的片段，按人们通常的阅读习惯，"知其人"，有助于体味解读这些片段。本书限于篇幅和结构，对于所著录的片段的人物的生平，难以随之加以介绍。为了弥补这一缺欠，在书中的正文之后，特别增设了书中涉及的"主要人物简介"部分，以资参考。另外，书中著录的每则内容和"主要人物简介"部分，统一编号，以便检索。书中的主要人物，都有人名索引。每人索引的最后一个数码，是此人的简介。

为了节省篇幅，书中著录的史料来源，没有在文中注明，请参考书后所列的《主要征引参考书目》《主要征引参考报刊目录》。

对所征引的史料的著者和出版部门，我鞠躬致谢！

（原载《中华读书报》2015 年 05 月 13 日 15 版）

张可礼先生著述年表

李剑锋 编

1966 年

《如何评价庾信及其作品中的"故国之思"》,《文史哲》第 2 期。

《历史剧〈海瑞罢官〉反映的是什么政治方向》,张可礼、刘文忠、陈
　　祖美、李志宏,《文史哲》第 1 期。

1979 年

《建安时期思想解放与文学的发展》,《文史哲》第 3 期。收入《中
　　国古代文学:作家·作品·文学现象》,《文史哲》编辑部编,商
　　务印书馆 2012 年版。

1980 年

《建安文学发展阶段初探》,《四川文学》第 6 期。又载:《文学评
　　论》1983 年第 5 期;《中国古典文学研究》,马瑞芳、邹宗良编,人
　　民文学出版社 2006 年版。

《杜甫诗选》,山东大学中文系古典文学教研室选注,人民文学出
　　版社版。(参编初稿一部分,与董治安、袁世硕修订出版前第
　　三稿。)

1983 年

《〈文心雕龙·体性篇〉"八体"辨析》,《文史哲》第 1 期。

《曹植文学思想述评》,《古典文学专号》,《齐鲁学刊》编辑部编,

3 月。

《三曹年谱》,齐鲁书社版。

1984 年

《建安文学在当时的传播》,《文史哲》第 5 期。《复印报刊资料·
　中国古代、近代文学研究》1984 年第 19 期转载。

《建安文学和它以前的文学传统》,《柳泉》第 5 期。《复印报刊资
　料·中国古代、近代文学研究》1984 年第 21 期转载。

《刘勰对三曹评价的得失》,《文心雕龙学刊》(第二辑),《文心雕
　龙》学会编,齐鲁书社版。

《五言腾踊,重在抒情——略谈建安诗歌的新特点》,《建安文学研
　究文集》,《艺谭》编辑部编,黄山书社版。

1985 年

《曹丕〈燕歌行〉赏析》,《汉魏六朝诗歌鉴赏集》,人民文学出版社
　编辑部编,人民文学出版社版。

1986 年

《曹植在我国古代文学史上的贡献》,《老年人大学》第 3 期。

《如何理解"建安风骨"》,《文史哲》第 3 期。收入《中国古代文学:
　作家·作品·文学现象》,《文史哲》编辑部编,商务印书馆 2012
　年版。

《试评建安散文》,《古典文学论丛》(第四辑),《社会科学战线》编
　辑部编,齐鲁书社版。

《建安文学论稿》,山东教育出版社版。

1988 年

《许询生年和曹毗卒年新说》,《山东大学学报》第 2 期。

《曹丕传》,《中国古代文论家评传》,牟世金主编,中州古籍出版

社版。

《〈龟虽寿〉赏析》，《历代名篇赏析集成》，袁行霈主编，中国文联出
　　版公司版；又高等教育出版社 2009 年版。

《建安诗歌的三种产生方式及其特点》，《文学评论》丛刊第 30 辑
　　"古典文学专号"，《文学评论》编辑部编，中国社会科学出版
　　社版。

1989 年

《建安诗歌选译》，山东大学出版社版。

1990 年

《东晋辞赋概说》，《文史哲》第 5 期。

《白居易〈长相思〉赏析》，《白居易诗歌赏析集》，褚斌杰主编，巴蜀
　　书社版。

1992 年

《东晋文艺系年》，山东教育出版社版。

1994 年

《〈诗经〉在东晋的传播和影响》，《文史哲》1994 年第 2 期。又载：
　　《1993〈诗经〉国际学术研讨会论文集》，河北大学出版社版。

《孔融集校注·序》，载路广正《孔融集校注》，山东大学出版社版。

1995 年

《刘勰论魏晋玄言诗》，《文史哲》第 6 期。

1997 年

《东晋：一个文艺繁荣的时代》，《文史知识》第 4 期。

《陶渊明的文艺思想》，《文学遗产》第 5 期。《复印报刊资料·中
　　国古代、近代文学研究》1997 年第 12 期转载。又载：《中国古典
　　文学研究》，马瑞芳、邹宗良主编，人民文学出版社 2006 年版；
　　《山东大学百年学术集粹·文学卷下》，《山东大学百年学术集

粹》编委会编，山东大学出版社 2001 年版。

《东晋文学衍变的三个阶段》，《古典文学知识》第 6 期。

《彭华诗话》《文森诗话》《文林诗话》《朱朴诗话》《储巏诗话》《黄佐诗话》《林春诗话》《文鹏诗话》《文嘉诗话》《谭浚诗话》《周晖诗话》《阙名诗话》（成化年间苏才小纂）校点，与王尧美合纂，《全明诗话》，吴文治编，江苏古籍出版社版。

1998 年

《汉末两晋的〈诗经〉画》，《第三届〈诗经〉国际学术研讨会论文集》。中国《诗经学会编》，香港天马图书有限公司版。又载：《文史知识》1998 年第 8 期。

《东晋文学的衍变》，载《人文科学论丛》第 6 辑。

《〈庾信研究〉评荐》，《福建师范大学学报》第 4 期。

《〈萧氏父子与梁代文化典籍〉点评》，载《文史知识》第 11 期。

《景淳诗话》点校，与王尧美合纂，《宋诗话全编》，吴文治主编，江苏古籍出版社版。

《杜甫选集（修订）》，四位修订者之一，人民文学出版社版。

1999 年

《东晋文学书法绘画的相互融通》，《艺文述林》（古代文学卷），福建师范大学中文系、上海文艺出版社编，上海文艺出版社版。

2000 年

《〈文心雕龙〉"树德立言"的伦理思想》，《文史哲》第 1 期。又载：《论刘勰及其〈文心雕龙〉》（镇江《文心雕龙》国际学术研讨会论文集），中国《文心雕龙》学会编，文苑出版社 2000 年版。

《东晋文艺在当时的传播》，《山东大学学报》第 6 期。《复印报刊资料·中国古代、近代文学研究》2001 年第 4 期转载。

《庾信研究·序》，载林怡《庾信研究》，人民文学出版社版。

《簃内小吟·序》,载刘茂芳《簃内小吟》,中国文联出版社版。

2001 年

《陶渊明诗文内容三要义》,《文学遗产》第 3 期。又载:《魏晋南北朝文学与文化论文集》,南开大学文学院中文系编,南开大学出版社 2002 年版。

《古代文学研究的多元格局和价值观念》,《光明日报》12 月 26 日。

《东晋文艺综合研究》,山东大学出版社版。

2002 年

《陆侃如、冯沅君先生的〈中国诗史〉》,《文史哲》第 1 期。

《陆侃如、冯沅君先生〈中国诗史〉的主要贡献》,《文史哲》第 2 期。

《曹植诗文蕴含的道德内容》,《齐鲁学刊》第 5 期。

《元前陶渊明接受史·序》,齐鲁书社版。

《南朝佛教与文学·序》,中华书局版。

《(班固)〈苏武传〉鉴赏》《(班固)〈杨胡朱梅云传〉(节录)鉴赏》,《中国古代文学名篇鉴赏辞典·先秦两汉文学卷》,黄岳洲、茅宗祥主编,汉语大词典出版社版。

《鲍照〈芜城赋〉鉴赏》,与刘忠国合撰;《江淹〈别赋〉鉴赏》,与张继红合撰;《中国古代文学名篇鉴赏辞典》,黄岳洲、茅宗祥主编,汉语大词典出版社版。又华语教育出版社 2013 年版,主编变更为黄岳洲一人。

《中国古代文学作品选》,负责唐代及以前部分的审订,并完成魏晋南北朝部分的修改,人民文学出版社版。

2003 年

《三国时期〈诗经〉学者著述叙录及其启示》,《山东大学学报》第 2 期。

《陆侃如先生论著译著年表初编》,《人文述林》(第六辑),山东大学出版社版。

2004 年

《刘勰关于文学史料学的见识》,《文史哲》第 6 期。

《别集述论》,《山东大学学报》第 6 期。

《关于编写中国古代文学史的四个问题》,《临沂师范学院学报》第
　1 期。

《魏晋南北朝文体学·序》,上海古籍出版社版。

《中国古代文学作品选简编》,负责魏晋南北朝部分审订、修改,人
　民文学出版社版。

2005 年

《〈陆侃如先生论著译著年表初编〉补遗》,《人文述林》(第八辑),
　山东大学出版社版。

《鱼山村志·序》,载《鱼山村志》,香港天马图书有限公司版。

《谢灵运研究·序》,载李雁《谢灵运研究》,人民文学出版社版。

《陶渊明及其诗文渊源研究·序》,载李剑锋《陶渊明及其诗文渊
　源研究》,山东大学出版社版。

《诗词格律集成·序》,载刘茂芳《诗词格律集成》,济南出版社版。

2006 年

《怀念萧涤非师》,《二十世纪的杜甫——萧涤非先生诞辰百年纪
　念文集》,华艺出版社版,第 193—202 页。

《傅若金诗话(点校)》,与王尧美、石牧合纂,《辽金元诗话全编》,
　吴文治主编,凤凰出版社版。

《中国文学史》,与袁世硕主编,并撰写第九章《建安诗歌与正始诗
　歌》、第十章《两晋诗歌》两部分,中国人民大学出版社版。2014
　年出版第二版。

2007 年

《曹道衡先生在文学史料学上的重要建树》,《文史知识》第 5 期。
　　又载:《中国诗学研究:中古诗学暨曹道衡先生学术思想研讨会
　　专辑》,丁放主编,安徽人民出版社,2007 年版。
《陶渊明〈归去来兮辞〉鉴赏》《王粲〈登楼赋〉鉴赏》《曹操〈短歌行〉
　　鉴赏》,《中国文学名篇鉴赏》(分别见文卷、词赋卷、诗卷),萧涤
　　非、刘乃昌主编,山东大学出版社版。

2008 年

《我心目中的七七级》,《我们七七班》,佟雪主编,山东教育出版
　　社版。

2009 年

《东晋文艺综合研究》第二版,山东大学出版社版。
《曹操、曹丕、曹植集》,与宿美丽合撰,凤凰出版社版。

2010 年

《试论古代文学史料学的对象与任务》,《文学遗产》第 1 期。
《一种新形态的中国古代文学研究的研究:研究综述》,《文史哲》
　　第 4 期。《复印报刊资料·中国古代、近代文学研究》2010 年第
　　11 期转载。
《宋前咏史诗史·序》,载韦春喜《宋前咏史诗史》,中国社会科学
　　出版社版。
《魏晋五言诗研究·序》,载王今晖《魏晋五言诗研究》,中国社会
　　科学出版社版。
《精美古典散文读本》,主编并参撰,山东友谊出版社版。

2011 年

《古代文学史料的使用》,《临沂大学学报》第 2 期。
《古代文学史料与古代文学研究》,《山东大学学报》第 3 期。

《史料、史识和美学的融通：陆侃如先生的中国古代文学史著》，
　《文史哲》第5期。

《中国古代文学史料学》，凤凰出版社版。

《陆侃如冯沅君合集》，与袁世硕主编，安徽教育出版社版。

2012年

《语言与口传：古代文学史料的一种载体和传播媒介》。《文史知
　识》第4期。

《阮籍五言〈咏怀诗〉解读·序》，载王尧美《阮籍五言〈咏怀诗〉解
　读》，山西出版社版。

《颜之推研究·序》，载秦元《颜之推研究》，齐鲁书社版。

2013年

《董治安先生的教学业绩和尊师风范》，《儒风道骨君子气象——
　董治安先生纪念文集》，齐鲁书社2013年版，第127—130页。

《宋前咏物诗发展史·序》，载于志鹏《宋前咏物诗发展史》，山东
　人民出版社版。

2014年

《忆念中国〈文心雕龙〉学会的成立》，《文史哲》第1期。又载：戚
　良德主编《儒学视野中的〈文心雕龙〉》，上海古籍出版社2014
　年版。

《谢朓研究·序》，载孙兰《谢朓研究》，齐鲁书社版。

2015年

《不应忘却的20世纪趣闻逸事》，《中华读书报》5月13日15版。

2018年

《陶渊明接受史》(李剑锋《陶渊明接受通史》序言)，《中华读书报》
　7月4日第13版。

《牟世金先生的"龙学"贡献》，载戚良德编《千古文心：牟世金先生

诞辰九十周年纪念文集》,凤凰出版社版。

《周作人对〈水浒传〉的新见解》,与宿美丽合作,《福州大学学报》第 6 期。

2019 年

《陆侃如先生和他学术上的重要业绩》,《山东大学中文学报》第 2 期(总第 2 期)。

《璀璨的双子星:〈冯沅君陆侃如年谱长编〉引言》,《山东大学中文论丛》第 2 辑(总第 6 辑)。

《鲁迅先生与陆侃如冯沅君夫妇》,未刊。

《走进民众:抗战时期中国古典文学的普及》,未刊。

《冯沅君:两个五四运动的踊跃参加者》,未刊。

《20 世纪世说新语:趣闻逸事》(专著)

2020 年

《我的求学与学术探讨之路(代《张可礼文集》前言)》,《山东大学中文学报》第 4 辑(总第 4 辑)。

《从淑女士到冯先生——作为教师的冯沅君》,《光明日报》1 月 11 日第 11 版。

《沈约新解读·序》,载张泉《沈约新解读》,待版。

待版著作

《二十世纪前半期中国古代文学史学编年》(2021 年定稿),拟山东人民出版社出版。

《冯沅君陆侃如年谱长编》(2021 年定稿),拟山东大学出版社出版。

《陆侃如冯沅君合集补编》(2018 年交稿),拟安徽教育出版社出版。

《20 世纪世说新语:趣闻逸事》(2016 年定稿),出版待定。

编后记

《张可礼文集》被山东大学文学院纳入"山东大学中文专刊"第一期十五家文集之后，至少从 2018 年 7 月开始，作为作者方责任编辑，我与博士研究生潘磊辅助联系可礼先生，搜集、复印、处理相关材料。2018 年 12 月初，在先生指导下编订了《晚学斋文存》（后来定名《晚学斋文薮》）简目初编及《张可礼文集》卷次。2019 年 2 月，先生完成了《我的求学和学术探讨之路》一文，代为文集前言；3 月，定稿了文集的基本卷次和具体目录。在出版社责任编辑葛洪春等先生的共同努力下，2021 年 2 月底，收到了 5000 页的一校样。此时，先生已经去世过二十天了。

2021 年 2 月 27 日，我撰写了《〈张可礼文集〉编纂核校事宜告同门书（附录具体工作分工表）》，通过微信发给同门群和参与相关工作的研究生。信中指出，现在的《张可礼文集》框架、篇目、顺序等都是由先生前推敲所定，此次编纂基本框架不变。先生有两种书稿本文集难以设计进去，即面临出版的《二十世纪前半期中国古代文学史学编年》和纳入出版计划的《冯沅君陆侃如年谱长编》（51 万字）。未刊书稿《20 世纪世说新语：趣闻逸事》（30 万字）为先生历时八年所撰，2016 年 3 月定稿。经过与同门李雁教授、林怡教授等慎重商量，也暂不纳入本文集。此外，有朋友建议将导师书信、毕业论文评语等纳入文集，此事更非短时期内可办，即使马上搜集，也注定搜罗不全。因此，本文集注定不是一个全集，而是尊重先生编纂意见、体现先生意志的阶段性成果。

本文集遵循先生遗愿和思路增订了相关文章。主要如下：(1)《牟世金先生的"龙学"贡献》，(2)《从淦女士到冯先生——作为教师的冯沅君》，(3)《〈沈约新解读〉序》，这三篇都编入《晚学斋文薮》"为师友作"部分。另，听取责任编辑意见，内容做了如下三种调整。一是删除了原拟收入《晚学斋文薮》的《〈20世纪世说新语：趣闻逸事〉后记》；二是因《东晋文学的衍变》与《东晋文学衍变的三个阶段》两篇文章，框架、内容、表述基本相同，仅保留了篇幅较大的前者，删除了后者；三是原拟编入文集之末的"评介择编"部分十三种文章，因非先生之作，又与丛书体例有违，暂时舍弃，留待他日另编。

在二校、三校时，我们工作的总原则是尊重底稿原貌，不作学术讨论式的修订。所采用的方法一是校雠，准照底稿仔细校对每一个字、每一个标点符号；二是审读，对底稿中发现的"硬伤"进行纠正，格外核对全部引文。校雠主要由在济南的同门和我的部分研究生完成，参加者一律要求核校两遍，自己核校一遍，再自行找合适的人或者与其他参加者互换核校一遍。审读纠错主要由济南之外的同门完成。参加校对人员如下（顺序不分先后）：张继红、王尧美、刘忠国、刘加夫、于志鹏、秦元、张泉、王海青、苏红燕、杨晓春、(以上为同门)赵鑫、宿美丽、童仁亮、刘璐(博士生)、侯洪震、刘璐(硕士生)、张月辉、李思萌、李寅捷、孙小为、白沛瑶、张宇辰、(赵鑫以下为我的研究生)、高金霞。参加审读的同门如下（顺序不分先后）：王青、林怡、张弘、胡耀震、杨德才、李士彪、孙兰、韦春喜、王今晖、李海燕、赵海岭、肖刚、马凌、张传东、杨寿苹。此外，我们还特别请周广璜编审审订了《东晋文艺编年》的大部分二校书稿。统稿主要由李剑锋完成。

衷心感谢山东大学文学院院长杜泽逊教授、先生家人张晓林先生等师友在文集编纂过程中给予的无私帮助,衷心感谢责任编辑葛洪春先生用一丝不苟的精神为文集编纂所付出的辛劳,感谢所有关心文集出版的周绚隆编审等朋友和读者们。如有不当之处,敬请批评指教!

李剑锋

2023 年 1 月 29 日

山东大学中文专刊目录

《诗经考索》（王洲明）

《出土文献与先秦著述史研究》（高新华）

《战国至汉初的黄老思想研究》（高新华）

《蔡伦造纸与纸的早期应用》（刘光裕）

《刘光裕编辑学论集》（刘光裕）

《挚虞及其〈文章流别集〉研究》（徐昌盛）

《王小舒文集》

《苏轼诗文评点研究》（樊庆彦）

《中国小说互文与通变研究》（李桂奎）

《中国当代戏曲论争史述》（刘方政）

《中国电影新生代的轨迹探寻》（丁晋）

《莫言小说叙事学》（张学军）

《景石斋训诂存稿》（路广正）

《古汉字通解 500 例》（徐超）

《战国至汉初简帛人物名号整理研究》（王辉）

《瑶语方言历史比较研究》（刘文）

《语音学田野调查方法与实践——黔东苗语(新寨)个案研究》（刘文）

《石学蠡探》（叶国良）

《因明通识》（姜宝昌）

《同人录》

《袁昶年谱长编》（朱家英）

《孙吴文学系年》（徐昌盛）

《明代文学论丛》（孙学堂）

《立言明道:战国士人的语言观念与思想表达》（刘书刚）

《姜宝昌语言学、墨学论文集》（姜宝昌）